TEMPESTADE & FÚRIA

Tradução	*Iana Araújo*
Preparação	*Mariana Martino*
Revisão	*Silvia Yumi FK* *Tainá Fabrin*
Arte e projeto gráfico	*Francine C. Silva*
Capa e diagramação	*Renato Klisman | @rkeditorial*
Tipografia	*Adobe Caslon Pro*
Impressão	*GrafiLar*

Dados Internacionais de Catalogação na Publicação (CIP)
Angélica Ilacqua CRB-8/7057

A757t Armentrout, Jennifer

Tempestade e fúria / Jennifer Armentrout ; tradução de Iana Araújo. — São Paulo : Inside books, 2023.

400 p. (Coleção The Harbinger)

ISBN 978-65-85086-18-9

Título original: *Storm & Fury*

1. Literatura norte-americana 2. Literatura fantástica I. Título II. Araújo, Iana III. Série

23-3256 CDD 813

JENNIFER L.
ARMENTROUT

AUTORA DA SÉRIE **DE SANGUE E CINZAS**

SÉRIE **THE HARBINGER**

São Paulo
2023

Para você, leitor, e para as estrelas que ainda consigo ver.

Capítulo 1

— Só um beijo?

Euforia passou pelo meu corpo enquanto eu arrastava meu olhar da tela da TV para Clay Armstrong. Demorou um momento para que a minha visão vacilante focasse e ajustasse o rosto de Clay.

Apenas alguns meses mais velho do que eu, ele era mais que bonito, com cabelo castanho claro que sempre lhe caía sobre a testa, como se implorando para que os meus dedos o acariciassem.

Mas, bem, eu nunca tinha visto um Guardião que não fosse lindo, embora eu não tivesse coragem de fazer a ginástica mental para descobrir como eles se pareciam com um ser humano e, logo depois, com um Guardião.

Clay estava sentado ao meu lado no sofá da sala dos pais dele. Estávamos sozinhos, e eu não tinha certeza de que escolhas de vida eu tinha feito para acabar aqui, sentada ao lado dele, nossas coxas encostando. Como todos os Guardiões, ele era incrivelmente maior do que eu, embora eu tivesse um metro e setenta de altura e não fosse o que normalmente considerariam uma garota baixa.

Clay sempre fora mais amigável comigo do que a maioria dos outros Guardiões, até mesmo paquerador, e eu gostava disso — ele me dava o tipo de atenção que eu observava entre outras pessoas, mas da qual nunca tinha sido alvo até agora. Ninguém na comunidade Guardiã além da minha amiga Jada e, claro, de Misha, prestava muita atenção em mim, e nenhum deles queria me beijar.

Mas Clay sempre era simpático, fazendo elogios mesmo quando eu sabia que estava desarrumada, e nas últimas semanas ele tinha me procurado muito. Eu *gostei* disso.

E não havia nadinha de errado nisso.

Então, quando ele se aproximou de mim no Fogaréu, que era apenas uma grande fogueira onde os Guardiões mais jovens se reuniam à noite para passar tempo, e perguntou se eu queria ir para a casa dele assistir a um filme, não precisei que me perguntasse duas vezes.

Agora Clay queria me beijar. E eu queria ser beijada.

— Trinity? — ele disse, e eu me encolhi quando vi que seus dedos de repente estavam perto do meu rosto. Ele pegou uma mecha de cabelo que caiu na minha bochecha e a ajustou atrás da minha orelha. Sua mão permaneceu ali. — Você tá fazendo de novo.

— Fazendo o quê?

— Sumindo — ele disse. Eu tinha sumido, e fazia muito isso. — Para onde você foi?

Eu sorri.

— Lugar nenhum. Tô aqui.

Aqueles olhos de Guardião, de um azul-céu brilhante, espreitaram os meus.

— Que bom.

Meu sorriso cresceu.

— Só um beijo? — ele repetiu.

A euforia se intensificou, e eu soltei a respiração lentamente.

— Só um beijo.

Ele sorriu enquanto se inclinava para mim, pendendo a cabeça para que as nossas bocas se alinhassem. Os meus lábios abertos em antecipação. Eu já tinha sido beijada antes. Uma vez. Bem, eu é que tinha beijado alguém. Eu beijei Misha quando tinha dezesseis anos, e ele retribuiu o beijo, mas depois ficou muito esquisito, porque ele era como um irmão para mim, e nenhum de nós curtiu essa ideia.

Além disso, as coisas não deveriam ser assim entre mim e Misha, por causa do que ele era.

Por causa do que eu era.

Os lábios de Clay tocaram os meus e estavam quentes e... secos. A surpresa se apossou de mim. Pensei que eles estariam, não sei, *mais molhados*. Mas foi... bom, especialmente quando a pressão do beijo aumentou e os lábios dele abriram os meus, e então foi *intenso*. A boca dele se moveu contra a minha, e eu retribuí o beijo.

Não quis impedi-lo quando a mão que estava na minha nuca deslizou pelas minhas costas até chegar no meu quadril. Aquilo também foi agradável, e quando Clay me reclinou para trás, segui seu movimento, colocando as minhas mãos em seus ombros enquanto ele pairava sobre mim, usando o braço para sustentar o seu peso, de maneira que não me esmagasse.

A temperatura corporal dos Guardiões era alta — mais alta do que a dos humanos, mais alta do que a minha —, mas ele parecia mais quente ainda, como se estivesse prestes a entrar em combustão.

E eu... eu me sentia meio... morna.

Nos beijamos diversas vezes, e aqueles beijos já não eram mais secos, e gostei da forma como a parte inferior do corpo dele se assentou sobre mim, como se movia contra o meu corpo, em um ritmo misterioso que parecia indicar que aquilo deveria, que poderia, ser mais — se eu quisesse.

E isso era... *bom.*

Bom como quando ele segurou a minha mão no caminho para a casa dele. Assim como a vela que ele acendeu, que cheirava a melancia e limonada — havia algo de romântico naquilo, e na maneira como sua mão se abria e fechava no meu quadril. Eu me senti quente e bem, não animada o suficiente para rasgar minhas roupas e ir direto ao ponto, mas isso era... era muito bom.

Então a mão dele estava sob a minha camisa e subindo, ficando sobre o meu seio.

Espera aí.

Estiquei um braço e agarrei a mão dele enquanto me afastava, separando as nossas bocas.

— Opa.

— O quê? — Seus olhos ainda estavam fechados, sua mão ainda estava no meu seio e seus quadris *ainda* se moviam.

— Eu disse que era só um beijo — eu o lembrei, puxando sua mão. — Isso é mais do que um beijo.

— Você não tá curtindo?

Eu estava? Eu tinha curtido, a palavra-chave sendo *tinha.*

— Não mais.

Eu não tinha ideia de como *não mais* poderia ser entendido como *me beije de novo*, mas foi isso o que Clay fez. Ele pressionou a boca contra a minha, e essa pressão já não era legal. Quase me machucava.

A irritação se acendeu em mim como um fósforo riscado. Fechando a minha mão com força em seu braço, eu o tirei de debaixo da minha camisa. Empurrei seu peito, interrompendo o beijo.

Eu o encarei com raiva.

— Sai.

— Nem deu pra entrar — resmungou, levantando-se, mas o movimento não foi remotamente rápido o suficiente depois daquele comentário grosseiro.

Eu o empurrei — empurrei *com força.* Clay caiu para longe de mim e para o lado, em direção ao vazio. Ele caiu no chão, seu peso fazendo a TV estremecer e a chama da vela oscilar.

— Mas que diabos? Clay exigiu enquanto se sentava. Ele parecia atordoado por eu ser capaz de fazer aquilo.

— Eu te disse que não estava gostando disto. — Eu joguei minhas pernas para fora do sofá e fiquei de pé. — E você não parou.

Clay olhou para mim, piscando devagar, em estado de choque. Era como se ele nem tivesse me ouvido.

— Você me empurrou pra longe de você.

— Sim, empurrei, porque você é um escroto. — Passei por cima das pernas dele e depois pela janela, indo até a porta.

Ele se ergueu de maneira abrupta.

— Você não parecia me achar um escroto quando tava me implorando pra te beijar.

— *Quê?* Ok. Então vamos de *fake news* — eu retruquei. — Eu não te implorei. Você me perguntou se podia me beijar e eu disse que era só um beijo. Não distorça o que acabou de acontecer.

— Que seja. Quer saber? Eu nem tava curtindo.

Revirando os olhos, eu me voltei para a porta.

— Pois parecia muito que você tava.

— Só porque você é a única fêmea aqui que não espera que eu vá acasalar com ela.

Acasalar, em linguagem de Guardião, não significava transar. Significava casar e ter uma cacetada imensa de mini Guardiões, e eu já estava para além de insultada neste momento. Não só porque isso era algo super errado de se dizer da parte dele, mas também porque colocava o dedo na minha ferida.

Não havia alguém para mim aqui, nenhum relacionamento que pudesse ser considerado sério. Guardiões não se misturavam com humanos.

Nem sequer se misturavam com a minha espécie.

— Tenho certeza de que não sou a única fêmea aqui que não quer acasalar com você, seu babaca.

Clay se moveu com a velocidade de um Guardião. Num momento ele estava ao lado do sofá e no outro, estava à minha frente.

— Você não precisa ser uma...

— Escolha suas palavras com sabedoria, colega. — A irritação estava rapidamente transformando-se em raiva, e tentei me acalmar, porque... coisas ruins aconteciam quando eu ficava irritada.

E essas coisas ruins geralmente envolviam sangue.

Um músculo pulsou ao longo da mandíbula dele, e seu peito se inflou com uma respiração profunda antes que seu belo rosto suavizasse.

— Sabe, vamos começar de novo. — Sua mão se moveu para longe da minha visão frontal e pousou no meu ombro. Eu me sobressaltei, assustada com o contato inesperado.

Movimento errado da parte dele, porque eu *não* gostava de ser surpreendida.

Segurei seu braço.

— Depois você pode me contar o quanto dói quando você cai no chão?

— Como é? — A boca de Clay ficou ligeiramente aberta.

— Porque você está prestes a cair com força. — Torci-lhe o braço, e houve um breve segundo em que vi o choque estampar seu rosto. Ele era um Guardião em treinamento, preparando-se para ser o guerreiro que o mundo sabia que os Guardiães eram, e ele não entendia como eu ganhara vantagem tão rápido.

E então ele não estava pensando em nada.

Girei-o e me apoiei para trás na minha perna direita. Chutei para frente com a esquerda, sem me conter nem um pouquinho enquanto meu pé se encontrava de maneira perfeita com o centro das costas dele. Incrivelmente orgulhosa de mim mesma, esperei que ele caísse de cara.

Só que não foi isso o que aconteceu.

Clay voou pela sala e bateu na janela. O vidro rachou e cedeu e, em seguida, lá se foi ele pela janela, para o quintal. Ouvi-o cair no chão. Parecia um pequeno terremoto.

— Ops — sussurrei, pressionando as minhas mãos contra as bochechas. Fiquei parada ali por, tipo, meio minuto, e então disparei para a frente, correndo para a porta de entrada. — Ai, não, não, não.

Por sorte, a luz da varanda estava acesa e era forte o suficiente para ver onde Clay estava.

Ele tinha aterrissado numa roseira.

— Ai, Céus. — Desci os degraus enquanto Clay rolava para fora do arbusto, de lado, grunhindo. Parecia vivo. Era um bom sinal.

— Mas que diabos?

Eu me sobressaltei com o som e levantei o olhar, reconhecendo a voz primeiro. Misha. Ele saiu das sombras, parando sob o brilho da luz da varanda. Longe demais de mim para vê-lo com clareza, mas eu não precisava enxergar a sua expressão para saber que ele tinha aquele olhar, uma mistura de decepção e descrença.

Misha se virou de onde Clay estava caído no chão para mim, para a janela e depois de volta para mim.

— Será que eu quero saber? — Não havia um único pedacinho de mim que estivesse surpreso em ver Misha. Eu sabia que era apenas uma questão de tempo até ele perceber que eu tinha me esgueirado para longe do Fogaréu e acabado aqui.

Fomos criados juntos, recebendo o mesmo treinamento assim que ambos pudemos andar com nossos próprios pés, e ele esteve presente no meu primeiro joelho ralado quando eu tentei e não consegui acompanhá-lo — o que o fez rir de mim —, e ele esteve presente na primeira vez em que a minha vida desabou ao meu redor.

Misha tinha se transformado de um bobo adorável, sardento e ruivo para um cara que era uma gracinha. Eu tive uma quedinha por ele por cerca de duas horas quando eu tinha dezesseis anos, que foi quando eu o beijei.

Tive muitas paixões de curta duração.

Mas Misha era mais do que o meu companheiro ou o meu melhor amigo em todo o mundo. Ele era meu *Protetor*, ligado a mim desde que eu era uma garotinha, e esse vínculo era intenso.

Intenso do tipo que se eu morresse, ele morria, mas se ele morresse primeiro, o vínculo seria cortado e então outro Guardião tomaria o lugar dele. Sempre achei isso injusto, mas o vínculo não era *completamente* unilateral. O que havia em mim, o que eu era, o alimentava, e os seus poderes de Guardião muitas vezes compensavam a minha parte humana.

De certa forma, éramos dois lados da mesma moeda, e eu tinha violado algum tipo de regra celestial quando o beijei. De acordo com o meu pai, os Protetores e os seus protegidos nunca deveriam se envolver em safadezas divertidas. Em tese, isto tinha a ver com o vínculo, mas eu não tinha ideia do que isso significava de verdade. Tipo, o que um relacionamento poderia realmente fazer com o vínculo? Perguntei ao meu pai, mas ele olhou para mim como se eu o tivesse pedido para explicar como se fazia um bebê.

Nada disso significava que eu estava menos irritada no momento.

— Eu tenho tudo sob controle. — Gesticulei em direção a Clay, que gemia no chão. Eu conseguia ver pontinhos escuros em seu rosto. Espinhos? Nossa, esperava que sim. — Obviamente.

— Você fez isso? — Misha me encarou.

— Sim? — Cruzei os braços quando Clay começou a levantar. — E eu não me sinto nem um pouco mal com isso. Ele não entendeu o que "só um beijo" queria dizer.

Misha se voltou para Clay.

— É mesmo?

— Mesmo — respondi.

Rosnando baixinho, Misha andou até Clay, que finalmente tinha conseguido ficar de joelhos. Ele estava prestes a receber uma ajudinha para levantar. Agarrando-o pela parte de trás da camisa, Misha levantou Clay do chão e o girou de modo que eles ficassem frente a frente. Quando ele o soltou, o Guardião mais baixo cambaleou um passo para trás.

— Ela disse que não e você não ouviu? — Misha exigiu.

Clay levantou a cabeça.

— Não era o que ela queria dizer...

Movendo-se tão rápido quanto um raio, Misha engatilhou o braço e acertou o punho bem no meio do rosto idiota de Clay. Lá se foi ele, mais uma vez ao chão, pela segunda vez esta noite.

Eu sorri com desdém.

— Assim como eu não queria fazer isso? — Misha disse, agachando-se. — Quando alguém diz não, é não.

— Mas que Inferno — choramingou Clay, cobrindo metade do rosto com a mão. — Acho que você quebrou o meu nariz.

— Não estou nem aí.

— Jesus. — Clay começou a ficar de pé, mas caiu de bunda no chão.

— Você precisa pedir desculpa pra Trinity — ordenou Misha.

— Que seja, cara. — Clay se esforçou para levantar, sua voz abafada quando ele se virou para mim: — Sinto muito, Trinity.

Levantei uma mão e estendi o dedo médio.

Misha não tinha terminado de falar com ele.

— Você não vai mais falar com ela. Você nem sequer vai olhar pra ela ou respirar perto dela. Se fizer, vou te jogar outra vez pela janela e fazer muito mais estrago.

Clay baixou a mão e pude ver o sangue escuro escorrendo por seu rosto.

— Você não me jogou pela...

— Você obviamente não entendeu — rosnou Misha. — Eu *te joguei* pela janela, e eu vou fazer coisa pior da próxima vez. Você me entendeu?

— Sim. — Clay passou uma mão ao longo da boca. — Entendi.

— Então saia da minha frente.

Clay disparou para dentro e bateu a porta atrás de si.

— Você precisa voltar pra casa. — A voz de Misha era áspera quando ele pegou a minha mão e me conduziu pelo quintal, para as sombras.

Deixei-o guiar o caminho, porque uma vez longe das luzes dos postes, eu não conseguia ver porcaria alguma.

— Thierry precisa saber disso — eu disse quando chegamos à calçada que levava de volta para a casa principal.

— Ah, pode ter certeza, vou contar a Thierry. Ele precisa saber, e Clay precisa receber muito mais do que uma boa surra.

— Concordo. — Uma grande parte de mim queria voltar e chutar Clay por outra janela, mas eu deixaria Thierry lidar com isso daqui para frente, embora isso levasse a uma conversa muito constrangedora com o homem que era como um segundo pai para mim.

Mas Thierry estava em posição de fazer mais. Ele era o chefe aqui, e não apenas um líder de clã, mas um Duque, supervisionando todos os outros clãs e os muitos postos avançados no Médio Atlântico e no Vale do Rio Ohio. Em suma, ele era responsável por treinar todos os novos guerreiros e por garantir que a comunidade permanecesse segura e relativamente escondida.

Ele podia garantir que Clay aprendesse a nunca, nunca mais fazer isso.

Misha parou quando estávamos longe o suficiente da casa de Clay.

— Precisamos conversar.

Suspirei.

— Eu realmente não quero levar uma bronca agora. Eu sei que você tem boas intenções, mas...

— Como você o jogou de uma janela? — ele perguntou, interrompendo-me.

Uma careta puxou meus lábios enquanto eu olhava para o rosto sombrio de Misha.

— Eu o empurrei e daí eu... bem, eu o chutei.

Soltando a minha mão, colocou uma das suas sobre os meus ombros.

— Como você conseguiu chutá-lo pela janela, Trin?

— Bem, veja só, eu levantei a minha perna, como me treinaram...

— Não foi isso que eu quis dizer, sua engraçadinha. — Misha me interrompeu. — Você tá ficando mais forte. Muito mais forte.

Um arrepio deslizou pela minha coluna e dançou sobre a minha pele. Eu realmente estava cada vez mais forte, mas imaginei que, a cada ano que passasse, isso continuaria acontecendo para nós dois até que...

Até o quê?

Por alguma razão, sempre pensei que alguma coisa aconteceria quando eu completasse dezoito anos, mas o meu aniversário já foi há mais de um mês, e ainda estávamos aqui, anônimos e bem escondidos, apenas à espera do momento em que eu fosse convocada pelo meu pai para lutar.

Eu não estava vivendo.

Misha também não.

O sentimento bastante familiar de descontentamento começou a assentar sobre mim como um cobertor muito pesado, mas eu o afastei.

Agora não era hora de pensar em nada disso, porque a verdade é que eu estava ficando cada vez mais forte já há algum tempo. Estava ficando mais rápida, também, mas eu conseguia me conter quando treinava com Misha.

Só tinha perdido a calma esta noite. Mas poderia ter sido muito pior.

— Eu não pretendia exatamente chutá-lo pela janela, mas tô feliz que chutei — eu disse, abaixando o olhar para o suéter escuro que eu usava. — Ele pareceu... assustado com o quão forte eu era.

— Claro que sim, Trin, porque quase todo mundo aqui pensa que você é apenas uma humana.

Mas eu não era.

Eu também não era parte-Guardiã, e eles eram tipo super-heróis da vida real, caçando os bandidos; se super-heróis fossem, bem, gárgulas.

Até pouco mais de dez anos atrás, as estátuas de aparência bestial empoleiradas em igrejas e edifícios pelo mundo eram vistas apenas como maravilhas arquitetônicas, mas então elas vieram a público, expondo ao mundo que muitas dessas estátuas eram, na verdade, criaturas de carne e osso.

Após um período inicial de choque, as pessoas perceberam que os Guardiões eram apenas mais uma espécie e os aceitaram. Bem, pelo menos a maioria dos humanos aceitaram. Havia fanáticos, como a Igreja dos Filhos de Deus, que acreditavam que os Guardiões eram um sinal do fim dos tempos ou algo besta assim, mas a maioria das pessoas os aceitavam, e mesmo que às vezes eles ajudassem a polícia caso encontrassem com um ser humano criminoso, os Guardiões tinham sua mira em vilões maiores.

Demônios.

O grande público não tinha ideia de que os demônios eram reais, ou de como eles eram, ou de quantas espécies diferentes de fato existiam. Diabos, eles não tinham ideia de que muitos demônios se misturavam entre eles tão bem que alguns haviam sido eleitos para cargos governamentais de grande poder e influência.

A maioria das pessoas acreditava que os demônios eram criaturas míticas bíblicas, porque algum tipo de lei celestial exigia que a humanidade permanecesse no escuro quando se tratava de demônios, centrando-se na ideia incontestável de fé cega.

A humanidade deve crer em Deus e no Céu, e a sua fé deve vir de um lugar puro, não do medo de consequências celestiais. Se a humanidade alguma vez descobrisse que o Inferno é real, as coisas iriam piorar rapidamente para todos, incluindo os Guardiões.

Cabia aos Guardiões despachar os demônios e manter a humanidade na ignorância, de maneira que as pessoas pudessem viver e prosperar com seu livre arbítrio e coisa e tal.

Pelo menos foi isso que nos disseram; era nisso em que acreditávamos.

Quando eu era mais nova, eu não entendia. Tipo, se a humanidade soubesse que os demônios eram reais, eles poderiam proteger-se deles. Se eles soubessem que, digamos, matar um ao outro realmente significava que receberiam uma passagem só de ida e sem reembolso para o Inferno, eles poderiam *agir* da maneira certa, mas essas ações podiam não ser por vontade própria. Thierry tinha me explicado uma vez.

A humanidade deve estar sempre na posição de exercer o livre arbítrio sem medo de consequências.

Mas os Guardiões das Terras Altas do Potomac, a sede ancestral do poder dos clãs do Médio Atlântico e do Vale do Rio Ohio, onde os guerreiros eram treinados para proteger as cidades humanas e lutar contra a população crescente de demônios, tinham um propósito que se estendia além do treinamento.

Eles estavam *me escondendo*.

A maioria dos que viviam na comunidade não sabia disso, incluindo Clay e o seu cabelo estúpido que lhe caía na testa. Ele nem sabia que eu podia ver fantasmas e espíritos, e, sim, havia um mundo de diferença entre os dois. Eu podia contar em uma mão quantos sabiam a verdade. Misha. Thierry e o seu marido, Matthew. Jada. E só.

E isso nunca mudaria.

A maioria dos Guardiões acreditava que eu era apenas uma humana órfã pela qual Thierry e Matthew sentiram pena, mas eu estava longe de ser apenas uma humana.

A parte de mim que era humana veio da minha mãe. Cada vez que me olhava no espelho, eu a via olhando-me de volta. Ganhei dela o meu cabelo escuro e os meus olhos castanhos, bem como o tom de pele oliva vindo das suas raízes sicilianas. Eu também tinha o rosto dela. Olhos grandes. Talvez um pouco grandes demais, porque eu conseguia me fazer parecer incomodada sem muito esforço. Eu tinha as maçãs do rosto salientes e o nariz pequeno que se curvava ligeiramente para um lado na ponta. Eu também tinha a sua boca larga, muitas vezes expressiva.

Não eram as únicas coisas que herdei da minha mãe. Eu também tinha a genética lixo da família dela.

O meu lado não humano... bem, eu não *me parecia* com o meu pai.

Nem um pouco.

— Um humano não consegue dar um soco ou chutar um Guardião para longe, nem mesmo alguns centímetros — disse Misha, observando o óbvio. — Não tô dizendo que você não deveria ter feito o que fez, mas precisa ter cuidado, Trin.

— Eu sei.

— Sabe mesmo? — ele perguntou baixinho.

Minha respiração ficou presa e eu fechei os olhos. Eu sabia, sim. Deus, sabia mesmo. Clay merecia o que eu fiz e muito mais, mas eu precisava ter cuidado.

E apesar de Thierry precisar saber o que tinha acontecido com Clay, porque se ele se comportou assim comigo, era improvável que eu fosse ser a única, Thierry já tinha muita coisa na cabeça.

Desde que o líder do clã de Guardiões em DC morreu, em janeiro, as coisas estavam tensas aqui. Houve muitas reuniões a portas fechadas, mais do que o normal, e eu tinha ouvido — bem, espionado — Thierry falando sobre ataques crescentes, e não apenas em postos avançados, mas em comunidades quase tão grandes quanto a nossa, o que era raro.

Há apenas algumas semanas, alguns demônios tinham chegado perto do nosso perímetro. Aquela noite...

Aquela noite tinha sido ruim.

— Você acha que Clay vai dizer alguma coisa? — perguntei.

— Se ele tiver dois neurônios funcionando, não — Misha colocou um braço em volta dos meus ombros e me puxou para a frente. Eu plantei meu rosto no peito dele. — Ele provavelmente tá com medo demais pra dizer qualquer coisa.

— Com medo de mim — eu disse, e sorri.

Misha não riu como eu esperava que ele fizesse. Em vez disso, senti o queixo dele repousar sobre a minha cabeça. Um longo momento se passou.

— A maioria dos Guardiões aqui não tem ideia do que estão escondendo. Eles não podem saber o que você é — ele disse o que eu já sabia, o que eu sempre soube. — Eles nunca podem saber.

Acordando de um salto e arquejando, eu me sentei na cama. Havia demônios fora dos muros do complexo.

Não havia sirenes alertando os moradores para procurar abrigo, que era o que acontecia quando demônios se aproximavam do perímetro. A propriedade estava silenciosa como um túmulo, mas eu sabia que havia demônios por perto. Uma espécie de radar demoníaco interno me dizia que sim.

O brilho suave e luminoso das estrelas estampadas no meu teto se desvaneceu quando acendi a luminária de cabeceira e me levantei com rapidez da cama.

Eu prontamente vesti uma calça moletom preta e uma blusa, porque sair para investigar enquanto estava vestindo uma calcinha que tinha as palavras *Cansada-feira* estampada na bunda não era exatamente a melhor das ideias.

Ir lá fora provavelmente seria considerado uma má ideia, mas não cheguei a me dar tempo para pensar nisso.

Eu coloquei meus tênis de corrida enquanto pegava as adagas de ferro na minha cômoda, um presente de aniversário de dezoito anos de Jada, e saí em silêncio para o corredor bem iluminado. Todas as luzes da casa ficavam acesas para mim, para o caso de eu ter uma fominha no meio da noite. Ninguém queria que eu tropeçasse devido à falta de visibilidade, caindo dos degraus e quebrando o meu pescoço, então a mansão era como um maldito farol.

Eu não conseguia nem sequer mensurar como era a conta de luz.

O metal frio das adagas se aqueceu contra a palma da minha mão enquanto eu caminhava com destreza do terceiro andar para o andar principal, correndo antes que qualquer um, ou seja, a minha sombra sempre presente, descobrisse que eu estava em pé.

Misha iria surtar se me pegasse, especialmente depois de tudo o que tinha acabado de acontecer com Clay na noite anterior.

Thierry também.

Mas esta era a segunda vez em um mês que demônios se aproximavam dos muros, e da última vez eu fiz o que se esperava de mim. Eu fiquei abrigada em segurança nas muralhas da casa de Thierry, guardada não apenas por Misha, mas por um clã inteiro de Guardiões que estavam dispostos a dar as suas vidas por mim, mesmo que não soubessem que era isso que estavam fazendo.

Dois tinham morrido naquela noite, estripados pelas garras afiadas de um demônio de Status Superior. Despedaçados de uma forma tão terrível que quase nada restara deles para enterrar, muito menos para mostrar aos seus entes queridos.

Isso não ia acontecer de novo.

Fazer o que me era dito, fazer o que se esperava de mim, quase sempre acabava com outra pessoa pagando o preço pela minha inação.

Pela minha segurança.

Até a minha mãe.

Saí pela porta dos fundos e entrei no ar frio montanhoso do início de junho, depois disparei em uma corrida em direção ao lado esquerdo dos muros, a parte que eu sabia que não estaria monitorada tão fortemente quanto a frente. O fraco brilho das lâmpadas da cidade e das luzes solares desapareceu, lançando o terreno limpo na escuridão total. Os meus olhos não se ajustaram. Eles nunca se ajustavam à noite, mas eu conhecia este caminho como a palma da minha mão, tendo explorado quase cada centímetro da comunidade de vários quilômetros ao longo dos anos. Eu não precisava dos meus olhos de merda para me guiar através do grupo espesso de árvores enquanto acelerava o meu passo. O vento levantou longos fios de cabelo escuro do meu rosto. Quando sobrepus o último dos olmos antigos, sabia exatamente quantos metros existiam entre mim e o muro, embora não pudesse vê-lo na escuridão.

Quinze.

O muro em si tinha um tamanho tremendo, a altura equivalente a um edifício de seis andares. A primeira vez em que tentei pulá-lo, acabei batendo na lateral como um inseto em um para-brisa.

Aquilo tinha doído.

Na verdade, foram necessárias algumas dúzias de tentativas antes de eu conseguir subir o muro, e pelo menos o dobro antes que conseguisse fazê-lo várias vezes com sucesso.

Eu peguei impulso enquanto uma erupção de poder e força explodia através de mim. Mexendo os braços, mudei as adagas para uma mão quando cheguei a seis metros do muro, e então eu *pulei*.

Era como voar.

O fluxo de ar, a ausência de peso e nada além de escuridão e tênues luzes cintilantes no céu. Por alguns segundos preciosos, eu estava livre.

E então atingi o muro, perto do topo. Atingindo com a minha mão o cimento liso da borda, eu me segurei com a mão livre antes que caísse. Os músculos do meu braço gritaram enquanto eu estava pendurada ali por alguns segundos precários, e depois me puxei, balançando-me para cima da beirada.

Respirando pesado, sacudi a queimação no meu braço esquerdo e, em seguida, peguei as adagas em ambas as mãos enquanto me esforçava para ouvir qualquer coisa na escuridão, um sinal de onde a ação estava acontecendo.

Lá.

A minha cabeça se virou para a direita. Ouvi o som de vozes masculinas graves perto da entrada. Guardiões. Mesmo que seus sentidos aguçados os alertassem para a presença de demônios, eles não estavam cientes. Os meus sentidos eram mais aguçados, e eu sabia que seria apenas uma questão de minutos antes que os Guardiões tomassem conhecimento dos demônios.

Eu tinha uma escolha.

Soar o alarme e enviar os Guardiões para a floresta montanhosa que rodeava a comunidade. Havia uma boa chance de que alguns se machucassem, talvez até morressem, mas era isso que Thierry exigiria de mim, o que Misha estava destinado a garantir.

Era o que eu tinha feito, mais de uma vez, em situações diferentes, e todas elas tinham terminado da mesma forma.

Eu sem um arranhão e outra pessoa, morta.

Ou eu poderia mudar esse desfecho, dar cabo dos demônios antes que eles sequer soubessem com o que estavam lidando.

Eu já tinha me decidido quando saíra da casa.

Saltar do muro para o chão resultaria em um ou dois ossos quebrados para mim, e já que experiência anterior provara isso, eu fiz meu caminho com cuidado ao longo da borda estreita até o lugar onde eu sabia de uma árvore próxima que se esticava em direção à muralha, embora eu não pudesse vê-la. Parei depois de percorrer seis metros para a minha esquerda, respirei fundo, fiz uma pequena oração e depois me agachei. Os músculos das pernas tensionaram. As minhas mãos agarraram as adagas.

Um. Dois. Três.

Eu pulei no vazio, erguendo as adagas enquanto levava meus joelhos até a barriga. Senti o primeiro roçar de folhas sussurrante, estendi as minhas pernas e depois mirei as adagas. Suas extremidades perversamente afiadas se enfiaram na casca da árvore, arranhando fundo enquanto eu deslizava pelo tronco, parando quando meus pés tocaram um galho grosso.

Exalando pesadamente, libertei as adagas e depois me ajoelhei, usando as mãos para guiar o meu caminho. Fechei os olhos e deixei o instinto tomar conta. Deslizando do galho, pousei agachada, silenciosa enquanto permanecia ali por um segundo antes de levantar. Fui em direção à minha esquerda, indo mais fundo na floresta, deixando a pressão crescente ao longo da nuca guiar o meu caminho. Cerca de trinta metros depois, parei em uma clareira cortada por um riacho estreito e mal iluminada pelo luar prateado. O cheiro de solo fértil me preencheu enquanto eu olhava em volta. A minha frequência cardíaca aumentou quando um sentimento de opressão pesada se instalou em meus ombros.

Com os dedos relaxando e apertando o cabo das adagas, examinei as sombras que se aglomeravam nas árvores. Elas pareciam pulsar enquanto eu apertava os olhos, e o impulso exigia que eu avançasse, mas eu sabia que não podia confiar no que os meus olhos estavam dizendo. Fiquei perfeitamente imóvel, à espera...

Crack.

Um galho estalou atrás de mim. Girando, eu movi a adaga em um movimento de arco alto e arrebatador.

— Meu Deus — uma voz grunhiu, e então uma mão firme e quente se fechou no meu pulso. — Você quase arrancou a minha cabeça, Trin.

Misha.

Apertei os olhos, incapaz de distinguir seu rosto na escuridão.

— O que você tá fazendo aqui?

— É sério que você tá me perguntando isso? — Ele segurou meu braço enquanto o ar se agitava ao nosso redor. Misha se inclinou, e tudo o que pude distinguir foram os olhos azuis vibrantes e brilhantes de um Guardião. — O que você tá fazendo fora dos muros no meio da noite com as suas adagas?

Não adiantava mentir agora.

— Tem demônios por aqui.

— Quê? Não sinto a presença de demônios.

— Isso não significa que não estejam aqui. Eu posso senti-los — disse a ele, puxando meu braço. Ele me soltou. — Eles estão próximos, mesmo que você ainda não consiga sentir.

Misha ficou em silêncio por um momento.

— Essa é mais uma razão pela qual você deveria estar em qualquer lugar, menos aqui. — A raiva se entrelaçava em sua voz. — Você é mais esperta do que isso, Trinity.

A irritação borbulhou na minha pele quando me afastei de Misha para olhar, meio sem objetivo, para as sombras, como se eu pudesse magicamente fazer os meus olhos funcionarem melhor.

— Estou cansada de ser esperta, Misha. Ser esperta faz com que as pessoas sejam mortas.

— Ser esperta mantém *você* viva, e isso é tudo o que importa.

— Isso é tão errado. Não pode ser a única coisa que importa. — Quase bati o pé, mas de alguma forma consegui ficar parada. — E você sabe que eu posso lutar. Eu posso lutar melhor do que qualquer um de vocês.

— Tente não ser tão confiante, Trin — ele respondeu, seu tom tão seco quanto um deserto.

Ignorei isso.

— Tem alguma coisa acontecendo, Misha. Esta é a segunda vez em um mês que demônios se aproximam do muro. Nos últimos seis meses, quantas comunidades foram atacadas? Eu parei de contar quando atingiu dois dígitos, mas não é preciso ser um gênio para perceber que cada comunidade que foi atacada tem sido mais e mais perto desta, e cada vez que eles conseguiram romper os muros nas outras comunidades, ficou evidente que eles estão procurando por algo. Estão fazendo varreduras.

— Como você sabe disso? Tem andado bisbilhotando Thierry outra vez?

Dei um sorriso rápido.

— Não importa como eu sei. Tem alguma coisa acontecendo, Misha. Você sabe disso. Demônios podem mirar os complexos menores nas cidades, mas eles não são estúpidos o suficiente pra tentar invadir um lugar como este, como fizeram com algumas das outras comunidades.

Ele ficou quieto por um momento.

— Você acha que... eles sabem sobre você? Que estão à sua procura? — ele perguntou, e um belo arrepio deslizou pela minha coluna. — Isso é impossível. Não tem como eles saberem que você existe.

Um mal-estar inflamou a boca do meu estômago.

— Nada é impossível — lembrei-o. — Sou a prova viva disso.

— E mais uma vez, se o que você suspeita é verdade, o último lugar que você deveria estar é aqui.

Revirei os olhos.

— Eu vi isso — ele retrucou.

— Isso é impossível — Olhei por cima do ombro, na direção de onde ele estava. — Você tá atrás de mim.

— Achei que você tinha acabado de dizer que nada é impossível.

— Tanto faz — murmurei.

O suspiro de Misha poderia ter sacudido as árvores à nossa volta.

— Se o teu pai soubesse que você tá aqui fora...

Bufei como um leitão.

— Como se ele estivesse remotamente prestando atenção em mim.

— Você não sabe disso — respondeu Misha. — Ele poderia estar nos observando agora mesmo. Diabos, ele poderia estar observando você com Clay ontem à noite...

— Eca, calma lá. Não diga isso.

— Eu só... — Ele deixou a frase morrer.

Então Misha sentiu.

Eu sabia que sim porque ele xingou baixinho e a pressão na minha nuca deu lugar a uma série de formigamentos agudos que se espalharam pelo espaço entre as minhas omoplatas.

Os demônios estavam aqui.

— Se eu te disser para voltar para o muro, você vai ouvir? — Misha perguntou quando deu um passo sob o luar. O brilho prateado reluzia na pele cinza-ardósia e nas grandes asas. Dois chifres se torciam para trás de seu crânio, separando cachos ruivos.

Eu ri.

— O que você acha?

Misha suspirou.

— Tente não morrer, porque eu gostaria de continuar vivo.

— Tá mais pra *você* tentar não morrer — retruquei, examinando as sombras cada vez maiores —, porque eu realmente não quero acabar vinculada a um estranho qualquer.

— É, isso seria péssimo pra você — ele murmurou, seus ombros se endireitando enquanto sua postura se alargava. — Enquanto isso, vou só estar morto.

— Bem, se você estiver morto, não é como se fosse mais se importar com alguma coisa — eu raciocinei. — Porque, sabe, você estaria *morto*...

Misha levantou uma mão enorme com garras, silenciando-me.

— Você tá ouvindo isso?

A princípio, não ouvi nada além do chamado distante de um pássaro ou possivelmente de um chupa-cabra. Estávamos nas montanhas da Virgínia Ocidental; tudo era possível. Mas então ouvi: um farfalhar de arbustos e galhos quebrados, uma série de estalidos e rangidos. Arrepios subiram pelos meus braços.

Não parecia que um chupa-cabra estivesse fazendo esse som.

Os holofotes posicionados no alto do muro se acenderam, enchendo a floresta com uma intensa luz branca azulada, sinalizando que os Guardiões nos muros agora sentiam os demônios.

E eu provavelmente ia ser pega aqui fora e estar em uma encrenca enorme.

Agora era tarde demais.

O farfalhar ficou mais alto e as sombras entre as árvores pareciam se deformar e se espalhar. Todos os músculos do meu corpo ficaram tensos, e então eles vieram, disparando dos arbustos e correndo pela clareira. Dezenas deles.

Demônios Torturadores.

Capítulo 2

Eu nunca tinha visto um demônio Torturador antes; eu só tinha lido sobre eles em aula e ouvido alguns dos outros Guardiões falarem sobre eles. Nada do que já tivessem descrito para mim fez justiça a essas criaturas.

Eles eram como ratos — ratos gigantes sem pelos que corriam sobre duas pernas, tinham dentes que um grande tubarão branco invejaria e garras que poderiam cortar até mesmo a pele de pedra de um Guardião.

— Bem, isso é uma avalanche de pesadelos — murmurei.

Misha bufou uma risada.

Torturadores eram aproveitadores, demônios necrófagos que caçavam humanos fracos e cadáveres de animais e, bem, qualquer coisa morta. Não atacavam instalações de Guardiões.

— Tem alguma coisa errada aqui — sussurrou Misha, obviamente seguindo a mesma linha de pensamento que eu. — Mas isso não importa agora.

Não.

Não importava.

Pelo menos seis deles foram direto para Misha, vendo e sentindo que ele era um Guardião. Eu? Eles praticamente me ignoraram, provavelmente porque eu cheirava a um bom e velho humano.

Esse foi o primeiro e o último erro deles.

O combate corpo a corpo não era exatamente fácil para mim, não quando a minha visão estava restrita a um túnel estreito, então eu precisava ser cuidadosa. Eu tinha que ser inteligente e manter distância.

Misha disparou para a frente, girando em um círculo largo. Uma de suas asas pegou o Torturador mais próximo, derrubando a criatura alguns metros para trás enquanto enfiava a mão com garras no centro do peito de outro Torturador.

O som úmido e crocante revirou meu estômago.

Outro Torturador se lançou no ar, usando suas pernas poderosas. Estava indo diretamente para as costas de Misha.

Deixei o instinto afiado tomar conta de mim. Levantei o braço e deixei a adaga voar.

Atingiu o alvo, encaixando-se profundamente no peito do Torturador. A coisa gritou quando despencou do ar e pousou de lado, já morta.

Misha girou em minha direção com a boca ligeiramente aberta.

— Como você faz isso?

— Sou especial. — Troquei a outra adaga para a minha mão direita. — E tem outro logo atrás de você.

Ele se virou, atingindo aquele demônio e nocauteando o otário no chão duro.

O meu lançamento de facas chamou a atenção de vários outros Torturadores. Um se afastou dos outros, galopando em minha direção enquanto seu som rangente ficava cada vez mais alto. Ele tentou me atingir, e eu mergulhei, sentindo o vento de seu braço agitar meu cabelo. Eu apareci atrás da criatura e chutei, pegando-a nas costas. O Torturador caiu no chão e rolou, mas eu não dei tempo para que se recuperasse. Mergulhei a adaga de ferro, cortando o seu esganiço de raiva.

Eu girei, mas não vi a cauda do outro Torturador até que ela acertou na minha perna. Eu gritei e pulei para trás, sentindo com clareza sua textura espessa e emborrachada através da minha calça de moletom.

— Ai, meu Deus, você tem um rabo — eu gemi, estremecendo. — Todos vocês têm rabo. Vou vomitar.

— Será que você pode segurar pra depois? — Misha perguntou de algum lugar atrás de mim.

— Sem promessas. — Estremecendo novamente, saltei para o lado e girei para enfiar a adaga no peito de outro Torturador. Um borrifo quente de sangue de demônio salpicou sobre o meu peito. — Ai, saco, agora eu vou ter que tomar um banho.

— Nossa, como você é reclamona.

Sorrindo, corri para a direita e encontrei o corpo em rápida decomposição do Torturador que eu havia derrubado com a primeira lâmina. Com o coração disparado, tirei a lâmina do peito dele e depois examinei a clareira. Restavam seis. Dei um passo à frente.

— Do seu lado! — Misha gritou.

Um raio de pânico iluminou meu peito enquanto eu me virava na altura da cintura. Saltando para trás, por pouco não era golpeada por aquelas garras. Isso teria sido ruim — *muito* ruim.

Se o meu sangue derramasse, no momento em que atingisse o ar, eles sentiriam o que eu era.

Eles entrariam em um frenesi — um frenesi de fome.

A coisa avançou em mim, a boca abrindo. Uma baforada de respiração rançosa me atingiu enquanto eu enfiava a adaga em seu peito.

— O que diabos você tem comido?

— Você provavelmente não vai querer saber — resmungou Misha.

Isso era verdade.

Eu me virei, encontrando outro Torturador vindo atrás de mim. Um canto dos meus lábios se ergueu quando uma onda de adrenalina se espalhou pelas minhas veias. Esse sentimento era tão melhor do que beijar. Girei as adagas nas mãos, completamente me exibindo, enquanto dava um passo à frente...

Uma enorme massa pousou à minha frente, sacudindo o chão e os olmos.

Foi o que me pareceu a princípio, apenas uma massa sólida de fúria irritada tão poderosa que era uma entidade tangível na floresta. Asas de um metro e oitenta se estenderam, bloqueando a minha visão de quase tudo.

E então meus olhos focaram. Vi cabelos ruivos na altura dos ombros e meu coração afundou. Matthew.

Ele não era apenas o marido de Thierry, mas também o segundo em comando aqui na sede ancestral, respondendo apenas ao Thierry.

Ele olhou por cima do ombro para mim. Suas feições eram um borrão, mas não havia dúvida da raiva em seu tom.

— Por favor, me diga que estou alucinando e você não está realmente aqui.

Olhei em volta.

— Bem…

— Leve-a de volta para a casa — Matthew trovejou enquanto vários outros Guardiões pousavam, causando o que pareceu ser um mini terremoto. — Se é que você acha que consegue realmente lidar com isso, Misha.

Ai, Céus.

Misha deixou cair um Torturador e, em seguida, pareceu desaparecer de onde estava.

Abri a boca para defender Misha e também para salientar que eu não precisava ser arrastada, mas, pela primeira vez na vida, sabiamente fechei a boca.

Mas então, Matthew, que era como um terceiro pai para mim, falou mais uma vez:

— Você é mais esperta do que isso, Trinity.

E então eu imprudentemente abri a boca.

— Eu tinha tudo sob controle. Obviamente.

Matthew girou em minha direção, e então vi aqueles olhos azuis queimando com uma fúria mal contida.

— Você tem tanta sorte que sou eu aqui e não Thierry.

Isso provavelmente era verdade.

De repente, Misha estava ao meu lado, e não me foi dada muita opção. Ele passou um braço em volta da minha cintura e depois se agachou. O que quer que eu estivesse prestes a dizer se perdeu em uma onda de ar frio e céu noturno.

Eu estava tão, tão encrencada.

Misha não estava falando comigo.

Ele estava sentado na sala de estar, pernas longas jogadas para cima no sofá, braços cruzados sobre o peito. O seu corpo ocupava as três almofadas. Ele estava assistindo a um comercial sobre algum tipo de frigideira mágica como se fosse a coisa mais interessante já registrada em filme.

Eu estava andando de um lado para o outro atrás do sofá, meus nervos chegando no limite. Eu poderia ter me escondido no meu quarto, fingido que estava dormindo, mas isso teria feito de mim uma covarde. E não havia sentido em adiar a bronca gigantesca que se aproximava.

Um borrão de movimento disparou na frente da TV. Misha não reagiu a isso, então meus olhos se estreitaram. Tinha sido Minduim, o meu "amigo" não exatamente vivo? Eu não tinha visto aquele encrenqueiro o dia todo. Só Deus sabia o que estava tramando.

Uma porta se abriu em algum lugar da casa enorme, fechando-se alguns segundos depois. Parei de andar. Só então Misha olhou para mim. Ele ergueu as sobrancelhas.

Passos pesados ecoaram pelo corredor do lado de fora da sala de estar, e eu me virei para a abertura em arco. Thierry entrou, puxando uma camisa limpa sobre sua cabeça careca. Ele ainda estava longe demais para eu entender muito da expressão em seu rosto marrom escuro. Matthew estava logo atrás dele, apenas um pouco mais baixo e menos largo. Juntei as mãos.

— Tenho várias coisas que preciso dizer, mas antes quero saber uma coisa — a voz profunda de Thierry ecoou —, o que diabos ela estava fazendo fora dos muros?

A minha boca se abriu.

— Não faço ideia — Misha tirou as pernas do sofá e se sentou, torcendo-se na cintura para ver Thierry. — Eu estava dormindo alegremente quando ela escapou.

Fechei a boca, imaginando como exatamente Misha sabia que eu estava fora dos muros se ele estava dormindo. O vínculo não o teria alertado para isso. Não funcionava assim.

— É sua responsabilidade saber onde ela está o tempo todo — respondeu Thierry —, mesmo que você esteja dormindo.

— Calma lá, isso parece um pouco demais — eu disse, entrando na conversa. — E fui eu quem pulou o muro, então não sei por que você tá perguntando a ele por que eu fiz isso.

Thierry se virou para mim, vagarosamente, e agora que ele estava mais perto, eu podia ver as linhas duras de sua mandíbula e os seus olhos estreitados. Opa! Devia ter mantido a boca fechada.

— Ele é o seu Protetor. Ele deveria saber onde você está.

Sem sequer olhar para Misha, pude sentir seu olhar afiado em mim.

— Ele não pode ser responsável por mim quando...

— Não tenho certeza se você entende completamente o papel dele, mas, sim, ele é *sempre* responsável por você. Dormindo ou acordado, não importa — interrompeu Thierry enquanto Matthew se encostava nas costas do sofá. — Por que você estava fora dos muros, Trinity?

Pelo que parecia ser a milésima vez nesta noite, eu me expliquei:

— Eu acordei e sabia que havia demônios por perto. Eu os senti...

— Enquanto você dormia? — Matthew perguntou, juntando as sobrancelhas ruivas. Eu acenei com a cabeça, e ele olhou para Thierry. — Isso é novo.

— Não exatamente — eu disse. — A última vez que vieram, eu os senti no meio da noite. Me fez acordar.

— E naquela noite você fez o que sabia que deveria fazer — respondeu Thierry. — Você ficou aqui dentro, onde...

— Onde é seguro. Eu sei disso. — Frustração surgiu. — E naquela noite dois Guardiões morreram.

— Não importa quantos morram — Thierry deu um passo em minha direção. — A sua segurança é a prioridade número um.

Eu puxei o ar bruscamente.

— Eu posso lutar. Eu posso lutar melhor do que a maioria dos Guardiões! É pra isso que fui treinada desde que comecei a andar, mas espera que eu fique sentadinha num canto enquanto as pessoas morrem? E não diga que a vida deles não importa. Tô de saco cheio de ouvir isso. — Minhas mãos se fecharam em punhos. — A vida de Misha importa. A vida de Matthew importa. A sua vida importa! Todos aqui importam. — Com exceção de Clay, mas isso era um detalhe. — Tô cansada de ficar quieta e de não poder fazer nada enquanto as pessoas morrem. Ser esperta faz com que as pessoas sejam mortas. Isso matou minha mãe... — eu me interrompi com uma inspiração aguda.

Ficou tão silencioso que daria para ouvir um grilo espirrar.

A atmosfera da sala mudou. Misha se levantou como se viesse para onde eu estava, mas dei um passo para trás. Não queria que ele me tocasse. Eu não queria sua compaixão ou empatia.

Eu não queria outra coisa senão fazer o que fui colocada nesta Terra para fazer. Lutar.

Tudo em Thierry suavizou, até mesmo sua voz.

— Você não causou a morte da sua mãe.

Aham, essa era a opinião dele e não um fato.

— Eu sei que você quer se envolver e ajudar — ele continuou —, e eu sei que você é treinada e é boa, mas, Trinity... você precisa ter cuidado com sua visão, especialmente à noite.

Rigidez percorreu a minha coluna.

— Eu sei como é a minha visão à noite, mas não me impediu de acabar com uns demônios. Nunca vai me impedir.

Todos nós na sala sabíamos que isso era mentira, porque eventualmente a minha visão iria me impedir.

Iria me impedir de fazer um monte de coisas, o que meio que anulava toda a coisa de ser super especial que eu tinha.

Mas isso não seria hoje nem amanhã.

Levantei o queixo enquanto Matthew e Thierry trocavam olhares desamparados.

— Em algum momento, meu pai vai me chamar, e duvido que qualquer luta em que ele queira me envolver aconteça apenas durante o dia, e mesmo assim, minha visão ainda é péssima. Isso não vai mudar. É por isso que treino oito horas por dia e pratico o tempo todo. Eu devia estar lá fora, ganhando experiência real, antes de ser convocada.

Thierry se virou, passando a mão sobre a cabeça lisa. Misha finalmente decidiu falar:

— Ela não teve problemas — disse ele, e isso era cerca de noventa e nove por cento verdade. Eu não tinha visto aquele Torturador até que foi tarde demais. — Ela se saiu muito bem.

Eu dei um sorriso grande e brilhante para ele.

Ele me lançou um olhar enviesado.

— E provavelmente deveríamos ter experiência na vida real.

Matthew estava observando seu marido atentamente. Ele suspirou enquanto cruzava os braços.

— É um pouco tarde da noite para se ter essa discussão.

Embora eu quisesse ter essa discussão, também queria ter o que parecia ser outra muito mais importante.

— Não é super esquisito que demônios Torturadores tenham aparecido aqui? Essa foi a primeira vez que eu vi um, e, nossa, eles são realmente assustadores, mas eu pensei que eles eram demônios necrófagos. De nível muito mais baixo.

— Eles são — respondeu Thierry enquanto olhava para Matthew. — Eles não deveriam estar na superfície. São absolutamente incapazes de se misturarem.

Devido à mesma regra cósmica que tornava impossível dizer aos humanos que demônios eram reais, apenas os demônios que podiam misturar-se com os humanos eram permitidos na superfície. Havia muitos que, à primeira vista, pareciam completamente humanos. Ratos ambulantes gigantes não eram um deles.

— E não só isso, os Torturadores em geral são um sinal de um problema muito maior — acrescentou Matthew. — Onde se encontra Torturadores, você quase sempre encontra demônios de Status Superior.

Meu coração quase parou no peito. Esse pequeno detalhe deve ter sido ensinado em sala de aula, mas eu tinha esquecido. Olhei para Misha e ele parecia tão inquieto quanto eu.

Demônios de Status Superior eram os Malvadões.

As habilidades deles abrangiam de tudo. Alguns conseguiam influenciar mentes humanas a fazerem coisas muito, muito ruins. Outros podiam invocar fogo e fazer chover enxofre, mudar de aparência em um estalar de dedos, tornando-se humanos em um momento e animais no outro. Muitos deles eram tão antigos quanto a Bíblia. Todos eram capazes de matar um Guardião.

E se os Torturadores significavam que havia um demônio de Status Superior por perto, isso era um problema dos grandes.

Cruzei os braços, quase sem querer perguntar o que já suspeitava:

— Vocês acham possível que um demônio de Status Superior saiba sobre mim?

Thierry hesitou.

— Todos os membros da sua espécie foram assassinados, Trinity. Se um demônio de Status Superior soubesse que você está aqui, esses muros já teriam sido violados. Nada o impediria de chegar até você.

Havia um fantasma na entrada de carros.

Outra vez.

Poderia ser pior, imaginei. Mas o ataque dos Torturadores foi há dois dias, e os nossos muros não tinham sido destruídos por nenhum demônio de Status Superior enlouquecido para me devorar.

Literalmente.

Mesmo com os meus olhos de merda, eu sabia que a figura andando em frente às sebes que revestiam a ampla entrada de carros estava bem morta. Eu sabia disto em especial porque seu corpo ficava oscilando, aparecendo e desaparecendo, como um sinal ruim em uma televisão antiga.

Ele com certeza não era um espírito, e eu já tinha visto o suficiente dos dois tipos em meus dezoito anos para saber a diferença. O homem ali, com a sua camisa dourada, ainda não tinha atravessado.

Os espíritos eram os mortos que tinham visto a luz — e quase sempre havia uma luz —, tinham ido até ela e depois tinham voltado por uma razão ou outra. Em geral, eles tinham uma mensagem ou só queriam saber como os seus entes queridos estavam.

Ajoelhada no parapeito do Salão Nobre, agarrei a borda áspera do telhado com uma das mãos e coloquei a outra no ombro curvo da gárgula de pedra ao meu lado. O calor irradiava da casca, aquecendo a palma da minha mão. Apertei os olhos atrás dos óculos de sol e me inclinei o mais longe que pude sem cair de cara do telhado. O Salão Nobre era quase tão alto quanto o muro do perímetro e pelo menos dois andares mais alto do que a casa de Thierry.

Observando o fantasma andar de um lado para o outro, obviamente confuso, eu me perguntava de onde ele tinha vindo. A comunidade não era exatamente fácil de acessar, aninhada nas colinas da montanha e acessível apenas por estradas secundárias — estradas sinuosas e tortas.

Provavelmente um acidente de carro.

Muitos viajantes cansados e desavisados tinham sido vítimas dessas estradas traiçoeiras, com as suas curvas acentuadas e aterros íngremes e repentinos.

O pobre coitado provavelmente havia perdido o controle e acordado morto antes de vagar até aqui, como muitos fantasmas faziam. Na semana passada, foi uma alpinista que se perdera na montanha e caíra para a sua morte. Duas semanas atrás, foi uma overdose — um homem mais velho que morrera em uma daquelas estradas secundárias, muito fora de si para perceber que estava morrendo e muito longe de qualquer ajuda ainda que tivesse percebido. No mês passado houve uma garota, e a dela tinha sido a pior morte que eu vira em muito tempo. Ela se afastou de sua família durante uma viagem para acampar e cruzou com uma espécie de maldade bastante humana.

O peso dessa memória, dos gritos da menina pela mãe, assentou-se pesadamente no meu peito. Fazê-la atravessar para o outro lado não tinha sido fácil, e não se passava um dia em que eu não me lembrasse dos seus lamúrios.

Afastando essas memórias, foquei no mais novo fantasminha lá embaixo. Os acidentes de carro eram inesperados e muitas vezes traumáticos, mas nada que se comparasse a vítimas de assassinato ou de mortes violentas. Não seria difícil fazê-lo atravessar.

Eu não tinha visto espíritos ultimamente porque não estivera fora da comunidade em mais de um ano. Nas poucas vezes em que consegui fugir, não tinha chegado longe o suficiente para me deparar com um espírito.

Inquietação rastejou sobre minha pele e se instalou fundo. A sensação de estar presa mordeu e me mastigou até a superfície. Quanto tempo eles planejavam me manter aqui? Para sempre? O desespero ganhou vida e a culpa rapidamente o seguiu.

Thierry e Matthew ainda estavam chateados comigo, e eu detestava que eles estivessem com raiva, que não entendessem por que eu não podia mais ficar sentada e fazer nada.

Senti meu estômago embrulhar quando voltei meu olhar para a estátua ao meu lado. Eu estava perto o suficiente para visualizar todos os detalhes. A camada lisa de pedra e os dois chifres ferozes e grossos, capazes de perfurar o metal mais duro. As garras mortais que podiam rasgar cimento estavam relaxadas no momento. O rosto, por mais assustador que pudesse ser, com o nariz achatado e a boca larga aberta pelas presas cruéis, estava em paz. Descansando. Adormecido.

Misha não me deixara fora de sua vista desde a noite dos Torturadores. Fiquei surpresa por ele não ter tentado acampar no chão do meu quarto nas últimas duas noites.

Não estou presa.

Esta era a minha casa e não a minha prisão. Tudo o que eu precisava estava aqui. Eu sabia exatamente quantas casas se alinhavam nas ruas e parques idílicos. Além da casa de Thierry, havia 136 casas de família e várias dezenas de duplex e flats para os solteiros. A comunidade murada era uma pequena cidade, completa com o seu próprio hospital, centro comercial, teatro, academia e vários restaurantes e clubes concebidos para servir a todos os caprichos ou necessidades. Aqueles que não eram treinados como guerreiros trabalhavam dentro da comunidade. Todos tinham um propósito aqui.

Exceto eu.

A maioria das pessoas aqui aceitaram minha mãe e eu em seu clã quando chegamos. Thierry nos protegeu — bem, *me* protegeu. Não à minha mãe. Ele se importou com ela. Ele a acolheu e a tratou como uma rainha e eu como sua princesa, mas ele não foi capaz de protegê-la.

Protegê-la nunca fez parte do combinado.

No entanto, no final das contas, eu não era uma Guardiã, e eu... eu estava ficando sem tempo para ir lá fora, para realmente *ver* o mundo além das montanhas da Virgínia Ocidental e de Maryland.

Eu tinha dezoito anos, e nenhuma lei Guardiã se colocava contra a legalidade de que eu era, de fato, uma adulta e poderia fazer o que quisesse, mas ir embora não era simples.

Suspirando, desviei meu olhar da gárgula em repouso e me concentrei na estrada enquanto o ar frio de junho levantava os poucos fios soltos do meu cabelo escuro, jogando-os em volta da minha cabeça.

Devo parecer a Medusa.

Apertar os olhos não me ajudava a ver melhor, mesmo com a fraca luz do sol desaparecendo atrás das Montanhas Verdes, mas vi o fantasma parar e virar em direção à estrada. Um segundo depois, ele se fragmentou como fumaça ao vento e não reapareceu.

Mas ele voltaria, disso eu bem sabia. Eles sempre voltavam.

Meu olhar se ergueu para a estrada além e para o espesso aglomerado de olmos altos e antigos que abarrotavam a estrada pavimentada. Tudo era um borrão de cores — verdes, brancos e azuis. Lá embaixo, ouvi as portas se abrirem e, um segundo depois, vi o topo da cabeça escura de Thierry quando ele saiu para a entrada da garagem.

Eu realmente esperava que Thierry não olhasse para cima.

Beleza, eu não estava de castigo nem nada do tipo. Diabos, Thierry nunca tinha me deixado de castigo. Mamãe, por outro lado, tinha sido uma outra história. Ela me deixava de castigo a cada cinco segundos.

Mordiscando a unha do dedão, observei Thierry olhar para a estrada vazia coberta de cercas vivas. Mesmo de onde eu estava empoleirada, eu podia sentir a tensão exalando dele, enchendo o ar frio da montanha, fluindo com o vento.

Um momento depois, Matthew se juntou a ele. Ele veio ficar ao lado de Thierry, colocando a mão na parte inferior das costas do homem.

— Vai ficar tudo bem — disse Matthew, e eu fiquei tensa.

Thierry balançou a cabeça.

— Eu não gosto disso.

— Não precisamos, mas... eles pediram nossa ajuda. — Matthew encostou os lábios na têmpora de Thierry. — Vai ficar tudo bem.

Thierry não reagiu. Ficaram, então, em silêncio, como se estivessem à espera de algo ou de alguém.

Minutos se passaram e os ouvi antes de conseguir vê-los. O barulho de pneus no cascalho se assomou ao chamado distante dos pássaros. Ajoelhei-me e olhei para o outro lado do Misha adormecido enquanto um grande SUV preto vinha pela estrada e parava lá abaixo.

A curiosidade ganhou vida enquanto os meus olhos se arregalavam. O som de portas de carro fechando era muito difícil de ignorar. Erguendo-me um pouquinho, olhei por sobre o parapeito e vi Matthew e Thierry caminhando para cumprimentar...

Mas que diabo do tamanho do Texas, tínhamos *visitas*, e eu não tinha a mínima ideia de que íamos receber alguém. Se o nosso clã precisasse se encontrar com outro, um dos Guardiões saía para realizar essa reunião em outro lugar. Raramente, ou nunca, houve uma reunião aqui na sede. Jovens Guardiões da região do Médio Atlântico eram trazidos para cá apenas uma vez por ano, em setembro, para serem treinados pelos mais velhos até atingirem a maturidade, e, como era apenas junho, nossos visitantes não podiam estar aqui com um novato.

Apertei os olhos, mas tudo o que pude distinguir foi que havia três Guardiões homens, além de Matthew e Thierry. Um tinha cabelos castanhos meio compridos, outro tinha cabelos castanhos mais curtos, cortados rente à cabeça, e o outro era loiro. Nenhuma mulher estava com eles. Isso não era nada surpreendente. As Guardiãs raramente viajavam para fora das suas comunidades de origem ou dos postos avançados porque eram alvo de demônios com frequência, assim como as crianças.

Demônios eram surpreendentemente espertos e lógicos. Eles sabiam que, se eliminassem aquelas que poderiam produzir a próxima geração de Guardiões, seriam capazes de desferir um golpe quase impossível de se recuperar.

E essa era uma das razões pelas quais, juntando todas elas, as classes de demônios superavam os Guardiões em *milhões*.

Eu era uma espécie de Guardiã, enjaulada aqui para a minha segurança, mas por razões muito, muito diferentes.

Thierry cumprimentou cada um dos visitantes, apertando suas mãos, e eu desejei poder ver seus rostos. O grupo se virou para entrar no Salão Nobre.

Que Inferno estava acontecendo?

Estendendo a mão, bati os nós dos dedos na casca de pedra e fui imediatamente recompensada com um rosnado baixo e estrondoso de aborrecimento. Soltei uma risadinha. Misha adorava os seus cochilos de fim de tarde sob o sol poente. É aonde ele sempre ia depois dos treinos e das aulas.

— Vá para o seu quarto — veio a resposta curta de Misha. — Vá ler um livro. Assista a um filme. Arrume o que fazer.

Eu ignorei o que Misha disse, sentindo uma quantidade perversa de alegria em irritá-lo para além do bom senso sempre que eu podia.

— Há Guardiões aqui — eu disse, as palavras saindo da minha boca em uma rajada de animação.

— Sempre tem Guardiões aqui, Trinity.

Eu olhei para ele, a testa enrugada.

— Esses Guardiões não moram aqui.

A estátua se transformou, a pedra tornando-se um pouco menos dura e passando de cinza escuro para um tom prateado enquanto as asas se desdobravam atrás de mim. O cabelo castanho avermelhado apareceu ao redor dos chifres, os cachos soprando ao vento.

Olhos azuis vibrantes com pupilas finas e verticais encontraram os meus. Irritação brilhava naqueles olhos. Os Guardiões tinham padrões de sono estranhos. Alguns ficavam acordados a noite toda e dormiam de manhã e no final da tarde. A rotina de Misha se baseava no que quer que eu estivesse fazendo.

— Trinity...

Mergulhando sob uma asa, disparei quando Misha se levantou de seu poleiro, girando.

— Mas que droga! — ele gritou.

Eu conhecia o telhado como a palma da minha mão, nem precisava realmente ver para onde estava indo. Eu já estava do outro lado, pulando no parapeito, quando Misha voou atrás de mim.

— Não deixe que eles te vejam! — ele gritou enquanto eu pulava. — Juro por Deus, Trinity, vou te trancar no quarto!

Não, ele não trancaria.

Alcançando a pequena alcova abaixo, derrapei pelo telhado arredondado. No momento em que meus pés acertaram em nada além de ar, virei-me de barriga para baixo. Segurando a borda do telhado, balancei meu corpo para dentro, através da janela que deixei aberta quando me juntei a Misha no telhado.

Pousei no corredor vazio e mal iluminado, girei para fechar a janela atrás de mim e depois a tranquei para o caso de Misha tentar me seguir. Depois de enfiar meus óculos de sol no bolso de trás da calça jeans, disparei pelo corredor, passando por várias portas fechadas de quartos e apartamentos de hóspedes, que quase nunca estavam em uso, antes de abrir a porta para a escada com cheiro de mofo. Pulei três e quatro degraus por vez e cheguei ao primeiro andar em dez segundos.

A partir dali, abrandei os meus passos e me mantive perto da parede, passando por uma cozinha que só era utilizada quando havia banquetes e cerimônias. A atividade estava agitada para a próxima Premiação, uma cerimônia gigantesca realizada para celebrar os Guardiões tornando-se guerreiros completos. Envolvia muita comilança, muita bebida e muita coisa secreta de novatos que acontecia com os Guardiões recém-ordenados.

Para além da cozinha, encontrei o cômodo que procurava: uma espécie de área de organização cheia até o teto de mesas dobráveis e cadeiras empilhadas. Tive o cuidado de não bater em nada, o que me obrigou a andar extraordinariamente devagar.

E isso exigiu muito esforço.

Não era do meu feitio ser devagar.

As vozes ficaram mais altas conforme me aproximei das cortinas marrons profundas que separavam a área de organização do Salão Nobre.

Parando na frente das cortinas, eu fechei meus dedos com cuidado sobre o tecido e o puxei alguns centímetros para o lado, revelando o amplo salão em forma de cilindro em toda a sua glória enquanto a poeira rodava no ar.

Meu Deus, quando foi a última vez em que alguém tocou nesta cortina?

O meu olhar se ergueu de imediato para o teto, embora eu não conseguisse mais ver as pinturas, por mais iluminado que fosse o salão. Anjos adornavam o teto, muitos dos quais eram anjos de batalha — os Alfas. Aqueles eram os anjos que supervisionavam os Guardiões e muitas vezes se comunicavam com eles, às vezes até em pessoa, embora eu nunca tivesse visto um de verdade. Pintados em suas armaduras e empunhando espadas da justiça, eram uma visão aterradora de se olhar.

— Como foi a viagem até aqui? — Thierry estava perguntando enquanto caminhava para a minha linha de visão, e eu me concentrei mais uma vez. Os visitantes estavam no tablado elevado, esperando. — Espero que sem intercorrências?

Matthew seguiu Thierry até o centro, em direção a uma cadeira que não deveria ser chamada de trono, de acordo com Thierry, mas que, com seu assento grande e um encosto esculpido em granito e moldado em um escudo, com certeza parecia um trono para mim.

Mas o que é que eu sabia?

— Sim — respondeu o Guardião mais próximo do tablado. Eu não conseguia vê-lo com muita clareza, mas ele era o homem com o cabelo castanho meio comprido. — A viagem foi longa, mas bonita.

— Já faz muitos anos desde que estive na capital do país — disse Matthew com as mãos cruzadas atrás das costas. — Imagino que a nossa comunidade seja muito diferente do que vocês estão acostumados.

Uau.

Eles eram de Washington, DC? O clã de DC era um enorme posto avançado e seu líder havia morrido recentemente, o que aconteceu na época em que Thierry começou a agir mais estressado do que o normal.

O meu olhar se voltou para quem estava falando. Ele parecia ter vinte e tantos anos e parecia jovem demais para ser um líder de clã, mas era ele quem conduzia a conversa.

— É bem diferente — respondeu o Guardião, com uma risadinha. — Acho que eu não via tanto espaço aberto há anos.

Thierry se sentou.

— Bem, estamos felizes por você ter conseguido chegar aqui, Nicolai.

Eu repeti o nome, sem emitir som, meio que gostando dele.

— Obrigado por nos receber — respondeu Nicolai. — Ficamos surpresos que nosso pedido tenha sido aceito.

Eu também.

— Não aprovamos muitos pedidos — Thierry respondeu. — Mas achamos que seria melhor nos encontrarmos pessoalmente com você e seu clã.

Então ele *era* o novo líder do clã. O meu olhar se voltou para os outros Guardiões. O cara com o cabelo escuro e curto estava de pé perto do loiro, que era o mais próximo de mim, parado talvez a meio metro de onde eu estava escondida atrás da cortina. Eu não conseguia ver o rosto dele ainda, mas, nossa, ele era alto, cerca de um metro e noventa, e a blusa térmica preta que ele usava se esticava por ombros largos. Seu cabelo na altura dos ombros estava puxado para trás e preso na altura da nuca.

— Como tenho certeza de que você está ciente, a atividade demoníaca em torno de várias cidades tem diminuído constantemente nos últimos três meses — Nicolai disse, chamando minha atenção de volta para o líder do clã. — Antes, avistávamos talvez dois ou três demônios de Status Superior por semana. Agora não vemos um há *meses*.

Isso me parecia uma boa notícia, especialmente porque um deles poderia estar espreitando por aqui.

— Bem, isso não parece ser um problema — comentou Thierry.

— Não parece na superfície, mas também houve um aumento de Demonetes e, ainda mais perturbador, de demônios de status inferior que não poderiam se misturar com a população nem se tentassem — Nicolai continuou. — Zayne encontrou quatro hordas de demônios Torturadores só este mês. É estranho ver tanta atividade de demônios de status inferior sem que um de Status Superior esteja por trás disso.

Meu olhar se voltou para o loiro. Zayne. Devia ser esse o nome dele. Ele se virou brevemente, e todos os pensamentos que eu tinha se espalharam como cinzas ao vento quando consegui dar a minha primeira olhada nele. Uma parte minúscula ainda funcional do meu cérebro sabia o quão ruim era ser distraída pela aparência, mas eu estava... eu estava *atordoada*.

Atordoadamente estúpida.

Eu gostava de pensar que eu não era o tipo de pessoa que seria distraída com facilidade por um belo rosto, mas ele era... ele era *bonito*. E isso era dizer alguma coisa, porque eu estava constantemente rodeada por Guardiões lindos que sustentavam um belo DNA quando pareciam humanos.

A pele dele era dourada, como se ele passasse uma boa quantidade de tempo ao sol. Ele tinha uma mandíbula forte que parecia esculpida em pedra, e aqueles lábios... Como poderiam parecer tão macios e tão firmes ao mesmo tempo? E isso não era uma coisa estranha de se notar? Mas eu notei *mesmo*, o que provavelmente significava que eu estava entrando no território dos esquisitões. Maçãs do rosto altas e angulares combinavam com o nariz reto e altivo. Eu estava longe demais para ver os olhos dele, mas presumi que seriam como os de todos os outros Guardiões. O azul mais profundo e brilhante possível.

De onde eu estava, este Guardião parecia ser apenas alguns anos mais velho do que eu, e ele me lembrou dos muitos anjos pintados que cobriam o teto do Salão Nobre — pinturas que eu não conseguia mais ver em detalhes.

— Nossa — eu sussurrei, meus olhos arregalando-se tanto que eu provavelmente parecia um inseto espremido.

Ele se endureceu e eu prendi a respiração, temendo que ele tivesse me ouvido. Quando ele não olhou para a esquerda, para onde eu estava, meus ombros relaxaram um pouco.

— Algo está fazendo os demônios de Status Superior ficarem com medo o suficiente para que se escondam — Nicolai voltou a falar. — E esse algo está matando a nós, Guardiões.

Capítulo 3

Eu prendi a respiração. Alguma coisa estava matando *Guardiões*? Com exceção dos demônios de Status Superior e, bem, de mim, os Guardiões eram praticamente indestrutíveis, criados para resistir à mais feroz das batalhas.

Não eram fáceis de matar.

— No início, pensamos que era um demônio, algum de Status Superior, acabando com alguns dos seus — Zayne falou. — Mas, quando demônios lutam entre si, não matam assim, como se não tivessem medo de se expor. Então os Guardiões começaram a aparecer mortos da mesma maneira. O que está acontecendo agora está acontecendo com demônios *e* Guardiões.

O Guardião de cabelo mais curto avançou.

— Se me permitem?

— Dez, você sabe que não me importo com formalidades — respondeu Thierry.

Um leve sorriso apareceu no rosto de Dez.

— Eu sei que Zayne e eu não temos as décadas de experiência que você e Matthew têm, mas o que estamos vendo é algo completamente novo. Morreram alguns dos nossos melhores guerreiros, Guardiões dos quais não seria fácil tirar vantagem.

— Por que é impossível que este seja o trabalho de um demônio de Status Superior altamente qualificado? — Matthew perguntou. — Por que todos vocês acham que isto é outra coisa?

— Talvez a gente esteja errado. Talvez um demônio esteja orquestrando tudo isto — acrescentou Nicolai, e notei que a mandíbula de Zayne se contraiu, como se ele estivesse forçando-se a não falar. — Ainda não sabemos, mas esta semana perdemos outro Guardião. Precisamos de reforços. É por isso que estamos aqui.

Thierry se recostou, os ombros tensos.

— Bem, vocês vieram no momento perfeito. A Premiação está prestes a começar. Teremos novos recrutas.

Nicolai trocou um olhar com Zayne e Dez, mas não disse nada.

— Os seus quartos estão prontos, e a comida está sendo preparada. Tenho certeza de que muitos de vocês gostariam de descansar — dizia Thierry. — Vocês irão ficar para a Premiação.

Nicolai pareceu demorar um pouco antes de responder:

— Ficamos honrados em permanecer aqui, mas é imperativo que voltemos à cidade...

— Você acha que passar uma semana aqui de alguma forma vai fazer muita diferença? Acho que não — disse Thierry, e reconheci o tom que não media espaço para discussões. Eu já tinha ouvido bastante aquele tom, mas se Guardiões estavam morrendo, eles precisavam voltar com ajuda. — Temos muito tempo para discutir suas necessidades — Houve uma pausa. — E as nossas.

Os cantos dos meus lábios viraram para baixo. Os meus dedos se apertaram na cortina quando Zayne inexplicavelmente deu um passo para trás, virou a cabeça e...

E olhou diretamente para onde eu estava.

Alguma coisa... Alguma coisa aconteceu.

Um choque de consciência me atravessou, seguido de uma sensação de déjà-vu, como se eu estivera aqui antes, mas isso não fazia sentido. Aquela era a primeira vez em que eu via Zayne. Teria me lembrado se o tivesse visto antes.

Não me mexi enquanto ele olhava para mim. Eu não conseguia. Eu estava colada no chão, e perto o suficiente para ver sua boca, para ler seus lábios quando eles começaram a se mover.

Estou te vendo.

Meu Deus.

Dando um salto para trás, soltei a cortina, deixando-a deslizar para o lugar. Eu recuei lentamente.

Caramba, ele tinha me visto — bem, visto parte de mim, pelo menos, mas provavelmente o suficiente para me reconhecer em outro momento. Além do fato de não estarmos tão distantes, os Guardiões tinham uma visão incrível, especialmente à noite...

O meu quadril bateu na borda de uma mesa empilhada, enviando uma forte explosão de dor através do meu corpo. Xingando baixinho, rodopiei e estabilizei a mesa antes que tudo desabasse. Quando tive a certeza de que isso não aconteceria, eu desembestei para fora do Salão Nobre, em direção ao ar fresco noturno da montanha.

O sol havia se posto, mas o caminho estava bem iluminado enquanto eu andava pelos vastos jardins atrás do salão. Meus pensamentos voltaram para o que eu tinha ouvido. Algo que podia não ser um demônio estava matando Guardiões *e* demônios?

O que poderia ser isso?

Atravessando o campo em direção à casa principal, diminuí o ritmo à medida que me aproximei do aglomerado espesso de árvores. A partir deste ponto em diante, havia apenas o brilho prateado do luar para guiar o caminho, o que significava que eu não enxergava porcaria alguma, mas eu tinha percorrido este trecho tantas vezes que meus passos eram certos, ainda que um pouco cautelosos — ao contrário da noite dos demônios Torturadores. Naquela noite, eu estava tão cheia de adrenalina que todos os meus passos foram confiantes. Nem sempre era assim.

Os meus pensamentos voaram do que eu tinha ouvido para a minha reação a Zayne, aquele sentimento estranho. Era tão bizarro, mas provavelmente tinha a ver com a minha imaginação hiperativa...

Um galho estalou logo atrás de mim. Perto demais. Reprimindo a inesperada onda de surpresa, reagi primeiro, como havia sido treinada.

Estendendo a mão, agarrei um braço. Houve um sobressalto. Um choque de carga estática que disparou enquanto eu rodopiava, torcendo o braço enquanto ancorava o meu peso na minha perna direita. Eu atingi a forma vaga de alguém muito maior do que eu enquanto balançava meu punho.

Com uma rapidez surpreendente, minha mão foi pega no ar e eu fui girada para a outra direção, puxada para trás contra um peito firme e um abdômen que eram definitivamente masculinos. Em questão de segundos, ele tinha os meus braços presos e o cheiro de... menta invernal me rodeava.

— É assim que você tem o hábito de cumprimentar as pessoas? — Uma voz um pouco familiar e enganosamente suave sussurrou no meu ouvido.

Inclinei-me para a frente, com a intenção de conseguir espaço suficiente entre nós para dar um pontapé para trás.

— Isso seria muito imprudente.

A minha respiração saiu áspera e irregular enquanto eu me endireitava, esforçando-me contra seu aperto.

— Agarrar as pessoas por trás no escuro não é muito inteligente.

— Eu não agarrei você — ele respondeu, apertando seu domínio em mim quando consegui criar alguns centímetros entre nós novamente. — Eu te chamei e você não respondeu.

— Eu não te ouvi — Virei a cabeça para o lado. — Mas é isso que você faz quando alguém não te responde? Agarra as pessoas por...

— Eu não te agarrei.

— Você tava *bem* atrás de mim — eu disse, mais do que irritada por ele ter me imobilizado com tanta rapidez. — Será que pode me soltar?

— Não sei. — Houve uma pausa. — Você vai tentar me bater de novo? Me chutar?

— Não se você não tentar me agarrar de novo — eu retruquei.

Um segundo hesitante se passou e então os braços ao meu redor abaixaram. Lancei-me para a frente como se eu tivesse molas nos pés, colocando alguns metros entre nós antes de me virar. Havia apenas luar suficiente para vê-lo.

— Cacetada de asa — eu sussurrei, dando mais um passo para trás.

Era *ele*.

O absolutamente belo Guardião loiro.

Zayne.

Ele inclinou a cabeça.

— Você é... humana.

É. *Mais ou menos.*

— Você tava esperando outra coisa?

— Siiiim. — Ele alongou a palavra e demorou um momento antes de continuar, como se estivesse escolhendo bem suas palavras: — Especialmente considerando onde estamos.

Era bastante incomum que seres humanos vivessem em comunidades de Guardiões, então não fiquei surpresa com a surpresa dele.

— A menos que — disse ele, dando um passo medido em minha direção — você não devesse estar aqui.

Fiquei tensa.

— Eu devo estar aqui.

— Assim como você deveria estar atrás da cortina no Salão Nobre, espionando?

Bem, mas que Inferno.

— Eu moro aqui — disse, em vez de responder à sua pergunta. Graças a Deus que boa parte das feições dele estavam nas sombras, e eu conseguia realmente falar com ele e não ficar ali babando como se nunca tivesse visto um cara gostoso antes. — E por que você tá aqui fora? Não deveria estar indo pro seu quarto, e depois indo jantar a refeição feita pra você?

— Fiquei meio curioso quando te vi atrás da cortina. Achei que devia investigar.

— Eu não acho que você deveria estar aqui me seguindo.

— Não sabia que sendo Guardião eu não tinha autorização de ir e vir como quisesse.

Mantive os braços soltos ao lado do meu corpo.

— Você já veio aqui antes? — perguntei, embora soubesse a resposta.

— Não.

— Então talvez não devesse presumir o que se pode ou não fazer.

Zayne ficou quieto, e então ele soltou uma risada profunda e áspera. Franzi a testa.

— Você tem razão — admitiu ele, e houve outra pausa de silêncio. — Tenho muitas perguntas.

Sem saber se isso era uma coisa boa ou não, olhei em volta, mas não consegui ver para além das árvores escuras e do fraco brilho da iluminação solar.

— É mesmo?

— Sim. Como diabos você acabou aqui? Um ser humano que mora na comunidade regional... Um ser humano que parece saber que demônios são reais? E obviamente você sabe disto, porque você não saiu correndo gritando ou rindo do salão quando falamos sobre a atividade demoníaca.

Agora eu gostaria de poder ver a expressão dele enquanto esfregava minhas mãos ao longo dos quadris.

— Eu não sou a primeira ou a última pessoa comum a saber sobre demônios.

Isso era verdade. Havia humanos que sabiam — a maioria deles trabalhava para departamentos de polícia ou ocupavam cargos no governo e trabalhavam em estreita colaboração com os Guardiões. Mas eram raros.

Ele se aproximou e seu rosto ficou mais visível, mas ele ainda era um borrão.

— Estou disposto a apostar que não tem nada de comum em você.

Eu não tinha certeza se ele quis dizer isso como um elogio ou não.

— Por que você acharia isso?

— Você mora aqui, na sede do poder de dezenas de clãs, e quase me deu um soco na cara em menos de cinco segundos — explicou. — E você também estava se escondendo atrás de uma cortina, dando uma de bisbilhoteira.

Cruzei os braços.

— Eu não sou uma bisbilhoteira.

— Não é?

— Só porque eu por acaso tava lá...

— Atrás de uma cortina.

Ignorei isso.

— Só porque por acaso eu tava atrás de uma cortina...

— Se *escondendo* atrás de uma cortina — corrigiu ele.

— Só porque eu tava *parcialmente oculta* por uma cortina não significa que eu tava bisbilhotando.

Zayne estava a apenas uns trinta centímetros de mim agora, e eu sentia o cheiro de menta invernal mais uma vez.

— Você costuma ficar parcialmente oculta por cortinas?

Fechei a boca e depois respirei fundo e longamente.

— Por que estamos falando sobre isto?

Ele levantou um ombro e deixou-o cair.

— Porque você tá alegando que não é uma bisbilhoteira. Quer dizer, talvez passe o seu tempo livre sempre atrás de cortinas. Como vou saber?

Os meus olhos se estreitaram.

— Ah, sim, eu realmente gosto de ficar atrás de cortinas. Eu gosto de como elas são empoeiradas.

— Já que detectei sarcasmo, você tá basicamente admitindo que tava bisbilhotando.

— Não admiti nada disso.

Ele abaixou o queixo.

— Por que não só admitir?

Ia começar a dizer que não havia nada a admitir, mas eu *estava* bisbilhotando. Obviamente. Suspirei.

— Não recebemos muitas... visitas, por isso, quando vi vocês chegarem, fiquei curiosa. Não fazia ideia de que iriam falar de algo importante.

— Isso foi tão difícil de admitir?

— Sim — respondi secamente. — Isso me machucou. Lá no fundo. Talvez nunca me recupere.

— Como você acabou morando aqui? — ele perguntou, guiando o assunto de volta à sua pergunta original.

— É uma longa história que não tenho a intenção de contar.

Um momento se passou e, mesmo sem ver seus olhos, pude sentir seu olhar pesado sobre mim.

— Você é... frustrante.

As minhas sobrancelhas dispararam para cima. Nossa.

— Bem, você é muito julgador. Adivinha qual é pior?

Zayne riu, e não era como aquela risada profunda de antes. Era seca como areia.

— Eu provavelmente sou a pessoa menos julgadora que você vai conhecer.

— Sabe, vou ter que dizer que provavelmente não é o caso.

— Você não me conhece.

— Você não me conhece e acabou de dizer que eu era frustrante — retorqui.

— Estou fazendo essa observação educada depois de falar com você por alguns minutos.

As minhas mãos se fecharam em punhos enquanto a vontade de dar um soco na cara dele me preenchia, o que seria errado, mas também satisfatório, mas ainda assim errado. Precisava sair dali.

— Sabe, eu não vou nem mentir e dizer que foi bom conversar com você. Só vou embora — Comecei a me virar.

— Qual é o seu nome?

Parei e o encarei de novo.

— Sério?

— Qual é o seu nome? — ele repetiu. Não, ele *exigiu*.

Meus pelos se eriçaram.

— É Cuida da Tua Vida.

— Isso é tão... fraco — ele respondeu.

Eu bufei. Como um leitão.

— Achei bem engraçadinho.

— Obviamente temos ideias muito diferentes sobre o que faz algo ser engraçado — disse ele, e meus olhos se estreitaram. — Você entende que eu vou descobrir mais cedo ou mais tarde, não é?

Ele iria, mas eu preferia morrer a dizer a ele.

— Bem, eu acho que você vai ter que esperar pra mais tarde então. Vai na paz.

Dei o dedo do meio em sua direção, certa de que ele podia ver com os seus olhos de Guardião, e então eu girei o corpo, preparada para desaparecer de sua vista...

— Trinity Lynn Marrow! — Misha chamou. — Juro por Cristo, garota, quando eu colocar minhas mãos em você...

Estacando onde estava, fechei os olhos.

— Admito que não esperava descobrir *tão* cedo. — A ironia escorreu no tom de voz de Zayne.

— Eu não te conheço — eu disse, voltando-me para ele —, mas eu não gosto de você.

— Isso não é muito gentil — questionou Zayne.

Antes que eu pudesse informá-lo de que eu não me importava nem um pouquinho, Misha invadiu a pequena clareira. Em um piscar de olhos, ele estava na minha frente, parado entre mim e Zayne, como se pensasse que Zayne fosse um animal selvagem prestes a atacar.

— Pra trás — rosnou Misha, levantando uma mão de advertência na direção de Zayne enquanto eu olhava por cima dele.

Zayne não foi para trás.

Ele foi para frente, parando meros centímetros da mão de Misha enquanto se inclinava para o lado, olhando para onde eu estava.

— Vocês realmente não são muito acolhedores aqui, né?

Meus lábios se contraíram em um sorriso relutante.

— Como eu disse, não recebemos muitas visitas.

— Dá pra perceber — respondeu Zayne secamente.

Misha se moveu de maneira que Zayne ficasse bloqueado de novo, fazendo-me revirar os olhos.

— Quem diabos é você e o que está fazendo aqui?

— O nome dele é Zayne — respondi por ele — e ele é do clã de DC. Foram *convidados* aqui.

— Ninguém é convidado aleatoriamente aqui — disse Misha.

— Bem, acho que há uma primeira vez pra tudo. — A frieza do tom de Zayne podia ter congelado as folhas das árvores à nossa volta.

Eu costumava pensar que Misha era um dos Guardiões mais altos e assustadores que eu já tinha visto em forma humana, mas agora estava pensando que Zayne iria pegar esse primeiro lugar.

— Não me importa se você é convidado ou não — respondeu Misha enquanto um calor emanava dele, e com isso, ele saltou à frente de Zayne no concurso não oficial de Guardião Assustador. — Você não deveria estar aqui espreitando e conversando com ela.

— Pra começar, eu não estava espreitando — disse Zayne. — E segundo, por que não posso falar com ela? É porque ela é humana, ou porque ela ataca primeiro e depois fala?

Ah, meu Deus! Eu passei por Mischa e encarei o Guardião loiro.

— Eu te ataquei porque...

— Eu cheguei por atrás de você? Desculpa. Vou tentar não fazer isso de novo — respondeu ele, e mesmo que eu não pudesse ver seu rosto, ouvi o sorriso em sua voz.

— O que você tá fazendo aqui fora? — Misha exigiu e, pela primeira vez, a pergunta não foi dirigida a mim.

Zayne fez uma pausa antes de dizer:

— Só precisava de ar fresco. Foi uma longa viagem de carro.

Eu arqueei uma sobrancelha, surpresa que ele não tivesse me entregado numa bandeja de prata.

— Bem, agora que você tomou seu ar fresco, sugiro que volte para o Salão Nobre.

Parte de mim esperava que Zayne recusasse. Parecia o tipo de pessoa que era combativa.

Mas ele me surpreendeu ao recuar.

— É, acho que é hora de voltar.

— Perfeito — rosnou Misha.

Zayne inclinou a cabeça em minha direção.

— Prazer em conhecê-la... Trinity *Lynn* Marrow.

Comecei a me atiçar feito uma fogueira, do tipo que solta faíscas, mas Misha agarrou meu braço e acabei por engolir os xingamentos enquanto gritava:

— Vou me poupar da baixaria e ignorar isso.

— Mas a baixaria soa muito mais divertido — Zayne ecoou de volta.

Eu girei para onde Zayne estava, mas Misha não me soltou e quase me arrastou para longe antes que eu pudesse pensar em uma réplica digna.

— Mas que droga, Trin.

— O que é? — Eu tive que dar passos extragrandes para acompanhar as pernas super longas dele. — Eu não fiz nada.

— Você nunca faz nada.

Franzi a testa.

— O que isso quer dizer?

— Ah, não sei. Que tal quando você ficou com raiva e se escondeu no Salão Nobre durante um dia inteiro, fazendo com que todo mundo acreditasse que você tava desaparecida? E aí, quando você foi encontrada, você tava tipo "eu não fiz nada de errado".

— Quê? — Levantei um braço com desdém. — Eu tinha, tipo, oito anos na época, e você tava sendo muito malvado comigo.

— Que tal quando você choramingou até que eu te levei ao cinema fora da comunidade, e daí você me largou pra encontrar uma galera que conheceu na internet?

— Eu tava trabalhando.

— Não, você tava brincando de ser da série *Ghost Whisperer* — ele corrigiu.

— Isso não é brincadeira! Tinha um espírito que precisava que uma mensagem extremamente importante fosse transmitida.

— E quanto à vez em que você caiu do telhado e me culparam por isso? Isso foi, tipo, mês passado.

Franzi os lábios.

— E que tal a noite em que você foi para fora dos muros e começou a lutar contra demônios Torturadores, Trin?

Um calor corava minhas bochechas quando saímos das árvores e a casa de Thierry apareceu.

— Você sabe por que eu precisava fazer aquilo, e você também saiu dos muros.

— Não estamos falando de mim.

— Ah, claro que não.

Misha ignorou isso.

— Você vai acabar me matando.

— Acho que isso é um pouquinho dramático — eu disse, mesmo que eu realmente pudesse acabar matando-o.

— Você acha?

— Sim.

Ele soltou um palavrão baixinho.

— Então, você estava espionando Thierry enquanto ele conversava com os outros Guardiões?

— Você vai ficar bravo se eu disser que sim?

— Trinity.

Suspirei.

— Sim, eu estava bisbilhotando. Zayne me viu e me seguiu aqui. Era por isso que a gente tava conversando.

— O que você ouviu?

— Eles estão aqui buscando reforços. Tem alguma coisa acontecendo em DC.

— O quê?

— Eles disseram que alguma coisa tava matando demônios e Guardiões, e eles não acham que seja outro demônio — expliquei. — Eles queriam ir embora imediatamente com reforços, eu acho, mas Thierry tá fazendo com que fiquem para a Premiação.

— Algo que pode não ser um demônio tá matando Guardiões?

— Sim.

— Isso não faz nenhum sentido.

— Sim — repeti. — Mas talvez seja isso, sabe? Tem um malvadão por aí matando Guardiões. Talvez a gente seja *convocado.*

Ele franziu a testa para mim.

— Não sei se é pra tanto.

É, eu duvidava que fosse o caso também, mas em algum momento nós *seríamos* convocados. Sairíamos daqui. Juntos. E sairíamos daqui para *lutar*. Dei de ombros.

— De qualquer forma, parece que eles vão ficar por aqui por uma semana.

Misha ficou em silêncio por um longo momento.

— Quero que você fique na casa até que eles vão embora.

— Você tá falando sério? — exigi enquanto atravessávamos a entrada de carros. Os holofotes acenderam, alertando a nossa presença; aquela luminosidade me fez estremecer. — Não posso ficar em casa enquanto eles estiverem aqui.

— Será que você se esqueceu do porquê de não recebermos visitas aqui? Ou você tá só sendo imprudentemente egoísta?

— Existe uma terceira opção?

Misha parou em frente aos degraus grandes e à varanda iluminada. Ele olhou para mim enquanto as pontas de seus dedos tocavam minhas bochechas, mantendo meu olhar focado nele.

— Será que você pode só fazer isso? Ficar escondida?

A frustração me atingiu como uma tempestade de verão.

— Não posso ficar dentro da casa, Misha. Isso é ridículo. Não sou uma prisioneira.

Um olhar de exasperação se instalou em seu rosto.

— É só por uma semana, e isso se eles realmente ficarem aqui por tanto tempo.

— Uma semana é uma eternidade.

— Alguns dias dentro de uma casa que tem praticamente tudo pra te manter entretida não é uma eternidade, sua criançona — continuou ele, deixando cair as mãos. — Você pode ficar sentada e comer e maratonar programas de TV em vez de treinar.

— Não quero ficar sentada sem fazer nada. Isso vai me forçar a fazer algo totalmente irresponsável e imprudente.

— Mesmo?

— Ei! Conheço os meus limites.

— Sabe, a maioria das pessoas ficaria feliz em terminar os estudos e poder simplesmente relaxar.

— Não sou a maioria das pessoas. — As nossas aulas terminaram em meados de maio, então Misha e eu tínhamos passado de treinar quatro horas por dia para cerca de oito, o que significava que eu ainda estava incrivelmente entediada por outras dez horas diárias ou mais.

Ele ignorou o meu argumento bastante válido.

— Você poderia considerar isso umas férias.

— Férias do que, exatamente? — retorqui, agora bem mais do que só irritada. — O que eu faço pra precisar de férias?

— Trin — suspirou Misha.

— Não fale assim comigo, Misha. Você pode sair da comunidade sempre que quiser...

— Isso não é exatamente verdade e você sabe disso. — A raiva apertou a mandíbula de Misha. — Se você tá sugerindo que eu tenho liberdade quando você não tem, você não tá sendo justa.

A culpa se agitou na boca do meu estômago, rapidamente seguida pela mordida muito amarga da mágoa. Ele tinha razão, e eu estava agindo feito uma criançona. Não era como se Thierry o tivesse dado uma escolha, emparelhando-o comigo antes que qualquer um de nós soubesse o que isso realmente significava, preparando-nos para...

Respirei fundo enquanto olhava para o menino com o qual eu tinha crescido. O menino que eu tinha visto transformar-se em um jovem, e, pela primeira vez, algo me atingiu com a força de ser atropelada por um caminhão.

— Você quer isso? — sussurrei.

Suas sobrancelhas se uniram.

— Quero o quê?

— A gente — eu disse. — Estar vinculado a mim. Esta vida.

A compreensão tremeluziu em seu rosto.

— Trin...

Agarrei as mãos dele com as minhas.

— Seja honesto comigo, Misha. Sei que não é como se pudéssemos mudar alguma coisa. Já foi feito, mas só preciso saber.

Ele ficou em silêncio, e quanto mais tempo se passava, mais forte meu coração batia.

— Foi pra isso que me criaram, Trin. É tudo o que sei fazer e, como você disse, não podemos mudar nada.

Sentindo-me um pouco enjoada, desviei o olhar quando deixei cair as mãos dele.

— Isso não é a mesma coisa que querer fazer isso.

Misha se virou e eu olhei para ele, vi-o enfiar uma mão pelos seus cachos indisciplinados. Ele odiava o cabelo, mas eu sempre achei seus cachos adoráveis, e enquanto ele encarava a casa em que ambos morávamos, a casa onde os nossos quartos estavam separados apenas por algumas paredes, de repente senti que queria... chorar.

Talvez fosse aquela época do mês, porque eu nunca chorava.

Mas não era.

A queimação no fundo da minha garganta estava ali, porque eu tinha passado quase toda a minha vida ao lado de Misha e as nossas vidas estavam irrevogavelmente atadas. Eu não tinha pensado em como ele se sentia em relação a nada disso, tinha?

Eu tinha, mas superficialmente, e majoritariamente sobre como isso impactava a mim.

— Sou egoísta — sussurrei.

A cabeça de Misha se voltou com rapidez em minha direção.

— Normalmente eu iria gostar deste raro senso de autoconhecimento e não questionaria, mas por que você acha isso?

Meu lábio inferior tremeu.

— Porque eu nunca percebi que você pode não querer isso.

— Trin, para. — Ele estava de novo na minha frente, com as mãos nos meus ombros. — Eu quero isso. É uma honra ser o seu Protetor designado.

— Mesmo? — eu ri, rouca. — Porque eu não...

— É uma honra — repetiu ele, apertando os meus ombros, e o peso das mãos dele era reconfortante e ao mesmo tempo sufocante. — E falo sério. O que você é? O que significa, pra mim, ser escolhido pra estar ao seu lado? Essa é a maior honra.

Ele parecia estar sendo realmente sincero, de verdade, mas eu parecia ser sincera o tempo todo e não era, especialmente quando eu só queria ser o que eu estava fingindo que eu já era.

Misha me puxou para o seu peito e eu fui, envolvendo meus braços de forma frouxa em torno da cintura dele enquanto ele dobrava os braços nos meus ombros. Quando eu era mais nova, gostava de receber estes abraços mais do que eu poderia entender, e mesmo quando eu tinha crescido, sempre encontrava consolo em seu abraço. Mas agora?

Agora eu me sentia impaciente.

Misha ficou em silêncio por um longo momento.

— Eu estava sendo ridículo sugerindo que você ficasse na casa. Você ia acabar queimando tudo ou algo assim.

Abri um sorriso.

— Mas você pode me fazer um favor? — ele perguntou, e eu acenei contra o seu peito. — Você pode ficar longe de Zayne?

Por essa eu não esperava.

Afastei-me e olhei para ele.

— Não que eu ache que eu vá me tornar a próxima melhor amiga dele ou algo assim, mas qual é o problema?

— Eu... eu ouvi falar dele — disse ele, abaixando os braços. — Ele é problema, Trin. Zayne não é alguém para se ter por perto.

Capítulo 4

Eu me comportei e fiquei no meu quarto como uma Trinity boazinha, embora Misha tivesse saído depois de me acompanhar até o quarto, porque fiquei mal depois da noite passada. Eu tinha ficado acordada até muito tarde esperando que ele voltasse, mas ele não voltou, e deduzi que ele tivesse encontrado com Jada ou o namorado dela, Ty.

Então, eu tinha sido deixada sozinha, o que significava que passei muito tempo pensando, e eu pensei, bem... talvez eu devesse um pedido de desculpas a Zayne.

Ele não tinha me agarrado ontem à noite, e talvez ele tivesse me chamado e eu não o tivesse ouvido, *eeee* era bem possível que a minha reação tivesse sido um pouco exagerada e impulsiva.

Eu provavelmente deveria pedir desculpas quando — se — o visse de novo. Não que eu fosse procurá-lo. Se Misha disse que ele era problema, ele era problema.

Em contrapartida, eu estava morrendo de curiosidade para descobrir exatamente por que Zayne estava tão fora dos limites.

Porque eu estava *nesse nível* de entediada.

Revirando os olhos, deixei cair a escova de dentes no suporte e olhei para o meu reflexo. Mechas finas de cabelo úmido se agarravam às minhas bochechas enquanto eu pegava os meus óculos da pia e os vestia.

Eu me arrastei para a cama e caí de costas. Meus óculos escorregaram pelo meu nariz enquanto eu encarava as estrelas que brilham no escuro espalhadas pelo meu teto. Elas estavam quase invisíveis agora, já que era dia.

Pelo menos a Netflix tinha acabado de liberar *Um maluco no pedaço*, e havia, tipo, seis temporadas de Will Smith para desfrutar.

Enquanto eu rolava para ficar de lado, meu olhar caiu na foto emoldurada sobre a minha mesa de cabeceira e no livro velho e esfarrapado que estava ao lado dela. A foto era de mim e da minha mãe, tirada há dois anos. Vinte de maio. O meu aniversário de dezesseis anos. A foto era só um borrão, mas no meu coração e na minha mente eu sabia como ela era.

A foto foi tirada por Thierry no Fogaréu, durante o dia. Mamãe e eu estávamos sentadas no banco de pedra, minha bochecha apoiada no ombro dela, e eu estava segurando um carro rosa da Barbie. Eu, brincando, pedi um carro de aniversário. Brincando por duas razões: ninguém tinha carro na comunidade. Todos andavam... ou voavam. E eu nunca iria dirigir. Não tinha olhos para isso. Então, minha mãe sendo minha mãe, me deu o carro de brinquedo como um dos presentes.

Isso era... tão a cara dela.

O livro também era da minha mãe. O favorito dela. Uma velha capa brochura do final dos anos 1980, com um casal abraçado enquanto a mulher olhava para o homem com ardor. *Hearts Aflame*[1], de Johanna Lindsay. Ela tinha sido uma grande fã de romances históricos e lera esse livro centenas de vezes.

Eu tinha lido pelo menos uma dúzia de vezes antes que a letra impressa se tornasse pequena demais para eu ler, mesmo com meus óculos.

Deus, eu sentia falta de ler, porque fazia eu me sentir perto da minha mãe de alguma forma. Eu tinha baixado o ebook no meu iPad, mas não era o mesmo que segurar a cópia em papel.

Nunca era a mesma coisa.

Sentando-me, endireitei os óculos. As imagens na TV eram um grande borrão, mesmo depois de Thierry ter atualizado a minha televisão de trinta polegadas para uma de cinquenta. Eu peguei o controle remoto...

— Quem são os estranhos suspeitos no Salão Nobre? Um deles acabou de se mudar pro meu quarto, Trinity. Pro *meu* quarto.

Eu me sobressaltei com a pergunta, deixando cair o controle remoto na cama enquanto Minduim atravessava a porta do meu quarto — a porta *fechada* do meu quarto.

Minduim era um apelido estranho, mas ele me dissera que era assim que os seus amigos o chamavam, porque ele tinha pouco mais de um metro e meio de altura. Era o nome que ele preferia, e eu não tinha ideia de qual era o nome verdadeiro dele.

Minduim era... Bem, ele havia falecido em circunstâncias bizarras — em um show do Whitesnake, entre todas as possibilidades, em algum momento da década de 1980. Ele morreu depois de escalar feito um idiota uma das torres de alto-falantes durante uma tempestade, provando que ele não tinha sido a pessoa mais esperta do mundo. Segundo a história, um raio atingiu perto da torre, assustando-o, e ele posteriormente caiu para a morte.

---

1 Livro publicado em 1987 pela Avon Books (EUA), sem publicação no Brasil. "Corações em Chamas", em tradução livre. (N. T.)

Tinha sido o seu aniversário de dezessete anos.

Trágico.

Eu o vira pela primeira vez há cerca de oito anos, quando a minha mãe e Thierry me levaram a um oftalmologista em Morgantown, que ficava à apenas duas horas daqui. Quando eu tinha dez anos, já tinha visto fantasmas e espíritos suficientes para saber o que ele era quando o vi parado na calçada, parecendo entediado e um pouco perdido.

A casa de show em que ele morrera tinha ficado ali perto, e ele passara sabe-se Deus quanto tempo vagando pelas ruas de Morgantown. Ele formou um elo comigo no momento em que percebeu que eu podia ver e falar com ele, e fez o que alguns fantasmas fazem.

Minduim tinha me seguido até em casa.

Tentei fazê-lo atravessar, mas ele se recusou a seguir em frente. Ou seja, ele estava preso em seu estado de morte e sua aparência era a que tinha quando morreu em vez de, como espíritos, parecer saudável e inteiro. Usava uma camisa que era obviamente *vintage* — o nome da banda escrito em branco e o vocalista impresso na frente. Sua calça jeans era preta e justa, e ele calçava um par de Chuck Taylors vermelhos.

Ironicamente, o que ele vestia estava meio que na moda agora.

Seu cabelo era desgrenhado e preto, o que era uma coisa boa, porque escondia o ligeiro recuo na parte de trás da cabeça que eu tivera a infelicidade de ver uma vez. Um traumatismo craniano dos grandes tinha acontecido ali.

Então, sim, Minduim era um fantasma — um fantasma que estava tão preso nos anos 1980 que metade do tempo eu nem sabia o que ele estava tentando me comunicar.

Ele era uma raridade — alguém que sabia que estava morto e conseguia interagir com o seu entorno, tinha morrido décadas atrás e não tinha atravessado para o grande além e ainda conseguia ser decente e gentil.

Minduim agora era como um colega de quarto, um que só eu conseguia ver, o qual deveria bater antes de flutuar através de paredes e portas.

Essa era, literalmente, a única regra.

Bem, isso e não mexer nas minhas coisas, especialmente porque ele aprendeu a acessar meu iPad e meu laptop e também tinha este hábito horrível de virar todas as minhas roupas do avesso.

O que era notavelmente estranho.

— Você deveria bater — lembrei-lhe, meu coração desacelerando. — Essas são as regras.

— Desculpe, minha moçoila — Minduim levantou braços transparentes, gesticulando o sinal de paz por algum motivo. — Você quer que eu volte para o corredor e bata? Vou bater e serei perfeito nisso. Vou bater até a casa...

— Não. Não preciso que você faça isso agora — Revirei os olhos. — Onde você esteve?

— Desopilando... feito um vilão. — Ele deslizou para a janela. Deslizou, porque seus pés não tocavam o chão. A metade superior de seu corpo desapareceu pela cortina enquanto ele olhava para fora. — Quem é o cara no meu quarto?

Franzi a testa para ele.

— Que quarto você acha que é o seu?

— Todos os quartos do Salão Nobre são meus.

— Aqueles quartos não são seus.

Ele se afastou da janela, com as mãos indo parar nos quadris.

— E por que não?

— Você é um fantasma, Minduim. Não precisa de um quarto.

— Preciso de espaço para vaguear, viver, respirar e ser criativo...

— Você não tá vivendo ou respirando, e há quartos de hóspedes vazios aqui — ressaltei —, então você pode ser criativo neles.

— Mas eu gosto daquele quarto no Salão Nobre — lamentou Minduim —, aquele que tem vista para o jardim. E que tem um banheiro individual.

Eu o encarei.

— Você tá morto. Não precisa de um banheiro.

Minduim encontrou o meu olhar.

— Você não me conhece. Não conhece a minha vida, os meus desejos ou necessidades.

— Meu Deus, Minduim. Na moral. — Eu me arrastei até a beira da cama, deixando cair os pés no chão. — Os outros quartos são ótimos.

— Eu não aceito isto.

Sacudi a cabeça.

— Quem tá no seu quarto que não é realmente o seu quarto?

— Um truta loiro muito grande.

O meu coração pulou uma batida. Tinha que ser indigestão... mesmo que eu nunca tivesse tido indigestão antes.

— Zayne?

— É esse o nome dele? — Minduim flutuou para mim, com os pés a cerca de quinze centímetros do chão. — Thierry está fazendo algum tipo de programa de intercâmbio para estrangeiros gostosões edição universitária agora?

Eu bufei.

— Hm, não. São os Guardiões visitantes da capital.

— Ah, sim. Isso é algo super diferente, não é? Tipo, ele não tá aceitando novatinhos no momento.

— Não, não é o momento para novas turmas, e é diferente que eles estejam aqui. — Fiz uma pausa. — Conheci um deles ontem à noite. O loiro. Zayne.

— Conte-me mais. — Ele apoiou o queixo no punho. — Eu tenho todo o tempo do mundo, mas é melhor que envolva o tipo de treino que esse cara faz pra ficar com aquela barriga tanquinho, porque acabei de vê-lo em toda a sua glória...

— Espera. Como você o viu em toda a sua glória? — Meu rosto corou com o pensamento de toda a glória de Zayne. Eu podia considerá-lo extremamente irritante e julgador, mas isso não mudava o fato de que o cara fazia rostos corarem. — Por favor, me diz que você não tava espiando.

— Foi um acidente! — Ele levantou as mãos. — Eu tava entrando no meu quarto...

— Não é o seu quarto.

— E ele tava saindo do banho, usando só uma toalha, e eu fiquei chocado. Chocado mesmo. — Minduim sentou na minha cama e afundou vários centímetros, fazendo com que metade de seu torso e pernas desaparecessem. Parecia que a minha cama comera metade dele.

— Então ele começou a se vestir, e eu fiquei tipo *hold me closer, tiny dancer*[2], esta não é a América que me foi prometida, mas é a vida após a morte que eu apoio.

— Eu nem sei por onde começar com isso.

— Comece desembuchando tudo sobre esse clã de DC.

Desembuchar? Sacudi a cabeça.

— Não sei muito sobre eles. Estão aqui buscando reforços.

— Isso é chato. Por que eles vieram de DC até aqui pra pedir isso? — Minduim se elevou de modo que parecia que ele estava realmente sentado na minha cama. — Quer dizer, alô, McFly, agora se tem FaceTime e Skype.

Eu o encarei, e levei um momento para recobrar o foco.

— É, é estranho que eles tenham vindo até aqui, que tenham recebido permissão.

— Hã. — Minduim flutuou da cama. — Talvez...

Uma batida na porta nos interrompeu, e então ouvi Misha chamando:

---

2 Letra da música *Tiny Dancer*, de Elton John. (N. T.)

— Trin, tá acordada?

— Ele bateu — pontuou Minduim.

— Tô. — Levantei da cama. — Entre!

A porta se abriu e Misha entrou no quarto, vestido com calças de nylon pretas, regata e tênis. Parecia que tinha acabado de voltar de uma corrida. Ele sorriu ao fechar a porta.

— Você parece de muito bom humor esta manhã.

— Só tô animada em te ver — eu disse, e então estremeci quando Misha caminhou através de Minduim. — Hã...

Minduim se dispersou como fumaça apanhada por uma brisa forte e Misha estacou no lugar, os olhos azuis brilhantes alargando.

— Acabei de atravessar aquele fantasma?

— Éééé... — eu alonguei a palavra.

Reaparecendo atrás de Misha, Minduim cruzou os braços:

— Que grosseiro!

Misha estremeceu.

— Isso é tão bizarro e me deixa tão desconfortável.

— Como você acha que *eu* me sinto? — Minduim retrucou, embora Misha não pudesse ouvi-lo. — Você estava literalmente dentro do meu corpo. Dentro de cada parte de mim. Cada. Parte.

Franzi o nariz.

— O que ele está dizendo? — Misha exigiu.

— Você não vai querer saber — adverti. — Ele tá aqui porque tá zangado que as nossas visitas estão tomando conta dos quartos "dele", e tentei explicar pra ele que, já que ele tá morto, não precisa de um quarto, mas ele não aceita.

— Você descarta meus sentimentos. — Lançando os braços para frente, Minduim se balançou em direção à porta. — Eu vou ver se Zayne tá tirando a roupa de novo. Tchauzinho!

O meu queixo caiu.

— Ele ainda tá aqui? — Misha perguntou, olhando ao redor do quarto.

— Não. No momento, ele tá sendo um pervertido.

Ele enrugou o nariz.

— Você tem razão, eu realmente não quero saber. Na real, tô surpreso.

— Por quê?

— Eu não esperava que você estivesse aqui. — Ele sorriu quando revirei os olhos. — Você realmente vai ficar escondida?

— Por enquanto — murmurei. — Você se divertiu ontem à noite no Salão Nobre com o pessoal?

Ele abriu um sorrisinho quando se afastou.

— Parece que você tá com ciúme.

— Não tô com ciúme.

— Mesmo? Ele caminhou até a minha cadeira e se sentou. Quando ele me encarou, lançou um olhar que dizia que ele não seria enganado.

— Tanto faz — cruzei os braços.

— Na verdade, vim aqui pra dizer que finalmente tive a chance de falar com Thierry ontem à noite sobre Clay.

— O que é que ele disse?

— Ele vai falar com ele e os instrutores dele. — Misha girou a cadeira em um círculo lento. — E eu acho que a Premiação dele vai ser adiada em um ano pra garantir que ele seja "maduro" e "respeitoso" e possa ser confiável sendo designado pra um dos postos avançados.

— Nossa. — Eu sabia que Thierry faria alguma coisa, mas fiquei surpresa com o quão longe ele estava indo. Havia uma pequena parte de mim que se preocupava em ficar em apuros de alguma forma. Isso era burrice, mas não pude evitar, embora soubesse que não tinha feito nada de errado. O problema era que, ao nascer, os Guardiões machos eram colocados em um pedestal, e toda a estrutura social era terreno fértil para a misoginia. Meio que como é no mundo humano. — Arrasou, Thierry.

— Você tá surpresa? — Os cantos dos lábios dele viraram para baixo.

— Um pouco. Quer dizer, você sabe como funcionam as coisas — Sentei à beira da cama. — Eu sabia que ele faria algo, e fico feliz que ele esteja se certificando de que Clay não seja um...

— Pervertido que forçou a barra? — ele sugeriu.

Assenti.

Misha fez outro círculo lento na cadeira.

— Só fique alerta. Clay provavelmente vai ficar furioso.

— Provavelmente — murmurei.

— Não que você não possa se virar, mas...

— Eu sei. — Suspirei, afastando um fio de cabelo do rosto. — Você viu as visitas?

— Sim, eles estavam lá, e não pareciam felizes com isso. — Misha sorriu e eu franzi a testa. — Enfim, coloca umas roupas de ginástica pra que a gente possa fazer nosso treinamento do dia. — Misha se levantou da cadeira.

— Chego lá em dez minutos — disse.

Ele parou na porta.

— Ah, você não vai ficar pronta em dez minutos, mas te espero lá fora.

— Por quê? — Pisquei.

— Eu disse a Thierry que você estava bisbilhotando a reunião na noite passada — explicou ele, e minha boca se abriu. Misha sorriu. — Tenho certeza de que ele vai querer falar com você primeiro.

— Seu idiota! — Gritei enquanto Misha fechava a porta atrás de si. Caindo de novo na cama, gemi. Eu ia entrar em uma enrascada.

Em uma enrascada *das grandes*.

Foi Jada quem bateu à minha porta em seguida, depois de eu ter vestido um par de calças de ginástica pretas e uma camisa branca solta que ficava escorregando de um ombro e que com certeza iria me irritar ao longo do dia. Eu prendi meu cabelo para cima em um rabo de cavalo enquanto Jada esperava por mim no canto da cama. Ela estava usando um belo vestido ombro-a-ombro azul celeste que tinha uma saia longa e ondulada que parecia incrível contra sua pele marrom profunda. Seu cabelo preto estava raspado rente à cabeça.

Às vezes eu odiava o quão despretensiosamente fabulosa Jada era.

— Não acredito que Misha disse que eu estava no salão — murmurei, apertando meu rabo de cavalo.

— Acho que ele sentiu que precisava, caso alguém dissesse algo a Thierry — argumentou Jada.

Eu também às vezes odiava o quão lógica ela era.

Saí do banheiro, puxando minha camisa para que ficasse nos dois ombros.

— Vamos acabar com isso.

Jada riu enquanto ficava em pé.

— Foi mal. Parece que você tá prestes a andar na prancha.

— Teu tio é assustador quando tá com raiva. — Segui-a para fora do quarto e fechei a porta atrás de mim. Olhei em volta enquanto andávamos pelo corredor, sem ver Minduim.

— É, ele pode ser assustador. — Ela chegou ao topo da escada. — Sabe, eu esperava que você fosse demorar pelo menos um dia antes de ser vista por um deles.

— Bem, você me conhece. — Descemos as escadas. — Gosto de superar as expectativas.

Ela riu alto enquanto contornávamos o patamar do segundo andar.

— Então, você realmente bateu em Zayne?

— Como você sabe disso? Misha te contou?

— Sim — ela riu enquanto eu gemia. — Então você bateu. Por quê?

— Você o conheceu?

— Ontem à noite. — Ela olhou por cima do ombro para mim, sorrindo. — Ele é... bonitinho.

— Não tenho certeza se *bonitinho* é um adjetivo adequado, e me pergunto o que Ty pensaria sobre você achá-lo bonitinho.

Jada riu.

— Eu posso acabar acasalando com Ty eventualmente, mas isso não significa que meus olhos não funcionem mais.

O acasalamento era o modo arcaico e super nojento que os Guardiões se referiam ao que as pessoas normais chamavam de casamento. Eles tinham uma cerimônia muito semelhante, exceto que o ritual de acasalamento durava três dias, e o acasalamento era... Bem, era para sempre entre os Guardiões. Eles não reconheciam coisas como divórcio ou separação, e eu também achava isso arcaico feito o Inferno, porque eles ainda eram bastante adeptos da coisa de acasalamento arranjado.

Ty e Jada tiveram sorte, no entanto. De verdade, eles eram apaixonados mesmo. Eu não sabia como era isso. Ser amada assim ou amar outra pessoa desse jeito, de uma forma apaixonada que te fazia querer fazer coisas ridículas como prometer a sua vida para outra pessoa.

Também nunca saberia como era se ficasse aqui.

— Você devia escrever um livro sobre como impressionar e agradar a novas pessoas — disse ela.

— Quieta — eu ri, empurrando-a pelas costas.

Ela tropeçou um passo.

— Por que diabos você bateu nele, afinal? — ela perguntou enquanto me conduzia por um labirinto de corredores bem iluminados. Thierry deixava as luzes acesas, não importava se fosse dia ou noite. — Ele parece um cara muito legal.

— Quê? — Levantei as sobrancelhas. — Ele foi meio babaca comigo.

— Isso foi depois que você o atacou?

— Bem, sim, mas... — fechei a boca, não querendo pensar ou falar sobre Zayne. — Quer saber, tanto faz. Você ficou sabendo o que o líder do clã deles acha sobre o que tá acontecendo na cidade?

— As únicas coisas que eles falaram durante o jantar foram chatices, como o clima e quais congressistas eles acreditavam estarem sendo manipulados por demônios — disse ela, e eu não achava que o último item parecia chato. — Mas Misha mencionou algo sobre isso depois. Que eles acham que algo tá matando Guardiões e demônios?

— O que você acha disso? — Surpresa me invadiu enquanto passávamos pelo escritório de Thierry. Eu não devia estar tão encrencada, afinal, porque se ele estava realmente zangado, gostava de se sentar atrás da sua grande escrivaninha e me fazer escutar poucas e boas.

— Não sei se realmente tem algo mais lá, Trin. Parece loucura. Cuidado. Porta. — Ela pegou meu braço e me puxou para o lado dela. Eu estava tão focada nela que não tinha visto que a porta estava aberta. — Tem de ser um demônio, mas expor os corpos dos Guardiões e dos demônios de uma forma tão pública? Parece arriscado. Se a população geral ficar sabendo dos demônios, todos eles vão morrer. Os Alfas vão acabar com eles.

Eles acabariam com todos os Guardiões também, e muitos humanos inocentes acabariam sendo alvos junto com eles.

Pelo menos foi o que nos disseram.

— Você realmente acha que isso aconteceria? Quer dizer, entendo que os demônios existam por causa de toda a coisa de necessidade de equilíbrio entre o bem e o mal, mas se os demônios soubessem que os Alfas poderiam acabar com eles, por que teriam feito a revolta dez anos atrás?

O olhar de Jada era afiado, como se ela não pudesse acreditar que eu estava questionando a falácia desta crença de longa data.

— Muitos dos demônios envolvidos na revolta eram de status inferior, estúpidos demais pra perceber que estavam assinando seus próprios atestados de óbito. Eles achavam que poderiam de alguma forma dominar o mundo e transformá-lo em sua própria morada infernal perfeita. Você sabe disso. Fomos ensinadas isso.

— Também ensinaram que sempre tem um demônio de Status Superior mexendo os pauzinhos de um de status inferior — lembrei-lhe.

Ela me olhou enquanto abria a porta da cozinha. Eu sabia que o que estava dizendo era estranho, mas tinha pensamentos estranhos quando estava confinada em casa.

Mesmo que fossem por apenas doze horas.

— Oi, Thierry — chamou Jada, e meu olhar vagou em torno da cozinha iluminada e arejada até que o vi sentado à ilha, com uma xícara de café à sua frente e suas mãos escuras na bancada de mármore branco.

— Olá, garota. — Ele sorriu para sua sobrinha quando ela se abaixou e beijou sua bochecha e depois foi para a geladeira. — Eu não sabia que você estava aqui.

— Só dando uma passadinha. A mamãe queria que eu pegasse uma receita de assado do Mississippi com Matthew — disse ela. — Olha quem eu encontrei.

Eu acenei desajeitadamente da porta.

A expressão de Thierry ficou neutra quando ele estendeu a mão e deu um tapinha no banquinho ao seu lado.

— Sente-se comigo.

Sentindo-me como se tivesse seis anos de idade e tivesse sido apanhada comendo marshmallows da caixa de cereais, arrastei os pés até ele e me sentei.

— Oi — disse estupidamente, olhando para ele.

A pele ao redor de seus olhos enrugou.

— Oi.

— Quer algo para beber? — Jada perguntou enquanto servia para si um copo de suco de maçã.

Balancei a cabeça e decidi ir direto ao assunto.

— O quão encrencada eu tô?

Thierry inclinou a cabeça.

— Quanto você acha que está?

Levantando as mãos, coloquei-as a uns trinta centímetros de distância uma da outra.

— Um tanto assim?

— Não tenho certeza do que isso representa, mas ontem à noite considerei brevemente trancar suas portas e janelas. — Thierry pegou sua caneca. — Você estava no Salão Nobre quando sabia que não deveria estar lá. Se o resto do clã tivesse te visto, o que você acha que teriam pensado?

Apertei as mãos no colo.

— Que eu sou... intrometida?

— Sim, mas mais importante, eles questionariam por que eu não sabia que uma garota estava espionando uma conversa muito importante. Compreende o que isso diz sobre o meu controle aqui, sobre a minha autoridade? Os nossos visitantes podiam ter ficado ofendidos, sabendo que eu não tinha a nossa reunião em segurança.

Dando uma olhada em Jada, vi que ela estava olhando atentamente para as suas vibrantes unhas cor-de-rosa.

— Eu sou o Duque, e nunca deveria haver uma situação em que alguém bisbilhote minhas reuniões — continuou ele, e eu me sentia tão imponente quanto uma banana, e odiava bananas. — Você tem sorte de ter sido Zayne quem te viu, e que ele pareceu mais entretido do que qualquer outra coisa.

Entretido? Ele se sentiu *entretido* por mim? Mas que Inferno...

— Você sabe que a minha autoridade pode ser contestada a qualquer momento.

Eu arfei, olhando para ele bruscamente. Eu sabia disso, mas algum Guardião realmente entenderia a minha bisbilhotice como um enorme fracasso da parte de Thierry? Um fracasso tão ruim que o fizesse ser removido do cargo de Duque?

Aquilo me parecia uma reação exagerada.

Seus olhos azuis brilhantes me miraram e mantiveram meus olhos nos dele.

— Neste momento tem coisas demais acontecendo para permitirmos quaisquer erros ou percalços.

Mordiscando minha unha do polegar, algo que eu fazia sempre que estava nervosa, desviei meu olhar para a ilha da cozinha.

— Você sabe o quanto é importante, para sua própria segurança, que você seja mais esperta do que foi ontem à noite. — Ele tocou meu braço com leveza, chamando minha atenção de volta para ele. — Seu pai não ficaria feliz em saber sobre isto. Disso você pode ter certeza.

Em outra ocasião, eu teria rido do comentário sobre a minha segurança, mas quando Thierry falou do meu pai? História totalmente diferente. Uma sensação gelada encharcou a minha pele. Não precisei olhar para Jada para saber que ela sentia o mesmo arrepio. Não pude deixar de perguntar:

— Você... você vai dizer a ele?

Thierry me olhou sobre a borda da caneca. Foi então que eu vi os dizeres impressos nela: Não Consigo Ser Adulto Hoje. Matthew. Isso era tão a cara dele. Thierry baixou a caneca.

— Não.

O alívio varreu a sala como uma brisa de verão.

— Só porque eu realmente não quero falar com aquele desgraçado hipócrita hoje.

Pisquei.

Os lábios de Thierry estremeceram.

— Eu preferiria que os nossos visitantes tivessem vindo e ido sem nunca terem visto você, mas isso não é mais uma opção. Eles sabem que mora aqui, ou pelo menos Zayne sabe, e se de repente nunca mais te virem, podem pensar que estamos escondendo alguma coisa. Isso não significa que eu quero que você os procure. Sei o quanto é curiosa, muitas vezes até demais para o seu próprio bem. Elimine isso pela raiz.

Achei que aquele não era um bom momento para salientar que nós *estávamos* escondendo alguma coisa. Eu. Mas este foi um daqueles raros momentos em que eu soube que não deveria dizer a primeira coisa que me vinha à mente.

Eu disse a segunda coisa:

— Eu não deveria procurá-los porque Zayne é um cara mau?

As sobrancelhas escuras de Thierry subiram.

— O quê? Por que você acharia isso?

Olhei para Jada.

— Eu... não sei?

Os cantos dos lábios dele viraram para baixo.

— Zayne é... muito honrado para um macho tão jovem. Ele é o oposto de um... cara mau.

Certo. Bem, *isso* era totalmente o oposto do que Misha tinha dito, o que era estranho. Como é que Misha saberia algo sobre Zayne que Thierry não soubesse?

Por enquanto, deixei a anomalia de lado.

— Não vou procurá-los nem nada do tipo, mas... — respirei fundo. — Se algum deles fizer perguntas sobre mim e sobre o que tô fazendo aqui, o que eu digo?

— Diga a verdade.

Jada engasgou com o suco.

— Como é? — eu esganicei.

— Eles sentirão a parte humana de você e nada mais.

— E se perguntarem como ela chegou aqui? — Jada perguntou. — Dizemos que uma matilha de lobos a deixou?

Eu olhei para ela, sem achar graça.

— Se eles perguntarem como você chegou aqui, você diz a verdade que o resto dos que moram aqui sabem — explicou ele, apoiando os braços na ilha. — Sua mãe e eu nos conhecemos enquanto eu estava em Nova York, quando você era uma criança. Ela foi exposta a demônios, ferida de uma forma que teria levantado suspeitas humanas, então a trouxemos para cá. Ela ficou conosco. Entendeu?

Isso era... meio verdade, mas não exatamente. Mesmo assim, acenei com a cabeça.

O olhar de Thierry encontrou mais uma vez com o meu.

— Não sabemos do que são capazes, Trinity. Já aprendemos do jeito mais difícil com pessoas que pensávamos conhecer. A ganância pelo poder não discrimina nem tem fronteiras.

A sensação gelada voltou, escorrendo pela minha pele até a minha medula, e de repente me senti enjoada. Eu sabia disso. Deus, sabia mesmo.

Um dos preços pagos para aprendermos isso... foi a minha mãe.

— Eu sei — sussurrei.

— Muito bom — respondeu Thierry. — Porque eles nunca devem saber o que você é.

Capítulo 5

— Não acredito que você se safou dessa. — Misha me entregou a adaga de ferro.

Eu a peguei, envolvendo meus dedos em volta do cabo revestido em couro.

— Lamento desapontá-lo.

Suas sobrancelhas, mais castanhas do que vermelhas, abaixaram em sua testa.

— Espero que ele pelo menos tenha gritado com você.

— Ninguém pediu pra saber o que você esperava, mas, sim, ele me deu um sermão, graças a você.

Ele bufou.

— Que pena.

— A culpa é sua.

— Que tal eu comprar batatas fritas com queijo extra e bacon pro jantar, pra compensar isso? Do tipo que você gosta, daquele restaurante fora dos muros?

— Outback — eu sussurrei. Meus olhos se arregalaram como se um coro inteiro de anjos tivesse começado a cantar diante de mim. — Batatas fritas com queijo do Outback?

— Ah, espera. Tenho planos pra mais tarde. Não posso fazer isso por você.

Estreitei os olhos.

— Você é um idiota.

Ele riu, mas provavelmente era uma coisa boa que ele não ia me trazer as batatas fritas com queijo. Guardiões tinham um metabolismo super rápido, e o DNA humano em mim tinha o tipo de metabolismo que constantemente pensava que eu precisava armazenar gordura como se eu fosse um urso prestes a entrar em hibernação.

Felizmente — ou infelizmente — armazenava muito na região do peito. E nos quadris.

E nas coxas.

Tanto faz.

Eu ainda ficaria feliz em acabar com aquele prato de batatas fritas com queijo sozinha, se tivesse a oportunidade. Meu estômago resmungou. Eu faria umas coisas realmente ruins por aquelas batatas fritas, na verdade.

Suspirando, olhei ao redor do cômodo enorme. Não que as batatas fritas fossem aparecer magicamente no amplo centro de treinamento onde os Guardiões eram educados em todos os estilos de combate. Mão a mão. Corpo a corpo. Quedas defensivas e ofensivas. Artes marciais mistas. Havia até salas para prática de tiro ao alvo. Não que armas de fogo fossem muito úteis quando se tratava de despachar demônios, mas um tiro na cabeça poderia atrasá-los e até mesmo derrubá-los por um tempo.

Alguns dos cômodos tinham uso duplo, no entanto. Este em que Misha e eu estávamos era cheio de tapetes grossos e azuis para suavizar o golpe de ser derrubado no chão ao aprender a dar uma queda ou a se recuperar de uma. Também era usado para prática de armas brancas, o que significava atirar punhais muito afiados em manequins muito realistas.

Sentindo o peso da lâmina na minha mão, abri os dedos e depois os fechei. Ferro era mortal para os demônios. Assim como as garras e os dentes de um Guardião, mas se você quisesse matar um demônio sem chegar muito perto, uma lâmina de ferro abençoada em água benta era o caminho a percorrer.

Olhei para a criatura sem pelos e sem expressão do outro lado da sala. Estava longe demais para ver os muitos cortes que cobriam quase cada centímetro quadrado de sua carne de aparência realista. De onde eu estava, era apenas o borrão de uma forma.

— Eu tava pensando, sabe, sobre você se esconder enquanto eles estão aqui — Misha se moveu comigo, de maneira que não ficasse muito longe na minha visão periférica. — Não que eu queira bater na mesma tecla ou qualquer coisa assim, mas talvez apenas fique longe do Salão Nobre.

— Duvido que os veja de novo — disse, levantando a lâmina enquanto pensava no que Thierry havia dito sobre Zayne, que era muito diferente da advertência de Misha.

— Você não vai à Premiação hoje à noite? Eles vão estar lá.

— Isso não significa que vou vê-los. Duvido que me notem.

— Acho que você subestima o quanto você se destaca.

Olhei para ele, franzindo a testa.

Ele levantou uma sobrancelha.

— É a coisa de ser humana. A gente consegue sentir isso facilmente.

— E honestamente, isso não é grande coisa, certo? Não sou idiota. Não é como se eu fosse até um deles e falasse, tipo, *Prazer em te conhecer, sou um mito em carne viva. Quer que eu desembuche?*

— Desembuchar?

Suspirei. Minduim ficaria muito desapontado.

— Deixa pra lá.

Cruzando os braços, ele inclinou a cabeça para o lado.

— Na verdade, isso não me surpreenderia.

— Cala a boca.

Ele sorriu.

Eu revirei os olhos.

— Você vai continuar falando ou o quê?

Concentrei-me de novo no manequim. Dando um passo à frente, inclinei ligeiramente o meu corpo e depois deixei a adaga voar.

Ela atingiu o alvo com tudo, acertando o manequim no centro do peito, afundando até o cabo. Abaixando a mão, expirei e olhei para Misha.

Ele estava encarando o boneco.

— Eu *ainda* não entendo como você faz isso.

Dei-lhe o meu melhor sorriso atrevido.

— Sou um floco de neve especial, único e bonito.

Ele bufou.

— Você é impressionante.

A verdade era que eu só era tão boa porque tinha de praticar e treinar mais do que qualquer outra pessoa. Tinha de me concentrar mais para compensar. Eu era tão boa porque não podia deixar que os meus olhos defeituosos fossem um obstáculo. Pelo menos ainda não, não até que se tornem um problema grande demais para superar, e mesmo assim, terei de me adaptar.

E isso significava treinar ainda mais pesado.

Ser capaz de usar as adagas era importante, tanto quanto saber lutar, e isso não era apenas para que eu soubesse como me defender.

Era para que eu pudesse *me conter*.

O que eu fizera com os demônios Torturadores não era nem mesmo um vislumbre do que eu seria capaz se não me controlasse.

— Você não acha estranho que Thierry tenha ordenado que o clã de DC ficasse para a Premiação? — Perguntei com a maior indiferença possível.

Misha não respondeu, mas franziu a testa.

— Quer dizer, desde quando algum dos clãs vem pra isso, mesmo quando eles sabiam que iam receber alguns dos novos guerreiros? — salientei. — Nunca aconteceu antes.

— O que você tá querendo dizer? — ele perguntou.

— Eu realmente não sei. É só estranho. Eles não querem ficar. — Dei de ombros. — E não há realmente nenhuma razão pra eles estarem aqui.

Ele olhou para mim por um longo momento.

— Acho que se você passar mais de uma hora por dia dentro do quarto, teu cérebro começa a ir pra uns lugares realmente estranhos. Você tava assistindo ao canal de investigação outra vez?

— Tanto faz — eu sorri. — Eu tava assistindo a *Um maluco no pedaço*.

Misha atravessou a sala e agarrou o cabo da adaga. Fez um barulho de sucção meio nojento quando ele o puxou para longe.

— Outra vez?

Eu afirmei com a cabeça, e ele caminhou de volta para mim. Pegando a adaga, olhei para onde ele estava.

— Você disse que sabia de Zayne e que ele é um cara ruim. O que ouviu sobre ele?

Sua cabeça se inclinou para um lado.

— Por que você tá perguntando?

— Porque sou intrometida — respondi, o que era cem por cento verdadeiro.

Misha cruzou os braços sobre o peito.

— O clã de Zayne não é exatamente fã dele. Não confiam nele.

Isso era estranho, considerando o fato de que o líder do clã o tinha trazido para cá com eles.

— Onde você fica sabendo dessas coisas? Algum tipo de fórum online de Guardiões?

Ele riu.

— Sim, bem isso. Eu conhecia um dos Guardiões que foi enviado ao clã de DC pra ajudar no ano passado. Ele me contou umas coisas sobre ele.

Olhei para o punhal, sabendo que se continuasse a importuná-lo sobre Zayne, ele ficaria desconfiado. Misha me conhecia muito bem. Eu confiava a minha vida a ele, mas tinha de pensar se a sua advertência não se baseava na realidade, mas sim em algum tipo de amor fraternal? Do tipo que nenhum cara era bom o suficiente e tal. Mas eu só tinha falado com Zayne uma vez, e não tínhamos sido exatamente compatíveis. Estava mais para incompatíveis. Olhei para Misha mais uma vez.

Seu olhar estava girando para a porta e de volta para mim. Eu não precisava olhar ou ver para saber quem estava nos observando. À medida em que se aproximava, o meio de suas bochechas começaram a ficar rosados.

— Você tá corando — eu sorri.

— Cala a boca — ele resmungou, de costas para a porta. Apenas um momento se passou antes que ele olhasse por cima do ombro.

Eu mudei meu peso de um pé para o outro.

— Eu acho que Alina gosta de você — eu disse, referindo-me à Guardiã de pele escura que definitivamente estava assistindo da porta.

Misha olhou para mim bruscamente.

— E eu acho que você gosta de Alina.

— Trin... — ele começou a falar.

Pensei no que ele tinha me dito ontem à noite. A vida dele estava irrevogavelmente ligada à minha. Ele não tinha dito essas palavras, mas era isso que ele quis dizer, e não era justo. Ele era apenas alguns meses mais velho que eu e, da mesma maneira, carregava uma responsabilidade que poucos adultos tinham.

— Você devia ir falar com ela.

Seus olhos se arregalaram um pouco diante da perspectiva, como se nunca lhe tivesse ocorrido a ideia. Então sua expressão ficou neutra, desprovida de qualquer emoção.

— Tô trabalhando.

— Não tá, não — eu ri. — Acabamos de treinar, o grosso já foi, e não preciso de você aqui pra praticar com as adagas. Não é como se você pudesse me ensinar alguma coisa quando se trata delas. Sou um milhão de vezes melhor do que você.

— Não foi isso que eu quis dizer. Você não deveria ficar...

— Eu posso ficar sozinha. Não estou em perigo aqui.

— Segurança em qualquer lugar não é algo de que possamos ter muita certeza.

Ignorei a forma como a minha pele gelou.

— Eu tô bem. Vou só praticar com as lâminas um pouco mais e depois vou pra casa, ver o que Jada tá tramando. Eu não preciso que você banque ser o meu Protetor a cada segundo do dia...

— Não é só isso que eu faço.

Meu olhar voou para o dele enquanto os cantos dos meus lábios se viravam para baixo e eu abaixava a lâmina.

— Na verdade, não é exatamente isso que você faz?

Um momento se passou enquanto ele segurava meu olhar.

— Eu quis dizer que também sou seu amigo e não apenas seu Protetor.

— Certo — eu olhei para ele, pensando que ele estava sendo esquisito. — Você também é meu amigo, e estou te dizendo, como sua amiga, que você deveria ir falar com Alina.

Ele olhou por cima do ombro de novo, e eu vi aquele sentimento oscilar em seu rosto. *Anseio.* Foi breve, mas não havia dúvidas. Eu sabia como era. Eu sabia muito bem.

Foi isso que me levou à casa de Clay. Pena que terminou com ele aterrizando em uma roseira, mas às vezes eu estava tão cheia de anseio que não me aguentava.

— Olha, você me seguindo como uma sombra com as visitas aqui parece muito mais suspeito do que você ou Thierry imaginam — Dei de ombros. — Vai falar com ela. Leve-a pra tomar um café ou um milkshake ou algo assim. Eu te mando uma mensagem mais tarde.

Por um longo momento eu não pensei que Misha fosse, mas então seu peito se encheu com uma respiração profunda e ele me encarou.

— Quanto tempo você vai ficar aqui?

— Não mais do que meia hora. Depois vou voltar pra casa.

— Você vai mesmo voltar pra casa?

Suspirei.

— Sim.

Misha parecia ter se decidido. Ele assentiu.

— Certo. Me manda uma mensagem mais tarde.

— Pode deixar. — Mordi o lábio e sorri. — Diga a ela que ela tá bonita hoje e realmente escute quando ela falar.

— Cala a boca. — Ele começou a se virar.

— E não fique encarando os...

— Eu sei como agir com uma garota.

— Sabe?

Ele parecia estar a um segundo de me estrangular, então eu ri. Ele balançou a cabeça quando se virou, e eu o vi caminhar em direção às portas, onde Alina estava parada. Esperei até que suas formas desaparecessem no corredor, então caminhei até a mesinha contra a parede. Guardada em uma sacola de couro estava a segunda adaga de ferro.

Eu a peguei, imaginando quanto tempo Misha ficaria com Alina antes de voltar correndo para a sua *obrigação*.

Também sou seu amigo.

Eu não achava que ele estivesse mentindo, e eu também não tinha mentido quando disse que ele era meu amigo. Ele *era* meu amigo, um dos mais próximos, assim como Jada e até Ty. Minduim também. Ele era um fantasma, mas ainda contava. Além deles? Eu não era próxima de ninguém na comunidade.

Pensei que com Clay seria diferente. Não que ele estivesse loucamente apaixonado ou mesmo tendo desejo por mim, mas eu pensei que ele... Ele poderia ter sido alguma coisa.

E isso teria sido melhor do que nada.

Afastei esse pensamento, como fazia sempre que pensava demais no meu futuro.

Enquanto os outros me aceitaram, alguns ficavam desconfiados de uma *humana* no meio deles. Alguns simplesmente me ignoravam. Era difícil me aproximar de alguém quando eles não sabiam a verdade sobre mim.

E havia outros que olhavam para mim como se eu não merecesse estar entre eles, colhendo o fruto dos seus sacrifícios. Eu sabia o suficiente sobre o mundo além desses muros para saber que as nossas comunidades eram praticamente uma utopia em comparação, completamente autossustentáveis, com poucos dos problemas enfrentados pelo mundo lá fora.

Também era difícil saber se Misha seria meu amigo se não estivesse vinculado a mim. E ainda mais difícil de saber se Jada seria minha amiga se não fosse pelo tio dela acolhendo a mim e à minha mãe.

Havia dias e momentos, como agora, em que eu me sentia profundamente sozinha. Mas também me sentia uma boba por pensar assim, porque eu tinha amigos — amigos que eram como uma família —, melhores do que a maioria das famílias. Eu amava Misha e Jada, mas sentia falta da minha mãe, e eu…

Eu queria *mais*.

Eu queria o anseio que atravessara o rosto de Misha quando ele viu Alina esperando na porta. Queria a paixão que Jada e Ty partilhavam. Queria o amor que via nos olhares que Thierry e Matthew trocavam, nas palavras que muitas vezes sussurravam um para outro em voz baixa.

Queria *tudo isso*.

E não teria nada disso aqui.

Sentindo-me pesada, voltei para onde estava antes e encarei o manequim. Olhei para as adagas pelo que pareceu ser uma breve eternidade, dizendo a mim mesma que não fazia sentido pensar em hipóteses ou ruminar sobre o que não podia ser mudado.

Eu tinha uma escolha.

Eu poderia ficar aqui. Essa seria a escolha inteligente. Eu estaria segura, e Thierry e os meus amigos não teriam de se preocupar comigo. Ou eu poderia ir embora, e poderia... viver a vida, mesmo que viver significasse olhar por cima do ombro a cada hora. Mas Misha e eu ainda estaríamos vinculados. Ele seria capaz de me encontrar aonde quer que eu fosse, sentindo minha presença se ele chegasse a alguns quilômetros de distância. E se algo acontecesse comigo, aconteceria com ele. Não seria justo colocá-lo em perigo ao fugir.

Um tremor desceu pelo meu braço. Eu sabia o que eu *precisava* fazer. Eu sabia o que eu *queria* fazer. E havia pouco espaço nesta vida para as coisas que se queria.

Respirei fundo, segurei-a e depois deixei a adaga voar. O *toc* satisfatório aconteceu não mais do que um segundo depois e arrancou um leve sorriso de mim. Trocando a segunda lâmina para a minha mão direita, eu a arremessei e ela afundou, logo abaixo da outra. Expirando pesadamente, deixei cair a minha mão...

Várias palmas me assustaram, atraindo o meu olhar para a porta. Estava vazia. O meu olhar se moveu para a direita.

Merda.

Era ele.

Zayne.

Capítulo 6

Encostado na parede perto da porta, com os tornozelos cruzados, Zayne estava longe demais para eu perceber sua expressão. Ele estava usando uma roupa muito parecida com a da noite anterior. Camisa preta de manga comprida e jeans escuros, um contraste surpreendente com sua pele e seu cabelo dourados.

— Você é muito boa nisso — disse ele, cruzando os braços. — E eu me sinto extremamente grato por você não ter essas adagas na noite passada.

— Valeu — disse, com o coração batendo forte enquanto olhava ao redor da sala vazia e depois me voltava para ele. — Há quanto tempo você tá aí parado?

— Tempo suficiente pra me perguntar se você tava tentando memorizar cada centímetro da lâmina antes de jogá-la.

As minhas bochechas esquentaram. *Excelente.*

— Você costuma ficar observando as pessoas sem alertá-las sobre sua presença?

— Achei que você tinha me visto — disse ele, e imaginei que era verdade. Ele acharia isso. — Eu não tava exatamente me escondendo atrás de uma cortina ou algo assim.

Estreitei os olhos.

— Você poderia ter dito oi em vez de me observar em silêncio.

— Bem, da última vez em que tentei te avisar da minha presença, você tentou me matar.

Levantei as sobrancelhas.

— Eu não tentei te matar.

— Não foi o que pareceu do meu ponto de vista.

— Então seu ponto de vista tem uma tendência para o dramático.

— É difícil falar com você — disse Zayne depois de um momento.

Ofendida, olhei para ele.

— Não, não sou.

— Certo, deixe-me reformular isso. Você é briguenta.

— Não, não sou.

Zayne me encarou, como se eu discutindo com ele naquele momento fosse prova suficiente da sua alegação.

Era uma espécie de prova, e isso me irritou.

— Por que você tá aqui?

— Tipo no planeta Terra, neste lugar, neste momento exato e nesta hora precisa...

— Não foi isso que eu quis dizer. — Eu o interrompi e jurei que ouvi um sorriso na sua voz. Ele estava... provocando?

— Por que você tá nesta sala, me observando?

— Você faz parecer que eu tô stalkeando você.

— Você que tá dizendo, não eu.

Ele se afastou da parede, mas não deu um passo à frente.

— Tô meio surpreso de te encontrar aqui — disse ele, em vez de responder por que *ele* estava aqui.

— Por qual motivo? — Avancei em direção ao manequim para recuperar as adagas. — Porque sou humana?

— Bem, sim. — Houve uma pausa. — Tem muitos Guardiões que não conseguem atingir um alvo tão bem como você acabou de fazer.

Não pude evitar. Esse pequeno elogio, intencional ou não, trouxe um sorriso ao meu rosto e uma onda de orgulho.

— Você realmente é treinada, não é? Foi por isso que reagiu daquele jeito ontem à noite.

Parando na frente do manequim, puxei a primeira adaga.

— Tenho um certo treinamento. — Tirei a outra lâmina e me virei. Ele já não estava perto da parede. Estava no centro da sala. Respirei fundo. Antes eu tinha dito a mim mesma que precisava pedir desculpa a ele, e agora era um momento melhor do que eu poderia prever. — Sobre a noite passada? Acho que te devo um pedido de desculpa.

— Você acha?

— Bem, eu sei que devo.

Ele se aproximou e vi que o seu cabelo estava solto, roçando a linha forte da sua mandíbula.

— Mesmo? — Ele parecia surpreso, o que era perturbador, pois ele não me conhecia. — Você vai se desculpar?

Caminhei em direção a ele, mudando as adagas de uma mão para a outra, e, à medida que me aproximava, os detalhes marcantes de seu rosto se tornavam mais claros. Eu meio que queria que eles tivessem permanecido embaçados. Baixei o olhar para a garganta dele.

Era uma bela garganta.

Pensar que a garganta dele era bonita era muito esquisito.

— Agora eu sinto que não deveria, porque você tá me irritando de novo.

— Não deixe que isso atrapalhe.

— Já tá atrapalhando — respondi secamente. — Mas eu... eu exagerei. Você não me agarrou. — Quando levantei meu olhar para o dele, Zayne estava olhando para mim, e eu finalmente estava perto o suficiente para ver os olhos dele. Eram... Eram do tom mais pálido de azul, emoldurados pelos cílios mais volumosos que já vi em um cara. A cor era estranha, porque todos os Guardiões tinham olhos azuis brilhantes, mas os dele eram olhos de lobo, frios como a geada do inverno. A curiosidade despertou.

Limpei a garganta.

— Então, aquilo foi... errado da minha parte e coisa e tal.

— E coisa e tal? — Um sorriso tocou sobre seus lábios carnudos. — Aceito a sua desculpa.

— Que bom. — Eu desviei meu olhar por cima do ombro dele. Se Misha voltasse e encontrasse Zayne aqui, ele teria um pequeno derrame e nunca mais sairia do meu lado.

— Na verdade, eu tava te procurando.

A surpresa me invadiu e dei um pequeno passo para trás. O sorriso desapareceu dos lábios dele.

— Por quê?

— Porque começamos com o pé esquerdo — explicou. — Sou uma visita aqui, e geralmente sou mais... amigável do que ontem à noite.

Parte da tensão saiu dos meus ombros.

— Bem, eu bati em você, e isso meio que estabeleceu o tom da interação.

— Sim, mas foi principalmente por minha causa. É que eu fiquei muito surpreso ao ver uma humana na sede regional — Cílios grossos baixaram, ocultando aqueles olhos estranhos. — Posso?

Levei um momento para perceber que ele estava falando sobre as adagas.

— Claro.

Seus dedos roçaram os meus quando ele pegou uma, fazendo com que aquele pequeno choque estranho subisse pelo meu braço. Um sentimento de... familiaridade tomou conta de mim, um sentimento de *estava tudo como deveria estar*, de muitas peças em movimento finalmente encaixando-se no lugar.

Puxei a mão para trás.

Levantei meu olhar para o dele e puxei o ar.

Seus olhos estavam arregalados e a cabeça ligeiramente inclinada, como se... Como se ele sentisse algo que não compreendia.

Ou ele poderia só estar olhando para mim porque eu estava agindo de forma bizarra.

Provavelmente isso.

Zayne limpou a garganta. A adaga era muito menor em sua mão.

— Eu não contei nada ao Duque sobre você estar no Salão Nobre ontem à noite.

— Valeu. — Eu observei enquanto ele virava e caminhava até onde eu estava quando atirei a adaga. — Misha contou, de qualquer maneira, então...

— O cara que tava com você ontem à noite? — Zayne olhou por cima do ombro. — Ele parece... certinho.

Ri disso enquanto saía da linha de tiro do manequim.

— É meio que o trabalho dele.

De frente para o boneco, Zayne olhou para mim.

— O trabalho dele é ser certinho?

Inferno.

Por que eu disse isso? Queria me dar um soco.

— Quer dizer, é meio que a personalidade dele. Ele não quis causar problemas.

Exceto que Misha queria, sim, causar problema. Ele disse que Zayne era um cara ruim, mas Zayne realmente não precisava saber disso.

Ele olhou para a adaga, parecendo querer dizer algo, mas contendo-se.

— Você vai atirar? — perguntei.

Lançando-me um sorriso, ele deu de ombros.

— Talvez eu só goste de segurá-la?

Os meus lábios estremeceram.

— Talvez — Pensei no que tinha ouvido ontem à noite. Esta era a minha oportunidade de descobrir o que diabos estava acontecendo. — Posso te perguntar uma coisa?

— Claro.

— Você realmente acha que não é um demônio que tá matando os Guardiões e os outros demônios?

— Você tava lá. — Ele fez uma pausa. — Se escondendo atrás da cortina, então você ouviu o que eu acho.

Ignorei o comentário sobre a cortina.

— Mas o que mais poderia ser?

Zayne ficou em silêncio por um longo momento.

— Não sei. Nenhum de nós sabe, e todos já vimos coisas estranhas... Não tão estranhas quanto uma humana totalmente treinada morando na sede regional, mas coisas muito estranhas. É isso que nos preocupa.

Eu morar aqui era estranho, mas não *tão* estranho assim.

— Acho que... eu também me preocuparia.

— Você esperaria que o Duque também se preocupasse.

— Tenho certeza que sim. Thierry esconde muito bem o que pensa — Eu mudei meu peso de um pé para o outro. — Você sabia que dois dias antes de vocês chegarem apareceram demônios Torturadores na floresta fora dos muros?

Seu semblante se aguçou.

— Não, eu não sabia disso. Ninguém falou disso pra gente.

Abri a boca para responder e depois percebi que, se ainda não haviam contado, eu provavelmente devia ter mantido a minha boca fechada.

— Ah. Bem, tenho certeza de que vão comentar sobre isso.

— Por que diabos Torturadores viriam até aqui?

— Boa pergunta — murmurei. — Não tinha nenhum demônio de Status Superior com eles. Só uma horda de Torturadores, como você falou sobre DC.

Ele ficou quieto por um momento.

— Você sabe muito sobre demônios.

Não era uma pergunta, por isso dei de ombros.

— Aprendi bastante morando aqui.

— Você já ficou sabendo sobre os ataques a outras comunidades?

— Sim, mas Thierry não sabe que sei disso.

— Bisbilhotando atrás das cortinas de novo?

Eu segurei um sorriso.

— Tá mais pra ficando do lado de fora de portas fechadas.

— Você faz muito isso?

— O suficiente para saber das coisas.

Ele inclinou a cabeça.

— Não faz sentido nenhum um demônio tentar invadir este lugar, com o número de Guardiões em várias fases de treino.

Eu concordava. A única maneira de fazer sentido era se os demônios soubessem o que mais havia dentro destes muros.

— Talvez estivessem perdidos. Ou entediados.

— É. — Ele não parecia concordar nem um pouco com isso, e eu realmente esperava que ele não mencionasse a mais alguém o que eu tinha contado.

— Além do lançamento de adagas e do que vi ontem à noite, em que mais você é treinada?

Cruzei os braços e contei uma mentira.

— Pouca coisa. Apenas umas coisinhas que Misha me ensinou.

— Ele te ensinou a arremessar lâminas?

Misha não tinha sido o único a me treinar. Thierry e Matthew tiveram um grande papel nisso.

— Sim, mas eu sou melhor do que ele nisso.

Zayne riu, o som ainda tão agradável quanto fora ontem à noite, enquanto ele engatilhava o braço. Seus movimentos foram rápidos, e ele soltou a adaga antes que eu percebesse. Atingiu o manequim, e eu corri para ver que ele tinha acertado a barriga.

— Era onde você tava mirando? — perguntei, envolvendo meus dedos em torno do cabo ainda oscilando.

— Se eu dissesse que sim, você acreditaria em mim?

— Não — eu ri, puxando a adaga.

— Eu tava mirando no peito.

— Então eu também sou melhor do que você — Virei-me.

— Parece que sim. — Ele esfregou uma mão pelo cabelo. — Não uso adagas há séculos.

— Não é como se você precisasse.

— Você precisa? A pergunta me pegou desprevenida, e a minha mente correu para encontrar uma possível resposta insuspeita.

— Hm, nunca se sabe. Quer dizer, eu moro com uma raça que os demônios gostam de atacar, e de fato tivemos Torturadores no perímetro da comunidade — eu disse. Certo. Essa foi uma resposta inteligente, e eu estava bastante orgulhosa de mim mesma. — É por isso que aprendi o treinamento básico e a como lançar uma adaga.

— Inteligente. Se alguma vez encontrar com um deles, vai conseguir se defender se tiver umas adagas com você.

O que ele não sabia era que eu realmente não precisava delas. Se chegasse a esse ponto, eu poderia acabar com Zayne. Eu poderia acabar com todos os Guardiões aqui sem muito esforço.

Ele caminhou na minha direção, e me certifiquei que os nossos dedos não se tocassem quando ele me entregou a lâmina.

— Você já viu um demônio? — ele perguntou.

— Sim. E você?

Então Zayne riu, e foi genuíno. Profundo. Gutural. Sexy pra cacete.

— Você é meio espertinha.

— Não nego.

— Que tipo de demônios você já viu? Só os Torturadores?

— Por que você tá fazendo tantas perguntas? — Caminhei para a mesa.

— Tô curioso pra caramba sobre você.

— Porque eu moro aqui? — Coloquei as adagas nos seus respectivos lugares. — Se me visse no meio da rua, não olharia duas vezes pra mim.

— Isso não é verdade.

Meus dedos se ergueram das adagas enquanto meu olhar disparava para onde ele estava agora, ao meu lado.

— Eu sempre olho duas ou talvez até três vezes para uma garota bonita — disse ele, e aquele sorriso fácil estava de volta, curvando um canto de seus lábios. — Não acho que a gente devesse admitir isso agora, ou fazer isso, mas é a verdade.

Eu ainda estava olhando para ele.

O sorriso se alargou ainda mais, aquecendo aqueles olhos azuis gelados.

— Eu falei o que não devia?

— Não. — Eu pisquei, focando na sacola das adagas. Fechei as laterais e as amarrei. — Sua curiosidade vai te levar a uma decepção enorme.

— Por que você acha isso?

— Porque não sou muito interessante.

— Essa é provavelmente a coisa mais errada que ouvi o dia todo.

Eu segurei um sorriso, pensando em como seria se ele soubesse a verdade.

— Minha mãe conhecia Thierry antes de ele se tornar Duque, quando ele morava em Nova Iorque. Ela foi atacada por um demônio, exposta a eles quando eu era uma criança, e cá estou eu — disse, repetindo o que Thierry tinha me dito para contar. — Quando ele se tornou Duque, nos mudamos pra cá com ele.

— Seu pai não veio?

Uma risada quase histérica borbulhou na minha garganta.

— Não. Ele é presente, mas não aqui.

Suas sobrancelhas enrugaram, como se ele estivesse tentando entender isso. Nunca conseguiria. Nem em sonho.

— E a sua mãe?

Desviei o olhar quando uma pontada aguda de dor atingiu o centro do meu peito.

— Ela se foi.

Zayne não respondeu por um longo momento.

— Se foi, tipo... já não tá mais entre nós?

Acenando com a cabeça, engoli o nó repentino que sempre aparecia quando eu pensava na minha mãe.

— Sim.

— Lamento muito saber disso — disse ele, e quando o encarei, seu olhar vagou sobre o meu rosto. — Perder um dos pais é... Nunca é fácil.

Seu olhar capturou o meu e se manteve ali, e eu perguntei:

— Você... sabe como é isso?

— A minha mãe morreu dando à luz a mim, como muitas de nossas mulheres. — Ele colocou uma mecha de cabelo para trás da orelha. — O meu pai morreu há alguns meses.

Meu coração apertou com a informação inesperada.

— Sinto muito por isso. Meu Deus, isso é... pesado. Sinto muito mesmo. A minha mãe morreu tem mais ou menos um ano, então ainda é recente, mas não... não assim.

— Obrigado. — Ele desviou o olhar.

Uma luz se acendeu enquanto eu estudava o perfil dele. Meu estômago afundou.

— Seu pai era o Abbot? O líder do clã de DC?

Sua cabeça girou de volta para mim.

— Sim.

— Sinto muito. — Eu me inclinei para o lado, mantendo meu olhar no dele. — Ele morreu como um guerreiro.

— Sim.

— Eu sei que isso não facilita as coisas.

— Não mesmo.

Os Guardiões não eram fáceis de matar, mas a morte era uma sombra que sempre permanecia a apenas alguns passos deles, pois era uma parte horrível de suas vidas cotidianas. Isso não tornava a morte mais fácil de processar.

— Eu realmente sinto muito — repeti, sentindo como se precisasse dizer de novo. Eu embalei a sacola de couro contra o meu peito quando outra luz começou a se acender. Abbot, seu pai, tinha sido o líder do clã de DC, o que significava que, após a morte dele, Zayne deveria ter ascendido ao papel. Teria sido desafiado por Nicolai e perdido? Ou ele se recusou a assumir o papel? Essa última opção parecia impossível de acreditar.

Pensei na advertência de Misha. O clã não aceitara Zayne como líder? Ele era jovem — não podia ser mais do que alguns anos mais velho do que eu —, mas tinha algo mais do que isso? O que não fazia sentido, porque se fosse esse o caso, Thierry saberia e não diria que Zayne era honrado.

— Então — eu disse, passando os dedos sobre o couro liso. Eu sabia que o que ia perguntar era muito pessoal, mas, como Thierry tinha dito antes, muitas vezes eu era curiosa demais para o meu próprio bem. — Por que você não é o líder do clã?

Zayne olhou para mim.

— Isso não é algo que eu possa falar com você.

Fiquei desapontada, embora não tenha sido uma resposta inesperada.

— Porque não sou uma Guardiã?

Ele sorriu com força em resposta.

— E porque eu não te conheço.

A vergonha despontou no fundo do meu estômago.

— Perdão. Não devia ter perguntado. Muitas vezes eu sou... impulsiva e intrometida.

— Intrometida? Nunca teria imaginado isso. — Seu tom era leve, até mesmo brincalhão, mas eu ainda sentia as minhas bochechas corando.

Olhando para a porta, decidi que era hora de fazer a coisa inteligente e voltar para casa antes que acabasse dizendo outra coisa que não deveria.

— Eu preciso ir — Eu dei um passo para trás, sentindo cerca de dez tipos diferente de constrangimento. — Foi bom, hm, esclarecer as coisas e, mais uma vez, sinto muito pela noite passada.

O sorriso se soltou.

— Isso significa que você não me odeia?

Eu me encolhi.

— Eu disse isso ontem à noite, não disse?

— Disse.

— Costumo dizer coisas que não deveria. Pode acrescentar isso a impulsiva e intrometida.

Ele riu enquanto colocava as mãos nos bolsos da calça jeans.

— Vou me certificar de adicionar isso à incrível lista de atributos.

— Adicione mesmo — Dando mais alguns passos para trás, eu disse: — Até logo, Zayne.

Virei-me e dei mais alguns passos.

— Trinity.

Parei e fechei os olhos. Eu não tinha ideia do que fazer com o pequeno arrepio que atravessou meu âmago em resposta à maneira como ele disse o meu nome. Foi uma reação intensa, mas ele falou o meu nome como... Como se estivesse *saboreando* o som.

— Sim? — Como se eu não tivesse controle, voltei-me para ele.

Ele não se mexeu, e eu estava mais uma vez longe demais para enxergar seus olhos com nitidez, mas senti seu olhar, intenso e pesado. Meu coração disparou.

— Como a sua mãe morreu? Foi um demônio? Ou algo natural?

Todos os músculos do meu corpo ficaram tensos, e parte de mim sabia que eu não deveria responder com sinceridade, mas as palavras escalaram até a ponta da minha língua. Uma verdade que raramente era verbalizada.

— Não — eu disse. — Foi um Guardião.

Capítulo 7

Jada soltou um suspiro alto e cansado enquanto se recostava no sofá ao lado da minha cadeira.

— Ele é tão irritante.

— Sim. — Tomei um gole do meu *smoothie* de morango enquanto observava Clay empurrando pelo peito um dos garotos mais novos e rindo enquanto o seu alvo tropeçava contra a pedra da fogueira do tamanho de uma SUV.

Por que eu não tinha notado este comportamento antes? Será que fiquei cega pelo fato de ele ter prestado atenção em mim? Suspirei. A resposta era *provavelmente*, o que significava que eu precisava fazer melhores escolhas de vida.

— Eu realmente espero que ele seja alocado pra algum lugar, muito longe daqui. — Jada mexeu os dedos e eu entreguei o *smoothie*. — Tipo a Antártica.

— Isso ainda é muito perto. — Ty estava sentado do outro lado de Jada, esticando as longas pernas. Fazia pouco tempo que ele tinha raspado o cabelo preto, e eu ainda estava tentando acostumar com isso. — Sortudo que sou, ele vai acabar alocado pra mesma cidade que eu.

A esta altura no ano que vem, Ty estará participando da Premiação e depois, assim como Clay e os outros, será transferido para uma cidade. Jada com certeza iria com ele, e eu... provavelmente ainda estarei aqui. Peso invadiu meu peito e tentei afastar o pensamento.

Jada tomou um gole do meu *smoothie*.

— E olha, lá se vai a camisa dele.

Franzindo a testa, voltei-me para a fogueira. Chamas rugiam atrás de Clay enquanto ele puxava a camisa sobre a cabeça e a jogava no garoto que ele acabara de empurrar enquanto gritava alguma coisa.

— Por que ele faz isso? — perguntei.

— Não sei — sussurrou Jada, balançando a cabeça. — É como seu chamado de acasalamento ou algo assim.

— Eca. — Estremeci.

— Você devia ir falar com ele, Trin — Ty ergueu as sobrancelhas quando lhe enviei um olhar afiado. — Ele gosta de você.

É, eu já tinha trilhado esse caminho.

— Então — disse Ty, inclinando-se para Jada —, o que tá rolando com o seu garoto ali?

Meu olhar deslizou para onde Misha estava sentado ao lado de Alina, e eu juntei as mãos com um estalo.

— Meu garotinho tá crescendo.

Jada riu.

— Olha pra ele — sussurrei enquanto pegava o *smoothie* de volta. Misha estava mostrando algo para Alina no celular. — Ele tá compartilhando. Criando uma conexão com ela. Daqui a pouco, ele vai acasalar e...

A cabeça de Misha girou na minha direção. Era como se ele tivesse algum tipo de sexto sentido ou algo assim, porque eu sabia muito bem que ele não conseguia nos ouvir.

Nós três acenamos para ele.

Misha balançou a cabeça antes de voltar a atenção para Alina.

— Vocês conhecem Alina? — perguntei enquanto sufocava um bocejo.

— Não muito bem, mas ela parece bem legal. — Jada apoiou a bochecha no ombro de Ty. — Só meio tímida. Quieta. Ela tá treinando pra ser curandeira na clínica.

Tomei outro gole do meu *smoothie* enquanto observava Misha e Alina, dividida entre querer interromper a conversa e ser inconveniente como eu costumava ser, e fazer o que eu normalmente não fazia, que era dar o espaço que Misha merecia.

— Esses são os caras do clã de DC? — Ty perguntou, e eu segui seu olhar.

Meu estômago idiota despencou enquanto eu tentava identificar os rostos borrados de duas figuras sentadas não muito longe de nós, sob vários cordões de pisca-pisca.

— Sim — eu disse. — São Dez e Zayne.

Houve um silêncio enquanto Jada e Ty olhavam para mim.

— O que foi? — perguntei.

Ty arqueou as sobrancelhas.

— Como você sabe o nome deles?

— Eu não contei pra ele que você entrou no Salão Nobre quando eles chegaram. — Jada levantou a cabeça do ombro de Ty, sorrindo.

Eu mantive minha expressão neutra.

— Sim, eu ouvi o nome deles quando tava bisbilhotando.

Jada olhou para mim de um jeito estranho, e, como se eu não tivesse autocontrole, meu olhar se voltou mais uma vez para Zayne e Dez. Este último parecia estar rindo de algo que Zayne tinha dito, e me perguntei o que estariam falando e se Zayne estava sorrindo.

Zayne sequer sabia que eu estava aqui?

No momento em que essa pergunta se formou na minha mente, eu quis me estapear. Que coisa estúpida de se perguntar. Não era como se Zayne estivesse aqui procurando ou pensando em mim. Claro, ele estivera à minha procura ontem no centro de treinamento, mas apenas estava curioso para saber por que é que eu morava aqui. Não podia culpá-lo por isso.

E por que eu sequer estava pensando em Zayne? Não havia razão, e eu não estava pensando nele. Nem um...

— Você tá encarando — Jada se inclinou para mim.

Pisquei. Eu estava, de fato, encarando os dois. Eles não olharam para cá, graças a Deus.

— Viajei — disse, sentindo minhas bochechas esquentarem. — Nossa.

Jada estava olhando para mim de um jeito estranho de novo.

— O que foi?

Ela olhou mais uma vez para onde eles estavam sentados.

— Nada.

— Ei! — Clay gritou, e eu levantei o olhar para vê-lo vindo em nossa direção, ainda sem camisa.

— Inferno — resmungou Ty baixinho.

Abaixei meu *smoothie* enquanto ele gingava para onde estávamos sentados. De jeito nenhum que ele vinha falar comigo, não depois do que acontecera entre nós.

Nenhum de nós o cumprimentou quando ele ficou ali parado. Eu só o encarei.

Destemido, Clay olhou para Jada e Ty e depois voltou a focar em mim.

— Sabe o que você deveria estar fazendo agora?

Fiquei tensa.

— Você deveria estar indo pegar uma bebida pra mim — disse ele, alto o suficiente para que metade das pessoas ao redor do Fogaréu conseguissem ouvi-lo. — Tô de mãos vazias.

O meu queixo caiu.

— Como é?

— Uma bebida — O sorriso de Clay era lento, praticado de uma forma que mostrava que ele achava que era sexy e encantador, e com a qual eu costumava concordar. — Você devia pegar uma pra mim.

Inclinei-me para a frente.

— Você tá falando sério?

Seu sorriso só ficou maior.

— Sim, tô. Porque o que mais você tem pra fazer?

— Você tá chapado? — Jada perguntou.

Ele olhou para ela enquanto passava a mão sobre o peito.

— Não se tem um corpo destes ficando chapado.

Uma gargalhada irrompeu de mim.

— Eu não tô acreditando que você acabou de dizer isso. Em voz alta. E na frente de outras pessoas.

— O que foi? — Clay abaixou a mão. — É a verdade.

Ty bufou enquanto balançava a cabeça.

— Vá lá, Trin. Me traz algo pra beber e podemos conversar. — Clay ignorou Ty e não se atreveu a desafiar Jada. Ele era um idiota, mas não era estúpido o suficiente para bater de frente com a sobrinha do Duque. — Porque eu acho que a gente realmente precisa conversar.

— Prefiro pular naquela fogueira com um traje de poliéster.

Ty gargalhou sem pudor.

— Acho que você recebeu a sua resposta.

— Por que você tem que ser assim? — Clay perguntou, ignorando Ty. — Olha, eu tô só tentando resolver as coisas. Especialmente porque você estragou as coisas pra mim.

Enrijeci.

—*Eu* estraguei as coisas pra *você*? Tem certeza de que você não tá chapado?

— Do que ele tá falando? — Jada perguntou.

— É, você realmente ia achar que não fez nada. — Clay ergueu os braços, curvando as costas e estalando a coluna. Quando ele terminou de ser o próprio quiropraxista, abaixou-se e colocou uma mão no braço da minha cadeira e a outra atrás de mim, na almofada do encosto.

Ele alinhou o rosto com o meu.

— Você vai me chutar pela janela de novo?

— *Quê*? — Jada exigiu.

— Não. — Os pelos na minha nuca se eriçaram enquanto eu me inclinava para a frente, deixando-me quase tão próxima dele quanto estivemos quando nos beijamos. — Eu vou te chutar pra fogueira se você não recuar.

— Sim. — Ele falou diretamente no meu ouvido, para só eu ouvir. — Eu gostaria de ver você tentar.

Cada célula do meu corpo exigia que eu colocasse o máximo de distância possível entre nós, porque eu estava a segundos de transformá-lo em uma tocha de Guardião.

— É mesmo? Porque fico feliz em atender esse pedido.

Clay sorriu com desdém.

— Eu tenho uma pergunta pra você — eu disse. — Você assistiu *Guerra dos Tronos*, né?

Foi visível o lampejo de confusão em seu rosto.

— Sim?

— Lembra do Rei Joffrey? — Sorri com doçura. — Você me lembra ele.

Jada parecia estar morrendo ao meu lado.

O sorriso encantador demais de Clay vacilou. Um longo momento se passou enquanto ele olhava para mim.

— Eu entendi.

— Entendeu o quê?

— Você.

Arqueei as sobrancelhas.

— Algum problema aqui? — Misha apareceu de repente, atrás de Clay. — Porque lembro com clareza da conversa que você e eu tivemos.

— Sim, eu lembro — Clay estava sorrindo de novo enquanto girava. Ele olhou para Misha e depois lhe deu um tapinha no ombro. — Qualquer dia desses.

Com isso, Clay foi embora, jogando os braços para cima e para frente enquanto jogava a cabeça para trás e soltava um rugido que definitivamente não era humano.

Desviei meu olhar para onde Zayne e Dez estavam sentados. Ambos pareciam estar olhando para cá, e os meus ombros murcharam. Claro que testemunhariam isso.

— Ele é um babaca — resmungou Misha, observando Clay por cima do ombro. — Não tô acreditando que ele teve coragem de falar com você.

— Certo, então o que diabos acabou de acontecer aqui? — Jada perguntou.

Respondi antes que Misha tivesse a chance de falar, dando-lhes um rápido resumo, sem a parte sobre chutar Clay pela janela.

— Então, sim, tô meio chocada que ele venha falar comigo.

Jada estava lançando um olhar na direção de Clay.

— E Thierry adiou a Premiação dele?

Assenti.

— Boa.

— Isso é muito sério — Ty se inclinou para a frente. — Não me entenda errado. Clay merecia isso e muito mais. Mas por mais que eu odeie admitir isto, ele é realmente um Guardião muito bom, em termos de habilidade. É quase impossível derrubá-lo nas aulas. Ele é rápido, e não apenas na sua forma de Guardião.

— Bem, ele que causou isso. — Sufocando outro bocejo, entreguei meu *smoothie* a Jada para ela acabar e me levantei. — Eu vou pra casa.

— Por quê? — Preocupação beliscou as feições dela. — É por causa de Clay? Porque, sério, não deixe que ele acabe com a sua noite.

— Não é por causa dele. Na verdade, tô bem cansada — eu disse, e era a verdade.

Jada olhou para mim como se não tivesse certeza se eu estava dizendo a verdade, mas não insistiu.

— Certo — disse Misha. — Só deixa eu me despedir de Alina...

— Não. Fique. — Eu me estiquei e dei um tapinha em sua cabeça, desviando agilmente para longe da sua mão enquanto ele tentava me acertar. — Estou literalmente voltando pra casa. Não preciso que me acompanhe.

Misha hesitou.

— Vou mandar uma mensagem quando chegar, tá bom?

— Tá bom — disse ele depois de um momento.

Não perdi tempo, porque se o fizesse, Misha mudaria de ideia e deixaria Alina sentada sozinha junto ao fogo. Dizendo adeus, contornei o sofá e depois olhei por cima do ombro em direção aos pisca-piscas.

Dez e Zayne ainda estavam lá, e eu desviei o olhar com rapidez.

Caminhei em direção à casa. Ainda bem que Misha não sabia que eu tinha encontrado Zayne ontem.

Ou o que eu dissera a ele.

Eu ainda me sentia culpada, mas se Misha soubesse disso, ele estaria aqui comigo em vez de passar um tempo com Alina e se divertir.

Pensei no que Clay me dissera enquanto eu seguia a calçada de volta à casa. Tinha sido... estranho. *Eu entendi.* O que diabos ele quis dizer? A questão era que ele *não* entendia.

Será que Zayne tinha ouvido Clay? Suspirei. Provavelmente. Não que isso fosse ser constrangedor ou...

— Ei.

Meu coração pulou no meu peito ao som da voz de Zayne. Era como se eu o tivesse conjurado das sombras. Parei e me virei, ignorando a maneira como meu pulso começou a palpitar.

— Você não tentou me bater — Zayne parou a poucos metros de mim, sob o brilho suave de um poste, as mãos nos bolsos. — Começando um novo capítulo na sua vida?

— Rá. Rá — resmunguei. — Talvez você tenha me chamado alto o suficiente para eu ouvir desta vez.

— Talvez. — Um pequeno sorriso apareceu. — Então, o que aconteceu lá?

Eu sabia exatamente do que ele estava falando, mas me fiz de desentendida:

— O que você quer dizer?

— Aquele cara — respondeu ele. — Gritando sobre você ir pegar uma bebida pra ele ou algo assim.

— Você ouviu — Suspirei.

— Certeza de que todo o estado da Virgínia Ocidental o ouviu.

Balançando a cabeça, levantei as mãos.

— Não foi nada.

— Não parece nada se você saiu imediatamente depois disso.

Abaixei as mãos.

— Nossa. Você tava mesmo prestando atenção.

— Tava.

A surpresa me roubou a voz por um momento.

— Por quê?

— Porque eu te vi lá, então eu tava prestando atenção.

— Você nem sequer olhou pra mim até que Clay começou a fazer toda aquela cena.

Aquele sorriso fácil e provocante voltou quando ele mordeu o lábio inferior.

— Então você também tava prestando atenção.

Calor se espalhou em minhas bochechas.

— Não tava, não.

Ele riu enquanto colocava uma mecha de cabelo loiro atrás da orelha.

— Você é ridícula.

— E irritante?

— Também — Ele olhou para a esquerda e depois de volta para mim. — Qual é o problema com esse cara, o Clay?

— Ele é só... Ele é só um babaca. — Uma brisa levantou as pontas do meu cabelo. Um arrepio estranho percorreu a minha coluna. O vento se agitou, jogando meu cabelo sobre meu rosto. Dei um passo atrás. — Eu preciso chegar em casa.

— Eu posso te acompanhar.

Houve uma voz que sussurrou *sim*, uma voz motivada por uma necessidade quase desesperada de algo mais do que atenção passageira, mas essa necessidade era irresponsável e imprudente e *interessante*.

— Tô indo nessa direção, de qualquer forma — disse ele, acenando em direção à minha casa e ao Salão Nobre depois dela. — Não é nada demais.

Expirando suavemente, acenei com a cabeça.

— Certo. Tudo bem. O que você preferir.

Zayne riu.

— Você tá rindo de mim?

— Mais ou menos.

— Então eu revogo minha aceitação de sua oferta. — Virei-me e comecei a andar.

Zayne me alcançou sem dificuldade.

— Não. Tarde demais.

Lutei contra o meu sorriso e venci.

Caminhamos em silêncio por um tempo, e então Zayne perguntou:

— Como é morar aqui?

— O que você quer dizer?

— Outros Guardiões agem como Clay, ou eles são legais com você?

Olhei para ele.

— Quase todos eles me aceitaram aqui, se é isso que você quer dizer. Clay é só... Bem, ele é um idiota, mas eu cresci com muitos dos mais jovens. Até Clay.

— E você foi educada com eles? Como foi isso?

— De boa, eu acho. Aprendi sobre a Guerra Civil numa aula e sobre as diferentes espécies de demônios na outra. O que significa que provavelmente tive uma experiência educacional mais interessante do que a maioria dos humanos — disse. Todas as comunidades estavam equipadas com as suas próprias escolas. É claro que eram muito menores do que a maioria das escolas no mundo humano. Um edifício abrigava todas as séries, e cada turma normalmente não tinha mais do que dez ou quinze alunos. — E você? Cresceu numa das comunidades?

— Eu nasci em uma na Virgínia, nos arredores de Richmond, mas não lembro de nada sobre lá.

— Você sempre morou em um dos postos avançados, então? — perguntei, referindo-me aos locais onde Guardiões treinados que patrulhavam e caçavam demônios moravam.

— Sim — respondeu ele. — E você nunca morou em outro lugar além daqui e... Nova Iorque?

Fiquei surpresa que ele se lembrasse.

— Eu vim pra cá quando tinha oito anos, com a minha mãe. — Atravessamos a rua, em direção ao muro de pedra menor que separava a casa principal da comunidade. — É tudo o que conheço.

Zayne ficou em silêncio, e eu lancei um rápido olhar para ele. Ele se concentrava no caminho mal iluminado e, em seguida, seu queixo se inclinou na minha direção.

Desviei o olhar, inspirando com rapidez o ar fresco com cheiro de pinhos da noite.

— Como era no posto avançado?

— Bem diferente disso aqui — respondeu ele. — Eu cresci cercado por Guardiões treinados e não longe de... bem, tudo. Passei tanto tempo na cidade quanto no complexo. Nunca é calmo como aqui.

— Eu imagino — murmurei, mas realmente não conseguia. Eu não lembrava muito de morar no estado de Nova Iorque. Nós morávamos em um subúrbio fora de Albany, nunca em um lugar como Washington, DC, ou a cidade de Nova Iorque. — Você foi educado em casa?

— Fui. Meu pai trouxe alguém para cuidar da minha educação, um humano que não ficava apavorado demais por estar cercado de Guardiões.

— Isso deve ter sido difícil, sendo a única criança.

— Eu não era o único — disse ele, e a minha curiosidade aumentou. Antes que eu pudesse perguntar sobre isso, ele disse:

— Posso te perguntar uma coisa?

— Se eu dissesse não, você provavelmente perguntaria, de qualquer maneira.

— Não perguntaria. Não se você estivesse falando sério.

A honestidade em sua voz atraiu o meu olhar. Eu de fato... acreditei nisso.

— O que você quer saber?

— Quantos anos você tem?

Levantei uma sobrancelha.

— Tenho dezoito. Quantos anos você tem?

— Vinte e um — respondeu ele. — Vou fazer vinte e dois em alguns meses. Setembro.

Cruzei os braços sobre o estômago enquanto contornávamos o muro de pedra e nos aproximávamos da casa.

— Você tem dezoito anos e a sua mãe se foi... E eu realmente sinto muito por isso. — Ele acrescentou essa última parte com rapidez. — Mas por que você ainda tá aqui?

Capítulo 8

Caramba, essa era uma pergunta difícil de responder, porque eu não podia ser honesta. Quando chegamos à casa, eu ainda não tinha resposta. Paramos no limite do holofote que brilhava da varanda da frente.

— É porque você não tem pra onde ir? — ele perguntou. — Não falo isso como grosseria. Imagino que seria difícil crescer aqui e depois ir lá pra fora, pro mundo.

— Mas eu quero ir lá pra fora. — No momento em que eu disse isso, xinguei mentalmente com tudo quanto era palavrão. Eu realmente precisava controlar a minha boca.

Zayne inclinou o corpo para mim.

— Então por que não vai?

— Não é... Não é assim tão simples — admiti. — Quer dizer, não tenho pra onde ir. Como você disse. É difícil crescer assim e sair por aí. O Conselho de Educação agora reconhece os nossos diplomas, assim como a maioria das faculdades, mas onde é que eu ia conseguir dinheiro? Ajuda financeira seria complicado, porque Guardiões não se qualificam pra isso, e mesmo que eu não seja uma Guardiã, a minha educação indica que eu sou uma. Seria complicado, e todo mundo aqui tem coisa melhor pra fazer do que me ajudar a resolver essas coisas.

— Parece que você andou pesquisando.

Sim. Muito. E toda a pesquisa que eu tinha feito era inútil, porque faculdade não era uma possibilidade para mim. Não fora para isso que eu tinha... nascido. Depois que mamãe foi morta, eu pesquisei faculdades, imaginando que não havia razão para que eu não pudesse frequentar uma e estar pronta para quando quer que eu fosse convocada.

Mas como eu pagaria? Pedir a Thierry e Matthew para pagarem? Eles já forneciam *tudo* para mim. Eu não podia pedir mais isso.

— Eu tenho outra pergunta — disse ele.

— Diz — suspirei, meio com medo de aonde esta pergunta levaria.

— O que aconteceu ao Guardião que matou a sua mãe?

A pergunta foi um choque no meu sistema nervoso, e dei um passo para longe de Zayne.

— Eu não devia ter te contado sobre isso.

— Por quê?

— Porque eu não gosto de falar ou pensar sobre isso.

— Desculpa — disse ele imediatamente —, eu não devia ter puxado o assunto.

Respirando de maneira trêmula, eu me virei para subir os degraus e depois parei, encarando Zayne.

— Ele tá morto. Eu não teria ficado aqui se não estivesse.

— Eu não acharia que você teria ficado — disse ele baixinho. — Sinto muito, Trinity.

A respiração ficou presa na minha garganta. Lá estava de novo. A maneira como ele dizia o meu nome. Um arrepio forte e quente dançou sobre a minha pele, e esse arrepio fez eu pensar no anseio que eu tinha visto no rosto de Misha quando ele viu Alina. Aquele arrepio fez eu pensar em noites quentes de verão, em pele contra a pele.

O calor dentro de mim aumentou, rolando pela minha garganta e pelo meu peito, diminuindo a dor amarga que sempre cercava os pensamentos sobre a minha mãe, e eu sabia que era hora de ir.

E foi o que fiz, sem dizer uma palavra, sem olhar para trás.

O fantasma confuso estava de volta, andando na entrada de carros do lado de fora do Salão Nobre, e já passava da hora de falar com o pobre rapaz e ajudá-lo a seguir em frente.

— Isto me deixa desconfortável — murmurou Misha, arrastando-se atrás de mim enquanto caminhávamos ao longo do caminho pavimentado ao redor do Salão Nobre.

Eu sorri.

Jada também odiava quando eu a arrastava para este tipo de coisa. Para ser sincera, Misha deveria estar no Salão Nobre para a Premiação junto com todos os outros, mas como de costume, ele estava na Missão Trinity.

— Você nem consegue vê-los, então não entendo por que isso te deixa tão desconfortável.

— Posso não conseguir ver, mas sei que estão lá. — Misha pegou a borda da minha camisa, puxando-me para o lado antes que eu batesse em um abeto pequeno que eu não tinha visto.

— Valeu — murmurei, parando na esquina do prédio. A noite havia caído e luzes suaves brilhavam da entrada do Salão Nobre.

O Cara Fantasma tinha parado nas sebes, braços para cima e mãos puxando seu cabelo. O meu coração se apertou em compaixão.

— O que ele tá fazendo? — Misha sussurrou.

— Pirando — eu disse a ele. Havia luz suficiente vinda do prédio para ver por onde eu estava indo. Comecei a caminhar, mas parei e olhei para os degraus largos.

Risos abafados e aplausos flutuaram do salão, chamando minha atenção. As Premiações eram uma coisa legal. Dança. Celebração. Família. Era assim que era. Família.

Olhei para Misha. Ele também estava olhando para o salão, e eu me perguntei se estava pensando em Alina.

— Alina tá na Premiação?

— Sim — respondeu ele, e percebi que tinha sido uma pergunta idiota. Qualquer Guardião maior de idade que não tivesse uma criança para cuidar estava na Premiação.

Ele também deveria estar lá. Não aqui comigo, rastejando na escuridão enquanto eu falava com fantasmas.

Mordiscando minha unha, eu o encarei.

— Por que você não entra e vê o que tá rolando? Depois de ajudar o Cara Fantasma, eu te encontro lá.

O rosto de Misha estava nas sombras.

— Por que eu iria querer entrar lá sem você?

— Porque é melhor do que estar aqui comigo enquanto falo com fantasmas.

— Eu ainda prefiro ficar aqui com você, mesmo com toda a coisa de fantasma.

Os meus lábios estremeceram.

— Isso é mentira.

— Nunca — ele retrucou. — Além disso, não posso te deixar sozinha quando você tá falando com um fantasma. Se alguém saísse e te visse, ia achar que...

— Tem algo errado comigo? — eu completei.

— Eu não ia sugerir isso. Eu ia dizer que eles pensariam que era *esquisito* e começariam a fazer perguntas.

Voltando ao Cara Fantasma, vi que ele ainda estava perto das sebes. Caminhei em sua direção, com cuidado para ficar perto da folhagem. O fantasma não parecia ouvir a minha aproximação, e agora que eu estava mais perto, podia ver que a camisa dele era dourada e azul, a camisa dos alpinistas da WVU. Eu também podia ver que tinha algo de errado nela.

A parte de trás da camisa estava rasgada e manchada de uma cor mais escura. Meu coração deu uma palpitada, como sempre fazia quando eu estava tão perto de um fantasma ou espírito, não importava quantas vezes eu tivesse visto um.

Limpei a garganta.

— Oi.

O fantasma se dissipou como fumaça ao vento. O meu queixo caiu.

— Que grosseiro.

Um momento depois, ele começou a tomar forma de novo, desta vez na minha frente. Sua cabeça e ombros se formaram primeiro e depois o resto dele apareceu, mas seu corpo da cintura para baixo era transparente.

— Cacete — eu ofeguei, arregalando os olhos enquanto dava uma boa olhada no homem e ouvia Misha parar a alguns metros atrás de mim.

O fantasma era jovem, talvez com seus vinte e poucos anos, e seu rosto estava completamente pálido. Mas não foi isso que revirou o meu estômago com um forte impulso de náusea. A frente de sua camisa estava rasgada, assim como a carne além dela, seu tronco rasgado em tiras esfarrapadas.

Dei um passo atrás. Eu não tinha conseguido ver isso tudo quando eu estava no telhado. Talvez eu estivesse errada sobre o acidente de carro.

— Você pode me ver? — o fantasma perguntou, correndo em minha direção... e depois através de mim.

Fios de cabelo sopraram do meu rosto enquanto um vento gelado me atravessava. Eu estremeci e engoli com força, odiando esse sentimento.

— Ele... Ele acabou de passar por você? — Misha parecia que ia vomitar.

— Infelizmente. — Eu me virei e encontrei o fantasma olhando para si próprio. — Ei, não vamos fazer isso de novo.

— Perdão. Não era a minha intenção. Não entendo como isso aconteceu — O pânico penetrou na voz do homem quando ele se aproximou de mim novamente, mas parou. — Você pode me ver e falar comigo?

— Posso. — Olhei para baixo e vi que suas pernas haviam se solidificado. — Qual é o seu nome?

— Wayne... Wayne Cohen. Pode me ajudar? Não consigo encontrar o caminho de casa.

Meu Deus.

Comecei a mordiscar a unha mais uma vez enquanto meu olhar deslizava para o sul. Ele tinha de saber que estava morto.

— Eu posso te ajudar, Wayne, e eu posso te ajudar a ir pra casa, mas não é a casa que você tá pensando.

As sobrancelhas escuras de Wayne franziram.

— Eu não entendo. Eu preciso ir pra casa...

— Você sabe que tá morto? — perguntei. Era melhor não arrastar a situação.

Misha fez um som sufocante atrás de mim.

— Nossa. Quanta gentileza.

Ignorei-o.

— Você... Você já se olhou?

— Olhei, mas... — ele colocou dois dedos contra o lado do pescoço enquanto olhava para o corpo. — Não... não posso estar morto. Eu estava voltando pra casa e daí... — Ele deixou cair a mão, ainda olhando para o peito arruinado. — Eu ia pedir pizza. Bacon e presunto e borda recheada.

Quando as pessoas morriam, elas geralmente se preocupavam com as coisas mais fúteis junto com as coisas mais poderosas.

— Eu... realmente tô morto?

— Você definitivamente tá morto — confirmei.

— Não acredito que tô morto — sussurrou.

— Sinto muito — E era verdade, apesar de nunca o ter visto antes. A morte não era fácil de aceitar. — O que aconteceu com você, Wayne?

— Eu não... meu carro quebrou. Pneu furado — Ele se virou para Misha. — Ele pode me ver também?

— Não, ele não pode te ver.

— Ele tá olhando pra mim? — Misha murmurou. — Pelo amor de Deus, me diz que ele não tá olhando pra mim.

Wayne inclinou a cabeça.

— Ele tá e pode te ouvir — eu disse, lançando um olhar enviesado para Misha que gritava *cala a boca*. — Wayne, o que aconteceu com o seu pneu furado? Não foi isso que aconteceu no seu... peito.

— Ai, Deus — murmurou Misha. — Como é que tá o peito dele?

Wayne olhou para Misha, lentamente balançando a cabeça em confusão.

— Eu estava trocando o pneu e aquilo veio... veio do nada.

— O que veio? — perguntei. — Uma onça parda?

— Você tá falando sério? — Mischa exclamou.

— Tem onças pardas por aqui. — Concentrei-me em Wayne. — Foi isso que te pegou? Ou talvez um urso?

— Ele tá tão ruim assim? — Misha perguntou, os lábios contorcendo.

Eu não ia responder a essa pergunta na frente do pobre Wayne, mas era ruim, muito ruim, e mesmo que Wayne já devesse ter ciência disso, eu realmente não queria confirmar isso para ele. Era tão ruim que eu teria pesadelos.

Houve momentos, especialmente depois de ver algo assim, que eu sabia que Misha ou Jada iam perguntar por que eu não ignorava os mortos. Parecia que seria mais fácil fazer isso, mas isso não me pouparia de ver uma morte tão assustadora e horrível. Houve até momentos em que me fiz essa pergunta, em especial depois de ver aquela menininha.

Mas não poderia ignorar estas pessoas.

Eu sempre, *sempre* estive disposta a ajudar fantasmas e espíritos. Ao longo dos anos, fiquei muito sagaz sobre como lidar com eles. Por mais clichê que soasse, poder ajudá-los era... Era algo *especial.* E não era como se eu fosse ser capaz vê-los para sempre. O tempo não estava do meu lado.

Por isso, eu não fugia daquilo que podia fazer.

Não me escondia disso.

— Era grande, mas não um felino grande. Andava sobre duas pernas — O olhar de Wayne se voltou para mim. — Mas não era um urso.

Uma onda de arrepios se espalhou pelos meus braços enquanto eu verificava o peito dele mais uma vez.

— Não era um animal?

— Estava escuro e aconteceu tão rápido, mas... Ah, meu Deus, sabe... Vi esta série sobre monstros, uma vez. Parecia um monstro, como algo que não era real, e tinha... tinha asas. Asas enormes. Eu as ouvi. Eu as vi, embora não pudesse ver mais nada.

Todos os pelos do meu corpo se eriçaram. Monstros não eram reais, não do tipo que ele estava pensando, mas se não foi um urso ou uma onça parda faminta que fez isto com ele, havia apenas uma outra coisa.

E não era um chupa-cabra.

Ou o Pé Grande.

— Eu pensei que tinha escapado. Quer dizer, é por isso que estou aqui. Eu fugi — dizia Wayne. — Não é mesmo?

Sacudi a cabeça.

— Onde você tava quando seu pneu furou?

— Perto da antiga torre de incêndio. Talvez a um quilômetro e meio de lá.

Um arrepio se espalhou pelo meu corpo. A torre de incêndio abandonada não era longe daqui. Apenas alguns quilômetros.

— Você tem família?

— Eu... hã, só a minha mãe e um irmão. — Sua voz estava rouca. — Como você pode me ver se tô morto?

— Eu simplesmente posso.

Ele olhou para a entrada dos carros. Estava escuro demais para eu distinguir a expressão dele. Pensei que sabia o que ele poderia estar vendo.

— Você tá vendo uma luz ali? — perguntei, esperançosa. — Uma luz branca bem brilhante que pode ter seguido você até aqui?

— Sim. — Sua risada se transformou em um soluço, e o meu coração apertou mais uma vez. — Tem... tem uma porcaria de luz ali. Tá lá desde que me afastei daquela coisa.

— Isso é bom. Eu sei que soa clichê, mas você precisa ir pra luz. — eu disse, e felizmente Misha sabia que esta era a parte em que ele realmente precisava ficar calado.

— Mesmo?

— Sim.

— Eu não entendo. — Sua voz falhou, e eu estremeci.

— Tudo vai fazer sentido pra você quando você for pra luz. E você precisa ir — eu disse a ele —, você não pode ficar aqui.

— Por que não? — Sua voz era um gemido suave.

Essa era uma pergunta comum.

— Porque você tá destinado a seguir em frente agora, para o que te espera.

— C-como você sabe o que me espera?

Outra pergunta comum.

— Eu não sei exatamente, mas eu sei que se você vê uma luz, é algo bom.

Nunca me deparei com um fantasma que não visse uma luz, mesmo que tivessem morrido muito antes de eu vê-los. Essa luz os seguia como um cachorrinho feliz.

Algumas pessoas apenas estavam muito assustadas ou confusas para ir até ela. Não podia culpá-los por isso. Eu também teria medo. Quem não teria? A morte era o grande desconhecido.

— Vou ver o meu pai? — Ele ainda estava olhando para a entrada dos carros, para onde eu agora sabia que a luz estava esperando por ele. — Ele morreu há um ano. Acidente de carro em uma rodovia.

Eu tentava não mentir para os que estavam atravessando, porque parecia errado.

— Gostaria de poder dizer que sim, mas sinceramente não sei. Só sei que você pertence a essa luz. Não te vai machucar.

Wayne ficou em silêncio novamente e depois deu um passo à frente, e foi aí que me aproximei dele.

— Tudo bem — disse ele. — Certo. Eu consigo fazer isso.

Levantando minha unha para a boca mais uma vez, apertei os olhos até que o rosto dele ficou mais claro. Sua imagem era mais fantasmagórica agora do que qualquer outra coisa, mas eu ainda vi sua expressão no momento em que ele decidiu ir para a luz.

Meus lábios se separaram em uma inspiração suave.

Seus olhos se arregalaram, e então calor se derramou por suas feições quando o brilho de mil luzes de Natal juntas se estabeleceu em sua expressão. Ele começou a andar para a frente.

Então eu perguntei o que sempre perguntava quando via aquele olhar assentar no rosto deles.

— O que você vê?

Wayne não respondeu. Nunca respondiam.

Mesmo os espíritos que atravessaram e voltaram não falavam sobre o que tinham visto. Eu imaginei que havia algum tipo de regra cósmica sobre isso, como todas as outras regras idiotas.

Eu sabia que a luz que Wayne estava prestes a entrar o enviaria para cima... ou para baixo. Céu ou Inferno. Ambos eram reais, e com base no olhar em seu rosto, tive a sensação de que ele estava prestes a experimentar algo mágico e puro. Eu nunca vira alguém com medo uma vez que decidiam ir para a luz, e eu teorizei que isso significava que todos os fantasmas que eu tinha ajudado estavam destinados para o Céu.

Wayne deu mais um passo e então se foi.

Soltei uma respiração esfarrapada, de repente com os olhos enevoados. Sempre me sentia assim depois de alguém atravessar. Nem sabia o porquê. Levantando a mão, coloquei o cabelo para trás das orelhas.

— Ele se foi? — A voz de Misha era baixa.

— Sim. — Limpei a garganta e me virei vagarosamente para Misha, afastando a tristeza persistente. — Precisamos falar com Thierry imediatamente.

— O quê? — Confusão enchia seu tom. — Por quê?

Dei um passo em direção a ele.

— Porque aquele homem foi morto perto daqui... por um demônio de Status Superior.

Capítulo 9

Demônios de Status Superior podiam parecer humanos, assim como os Guardiões, e, curiosamente, quando estavam em sua forma verdadeira, também se pareciam com os Guardiões, tirando a pele cinza-ardósia e os chifres.

Essa era uma coisa que as representações de demônios sempre erraram. Eles não tinham chifres.

Os Guardiões, sim.

— Fique aqui — ordenou Misha, quando paramos do lado de fora do salão principal de banquetes, no átrio adornado com estátuas de gárgulas que não se transformavam em criaturas vivas. Elas estavam espaçadas por vários metros de distância, empoleiradas nas laterais das paredes, as asas abertas.

Misha sumiu antes que eu pudesse dizer uma palavra, deslizando pelas portas abertas, e eu fui deixada sozinha com as estátuas.

Olhei para a esquerda. A boca aberta com presas de uma delas estava a centímetros do meu rosto.

Elas me davam nos nervos.

Jogando o cabelo por cima do ombro, apressei-me em direção às portas abertas e olhei para o corredor bem iluminado.

Foram muitos estímulos de uma vez só para mim. Tantas pessoas, muitas vestidas com as cores cerimoniais brilhantes de amarelos deslumbrantes e azuis ofuscantes. O cheiro de carne assada teria me tentado a entrar correndo e pegar um prato para devorar em algum canto se eu não tivesse visto o peito e a barriga de Wayne.

Examinando a sala, não conseguia ver Misha, mas sabia que ele devia estar a caminho da plataforma elevada, onde Thierry estaria sentado junto com Jada e a mãe dela, Aimee. Os nossos convidados estariam sentados com eles em uma posição de honra, e se eu tivesse decidido comparecer esta noite, era onde estaria.

Eu nem sabia por que não tinha ido. Eu estivera sentindo-me estranha o dia todo, mal conseguindo acompanhar o treinamento com Misha e recusando uma oferta para acompanhar Jada e Ty para comer algo depois. Eu tinha passado a maior parte do dia escondida no meu quarto com Minduim, assistindo a *Um maluco no pedaço*.

Agarrei as laterais da porta enquanto meu olhar se arrastava sobre as dezenas de mesas retangulares, em direção ao som de risadas masculinas estridentes.

Um Guardião estava no centro da sala, vestido com o traje cerimonial de alguém que está prestes a receber a Premiação — calças de linho branco e uma camisa sem manga. Ele estava longe demais para eu ver quem era, e havia pelo menos vinte graduandos nesta leva.

Inquieta, mudei o meu peso de um pé para o outro. O que Wayne me dissera não podia esperar. Todos sabíamos que os demônios Torturadores eram em geral controlados por demônios de Status Superior, e o que Wayne descrevera...

— Você tá se escondendo de novo?

Eu pulei ao som da voz de Zayne e me virei abruptamente. Meu Deus, o cara era mais silencioso do que um fantasma quando se mexia. Ele estava a menos de um metro de mim.

A primeira coisa que notei foi que seu cabelo estava amarrado para trás mais uma vez, exibindo aquelas maçãs do rosto altas e largas e a linha dura de sua mandíbula. Eu não tinha certeza de qual dos penteados eu gostava mais. Não que eu devesse ter uma opinião, mas estava começando a achar que gostava mais do cabelo solto.

E também estava começando a achar que eu precisava me controlar.

A segunda coisa que eu notei foi que ele não estava vestido como os outros Guardiões presentes no banquete. Ele estava vestido como sempre, com sua camisa preta de manga longa e calças jeans.

Ele não compareceria ao banquete?

Ele arqueou as sobrancelhas, e percebi que eu estava encarando-o como uma boboca.

Eu acordei do meio devaneio com um sobressalto. Uma mecha de cabelo caiu na minha bochecha.

— Você tá me stalkeando? Porque tô começando a achar que sim.

Ele sorriu.

— Sim. Quando persigo alguém, sempre os alerto da minha presença.

— Você poderia só ser um stalker de baixa qualidade.

— Poderia. — Ele parou enquanto seu olhar pálido tremeluzia sobre mim. Meu cabelo estava solto, e sem sequer tocá-lo eu sabia que eu parecia uma dublê de uma garota em um videoclipe dos anos 1980. De acordo com Minduim, de qualquer forma. Meu cabelo ficava cheio de nós com muita facilidade.

— Eu poderia ser tão ruim em stalkear alguém quanto você é em se esconder.

Cruzei os braços.

— Não tô me escondendo.

— A gente realmente vai ter esta discussão de novo? — Zayne se aproximou, abaixando o queixo enquanto falava em voz baixa. — Porque parece que você tá se escondendo mais uma vez.

Esticando-me nas pontas dos dedos dos pés, encontrei o olhar dele.

— Se é isso que parece que tô fazendo, você realmente não tem muita capacidade de observação.

— Eu não sei, não — ele se endireitou. Seu olhar oscilou sobre minha cabeça, para a porta aberta. — Você não pode entrar lá? É por isso que tá se escondendo?

A pergunta me pegou de surpresa e eu olhei para trás.

— Eu não tô me escondendo, e, sim, eu sou bem-vinda para participar da Premiação se eu quiser. — Voltei-me para ele. — Por que você não tá lá? É um convidado do clã.

— Não é o meu tipo de coisa. — Seus dedos roçaram minha bochecha, pegando a mecha de cabelo e aninhando-a atrás da minha orelha. Eu me sobressaltei de surpresa, tendo sido incapaz de ver sua mão movendo. Ele afastou o toque, as sobrancelhas se erguendo.

— Eu não te machucaria.

O calor se espalhou nas minhas bochechas.

— Não, não machucaria, porque eu não iria deixar.

Aquele meio sorriso apareceu, mas não alcançou seus olhos.

— Não acho que deixaria.

Sentindo-me estranhamente autoconsciente, descruzei os braços e toquei as pontas emaranhadas do meu cabelo.

— Por que o banquete não é o seu tipo de coisa?

Ele levantou um ombro e o deixou cair.

— É entediante.

— E espreitar aqui, não é?

Aqueles olhos pálidos se aqueceram quando encontraram os meus.

— Não tem absolutamente nada entediante aqui.

Eu estremeci de surpresa.

— Você tá... flertando comigo?

Ele mordeu o lábio inferior, arrastando os dentes sobre a pele carnuda e rosada enquanto me olhava através de cílios grossos.

— Eu nunca pensaria em fazer uma coisa dessas.

Eu não fazia ideia se ele estava sendo sincero ou não. Guardiões não flertavam com ninguém além de outros Guardiões. Bem, com exceção de Clay, e veja só no que deu.

Mas e se ele *estivesse* flertando comigo? E se ele me achasse... atraente? O anseio floresceu dentro de mim. Como uma flor à procura do sol e da água, espalhou as suas raízes bem fundo. E se ele quisesse me beijar?

Opa.

Eu precisava pisar no freio. Estava realmente deixando-me levar. Minhas bochechas esquentaram enquanto eu me concentrava em uma das estátuas.

— No que você tá pensando? — Zayne perguntou.

Meus olhos se arregalaram quando meu olhar se voltou para o dele. Não tinha como ele saber quais eram os meus pensamentos. Se soubesse, eu iria definhar e morrer bem aqui.

Aquele sorriso dele se abriu.

— Seu rosto tá vermelho feito um tomate maduro agora.

E eu conseguia sentir que ficava mais vermelha a cada segundo.

— Imagino que o que quer que esteja passando pela sua cabeça seja algo que eu adoraria ouvir.

A vibração no meu peito acelerou.

— Não tô pensando em nada.

— Aham. — Ele não pareceu acreditar em mim nem por um segundo.

Precisava desesperadamente mudar de assunto.

— De qualquer forma, não tô me escondendo. Estou à espera de Thierry.

— Pra quê?

— Isso não é algo que eu possa falar com você — eu disse, repetindo o que ele me dissera no dia em que nos vimos no centro de treinamento.

— *Touché* — ele murmurou. — Aposto que vou descobrir mais cedo ou mais tarde.

— Aposto que não.

— Veremos — disse ele. Seu olhar passou por cima de mim. Zayne inclinou a cabeça.

Eu me virei, encontrando Misha.

— Zayne. — O tom de Misha era neutro.

Zayne sorriu ligeiramente.

— Misha.

Franzi a testa.

Misha se virou para mim.

— Thierry quer que o encontremos na casa. Ele vai pra lá em alguns minutos.

— Certo.

Olhei para Zayne, que nos observava com curiosidade. Aquela vibração estúpida tinha descido para o meu estômago.

— Vejo você por aí — disse ele, e tive a sensação de que o veria mesmo.

Misha e eu chegamos à casa antes de Thierry e esperamos por ele no escritório.

— Precisamos conversar antes que Thierry chegue aqui — ele anunciou.

Eu me joguei na cadeira de acolchoado espesso em frente à enorme mesa que Thierry usava normalmente.

— Sobre o quê?

— Você precisa ter cuidado com ele.

— Quem? — perguntei, embora tivesse uma boa ideia a quem ele estava se referindo.

— Zayne. — Ele quase latiu o nome.

Cruzando os braços, levantei uma sobrancelha.

— Duas coisas.

Os olhos de Misha se estreitaram quando ele se encostou na mesa de Thierry.

— Em primeiro lugar, já tivemos esta conversa. Não precisa me avisar pra ter cuidado com ele. Não é como se fôssemos virar melhores amigos ou algo assim. Ele vai embora daqui a uns dias. — Uma estranha pontada de decepção me atingiu no peito, e eu nem sequer entendia o que era aquilo, porque só nos falamos algumas vezes e passamos a maior parte desse tempo insultando um ao outro.

— Já é tempo demais.

— Certo, e essa declaração leva à minha pergunta mais importante da noite. Qual é o seu problema com ele? E não pode ser porque falei com ele — Fiz uma pausa. — A menos que você esteja secretamente apaixonado por mim e com ciúmes.

A expressão de Misha ficou séria.

— Você não o conhece.

— Você também não. Tudo o que disse é que ele é um cara mal e o clã de DC não confia nele, mas isso não faz sentido. Se o clã não confiasse nele, por que o trariam pra cá?

Olhando para a porta, Misha arrastou a mão pelo punhado de cabelo avermelhado.

— Você não notou algo estranho nele?

Notei muitas coisas sobre ele, mas guardei isso para mim.

— Quer ser um pouco mais específico?

— Os olhos dele. — Misha deixou cair a mão. — Você pode não ter estado perto o suficiente para ver os olhos dele...

— Eu vi os olhos dele. — Eu o interrompi, e seu olhar aguçou. — São um pouco diferentes.

— Um pouco diferentes?

Franzi a testa.

— São um azul mais claro.

— E você já viu os olhos de um Guardião dessa cor antes? — ele questionou. — Todos nós temos a mesma cor de olhos, Trin. É assim que somos feitos.

— Certo. O fato dos olhos de Zayne serem diferentes é estranho, mas qual é o problema? Agora temos preconceito com os Guardiões de olhos claros?

— Não seja idiota — ele retrucou. — Não há outro Guardião como ele.

— Não há outro ser como eu — observei.

— Não é a mesma coisa. Longe disso — argumentou Misha. — Olha, os olhos dele são assim porque... Porque ele perdeu uma parte da alma.

De tudo o que eu esperava que Misha dissesse, não era nada disso. Inclinei-me para a frente, quase caindo da cadeira.

— Quê?

Misha olhou para a porta antes de continuar.

— Eu não sei os detalhes, mas o clã deles criou uma garota que era parte Guardiã, parte demônio.

— O quê? — eu sussurrei um grito. — Como eu não tinha ouvido falar disto até agora?

Ele piscou.

— Por que alguém te contaria?

— Porque eu... Certo, eu não tenho uma boa razão — eu cedi, e imediatamente me lembrei de Zayne dizendo que ele não era a única criança criada em seu complexo. Estaria ele falando desta garota? — Pode continuar.

— A menina era filha de Lilith.

Eu prendi a respiração.

— Tipo, *a* Lilith?

Misha acenou com a cabeça e eu pisquei lentamente. Lilith era a mãe de muitos demônios muito perigosos — criaturas que poderiam levar uma alma com um toque. Eles eram chamados de Lilin, e essa história era vagamente familiar para mim. Há vários meses, ouvi Matthew e Thierry falando dessas criaturas. Tinha sido bem na época em que o pai de Zayne morrera.

— Eu não sei as circunstâncias sobre como aconteceu, mas ele perdeu uma parte da alma — continuou Misha.

Reclinando-me contra a poltrona, eu não fazia ideia do que pensar.

— Você tá dizendo que ele... não tem alma?

Ele balançou a cabeça.

— Não estou dizendo isso, porque se ele não tivesse, duvido que ainda estaria vivo. O clã de DC o teria sacrificado.

Sacrificado.

Feito um animal raivoso.

Estremeci quando agarrei os braços da poltrona.

— Então o que você tá dizendo, Misha?

— Por que você acha que ele não é o líder do clã? Ele era o filho do último líder, preparado para assumir, e não aconteceu.

Eu tinha feito essa pergunta a ele e ainda me sentia uma pirralha intrometida por isso.

— Talvez ele simplesmente tenha optado por não assumir.

Misha olhou para mim como se eu fosse uma burrinha.

— Duvido muito. É óbvio que o clã não confia nele nesse tipo de papel, especialmente porque ele ainda é amigo daquele demônio.

— A parte demônio, parte Guardiã? — Eu não conseguia entender isso. Eu nem sabia que inserir a saída A na entrada B entre um Guardião e um demônio poderia produzir uma criança.

— A filha de Lilith — ele me corrigiu. — E ele é conhecido por trabalhar com demônios.

— Mesmo? — Ri do absurdo dessa afirmação. Não apenas porque era insano pensar em um Guardião fazendo isso, mas também porque um demônio não se aproximaria de um Guardião se tivesse escolha. Essa metade demônio, a filha de Lilith, era obviamente a exceção, e isso porque ela também era metade Guardiã. — Onde você ficou sabendo deste absurdo?

— Eu não sou o único que fica ouvindo as coisas. Ouvi Matthew e Thierry discutirem o assunto há meses, aparentemente quando tudo isto aconteceu. E não é absurdo, Trin.

Comecei a mordiscar a minha unha do polegar.

— Ele não parece ter perdido uma parte da alma.

— E como é que se parece quando se tem uma parte da alma faltando?

— Maligno? — sugeri. — E Zayne não parece maligno.

Misha encontrou meu olhar.

— Não é essa a maior façanha do mal? Muitas vezes se esconder na inocência?

Bem, ele meio que tinha razão.

Eu não tinha ideia do que pensar sobre a advertência de Misha. Talvez uma parte da alma de Zayne *estivesse* faltando. Talvez ele não pudesse ser confiado para ser o líder do clã, e talvez, ainda mais loucamente, ele tenha trabalhado com demônios.

Misha tinha razão. O mal muitas vezes se encobria na inocência.

Eu devia ter cuidado com Zayne, especialmente tendo em conta os riscos, mas a verdade é que o que Misha tinha contado só me deixou mais curiosa sobre ele.

Thierry apareceu pouco depois, e não estava sozinho. Ele trouxera consigo uma equipe inteira que não incluía apenas Matthew, que não fiquei surpresa ao ver. Foi o último que entrou pela porta que me chocou.

Nicolai.

Olhei para Misha com os olhos arregalados. Ele não tinha deixado claro para Thierry o que essa conversa implicaria? Misha parecia tão confuso quanto eu me sentia.

— Você pode fechar a porta, Nicolai? — Thierry pediu enquanto atravessava a sala e se sentava atrás de sua mesa. Matthew se juntou a ele, de pé à sua direita. — Misha me disse que há algo que você precisa falar que não pode esperar até depois do banquete.

— Sim, mas... — eu perdi o fio da meada enquanto Nicolai se sentava na cadeira ao meu lado.

— Eu não acho que Trinity tenha conhecido Nicolai — Matthew acrescentou com suavidade, seu cabelo ruivo caindo para a frente, roçando a testa.

— Não, não nos conhecemos. — Nicolai sorriu em minha direção. — Prazer em te conhecer.

— Igualmente. — Minha confusão estava aumentando a níveis épicos quando meu olhar se voltou para Thierry. — Eu não tô entendendo...

— Está tudo bem. Você pode falar abertamente na frente de Nicolai — Thierry sorriu fracamente.

As sobrancelhas de Misha arquearam.

Eu não fazia ideia do que estava acontecendo.

— Hm, eu não tenho certeza...

— Você pode. Nicolai entende que o que ouvir nesta sala não pode sair daqui.

Nicolai assentiu.

— Claro.

— O que você precisa nos dizer? — Matthew insistiu.

Eu olhei para Misha, que estava franzindo a testa tão severamente que pensei que seu rosto ia rachar.

— Eu vi... — Respirei fundo quando meu coração começou a bater forte. — Eu vi um fantasma do lado de fora do Salão Nobre esta noite.

A cabeça de Nicolai girou em minha direção.

— Como é?

Olhei para Thierry, sem saber o que dizer.

— Trinity consegue ver fantasmas e espíritos — explicou Thierry com bastante calma, como se estivesse dizendo a Nicolai que eu era capaz de andar para trás enquanto acariciava a minha barriga e esfregava o topo da minha cabeça. — Só isso.

Recebi a mensagem não dita.

— Você consegue? — Nicolai estava encarando-me, e eu não precisava olhar para ele para saber disso.

— Sim. — Eu afundei na minha cadeira, sentindo-me como um inseto estranho sob um microscópio.

— Nunca conheci alguém que pudesse fazer isso.

Sentindo cerca de sete tipos diferentes de incômodos, dei um sorriso de boca fechada.

— Sim, imagino que não — murmurou Matthew.

Meus olhos arregalados se voltaram para ele, e ele piscou. Eu não tinha ideia do que estava acontecendo, mas em um instante eu soube que algo estava rolando, e algo grande tinha mudado para Thierry ir de *eles não devem saber de nada* para revelar uma das minhas habilidades a Nicolai.

Mordiscando minha unha, olhei para Nicolai e, sim, ele ainda estava encarando-me.

— Por favor, Trinity, continue — insistiu Thierry.

Afastei o olhar de Nicolai.

— O fantasma... o homem? Ele foi morto por um demônio — eu disse. — E não era um demônio Torturador.

A tensão invadiu a sala quando Thierry disse:

— Conte-nos tudo.

E eu lhes contei o que Wayne tinha me falado.

— Como você pode ter certeza de que era um demônio e não um animal? — Matthew perguntou. — Temos ursos nestas montanhas.

— O único animal que consigo imaginar fazendo aquilo com ele seria um chupa-cabra, e da última vez que verifiquei, eles não eram reais.

— Chupa-cabra — repetiu Nicolai, balançando a cabeça.

Matthew se inclinou para a frente, colocando as mãos na mesa.

— Há quanto tempo ele morreu?

— Não tenho certeza. Ele estava confuso demais pra me dizer, mas o vi pela primeira vez no dia em que eles chegaram. — Olhei para Nicolai. — E ele desapareceu antes que eu pudesse falar com ele, mas acho que não fazia tanto tempo. Talvez alguns dias.

— Tempo suficiente para um demônio ter descoberto a comunidade — Matthew olhou para Thierry.

— E a torre de incêndio abandonada fica a apenas alguns quilômetros daqui — lembrou Misha. — Mas isto pode ter acontecido na época em que os Torturadores estiveram aqui.

Nicolai não pareceu surpreso com a menção dos demônios, então Thierry ou Zayne tinham lhe contado.

— É possível que este homem estivesse morto há tanto tempo? — Thierry perguntou.

— Eu não sou uma patologista forense nem interpreto uma na televisão, então não posso dizer o tempo de morte. Pode ter acontecido antes dos Torturadores ou depois — disse-lhes.

— Vamos enviar uma equipe hoje para explorar a área. — Thierry começou a levantar. — Eu não quero nenhum de vocês dois falando sobre isto com ninguém, nem mesmo com Jada. Vocês me entenderam? Não quero causar alarme desnecessário.

— Entendido — disse Misha, e eu acenei com a cabeça.

Fomos liberados depois disso, e eu subi para o meu quarto. Misha me seguiu e, assim que abri a porta, soube que algo estava errado.

O quarto parecia uma geladeira.

Examinei o cômodo, vendo as cortinas ondulando sobre a espreguiçadeira de cor creme.

— Minduim — resmunguei, correndo para a janela. Afastando as cortinas, fechei-as e me voltei para Misha.

— Esse fantasma é realmente esquisito.

— Não tão esquisito quanto o que acabou de acontecer lá em baixo. Não acredito que Thierry me fez falar na frente de Nicolai. — Fui até a minha cama e me joguei ali. — Tem alguma coisa acontecendo, Misha.

— Normalmente, eu diria que você tá sendo paranoica, mas tem razão — Ele se encostou na porta. — Aquilo foi esquisito pra caramba.

— Foi mesmo. — Olhei para ele enquanto esfregava as palmas das mãos sobre as coxas. — Saber que consigo ver fantasmas e espíritos não é grande coisa, mas...

— Mas saber disso é um passo na direção de descobrirem o que você é.

Eu não conseguia dormir.

Provavelmente porque ainda era, tipo, onze da noite e eu normalmente nem pensava em ir para a cama antes da meia-noite, mas estava sentindo-me... estranha.

Outra vez.

Inquieta. Ansiosa. Irritada.

Nem sabia por que estava irritada, mas estava.

Nem sequer aceitei a oferta de Misha para ir até o Fogaréu. Fiquei meio surpresa ao saber que as pessoas estavam lá, mas talvez a Premiação tivesse terminado cedo? Como eu ia saber? Tudo o que eu sabia era que Misha queria ir ao Fogaréu porque Alina provavelmente também estaria lá, então aqui estava eu, sentindo-me…

Ansiosa.

Inquieta.

Nervosa.

Irritada.

Ávida.

Não entendi esse último sentimento, nem os outros, mas era assim que eu me sentia — como se estivesse à espera de que algo acontecesse. Como se tudo estivesse prestes a mudar.

Ou que algo *já tinha* mudado.

Deitada na cama, olhei para as estrelas que brilhavam suaves enquanto puxava uma perna para cima. Meu coração batia muito rápido, como se eu estivesse no meio de um treino com Misha, mas tudo o que eu estivera fazendo na última hora era ficar deitada aqui. Antes disso, eu tinha ido à procura de Minduim, mas imaginei que ele estava no Salão Nobre espiando Zayne.

Zayne.

Ugh.

Bati as mãos no rosto e arrastei as palmas para baixo. Ele tinha flertado comigo? Tipo, de verdade? Não que isso importasse. Quando ele partisse, iria embora de vez, e ele estava indo em breve. A cerimônia final era em três dias.

E havia coisas muito mais importantes em que se pensar.

Eu virei e fiquei deitada de lado, os olhos bem abertos. Mil coisas diferentes rodopiavam na minha cabeça. Eu estava preocupada com o que tinha matado Wayne e se o grupo que tinha saído para investigar iria encontrar alguma coisa. Eu não conseguia sentir um demônio, mas tudo o que isso queria dizer era que não havia um perto dos muros.

Eu não conseguia parar de pensar em como Thierry e Matthew haviam trazido Nicolai para aquela reunião, deixando-o saber o que eu podia ver, o que era mais do que estranho pra caramba.

E, sim, eu também estava perguntando-me se Zayne realmente tinha perdido uma parte da alma dele.

Eu não ia dormir tão cedo.

De jeito nenhum.

Sentando-me, tirei as pernas da cama e, em seguida, estendi a mão para acender a lâmpada de cabeceira. Pisquei até que meus olhos se ajustaram à luz e depois me levantei. Eu peguei uma calça legging e a vesti, juntamente com um sutiã esportivo, antes de pegar uma camisa térmica que eu roubara de Misha um tempão atrás. Era folgada, quase uma túnica em mim, e eu a adorava porque era aconchegante e cheirava a cravo, não importava quantas vezes eu a lavasse.

Saí do quarto e desci as escadas. Quando passei pelo escritório de Thierry, vi uma luz fraca infiltrando por baixo das portas duplas de painéis. Havia vozes. Matthew. Thierry. Uma terceira voz, também, mas não consegui entender o que diziam.

Mais reuniões a portas fechadas.

Se Minduim estivesse por perto, eu o mandaria entrar para espiar por mim, algo que ele adorava fazer. Dizia que o fazia sentir como Davey Osborne, e não fazia ideia de quem era esse. Eu imaginava que era algo relacionado aos anos 1980, mas ele estava tão curioso sobre as visitas que tudo o que estava fazendo era ficar pelo Salão Nobre.

Abaixando o queixo, saí pela porta dos fundos e atravessei o pátio, seguindo o caminho desgastado que eu nem precisava ver para trilhar, já que havia percorrido esta rota centenas e centenas de vezes. Puxei as mangas compridas sobre as mãos e cruzei os braços contra o ar ainda frio da noite quando cheguei ao muro de pedra que era menor do que o que cercava toda a comunidade. Este circundava um dos parques maiores e mais arborizados.

Bem no final desse muro de pedra ficava o Fogaréu.

Fui até a entrada do Fogaréu. O cheiro de madeira queimando me rodeava. O riso e o zumbido da conversa se misturavam com o embalo suave da música.

Parei na entrada, observando as chamas dançarem contra o céu noturno. O que eu estava fazendo? Estava prestes a me meter entre Misha e Alina? Se eu fizesse isso, ele estaria focado em mim em vez dela. Em vez de se divertir.

E se Misha não quisera ser vinculado?

No momento em que esse pensamento entrou na minha cabeça, eu quis removê-lo com uma escova de aço. Nenhum de nós teve escolha, nem eu desde o nascimento e nem Misha desde o momento em que me conheceu. Misha tinha dito que era uma honra, e eu acreditei nele, mas só porque algo era uma honra não significava que era algo que se quisesse fazer.

Sentindo-me enjoada, dei meia volta e comecei a caminhar para a casa. Talvez Thierry e Matthew tivessem terminado de conversar no escritório e eu pudesse incomodá-los.

Talvez eu me arrastasse para a cama e me forçasse a dormir. Isso soava realmente muito divertido.

A meio caminho da volta do Fogaréu, parei e olhei para o céu. Era uma noite bem clara. Eu podia ver quatro cintilações fracas. Estrelas. Fechei o olho direito. Correção. Eu podia ver três cintilações tênues. Devia ter ainda mais. O céu inteiro provavelmente estava cheio de estrelas, e talvez se eu olhasse por tempo suficiente...

Ouvi os passos atrás de mim e, em vez de acertar alguém como tinha feito várias noites antes, comecei a me virar.

A dor explodiu ao longo da parte de trás da minha cabeça, descendo pela minha coluna, dando um curto-circuito nos meus sentidos, atordoando-me.

E então eu estava caindo.

Capítulo 10

Meus joelhos racharam na calçada enquanto as palmas das minhas mãos raspavam a superfície áspera.

Respire.

Foi o que eu disse a mim mesma quando forcei meus olhos a permanecerem abertos e aguçados, uma dor latejante e náusea quase dominando-me por completo. *Respire através da dor. Não desmaie. Respire.* A minha visão se estreitou mais do que o normal, e lutei para não ceder à escuridão e à dor pulsante.

Um braço estava na minha cintura, um zunido de ar se agitou ao meu redor e eu fui erguida do chão. No fundo da minha mente, eu sabia... eu *sabia* o que era que tinha me agarrado. Eu não sentia um demônio, e nenhum ser humano conseguiria erguer-me desse jeito.

Guardião.

Memórias de um ano atrás ressurgiram. Os grandes olhos castanhos da minha mãe, cheios de horror, ao perceber o que estava prestes a acontecer. Fomos pegas desprevenidas, traídas.

Não. De jeito nenhum.

Isto *não* estava acontecendo outra vez.

Um raio de medo explodiu em mim como um tiro, ativando anos de treinamento em ação, forçando-me para além do pânico e da dor. Colocando um pé no chão, eu balancei o outro para trás, acertando a panturrilha do meu agressor.

Fui recompensada com um grunhido de dor e o braço afrouxando ao meu redor. Eu fiquei mole em seu aperto, meu peso morto repentino pegando-o de surpresa. Ele me deixou cair, e eu atingi o chão, que fez meus dentes baterem uns nos outros. Eu me forcei novamente — através da dor desnorteante na minha cabeça e da confusão estrondosa. Eu rolei e, em seguida, fiquei de pé, girando.

E vi uma máscara — uma daquelas máscaras brancas de boneca de plástico com as bochechas pintadas de vermelho e um sorriso largo e rosado.

— Vou precisar de terapia depois disso — Eu cambaleei um passo para trás, estremecendo.

O Guardião estava na sua forma humana. Eu pude perceber porque ele começou a transformação enquanto vinha na minha direção. Sua camisa escura rasgou nos ombros enquanto as asas se desenrolavam, revelando pele cinza escuro.

Isto era ruim — muito ruim. Mesmo que eu tivesse as minhas adagas, o que eu não tinha, estaria em uma luta totalmente diferente quando a pele dele endurecesse.

Eu driblei para a esquerda quando ele tentou me agarrar. Girando, dobrei--me na altura da cintura e chutei. O meu pé acertou a lateral do rosto dele, atirando a cabeça para trás e quebrando a máscara de plástico. Ela começou a escorregar, mas eu não conseguia ver nada além de sombras sob a máscara.

Ele vacilou um passo para trás e depois tentou me acertar. Aconteceu muito rápido, Foi demais e muito rápido, vindo da margem do meu ponto cego. Eu pulei para trás enquanto sua mão se transformava, formando garras afiadas. O Guardião acertou a manga da minha camisa. Roupas se rasgaram e depois uma dor ardente explodiu no meu ombro.

Um calor úmido deslizou pelo meu braço enquanto eu me afastava de suas mãos, enviando um raio de puro terror através de mim. O medo não veio do ferimento ou do fato de que um Guardião estava atrás de mim — surgiu por causa do sangue.

Meu *sangue*.

Seu aroma encheu o ar e subiu com o vento, um cheiro metálico e doce que não podia ser escondido.

Isso iria atraí-los, e essa certeza desencadeou a coisa que repousava no meu âmago, um poder que me ensinaram desde que nasci a manter sob controle, a manter escondido até o momento em que meu pai o libertasse — *me* libertasse.

— Não — sussurrei, embora não ajudasse em nada. Foi acionado e não havia como impedi-lo.

Calor queimou no meu peito, o poder e o calor de mil sóis. Correu pelas minhas veias como uma tempestade e um raio ardente.

A minha *graça* veio à tona, tomou conta mesmo enquanto eu lutava contra ela, mesmo quando eu tentava pensar no inverno, nas manhãs frias e na chuva gelada. Não adiantava.

Eu a sentia.

Calor desceu pelo meu braço e uma luz branca encheu os cantos dos meus olhos.

— Fuja.

O Guardião não ouviu.

Fogo branco irrompeu do meu braço e explodiu da minha mão, disparando em uma chama que respingava enquanto os meus dedos se fechavam em torno do cabo quente que já se formava contra a palma da minha mão. O peso da espada era pesado, intrinsecamente familiar, embora eu a tivesse invocado apenas uma vez antes. O fogo disparou dos gumes afiados enquanto o próprio ar estalava e sibilava.

As asas dele se abriram quando eu levantei a espada. As chamas se arquearam quando eu a brandi, acertando o Guardião no ombro. A pele de um Guardião era quase impenetrável. *Quase.* A espada se fendeu nele como uma faca aquecida em manteiga, queimando a pele e o sangue antes mesmo que pudesse ser derramado, entalhando-o ao meio enquanto o fogo justo ondulava através dele, consumindo cada centímetro do Guardião antes mesmo que ele pudesse gritar.

Em questão de segundos, nada restava do Guardião a não ser um amontoado de cinzas, iluminada pela espada que cuspia fogo. Apenas a máscara meio derretida restava.

A *graça* recuou e a espada se retraiu em si mesma, tornando-se fiapos de fumaça e uma fina camada de luz dourada que evaporou com o vento.

Um fio de sangue escorria do meu nariz.

Lentamente, agachei-me e peguei a máscara arruinada. No momento em que meus dedos a tocaram, o plástico se desfez, juntando-se ao pó no chão.

— Ops — eu sussurrei, e me empertiguei.

Respirando pesadamente, estremeci e recuei. Sangue... Sangue estava escorrendo pelo meu braço esquerdo, pingando das pontas dos meus dedos, gotejando na calçada.

Isto era tão, tão ruim.

Precisava ir até Thierry, agora. Esta bagunça precisava ser arrumada antes que fosse tarde demais. Essa era a prioridade, mais importante do que tentar descobrir por que é que um Guardião tentara me matar outra vez.

Virando-me, eu disparei e corri — corri mais rápido do que nunca antes, e não diminuí a velocidade, mesmo que cada passo fizesse com que a pulsação na minha cabeça parecesse um baterista morando dentro do meu crânio. Não abrandei o passo ou cedi à escuridão que me perseguia. Se eu desmaiasse e não chegasse a Thierry, e continuasse a sangrar, *eles* apareceriam.

Especialmente se o que matou Wayne ainda estivesse por perto. Viriam aos montes.

Cheguei à beira do muro em torno da minha casa, virei à direita...

Esbarrei em algo quente e duro — algo que cheirava como... menta invernal.

Zayne.

Cambaleei para trás, perdendo o equilíbrio.

— Mas que diabos? — Zayne exclamou, pegando o meu braço... o braço ferido. Eu segurei um grito agudo, engolindo-o enquanto a dor aumentava em uma onda de calor. — Trinity?

Ele me puxou para a frente tão depressa que não havia como me parar. Eu bati no peito dele e então não fui muito longe. Ele agarrou o meu outro braço, estabilizando-me. A menta invernal eliminou o cheiro metálico do meu próprio sangue. Meu olhar selvagem pousou no rosto dele, mas estava muito escuro para vê-lo.

— Mas que Inferno — sussurrei, sentindo náuseas. — Você é como uma parede... uma parede quente e firme.

— Uma parede quente e firme? Espera. — A preocupação lhe enchia a voz enquanto as suas mãos se moviam sobre mim. — Você tá sangrando. Inferno. Você tá sangrando muito.

Eu estava vagamente ciente de seu toque suave enquanto meu coração disparava.

— Mais ou menos.

— Mais ou menos? O que te aconteceu? — Zayne continuou a segurar um dos meus braços, raiva juntando-se à preocupação, aguçando seu tom enquanto falava: — Quem fez isso?

Comecei a responder, mas parei.

— Eu... não sei.

— Você não sabe?

— Não — Engoli a bílis que escalava a minha garganta. Meu Deus, eu ia vomitar. Ou desmaiar. Talvez os dois. — Eu preciso... eu preciso ver Thierry.

— Eu acho que você precisa de um médico — Uma mão tocou minha bochecha, e o choque estranho aconteceu novamente, a sensação de percepção aguda. Eu me sobressaltei com o contato e me afastei. — Desculpa — veio a resposta abrupta. — Tudo bem. Tá tudo bem.

Não tinha certeza disso.

— Nicolai — ele gritou, e meu estômago afundou. Ele não estava sozinho. Excelente. Como é que íamos explicar tudo isso para eles? — Temos um problema.

— Não é um problema — murmurei, ciente que o líder do clã de DC se juntava a nós.

— O que diabos aconteceu? — Nicolai exigiu.

— Sofri um acidente — eu disse.

— Com uma motosserra? — Zayne perguntou. — Você tá ferida em outro lugar?

— Eu tô bem. — Afastei-me do seu toque. Minhas pernas... pareciam estranhas. — Eu só preciso chegar à casa. Matthew tá... Ele pode me ajudar.

— Trinity...

— Eu preciso falar com... — O mundo balançou um pouco. — Opa.

— Opa o quê? — A mão estava de volta na minha bochecha, os dedos abrindo e deslizando pela lateral do meu pescoço, através do meu cabelo. Apesar de sentir que podia vomitar, estremeci em resposta ao resvalar lento da sua pele sobre a minha. — Sua cabeça também tá sangrando.

Estava? Eu não deveria estar surpresa. O Guardião de fato tentou esmagar o meu crânio.

— Eu só preciso...

— Eu não acho que ela esteja bem — disse Nicolai, um tom urgente em sua voz.

Zayne deu um passo para mim, e o calor de seu corpo era atraente. A sensação estranha nas minhas pernas aumentou, e qualquer luz que eu pudesse ver se apagou. Achei que ele gritou o meu nome.

Quando dei por mim, eu não estava mais em pé. Estava... Estava sendo carregada. O meu rosto estava descansando contra um peito — contra o peito *de Zayne*.

Ah, mas que diabos?

— Me coloca no chão — eu disse, tentando levantar a cabeça, mas ela parecia esquisita. Como se pesasse uma tonelada.

— Ah, eu não vou te colocar no chão. — Seus passos eram longos e rápidos. — Você acabou de desmaiar e eu realmente não quero ter que te segurar de novo.

A confusão me inundou.

— Eu... Eu não desmaiei.

— Você realmente vai discutir comigo quando acabou de desabar feito um saco de batatas?

Saco de batatas? Isso era... lisonjeador.

— Nunca desmaiei em toda a minha vida.

— Bem, há uma primeira vez pra tudo.

Tentei ver onde estávamos, mas não havia luz suficiente.

— Onde estamos? Cadê Nicolai?

— Ele foi na frente pra chamar Thierry. Não faço ideia de onde tem um hospital neste lugar. Se soubesse, era pra lá que ia te arrastar.

Fechando os olhos com força, tentei não pensar no fato de que estava sendo carregada por Zayne, que não era apenas o cara mais bonito que eu já vira na vida, mas também...

— Você... tem um cheiro.

— Como é? — exclamei através de dentes cerrados enquanto meus olhos se esbugalhavam. Estávamos sob uma iluminação agora, os holofotes, e Zayne estava olhando para mim enquanto avançava. — Eu tô sangrando até a morte e você tá aproveitando o momento pra me dizer que eu fedo?

— Eu achei que você tava bem? — ele disse.

— Eu não... eu não tenho nenhum cheiro.

— Tem, sim. — Ele parecia confuso. — Você tem cheiro de... sorvete.

Eu pisquei, pensando que o golpe na minha cabeça tinha estragado a minha audição.

— O quê?

— Cheiro de sorvete. — Uma risada curta e insegura sacudiu Zayne. — Eu nem sabia que tinha cheiro, mas tem. Baunilha e açúcar — continuou ele, e eu não sabia se estava falando sério ou não.

— Eu não cheiro a sorvete — resmunguei. — E me larg...

— Trinity! — Thierry rugiu meu nome tão alto que eu tinha certeza de que os céus o ouviram, e então lá estava ele, ao nosso lado. Ele tocou minha bochecha. — Bom Deus, traga-a para dentro agora.

Zayne não precisava que lhe dissessem duas vezes. Ele subiu os degraus e passamos pela porta aberta, para a casa bem iluminada. Tive um breve vislumbre de Matthew. Ele estava correndo para nós com sua valise de, esperava eu, medicamentos muito, *muito* fortes.

— Foi Clay? — Thierry perguntou.

Zayne ficou tenso.

— Quem diabos é Clay?

Meu coração pulou no meu peito. Teria ele feito isto porque eu o chutei pela janela? Pensei no que ele dissera no Fogaréu. *Qualquer dia desses.* Foi uma espécie de ameaça.

— Eu... não sei. — Eu não tinha certeza de quanto eu poderia responder na frente de Zayne, e eu não tinha ideia de onde Nicolai estava. — Eu não vi quem era, mas ele não tá... — Eu não completei, encontrando o olhar de Thierry, querendo que ele entendesse o que eu não podia dizer.

Houve um ligeiro alargamento em seus olhos, e eu soube que Thierry entendeu.

— Oh, Trinity — ele sussurrou. — Onde é que isto aconteceu?

Eu disse a ele onde, e então sussurrei:

— Desculpa.
— O que eu já te falei? — ele disse, tocando minha testa.
— Não sei — sussurrei. — Você já me falou muita coisa.
A risada de Thierry era rouca.
— Vou te perguntar de novo depois, da próxima vez que pedir desculpas pelo que não tem controle.
Então Matthew apareceu, afastando Thierry. Seu olhar vagou sobre mim, demorando no braço apertado contra o peito de Zayne.
— No que você se meteu desta vez, Trin?
— Um probleminha.
Os cantos dos lábios de Matthew se curvaram.
— Um probleminha acaba te encontrando, não é?
— Sempre — sussurrei.
— Você pode ajudá-la? — Zayne interrompeu e meu olhar se voltou para ele. Olhei para cima e não conseguia... não conseguia desviar o olhar. Ele estava encarando-me, a linha forte de sua mandíbula repuxada. — Porque eu realmente acho que ela tá sangrando até a morte em cima de mim.
Comecei a franzir a testa. Ele não precisava soar tão... incomodado com isso.
— Eu não fiz você me carregar.
— Eu deveria ter deixado você lá fora, caída no chão?
— Sim — eu disse desafiadoramente. — E eu não tava caída no chão. Você quase me derrubou.
— Você esbarrou em mim.
— Porque você tava escondido atrás de um muro!
— Calma, você sabe que não sou eu quem se esconde atrás das coisas — O rosto marcante de Zayne estava perplexo. — Então você preferia que eu tivesse te deixado lá?
— Seria melhor do que você dando um chilique porque tô sangrando em você.
— Você é tão... irritante.
Eu o olhei feio.
— Espero ter manchado suas roupas.
Seus lábios se contraíram quando os olhos frios se aqueceram.
— Certeza de que isso aconteceu.
— Perfeito — murmurei.
— Bem, vejo que ela não está às portas da morte se está discutindo. Traga-a para a cozinha — ordenou Matthew —, mais fácil de limpar lá.

Zayne seguiu Matthew pelo corredor, e eu ainda... Eu ainda estava olhando para ele. E ele ainda... Ele ainda estava olhando para mim. Eu não tinha ideia de como ele não bateu em uma parede ou algo assim.

— Onde está Misha? — Thierry exigiu de algum lugar atrás de Zayne.

Zayne piscou e seu olhar se voltou para cima.

— Ele tá... ocupado — eu disse.

— Isso é inaceitável. — Thierry avançou.

Eu finalmente arrastei meu olhar para longe de Zayne.

— Não é culpa dele...

— Ele deveria estar com você — rugiu Thierry, fazendo-me estremecer. — Ele tem *uma* obrigação. — Ele passou uma mão no ar. — Uma! Só isso.

Os braços de Zayne me apertaram.

— Talvez seja bom baixar um pouco o tom?

A cabeça do Duque girou em direção a ele.

— Como é?

— Eu não acho que gritar esteja ajudando Trinity agora — Zayne segurou o olhar descrente do Duque, e eu decidi naquele momento que ele não era tão irritante como eu pensara anteriormente. — Você tá fazendo ela se debater feito um peixe moribundo.

Certo. Ele ainda era irritante pra caramba.

Matthew estava subitamente na minha linha de visão, empurrando duas cadeiras para fora do caminho.

— Zayne tem razão, Thierry. Você pode gritar mais tarde. Coloque-a aqui.

— No chão? — Zayne hesitou. — Uma cama ou pelo menos um sofá seria mais confortável.

— Seria, mas eu preciso dela no chão — argumentou Matthew. — Agora.

— Tá tudo bem. O chão tá bom — eu disse, com os olhos colados na valise médica na cadeira.

Por um momento pensei que Zayne não ia ouvir, mas depois ele se ajoelhou. Ele me colocou cuidadosamente sobre o que parecia ser um cobertor. Eu esperava que ele recuasse naquele momento, mas ele se manteve ali. Surpresa se espalhou por mim enquanto ele ficava ajoelhado ao meu lado.

— Certo. Vou tentar não te machucar, Trin — disse Matthew, mas eu estava encarando o rosto de Zayne novamente. — Eu só preciso verificar seu braço e depois...?

— A cabeça dela — respondeu Zayne por mim, e então eu estava afundando naqueles olhos azuis pálidos. Eram insondáveis, e eles... de repente me lembraram dos olhos de outra pessoa. Eu não conseguia lembrar de quem, mas percebi que tinha visto olhos como os dele antes. Ou era a perda de sangue que me fez pensar isso. — A cabeça tá sangrando e o nariz também.

— Obrigado. — Os dedos de Matthew foram gentis e rápidos, rasgando a manga arruinada. — Ah, querida. Isto vai precisar de pontos.

O olhar de Zayne se ergueu do meu.

— Deus. Ela foi... ela foi *arranhada por garras.* — Um músculo estalou ao longo de sua mandíbula enquanto ele olhava para onde Thierry estava, perto da minha cabeça. — Por que ela teria sido *arranhada* aqui?

— Chame Misha — ordenou Thierry a alguém que eu não conseguia ver. — Descubra o que diabos ele está tão ocupado fazendo. Preciso de alguém para encontrar Clay e se certificar de que ele ainda está... aqui. E arrume uma equipe para ir ao parque e limpar o sangue *agora.*

— Clay? — Zayne exigiu novamente, seu olhar estreitando no meu. — Era ele o Guardião encrencando com você no Fogaréu?

Eu não respondi.

— Se era ele, não é mais o problema de ninguém — comentou Matthew em voz baixa.

Zayne não respondeu a isso, porque eu acho que ele sabia o que significava. Se tivesse sido Clay, ele estava mais morto do que morto. Matthew deslizou os dedos sob a minha cabeça e apalpou meu crânio. Estremeci e fechei os olhos quando a dor se intensificou.

Thierry ordenou:

— E você. Preciso das suas roupas agora.

— Como é? — Zayne exclamou.

— Eu realmente não quero me repetir. Preciso que tire as roupas agora. Devem ser destruídas.

Ai, nossa. Abri os olhos, porque se ele fosse tirar a roupa, eu ia dar uma de Minduim. Sem vergonha. Se eu morresse de hemorragia, pelo menos morreria dando uma olhada no que quer que estivesse por baixo daquela camisa.

Eu era uma pessoa horrível.

— Por que as minhas roupas precisam ser destruídas? — Zayne perguntou.

— Faça o que ele disse — Nicolai interrompeu e, nossa, eu tinha esquecido que ele estava aqui para testemunhar tudo isso. — Tenho certeza de que ele lhe dará algo para vestir e algumas respostas.

Eu não achava que eles iriam obter as respostas que buscavam.

— Eu não sinto nada muito preocupante nos seus ferimentos, mas vou precisar dar alguns pontos neste braço — Matthew soltou minha cabeça com cuidado e pegou a valise. — Eu vou te dar algo que vai te nocautear, tudo bem? Você não precisa estar acordada para isto.

— Tudo bem. — Olhei para Zayne, porque eu realmente não queria ver a agulha. De jeito nenhum. — Não gosto de agulhas.

As mãos de Zayne estavam apoiadas em seus joelhos e estavam tingidas de vermelho — cobertas com meu sangue.

— Acho que a maioria das pessoas não gosta.

Eu engoli em seco enquanto os dedos de Matthew passavam pelo meio do meu braço.

— Você tem cara de que gosta de agulhas.

— Por que eu sou difícil de aguentar?

Minha risada terminou em uma arfada aguda quando a agulha picou meu braço.

— Você que tá dizendo. Não eu.

Um canto dos seus lábios se levantou.

— Você tá bem?

— Sim. — Eu pisquei lentamente, sentindo o calor vagaroso viajar até a parte de trás do meu pescoço e espalhar sobre o meu crânio. — E você?

O outro canto daqueles lábios se ergueu.

— Sim.

— Isso é bom, porque se você desmaiar, pode cair em cima de mim — eu disse —, e você parece muito pesado.

— Sou muito pesado — Seu olhar se moveu para Matthew e então voltou para o meu e permaneceu assim até que eu comecei a olhar o que Matthew estava fazendo com aquela agulha. — Você quer saber de um negócio estranho?

Engoli em seco quando senti o calor inundar o meu peito.

— Claro.

Zayne se inclinou e, quando falou, sua voz estava tão baixa.

— Eu sinto que... que já nos conhecemos antes — ele disse, e eu percebi vagamente que os dedos de Matthew paravam de mover. — Senti isso na primeira vez em que conversamos, mas nunca nos vimos antes. Eu lembraria.

Gradualmente, o meu coração começou a bater mais forte, porque eu também me sentira assim.

— Eu também — murmurei. — Isso é esquisito, não é?

— É — ele respondeu.

— Thierry — disse Matthew em um sussurro urgente, mas eu não ouvi o que ele disse, se é que ele disse mais alguma coisa. A última coisa que vi foram aqueles olhos azuis pálidos, e depois vi absolutamente nada.

Capítulo 11

Quando abri os olhos de novo, o rosto transparente de Minduim estava logo acima do meu.

— Eu pensei que você tava morta — disse ele.

Ofegante, eu me encolhi na cama, para longe do fantasma.

— Meu Deus, *nunca mais* faça isso de novo.

A cabeça dele se inclinou para um lado.

— Fazer o quê?

— Isso! — eu exclamei. — Flutuar em cima de mim enquanto eu durmo.

— Faço isso o tempo todo.

Meus olhos se arregalaram.

— *Quê?*

— Desculpa. Esquece o que eu disse. — Ele se afastou para o lado, para algum lugar fora da minha linha de visão. — Ainda bem que não morreu.

— Ainda bem mesmo. — Com a boca e a garganta incrivelmente secas, sentei-me e olhei em volta. Eu estava no meu quarto e a luminária de cabeceira estava acesa, lançando um brilho suave na escuridão. Acima de mim, as estrelas no teto brilhavam. — Você realmente faz isso enquanto eu durmo?

— Você realmente quer que eu responda?

Pensei nisso.

— Não.

Ele soltou uma risadinha.

Afastando o cobertor, dei uma conferida em mim.

— Como eu vesti meu pijama?

— Uma mulher te limpou e te trocou. Acho que tacaram fogo nas tuas roupas ou algo assim. Você tava apagada. — Minduim flutuou para o centro do cômodo. — Eu não espiei. Juro. Só espio estranhos.

— Isso... não é melhor.

— Não me julgue ou a minha vida e as minhas escolhas.

Eu olhei para ele e então me deitei, sentindo que não havia tendões entre meus ossos e músculos. Sabia que o esgotamento profundo não tinha nada a ver com os medicamentos que Matthew me deu.

Por falar em medicamentos... Puxei a manga no meu braço esquerdo. Três marcas vermelhas raivosas se estendiam por cerca de dez centímetros sobre minha pele. Os pontos estavam bons e firmes, mas isso ia... Isso definitivamente ia deixar uma cicatriz.

Não era grande coisa.

O que aconteceu e por que é que era. Se não tinha sido Clay, então... Tinha de ser como o que aconteceu à minha mãe, e isso significava que eu não estava segura aqui.

Não que eu estivesse segura em algum lugar.

Se tinha sido Clay? Eu não fazia ideia do que isso ia acarretar. Eu tinha me defendido, mas os Guardiões eram... Bem, às vezes estavam acima do que eu acreditava ser o certo e o errado.

Pior de tudo, eu sangrara por todo o lado. Se houvesse mais demônios Torturadores por perto, ou se aquele demônio de Status Superior estivesse nas redondezas, eles se transformariam em cães de caça enormes, furiosos e vorazes. Farejariam aquele sangue e chegariam aqui.

Demônios tendiam a ficar um pouco... canibais quando conseguiam capturar alguém como eu. Essa era uma das razões pelas quais eu era a última da minha espécie.

Tudo isso era grande coisa, então uma cicatriz não era nada.

Eu soltei minha manga e deixei cair minha mão na barriga quando realmente comecei a processar o que tinha acontecido comigo.

Tudo estava prestes a mudar.

— Tem alguém vindo — disse Minduim, e um segundo depois, minha porta se abriu.

Levantei-me sobre os cotovelos, apertando os olhos. Era Thierry.

— Trin?

— Tô acordada — resmunguei.

Ele abriu a porta por completo e vi que não estava sozinho. Matthew estava atrás dele, carregando o que eu esperava que fosse um copo d'água. Eu esperava ver Misha logo atrás deles, mas Matthew fechou a porta.

Isso foi... estranho.

— Como você está se sentindo? — Thierry perguntou, quase passando através do Minduim no caminho para a cadeira na minha mesa.

— Bem — Eu vi Minduim acenar com o braço na frente do rosto de Thierry sem sucesso. — Só cansada.

Matthew se sentou ao lado das minhas pernas.

— Você acha que consegue sentar e beber um pouco de água?

— Eu pularia daquela janela pra beber um pouco de água — eu disse, sentando. Os pontos puxaram no meu braço.

— Isso seria interessante — disse Minduim enquanto Thierry rolava com a cadeira até a cama.

— Não vamos exagerar. — Thierry estendeu a mão atrás de mim e afofou os travesseiros para que eu pudesse recostar neles. — Quão exausta você está?

Thierry sabia o que acontecia depois que eu usava a minha *graça*. Tinha pouca coisa que ele não sabia.

— O mesmo que antes.

— O sangramento nasal não parece tão ruim desta vez. — Matthew me ofereceu o copo com água.

Não foi tão ruim. Da última vez, sangrei por horas.

Peguei o copo de Matthew e bebi avidamente até que os dedos dele cobriram os meus, afastando o copo dos meus lábios.

— Devagar. Você não quer ficar enjoada.

— E vomitar em cima de você mesma. — Minduim estava atrás de Thierry agora.

— Você pode falar sobre o que aconteceu? — Thierry perguntou.

Com relutância, abaixei o copo quase vazio.

— Eu tava aqui, mas eu... Eu não conseguia dormir, então me levantei e fui pro Fogaréu, mas quando cheguei lá, mudei de ideia. Na caminhada de volta, ouvi alguém atrás de mim. Antes que eu pudesse olhar, fui atingida na cabeça. Me atordoou.

— Você não viu quem era? — Thierry perguntou.

Acabei com o resto da água e murmurei um obrigada quando Matthew pegou o copo de mim.

— Ele tava usando uma máscara.

Matthew se endireitou, seu olhar de olhos azuis disparando de mim para Thierry.

— Que tipo de máscara?

— Uma máscara de boneca bem assustadora. Aquelas que têm as bochechas pintadas de vermelho. — Estremeci. — Não cheguei a ver o rosto dele, mas sei que era um Guardião. — Preparei-me para a possível resposta à minha próxima pergunta. — Era o Clay?

— Ainda não o encontramos — respondeu Thierry. — Ele não estava em casa ou no Fogaréu.

Olhei entre os dois.

— Então, poderia ser ele?

— Poderia — disse Thierry.

Eu não sabia o que pensar. Clay realmente teria me atacado porque se meteu em encrenca pelo que aconteceu entre nós? Isso era horrível de sequer considerar, mas, ao mesmo tempo, era melhor do que o agressor ser um inimigo desconhecido?

— Estamos verificando todo mundo para ver se damos pela falta de alguém — continuou Thierry, como se pudesse ler meus pensamentos. — Vamos saber em breve quem foi.

Respirando com dificuldade, concentrei-me em Thierry.

— Eu lamento muito. Tentei impedir, lutei contra, mas eu estava... despreparada. — O constrangimento bloqueava minha garganta. — Ele veio por trás de mim e me atacou com a garra. Acho que o instinto tomou conta. Eu não pude...

— Pare — Thierry cobriu a minha mão com a dele. — Você não tem pelo que se desculpar. Fez o que precisava fazer para sobreviver.

Um nó se formou no fundo da minha garganta.

— Mas...

— Não há "mas". O que aconteceu não é culpa sua. Se é de alguém, é do canalha que te atacou, e Misha...

— Não é culpa de Misha.

— Já falei com ele. — Thierry se reclinou na cadeira. — Misha sabe que é parcialmente responsável. Ele deveria estar com você...

— Eu disse a ele que ia ficar a noite toda aqui, e eu fiquei. Ele não sabia que eu ia sair — argumentei, não querendo que Misha ficasse em apuros. — Eu pensei que estava segura aqui.

A mandíbula de Thierry endureceu.

— O dever dele não é fazer o que você diz ou presumir que você vai fazer uma coisa ou outra, Trinity. Você sabe disso.

— Ele não pode cuidar de mim todos os dias, o dia todo. Ele precisa ter uma vida.

— *Você* é a vida dele — respondeu Thierry. — Isso pode soar extremo, mas é verdade.

— Ela sabe disso, assim como Misha. — Matthew interveio suavemente. — Mas eles são jovens. Ambos. Erros vão acontecer. Deus sabe que nós mesmos cometemos vários. — Ele olhou para Thierry. — Cometemos grandes erros que inevitavelmente levaram a outros.

Eu não fazia ideia do que ele estava falando.

As sobrancelhas escuras de Thierry se juntaram e ele se sentou. Um longo momento se passou.

— Tem mais alguma coisa que você possa nos dizer sobre quem te atacou?

Eu ainda queria ter certeza de que Misha não estava em apuros, mas também sabia que precisava responder ao máximo de perguntas que pudesse.

— Ele não disse nada. Só se esgueirou até mim e me acertou na parte de trás da cabeça. Eu revidei, e acho que ele ficou surpreso com isso. Não sei, mas só posso falar da máscara.

Thierry ficou quieto, e notei que Minduim tinha sumido. Recostei-me nos travesseiros empilhados.

— Vocês acham que isso é como o que aconteceu... quando a minha mãe foi morta?

A cabeça de Matthew pendeu para baixo, mas Thierry se inclinou.

— Não sei, Trin. Depois do que aconteceu com a sua mãe, expulsamos todos os Guardiões que trabalhavam com Ryker.

Minha pele esfriou com a menção daquele nome. Nunca era falado em voz alta. Eu nem sequer lembrava da última vez em que o tinha ouvido.

— Podemos ter deixado algum escapar — disse Thierry com um suspiro. — Não é impossível.

Eu não achava que Clay fosse próximo de Ryker.

— Se é alguém que estava seguindo Ryker, então por que agora? Por que me atacar depois de todo este tempo?

Thierry e Matthew trocaram um longo olhar que despertou a minha curiosidade como nenhum outro. Foi Matthew quem respondeu:

— Alguém pode ter descoberto o que você é. Não sei como. Temos sido tão cuidadosos.

Estava pensando que dizer ao líder do clã de DC que eu podia ver fantasmas e espíritos não era ser tão cuidadoso, mas eu também não tinha sido cuidadosa quando chutei Clay por uma janela.

De fato, não era como se Clay tivesse descoberto o que eu era, mas ele devia ter notado que tinha alguma coisa rolando comigo.

— Eu só... eu não entendo por que um Guardião iria querer me machucar — eu disse depois de um momento. — Eu também não entendi isso naquela época. Não sou um perigo.

Ambos os homens ficaram quietos, e foi Matthew quem quebrou o silêncio novamente:

— Mas você é.

O meu coração pulou uma batida quando meu olhar encontrou o dele.

Ele sorriu fracamente.

— Thierry e eu sabemos que você nunca seria um perigo para um Guardião, mas você é uma arma, Trinity, e quando alguém que não deveria saber o que você é descobre isso, eles reagem da maneira como todos nós somos treinados para reagir a uma arma que poderia acabar com as nossas vidas em segundos.

Ouvir isso me fez sentir que havia algo de errado comigo. Como se eu não fosse... uma pessoa capaz de me conter e não ceder a tendências selvagens e violentas.

— Isso não faz o que Ryker fez, ou o que este Guardião tentou fazer, ser certo — continuou Matthew.

Thierry esfregou a mão sobre a cabeça e apertou a nuca.

— Espero que pela manhã saibamos quem ele era e de quem era próximo, para que possamos expulsar qualquer outra pessoa que possa saber.

A apreensão dentro de mim nunca floresceu mais depressa do que naquele momento. E se houvesse mais?

Thierry empurrou a cadeira para trás e ficou de pé.

— Tenho boas notícias para partilhar. Os batedores se comunicaram. Nenhum demônio foi encontrado perto da comunidade.

Eram boas notícias, mas não estávamos a salvo. Não comigo sangrando como um porco abatido.

— Quero que você descanse um pouco — Thierry se inclinou e plantou um beijo rápido no centro da minha testa. — Tudo bem?

— Tudo bem — prometi.

Então Thierry saiu, fechando a porta, e ficamos só Matthew e eu.

— O que mais tá acontecendo? — perguntei. — Vocês estavam todos agindo de forma tão estranha, mesmo antes disto acontecer. Um monte de reuniões a portas fechadas. Vocês deixaram o Nicolai ficar no escritório e estavam super de boa com ele sabendo que posso ver fantasmas e espíritos.

Ele balançou a cabeça lentamente enquanto olhava para a cadeira em que Thierry estivera sentado.

— Não tem nada acontecendo, Trin.

— Mesmo?

Matthew se inclinou, movendo-se devagar para que eu pudesse vê-lo chegando. Ele passou os dedos pela bagunça do meu cabelo, arrumando as mechas para trás.

— Saber que você pode ver espíritos e fantasmas não diz a Nicolai o que você é. Há muitos humanos por aí que podem fazer a mesma coisa.

Sim, mas esses humanos eram muuuito diluídos, e não tinham ideia de como conseguiram os seus dons sobrenaturais.

Matthew se levantou com fluidez.

— A propósito, você tem uma visita.

— Misha?

Matthew sorriu para mim.

— Parece que você fez amizade com o jovem Guardião da capital.

— O quê? — Os meus olhos quase saltaram da minha cama.

— Pois é. Ele esteve esperando para te ver. — Matthew fez uma pausa. — Na verdade, está no corredor. Se recusou a ir embora até ver por si mesmo que não você não tinha sangrado até à morte em cima dele. Tenho quase certeza de que foi exatamente isso que ele falou.

Claro que foi.

Matthew abriu a boca e depois a fechou.

— Onde ele estava quando você o encontrou?

— Ele tava dando a volta no muro interior, perto desta casa. Ele tava com Nicolai — respondi. — Por quê?

— Ele não disse o que estava fazendo lá fora?

— Não. Por quê? — Enrijeci. — Você não acha que ele teve algo a ver com... com o que aconteceu comigo? — Nem parecia certo sequer sugerir isso. — Matthew?

— Não. De forma alguma. — O sorriso de Matthew foi breve. — Ele só teve... um *timing* muito bom.

Era verdade.

— Você está disposta a vê-lo por um momento?

Eu ainda estava um pouco perplexa com o fato de que Zayne queria me ver, e de que Thierry e Matthew estavam permitindo isso.

E de que Misha não estava naquele corredor fazendo um escândalo por causa disso.

Então eu acenei com a cabeça e rezei para que eu estivesse com uma aparência melhor do que como eu me sentia e, então, imediatamente disse a mim mesma que isso não importava nem um pouco.

Matthew abriu a porta e saiu para o corredor. Eu o ouvi falar e, um segundo depois, Zayne estava à minha porta. Ele estava vestindo o que eu jurava ser um par de calças de nylon de Thierry e uma camisa branca. O cabelo dele estava úmido e penteado para longe de seu rosto.

De repente, lembrei do que ele tinha me dito antes de eu desmaiar. *Sinto que já nos conhecemos antes.* Será que ele disse isso mesmo? Ou foram as drogas que Matthew estivera enfiando nas minhas veias? Eu não tinha certeza, mas enquanto ele caminhava para dentro do quarto, nem por um segundo tirando os olhos de mim, eu sabia que era isso que eu estava sentindo o tempo todo, também.

Era como se o conhecesse.

Zayne parou ao pé da minha cama.

— Fico feliz em ver que você não morreu.

Os meus lábios estremeceram.

— Eu sou difícil de matar.

— Bom saber. — Virou-se para a cadeira que Thierry ocupara. — Posso?

— Claro — Ignorei o pequeno zumbido nervoso em minhas veias quando ele se sentou na cadeira. Olhei para a porta, ainda esperando que Misha aparecesse.

— Como você tá se sentindo?

Olhei para Zayne, e a minha inquietação ansiosa voltou com ainda mais intensidade. Eu estive errada sobre o que era. Não era nervosismo. Era como tomar uma dose de um energético realmente potente, como os tremores de muita cafeína.

— Trinity? — Sua cabeça se inclinou para um lado.

— Foi mal. — Pisquei. — Tô bem. Só um pouco dolorida.

Seu olhar desviou para o meu ombro, onde eu sabia que apenas o começo das marcas das garras eram visíveis. Eu também sabia que em um dia ou dois essas marcas estariam quase curadas.

— O que aconteceu com você lá fora?

— Eu realmente não sei. — E essa era a verdade.

Rolando a cadeira para mais perto da cama, ele se inclinou para a frente, apoiando os cotovelos nos joelhos. Uma mecha de cabelo úmido caiu para a frente, roçando sua bochecha.

— Thierry e Matthew não me disseram muita coisa, mas tenho a impressão de que quem te atacou tá morto?

— Está — admiti.

— Que bom — Eu estremeci de surpresa. — Ele tava tentando te machucar. — Ele indicou o meu braço com o queixo. — Ele machucou você. Teve o que mereceu.

Nossa.

Zayne era um pouco sanguinário.

Eu meio que gostei disso.

— E você fez isso? Matou um Guardião? — ele continuou, e eu não respondi. — Como?

Balancei a cabeça devagar.

— As lâminas? — ele perguntou. E então disse: — Ou você é bem mais treinada do que deixa a entender.

Um sorriso puxou os cantos dos meus lábios. Hora de mudar de assunto.

— Você realmente esperou no corredor este tempo todo?

— Com exceção de trocar de roupa e tomar banho? Sim — Ele colocou a mecha de cabelo atrás da orelha, e eu esperava que Minduim não o tivesse espionado de novo. — Sua sombra não ficou muito feliz com isso.

— Você viu Misha?

— Brevemente — Ele puxou a gola da camisa. — Ele é seu... namorado?

— O quê? — Eu ri. — Ele é um Guardião.

— E?

— E? — repeti, com os olhos arregalados. — Guardiões não namoram ninguém além de outros Guardiões.

Suas sobrancelhas se ergueram e se uniram em sua testa.

— Isso não é verdade.

— Você já namorou humanos?

— Eu já namorei gente que não era Guardião.

— Ah. — Eu não sabia o que fazer com essa informação além de abraçá-la muito perto do peito e fantasiar sobre ela mais tarde. — Misha e eu nos beijamos uma vez. Bem, na verdade, eu o beijei, e foi muito esquisito, já que ele é como um irmão pra mim. Foi super nojento. — Eu não sabia por que estava contando isso, mas ele estava ouvindo. — De qualquer forma, ele realmente é como um irmão, sem contar esse beijo... que pareceu incesto.

Zayne apertou os lábios.

— Falei mais do que devia, não foi?

— Um pouco. Vou acrescentar isso à sua lista de atributos. — O sorriso se soltou. — Sabe, ele tava realmente preocupado com você.

Olhei para a porta. Onde *estava* Misha?

— Eu também tava preocupado.

Meu olhar se voltou para o dele.

— Por quê?

Ele arqueou as sobrancelhas quando aquele sorriso desapareceu.

— Você tá realmente me perguntando por quê?

— Sim. Pensei que eu era irritante e frustrante.

— Você é. — Um sorriso rápido apareceu e depois desapareceu. — Não significa que eu não possa me preocupar.

— Bem, você pode ver que tô bem.

— Ninguém fica bem depois de perder tanto sangue — comentou ele, e, bem, eu não podia discutir isso. — Thierry e Matthew tiveram uma reação meio estranha à coisa toda do sangue.

Porcaria. Deviam ter pensado nisso antes de pirarem com o sangue.

— Eles são... muito sensíveis a sangue e essas coisas.

— Aham.

Não havia uma única parte dele que acreditasse em mim.

— Eu já vi muita coisa esquisita. Já te disse isso antes. — Ele fez uma pausa. — Passei por muita coisa esquisita.

Bem, se ele perdera uma parte da alma, isso definitivamente seria considerado estranho. Provavelmente estaria no topo da lista de coisas estranhas.

Zayne continuou:

— Você, este clã e tudo o que aconteceu desde que cheguei aqui estão competindo pelo primeiro lugar em estranheza. Não viemos aqui para a Premiação. Viemos buscar reforços, e Thierry exigiu que ficássemos, o que é bizarro, porque é raro alguém sequer receber permissão pra vir aqui, quem dirá pra ficar um tempo. E depois tem você.

— Eu? — eu me esganicei.

— Você é uma humana morando na sede regional do poder... Uma humana que pode matar um Guardião. E a coisa toda do sangue? Sim. Esta merda é bizarra ao máximo.

— Não sei como responder isso.

— Bem, se prepare, porque eu sei algo mais sobre você — disse ele, e eu fiquei tão tensa que uma forte explosão de dor irradiou pelo meu braço. — Nicolai disse que você consegue ver fantasmas.

Abri e fechei a boca. Levei um momento para falar.

— Ele não deveria compartilhar isso.

— Tem pouca coisa que Nicolai não compartilha comigo — respondeu, inclinando a cabeça. — Então, é verdade?

Sacudi a cabeça enquanto dizia o que Matthew me dissera:

— Eu não sou a única pessoa no mundo que pode ver fantasmas e espíritos, Zayne. Muita gente pode. Não é grande coisa.

Ele riu baixinho enquanto deixava as mãos penduradas entre os joelhos.

— Só você pensaria que isso não é grande coisa. É, sim. Não conheço mais ninguém que possa fazer isso.

— Talvez você conheça e eles simplesmente não te contaram.

— Improvável — murmurou. — Você sempre foi capaz de vê-los?

— Sim — admiti, e foi estranho, mas bom, conversar com Zayne sobre o que eu podia ver. — Sempre.

— Como é? — ele perguntou, curiosidade entrelaçando em sua voz.

Arqueei as sobrancelhas.

— É difícil explicar. Quer dizer, fantasmas e espíritos são diferentes. Sabia disso?

Ele balançou a cabeça.

— Pois é, os fantasmas não fizeram a passagem. Ou não sabem que estão mortos, ou se recusam a aceitar. Geralmente estão em seus estados de morte, então às vezes eles podem ser meio nojentos. Os espíritos atravessaram pro outro lado, foram para onde quer que deveriam ir, mas voltaram para ver os entes queridos ou entregar uma mensagem.

— E é isso que você faz? Entrega mensagens às pessoas?

— Quando vejo espíritos, sim, mas não vejo um há séculos — admiti, mexendo no meu cobertor. — Quando vejo fantasmas, ajudo-os a atravessar para a luz. Para que possam encontrar paz.

— Isso parece difícil, mas também... incrível — disse ele, e quando levantei o olhar, descobri que ele estava olhando para mim com atenção. — A maioria das pessoas provavelmente ia escolher ignorá-los ou ter medo.

— Eu não poderia fazer isso. Eles precisam de ajuda, e se você os visse, especialmente os fantasmas... eles ficam tão confusos. Não deviam ser deixados assim — eu disse a ele, ficando quieta enquanto arrastava os dentes sobre o lábio inferior. — Mas tem outras coisas com as quais não mexo.

— Espectros?

A surpresa me invadiu.

— Como você sabe?

— Infelizmente, tenho experiência com eles.

Os espectros eram humanos que tinham tido as suas almas arrancadas deles antes de morrerem. Eles não podiam atravessar, nem para o Céu, nem para o Inferno. Eles estavam encalhados, e quanto mais tempo ficavam assim, mais longe de um ser humano eles se tornavam.

— Tem também... as pessoas das sombras — eu disse, fechando os dedos na borda do cobertor. — Você já ouviu falar deles?

— Demônios de status inferior — disse ele, e eu acenei com a cabeça. — Eles não são fantasmas ou espíritos.

— Eu sei, mas muitas vezes são confundidos com eles. Só vi um uma vez. Foi superbizarro — Fiz uma pausa. — Qual é a sua experiência com os espectros?

Zayne suspirou pesadamente e olhou para as mãos.

— Com toda a bisbilhotagem que você faz, não ouviu falar sobre isto?

— Eu não bisbilhoto — murmurei. — Tanto assim.

Seus cílios levantaram e a sombra de um sorriso tocou seus lábios.

— É uma longa história.

— Temos tempo.

— É tarde e você devia estar descansando.

— Estou descansando. — Eu gesticulei para mim mesma com um movimento do pulso. — Estou na cama. — Quando ele não disse nada, meus olhos se estreitaram. — Ou é uma história que você acha que eu não deveria ouvir porque não sou um Guardião? Porque você não me conhece?

Zayne permaneceu teimosamente quieto.

A irritação se inflamou.

— Você me faz uma tonelada de perguntas e ainda se recusa a responder noventa por cento das minhas. Isso não é legal.

Ele passou o lábio inferior pelos dentes.

— Tivemos um Lilin em DC.

Se eu estivesse sentada, teria caído.

— Tá falando sério?

Ele assentiu.

— Teve um demônio que queria libertar Lilith — explicou ele, e de cara pensei no meio demônio que seu clã havia criado. A filha de Lilith, supostamente.

— Convenceu-se de que tava apaixonado por ela e tentou realizar este ritual para libertá-la. Chamava-se Paimon.

Agora meus olhos pareciam que iriam sair da minha cabeça. Paimon era um antigo demônio de Status Superior, tipo um dos demônios biblicamente antigos. Um Rei do Inferno, governou centenas de demônios.

— Paimon estava na superfície?

— Na verdade, alguns dos demônios mais poderosos aparecem por DC. Com todos os políticos a serem corrompidos, eles são meio que atraídos pra lá — disse ele. — De qualquer forma, pensamos que o tínhamos impedido a tempo, mas a gente não tinha ideia de que o ritual havia sido concluído. — Sua mandíbula enrijeceu quando um momento de silêncio se passou. — Um Lilin foi criado e, infelizmente, conseguiu pegar alguns humanos. De alguns, arrancou as almas imediatamente. Com outros, ficava brincando, tomando um pouco aqui e um pouco ali, o que nos deixou com uns espectros pra lidarmos.

Processando isto, eu queria perguntar se foi isso que tinha acontecido com a alma dele ou se realmente tinha algo a ver com a filha de Lilith, mas eu nem sabia se era verdade. E por mais que eu fosse impulsiva e muitas vezes falasse antes de pensar, não era tão idiota que simplesmente perguntaria a alguém se eles haviam perdido uma parte da alma.

Em vez disso, perguntei:

— Como lidou com o Lilin?

— Não foi fácil. Foi preciso muito para vencê-lo. Muito sacrifício — disse. — O Lilin criou um exército de espectros, e de alguma forma ele os colocou dentro destas velhas estátuas de gárgulas e eles ganharam vida. Foi... Foi uma loucura. Um deles pegou o meu pai. Foi assim que ele morreu, lutando contra o Lilin. Eu tava lá, mas não consegui chegar até ele em tempo.

— Não é culpa sua — disse.

— Como você sabe disso? — Aquele olhar encontrou o meu.

— Porque tenho certeza de que você fez tudo o que podia — eu disse, e mesmo que eu mal o conhecesse, tudo em mim acreditava naquilo. — Sinto muito, Zayne. Sei que o que... você passou não foi fácil.

Apertando os dentes, ele acenou com a cabeça.

— Ele morreu lutando, mas também morreu pra proteger alguém com quem se importava muito. Saber disso... Realmente facilita o processo. Lidar com a perda.

— Tenho certeza de que sim — disse, desejando ter algo melhor a dizer, algo mais poderoso.

— Sabe, você é a primeira pessoa fora quem estava lá com quem conversei sobre meu pai — disse Zayne, chocando-me mais uma vez. Um sorriso cativante apareceu quando ele balançou a cabeça. — Tô surpreso.

— Por quê? Sou fácil de conversar.

Ele sorriu.

— Sério?

— Sério. — Deixei passar um sorriso. — É mais um dos meus atributos.

— Vou ter que me lembrar disso — disse, e eu sabia que não importava, porque ele iria embora. — Você me disse uma coisa, quando estávamos no centro de treinamento. Disse que a sua mãe foi assassinada por um Guardião.

Ai, Deus, eu realmente não devia ter dito isso.

— Sim.

— E agora você foi atacada por um Guardião. Essas duas coisas estão relacionadas?

Queria bater na minha própria cara, mas a minha cabeça já tinha sofrido o suficiente, por isso resisti.

— Não sei.

Zayne olhou para as mãos mais uma vez.

— Posso te perguntar uma coisa e você me responde com sinceridade?

— Sim? — Esperava que fosse uma pergunta que eu pudesse responder com sinceridade, mas apostava que não.

Seus cílios grossos se ergueram.

— Você tá em segurança aqui?

Abri a boca, mas voltei a fechá-la, porque eu não tinha ideia de como responder isso e, por alguma razão, não queria mentir para ele.

E isso era estupidez, porque eu estivera mentindo para ele de muitas maneiras desde que conversamos pela primeira vez.

Um músculo repuxou ao longo de sua mandíbula.

— Se você não estiver segura aqui, podemos te levar com a gente quando partirmos. Te ajudar da maneira que você precisar.

O choque me deixou em silêncio conforme um movimento de inchaço subiu no meu peito como um balão prestes a flutuar até ao teto.

— Isso... isso é amável da sua parte oferecer.

— Não tô sendo amável — respondeu ele, com o olhar segurando o meu. — Tô falando sério. Se não estiver segura aqui, podemos te levar pra um lugar onde esteja.

Desviando o olhar, concentrei-me na minha colcha, achando difícil não ser completamente honesta com ele enquanto olhava em seus olhos.

— Tô bem aqui, mas obrigada.

Ele ficou em silêncio por tanto tempo que eu tive de olhar para ele mais uma vez. Ele estava observando-me.

— Certo.

— Certo — repeti.

Ele agarrou os braços da cadeira e se levantou com o tipo de fluidez natural que todos os Guardiões possuíam.

— Eu devo ir agora.

Eu não falei nada, porque queria que ele ficasse.

Como se pudesse de alguma forma ler a minha mente, Zayne parou, e eu nem sei por que, mas minha respiração ficou presa, e eu estava *esperando* outra vez.

— O que você tava fazendo lá fora hoje à noite? — deixei escapar.

As sobrancelhas de Zayne se aproximaram.

— Sabe, foi a coisa mais estranha. Tava me sentindo agitado a noite toda. Inquieto, apesar de estar com Dez e Nicolai, e... isto vai parecer bizarro, mas tive uma súbita... vontade de pegar um ar fresco — Ele soltou uma risada. — Que *timing*, hein?

— Sim — eu disse. — *Timing* perfeito.

Capítulo 12

— Eu tenho um trabalho pra você — eu disse a Minduim.

Segundos depois que Zayne saiu, o fantasma chegou atravessando a parede do quarto. É claro que ele não bateu, mas eu estava cansada demais para ter essa conversa com ele.

— Eu topo tudo. Sabe por quê? "*A vida passa muito rápido. Se você não curtir de vez em quando, a vida passa e você nem vê.*"

Eu pisquei lentamente.

— Como é?

A expressão transparente de Minduim ficou desapontada.

— Ferris? Ferris Bueller?

— Sim. Tá bom. Enfim, você pode prestar atenção em Matthew e Thierry? Ver se consegue ouvir alguma coisa que eles estão falando?

— Do quê?

Boa pergunta, porque eu também não tinha certeza.

— Tipo, se eles estão falando sobre as nossas visitas ou... ou sobre o que aconteceu comigo. Não sei. Só qualquer coisa esquisita.

Minduim acenou com a cabeça.

— Posso fazer isso. Posso fazer isso o dia todo. Na verdade, posso fazer agora. Estavam lá embaixo sussurrando entre eles e o outro cara. Nicolai.

— Certo. Sim. Agora seria um bom momento pra espiar por mim.

— Maravilha! — Ele deu dois joinhas e depois simplesmente evaporou. Minha cabeça caiu de volta no travesseiro. Eu não achava que iria conseguir dormir, mas era como se qualquer explosão de energia que eu tivesse experimentado quando Zayne entrara no quarto tivesse ido embora com ele.

O que era notavelmente estranho.

Acabei caindo no sono bem rápido.

Dormi pelo que pareceu uma eternidade e acordei um pouco depois das dez da manhã. A primeira coisa que eu queria fazer era encontrar Misha, mas eu tomei um banho primeiro, sequei meu cabelo com uma toalha e penteei todos os nós. O meu braço estava um pouco dolorido, mas a vermelhidão já havia começado a diminuir. Assim como Guardiões, eu me curava bem rápido. Até amanhã, os pontos provavelmente teriam se dissolvido e, no fim de semana, as cicatrizes estariam rosadas.

Depois de vestir um par de jeans escuros e uma camiseta, eu calcei um par de chinelos e saí para encontrar Misha. Não tive de procurar muito. Ele atendeu quando bati à sua porta.

— Ei — eu disse, entrando e fechando a porta atrás de mim.

Seu quarto estava mal iluminado, cortinas fechadas e apenas uma pequena lâmpada acesa ao lado da cama. Ele estava sentado à sua escrivaninha, fechando seu laptop.

— Ei. — Ele não se virou para mim.

Parei assim que entrei no quarto dele, de repente... sentindo-me estranha. Olhei em volta. Sua cama estava tão bem-feita que eu sabia que ele não tinha dormido nela, porque sempre estava uma bagunça. Esperei que ele se virasse, e quando ele não se mexeu, um receio se formou na boca do meu estômago. Abri a boca, fechei e então tentei novamente:

— Tá tudo bem?

— Sim — veio a resposta grosseira e curta.

Juntei as mãos.

— Então por que você tá sentado de costas pra mim?

Misha finalmente virou a cadeira. Ele não disse qualquer coisa, e estava muito escuro para eu discernir sua expressão.

O meu estômago afundou.

— Você tá... Você tá bravo comigo?

— Por que eu estaria bravo com você, Trin?

Eu não tinha certeza.

— Por causa da noite passada? Eu te disse que ia ficar em casa...

— Eu não tô bravo com você.

— Mesmo?

— Mesmo. Queria que você tivesse ficado em casa, como disse que ia fazer, ou que tivesse me mandado uma mensagem dizendo que queria sair, mas você não fez isto consigo mesma.

Sentindo-me um pouco aliviada, eu me aproximei.

— Então por que... — Parei de falar, sem saber como perguntar o que eu queria saber.

— Por que o quê?

Respirei fundo. Nunca precisei me conter com Misha antes.

— Por que você não veio me ver ontem à noite?

— Eu queria, mas depois de levar um sermão daqueles de Thierry, não achei que seria uma boa companhia.

Achei que fazia sentido, mas ainda assim.

— Sinto muito que você tenha se encrencado. Eu disse ao Thierry que a culpa não era sua.

— Eu sei, mas Thierry ainda tava certo. Eu devia ter ficado em casa — disse ele, deixando a cabeça cair para trás. — E não discuta comigo sobre isso. Não vai mudar o que eu sinto.

— Misha...

— Olha, meu trabalho é garantir que você esteja segura. Falhei ontem à noite.

Cruzei os braços enquanto mordia o lábio para manter a boca fechada, mas não consegui me segurar.

— Sabe, eu não precisei de você ontem à noite.

A cabeça de Misha se endireitou.

— Eu cuidei de mim mesma. Eu me salvei.

— Você usou sua *graça*, Trin. Foi assim que você se cuidou.

Irritação pinicou na minha pele.

— Eu sei que eu não deveria ter usado, mas usei, e deu tudo certo. E se eu tivesse usado da última vez...

— Você ainda não teria salvado a sua mãe, Trin — A voz dele era baixa. — Mesmo que você tivesse usado a sua *graça*, não teria mudado nada. Não se culpe por isso.

Apertei os lábios. A culpa em torno da morte da minha mãe era... mais do que complicada, mas Misha estava errado. A morte dela era culpa minha por várias razões.

Ele se inclinou para a frente na cadeira.

— Então, você tá dizendo que não precisa mais de mim?

— Não é isso que tô dizendo e você sabe. — Caminhei até a cama dele e me sentei na beirada. — Somos uma equipe, mas não tem motivo pra você se sentar no seu quarto fazendo beicinho porque alguém tentou me machucar.

Misha endureceu.

— E também não tinha motivo pra Thierry te dar um sermão. Em vez dele gritar contigo e você fazer beicinho, devíamos estar descobrindo quem tentou me matar ontem à noite.

Desviando o olhar, ele arrastou a mão sobre a cabeça e um longo momento se passou.

— Você tem razão.

— Claro que tenho.

Ele bufou.

— É só que... — Ele se recostou na cadeira. — Não importa. Como você tá se sentindo?

— Bem. — Eu puxei a manga da minha camisa, sabendo que ele seria capaz de ver. — Tá vendo? Não é grande coisa.

Ele esfregou os dedos na testa.

— Isso vai deixar uma cicatriz.

Soltando a manga, levantei o outro ombro.

— Foi Clay — disse ele.

Perdi o fôlego.

— De verdade?

— Falei com Thierry hoje de manhã. Todo mundo tá presente, menos ele — disse. — E Thierry não acha que ele deixou a comunidade.

Eu não sabia o que dizer.

— Como eles podem ter certeza de que ele não foi embora? Ele poderia simplesmente ter voado sobre os muros.

— É, poderia, mas temos câmeras. As imagens foram analisadas e, até agora, não viram ninguém abandonar o barco.

Inquieta, olhei para as minhas mãos.

— Você acha... Você acha que ele veio atrás de mim porque teve problemas com Thierry?

— Sim.

Eu balancei um pouco a cabeça.

— Que idiota.

— Verdade seja dita — disse Misha.

Meu estômago se retorceu. Não era culpa. Eu tinha me defendido. Se eu não tivesse reagido e matado Clay, eu poderia ter morrido, e isso significava que Misha também teria morrido. Mas me sentia estranha.

Não era a primeira vez que eu matava.

E provavelmente não seria a última.

Levantei a cabeça.

— Sinceramente, não pensei que fosse ele. Quer dizer, fazia sentido, mas... Por quanto tempo Clay esteve aqui? Desde criança, não é?

Misha franziu a testa.

— É.

— Então, ele teria conhecido Ryker.

— Sim, claro, mas isso não significa que ele compartilhasse... das crenças de Ryker.

Eu não tinha certeza. Misha tinha razão. Fazia sentido. Clay estava chateado, e me disse coisas que poderiam ser tomadas como uma ameaça, mas algo nisso não parecia certo.

— Sabe, estive pensando — Misha inclinou a cabeça para trás. — Não senti nada ontem à noite. Nada quando você foi ferida, e acho que deveria ter sentido.

Sem saber o que dizer, levantei as mãos e depois as deixei cair.

— O vínculo não funciona assim.

— O vínculo é feito pra me alertar quando você tá em perigo — disse ele, olhando para mim. — Você estava em perigo, e eu não senti nada.

Eu devia estar descansando, mas não era isso que eu estava fazendo. Eu nem estava na casa, e se Misha ou qualquer outra pessoa descobrisse que eu não estava na cama, ia ser o caos na Terra.

Mas eu estava em uma missão — uma missão para localizar e recuperar Minduim.

Chame de sétimo sentido, mas eu sabia que aquele fantasminha pervertido estava escondido no quarto de Zayne.

Eu não o via desde que ele saíra na noite passada para espionar Matthew e Thierry, e eu imaginei que ele não tinha ouvido nada digno de nota para relatar.

E, sim, talvez eu quisesse falar com Zayne, agradecer por ter me levado a Thierry tão depressa ontem à noite e por ter ido ver como eu estava. Não lembrava de tê-lo agradecido.

E talvez eu não quisesse ficar sozinha com a minha conversa com Misha sendo repetida na minha cabeça. Entre saber que tinha sido Clay tentando me matar e que Misha não tinha sentido nada sinalizando que eu estava em perigo através do vínculo, eu precisava de uma distração.

Usando meu par favorito de óculos escuros enormes que ainda não bloqueavam o suficiente dos raios brilhantes do sol para mim, fui até o Salão Nobre e deslizei pela entrada lateral. Subindo pelas escadas dos fundos, perguntei-me como ia descobrir em que quarto Zayne estava hospedado. Eu não tinha pensado no plano todo, e bater em cada uma das portas não era a melhor das ideias.

Devia ter pensado nisso.

Agora era tarde demais. Abri a porta da escada e entrei no amplo corredor do segundo andar, direto na frente de Nicolai e Dez.

— Opa. — Eu parei e dei uma risadinha. — Desculpa. Não esperava ver nenhum de vocês.

Nicolai imediatamente deu um passo à frente.

— O que você tá fazendo fora da cama? Como você tá se sentindo? Você não deveria estar...?

— Eu tô bem — disse, interrompendo sua enxurrada de perguntas. — Só um pouco dolorida. Muito obrigada por ajudar ontem à noite.

— Não há necessidade de me agradecer — respondeu ele, uma preocupação beliscando sua testa quando olhei para Dez. — Fico feliz em ver que você está em pé e se movimentando.

— Sinto o mesmo. — Dez sorriu. — Dez. Acho que não nos conhecemos — Ele fez uma pausa. — Também estou feliz em ver que você tá de pé.

— Obrigada.

O sorriso no rosto de Dez aumentou um centímetro.

— Esta é a parte em que você aperta a minha mão.

— Ah. Foi mal. — Ruborizando, olhei para baixo e lá estava, Dez tinha oferecido a mão e eu não tinha visto. Apertei-a. — Na verdade, tô aqui pra agradecer Zayne. Não tive oportunidade ontem à noite. Sabe se ele tá no quarto?

— Acredito que sim. — Dez olhou por cima do ombro. — O quarto dele é o quinto à direita.

Sorri, agradecendo a pequena dose de acaso.

— Valeu.

Os dois homens acenaram com a cabeça e, logo depois que eu os contornei, Nicolai falou:

— Trinity?

Virei-me.

— Sim?

Seu olhar procurou o meu quando ele deu um passo à frente, abaixando a voz.

— Zayne nos disse que lhe ofereceu a oportunidade de ir embora conosco se você achasse necessário. Só quero que saiba que apoio totalmente a oferta.

O choque que senti quando Zayne fez aquela oferta voltou quando olhei para os dois Guardiões.

— Assim como eu — disse Dez. — Sabemos que você disse que estava em segurança aqui, mas se isso mudar, mesmo depois de irmos embora, você tem amigos em DC que podem te ajudar.

Um nó se formou no meu peito.

— Obrigada — eu disse, com sinceridade. — Vou... lembrar disso.

Nicolai acenou com a cabeça e então os dois homens foram embora, desaparecendo pela escadaria que eu acabara de subir. Fiquei ali parada por um momento. Eles eram... Eram boas pessoas.

Sorrindo, andei pelo corredor, apertando os olhos enquanto contava as portas. Parei na frente da quinta porta à direita e o meu sorriso vacilou e depois falhou.

O que ia eu dizer a Zayne? *Ei, pode haver um fantasma esquisitão espiando no seu quarto*? Bem, eu precisava agradecê-lo, mas podia ter esperado.

— Droga. Droga. Droga. — Dando um passo para trás, comecei a me virar...

A porta se abriu antes que eu pudesse me mover um centímetro.

— Trinity?

Dando meia volta, enquanto tentava desesperadamente encontrar uma boa razão para estar ali que não tivesse a ver com ele, fiquei com os pés colados onde eu estava.

Zayne estava nu — nu *e* molhado.

Os meus olhos arregalaram. Certo, ele não estava completamente nu. Ele tinha uma toalha azul escuro enrolada em torno de seus quadris esguios, mas ela estava indecentemente baixa. Havia recuos em ambos os lados de seus quadris, e eu não fazia ideia de como ele tinha músculos ali.

Misha era trincado, mas ele não tinha isso. Eu sabia. Já o vira seminu um milhão de vezes.

Havia também esta fina camada de pelo muito interessante, de um loiro um pouco mais escuro, que descia do umbigo até mais para baixo...

Calor floresceu no meu estômago e corou a minha pele. Parecia ser o auge do verão, e não o início de junho, e eu estava vestindo uma gola alta e uma jaqueta.

E um cobertor.

Deus, ele era... Ele era belíssimo, e eu precisava parar de encará-lo, mas não conseguia evitar. Eu também sabia, bem lá no fundo, que era mais do que uma reação instintiva. Mas ele não era o primeiro cara por quem me sentia atraída, então não entendia por que ele me afetava tanto.

Os quadris se mexeram e ele pareceu abrir as pernas.

— Tô começando a me sentir um pouco violado aqui.

— Hã? — Pisquei, arrastando meu olhar para o rosto dele. — O quê?

Acabado de sair do banho, seu cabelo molhado estava alisado para longe de seu rosto.

— Você tá me encarando.

O calor queimou ainda mais nas minhas bochechas. Eu era tão ruim quanto Minduim.

— Não, não tô.

— Você tá olhando pra mim como se nunca tivesse visto um cara antes.

— Não tô, não! E eu já vi caras. Muitos caras.

Uma sobrancelha subiu perfeitamente.

— Então você vê muitos homens nus?

Os meus olhos se estreitaram.

— Não, não foi isso que eu quis dizer.

— Foi isso que você insinuou.

A verdade é que eu nunca tinha visto um homem completamente nu... ou tão sem roupa assim.

— Por que você tá quase nu?

Ele inclinou a cabeça.

— Acabei de tomar banho.

Isso era evidente.

— Então você sempre abre a porta assim?

— Ouvi passos e achei melhor dar uma olhada.

— Mas você tá vestindo uma toalha — eu observei. — E como é que você me ouviu? Não é como se eu estivesse marchando aqui fora.

— Tenho uma audição muito boa — respondeu. — Você devia saber disso, já que vive com um bando de Guardiões.

Ele tinha razão. Os Guardiões tinham audição e visão surpreendentemente boas. Odiava isso.

— Você sempre abre a porta de toalha quando ouve alguém?

— Geralmente não. — Com uma mão, ele segurou com os dedos onde a toalha se fechava. — Mas *você* tava do lado de fora da minha porta xingando, por isso achei que devia ver se precisava de alguma coisa.

Se eu precisava de alguma coisa? Com a boca de repente seca, eu engoli. Não tinha certeza do que precisava.

— E pensei comigo mesmo, quando te ouvi murmurando baixinho *droga* várias vezes, com certeza isso não podia ser Trinity.

Reorientei-me.

— Por que não?

— Porque eu estava pensando que depois de quase sangrar até a morte...

— Em cima de você?

— Sim, obrigado por me lembrar. Pensei que depois do que aconteceu ontem à noite, você estaria no seu quarto descansando e não andando por aí sozinha.

Aborrecimento se espalhou dentro de mim.

— Bem, sou eu fora da cama e perambulando, o que tenho permissão pra fazer. — Não era exatamente verdade. — E o que aconteceu ontem à noite não vai me fazer ficar escondida no meu quarto.

— Aparentemente, isso também não faz você usar o bom senso — Zayne suspirou. — O que você quer, Trinity? Gostaria de me secar e vestir uma roupa.

Só porque ele teve de salientar mais uma vez que estava usando nada além de uma toalha, eu tive de olhar. Desta vez, meu olhar acabou em seu peito, e estávamos perto o suficiente para que, mesmo com minha visão ruim, eu enxergasse as gotas d'água correndo entre seu peitoral, pelos músculos firmes de seu abdômen.

— Você tá encarando de novo.

— Eu não tava... — Tudo bem, mentir naquele momento era estupidez. — Tanto faz.

Ele olhou para mim por um momento e depois mordeu o lábio.

— Espera um segundo.

Zayne não me deu escolha. Ele recuou, abrindo a porta de vez. Eu não vi Minduim, mas não era como se eu pudesse ver todo o cômodo. Zayne se virou, dando-me um vislumbre de suas costas antes de desaparecer de vista. Em menos de dez segundos ele estava de volta, tendo vestido um par de calças de treino de nylon. Isso era consideravelmente melhor do que apenas uma toalha, mas se ele tivesse encontrado uma camisa, teria sido cem por cento melhor.

— O que tá acontecendo? — ele perguntou, ainda parado dentro do quarto.

— Não tá acontecendo nada. Só queria te agradecer pela noite passada, mas tô reconsiderando isso.

— Por que você me agradeceria pela noite passada?

— Porque você me ajudou. Se certificou que eu estivesse bem e com Thierry e Matthew. — *E esperou para ver se eu estava bem.* Mas eu não disse isso.

— Você não precisa me agradecer — respondeu ele —, eu tava apenas fazendo o que era certo.

Ele estava.

Mas era algo mais?

Ugh.

Foi um pensamento tão idiota. Claro que não era algo mais.

— Por que você tá reconsiderando isso? — ele perguntou.

— Hã?

— Você disse que tava reconsiderando me agradecer.

— Ah. Sim. — Dei de ombros com o braço ileso. — Porque tô irritada com você de novo.

Zayne riu, e eu estremeci, odiando e amando o som na mesma proporção.

— Não é engraçado — resmunguei.

Ele sentou na cama.

— Como você tá se sentindo?

— Quase cem por cento — respondi com sinceridade. — Meu braço mal dói.

— Isso é surpreendente — Ele estava longe o suficiente agora para seu rosto ser um borrão. — Aquelas marcas de garras eram bem profundas.

Saco.

— Bem, Matthew me deu uns bons remédios, então provavelmente é por isso que não dói tanto. — Trocando meu peso de um pé para o outro, balancei a cabeça. — Me pergunta de novo quando o efeito tiver passado.

Ele ficou quieto por um momento.

— Você teve sorte ontem à noite.

Eu não tinha sorte.

Eu tinha muito poder, mas mesmo assim acenei com a cabeça.

— Tive.

— Você já soube de algo sobre quem poderia estar por trás disso? — Ele se apoiou em um dos cotovelos e a visão dele fez meu estômago se retorcer.

Assenti.

Zayne olhou para mim de sua posição reclinada.

— Sabe, você pode entrar aqui. Não precisa ficar parada no corredor.

— Eu sei — não me mexi.

— Quer dizer, pode ficar à vontade pra ficar aí parada se é isso que você prefere fazer. Só pensei que você ficaria mais confortável entrando aqui, já que quer conversar.

Eu queria conversar? Eu vim aqui à procura de Minduim, mas essa era a única razão pela qual vim aqui? Não. Eu era mulher suficiente para admitir isso, mas eu também estava aqui para ter certeza de que Minduim não estava espiando.

Eu não sabia por que ainda estava parada no corredor. Zayne era só um cara. Certo, ele também era um Guardião e era incrivelmente bonito, mas ele era apenas um cara que me irritava até dizer chega.

Ele também me contou sobre o pai dele e se ofereceu para me levar com ele se eu não estivesse segura aqui.

Entrei no quarto e cuidadosamente desviei meu olhar de Zayne, porque quanto mais me aproximava, mais notava que os músculos do braço em que ele se apoiava faziam coisas interessantes.

Olhei em volta e encontrei uma certa dor de cabeça.

Minduim estava no canto do quarto, sentado em cima da cômoda, com um enorme sorriso naquele rosto estúpido.

— Você tá bem? — Zayne perguntou.

Levantando um dedo para a boca, Minduim piscou.

Meus olhos se estreitaram nele.

— Sim. *Eu* tô bem.

— Uh, que assustadora — disse Minduim, sacudindo os braços e as pernas.

— Beleeeeza — Zayne alongou a palavra. — Existe uma razão pra você estar olhando pra cômoda?

— Boa pergunta — disse Minduim.

Desviei meu olhar do fantasma.

— Eu pensei ter visto um inseto.

Minduim se engasgou.

— Tá me chamando de praga?

— Vocês têm problemas com insetos? — Zayne perguntou.

— Às vezes — murmurei. — Mas se o inseto for inteligente, ele vai sumir daqui.

Minduim bufou.

Zayne piscou lentamente.

— Você... você é realmente muito estranha.

— Isto é constrangedor de presenciar — comentou o fantasma.

Ignorei-o.

— Então, o que você descobriu sobre quem te atacou? — ele perguntou.

— Foi Clay — eu disse com um suspiro. — Ou pelo menos é o que eles acham.

— O cara do Fogaréu? — ele perguntou, e eu assenti. — Você sabe por quê?

Parte de mim não queria entrar nisso, mas falei:

— Clay sempre foi... mais simpático comigo do que a maioria das pessoas aqui. Quer dizer, os Guardiões não são grosseiros nem nada, mas não prestam atenção em mim. Na semana passada eu tava com ele... e nos beijamos.

— Certo, isto é mais constrangedor — disse Minduim.

Lancei a ele um olhar sombrio.

— De qualquer forma, eu tava de boa com isso no início, mas ele tomou muita liberdade, e quando eu disse a ele pra parar, ele não parou de primeira. Quer dizer, eu o fiz parar. Se eu não conseguisse ter feito isso, não sei se ele teria... — Eu olhei para o tapete bege. — Eu contei pra Thierry, e Thierry atrasou a Premiação dele por um ano.

— Bem — disse Zayne depois de um momento. — Isso definitivamente o irritaria.

Meu olhar voou para o dele.

— Você fez a coisa certa contando a Thierry. Clay precisava saber que havia consequências pra suas ações, pra aprender a não fazer algo assim novamente — Seus ombros se levantaram com uma inspiração profunda. — Eu conheci um cara assim uma vez. Ele também tá morto.

Eu não esperava que ele dissesse isso.

Zayne continuou:

— Sabe, as pessoas pensam que os Guardiões estão acima do mal por causa da pureza das nossas almas. Até mesmo outros Guardiões pensam isso, mas o que ninguém leva em consideração é que, assim como os humanos, também temos livre-arbítrio. Os Guardiões não estão acima de atos malignos, e o que somos não deveria nos proteger das consequências.

Olhei para ele pelo que pareceram cinco longos minutos.

— Nunca ouvi ninguém dizer isso.

— É, bem, isso precisa ser dito com mais frequência.

Ele tinha razão.

— Quem matou o Guardião que você conhecia?

— Um demônio — respondeu. — Um demônio o matou pelo que ele tentou fazer a outra pessoa.

— Não sei como responder isso — O que era verdade. Especialmente quando Misha afirmou que Zayne trabalhava com demônios.

— A maioria não saberia. Tenho uma pergunta pra você. Como você matou Clay?

— As lâminas — menti. — Eu o acertei... no pescoço — Um ponto vulnerável, mesmo para os Guardiões. — Foi rápido.

— É — murmurou Zayne, estudando-me.

Baixei o olhar.

— Eu... eu o matei, e não me sinto mal por isso, porque tava me defendendo — Eu não sabia por que estava dizendo isso a ele, mas não conseguia me conter. — Mas eu preferia não ter precisado mata-lo.

Zayne não respondeu por um longo momento e depois se sentou fluidamente, apoiando os braços nas pernas.

— Você fez o que precisava fazer. É tudo o que precisa dizer pra si mesma agora.

Sendo um Guardião, ele já matara muitas vezes. Todos demônios. Não era o mesmo que matar um Guardião ou um ser humano.

— Você já...?

— Já o quê? — ele ecoou, abrindo os dedos sobre os joelhos.

Sacudi a cabeça.

— Não importa. É idiotice.

— Deixa que eu decido se é idiotice.

Cruzando os braços, respirei fundo.

— Você já matou demônios. Provavelmente centenas, senão milhares, mas alguma vez teve de matar um Guardião ou... um humano?

Zayne olhou nos meus olhos.

— Não, mas cheguei muito perto, e houve momentos em que quis.

— Mesmo? — Pensei no Guardião que ele conheceu, aquele morto por um demônio.

Ele assentiu.

— Se eu tivesse conseguido, não teria sentido um momento de culpa por isso. Guardiões não são inerentemente bons — repetiu. — Isso foi algo que levei muito tempo pra perceber, mas obviamente você não precisou de tanto tempo assim.

— Não, eles não são — sussurrei, sentindo que estava cometendo um ato de traição.

— Eu gosto dele — falou Minduim, lembrando-me que ele ainda estava lá.

Lembrei do que Misha tinha dito, sobre a garota parte demônio e ele trabalhando com demônios.

— Posso te perguntar uma coisa?

Zayne se recostou novamente e, mais uma vez, os músculos em seus ombros e barriga fizeram coisas interessantes que eu gostaria de poder ver mais de perto.

— Claro.

— É verdade... que você já trabalhou com demônios?

Algo tremeluziu sobre o rosto dele, mas desapareceu rápido demais para eu decifrar o que era.

— Alguém tem sussurrado no seu ouvido.

— Talvez.

Ele inclinou a cabeça para o lado.

— O que você pensaria se eu dissesse que era verdade?

Boa pergunta.

— Não sei. Acharia que é inacreditável.

— A maioria acharia isso.

— Mas?

— Mas acho que a maioria das pessoas também acharia que ver fantasmas e espíritos é inacreditável — disse ele.

Minhas sobrancelhas se juntaram quando olhei para Minduim, que me mostrou seu dedo médio. Os meus lábios estremeceram.

— Ver fantasmas e espíritos não é o mesmo que trabalhar com demônios.

— Não é, mas pra algumas pessoas, fantasmas e espíritos *são* demônios.

— Como se atrevem! — Minduim exclamou.

— Mas isso não é verdade — argumentei.

— Não tô dizendo que é, mas tem humanos por aí que acreditam nisso.

Franzi a testa para ele.

— O que você tá tentando provar com esse argumento de Chewbacca?

— Argumento de Chewbacca?

— É, você tá só dizendo um monte de palavras sem sentido e colocando-as juntas como se elas significassem alguma coisa.

Parecia que ele estava segurando uma gargalhada.

— O que tô dizendo é que os Guardiões não são puros e inocentes apenas por causa do nosso nascimento. O mesmo poderia ser dito sobre alguns demônios não serem malignos e corruptos.

O meu queixo caiu. Ele estava dizendo que havia alguns demônios que não eram maus? Isso era conversa de doido varrido acompanhada de uma pitada de periculosidade.

— Você acha isso por causa do meio demônio que seu clã acolheu? — perguntei.

Tudo sobre ele mudou em um instante. Sua mandíbula enrijeceu e aqueles olhos se transformaram em gelo.

— Isso não é da sua conta. Precisa de mais alguma coisa? Se não, tenho coisas pra fazer.

Eu me sobressaltei, magoada com a forma inesperada com que ele se fechou para mim e como me dispensou.

— Tudo bem, então. Não preciso de mais nada. — Eu andei para a porta, depois parei. — A propósito, tem um fantasma sentado na sua cômoda — eu disse a ele, e sorri maleficamente quando vi a cor desaparecer de seu rosto. — O nome dele é Minduim, e ele gostou muito de você. Divirta-se com isso!

Capítulo 13

A conversa com Zayne ficou na minha mente o resto da manhã e até a tarde, dificultando o foco em qualquer outra coisa.

A maneira como Zayne se fechou depois de eu ter mencionado a meio demônio foi bem reveladora, mas também foi o fato de ele ter insinuado que nem todos os demônios eram malignos. Eu nem sequer conseguia processar isso.

Assim como eu não podia processar que eu realmente falara com ele sobre como me sentia depois de matar Clay. Isso fez eu me sentir incomodada e desconfortável na minha própria pele, porque eu não deveria sentir nada depois do que fiz ontem à noite além de aceitação. Afinal, Matthew e Thierry estavam certos.

Eu era uma arma.

E uma arma não se sentia mal por matar em legítima defesa.

Suspirei enquanto esfregava as mãos por baixo dos óculos. Eu tinha coisas mais importantes com que me preocupar do que as reações de Zayne ou os meus sentimentos subitamente sensíveis. Como o fato de que Clay foi capaz de me acertar com suas garras. Eu precisava treinar mais e me preparar melhor.

Eu precisava descobrir como trabalhar sem depender dos meus olhos, porque eu deveria ter sido mais rápida do que Clay. Deveria ter tido cuidado suficiente para manter uma distância entre nós.

Minduim flutuou sobre a minha cama, chamando a minha atenção. Ele estava nadando de costas ao longo do quarto. Eu realmente não tinha ideia do que dizer sobre isso.

— O que você tá fazendo? — perguntei ao fantasma.

— Fazendo meu exercício diário — Ele chegou à janela com cortinas. — Eu tenho que ficar em forma.

Baixei as mãos.

— Fantasmas ganham peso?

— Sim. — Ele começou a nadar de volta para mim.

— Eu não acho que isso seja verdade.

— Você é um fantasma? — ele perguntou.

— Não — suspirei.

— Então, como você sabe?

— Não preciso estar morta pra entender que fantasmas precisarem ficar em forma não faz sentido lógico ou científico.

Minduim nadou acima da minha cabeça.

— Não sabia que você era cientista. Devo começar a te chamar de dra. Marrow?

Revirei os olhos.

— Eu vou ter uma barriga tanquinho igual ao Gostosão. — Parando no meio do meu quarto, logo abaixo do ventilador de teto, ele começou a fazer abdominais.

— O nome dele é Zayne. — Meus olhos se arregalavam a cada abdominal. Toda vez que ele se erguia, a pá do ventilador de teto cortava sua cabeça.

— Eu vou ficar trincado — continuou Minduim, grunhindo a cada subida. — Vou ter um abdômen de aço. Vou ser tão grande quanto o Hulk Hogan e o Randy Savage.

Olhei para ele.

— Sem dor, sem ganho — prosseguiu. — O suor é a glória.

— Você tá suando?

Minduim parou e olhou para mim como se eu estivesse faltando um parafuso.

— Fantasmas não suam.

O meu queixo caiu.

— Você consegue ouvir o que tá falando?

— Não exatamente — respondeu ele. — Eu não tô acreditando que você disse a ele que eu tava no quarto quando você saiu.

Sorri alegremente com a memória.

— Eu achei que ele ia fazer um descarrego no quarto.

— Isso funciona?

— Funciona quando os irmãos Winchester fazem.

Olhei para ele.

— Você não presta.

Metade do corpo de Minduim desapareceu quando ele sorriu para mim.

— Presto, é só saber usar — Ele desceu do teto, parando a cerca de trinta centímetros do chão. — A propósito, ouvi Thierry e Matthew falando sobre algo estranho.

— E só agora você vem me falar isso?

— Tenho estado ocupado, Trin. A minha agenda tá cheia. Como você acabou de ver, eu tive que começar meu treino...

— O que você ouviu? — interrompi-o.

— Não muito. — Seus pés tocaram o chão. — Quer dizer, foi esta manhã, quando eles estavam no quarto.

— Minduim, eu não quis dizer que você podia entrar no quarto deles.

Ele levantou os ombros.

— Se eles vão ter uma conversa secreta, isso vai acontecer no quarto deles. — O fantasma tinha razão, mas ainda assim. — Como eu estava dizendo, eu os ouvi falando sobre terem cometido algum tipo de erro. Matthew disse isso, mas Thierry disse que eles não eram os únicos que cometeram um erro.

Minhas sobrancelhas se uniram no meio da testa.

— Matthew disse algo assim ontem à noite. Não disseram qual foi o erro?

Ele balançou a cabeça.

— Não, mas depois Thierry disse que não tinha nada que pudesse ser feito agora. Que já tava "ficando certo" sozinho. Não faço ideia do que isso significa. E você?

— Não — sussurrei, balançando a cabeça. — Não faço ideia.

— Você vai à cerimônia final amanhã? — Jada perguntou enquanto caminhava em direção às instalações de treinamento comigo.

Apertando os olhos contra o brilho ofuscante do sol da manhã por trás dos meus óculos de sol, dei de ombros.

— Não sei.

— Thierry vai querer você lá. — Ela passou o braço pelo meu. — E eu quero você lá.

— Pra não sofrer de tédio sozinha?

Jada riu.

— Talvez.

Lancei-lhe um longo olhar, o que a fez rir ainda mais. A cerimônia final da Premiação durava horas. Entre os discursos e o jantar, eu ficaria maluca, mas como ainda não tinha ido a nada da Premiação ainda, provavelmente deveria dar as caras.

— Não tenho nada pra vestir — disse-lhe.

Ela bufou.

— Eu tenho um vestido que você pode pegar emprestado... E não olhe pra mim desse jeito. Tenho muitos vestidos que cabem em você.

Eu gemi quando abri a porta e saímos do sol quente para o frescor do salão interno.

— Onde está Misha, a propósito? — Jada perguntou.

Empurrando os óculos de sol para o alto da minha cabeça, eu tomei a frente do caminho.

— Ele tá com Matthew. Estão interrogando os treinadores pra ver se conseguem alguma informação sobre... Clay. Ver se ele disse alguma coisa sobre o que... planejava fazer.

Jada balançou a cabeça enquanto soltava o meu braço.

— Ainda não consigo acreditar. Nem Ty. Tipo, o cara era um idiota, mas eu não imaginaria algo assim.

— Eu também não. Eu só acho que... Acho que nunca sabemos do que as pessoas são capazes.

Jada ficou quieta enquanto me seguia pelas numerosas salas que estavam ocupadas por Guardiões. Eu estava indo para a que Misha e eu usávamos com frequência, já que geralmente estava disponível.

— Você acha que deveria estar aqui? Sem Misha? Não que você não possa se defender, obviamente, mas...

— Mas Misha tá ocupado, tô cansada de ficar no meu quarto e a coisa com Clay foi um evento isolado. Pelo menos, é o que achamos. E sabe o que Minduim tava fazendo ontem o dia todo?

— Só Deus sabe.

— Ele tava nadando de um lado pro outro no meu teto, "malhando" — Mudando a bolsa de couro para a dobra do meu braço, caminhei em direção à porta azul sem janela. — Ele tava fazendo abdominais e polichinelos enquanto cantava "Beat It", do Michael Jackson. Se eu passar mais um segundo lá dentro, vou perder a cabeça.

— O quê? — Jada se engasgou com outra risada. — Ah, meu Deus, essa é a coisa mais bizarra que já ouvi.

— Bem-vinda à minha vida — murmurei, abrindo a porta e parando de vez. — Ah.

Jada esbarrou nas minhas costas.

— Por que você...? — Ela parou de falar quando viu o que eu vi, que foi Zayne e Dez treinando.

Eles não notaram nossa presença enquanto Dez atacava Zayne. O Guardião loiro saiu do seu alcance com a graça ágil de um dançarino, correndo sob o braço estendido de Dez. Ele se ergueu atrás do Guardião mais velho, pegando-o pelos ombros enquanto se curvava para baixo. Eu não tinha ideia de como ele fez o que fez a seguir, porque ele não passava de um borrão de velocidade. Em um piscar de olhos, ele tinha Dez completamente fora do chão e acima de sua cabeça, segurando-o. Um segundo depois, Zayne jogou Dez no tatame.

— Meu Deus — murmurou Jada.

— Aham. — Eu acenei com a cabeça, tensionando quando Zayne se endireitou, afastando uma mecha de cabelo que havia caído sobre o seu rosto enquanto olhava para onde estávamos.

Dez gemeu enquanto rolava de lado.

— Isso não doeu nem um pouquinho.

Zayne riu quando se voltou para Dez, estendendo a mão.

— Temos companhia.

— Estou vendo. — Ele pegou a mão de Zayne e ficou de pé. Ele nos deu um aceno, que retribuímos. — É bom ver que tenho uma audiência enquanto me arrebento. — Ele colocou uma mão na parte inferior das costas. — Vocês deveriam ter aparecido quinze minutos atrás, quando eu derrubei Zayne no tatame.

Zayne sorriu.

— Isso só aconteceu na sua cabeça.

— Que mentira. — Dez estalou as costas como um quiropraxista habilidoso. — Vocês precisam de alguma coisa?

— Não — respondi, ainda visualizando Zayne erguendo Dez no ar como se o Guardião não pesasse nada mais do que um saco de arroz.

Zayne inclinou a cabeça.

— Bem, estávamos procurando uma sala disponível — corrigi.

— A gente não sabia que vocês estavam aqui — acrescentou Jada.

— Já terminamos — disse Dez. — Bem, *eu* terminei. — Ele deu uma olhadela para Zayne antes de se concentrar em mim e Jada. — Vocês estão aqui para praticar com as adagas?

A surpresa me levou a apertar a minha bolsa de couro.

— Zayne me disse que você era muito boa com elas — acrescentou Dez enquanto Zayne se movia para um canto da sala, com os braços cruzados sobre o peito.

— Sou boa o bastante.

— Boa? — Jada riu, empurrando-me para a frente. — Ela é melhor do que a maioria dos Guardiões.

Sem escolha, fui em frente, olhando furtivamente para Zayne enquanto parava ao lado dele. Não tínhamos nos despedido exatamente em bons termos da última vez em que nos falamos, e ele estava anormalmente quieto.

— Você me daria uma pequena demonstração? — Dez pediu.

— Claro — Jada respondeu por mim, e eu me virei para olhar para ela. Ela pegou a sacola das minhas mãos e atravessou a sala até a mesa. — Ela adora se exibir.

Isso era... verdade.

Normalmente.

Neste momento, queria apenas voltar para o meu quarto, porque quando olhava para Zayne, já não o via jogando Dez no tatame.

Eu o via tão claro como o dia em nada mais do que uma toalha, o peito úmido e...

— Você tá me encarando de novo. — Zayne se inclinou, sussurrando no meu ouvido. — Só achei que você devia saber.

— Não tô — retruquei, com as bochechas corando quando virei de costas para ele. Dez estava observando-nos com curiosidade. Assim como Jada, que estava fazendo um péssimo trabalho de tentar não sorrir enquanto me entregava as minhas adagas.

— Como tá o seu braço? — Zayne perguntou enquanto eu caminhava para o lado, alinhando-me com os contornos de aparência humana do outro lado da sala.

— Bem — Eu fechei os dedos em torno do peso familiar do cabo. — Como tá o seu humor?

— Como é?

— Tá melhor do que a última vez que te vi? — perguntei, lutando com um sorriso quando o vi franzir a testa.

— *Estava* melhor — disse ele depois de um momento.

Eu sorri para isso quando levantei a lâmina.

— Me diz onde acertar.

— Em qualquer lugar? — Dez se virou para o manequim. — Que tal o... peito?

— Isso é muito fácil — disse Jada. — Escolhe outra área.

— Certo — Dez riu um pouco. — A cabeça?

A cabeça era um borrão menor de bege, mas a memória muscular se apossou de mim, e eu deixei a lâmina voar. Atingiu o alvo, acertando o centro do rosto do manequim.

— Caramba — disse Dez.

— Acerta o pescoço — comandou Jada.

Sorrindo, mudei a adaga para a minha mão de arremesso. A lâmina também atingiu onde eu mirei, bem no meio da garganta.

Dez se virou para mim.

— Acho que poderíamos usar você para ensinar nossos guerreiros.

Meu sorriso se alargou enquanto Jada corria para o manequim, recuperando as adagas.

— Você é boa, muito boa. — Um meio sorriso apareceu no rosto marcante de Zayne quando olhei para ele. — Mas é um pouco mais difícil quando o alvo não tá parado.

— Eu sei — retruquei. — Você quer tentar?

— Nem. — Ele descruzou os braços. — Tenho mais habilidade nas coisas corpo a corpo.

Eu disse a mim mesma para calar a boca, mas minha boca começou a se mover antes que eu pudesse me segurar.

— Aposto que também sou melhor nisso.

Zayne bufou.

— Trinity, você é mais esperta do que isso.

— Ah, sou mais esperta mesmo. — Eu o enfrentei com o olhar. — Você acha que é melhor só porque é um Guardião?

— Sei que sou melhor porque tive anos de treinamento e você praticou o básico — disse ele, uma suposição que não era nem remotamente correta. — Sem contar que sou maior e mais forte do que você.

Lancei-lhe o tipo de sorriso que irritava Misha de um jeito que o fazia querer arrancar os cabelos.

— Velocidade e inteligência sempre vão prevalecer sobre força e peso — Fiz uma pausa. — Você não devia saber disso?

Sua mandíbula endureceu quando ele olhou para mim.

— Tenho a sensação de que você insultou a minha inteligência.

— Jamais — contestei.

As sobrancelhas de Zayne se levantaram.

— Você realmente acha que pode contra mim?

— Eu não *acho* nada. Eu sei.

Seus olhos se estreitaram.

— Sabe, de repente tô com muita fome — anunciou Jada, colocando minhas adagas na sacola.

— Quê? — Virei-me para ela, as mãos nos quadris. — Acabamos de comer.

— É, mas tô com vontade de uma sobremesa — Olhos cintilando malícia, ela sorriu para Dez. — Você já teve a oportunidade de experimentar os cupcakes de red velvet que tem na cafeteria?

— Não, ainda não. — Dez sorriu tão largamente que foi um milagre não ter quebrado o seu rosto. — Adoraria provar.

— Ótimo — Jada lançou um olhar de esguelha para Zayne. — Você pode garantir que ela volte pra casa inteira, Zayne?

Eu abri a boca para falar, mas Zayne respondeu, escárnio pingando de seu tom:

— Seria um prazer.

Esquecendo-me de Jada e Dez, voltei-me para Zayne.

— Uau. Você podia pelo menos parecer que quer fazer isso.

— Eu disse que seria um prazer. — Aqueles olhos pálidos se fixaram nos meus.

— Então sua ideia de prazer deve ser muito diferente da minha.

— Sabe... — ele apertou o lábio inferior entre os dentes. — Vou ter de concordar com isso. Vamos lá, pegue suas lâminas e eu te acompanho de volta.

Eu tinha a sensação de que ele tinha me dado um fora, e perguntar se sair com demônios era algo que ele achava prazeroso subiu até a ponta da minha língua, mas eu consegui não abrir a matraca. Eu era uma encrenqueira, mas não tanto.

Mas eu não estava pronta para voltar para a casa.

Eu estava ansiosa e cheia de energia e sentindo a necessidade de provar a mim mesma.

— Então você tá admitindo que eu consigo te derrubar. Sabe disso, certo?

Zayne olhou para mim como se eu falasse uma língua antiga e desconhecida.

— Não admiti nada disso.

— Então vamos lá. — Recuei, apontando para ele com a minha mão. — Pode vir.

Ele riu. Uma gargalhada profunda e sincera que ativou o meu modo cretina na capacidade máxima.

— Você não pode estar falando sério.

— Tô falando super sério.

— Olha, eu não curto derrubar garotas pra provar minha técnica ou habilidade, especialmente alguém que acabou de se machucar — disse ele, virando-se. — Vou pegar suas adagas pra...

Esperei até que ele estivesse a um mero passo de distância antes de saltar para a frente, ligeira e leve. Pulei, agarrando-lhe os ombros enquanto lhe dava uma joelhada nas costas com força. Zayne caiu, mais por surpresa, mas eu já esperava isso. Usando os ombros dele como apoio, eu me lancei sobre ele, pousando em um giro que fez meu braço ferido doer quando me ergui em um pulo e virei para encará-lo.

Zayne já estava de pé, de boca aberta, olhando para mim.

— Mas que diabos?

— O que era aquilo sobre derrubar garotas?

Um sorriso lento e provocador lhe puxou os lábios.

— Você tá fora de si.

— Só não ache que precisa pegar leve comigo — disse, e então eu avancei sobre ele.

Zayne desviou em uma direção para evitar um choque brusco, mas eu esperava por isso. Girando, eu o acertei no abdômen com um chute lateral que o fez grunhir. Ele girou, pegando meu braço bom enquanto eu segurava o dele. Usando-o para me equilibrar, saltei e virei, dando um chute giratório feroz que o empurrou por vários metros.

— Tem certeza de que teve anos de treinamento? — provoquei, aproximando-me gradualmente dele.

Várias mechas de cabelo tinham se soltado, roçando-lhe as bochechas enquanto ele me encarava.

— Você tem certeza de que só teve algumas sessões de treinamento?

— Adivinha? — Eu desviei do seu braço e caí no chão, plantando as palmas das mãos no tatame enquanto estendia as pernas, dando-lhe uma rasteira. — Eu menti.

— Dá pra perceber — ele grunhiu.

— Admita. Sou melhor que você.

Soltando o ar com força, ele pulou na planta dos pés.

— Não vou admitir isso ainda, princesa.

— Princesa? — repeti, piscando. — Eu não sou uma princesa.

— Tô impressionado. — Ele sorriu, sarcástico, e então voou em um chute borboleta que eu quase não vi a tempo.

Eu o bloqueei com uma risada selvagem. Golpe após golpe, fomos atacando um ao outro. No início, quando o ataquei pela primeira vez, ele estava contendo-se, mas a cada soco e pontapé que atravessavam as suas defesas, ele parava de brincar.

Zayne bloqueou uma série de chutes e socos que teriam derrubado um ser humano de bunda no chão. Ele acompanhava os movimentos com facilidade.

— Bora lá, *Trinity*, você não consegue fazer melhor do que isso? Tô ficando entediado.

A maneira como sua boca entoou meu nome enviou um arrepio pela minha coluna e um rubor na minha pele. Odiei aquilo.

Com uma risada de escárnio, eu girei nos meus calcanhares para um chute circular que acertou suas duas pernas idiotas. Ele desabou com força e caiu de costas, grunhindo. Ofegante, eu fui até onde ele estava deitado de bruços.

— Tá entediado agora, paspalho?

Zayne tossiu quando rolou de lado e olhou para mim.

— Paspalho? Em que geração você tá vivendo?

Movendo-se rápido como um raio, ele pegou as minhas pernas antes que eu pudesse vê-lo se mexer. Ele agarrou a ponta do meu pé e puxou.

Incapaz de me segurar, estatelei-me sobre o seu corpo firme. Eu me recuperei rapidamente, fechando minha mão em volta da sua garganta enquanto montava nele.

— Se eu tivesse as minhas adagas, você estaria morto agora.

Ele abaixou o queixo, e então seu olhar se ergueu para o meu. Aqueles olhos pálidos não estavam mais tão gelados agora. Estavam cheios de fogo, e fiquei um pouco hipnotizada olhando para eles. As pupilas começaram a se esticar verticalmente, um sinal claro de que ele estava perto de se transformar.

— Eu ganhei.

— Não exatamente — disse ele.

Pisquei.

— Ganhei. Não tem como...

Minhas palavras terminaram em um guincho quando ele se impulsionou para cima, cruzou as pernas sobre a minha cintura e me colocou de costas no chão em um giro de seus quadris. Em um piscar de olhos, ele me prendeu debaixo dele.

— Você ganhou? — Ele sorriu para mim.

Tentei chutar com as pernas, mas a força de ferro de suas coxas as prendiam ao chão. Quando levantei a parte superior do corpo para desequilibrá-lo, ele rapidamente me forçou para baixo com uma força pura e bruta, segurando e prendendo meus pulsos no tatame acima da minha cabeça.

— Velocidade e inteligência vão te levar longe — disse ele, abaixando a cabeça tão perto da minha que as pontas de seu cabelo tocaram a minha bochecha —, mas velocidade, inteligência *e* força sempre vencem no final.

Ainda incapaz de admitir a derrota, joguei a cabeça para trás enquanto conseguia esquivar uma perna debaixo dele. Eu estava pronta para plantar meu pé em um ponto sensível, mas libertar a minha perna fez com que algo totalmente inesperado acontecesse. O corpo dele se deslocou e se assentou entre as minhas pernas, alinhando os nossos corpos em um ângulo muito interessante. Seu torso firme e as pernas se pressionaram contra mim de uma forma que me fez pensar em outras coisas — coisas que não envolviam lutar, mas que incluíam menos roupas.

Com o rosto a centímetros do meu, os nossos olhos se encontraram. Parei de me mexer. Posso ter parado de respirar.

Houve uma mudança rápida na atmosfera ao nosso redor, uma carga repentina de tensão inebriante enquanto uma onda selvagem de desejo rodava dentro de mim, debatendo-se para se libertar. Isso me lembrou da minha *graça* iluminando as minhas veias, ardendo na pele e na carne.

A respiração se tornou difícil à medida que continuávamos a olhar um para o outro. Zayne não se afastou de mim, e eu achava que ele já deveria ter se mexido, mas ele ainda estava em cima de mim, aquelas pupilas continuando a se alongarem. Seus lábios carnudos abertos.

Eu... Eu o *desejava.*

Eu nunca tinha sentido desejo de verdade antes, mas estava queimando-me por dentro. Desejo. Necessidade. *Isto* era o que estava faltando quando eu beijara alguém antes. *Isto* era o que anseio realmente era, e quando levantei a cabeça do tatame, deixando as nossas bocas tão próximas que pude sentir seu hálito nos meus lábios, pensei que poderia me afogar nele. Zayne não se afastou. Em vez disso, parecia que ele ficou ainda mais imóvel.

Eu o beijei.

Não era exatamente um beijo no início, apenas um roçar dos meus lábios contra os dele, e quando ele não se mexeu, pressionei com mais força, sentindo um arrepio ao toque de nossas bocas até as pontas dos dedos dos pés. Toquei-lhe os lábios com a ponta da língua, lambendo-o.

As mãos dele apertaram os meus pulsos e depois me libertaram. Um segundo vacilantes mais tarde, suas mãos se moveram, deslizando pelos meus braços, os calos ásperos ao longo de suas palmas fazendo a minha respiração falhar.

E então eu não era mais a única beijando.

Zayne pressionou o toque, seus lábios quentes movendo-se contra os meus pelo segundo mais breve e mais quente, e então ele *sumiu.*

Ele se apartou de mim, agachando-se na planta dos pés, respirando pesado enquanto sua pele escurecia e endurecia. Eu não conseguia mais ver seus olhos, mas sabia que as pupilas estavam verticais.

Ele estava começando a se transformar, e eu...

Sentando-me, arrastei-me para trás enquanto respirava fundo. O que é que eu tinha acabado de fazer? Eu o tinha beijado. Bem, na verdade, eu meio que o lambi, e ele estava olhando para mim como se eu tivesse feito exatamente isso.

Cacete.

Todo o meu corpo parecia ter ficado vermelho-beterraba quando me levantei, instável e tonta.

— Desculpa — eu disse, recuando. — Eu... Eu não queria ter feito isso.

Ele se levantou lentamente, observando-me como se eu fosse um animal selvagem capaz de atacá-lo a qualquer momento.

— Me desculpa mesmo... — eu me virei e, para meu horror, vi Misha parado na entrada, com uma mão segurando a porta aberta.

Eu corri pelos tatames até lá sem olhar para trás, nem mesmo quando passei por Misha e entrei no corredor muito mais frio.

Cacete, eu beijei Zayne.

Eu o beijei, e ele se lançou para longe de mim como se um foguete estivesse amarrado nas suas costas.

— Trinity — chamou Misha.

Continuei a andar depressa, com as mãos abrindo e fechando nas laterais do meu corpo. No que eu estivera pensando?

Misha me alcançou.

— O que foi aquilo tudo?

— Nada — eu disse, respirando trêmula. — Absolutamente nada.

Capítulo 14

— Você... você o beijou? — Jada perguntou, sua voz abafada do outro lado da porta do banheiro. — Quando eu fui embora ontem, achei que vocês dois iam só, sei lá, continuar a discussão-flerte. Mais uma vez, você excedeu as minhas expectativas.

De pé em frente ao espelho, tentei puxar o corpete do vestido emprestado, mas no momento em que o soltava, ele escorregava, deixando-me com um decote generoso até demais.

Suspirei, desistindo. O vestido branco também era um pouco apertado nos quadris, mas era o comprimento perfeito e se assentava bem no resto do meu corpo. Ia ter que ser o jeito, já que Jada estava ameaçando me arrastar para a cerimônia final, não importava o que eu estivesse vestindo.

Colocando as mãos para trás, peguei meu cabelo e trouxe as mechas grossas sobre meus ombros nus. Nada mal. Isso escondia o fato de que o meu braço estava quase curado, o que era muito suspeito, além de o cabelo cobrir parcialmente a região do peito.

Parcialmente.

— Trinity?

Fechei os olhos, provavelmente borrando o rímel que eu tinha roubado do quarto de Jada. Uma grande parte de mim desejava não ter dito nada a ela, mas tinha de contar a alguém.

Teria implodido se não tivesse contado.

— Eu o beijei — disse, abrindo os olhos e pegando um tubo de batom cor de pêssego.

— E ele te beijou de volta? — ela perguntou.

— Eu... não sei — Tirei a tampa.

Houve uma pausa.

— Como você não sabe disso, Trin?

— Bem, no começo, achei que sim, mas agora, quanto mais penso nisso, menos tenho certeza. — Passei o batom e apertei os lábios. — Quer dizer, foi um beijo rápido. — Breve até demais, mas eu ainda lembrava da sensação da boca dele contra a minha. — E ele meio que se lançou pra longe de mim.

Houve um longo momento de silêncio.

— Ele disse alguma coisa?

— Não — Suspirei novamente, sentindo-me confusa, envergonhada e zangada, o que realmente não era uma boa combinação.

Eu não via Zayne desde ontem à tarde. As adagas e os óculos de sol que eu deixara na sala de treino tinham aparecido magicamente hoje de manhã na ilha da cozinha. Ou Zayne os havia devolvido ou Misha os havia recuperado.

— Não sei o que dizer — disse Jada, enfim.

— É, eu também não. — Abri a porta do banheiro. — Como estou?

— Maravilhosa. — Jada era quem estava deslumbrante em um vestido branco estilo grego com uma fita dourada amarrada em torno de sua cintura fina. — Bem o suficiente para ser beijada de volta.

Eu pisquei lentamente para ela.

— Vocês podem parar de falar sobre beijos?

Arquejando, passei por Jada e vi Misha sentado na beira da minha cama, vestindo calças de linho preto e uma camisa estilo túnica sem mangas combinando.

— Há quanto tempo você tá aqui?

— Tempo suficiente pra saber por que você saiu correndo da sala de treinamento com o rosto feito uma pimenta.

— Odeio você — murmurei, cruzando os braços.

— Talvez você não queira fazer esse movimento — aconselhou Jada, olhando meu peito. — Você vai estourar uma costura.

Revirando os olhos, descruzei os braços.

— Odeio vocês dois.

— Não somos nós que estamos saindo por aí beijando caras aleatoriamente — observou Misha.

— Eu também não!

— Olha, isso não é a mesma coisa que com Clay — disse Jada, defendendo-me. — Ela não chutou Zayne por uma janela depois.

Abri a boca para falar e voltei a fechá-la.

— Bem, eu meio que o chutei várias vezes antes do beijo.

As sobrancelhas de Misha se arquearam.

— Por que é que você é tão violenta?

Levantei as mãos e depois as deixei cair.

— Preciso de ajuda profissional.

Ainda sentado na minha cama, Misha assentiu sombriamente.

— Mas vocês não entendem — eu disse, sentindo-me chorona além da conta quando olhei para Jada. — Você tem Ty — E então me virei para Misha. — E você tá começando a se envolver com Alina. Thierry tem Matthew, e eu sei que você acha que Zayne é um cara ruim — eu disse a Misha —, mas eu não acho que ele seja, e eu só quero... eu só quero um pouquinho disso. Eu quero ser...

Você é uma arma, Trinity.

— O quê? — Jada perguntou baixinho.

— Nada. — Sacudi a cabeça. — A gente não devia ir andando?

— Não, não é nada. — Jada bloqueou meu caminho, tornando-se uma força estática. — O que você quer?

Fui treinada para lutar — para matar quando necessário. Eu tinha a *graça*, uma arma poderosa que poderia matar demônios e Guardiões e tudo mais. Eu tinha sido uma arma desde o nascimento, e muito poucas coisas me assustavam, mas eu não tinha coragem de dizer o que queria.

Que era *ser* desejada por algo diferente daquilo para o qual nasci.

Misha se levantou da cama, colocando um braço sobre os meus ombros.

— Vamos lá, ou vamos chegar atrasados.

Por um momento, eu não achei que Jada fosse ceder, mas ela acenou com a cabeça e se virou com um gracioso movimento das suas saias. Depois de me guiar para fora do meu quarto, Misha nos parou no topo da escada e eu me preparei para um sermão daqueles. Quando ele falou, sua voz era um sussurro contra o meu ouvido.

— Eu sei o que você quer — disse ele, apertando-me contra a lateral do seu corpo. — Você quer ser desejada, e não há nada de errado com isso, Trin. Nem um pouquinho.

Havia um espírito no Salão Nobre.

Eu sabia que ele definitivamente não estava no time dos vivos de carne e osso porque seu corpo estava fazendo aquela coisa de oscilar, e embora ele estivesse logo atrás de Dez e Nicolai, eles não o notavam, chegando ao ponto de empurrar suas cadeiras através do espírito mais de uma vez.

Dez e Nicolai estavam sentados logo na nossa frente, no lado oposto da mesa larga. Havia uma cadeira vazia do outro lado de Nicolai, e se eu tivesse alguma esperança de que Zayne fosse aparecer — algo que eu não tinha — eu teria ficado desapontada.

Ele não viria à cerimônia.

Não que eu tenha ficado surpresa. Zayne dissera que isso não era o tipo de coisa que ele curtia, e se tivesse percebido que eu viria, não poderia culpá-lo por querer estar em qualquer lugar menos aqui.

Eu me sentia como uma idiota — uma idiota que não entendia limites pessoais. Soltando uma respiração exagerada, eu disse a mim mesma que não importava.

Os Guardiões de DC iriam embora amanhã, partindo com os reforços de que precisavam. Tudo voltaria ao normal pela manhã — bem, para o mais normal que as coisas pudessem ser, mas sem Zayne aqui, eu pararia... pararia de querer o que não poderia ter.

Enquanto eu brincava com a borda do meu guardanapo, meu olhar se voltou para o espírito. Ele ainda estava atrás de Dez e Nicolai, como se fizesse parte da conversa deles.

Era tão bizarro. O espírito tinha um vago senso de familiaridade sobre ele, mas eu nunca tinha visto aquele homem antes. Ele estava ligado a Dez e Nicolai de alguma forma? Ou era outra pessoa aqui?

De qualquer forma, enquanto eu o observava com cautela, eu sabia que ele definitivamente tinha visto a luz e atravessado. Seu tom de pele era de um dourado saudável, e se sua imagem não estivesse oscilando, ele pareceria ser humano, e era por isso que, muitas vezes, com meus olhos ruins, eu confundia espíritos com pessoas vivas de carne e osso.

Ele era um homem bonito com uma cabeça cheia de cabelos loiros avermelhados que me lembrava um leão. Ele era grande e de ombros largos, e imaginei que, se estivesse vivo, teria chamado a atenção de todos aqui.

Teria sido um Guardião? Era possível. Eu já vira alguns espíritos Guardiões antes.

Alguém riu.

Desviando o meu olhar do espírito, olhei para a ponta da mesa. Thierry estava encontrando-se com alguém, então o assento estava vazio. Matthew estava sentado ao lado de Jada e da mãe dela, seu cabelo avermelhado uma visão ardente nas luzes brilhantes do saguão.

Voltei a olhar para o espírito. Ele estava olhando para a entrada, as sobrancelhas unidas.

— O que você fica olhando, Trinity? — Dez perguntou.

Putz.

Aparentemente, eu não estava sendo tão discreta como pensava. Já que eu não sabia se Nicolai ou Zayne tinham contado a Dez sobre a coisa do *eu vejo gente morta*, forcei um sorriso.

— Nada. Só distraída.

Ele levantou uma sobrancelha.

— O jantar tá tão entediante assim?

Franzi os lábios.

— Você acreditaria em mim se eu dissesse que não?

Dez soltou uma risada enquanto se recostava na cadeira.

— Nem um pouco.

Sorrindo, olhei para o palco. Thierry já tinha feito o seu discurso, mencionando as habilidades e sucessos daqueles Guardiões que receberiam a Premiação. Ainda tínhamos os discursos dos treinadores para assistir, e depois haveria o baile.

Misha colocou o braço ao longo das costas da minha cadeira e inclinou o corpo em direção ao meu, abaixando o queixo.

— O que é que você tá olhando? — ele sussurrou.

Baixei o olhar.

— Você não quer saber.

— Um fantasma? Minduim?

Sacudi a cabeça.

Ele ficou quieto por um momento.

— Um espírito?

— Sim.

— Interessante — ele murmurou, olhando para onde o espírito estivera, mas que agora se fora.

Mas que diabos...?

Examinando o salão grande e bem iluminado e as paredes em mármore cor de creme, finalmente o vi no centro do cômodo.

Aproveitando a oportunidade para me distrair, afastei a cadeira da mesa.

— Volto já.

Misha agarrou os braços da cadeira, prestes a se levantar, mas eu o impedi.

— Você não precisa vir — disse a ele, ciente de que Dez e Nicolai estavam observando-nos. — Vou ao toalete.

Um olhar de dúvida cruzou seu rosto, mas ele voltou a se sentar, sabendo que se me seguisse agora, pareceria super esquisito. Sorri para ele, imaginando a série de xingamentos que ele estava inventando enquanto acenava com a cabeça para os dois Guardiões à minha frente.

Tive o cuidado de não esbarrar nas mesas que o espírito *atravessou* enquanto os ocupantes endireitavam seus pratos e velas, expressando sua confusão em exclamações.

Acelerei o passo, passando por dois guerreiros em treinamento esperando nas portas. No corredor com uma iluminação muito mais suave, olhei para os dois lados. Havia pessoas aqui, conversando em grupinhos. Demorou alguns instantes, mas vi o espírito mais uma vez no final do corredor, junto às portas que levavam ao jardim. Um segundo depois, ele passou por elas.

Agarrando a saia do meu vestido para não tropeçar, desci pelo corredor e parei às portas. O jardim era iluminado apenas por luzinhas de pisca-pisca e tochas. O que era pior para a minha visão do que um lugar extremamente luminoso?

Quase nada de luz.

Suspirei, usando o quadril para abrir a porta, e saí para a varanda, para o ar quente do início de junho. Os meus passos eram cautelosos, pois lembrei que havia uma escadaria. Minha percepção de profundidade não era a melhor à noite. Lentamente, percorri meu caminho até a passarela pavimentada.

Eu não ouvia qualquer pessoa do lado de fora enquanto seguia o caminho, perguntando-me se sequer seria capaz de ver o espírito aqui fora.

Passando pelo que pareciam ser vários bancos vazios, segui a curva do caminho e fiquei surpresa quando descobri que fluía para uma área aberta e bem iluminada por várias lâmpadas antiquadas. Havia uma estátua no meio, um anjo de batalha erguendo uma espada para o alto com um braço e segurando a cabeça de um demônio na outra mão.

Dei a volta na estátua apenas para estacar no lugar quando vi o espírito do outro lado. O meu coração deu um salto, como sempre fazia quando eu estava tão perto de um fantasma ou espírito, não importava quantas vezes eu tivesse visto um.

Ele estava encarando a estátua, e agora que estávamos mais perto, eu não conseguia me livrar da sensação familiar em suas feições. Talvez eu o tivesse visto antes, quando ele estivera vivo.

Soltando a saia do meu vestido, olhei em volta. Eu não ouvia mais alguém aqui, mas isso não significava que o lugar estava vazio.

Mordi a unha do polegar, a curiosidade levando-me a um estado de imprudência.

Ignorei a forma como o meu estômago dava cambalhotas. Era uma reação estranha à presença do espírito, uma que eu não entendia, então afastei esse sentimento para alongar-me nele mais tarde...

— Olá — disse o espírito.

Surpreendida, dei um passo para trás quando o espírito se voltou para mim e, da cintura para baixo, tornou-se transparente. Senti os meus olhos se arregalarem.

— Você sabe que eu posso te ver?

— Por que você pensaria que eu não sei?
— Porque você está morto? — sugeri.
Um lado de seus lábios se contraiu em um meio sorriso que desencadeou pequenos arrepios ao longo dos meus braços.
— Sim, mas eu não sou o primeiro espírito que você vê.
— Não — eu disse. — Não mesmo. Como sabe disso?
O espírito me estudou por um momento.
— Eu apenas sei.
— Que resposta vaga — eu disse. — Que tal eu te fazer outra pergunta. Você atravessou, certo? — Quando ele acenou com a cabeça, envolvi os braços em volta da cintura, protegendo-me da brisa fresca da montanha que batia no jardim, mexendo as folhas. — Mas você tá de volta.
— Estou.
Esperei que ele elaborasse, mas quando não o fez, insisti:
— Por que você voltou?
O sorriso fraco desapareceu quando ele olhou para a estátua.
— Eu queria ver.
Minhas sobrancelhas se uniram no meio da testa.
— Ver o quê?
Vários minutos se passaram antes de ele dizer:
— Ver o quanto eu estraguei tudo.
A compreensão passou por mim. Este espírito estava de volta porque ele se arrependia de algo que tinha feito ou deveria ter feito, ou de algo que ele disse ou desejou ter dito.
Eu poderia ajudá-lo com isso.
— Você é um Guardião, não é? — perguntei.
O espírito assentiu.
— E você... você não é uma Guardiã.
— Não.
Ele olhou para mim, o rosto quase transparente.
— Eu sei quem você é.
Assustada por essa afirmação, eu não sabia o que dizer. Nunca encontrei um espírito ou fantasma que soubesse quem eu era. Teria ele vivido aqui? Talvez quando eu era pequena?
— Você sabe?
— Estar morto torna algumas coisas tão mais claras, enquanto outras nem tanto. — Ele me encarou abertamente, suas feições tornando-se mais nítidas, mais claras. — Agora eu sei por que voltei neste momento.
Um arrepio percorreu a minha espinha.

— Engraçado como o destino tem uma maneira de se corrigir contra todas as probabilidades, não é? — ele disse.

Certo, esta era a conversa mais bizarra que eu já tivera com um espírito, e eu já tinha tido algumas conversas realmente fora de órbita, mas ainda mais absurdo: não era isso que Minduim tinha ouvido Thierry dizendo?

Antes que eu pudesse lhe perguntar o que ele quis dizer, suas feições foram subitamente marcadas com uma tristeza tão pesada que eu pude senti-la em meu próprio peito. Um segundo depois, ele se dissipou no ar. As minhas sobrancelhas ergueram quando a brisa levantou um fio do meu cabelo e o jogou em meu rosto.

Esperei.

Ele não voltou a se materializar.

Franzindo a testa, descruzei os braços.

— Por que você foi embora?

— Não consigo entender por que alguém iria embora com você aqui.

Capítulo 15

O meu coração quase saltou do peito ao som de uma voz profunda, carregada de riso e uma pitada de sarcasmo. A bainha do meu vestido rodou em torno dos meus tornozelos enquanto eu girava.

— Zayne — eu disse, com os olhos tão arregalados que tinha certeza de que parecia um inseto esmagado.

Ele parecia da realeza, parado em pé a poucos metros de mim, vestido com o traje cerimonial de um guerreiro. Calças de linho branco e túnica sem mangas combinando. Seu cabelo estava solto, quase tocando-lhe os ombros.

Fiquei tão chocada com a sua presença repentina que só fiquei parada ali, olhando para ele, e só conseguia pensar no fato de que eu o tinha beijado. E talvez — talvez ele tivesse retribuído o beijo, mas mesmo que isso fosse verdade, ele definitivamente tinha se afastado de mim como se eu estivesse em chamas. Ele não tinha se perdido perante o desejo caótico e rodopiante que me atravessava.

Um lado de sua boca se curvou para cima enquanto eu continuava a encará-lo sem qualquer pudor.

— Você tá bem? — Um momento se passou. — Tô começando a ficar um pouco preocupado.

O calor varreu meu rosto enquanto eu saía do meu estupor. Encontrei a minha voz:

— Perdão. Você me assustou.

Aquele meio sorriso se abriu.

— Dá pra perceber. Não era minha intenção. — Ele olhou para a estátua e depois para mim. — Mas, assim, eu tava meio quieto.

— Obviamente — respondi, com as mãos inquietas nas laterais do meu corpo.

Um momento se passou enquanto ele olhava ao redor do jardim.

— Então, alguém... foi embora e deixou você aqui?

Assenti. Achei divertido provocá-lo sobre a presença de Minduim no outro dia, mas não tanto agora.

— Você tá vestido como se estivesse participando da Premiação — eu disse.

— Estou.

— Você não tava lá dentro.

— Decidi participar de última hora. — Uma mecha de cabelo loiro caiu contra sua bochecha e ele estendeu a mão para afastá-la para trás da orelha. — Tô surpreso em ver que você tá aqui.

Ele estava? E foi por isso que ele decidiu comparecer, porque achava que eu não estaria aqui? Juntei as mãos e levantei o queixo.

— Tô aqui contra a minha vontade, basicamente.

Zayne riu.

— Não consigo imaginar alguém te obrigando a fazer algo contra a sua vontade.

Meus lábios se contraíram em resposta.

— Bem, como você pode ver, não tô exatamente participando da cerimônia, e também não parece que você esteja. — Olhei em volta, sem ver o espírito. — Eu nem tenho certeza se deveria estar aqui, pra ser sincera.

— Por que não? — ele perguntou.

— Estes jardins supostamente são sagrados — expliquei. — Apenas guerreiros treinados são permitidos aqui.

Ele inclinou a cabeça e pareceu me analisar.

— Não consigo acreditar que esta seja a primeira vez que você não segue as regras.

Dei de ombros.

— Não posso te culpar muito — disse ele. — Eu prefiro ficar por aqui, olhando para as árvores e esta estátua, do que dentro daquele salão.

Incapaz de me conter, eu ri.

Zayne se aproximou.

— Mas isto é definitivamente algo bem melhor do que olhar pra estátuas e árvores.

Havia um estremecimento minúsculo no centro do meu peito que ignorei.

— Isso não é nada demais.

— Vou ter que discordar. — Aquele sorriso se alargou ainda mais. — Isso é muita coisa.

Eu não sabia como responder a isso.

— É uma noite linda. — Ele levantou o olhar. — Céu limpo e todas essas estrelas visíveis.

Seguindo o olhar dele, apertei os olhos e pude ver os fracos brilhos. Eu sabia que eram mais brilhantes para ele, e Zayne provavelmente podia ver muitas mais. Eu podia ver... quatro. Fechei o olho direito. Correção. Eu podia ver três. Meus ombros se retraíram.

— Sim — murmurei, afastando o sentimento opressivo de fatalidade.

— E você... você parece uma deusa, Trinity. Linda.

Senti a minha respiração ficar presa na garganta quando meu olhar disparou para o dele. Ele estava falando sério? Eu estava confiante de que pouquíssimas pessoas, se é que existia alguma, olhariam para mim e pensariam *deusa*. Jada? Sim. Eu? Estava mais para a safada ninfa da árvore fugindo dos deuses.

Zayne desviou o olhar, limpando a garganta, e eu queria ouvi-lo dizer aquelas palavras novamente quando um tipo diferente de calor varreu minhas bochechas e minha garganta.

— Mesmo? — sussurrei e, no momento em que essa palavra saiu da minha boca, arrependi-me.

Ele baixou o queixo e eu pensei que seu sorriso de canto de boca tivesse se aberto por completo.

— Sim, sério.

Mordi o lábio para evitar sorrir como uma idiota.

— Obrigada — eu disse —, você não tá nada mal também.

Ele soltou uma risada quando olhou para mim.

— Na verdade, eu esperava falar com você. Queria conversar sobre ontem.

Todos os músculos do meu corpo ficaram tensos quando fechei os olhos.

— Sobre ontem. Eu... lamento a forma como me comportei.

— Por qual parte do seu comportamento você tá se desculpando? — ele perguntou, soando como se tivesse se aproximado.

Abri meus olhos, descobrindo que ele estava a apenas um passo de distância.

— Bem, devem ter vários aspectos do meu comportamento ontem pelos quais eu poderia me desculpar.

— Como me incitar a lutar contra você? — ele sugeriu.

Apertando os lábios, acenei com a cabeça.

— Sim, isso, mas...

— Ou por ter insinuado que eu não fui treinado o suficiente?

— Acho que não insinuei isso.

— Ah, eu acho sim.

Os meus dedos apertaram as saias do vestido.

— Certo, então talvez eu tenha feito isso, mas eu estava me desculpando por...

— Por me chamar de paspalho?

Eu tinha chamado Zayne disso.

— Ou você tá se desculpando por mentir sobre ter um treinamento básico? — ele continuou calmamente.

Comecei a franzir a testa.

— Ah, espera. — O seu olhar se ergueu para o meu. — Você tá se desculpando por se recusar a admitir a derrota quando eu ganhei?

Respirei fundo.

— Você já terminou?

— Não sei — O sorriso lento e provocador me irritava e me excitava, e essa última emoção me frustrava ainda mais. — Esqueci de alguma coisa?

— Sim — retruquei. — A única coisa pela qual eu ia me desculpar.

— Que é?

Ele ia me forçar a falar em voz alta. Cretino.

— Por beijar você. — O meu rosto ardia como um fogo do mármore do Inferno.

Zayne inclinou a cabeça para o lado e um longo momento se passou.

— Essa é a única coisa pela qual você não precisa se desculpar.

— O quê?

Ele levantou um ombro.

— Aconteceu. Não precisa se desculpar.

— É, mas eu não devia ter feito isso — eu disse. — Quer dizer, ninguém devia andar por aí beijando as pessoas, e não era como se você tivesse afim...

— Você não sabe o que eu tô afim ou não.

Eu me calei, sem saber como entender isso. O que diabos ele estava querendo dizer? Eu estava confiante de que não poderia ser a única pessoa que ficaria completamente confusa com essa afirmação.

— Aconteceu — disse Zayne, sua voz baixa.

— Aconteceu? — repeti. — Você tá fazendo parecer que eu escorreguei e a minha boca caiu na sua.

Zayne riu, e foi uma risada genuína, agradável e profunda.

— Não é engraçado.

— A maneira como você acabou de descrever foi muito engraçada.

— Que bom que você pensa assim. — Suspirei, afastando o meu corpo do dele.

— Trinity, você não é a primeira garota que me beija.

— Nossa. — O meu olhar se voltou para o dele. — Você tem esse problema com frequência? As garotas se atiram aleatoriamente em cima de você?

— Eu não diria que você se jogou em cima mim, nem tenho esse problema. O que eu quis dizer é que você... sentiu algo e agiu de acordo com esse sentimento. Isso acontece.

Sentindo-me mais inexperiente do que nunca em toda a minha vida, não tinha ideia do que dizer. Não era nem um pouco aceitável sentir algo e simplesmente agir de acordo com o sentimento, e eu tinha uma forte suspeita de que ele estava dizendo aquilo para fazer eu me sentir melhor. Embora eu agradecesse a intenção, na verdade fazia eu me sentir pior.

— Bem, de qualquer forma, eu queria me desculpar — disse, limpando a garganta. — Eu provavelmente deveria voltar...

— Há quanto tempo você tá treinando? — ele perguntou, impedindo-me. — Não tem como você ter aprendido tudo aquilo com só algumas sessões com Misha ou qualquer um dos treinadores aqui.

Porque eu tinha sentido a necessidade de me exibir ontem, agora eu estava encurralada pelas minhas próprias ações.

— Eu tive uma... quantidade substancial de treinamento. Provavelmente tanto quanto qualquer um dos Guardiões passando pela Premiação.

Zayne provavelmente já tinha percebido isso, mas ainda havia uma margem de surpresa estabelecendo-se em suas feições.

— Por que eles treinariam uma humana assim?

E essa era a pergunta de um milhão de dólares, mas era a pergunta que eu não poderia responder. Não com a verdade.

Zayne balançou a cabeça.

— Isto é o que eu não entendo sobre você. Você é humana, mas pode ver fantasmas e espíritos, e, sim, eu sei que outros seres humanos podem fazer isso, mas você tá morando com Guardiões e treinou com eles até o ponto que consegue aguentar uma luta com um de nós.

— Eu gosto de pensar que fiz mais do que aguentar a luta contra você — observei, o que não me ajudava nem um pouco.

— Tem razão. Você matou um de nós em legítima defesa — disse ele, e uma fatia fria de consternação cortou meu estômago. — Você foi atacada, e nenhuma pessoa aqui, incluindo você, parece estar preocupada com isso.

— As pessoas estão preocupadas. Eu tô preocupada...

— Tá mesmo? — ele desafiou. — Porque você tá vagando sozinha como se não estivesse nem um pouco preocupada que alguém aqui quisesse te fazer mal.

— Eu não deveria estar exatamente vagando por aí, e a ameaça a mim, bem, foi eliminada. Não é como se eu estivesse aqui dando bobeira.

— É exatamente isso que você tá fazendo — respondeu Zayne com secura. — O que você tava fazendo aqui, a propósito? Você tava falando com alguém.

Suspirei.

— Estava.

Suas sobrancelhas se arquearam quando ele cruzou os braços.

— Eu vi um... espírito.

Os olhos de Zayne se arregalaram de maneira sutil.

— Aqui? Durante a Premiação?

Ele soava tanto como Misha que tive de rir.

— Sim, os espíritos estão por toda parte. Até mesmo aqui. Mas foi estranho. — Olhei para a estátua. — Eu nunca o tinha visto antes, mas ele parecia saber quem eu era. — Dei de ombros. — Acho que ele foi um Guardião aqui.

— Você... vê espíritos de Guardiões?

Acenei com a cabeça, aliviada por estar em águas mais seguras e bem menos constrangedoras.

— Não os vejo com frequência e nunca vi um fantasma de um, mas vi alguns espíritos.

Zayne parecia refletir sobre isso.

— Por que você acha que nunca viu um fantasma de um Guardião?

— Acho que todos eles atravessam — expliquei. — Ao contrário dos humanos, eles têm muito pouco a temer após a morte.

— Acho que sim... — Os cantos da boca dele se viraram para baixo. A tensão exalava de Zayne enquanto ele olhava para as árvores e arbustos que nos rodeavam. Ele ficou tão quieto que eu nem tinha certeza de que estava respirando. Então seus braços se descruzaram.

Um nó de mal-estar cresceu no meu estômago, espalhando-se como um vírus, e então senti — como um hálito quente contra a minha nuca, um súbito peso no fundo da minha coluna...

Meu olhar feroz saltou ao redor do jardim, de Zayne à estátua e a todos os recessos sombrios à nossa volta.

Demônios.

Demônios estavam por perto.

Minha respiração ficou presa quando a mão de Zayne se fechou no meu braço. Um choque de eletricidade dançou de seus dedos até a minha pele e subiu pelo meu braço, seguido por um estranho senso de percepção aguçada, mas a sensação foi rápida e então eu não estava mais pensando nisso.

Em um segundo eu estava de pé ao lado da estátua, falando sobre fantasmas e espíritos, e no próximo eu estava girando pelo ar enquanto Zayne me empurrava para trás dele e me segurava ali, *acima* do chão por uns bons quinze centímetros.

Aconteceu... alguma coisa aconteceu — com Zayne. O braço em volta da minha cintura era como aço e as costas coladas contra o meu peito ficaram tão duras quanto pedra e tão quentes como se aquecessem sob o sol. Houve um som de algo rasgando, de tecido rompendo, e então uma rápida agitação de ar que levantou os fios de cabelo ao redor do meu rosto enquanto as asas de Zayne se abriam.

Zayne estava transformando-se.

Respirei de maneira trêmula enquanto o ar ao nosso redor parecia explodir.

Capítulo 16

Um grito assustado se alojou em minha garganta quando Zayne se dobrou, levando-me ao chão, de joelhos.

Mas que Inferno estava acontecendo?

O meu cérebro não conseguia processar os berros vindos de todas as direções, o rugido das sirenes disparando e o som de vidro quebrando, e os gritos — os gritos agudos de terror. Passamos de estar falando sobre espíritos para o mundo inteiro explodindo à nossa volta. Nenhuma quantidade de treinamento poderia ter me preparado para isto, para reagir tão depressa quanto era preciso.

Algo bateu no chão perto de nós, quicando do mármore e enfiando-se profundamente no solo.

Projeteis.

Havia projéteis, e isso não fazia sentido. Demônios não usavam armas.

Lascas de cimento e pedregulhos voaram para cima, atingindo a lateral do meu rosto e dos braços. Mordi o lábio até sentir o gosto do sangue, fechando os olhos com força. Não importava o quão incrível eu fosse, meu corpo era parte humano. Projéteis não eram meus amigos e estavam chovendo à nossa volta.

Dentro de mim, o zumbido, o calor poderoso da minha *graça* se agitou, despertando.

O braço de Zayne se apertou em volta da minha cintura e senti a próxima respiração que ele deu como se fosse minha.

— Fique abaixada.

Não tive oportunidade de responder. Um segundo depois, seu braço deslizou da minha cintura e sua mão se plantou no centro das minhas costas. Empurrada para o chão, senti meus dedos se estenderem contra o pavimento quebrado. Então o peso e o calor deixaram meu corpo em uma onda de vento e o som de asas batendo no ar.

Algum tipo de instinto natural e primitivo tomou conta, silenciando a voz do bom senso que me dizia para manter a cabeça baixa. Levantei o queixo. Eu pisquei e, em seguida, apertei os olhos, tentando ver através dos fios de cabelo que já obscureciam a maior parte da minha visão naturalmente prejudicada.

Eu vi...*pernas* — pernas vindo na minha direção.

Zayne pousou na minha frente em um agachamento que sacudiu o chão. Meu coração saltou quando me levantei em um cotovelo, empurrei o cabelo para fora do meu rosto e o vi.

Vi Zayne por quem ele realmente era.

Quando ele se ergueu a sua altura completa, tinha a mesma forma e tamanho que tivera momentos atrás, mas agora a camisa de túnica branca pendia de sua cintura em tiras rasgadas. Músculos estavam contraídos ao longo de suas costas nuas, movendo-se sob a pele cinza-ardósia profunda, e sua... do tamanho do Texas, suas asas estavam abertas para ambos os lados, uma envergadura de pelo menos dois metros e meio, talvez três? Partindo o cabelo loiro, dois chifres ferozes se enrolavam para trás.

Sempre pensei que Misha era grande para um Guardião, mas ele nem se comparava a Zayne.

Ele disparou para a frente, e houve um grito agudo de dor. Algo caiu no chão. Um momento depois, percebi que era uma espécie de espingarda. A próxima coisa que atingiu o chão foi um corpo, seu pescoço posto em um ângulo estranho e torcido. Meu estômago se revirou quando Zayne girou para a direita, levantando-se do chão e descendo novamente. Houve o som de um tapa, de pele e músculo distendendo. O som de mais tiros soou quando meus dedos cavaram no chão.

Eu não entendia isto — nada disto. Demônios não usavam armas e projéteis eram praticamente inúteis contra Guardiões. Uma vez que se transformassem, a pele deles não poderia ser perfurada por um projetil.

A minha poderia, por isso fiquei abaixada e virei a cabeça para a direita, em direção ao Salão Nobre. O fogo rápido soava como se estivesse vindo de todos os lugares ao mesmo tempo, e Jada estava lá. Assim como Misha, Matthew e todo mundo.

Eu não podia ficar aqui deitada. Empurrando-me para cima com os braços, eu...

Um estrondo alto perfurou meus ouvidos e então não houve som algum. De repente, a noite se transformou em dia em um lampejo de luz ultra brilhante e branco-alaranjada. Uma explosão de ar quente e escaldante se seguiu, com uma força que me impulsionou de volta para o chão, roubando o ar dos meus pulmões. Atordoada, fiquei congelada por um momento, e então detritos começaram a atingir o chão. Grandes pedaços de cimento caíam à minha volta. Colocando os braços sobre a cabeça, grunhi enquanto o mundo parecia desmoronar.

Então o mundo parou de acabar.

O som voltou em uma força alucinante, e gritos — tudo o que eu ouvia eram gritos e pessoas chamando por nomes.

Com braços e pernas tremendo, eu me ergui até ficar de joelhos e vi uma nuvem branca e espessa ondulando ao lado do prédio. Onde costumava haver um muro, havia agora um buraco com fios dependurados. Os holofotes se acenderam com uma série de ruídos altos, e uma luz brilhante se derramou no jardim, penetrando na fumaça. O cheiro de metal e plástico queimados e de algo que me lembrava um... um churrasco me cercou enquanto eu estendia a mão para me estabilizar. Seja lá o que agarrei, acabou partindo quando me levantei. Olhei para baixo, vendo que estava segurando a espada da estátua, e uma risada quase histérica subiu na minha garganta.

Lutando para respirar enquanto a nuvem de poeira pesada e branca fluía pelo jardim, tropecei em detritos e tentei encontrar abrigo. Eu não via Zayne nem ninguém. A explosão tinha sido próxima, e eu não fazia ideia de que tipo de dano poderia causar a um Guardião ou o quão perto ele estava dela.

— Zayne? — gritei, estremecendo com a secura na minha garganta. Tentei de novo.

O pânico me invadiu com garras afiadas enquanto eu tentava enxergar através da fumaça espessa. Apertei o braço de ferro enquanto gritava.

— Zayne?

Eu não achava que alguém pudesse me ouvir sobre os gritos e os sons das sirenes que alertavam todos na comunidade sobre uma invasão e que era necessário se abrigarem em um lugar seguro.

A nuvem de fumaça branca se agitou à minha frente, dissipando-se e clareando. Vi um homem — ele usava um smoking e uma máscara branca. Outra daquelas máscaras de boneca assustadoras, de porcelana, com os círculos cor-de-rosa pintados nas bochechas e o sorriso vermelho brilhante.

A mesma máscara que Clay usara.

— Mas que diabos? — sussurrei.

Meu olhar caiu. Ele estava segurando alguma coisa, e meu corpo reagiu antes que meu cérebro processasse o que era aquilo.

Balançando a espada de pedra o mais forte que pude, eu atingi o braço dele, derrubando a coisa — o rifle — de suas mãos. Houve um grito de dor que me lembrou brevemente um guincho que um animal faria. Não parei por aí. Ergui o punho, acertando o homem mascarado debaixo do queixo, empurrando a cabeça para trás. Ele caiu no chão, contorcendo-se.

Soltando a espada de pedra, saltei para a frente e me sentei sobre o agressor. Eu não pensei enquanto agarrava a cabeça da criatura e torcia bruscamente. Ele estremeceu debaixo de mim antes de ficar imóvel. Fechando meus dedos sob a máscara, puxei até que a alça que a segurava no lugar se rasgasse. Eu me vi olhando para o rosto de um…

— Humano. — Cambaleei para trás, atordoada. Este homem... ele era humano. Eu balancei a cabeça vagarosamente enquanto me levantava e recuava.

Comecei a entender. Eu senti demônios, mas este homem não era um deles, e de repente fez sentido. Às vezes, eu podia sentir a presença de demônios minutos antes que os Guardiões conseguissem. Eu não tinha sentido os homens no jardim, nem os tinha ouvido como Zayne. Os demônios não estavam aqui.

Ainda.

Uma mão pousou no meu ombro e eu arquejei. Virando-me, fiquei cara a cara com Zayne em sua forma de Guardião.

Era o rosto dele, mas não era. As maçãs do rosto ainda eram altas, mas a testa era mais larga, o nariz mais plano e a mandíbula mais larga.

Ele era bonito da forma mais primitiva possível.

— O que é que eu te disse? — Zayne exigiu com uma voz mais profunda e áspera. Vi duas presas brancas. — Eu sei que você pode lutar, mas eles têm armas. Eu te disse pra ficar abaixada.

— Eles são humanos — eu disse, respirando fundo. — Eles são humanos e eu... eu matei um deles.

A linha de sua mandíbula pareceu suavizar, mas sua voz era áspera enquanto seu olhar deslizava para o homem atrás de mim, no chão.

— Tá tudo bem. Você fez o que precisava fazer.

Abri a boca para concordar, para dizer que, sim, ele merecia morrer se fazia parte do que estava acontecendo aqui, mas eu tinha matado um ser humano, e nunca tinha matado um antes.

— Você tá bem? — ele perguntou, aquelas pupilas estranhas analisando meu rosto e então, quando ele deu um passo para trás, olhando para o resto de mim. — Você tá ferida? Trinity?

Eu me recompus.

— Tô bem. E você?

— Tô bem.

— Eles...? — Olhei em volta, para além do homem morto, até às portas por onde eu tinha entrado no jardim mais cedo. Havia... formas no chão, caídas. — Eles estão...?

— Pare — Sua outra mão se fechou na parte de trás da minha cabeça, voltando meu olhar para o dele. — Não olhe.

O meu coração se alojou na minha garganta.

— São mais humanos, não são? Tem mais deles...

— Trinity! Você tá aqui? Trinity!

Reconhecendo o som da voz de Misha, libertei-me dos braços de Zayne. Procurei desesperadamente através da fumaça que se desvanecia, precisando vê-lo para saber que ele estava bem, embora eu já soubesse que sim, porque eu teria sentido através do vínculo se algo horrível tivesse acontecido, mas eu ainda precisava dessa garantia.

Então eu o vi. Enfim. Ele estava atravessando o buraco na lateral do prédio, empurrando os fios para o lado.

— Misha! — gritei, disparando em direção a ele. Ele estava longe demais para eu ver se ele estava ferido. — Misha!

Zayne me segurou com um braço antes de eu conseguir sequer dar um passo. Agarrei-lhe o braço, a pele dura e quente debaixo dos meus dedos.

— Me solta — eu disse, e ele me puxou de volta. — Me solta!

— Não posso fazer isso.

— Quê? — gritei, puxando contra o seu aperto. — Eu preciso ir...

As asas de Zayne varreram de lado, dobrando-se sobre mim e bloqueando Misha, o jardim — o mundo inteiro.

— Caramba — eu soltei, caindo contra o peito dele. Eu não conseguia ver *nada*. Eu estava em completa escuridão, como... como se estivesse cega. Um nó de pânico amargo e cru se formou no fundo da minha garganta.

— Me escuta. — A respiração de Zayne mexeu no cabelo ao redor da minha orelha. — Não é seguro pra você atravessar o jardim. Pode haver mais humanos com armas.

— Não consigo enxergar — sussurrei, tentando respirar, mas o nó estava expandindo na minha garganta.

— Pode haver mais bombas — continuou Zayne, como se não tivesse me ouvido. — Não posso te deixar sair por aí.

— Não consigo enxergar — repeti, meu peito subindo e descendo pesadamente.

— Você tá bem. Você tá...

— Não consigo enxergar! — gritei, arranhando a minha garganta.

Suas asas se abriram tão repentinamente que a minha visão não teve tempo de se ajustar à claridade. Estremeci quando a luz brilhante atingiu os meus olhos. Pisquei várias vezes, minha visão focando assim que Misha conseguiu passar sobre uma parede de pedra caída.

— Trin — ele exclamou. Seu rosto estava coberto de fuligem. Havia uma mancha vermelha debaixo do seu nariz. — Você tá bem?

— Ela tá — respondeu Zayne, soltando o braço da minha cintura.

Libertei-me e encontrei Misha a meio caminho.

— Como está Jada? E Ty? E Thierry e Matthew...

— Eles estão bem — Seu olhar disparou para Zayne. — O que aconteceu aqui?

— Eles apareceram... humanos — eu disse a ele, olhando por cima do meu ombro. — Eles apareceram com armas, disparando, e eu matei um deles.

Misha segurou meu rosto, seu olhar procurando o meu.

— Você...?

Eu sabia o que ele estava perguntando.

— Não usei.

— Que bom. — Ele deixou cair as mãos, voltando-se para Zayne. — Ela não devia estar aqui fora.

Essa declaração me pegou desprevenida.

— Ele não me fez vir aqui. Eu tava aqui sozinha e nos esbarramos.

Misha encarou Zayne como se tudo isto fosse culpa dele, o que era ridículo, e neste momento a sua raiva extraviada não era importante.

— O que diabos aconteceu? Eles eram humanos — eu disse, apontando o óbvio. — Mas eu senti... — Eu me segurei antes de deixar escapar que eu tinha sentido um demônio. Como humana, isso era impossível.

Zayne olhou para mim, seu rosto duro e brutal computando.

— Sentiu o quê?

— Senti medo — menti, voltando para Misha. — Havia demônios?

— Não, só humanos — ele rosnou, voltando-se para Zayne. — Apareceu algum demônio aqui fora?

— Não. — Zayne ainda estava olhando para mim, suas asas pesadas contraindo-se e mexendo o ar ao nosso redor. — Só humanos.

— Mas ainda é *possível* que tenham demônios — disse eu, segurando os braços de Misha.

Misha entendeu o que eu não podia dizer. Eu podia senti-los. Estavam perto. Ele acenou com a cabeça e eu soltei seu braço.

— Não entendo o que aconteceu aqui — Balancei a cabeça, atordoada enquanto me voltava para o Salão Nobre. Eu nem queria pensar em como os humanos passaram pelos muros. Eram *sempre* vigiados, e isso significava...

Isso significava que havia Guardiões mortos.

Capítulo 17

Misha tinha me levado de volta para a casa principal, e ficamos só nós. Eu estava andando de um lado para o outro pelo vestíbulo, ainda naquele vestido idiota, mas eu tinha corrido até o quarto para pegar as minhas adagas, apenas por precaução.

— Cadê Jada? — perguntei, meu estômago dando cambalhotas.

— Acho que ela foi com Ty até a casa dele pro *lockdown* — disse ele, de pé junto às janelas da frente. — Eu sei que ela tá segura, Trin. Assim que as armas começaram a disparar, ela se transformou, assim como Ty, e então ele a fez sair com ele.

Um pouco de alívio penetrou em meus músculos tensos.

— E você tem certeza de que Thierry e Matthew estavam bem?

— Sim. Os únicos ferimentos que vi eram bem superficiais. — Ele olhou por cima do ombro para mim. — Tem certeza de que *você* tá bem?

— Sim. Só uns arranhões. — Eu passei por ele, a saia balançando ao longo das minhas panturrilhas. — Não consigo acreditar que eles eram humanos trabalhando com demônios. No começo, pensei que eles podiam ser aquele pessoal da Igreja dos Filhos de Deus, mas se eles odeiam Guardiões, por que trabalhariam com demônios?

As costas de Misha estavam rígidas.

— Porque esses idiotas não percebem que demônios são reais. Eles seriam facilmente manipulados por demônios ou por qualquer um que lhes desse a oportunidade de infligir violência contra nós.

Era verdade, mas…

— Mas eles estavam usando as máscaras, Misha. — Estremeci. — A mesma máscara que Clay estava usando e... e Wayne foi morto por um demônio nas proximidades. A patrulha disse que não havia nenhum sinal, mas estavam claramente errados. E ainda consigo sentir a presença de demônios.

— Eu disse a Thierry. Estão à procura. — Misha se virou da janela. — Alguma coisa realmente tá rolando.

Eufemismo do ano.

— Onde você acha que Thierry e Matthew estão? — perguntei, estressada como um... como uma humana.

— Provavelmente estão nos muros.

Os muros estavam a menos de um quilômetro e meio, e o Salão Nobre estava no caminho. Havia vários campos de futebol de distância separando a casa principal da comunidade e do outro muro, muito menor, mas se os demônios ou humanos rebeldes e idiotas chegassem aqui, nesta casa, eles teriam rasgado esta comunidade como uma lâmina corta tecido.

A maioria dos Guardiões, com exceção daqueles que patrulhavam os muros e treinavam as turmas, não eram guerreiros habilidosos. Havia mais mulheres e crianças do que homens, e devido à estrutura ridícula e ultra sexista, as Guardiãs não eram treinadas.

Nem mesmo Jada.

Virei-me, girando nos calcanhares e depois parei quando a sirene disparou de novo. Misha e eu paramos de nos mexer, paramos de respirar, enquanto ouvíamos. Se disparasse duas vezes, estava tudo limpo. Três vezes significava que a coisa estava muito, muito ruim.

A sirene tocou uma vez, duas vezes, enquanto a sensação opressiva familiar se instalava em meus ombros... e então uma terceira vez antes de largar a casa em um silêncio assustador.

Um arrepio varreu minha espinha quando me virei para Misha. À luz brilhante do saguão de entrada, seus cachos avermelhados pareciam chamas de outono.

— Os demônios estão aqui.

— Estão. — As pupilas de seus olhos azuis brilhantes começaram a se esticar verticalmente. Sua mandíbula estava dura quando ele se virou para as grandes portas de ferro fundido.

Em todos os anos em que vivi entre os Guardiões nas Terras Altas de Potomac, nunca houve uma invasão, muito menos algo assim.

Um tremor percorreu meus braços enquanto eu caminhava em direção à porta, encontrando-a destrancada.

— Trin, não...

Abri a porta e o ar escuro da noite entrou correndo, varrendo meus braços nus.

— Você realmente acha que uma porta vai detê-los se eles chegarem tão longe?

— Pelo menos os atrasaria.

O cimento frio da varanda gelou meus pés quando saí. Eu não conseguia ouvir qualquer coisa. Nem mesmo um pássaro ou o chilrear de um inseto, como se pudessem sentir a anormalidade no ar.

Estava quieto, quieto demais, enquanto eu olhava para a entrada de carros iluminada pelos poderosos holofotes e para além, na escuridão que nenhuma luz podia penetrar.

— Você consegue ver alguma coisa? — perguntei.

Misha veio ficar ao meu lado no topo dos degraus. Mesmo que meus olhos não fossem uma porcaria, a visão dele ainda seria um milhão de vezes melhor que a minha.

— Não vejo nada — relatou Misha, olhando para mim. — A não ser esse vestido. Você podia ter trocado de roupa. Tudo o que um demônio vai ver são teus...

— Cala a boca — resmunguei.

— Sabe, talvez você devesse ir pro muro — continuou ele. — Tenho quase certeza de que se algum demônio te visse com esse vestido, pensaria duas vezes antes de tentar nos sitiar.

Eu o empurrei.

— Você é um idiota. Zayne disse que eu parecia uma deusa.

Ele bufou.

— Mesmo?

— E ele disse que eu tava linda. — Desta vez, dei-lhe uma cotovelada.

— O mesmo cara que não retribuiu o teu beijo? O mesmo cara que te avisei pra ficar longe? — Misha me empurrou para trás e eu esbarrei no guarda-corpo. — Você achou que eu não ia falar disso de novo?

Revirei os olhos.

— Agora realmente não é hora de me dar um sermão sobre isso. Por que não espera até não estarmos sob o cerco de humanos e demônios?

Ele suspirou.

— Você devia voltar pra dentro, Trin.

Ignorei o que ele disse, como fazia com a maioria das coisas que ele ordenava ou gritava para mim.

— Você acha que Jada tá bem? — perguntei pelo que tinha de ser a quinta vez.

— Ela tá com Ty. Tenho certeza de que sim. — Ele me tranquilizou mais uma vez. — Além disso, todas as casas têm salas do pânico no caso de algo assim acontecer, e é lá que você deveria estar, mas isso não tá acontecendo. Eles vão ficar bem. Todos vão ficar bem.

A não ser que os demônios rompessem os muros e destruíssem a comunidade, queimando as casas como, ouvi dizer, tinha acontecido em uma comunidade a oeste daqui há vários meses, e esses quartos do pânico não tinham salvado a todos. Alguns dos quartos do pânico não tinham resistido ao fogo anormal que os demônios tinham empunhado.

E se isso acontecesse aqui?

Fechei os olhos enquanto um tremor me atravessava.

— A culpa é minha.

— Quê? Não, não é. — A resposta de Misha foi rápida, quase rápida demais. — Isto *não* é culpa sua.

Sentindo uma queimação subir pela minha garganta, balancei a cabeça.

— Mas é. Fui pega desprevenida por Clay e sangrei por todo o lado, Misha. Eu usei a minha *graça* quando eu deveria ter simplesmente fugido...

— Se você não tivesse usado a sua *graça*, poderia ter morrido. — Os dedos quentes de Misha tocaram as minhas bochechas. — Eu poderia ter morrido. Você se protegeu. Fez tudo o que podia fazer.

Abrindo os olhos, encontrei o seu olhar. Sob a luz da varanda, ele era uma poça de azul noturno.

— Por que você sempre tem que ser tão lógico?

Misha abaixou a cabeça para que ficássemos ao nível dos olhos enquanto seus polegares deslizavam sobre minhas maçãs do rosto.

— Porque você é sempre tão ilógica.

Uma risada esfarrapada saiu da minha boca.

— Esse é um ponto justo.

— Um ponto justo é...

A súbita erupção de calafrios ao longo da minha nuca e entre as omoplatas me roubou o fôlego. Apertando as adagas até que os cabos ficassem marcados na minha pele, eu sussurrei:

— Eles estão vindo.

Misha abaixou as mãos e encarou a entrada da garagem.

— Se afaste.

Desta vez, obedeci, dando alguns passos para trás para lhe dar espaço. Misha estava prestes a se transformar para a sua verdadeira forma, e eu não conseguia tirar os olhos dele quando ele o fazia. Eu nunca tinha sido capaz de não olhar, e eu gostaria de ter visto o momento exato em que Zayne havia se transformado.

A pele pálida e rosada de Misha foi a primeira coisa a mudar. Aprofundou-se em tonalidade à medida que sua pele endurecia, tornando-se um profundo cinza ardósia. Suas mãos se dobraram em garras afiadas o suficiente para cortar pedra. Chifres arrojados brotaram entre a confusão de cachos castanho-avermelhados. Os ossos de seus ombros se deslocaram sob a pele e as omoplatas se projetaram para fora. Asas se formaram, espalhando-se atrás dele em ambos os lados.

Eu estava certa. Misha era enorme, mas Zayne era ainda maior.

Ele olhou por cima do ombro para mim e vi que o seu rosto tinha mudado. As narinas tinham se achatado em fendas finas. Sua boca havia se alargado, dando espaço a presas que podiam rasgar carne e metal. Apenas aqueles olhos permaneceram os mesmos: azul-Guardião.

— Você vai me obedecer pelo menos uma vez e entrar em casa? — ele perguntou, sua voz mais espessa, mais rica, agora.

Eu bufei.

— E deixar você se divertir sozinho matando demônios? Rá. Não.

— Tem alguma coisa errada com você, algo terrivelmente errado. — Ele se voltou para a entrada de carros e eu sorri apesar de tudo. — E se houver mais humanos?

Minha pele esfriou enquanto meu sorriso desaparecia.

— Eu consigo lidar.

— Apenas tente mantê-la sob controle, Trin.

Eu sabia do que ele estava falando.

— Pode deixar, chefe.

O som de pés marchando ecoou pela entrada da garagem e Misha saltou, pousando agachado a vários metros dos degraus. Perdi o fôlego quando algo volumoso correu sob o holofote, e eu vi o que era.

Meu Deus, era um Rastejador Noturno.

Fiquei atordoada ao reconhecer a pele cor de pedra da lua. Eu nunca tinha visto um pessoalmente. Apenas nos livros que lemos na escola, junto de coisas normais como inglês e cálculo. Assim como os demônios Torturadores, os Rastejadores não deveriam estar na superfície, na Terra, porque eram completamente incapazes de se misturarem com os humanos. Seu veneno era tóxico, paralisando suas vítimas em poucos minutos, às vezes até menos. Este estava muito longe para eu ver os detalhes do rosto, mesmo com as luzes fortes, mas estava achando que isso era uma bênção. Eles eram notoriamente feios.

Misha se levantou do chão, mas eu podia ser mais rápida. Ajustando meu braço para trás, concentrei-me e o mundo ao meu redor desapareceu. Deixei a lâmina voar.

Atingiu o alvo, penetrando fundo no peito do Rastejador antes mesmo que Misha pudesse voar.

Os passos do demônio vacilaram quando soltou um rugido de dor e fúria, um som tão horrível que me sacudiu por dentro. Chamas irromperam de seu peito, envolvendo seu corpo em segundos.

Ferro era mortal para um demônio, e acertá-lo em um lugar vital, como o peito, deixava-o imediatamente inútil.

A minha lâmina de ferro caiu na entrada da garagem, assentando-se em uma pilha de poeira demoníaca.

Pousando a um passo de onde o Rastejador estivera, Misha olhou para mim.

— Você não consegue me ver se eu der um passo pra esquerda, mas acerta esse desgraçado em um piscar de olhos.

Outro Rastejador apareceu no limiar da luz do holofote.

— Este é meu. — Misha decolou, suas asas cortando o ar. Um segundo depois, ele colidiu com o Rastejador, derrubando-o vários metros para trás, na escuridão e no vazio que eu não conseguia ver.

Corri para a minha adaga e a agarrei, ignorando o calor do metal. Fiquei completamente imóvel, examinando a escuridão enquanto ouvia os grunhidos ecoando de onde Misha estava lutando contra o demônio. Quantos mais poderiam ter passado pelos Guardiões nos muros? Um fio de medo invadiu meu sangue, mas eu o ignorei, empurrando-o para longe para não ceder a ele. O medo podia ser útil. Poderia aprimorar os sentidos, mas também poderia sobrecarregá-los. Era uma linha tênue e perigosa de se andar, e eu não estava disposta a arriscar no momento.

Algo se mexeu para a minha direita, movendo-se muito rápido na minha visão periférica para que eu conseguisse ver. Eu girei bem a tempo quando uma forma alta e ágil se apressou na minha direção. Parecia humano. Bela como um anjo, uma mulher linda cuja beleza certamente atraíra muitos homens e mulheres para um destino terrível.

Um demônio de Status Superior.

Vi os seus olhos amarelados enquanto a sua boca se abria, a mandíbula descolando da forma mais antinatural possível enquanto ela soltava um rosnado baixo que me lembrou um gato muito grande e muito zangado. Os pelos se arrepiaram por todo o meu corpo.

Eu disparei para a esquerda, mas ela era rápida — mais rápida do que qualquer coisa que eu já enfrentara. Um zunido de ar girou ao meu redor enquanto ela agarrava um punhado do meu vestido e me jogava para o lado. Bati na lateral da varanda. Rajadas brilhantes de luzes pontilhavam a minha visão enquanto eu me levantava, ainda segurando as adagas.

O demônio estava sobre mim em um nanossegundo, agarrando meu ombro e puxando-me em direção a ela. Eu não tinha ideia do que ela planejava fazer, e eu não esperei para descobrir.

Deixei o instinto tomar conta de mim. Eu me contorci, vendo a surpresa passar pelo seu rosto um segundo antes de eu chutá-la. Meu pé acertou a lateral de seu rosto bonito, estalando a cabeça para trás com um som repugnante de osso quebrando. Ela rodou, girando de volta para mim, a cabeça pendurada em um ângulo completamente não natural, e o pescoço…

— Cara — sussurrei, olhos arregalados. — Seu pescoço tá super quebrado.

Ela soltou uma gargalhada.

— Isso não foi muito simpático da sua parte.

Era uma visão que eu não conseguiria tirar da minha mente durante muitos anos.

O demônio mulher se transformou, a sua pele tornando-se um tom de laranja profundo. Suas asas se abriram, e por um breve momento eu me permiti contemplar o quanto demônios de Status Superior se pareciam com Guardiões. Então eu disparei para a frente...

Uma mão com garras apareceu no meio do seu peito, enviando sangue escuro e espesso salpicando pelo ar. A mão puxou para trás e o demônio cambaleou para os lados. A surpresa se transformou em horror quando ela olhou para si mesma.

— Acho que era o seu coração — eu disse.

O demônio levantou o queixo e depois explodiu em chamas, incinerado onde estava.

Levantei meu olhar para onde Misha estava parado, enxugando a mão nas calças cerimoniais pretas.

— Isso foi nojento.

— Não foi você que acabou de ter a sua mão dentro dela.

— Bem, sou inteligente o suficiente para deixar as adagas fazerem o trabalho.

— Tá mais pra você precisar das adagas porque não tem essas belezinhas aqui. — Misha mexeu os dedos em garra manchados de sangue para mim. — E eu não te disse pra...

O chão tremeu quando algo grande e pesado pousou atrás de Misha. Eu tive o vislumbre de asas pretas e então Misha segurou meu braço, puxando-me atrás dele enquanto corríamos de volta para os degraus e para dentro da casa.

Se algo estava fazendo Misha correr, então era ruim, muito ruim. Olhei por cima do ombro enquanto atravessávamos a varanda, e tudo o que vi foi uma forma escura subindo lentamente os degraus, como se estivesse passeando em um parque...

Misha me empurrou para o vestíbulo, soltando meu braço enquanto girava, fechando a porta atrás dele.

Eu o encarei.

— O que era aqu...

A porta de aço foi arrancada das dobradiças, voando para trás e atingindo Misha. Gritei, disparando em direção a ele quando ele bateu na parede. A porta se estilhaçou com o impacto. Misha caiu no chão. Chegando ao seu lado, coloquei as duas adagas em uma das mãos e o agarrei pelo braço enquanto olhava para cima e congelava.

Uma escuridão espessa e oleosa encheu a porta arruinada, lambendo as paredes com gavinhas grossas. Uma onda de calor se seguiu quando soltei o braço de Misha e me endireitei.

Eu nunca tinha visto nada parecido. Eu nunca nem sequer tinha ouvido falar de nada parecido.

A escuridão esfumaçada chicoteou, acertando-me no abdômen. Erguida do chão, voei para trás e atingi o chão do corredor. Rolando contra uma parede, perdi o cabo de uma das adagas. Atordoada e desorientada, forcei-me a levantar enquanto a massa preenchia o saguão de entrada.

Deixando o instinto se apossar de mim, mirei e a adaga voou, indo para o centro da massa.

A escuridão desapareceu em um piscar de olhos e a minha lâmina empalou a parede atrás de onde ela estava. Um segundo assustador depois, a massa apareceu diretamente na minha frente.

— Puta merda — sussurrei.

A coisa tomou forma rapidamente. Em um segundo, não passava de um compilado de sombras pulsantes e vibrantes e, no outro, era um homem olhando para mim, olhos dourados e lábios curvados em um pequeno sorriso cruel.

— Olá — disse ele. — Estive procurando por você.

Tentei acertá-lo, mas ele pegou meu braço com uma mão e bateu com o punho no meio do meu peito, tirando o ar dos meus pulmões e fazendo-me perder o equilíbrio. Eu derrapei para trás, passando pelos escritórios e entrando na cozinha, colidindo nos banquinhos do bar.

O poder da minha *graça* se agitou, desperto, mas o contive enquanto arfava por ar. Girando, peguei um banquinho enquanto sentia o calor atingir as minhas veias. Não podia deixar o demônio saber o que eu era. Eu *não podia*...

Misha estava descendo o corredor com uma mão na parede, ainda em sua forma de Guardião.

O demônio de Status Superior se virou para Misha e eu arremessei o banquinho o mais forte que pude.

Nunca atingiu seu alvo.

Uma mão disparou para cima e o demônio segurou a perna do banco. Ele olhou por cima do ombro para mim e sorriu. O cheiro de lenha queimando encheu a cozinha. Um segundo depois, o banco pegou fogo, tornando-se poeira em um piscar de olhos.

— Jesus Cristo — sussurrei, sacudindo o braço para trás. Este demônio conseguia controlar o fogo.

— Não exatamente, querida.

Que se dane não usar a *graça*. Eu abri os braços, deixando o calor na boca do meu estômago crescer.

— Use! — Misha gritou enquanto algo pesado atingia a porta da cozinha e pousava no chão, o impacto como um terremoto. Sem olhar, eu sabia em meus ossos que era Zayne, e ele estava prestes a assistir ao maior show da sua vida...

Tudo aconteceu muito depressa, rápido demais para eu reagir.

Algo semelhante a reconhecimento cintilou sobre o rosto do demônio de Status Superior quando ele fixou os olhos em Zayne. Então ele girou e se atirou em direção a Misha. Colidiu com ele e então os dois estavam no ar, voando de volta para a porta da frente.

Eu disparei, seguindo-os enquanto o pânico apagava o fogo que tinha se acendido dentro de mim. Meus pés escorregaram sobre as madeiras despedaçadas no chão e tropecei na porta quebrada enquanto corria em direção à entrada da casa.

— Misha!

Zayne me pegou, sua mão quente pesada em meus ombros.

— Trinity...

— Não! Pegue Misha! — Lutei contra o aperto de Zayne, esforçando-me para me libertar. — Me solta! Temos que...

— É tarde demais.

— Não! — gritei, chutando para trás e acertando as pernas dele. — Me solta!

— Não posso. — Seus braços se cruzaram ao meu redor, puxando-me contra seu peito. — Eu não posso deixar que eles te levem. Não posso. Já se foram.

Parei de lutar, olhando para o céu, incapaz de ver as estrelas enquanto o horror se instalava. Zayne tinha razão. Misha se fora, noite adentro, escuridão adentro.

Capítulo 18

Eu estava sentada no sofá, os joelhos pressionados um contra o outro e as mãos cruzadas no colo. Eu ainda estava usando o vestido emprestado.

Estava arruinado.

A frente do vestido estava rasgada sobre os meus joelhos. Fuligem e sangue de demônio pontilhavam o corpete e a cintura. Eu precisava me trocar e tomar um banho, porque sentia que havia uma camada de sujeira e podridão me cobrindo, mas não podia sair dali até que o grupo de busca por Misha voltasse.

Um grupo grande tinha ido, incluindo Dez e Zayne. Até Matthew se juntara a eles, e agora Nicolai e Thierry estavam em um canto da sala, falando em voz baixa. Jada tinha chegado com Ty depois que soou o alarme anunciando que estava tudo seguro. Ela estava sentada ao meu lado, seus olhares nervosos saltando entre mim e Ty. Ela tinha desistido de tentar falar comigo há cerca de meia hora. Eu estava muito angustiada para formar palavras.

— O que aconteceu? Não tô entendendo o que aconteceu. — Minduim repetia incontáveis vezes enquanto flutuava perto do sofá. Eu já tinha explicado o que eu sabia, mas ele ainda não entendia, porque nada disso parecia real.

O demônio de Status Superior havia levado Misha. A raiva era uma tempestade no meu âmago, uma fúria dirigida a Thierry e Matthew e a todos no mundo, mas principalmente a mim mesma, porque eu poderia ter feito algo para impedir aquilo. Se eu tivesse usado a minha *graça* em vez de lutar contra ela, teria sido capaz de deter aquele demônio antes que pegasse Misha.

Mas, em vez disso, como em todas as malditas vezes antes, eu tinha feito o que se esperava de mim. Eu escondera o meu verdadeiro poder. Assim como aconteceu quando a minha mãe foi assassinada.

Foi mais do que a minha inação. Este demônio veio atrás de mim.

Os meus dedos se fecharam em volta dos joelhos enquanto eu apertava os olhos. Se alguma coisa acontecesse com Misha... Deus, eu nunca seria capaz de me perdoar. Eu nunca...

Vozes vindas da frente da casa me tiraram dos meus pensamentos. Meus olhos se abriram e fiquei de pé, indo para o lado de Nicolai.

Zayne e Dez entraram primeiro, em suas formas humanas, e atrás deles estava Matthew. No momento em que meu olhar encontrou com o de Matthew, eu soube — eles não tinham encontrado Misha.

Dez me alcançou primeiro, seu olhar sombrio. A compaixão gravada em suas belas feições quando ele colocou a mão no meu ombro.

— Sinto muito.

— Ele não tá morto — eu disse, respirando fundo enquanto me afastava da mão dele. — Eu sei que ele não tá morto.

Dez olhou para Zayne e depois para onde Thierry e Nicolai estavam. Eles não entendiam que eu saberia se Misha estivesse morto. O vínculo me diria se ele morresse, e eu não tinha sentido isso.

Virei-me para Thierry.

— Misha ainda tá vivo.

Ele acenou com a cabeça e depois se concentrou no grupo.

— Vocês encontraram alguma coisa?

— Sim — respondeu Zayne. — A cerca de três quilômetros daqui havia uma van na beira da estrada. O motorista ainda tava lá, mas tava morto.

— Humano? — Nicolai perguntou.

Zayne acenou com a cabeça.

— Garganta cortada. Cuidamos disso.

Cuidar disso significava que eles basicamente se livraram da van e do corpo.

— Não havia mais nada — disse Matthew cansado, sentando ao lado de Jada enquanto eu ficava em pé no meio da sala. — Nada que nos dissesse se pertenciam à igreja, mas seria seguro presumir que sim.

Isso não fazia sentido para mim.

— Demônios são manipuladores, mas havia Rastejadores Noturnos com eles. Como é que os demônios iriam conseguir escondê-los?

— Eles podem nem tê-los visto — respondeu Zayne. — Poderiam ter vindo pra cá separadamente, mas reconheci o demônio que levou Misha — Seu olhar oscilou de mim para o líder de seu clã. — Já o vi antes em Washington. Eu o enfrentei algumas vezes. Ele é rápido, forte e pode controlar o fogo, o que geralmente usa como a distração perfeita para escapar. Se chama Baal.

Baal?

Meus joelhos estavam fracos. Baal não era apenas mais um demônio antigo e poderoso.

— Baal? — Jada perguntou, olhando em volta. Todo mundo ficou super quieto. — Entendo que ele seja um demônio de Status Superior, mas sinto que tem mais nessa história?

Os Guardiões que não eram treinados recebiam apenas uma educação superficial em demonologia. Eles não aprendiam os detalhes sangrentos.

— Baal é um Rei do Inferno — explicou Nicolai. — Antigamente, ele costumava andar pela superfície como um falso deus. Um dos nossos Guardiões o viu pela primeira vez em janeiro, mas Baal não quis enfrentar ninguém. Pensávamos que ele estava na cidade atormentando um dos políticos. Baal é conhecido por sua capacidade de influenciar mentes. Toda vez que o víamos, ele mantinha distância, nos fazendo persegui-lo feito loucos pela cidade. Como Zayne disse, ele usa o fogo para ajudar nas suas escapadas. Queimou uma dezena de edifícios no processo, mas não o vemos há... Inferno, há três meses?

— A última vez que o vi foi no final de março — respondeu Zayne. — Ele foi o último demônio de Status Superior que vi na cidade.

— Você acha que ele seguiu seu clã até aqui? — Ty perguntou, de pé atrás de Jada. Ele colocou as mãos nos ombros dela.

Nicolai não respondeu por um longo momento.

— Tudo é possível, mas se nos seguiu, por que esperaria até agora para atacar? Estamos aqui há quase uma semana.

Parte de mim não conseguia acreditar que tinha sido apenas uma semana. Parecia muito mais tempo.

— Os Guardiões dos muros foram mortos de uma forma que sugere que eles não notaram o ataque — explicou Dez, cruzando os braços. — Todos foram baleados em sua forma humana, alvejados direto no peito ou na cabeça.

— O que aconteceu hoje à noite tem de estar ligado a Clay — eu disse, balançando a cabeça. — E os Torturadores? Sabemos que eles nunca aparecem sem um demônio de Status Superior por perto. Estavam bem perto dos muros, e aquele humano infeliz, Wayne, foi morto por um demônio de Status Superior. E os ataques às outras comunidades? Eles estavam procurando por...

— Estamos analisando todas as conexões possíveis — disse Thierry, antes que eu pudesse dizer pelo que eles poderiam estar procurando.

— Eu sei que Clay era um completo idiota, mas trabalhar com demônios? Como ele teria entrado em contato com eles? — Ty passou a mão sobre o cabelo curto. — Eu não sei, não, Trin.

Mas alguns Guardiões trabalhavam, *sim*, com demônios.

Meu olhar deslizou para Zayne e senti meu estômago afundar. Zayne havia trabalhado com demônios e até sugerira que não acreditava que todos eram maus. Um peso desconfortável se instalou sobre mim, e eu olhei para ele enquanto o resto do grupo falava sobre aumentar a segurança no muro e enviar grupos de patrulha com mais regularidade, caso houvesse planos para um segundo ataque.

Nada disso tinha começado até ele chegar. Clay não tentara me atacar até que eles estivessem aqui há alguns dias, mas por que é que Zayne ou qualquer um deles estaria por trás disto? Não era como se soubessem o que eu era.

Pelo menos, era o que eu pensava.

O meu coração começou a acelerar no meu peito. O clã de DC sabia que eu podia ver fantasmas e espíritos, e Zayne percebeu que eu era mais forte do que aparentava, mais rápida do que ele tinha esperado. Eu não tinha exatamente tentado esconder isso dele, e todo o tempo em que ele esteve aqui, parecia estar em todos os lugares que eu ia.

Zayne vagarosamente olhou para mim, seu rosto marcante ilegível enquanto nossos olhares se conectavam. Um arrepio desceu pelos meus braços, deixando uma trilha de calafrios para trás.

Se eu estivesse minimamente certa, ainda não sabia por que Zayne ou seu clã estariam por trás disto, e foi por isso que eu não disse qualquer coisa. Eu poderia ser impulsiva, mas era inteligente o suficiente para não sugerir tal coisa sem provas concretas.

Mas já havia provas?

Zayne não tinha uma parte de sua alma, e isso poderia ser motivo suficiente para fazer coisas malignas.

Jada adormecera no sofá e o clã de DC se recolheu com Thierry e Matthew para o escritório. Ty tinha carregado Jada até o andar superior, para um dos quartos extras, e eu tinha seguido, indo para o meu quarto. Eu finalmente tirei o vestido arruinado, deixando-o no chão do banheiro, uma bagunça amassada de gaze e algodão.

Não queria vê-lo nunca mais.

Eu me abaixei e peguei o vestido arruinado. Amassando-o, enfiei-o na lata de lixo e depois recuei, olhando para mim mesma.

Meus joelhos pareciam irritados e manchados, como um morango. Torcendo na cintura, vi que meus cotovelos também. Não era tão ruim. De modo algum, porque poderia ter sido consideravelmente muito pior.

O que estava acontecendo com Misha agora?

Horríveis coisas horrorosas.

Eu não conseguia processar o que aconteceu. Isto não era um pesadelo. Era real. Misha tinha sido levado, e se o demônio não soubesse quem ou o que Misha era para mim, ele seria morto.

E se Baal soubesse, e foi por isso que levara Misha?

Então havia uma chance de que ele mantivesse Misha vivo. Eu tinha de pensar que ele o levou para usá-lo como garantia. Pelo menos era o que eu esperava, porque isso significava que havia uma chance de conseguir trazer Misha de volta.

O vapor encheu o banheiro e entrei no chuveiro, sibilando enquanto a água quente machucava as feridas da minha pele. A água parecia estar a poucos graus de escaldante, mas não fez nada para aliviar o frio que se instalara no fundo dos meus ossos.

Tomei banho com pressa, observando a água escura circular pelo ralo. Quando saí da banheira com as pernas trêmulas, estava exausta. Não parei para me olhar de novo enquanto me secava e vestia a roupa que levara para o banheiro comigo. As leggings foram um pouco difíceis de vestir com a minha pele ainda úmida, aumentando a minha frustração raivosa. A camisa foi mais fácil, graças a Deus, e quando saí do banheiro, já tinha suado. Só queria me deitar, mas não tinha tempo para isso.

Minduim estava pairando ao lado da minha cama enquanto eu caminhava em direção à porta do quarto.

— O que você tá fazendo, Trinnie?

— Voltando lá pra baixo pra ver o que eles estão fazendo pra trazer Misha de volta — eu disse a ele, abrindo a porta e saindo para o corredor silencioso.

Minduim me seguiu até a porta fechada do escritório no primeiro andar. Bati e a voz abafada de Thierry respondeu. Abrindo a porta, descobri que todos ainda estavam ali no escritório. Os Guardiões de DC vestiam camisas novas, substituindo as rasgadas de quando se transformaram. Thierry estava atrás de sua mesa e Matthew se encostava na borda dela, com o rosto cansado.

Thierry não pareceu surpreso ao me ver quando entrei no escritório.

— O que foi, Trinity?

— Quero saber como vamos resgatar Misha — disse, parando atrás de onde Nicolai e Dez estavam sentados. Não olhei para Zayne, mas sabia que ele estava junto à janela. Mantive o olhar atento em Thierry.

Ele se inclinou para trás, a cadeira rangendo sob seu peso.

— Enviaremos mais patrulheiros pela manhã — disse ele.

— E se eles não estiverem mais por perto? — perguntei. — Quando os patrulheiros saíram mais cedo, não viram nenhum sinal de Misha ou do demônio.

— Essa é uma boa pergunta — disse Minduim.

— Isso não significa que eles não tenham se escondido em algum lugar — argumentou Matthew. — Vamos investigar cada metro quadrado dos arredores.

Isso... não era suficiente para mim.

Queria pessoas lá fora agora, à procura dele.

— Você sabe o que Misha significa pra mim — eu disse, lutando para manter minha voz sob controle. — Ele ainda tá vivo, mas quanto mais esperamos...

— Por que você acha que ele ainda tá vivo? — Zayne perguntou de onde estava, atraindo meu olhar. — Espero que sim, e isso seria uma ótima notícia, Trinity, mas demônios não mantêm Guardiões vivos a menos que...

— Eles queiram brincar com suas presas primeiro? — Terminei por ele, sentindo meu estômago se retorcer. — Ou usá-los para atrair mais Guardiões? Sei o que demônios fazem aos Guardiões.

— Espero que eles não estejam torturando Misha — sussurrou Minduim. — Ele fica sempre tão assustado quando sabe que tô por perto, mas eu gosto do cara.

Nicolai se virou, ficando de frente para mim.

— Eu sei que isto pode ser difícil de ouvir, mas a probabilidade de ele estar vivo...

— Ele não tá morto — eu disse. — Eu saberi...

— Não vamos desistir dele — disse Thierry, interrompendo-me. — Ainda vamos procura-lo.

Um *mas* pairava no ar entre nós. Um *mas* que significava que eles iriam procurá-lo, mas não colocariam em risco outros Guardiões para fazê-lo. *Mas* significava que, no final, Misha era descartável, porque se ele fosse morto, o vínculo seria quebrado, mas seria realocado pelo meu pai.

Mas significava que Misha estava praticamente morto.

— Estamos indo embora de manhã — disse Nicolai. — Vamos procurá-lo em Washington também.

— Então, você conseguiu seus reforços e é isso? — retorqui, incapaz de me conter. — Você vem aqui pedindo nossa ajuda, mas quando a damos, você só vai se mandar?

— Bota a boca no trombone, Trinnie! — Minduim sacudiu um punho no ar.

— Trinity — advertiu Thierry.

— Na verdade, não estamos recebendo reforços — Zayne falou mais uma vez. — Após o tamanho gigantesco deste ataque, não há como a comunidade se dar ao luxo de enviar novos recrutas conosco.

— Bem, que peninha — resmunguei, e ele inclinou a cabeça. — Lamento ouvir isso.

— Uau — murmurou Minduim. — Você podia tentar parecer um pouco mais convincente.

Então eu entendi.

Zayne havia dito que reconheceu o demônio, então havia uma boa chance de que este demônio *levaria* Misha para DC. E agora que não iam receber reforços, eles ainda tinham seus próprios problemas para lidar — o problema de algo matando demônios e Guardiões.

Nada contra Zayne ou seu clã — eu não iria confiar neles procurando por Misha, e eu não poderia ir para Washington sozinha. Eu nunca tinha estado na cidade, e não tinha ideia de onde procurar. Acrescentando ainda os problemas com a minha visão? Precisaria de ajuda.

— Quero ir pra DC — eu disse, e cheguei a lugar nenhum rápido.

Minduim se engasgou.

— De jeito nenhum — disse Thierry, colocando as mãos sobre a mesa. — Isso não vai acontecer.

Eu o ignorei, voltando-me para Nicolai.

— Eu posso te ajudar.

Nicolai parecia visivelmente desconfortável quando encontrou meu olhar.

— Trinity, eu sei que você está preocupada com Misha, mas...

— Eu *estou* preocupada com ele. Ele é como um irmão pra mim, e eu não me sinto bem em deixar todo mundo procurá-lo enquanto fico protegida aqui — disse, ignorando a forma como a mandíbula de Thierry enrijeceu.

— Eu sei que você é treinada e consegue se defender — Zayne começou, afastando-se da janela. — E sinto muito pelo que aconteceu com Misha. Vamos procurá-lo. Eu te prometo. Mas não temos recursos pra tomar conta de você enquanto você anda por Washington à procura dele.

— *Tomar conta* de mim? — Eu ri, minhas mãos fechando em punhos. — Você tá falando sério?

— Ah, não — Minduim colocou as mãos nos quadris. — O garoto tá prestes a apanhar.

— Eu não acho que ele quis dizer isso desse jeito — disse Dez.

— Na verdade, eu quis dizer isso desse jeito, sim — disse Zayne.

— Não pedi a sua opinião — eu disse.

— Tô te dando de graça — ele respondeu.

— Ao passo que Zayne poderia ter dito isso de um jeito muito melhor, ele está certo — continuou Dez, sua voz elevando-se acima das nossas. — Temos um problema significativo em DC, e sem reforços...

— Sem reforços, você e eu sabemos que não vão se esforçar pra procurar Misha, e há uma boa chance de que este demônio o leve para DC. Vocês todos disseram que o tinham visto lá. — Meu coração começou a palpitar quando me virei para Nicolai, que teria de concordar para que eu pudesse ir com eles. — Você tem um problema e eu posso te ajudar mais do que qualquer Guardião.

— Trinity — Thierry começou a se levantar. — Não...

Matthew estendeu o braço atrás dele, colocando uma mão no braço de Thierry, parando-o.

— Não tenho escolha — eu disse, a voz fraca. — Eu não vou ficar parada e deixar que algo aconteça a Misha quando eu posso fazer alguma coisa pra ajudar.

— Ah, não... — Minduim foi para o teto. — Ah, não, Trinnie, o que você vai fazer?

Ia mostrar para eles exatamente como poderia ajudar.

Thierry viu escrito no meu rosto quando dei um passo para trás. Ele levantou as mãos como se pudesse me impedir.

— Seu pai...

— Eu não me importo com a opinião dele. Você não pode me impedir, Thierry. Nem ele. Tenho dezoito anos e não há nenhuma lei que supere o fato de que sou uma adulta — eu disse, acolhendo o fulgor quente que tomou vida como uma faísca no fundo do meu estômago. — Eu amo vocês. Amo vocês dois, mas eu tenho que fazer alguma coisa.

Então deixei que a *graça* se apossasse de mim.

Capítulo 19

Um poder quente e inebriante iluminou minhas veias e transformou os cantos da minha visão da escuridão para a luz, e vi o momento exato em que os homens na sala viram que eu não era quem eles pensavam que eu fosse. Por alguma razão, eu me concentrei em Zayne.

Seus olhos se arregalaram quando ele deu um passo para longe do brilho que estava começando a irradiar da minha pele. Seus braços se descruzaram para ficarem caídos ao lado do corpo.

— O que diabos...? — alguém sussurrou.

— Tá mais pro oposto — eu disse enquanto estendia a minha mão direita e sentia o turbilhão de fogo branco irromper e girar pelo meu braço, formando uma espada muito parecida com a que a estátua do anjo de batalha segurara no jardim.

— Cacete de asa — Minduim sussurrou de algum lugar acima de mim.

A espada era pesada e quente na palma da minha mão, cuspindo e pingando fogo branco enquanto eu afastava meu olhar da expressão espantada que havia se plantado no rosto de Zayne para os Guardiões de DC mais velhos. O fulgor da minha *graça* dançava sobre os seus rostos.

— Posso te ajudar a derrotar o que quer que esteja matando os Guardiões — disse, plenamente consciente do fato de que Thierry e Matthew pareciam estar a segundos de terem um ataque cardíaco. — Esta espada pode cortar um Guardião completamente transformado num piscar de olhos, sem deixar nada pra trás. O mesmo pra um demônio. *Qualquer* demônio. — Ergui a espada, trazendo-a para perto do meu peito, fazendo com que os dois Guardiões se encolhessem. Virei a cabeça para onde estava Zayne: — Então, como você pode ver, não preciso que tomem conta de mim. Vocês que precisam *de mim.*

— Já chega — A voz de Thierry estava cansada quando ele se sentou em sua cadeira.

— Mesmo? — desafiei, examinando a sala. — Porque eu só quero ter certeza de que todos aqui percebam que eu não sou um peso. Sou uma vantagem.

— Estou confiante de que todos aqui agora sabem disso — disse Matthew, suspirando. — Por favor, Trinity, guarde-a. Acho que você está começando a assustá-los.

Sorrindo, respirei fundo e forcei meus músculos a relaxarem. O fogo branco ao redor da espada aumentou e depois tremeluziu antes que a espada se retraísse em si mesma, deixando uma fina cintilação de poeira dourada que evaporou antes de tocar o chão. Eu soube o momento exato em que eles não podiam mais ver o que existia em mim quando os cantos da minha visão voltaram à escuridão vaga e lamacenta.

Sentindo um desconforto em estar ali, cruzei os braços e levantei o queixo.

— Você me ajuda a encontrar Misha, e eu te ajudo a lidar com o seu problema.

— O que...? — Zayne limpou a garganta, e quando eu olhei para ele, percebi que ele não tinha ideia do que eu era. Ninguém poderia fingir o tipo de choque que se instalava em seu rosto. Isso não significava que eu confiasse de verdade em nenhum deles, mas ele realmente não sabia. — O que você é?

— Ela é uma Legítima — respondeu Thierry, parecendo mais cansado do que eu jamais o ouvira. — Parte humana...

— Parte anjo? — Nicolai terminou, com os olhos arregalados enquanto olhava para mim com uma mistura de admiração e... algo mais, algo muito mais potente. Medo. — Você é uma nefilim.

— Eu prefiro ser chamada de Legítima — eu disse. — Nefilim é tão... desatualizado.

Minduim bufou, lembrando-me que ele ainda estava flutuando pelo cômodo.

— Como? — Zayne estendeu a mão, segurando as costas de uma cadeira vazia. — Como isso é possível? Eu pensei que...

— Você pensou que todos os Legítimos tinham morrido? Caçados até a extinção por demônios e Guardiões igualmente, sem passar de mitos e lendas? — Matthew sugeriu. — Isso é verdade.

— Mas... mas ela tá bem aqui — Zayne deu um passo na minha direção e depois parou. — Como?

— Ela é a última de sua espécie — explicou Matthew. — E fomos encarregados de mantê-la escondida e segura em nossa comunidade desde que ela era uma criança. Foi assim que ela durou tanto tempo.

— Essa não é a única razão — eu disse, sentindo o calor úmido começar a pingar do meu nariz. Levantando a mão, passei a mão debaixo do nariz. Quando olhei para baixo, meu dedo estava pontilhado de sangue. Suspirei. — É por isso que fui treinada.

— E... você simplesmente foi mantida aqui? — Zayne perguntou.

— Até que meu pai me convoque. — Dei de ombros enquanto Matthew caminhava na minha direção, puxando um lenço do bolso. — O fim dos tempos, eu acho, ou algo assim. Mas estive a salvo por causa de Misha.

Matthew levantou a mão, devagar, certificando-se de que eu o via antes de passar o lenço debaixo do meu nariz.

— Ah, Trinity — murmurou, entregando-me o lenço.

— Por que ela tá sangrando? — Zayne indagou.

— É a *graça* — Matthew respondeu, recuando. — Ela sempre tem hemorragias nasais depois e isso a enfraquece. Trinity pode ser um mito em carne e osso, mas ainda é meio humana. Usar a *graça* é difícil para a parte humana dela. Ela vai cair no sono em breve.

Sorri um pouco para isso, porque ele fazia parecer que eu era uma criança que se cansava e se escondia.

— Acho que sei o papel de Misha nisto — disse Dez, falando pela primeira vez desde que decidi fazer uma demonstração ao vivo. — Se bem me lembro, quando havia muitos outros Legítimos, eles eram... vinculados a Guardiões. A força deles ajuda... Como posso dizer isso? A anular alguns dos contratempos humanos? E vice-versa? O lado angélico alimenta o Guardião, tornando-o mais forte e mais rápido?

Assenti.

— Ele é meu Protetor. Se me levar com você e me ajudar a procurá-lo, eu te ajudo com o seu problema. Fico com vocês o tempo que for necessário, mesmo depois de encontrarmos Misha.

— É assim que você sabe que ele não tá morto — disse Zayne —, porque você tá vinculada a ele?

— Sim. Eu sentiria. — Coloquei o punho no peito, amassando o lenço nas minhas mãos. — E eu não senti isso. Ainda não. Até sentir isso, não posso desistir dele. Não vou. Você desistiria?

Um músculo flexionou ao longo da mandíbula de Zayne enquanto ele desviava o olhar.

— Inacreditável — murmurou Nicolai. — Quem sabe o que ela é?

— Muito poucos — respondeu Matthew, caindo no assento desocupado. — Se a notícia se espalhasse, demônios estariam tentando atravessar estes muros todos os dias para chegar até ela. Os demônios pensam que ela é humana, a menos que sintam o cheiro do seu sangue.

— É por isso que vocês reagiram daquele jeito ao sangue dela — disse Zayne, soltando um palavrão baixinho. — Eles podem sentir o cheiro e isso lhes dirá que ela é meio anjo? Inferno. Não conseguiriam se controlar de vir atrás dela. Ela é a coisa mais próxima do Céu que poderiam ter.

— Sim, e eles tendem a ficar um pouquinho fominhas — eu disse, tremendo. — Os demônios acreditam que, se consumirem a carne de um Legítimo, poderão entrar no Céu.

— Santo Deus — sussurrou Dez. — Isso é verdade?

— Não temos ideia — disse Matthew. — Mas os demônios acreditam e, enquanto acreditarem, é uma ameaça.

— E não é a única — disse Thierry. — Sangue, ossos, cabelos e até mesmo seus músculos são cobiçados para encantamentos e feitiços. Cada parte dela é considerada valiosa no mercado das trevas.

O mercado das trevas era como o mercado ilícito para doadores de órgãos... exceto que o mercado das trevas era frequentado por bruxas e demônios e toda uma série de vilões sobrenaturais.

— Sou especial. — Levantei os ombros novamente. — Muito especial. Zayne olhou para mim, abrindo a boca e fechando-a.

— É por isso que você pode ver fantasmas? — Nicolai perguntou.

— Ah, agora as pessoas se preocupam em me ver? — Minduim suspirou dramaticamente de sua posição perto do ventilador de teto.

Eu balancei a cabeça para ele.

— Sim, é porque os anjos podem ver os espíritos e as almas daqueles que morreram. E outros seres humanos que também têm essa habilidade têm sangue angélico diluído. Provavelmente de uma tataravó milenar que fez umas safadezas com um anjo.

— Acho que nem é preciso dizer que vocês não devem contar a ninguém o que Trinity é, nem mesmo aos outros membros do seu clã — disse Thierry, e algo tremeluziu no rosto de Zayne, como se ele estivesse montando um quebra-cabeça em sua mente e tivesse encontrado a peça que faltava. — Ficamos responsáveis por mantê-la a salvo até que ela fosse necessária...

— E eu sou necessária agora — eu disse a Thierry.

— Eu sei que Misha é como um irmão para você, mas não pode se expor a demônios — Thierry tentou novamente, falando baixinho. — Você ir atrás dele é um risco que nem ele gostaria que você corresse, e isto pode ser uma armadilha.

— Eu não me importo — eu disse. — Eu poderia ter impedido aquele demônio. Eu devia ter usado a minha *graça* pra isso, mas não usei. Posso controlá-la. Você sabe disso. Não posso ficar sentada sem fazer nada,

Thierry. Desculpa. E se me proibir ou os proibirem de me ajudar, juro por Deus que vou embora por minha conta. Você não vai conseguir me impedir. Você sabe disso.

Thierry sabia disso.

Recostando-se, ele passou a palma da mão sobre o rosto enquanto balançava lentamente a cabeça.

— Isto ia acontecer — disse-lhe Matthew. — No fundo, sabíamos disso. Ela tem razão. Não podemos detê-la. Só o pai dela pode.

— Quem é o pai dela? — Zayne perguntou.

— Você não quer saber — murmurou Thierry baixinho, e eu ri com isso. Eles realmente não queriam. Ele levantou a cabeça enquanto deixava cair a mão. — Trinity é uma arma, e qualquer que seja o problema que vocês estão tendo em DC, ela é capaz de ajudar. Isso é verdade. Mas vocês estão dispostos a ajudá-la?

Segurei o fôlego quando a compreensão rugiu através de mim. Thierry estava cedendo. Caramba, ele estava mesmo.

— Sim. — Foi Zayne quem respondeu, surpreendendo-me. — Sim, vamos ajudá-la. Você tem razão — ele disse então para mim —, eu também não poderia virar as costas pra isto se fosse alguém que eu conhecesse e com quem me importasse. Então, eu entendo isso. Entendo mesmo.

Sentindo-me um pouco mal por desconfiar dele, abaixei o queixo.

— Obrigada.

O olhar de Nicolai passou de mim para Zayne e depois para Thierry.

— Sim, vamos ajudá-la.

Quase desmaiei ali mesmo. Parte de mim não podia acreditar que isso estava acontecendo. Eles me ajudariam a encontrar Misha e eu... eu estaria indo embora da comunidade, partindo mesmo, pela primeira vez desde criança. Partiríamos pela manhã e eu teria de fazer as malas.

Eu ainda estava atordoada quando Minduim falou:

— Eu vou com você.

Surpreendida com a declaração de Minduim, esqueci-me de que estava perto de outras pessoas quando me virei para ele.

— O quê?

Minduim estava totalmente corporal, com os olhos arregalados.

— Eu vou com você. Pra Washington.

— Mas você não deixou a comunidade desde que veio pra cá comigo.

— Com quem... com quem ela está falando? — perguntou Dez.

— Provavelmente com Minduim — Thierry suspirou. — Ele é um fantasma.

— Você tem um fantasma aqui? — A voz de Nicolai estava estranhamente aguda.

— Sim — respondeu Matthew. — Aparentemente, ele a seguiu até aqui há cerca de dez anos...

Enquanto Matthew explicava quem e o que era Minduim, concentrei-me no meu colega de quarto fantasminha.

— Tem certeza?

— Sim — ele assentiu. — Tenho certeza. Se você vai embora, eu vou com você.

— Mas eu vou voltar — eu disse a ele.

Um olhar de dúvida cruzou seu rosto pálido.

— Se você vai embora, eu vou com você. Nem tente discutir comigo. Sabe que é inútil. Vou te seguir de qualquer forma, e te assombrar. Você sabe que sim.

Eu sabia. Ele totalmente faria isso.

— Certo. — Voltei-me para os outros. — Bem, aparentemente vocês vão levar a promoção compre um, leve dois. Minduim vem comigo.

Despedir-me de Jada e de Ty na manhã seguinte foi mais difícil do que eu jamais poderia ter imaginado, mesmo que fosse temporário.

— Eu queria que a gente estivesse indo com você — disse Jada, com seus belos olhos azuis vívidos brilhando. — Eu vou ficar tão estressada com você lá fora e eu presa aqui.

— Não fique — disse, apertando-lhe as mãos. — Você sabe que eu posso cuidar de mim mesma e que não vou ficar sozinha.

— Eu sei, mas isso não significa que vamos nos preocupar menos — Ty estendeu o braço e colocou a mão no meu ombro. — Promete que vai ligar todos os dias.

Assenti.

— Claro.

— Ligação de vídeo — disse Jada. — Você tem que fazer uma ligação de vídeo, mesmo que você odeie.

— Eu vou mesmo que eu odeie completamente — eu disse, rindo. — Eu não vou ficar fora por tanto tempo, e voltarei antes que você perceba, com Misha.

— Sim — Jada apertou minhas mãos. — Com Misha.

Jada e Ty ficaram comigo enquanto eu terminava de fazer as malas, o que consistia em jogar todas as minhas leggings e camisas, junto com alguns suéteres leves, que eu conseguia guardar em uma mala grande. Ainda era o início do verão, por isso pensei que ainda poderia haver noites frias. Por sugestão de Jada, acrescentei algumas calças jeans. Depois que eles foram embora, eu enfiei todas as calcinhas e sutiãs que eu tinha em uma malinha menor, porque eu realmente não sabia quanto tempo ia ficar lá. Eu estava tentando ser otimista, mas mesmo com a ajuda do clã de DC, não era como se eu fosse chegar lá e encontrar Misha imediatamente, e isso se...

— Pare — sussurrei, fechando os olhos. Misha ainda estava vivo e continuaria assim. Eu me recusei a acreditar em outra coisa.

Abrindo os olhos, fechei a bagagem e peguei meu laptop, enfiando-o em uma bolsa junto com os meus óculos e a sacola com as minhas adagas. Depois fui até a mesa de cabeceira e peguei a fotografia da minha mãe e o livro dela. Cuidadosamente, guardei-os em uma bolsa, colocando-os entre os suéteres que não couberam na mala para que ficassem seguros. Eu estava examinando o quarto para ver qualquer outra coisa que eu poderia precisar quando houve uma batida na minha porta aberta. Virei-me para encontrar Zayne.

Um misto de emoções rugiu através de mim ao vê-lo. A suspeita persistia, mas era ofuscada pela antecipação e por algo mais agudo, mais pesado.

— Posso entrar?

Assenti.

— Tô quase pronta. Só garantindo que não tô esquecendo de nada.

— Tá tudo bem. Temos tempo. — Zayne se sentou na beira da cama, seu olhar azul pálido fixo em mim. — Não dormi bem ontem à noite. Tenho certeza que você também não.

— Dormi talvez uma hora. — Meus dedos permaneceram na alça da minha bolsa.

Ele parecia cansado, mesmo. Sombras tênues floresceram sob seus olhos.

— Nicolai, Dez e eu ficamos acordados, discutindo como iríamos fazer isto sem deixar o resto do clã ficar sabendo.

Sentei-me ao lado dele e coloquei a bolsa no chão.

— Então, qual é o plano?

— Manter o que você é em segredo vai ser muito difícil no complexo — disse ele, coçando a cabeça com uma das mãos. — Vai ser difícil só de explicar a sua presença na cidade, mas como eu... não moro mais no complexo há vários meses, achamos que seria melhor se você ficasse comigo.

— O quê? — exclamei, não por ficar hospedada sozinha com ele, e isso já era uma grande coisa, mas mais pelo fato de ele estar morando sozinho. — Você não tá morando no complexo?

— Não.

— Por quê? Isso é tão perigoso, estar sozinho. Os demônios podem sentir o que você é — eu disse, vestindo meu chapéu de Capitão Óbvio.

— O lugar onde eu moro é em um bom bairro e até agora tem sido relativamente livre de demônios. — Ele sorriu. — Será mais fácil e espero que prolongue a necessidade de explicar a sua presença.

— Mas como vamos alongar isso? Se estamos à procura de Misha e desta coisa com que vocês estão preocupados, todo o clã vai estar envolvido, não?

Ele inclinou o corpo para mim.

— Todo o clã não pode estar envolvido em procurar por Misha. Não se tivermos de esconder o que você é. Dez vai ajudar, mas vai ser principalmente você e eu. Essa é a melhor opção.

Pensei nisso. Eu realmente não tinha escolha, e fazia sentido.

— Certo. Funciona pra mim. — Quando Zayne não respondeu, olhei para ele. Ele estava encarando-me. — O que foi?

— Agora eu sei por que você cheirava a sorvete pra mim.

Corei.

— Isso foi meio aleatório.

Um sorriso rápido apareceu e depois desapareceu do rosto dele.

— Você deve saber que o Céu tem um cheiro, certo? Que pra todo mundo é diferente, mas é sempre algo que eles gostam ou que fazem com que se sintam bem. Minha comida favorita é sorvete.

— É mesmo?

— Você parece tão surpresa.

— Acho que tô. Não sei. Imaginei que a sua comida favorita fosse bife e batatas.

— Essa seria a minha segunda comida favorita — respondeu ele. — Mas agora eu entendo por que eu senti esse cheiro em você quando você tava ferida.

— Era o meu sangue — concluí por ele. — Eu não sabia disso. Quer dizer, eu sabia que os demônios podiam sentir o cheiro.

— Mas você não sabia que a luz tem um cheiro?

Balancei a cabeça, pensando que nunca tinha sentido cheiro algum todas as vezes que vira a luz.

— E você sabe disso como?

— Sempre que os Alfas vêm nos ver, há sempre essa luz espessa e dourada que aparece primeiro. Nem sei se é luz mesmo, porque me faz lembrar de um líquido. Sempre que estive perto deles, senti o cheiro — Ele balançou a cabeça. — Tanta coisa faz sentido agora, e eu quase não consigo acreditar que não descobri.

— Mas como você conseguiria descobrir? As pessoas acham que os Legítimos são coisa do passado. — Apoiei as mãos nas coxas. — Não quero que me trate de forma diferente agora que você sabe o que sou.

Zayne riu baixinho.

— Não tenho certeza se consigo fazer isso.

— Por quê?

— Porque eu sei o que você é, Trinity.

— E?

— E? — Ele riu novamente. — Você tava pegando leve comigo no dia da luta na sala de treinamento?

Satisfeita com essa pergunta, nem sequer tentei lutar contra o meu sorriso. Estava cansada demais para isso.

— Na verdade, não. Você é muito bom, mas eu sou...

— Melhor?

Ri um pouco disso.

— Não deixe que isso te abale demais. Até Misha... — Respirei fundo e tentei de novo. — Nem ele consegue ganhar de mim.

Seu olhar passou pelo meu rosto.

— Eu não sei como é estar vinculado a alguém que se gosta, mas sei o que é crescer com alguém e então essa pessoa praticamente desaparecer da sua vida.

— Você sabe?

Zayne acenou com a cabeça.

— Não pelas mesmas razões. Nada como esta situação, mas é difícil estar perto de alguém quase todos os dias e depois eles pararem de fazer parte da sua vida e... e não ter ideia de como é a vida da pessoa agora.

Queria tentar lhe tirar mais informações, mas ele se levantou da cama.

— Pronta? — Zayne perguntou baixinho, estendendo a mão. Afastando os olhos de Zayne, dei mais uma olhada no meu quarto — na cama e as estrelas coladas no meu teto, na escrivaninha que raramente usava e a cadeira no canto. Uma súbita sensação de incerteza tomou conta de mim. Tinha dito a Jada e ao Ty que não demoraria muito, mas, ao olhar em volta do meu quarto, não conseguia controlar a sensação de que esta seria a última vez que via este lugar — de que estava indo embora e que não voltaria.

Inquieta, coloquei a minha mão na de Zayne e senti aquele choque dançar sobre meus dedos enquanto eles se fechavam em torno dos dele.

— Pronta.

Capítulo 20

Devido à insônia da noite passada e ao atraso que tivemos, porque tive de me certificar que Minduim estava conosco — e ele estava —, e porque Thierry e Matthew me trataram como eu imaginava que pais faziam quando uma filha ia para a faculdade, acabei por desmaiar de sono meia hora depois que saímos com o carro. Tentei lutar contra a calmaria do SUV murmurante e a quietude dentro do carro, porque estávamos indo para algum lugar que eu nunca estivera e eu queria ver tudo, mas perdi a batalha.

Trinity?

Minha testa enrugou ao som do meu nome rompendo as camadas de sono. Ignorei, porque a minha cama estava quentinha. Recostei-me, e minha... minha cama se deslocou ligeiramente debaixo de mim. Esquisito.

— Trinity? — A voz voltou e as teias do sono começaram a desaparecer. — Chegamos.

Algo tocou a minha bochecha, pegando os fios de cabelo descansando ali e arrumando-os atrás da minha orelha. Eu dei um tapa, acertando em nada além do meu próprio rosto. Então minha cama riu.

A cama *riu*.

Camas não faziam isso.

— Você dorme e parece que tá morta. — Uma mão se fechou em volta do meu ombro, sacudindo-me suavemente. — Vamos lá, Trinity, acorda, chegamos.

Chegamos.

A palavra penetrou a névoa do sono. Meus olhos se abriram e, no momento em que a minha visão se ajustou ao interior escuro do carro, vi uma perna envolta em jeans escuros — na verdade, uma coxa.

Meu Deus. Atingi um nível astronômico de perturbação.

Eu me empertiguei em um pulo, virando meu olhar arregalado para Zayne, que aparentemente eu estivera usando como travesseiro.

— Que bom que finalmente se juntou a mim. Tava ficando preocupado — Zayne me observou com seu provocante meio sorriso. — Especialmente quando você começou a babar.

Despertei do nevoeiro.

— Babar?

O calor penetrou naqueles olhos gelados.

— Só um pouquinho.

— Eu não tava babando. — Limpei apressadamente a boca com as costas da mão, que ficou úmida. — Idiota — murmurei.

Ele soltou uma risada e, em seguida, acenou para a frente do carro. Dez e Nicolai estavam observando-nos dos bancos da frente.

— Oi — disse Dez, sorrindo.

— E aí — resmunguei, sentindo o calor do meu rosto. — Então, chegamos? — Dez assentiu.

— Ótimo. — Encontrei a maçaneta da porta e puxei, descobri que estava trancada. Suspirei pesadamente e esperei que Dez abrisse as portas, e depois fiquei livre. Saindo do carro, eu estava pronta para ver Washington, DC, pela primeira vez e vi...

Nada além de sombras.

Mas que diabos...? Virei-me. Eu esperava ver o Monumento de Washington, edifícios e pessoas, e apesar de conseguir ouvir buzinas estridentes, eu não via…

Espera. Estávamos em um estacionamento, perto de um conjunto de elevadores. Dã.

Os caras saíram do carro em um instante, descarregando a minha mala... e Minduim, que estava sentado nela, sem o conhecimento de Zayne.

Eu pisquei lentamente. Minduim sorriu tão amplamente que parecia um pouco tresloucado enquanto Zayne pegava minha mala pela alça e a arrastava... juntamente com Minduim... até onde eu estava.

— Você tá bem? — Zayne perguntou.

Minduim deu uma risadinha assustadora.

— Sim, ainda tô um pouco desorientada.

Zayne parou, seu olhar cintilando de mim para a mala.

— É o fantasma?

— Siiim. — Alonguei a palavra e Minduim bateu palmas como uma foca feliz.

— Eu quero saber? — Zayne perguntou.

— Não. — Caminhei até a parte de trás do SUV e peguei minha bolsa. Separamo-nos de Dez e Nicolai, e segui Zayne até as portas do elevador.

Ele apertou o último botão e precisou digitar um código. Não vi quantos andares havia, mas com base na maneira como os meus ouvidos estalaram no meio da subida, imaginei que estávamos indo alto. O passeio foi tranquilo e rápido, e quando o elevador parou, as portas se abriram para revelar uma enorme sala iluminada pela luz do sol que fluía através de uma parede de janelas de vidro que pareciam estar com um filme fumê, porque a luz não me cegou.

Minduim saltou da mala.

— Vou investigar!

Eu não disse nada enquanto ele desaparecia no ar.

— Venha. — Zayne segurou as portas para mim, e eu entrei no cômodo, olhando em volta e encontrando-me... completamente confusa.

O piso era de cimento queimado, o teto era alto e grandes ventiladores pendiam dali, girando lentamente. À minha esquerda havia uma área de cozinha. Uma fileira de armários brancos separados por um fogão a gás e um exaustor de aço inoxidável. Havia uma ilha longa e retangular, grande o suficiente para acomodar várias pessoas, mas apenas dois bancos de metal pretos e resistentes estavam colocados de um lado. Do outro lado da área da cozinha havia um grande sofá seccional, largo o suficiente para dois Guardiões se deitarem lado a lado, e estava posicionados em frente a uma grande televisão. À esquerda disso, havia um espaço aberto. Eu conseguia ver um saco de areia e o que pareciam ser tapetes azuis encostados na parede, do tipo que estava nas nossas instalações de treinamento na comunidade. Havia várias portas fechadas e isso... isso era tudo.

Tudo era muito industrial, muito simples.

— Tem certeza de que você mora aqui? — perguntei, ainda surpresa que Zayne estava morando por conta própria. Era algo inédito.

Zayne me lançou um olhar longo de soslaio.

— Sim. Por quê?

— Não parece que alguém mora aqui. — Coloquei minha bolsa na ilha da cozinha.

— Tem o que eu preciso. — Ele caminhou até a geladeira, abriu a porta e tirou duas garrafas de água. Colocou uma delas na ilha e depois pegou a minha bagagem, puxando-a atrás dele.

— Siga-me.

Pegando a garrafa, eu o segui pela ampla sala, procurando algo que provasse que ele morava aqui. Como um par de sapatos deixados de fora, ou uma revista, ou uma lata de refrigerante bebida pela metade. Não havia nada.

— Este é um dos banheiros. Mas não tem chuveiro. — Ele acenou para a nossa direita enquanto me conduzia para a porta do meio. — Este é o quarto.

Ele abriu a porta e acendeu uma luz. Meu olhar deslizou das janelas do chão ao teto que estavam cobertas com persianas blecaute para a cama grande no centro, ao lado da mesa de cabeceira. Não havia mais nada no quarto. Nada de armários. Nada de televisão. Nem sequer um tapete.

Passando por mim, ele abriu uma das portas, revelando outro banheiro enquanto eu estava parada dentro do quarto.

— Este é o banheiro principal. Tem um chuveiro e uma banheira.

O plástico da garrafa de água se amassou sob os meus dedos enquanto eu olhava para a cama — a única cama que via em todo este lugar. Como é que isso ia funcionar? Íamos dormir na mesma cama? Uma quantidade desconfortável de calor infundiu meu corpo com o pensamento.

Eu balancei a cabeça, porque essa não podia ser a intenção de Zayne. Este era o cara que saltou para longe de mim quando eu o beijei, e me dizer que eu era linda e que eu o lembrava de uma deusa não apagava isso.

Saí do batente da porta para dentro do quarto, enquanto Zayne passava por mim. Não vi Minduim, mas isso não significava que ele não estivesse por perto. Fui até as janelas. Quanto mais me aproximava, mais intenso era o brilho, mas eu dei uma olhadela para fora, vendo edifícios de tijolos do outro lado da rua. Olhei para baixo — eu havia acertado sobre estar em um andar alto. Tudo lá embaixo era um borrão em movimento.

Virando-me das janelas, encarei Zayne.

— Então, o que fazemos agora?

— Descansamos — ele disse. — Você fica com a cama e eu vou pro sofá.

Eu o encarei enquanto ele abria um roupeiro e pegava um travesseiro e um cobertor fino.

— Não deveríamos começar a procurar por Misha?

— Se você sabe alguma coisa sobre demônios, sabe que eles não são tão ativos durante a tarde — Ele jogou o cobertor no encosto do sofá.

— Mas isso não significa que não possamos começar a procurar.

— Não, não significa, mas você só dormiu uma hora ontem à noite e outra hora na viagem pra cá — ressaltou.

— Eu tô bem. Tô bem acordada. — Isso não era exatamente mentira. Se me deitasse, provavelmente voltaria a dormir, mas queria começar a busca. E eu queria ver a cidade.

— Eu também mal dormi ontem à noite e, ao contrário de você, não tive uma perna confortável pra cochilar — ele me lembrou, jogando o travesseiro no sofá. — Olha, você pode se sentar e relaxar pelas próximas horas ou pode ser inteligente e dormir um pouco.

— Você pode descansar e eu posso começar a procurar por Misha...

— Procurar por onde? — Zayne me encarou, então, com as sobrancelhas levantadas. — Você sabe o quão grande é esta cidade? Quantas pessoas moram aqui? Quantas pessoas trabalham aqui, mas não moram aqui? — Ele disparou as perguntas a um ritmo acelerado. — Você sabe os locais que os demônios frequentam? Onde normalmente pode encontrar um?

— Bem, não, mas....

— Não tem *mas*, Trinity. Você não tem ideia pra onde ir. — Ele passou uma mão pelos cabelos e, em seguida, apertou a nuca. — Olha, eu disse que ia te ajudar a procurar por Misha, e eu vou. Não faço promessas que não cumpro, mas não vamos ser bestas, Trinity. Não sabemos se o demônio que levou Misha sabe o que você é, mas se souber, vai te procurar.

— É bom mesmo — eu retruquei. — Isso torna o meu trabalho muito mais fácil, porque desta vez vou usar a minha *graça*.

— Você não vai sair deste apartamento sem mim, e se tentar, vou ficar sabendo.

Meus olhos se arregalaram.

— Eu sou uma prisioneira agora?

— Você é uma visita que vai usar o bom senso — ele respondeu. — Então, você pode se sentir como uma prisioneira ou como uma visita bem descansada. De qualquer forma, vou dormir, porque preciso descansar um pouco antes de fazermos o que vamos fazer hoje à noite.

— E o que vamos fazer? — Frustrada, cruzei os braços. — Arrumar o cabelo um do outro e experimentar máscaras faciais?

— Ah, você vai trançar meu cabelo pra mim? — Ele abaixou a mão e a fechou em um punho ao seu lado. Ele parecia querer me estrangular, e eu sabia que estava sendo irritante, mas aquele demônio estava com Misha e eu deveria fazer uma sesta da tarde?

— Você tem ideia de como é saber que alguém tá em perigo e ficar parado sem fazer nada? — perguntei, sentindo minha voz embargar. — Tem?

A expressão de Zayne suavizou quando ele se aproximou de mim.

— Sim, eu sei, Trinity. Eu sei o que é ser forçado a ver alguém que você gosta se ferir e ser completamente incapaz de fazer *qualquer* coisa sobre isso.

Fechei a boca quando as palavras dele ultrapassaram a minha irritação.

— A gente pode achar que se conhece, e eu sei que você ouviu coisas sobre mim, mas você não me conhece. Você não sabe pelo que eu passei — continuou ele —, assim como eu não sei tudo o que você passou. Mas o que sei é que você é forte, durona e leal. E também sei que você é inteligente o suficiente pra perceber que precisamos estar bem descansados pra estarmos prontos pra qualquer coisa.

Respirei, trêmula, fechando os olhos contra o súbito ardor das lágrimas.

— Você tá certo — admiti, segurando as lágrimas. — E eu... sinto muito. É só que...

— Você tá preocupada. — Sua voz estava mais próxima e, quando abri os olhos, ele não estava nem a um passo de distância de mim. Eu não tinha ideia de como ele conseguia se mover tão silenciosamente. Eu o vi levantar a mão e pegar uma mecha do meu cabelo que tinha caído para a frente. Ele a colocou atrás da minha orelha, com a mão demorando ali. — Eu entendo, Trinity. Entendo mesmo.

O meu corpo assumiu o controle. Fechando os olhos, pressionei a minha bochecha contra a palma da mão quente dele. Eu não deveria fazer isso. Sabia disso, mas havia algo de tranquilizante no seu toque, reconfortante. Era como se ele tivesse sido feito simplesmente para isso, e era uma sensação estranha de se ter.

— Você tá cansada — disse ele. — Só vá descansar por algumas horas.

— Eu pareço tão ruim assim? — perguntei.

— Não. Você parece perfeita.

Abri os olhos e o meu olhar foi enredado pelo dele. Algo sombriamente possessivo tremeluziu em seu rosto antes que ele abaixasse a mão e desse um passo para trás.

Sentindo-me confusa, cruzei os braços sobre o peito.

— Certo. Então, dormimos e depois...?

— Conheço uma pessoa, e nem acredito que tô sequer considerando isto, mas se alguém sabe onde Baal pode estar, é ele. Ele deve aparecer sta noite. Não mantém exatamente uma rotina normal.

— Quem é? Outro Guardião?

Zayne riu mais uma vez, o som sem muito humor.

— Não. Não é um Guardião. Ele é provavelmente o maior pé no meu saco que já existiu — Zayne fez uma pausa. — O que significa que você provavelmente vai se dar bem com ele.

Capítulo 21

Acordei de sobressalto, sentando-me em um pulo, e ficando cara a cara com Minduim…

Que estava soprando na minha cara.

— O que você tá fazendo? — perguntei, meu coração disparado.

— Me certificando de que você não tá morta. — Ele flutuou para o outro lado da cama. — Adivinha?

— O quê? — Eu empurrei um chumaço de cabelo para fora do meu rosto enquanto um peso invisível se instalava em meus ombros. Eu sabia o que esse sentimento significava. — Demônios — sussurrei, empurrando o cobertor grosso de cima de mim e balançando as pernas para fora da cama. — Tem demônios por perto.

— O quê? — Minduim exclamou, esganiçado.

Lançando-me da cama, corri para a porta do quarto e a abri. Meus pés descalços derraparam sobre o piso de cimento frio enquanto eu examinava a sala em busca de Zayne. Vi uma forma grande e imóvel no sofá e me apressei a contorná-la.

Zayne estava dormindo de costas, com a cabeça voltada para o encosto do sofá. Um braço estava sob sua cabeça e a outra mão descansava em um punho frouxo em seu peito.

Seu peito nu.

O cobertor cinza tinha deslizado em volta dos seus quadris firmes, e eu realmente esperava que ele não estivesse completamente nu lá embaixo. Eu não imaginei que ele estivesse, considerando que eu estava aqui, mas a maioria dos Guardiões dormia na sua verdadeira forma. Era assim que entravam no sono mais profundo, por isso era estranho ver Zayne dormindo assim.

— Zayne — disse, a voz grossa de sono. — Acorda.

Ele não se mexeu.

Ergui um braço em sua direção, tocando suavemente o ombro. Houve uma carga estática estranha que irradiava pelos meus dedos e não fazia sentido algum.

— Zayne…

Ele se moveu tão rápido que eu nem sequer soube o que estava acontecendo até que eu estava deitada de costas com o Guardião em cima de mim, uma mão plantada no meu ombro, pressionando-me para baixo nas almofadas grossas do sofá. O meu olhar arregalado se focou em seu rosto e vi que suas pupilas estavam verticais.

— Meu Deus — eu murmurei, congelada.

Pareceu levar um momento para ele me reconhecer e perceber que tinha me prendido debaixo dele. As pupilas foram as primeiras a voltar aos olhos normais e de aparência humana.

— Trinity, o que você tá fazendo?

— O que eu tô fazendo? — Pisquei uma vez e depois duas vezes. — Você tá me perguntando o que eu tô fazendo quando você acabou de me virar no ar?

— Sim. — Ele ainda estava acima de mim, mas sua mão saiu do meu ombro, pousando na almofada ao lado da minha cabeça. — Eu tava dormindo.

— Eu sei. — Eu ousei um olhar para baixo e vi que ele não estava nu, graças às gárgulas bebês em todos os lugares. Ele estava vestindo o que parecia ser uma calça de moletom cinza. — Tentei te acordar. Chamei o seu nome, mas você não respondeu.

— Foi mal — ele grunhiu. — Não tô acostumado a ter pessoas aqui.

— Dá pra perceber.

— Que horas são? — Ele olhou para a cozinha. — Ainda são quatro horas, Trinity. Você ainda devia estar dormindo.

— Eu sei, mas acordei — Mantive os braços ao lado do corpo. — Senti a presença de demônios. Me fez acordar.

— Eu não os sinto. — Sua cabeça se inclinou e vários fios de cabelo dourado caíram em sua bochecha.

— Sou mais sensível a eles — expliquei. — Eu geralmente posso senti-los minutos antes de um Guardião, e eu posso senti-los agora. Tem algum demônio aqui, Zayne. Não no seu apartamento, mas perto. Provavelmente lá fora, nas ruas ou...

— Eles provavelmente estão lá fora, nas ruas — ele me interrompeu com um suspiro.

— Certo. Então precisamos nos levantar e ir...

— Tem demônios por toda parte aqui — disse ele, com os olhos encontrando os meus. Bem, só um olho. Seu cabelo cobria o outro. — Provavelmente só uns Demonetes andando por aí. Eles são os únicos ativos durante o dia, geralmente no final da tarde.

— E ainda estamos deitados aqui porque...?

— Demonetes são relativamente inofensivos, Trinity. Tudo o que fazem é quebrar produtos eletrônicos e essas porcarias. Eles não incomodam os humanos.

Eu sabia que Demonetes eram um tanto inofensivos e que pareciam tão humanos quanto ele e eu, a menos que você olhasse realmente de perto para eles. A luz se refletia de um jeito estranho nos olhos deles. Demonetes eram praticamente o motivo pela qual a Lei de Murphy existia. Se tudo desse errado para você em um dia — seu carro quebrando, semáforos desligados, sua cafeteria favorita fechada e seu escritório sem energia —, provavelmente havia um Demonete por trás disso.

— Você não... os caça? — perguntei, confusa.

Ele não respondeu por um longo momento.

— Eu costumava caçar demônios indiscriminadamente, não importava do que eles fossem culpados.

— Não é esse o seu trabalho como Guardião?

— Sim.

Quando ele não disse mais nada, tudo o que eu pude fazer foi olhar para ele e me perguntar em que diabos eu me metera. Não admirava que ele não fosse o líder do clã. Como poderia ser, quando não caçava Demonetes? E eu não podia esquecer que ele tinha trabalhado com demônios no passado. Mas seu clã parecia confiar nele, pelo menos o suficiente para me permitir ficar com ele mesmo sabendo o que eu era.

— Você é um Guardião estranho — sussurrei.

Um canto dos seus lábios se levantou.

— E você é apenas... estranha.

— Acho que tô ofendida.

O sorriso de canto de boca se abriu por completo.

— Você vai precisar se acostumar a sentir demônios. Eu não tava brincando quando disse que eles estão por toda parte aqui, especialmente os de status inferior, como Demonetes.

— Tudo bem — eu disse, porque não sabia o que mais dizer. Estava totalmente ciente do fato de que eu ainda estava deitada debaixo dele, e mesmo que os nossos corpos não estivessem se tocando, eu podia sentir o calor emanando da sua pele. A última vez em que estivemos nesta posição, eu o beijara, e nós dois tínhamos muito mais roupas naquele incidente. — Então, hm, você vai me deixar levantar?

Zayne piscou como se tivesse acabado de perceber que eu estava embaixo dele, e por alguma razão isso parecia mais ofensivo do que ele dizendo que eu era estranha. Tipo, ele era *tão* fisicamente ambivalente assim em relação a mim?

Caramba.

— É, acho que posso fazer isso. — Zayne se moveu suavemente para trás, e eu rolei por baixo dele e depois para fora do sofá. Levantei-me. Seu queixo abaixou enquanto arrastava o lábio inferior entre os dentes. Ombros tensos, ele desviou o olhar. — Você devia tentar dormir mais uma hora ou duas.

Comecei a protestar, já que ambos já estávamos acordados, mas foi nesse exato momento que percebi que eu não tinha colocado um pijama antes da minha soneca. Tudo o que fiz foi tirar a calça jeans, o que significava que eu estava de camisa e calcinha, e minha camisa não era muito longa.

Ele podia ver a minha calcinha.

Minha calcinha estampada em preto e branco, cheia de caveirinhas.

Meu Deus.

Com o rosto queimando, eu girei e corri pelo cômodo e para dentro do quarto, fechando a porta atrás de mim. Encostei-me a ela, de olhos fechados.

Eu era uma desgraça mesmo.

Eram quase seis quando Zayne e eu saímos de casa para falar com um amigo que não parecia ser muito amigo.

Antes de sair do quarto de Zayne pela segunda vez, certifiquei-me de que realmente estava usando calças e tinha encontrado o coldre de quadril que segurava as adagas. Era outro presente de Jada, que eu nunca tinha usado, mas fiquei aliviada ao ver que cabia em mim e ficava bem escondido sob uma camisa muito mais longa.

Agora eu me via na garagem olhando para um Impala preto e elegante estacionado ao lado de algum tipo de motocicleta de aparência veloz, tentando desesperadamente não pensar no fato de Zayne ter me visto de calcinha.

Fiquei impressionada ao olhar para o Impala, nunca tendo visto pessoalmente um carro tão *vintage* assim.

— Você é fã de *Sobrenatural*? — perguntei.

Zayne deu um passo à minha volta e abriu a porta do passageiro.

— Não até recentemente. Tinha o carro antes de ser apresentado ao mundo dos Winchesters.

— Ah.

Ele se virou para mim, segurando a porta aberta. Assim como eu, ele usava óculos escuros. Os dele eram óculos de aviador, prateados, e as lentes refletivas. Os meus eram tão grandes a ponto de me fazerem parecer um inseto e as lentes eram tão pretas quanto eu consegui encontrar.

Aqueles lábios carnudos se curvaram para cima de um lado.

— Você vai entrar?

— Ah — repeti. — Sim.

Zayne estava ao volante em um nanossegundo, ao que pareceu, girando a chave na ignição. O motor ressoou.

— Então, pra onde vamos? — perguntei.

— Do outro lado do rio. Não deve demorar muito pra chegar lá — disse ele, saindo da vaga enquanto olhava para mim. — Coloque o cinto.

Eu nem tinha percebido que não tinha feito isso. Coloquei o cinto e, em seguida, quase plantei meu rosto na janela quando ele saiu da garagem e freou ao sermos recebidos por um engarrafamento. Meu olhar amplo tentou absorver tudo o que eu estava vendo.

Não era nada como antes, quando eu estava olhando pela janela do apartamento alto.

Edifícios de todos os tamanhos e cores pareciam estar amontoados uns sobre os outros, como dedos grossos que se estendiam para o céu vespertino, bloqueando a maior parte da luz solar fraca. Havia pessoas por toda parte.

Por toda parte.

Eu nunca tinha visto tanta gente em uma calçada. Mesmo em Morgantown, quando eu era pequena, nunca foi assim. Tinha de haver centenas de pessoas, as suas formas e rostos nada mais do que borrões para mim enquanto se apressavam em torno de pessoas que caminhavam mais devagar e cortavam na frente dos carros. Buzinas soavam. Pessoas gritavam.

Não só isso, eu ainda sentia demônios, e sabia que algumas daquelas pessoas não eram exatamente pessoas. Sons vinham de todas as direções, e era tudo um pouco demais. Eu mal conseguia perceber a diferença entre humanos e fantasmas quando as coisas eram mais calmas. Como eu seria capaz de perceber agora?

— Tem muita gente — afirmei.

— Na verdade, não tá tão ruim assim — respondeu Zayne, e meu olhar arregalado se voltou para ele.

— Mesmo? — sussurrei.

Ele assentiu.

— É depois da hora do *rush*. Se saíssemos umas três horas antes, teria sido o dobro disso.

— Cacete. — Fiquei contente por não ter vindo aqui sozinha. Eu não tinha medo de grandes multidões, ou pelo menos não pensava que tinha. Agora não tinha tanta certeza.

Virei-me para a janela do passageiro. Meus pensamentos vagaram enquanto eu olhava para fora, tendo uma visão nebulosa de edifícios que eventualmente se tornaram um caleidoscópio de olmos e parques. Comecei a pensar sobre Misha, sobre o que poderia estar acontecendo com ele, e tive que forçar meus pensamentos em outra direção. Eu não poderia me deixar cair nessa armadilha mental. Eu não tinha sentido a perda do vínculo, então ele ainda estava vivo e era isso que importava.

Eu me vi pensando no que Zayne havia dito mais cedo sobre ser forçado a assistir a alguém que se gostava se ferir e não ser capaz de ajudar. Ele tinha razão mais uma vez. Eu não sabia muito sobre ele, e eu queria... eu queria saber mais.

— Chegamos — anunciou Zayne, assustando-me para longe dos meus pensamentos.

Eu me concentrei no nosso entorno e fiquei surpresa ao descobrir que estávamos em algum tipo de estrada particular, parados em frente a uma... mansão?

Colando meu rosto na janela do carro, forcei os olhos para a enorme estrutura de tijolos de dois andares com pilares brancos que revestiam uma ampla varanda que parecia circundar toda a casa.

Sim, era definitivamente uma mansão.

Não me mexi, mesmo quando Zayne desligou o motor, e enquanto respirava com dificuldade, senti a presença pesada de... demônios. Podem estar literalmente em qualquer lugar. Eu os sentira quase todo o caminho até aqui, com exceção de quando estávamos atravessando uma ponte.

— Você tá bem? — Zayne perguntou.

— Sim — sussurrei. — Onde estamos?

— Cruzamos o rio em Maryland. É a... é uma casa particular — disse ele, seu tom distante o suficiente para que atraísse meu olhar. Ele estava olhando para a casa também, sua expressão rígida. — Duas pessoas moram aqui, mas acho que outras vão e vêm.

— Nossa. Só duas pessoas moram aqui?

— Sim — ele murmurou, tirando os óculos de sol e colocando-os na viseira do carro. — Mas pense na casa de Thierry. Ela era o dobro deste tamanho, e quantas pessoas moravam lá? Quatro?

Ele tinha razão.

— Você tá bem?

Zayne piscou e olhou para mim, sua expressão suavizando.

— Sempre.

Arqueei as sobrancelhas, mas ele abriu a porta e saiu, e eu decidi que era hora de fazer o mesmo. Deixando minha bolsa no banco, levei só meu celular comigo.

Ao atravessar o pavimento cinzento, notei que estava mais quente aqui, embora o sol estivesse atrás da casa. A brisa não era tão fria como nas montanhas.

— Ei.

Parei, voltando-me para Zayne.

Ele olhou para mim, o vento jogando aquela mecha de cabelo em sua bochecha. Então seu peito se levantou com uma respiração profunda.

— Só um aviso. O cara que você vai conhecer? Ele é... diferente.

— Diferente como?

— Ele é um demônio.

— Quê? — Eu me engasguei, tocando as adagas instintivamente.

— Trinity má — murmurou Zayne, pegando meus pulsos antes que eu pudesse agarrar as lâminas. — Preste atenção. Não tem necessidade de ficar homicida. Nenhuma das pessoas aqui...

— Você quer dizer nenhum dos *demônios* aqui...

— Nenhuma das *pessoas* aqui vão te machucar. Ou a mim. — Zayne manteve a voz baixa e calma, mas seus olhos se estreitaram.

Cacete, Zayne trabalhava mesmo com demônios. Não sabia o que eu esperava. Que era algo que ele tinha feito apenas no passado? Que ele não trabalhasse ativamente com demônios agora?

Zayne deu um passo para a minha frente, ainda segurando meus pulsos.

— Eu sei que isto é estranho, mas tô te dizendo que eles são de boa. Conheço um deles metade da minha vida, e se queremos ajuda para encontrar Misha, essas são as pessoas que podem prover.

Eu soube imediatamente de quem ele estava falando.

A garota — a meio Guardiã e meio demônio que havia sido criada com ele. Era ela quem vivia aqui? Mordendo o lábio, olhei por cima do ombro para a enorme casa. Será que eu conseguia fazer isso? Entrar em uma casa onde moravam demônios e pedir por ajuda?

O que o meu pai acharia disso?

Inferno, ele teria um ataque. Parte de mim esperava que ele aparecesse e reduzisse Zayne a pó e depois me levasse de volta para Thierry.

— Estamos seguros aqui — continuou Zayne, soltando meus pulsos para levantar os meus óculos de sol até o topo da minha cabeça, de maneira que ele pudesse ver meus olhos. — Você confia em mim, Trinity?

— Eu... — Eu não tinha certeza de como responder a essa pergunta. Parte de mim confiava, porque Zayne não me dera qualquer razão real para não confiar, mas eu ainda estava desconfiada dele, de tudo isso. Respirei fundo. — Você realmente acha que eles podem nos ajudar?

Zayne acenou com a cabeça.

— Acho.

Isto era significativo e potencialmente insano, mas eu faria qualquer coisa para encontrar Misha, mesmo que isso significasse ir contra tudo o que eu já aprendera.

— Tudo bem — eu disse.

Soltando meu pulso, ele se virou comigo para a casa e começamos a andar em direção a ela.

As portas duplas de bronze já estavam abertas e um homem estava ali. Tinha um cabelo loiro platinado que ficava abaixo dos ombros e ele usava um... macaquinho?

Sim.

Definitivamente um macaquinho preto.

O sopro quente no meu pescoço e o peso aumentaram. Os meus passos travaram, e imediatamente coloquei uma mão nas adagas.

O homem de macaquinho era um demônio.

Zayne colocou a mão na parte inferior das minhas costas, dando-me um empurrão suave para a frente quando o demônio parou no topo dos degraus.

— Isto é uma surpresa — disse ele.

Parei na base dos degraus, olhando para Zayne.

— Tá tudo bem — Zayne envolveu minha mão com a sua mão quente. Ele me guiou a subir os degraus. — Este é Cayman.

Cayman inclinou a cabeça enquanto seu olhar oscilava entre mim e Zayne.

— Há quanto tempo que não te vejo, Zayne.

— Já faz um tempo. — Ele parou diante de Cayman, e já que estávamos perto, notei que os olhos do demônio eram da cor de um mel rico. Ele não era de status inferior. — Ele tá aqui? Preciso falar com ele.

— Os dois estão aqui.

A mandíbula de Zayne travou.

— Ótimo.

Cayman olhou para as nossas mãos unidas e lentamente olhou para cima.

— É, sim. — Ele girou nos pés descalços. — Sigam-me.

Uma onda de arrepios irrompeu sobre a minha pele enquanto o seguíamos, entrando em um grande vestíbulo. Olhando para cima, vi um enorme lustre de cristal. Chique. Zayne soltou a minha mão enquanto caminhávamos sob uma ampla escada em espiral. Olhando em volta, notei algumas... pinturas estranhas nas paredes. Algumas eram tons suaves de vermelho e preto, pinturas de fogo ao lado de grandes fotografias em preto e branco de arranha-céus.

— Então, Zayne, amigo, quando você vai me deixar dar uma voltinha naquela belezinha? — Cayman perguntou, olhando por cima do ombro. Suas sobrancelhas eram quase pretas, e o contraste era impressionante nele.

— Quando você parar de fazer acordos, Cayman.

Meu olhar se aguçou. Cayman era um corretor demoníaco? Eles eram de Status Superior, mas mais ou menos... uma gerência intermediária, fazendo acordos com os humanos por suas almas. Eram conhecidos popularmente como demônios de encruzilhada, mas não era preciso encontrar uma estrada em algum lugar no sul do país para convocar um. Muitas vezes, era possível encontrá-los em bares e outros lugares para onde seres humanos que estavam cheios de angústia eram atraídos.

— Bem, isso nunca vai acontecer — disse o demônio.

— Eu sei — respondeu Zayne, e eu não conseguia entender como ele conseguia bater um papo com um demônio que roubava a alma das pessoas.

— Desculpe pela sala de estar. Tá meio bagunçada. Estávamos maratonando os filmes dos *Vingadores* e a gente meio que construiu um forte de almofadas no processo.

Um forte... de almofadas?

O demônio à minha frente usava macaquinho, queria dirigir o carro de Zayne e também construía fortes de almofadas?

Por acaso eu caí do lado de fora e bati com a cabeça?

Zayne não respondeu, mas então Cayman virou à esquerda e eu vi do que ele estava falando. A sala de estar era enorme, com estantes do chão ao teto em ambos os lados de uma televisão tão grande que eu nem sequer sabia que se fabricava tal tamanho. Um enorme sofá seccionado estava no centro da sala, e no chão em frente à TV estava exatamente o que Cayman havia declarado.

Um forte feito de almofadas coloridas, algumas longas e estreitas e outras brancas e fofinhas.

Parecia tão confortável.

Tirei o olhar do forte. A maior tigela de pipoca que eu já tinha visto na vida estava sobre uma mesinha de apoio, ao lado de um rolo meio comido de... massa de biscoito amanteigado?... e cerca de três garrafas de suco de laranja.

Que combinação estranha.

Cayman se jogou no centro do sofá enquanto eu parava na entrada da sala.

— Ele vai voltar em breve. — Aqueles olhos estranhos deslizaram na minha direção. — Você pode entrar e se sentar. Não mordo — Um sorriso lento enrolou seus lábios. — A menos que você queira.

Fiquei tensa.

— Cayman — Zayne rosnou em aviso.

O demônio o ignorou e decidi que eu estava bem ficando naquele lugar. Ele fez beicinho.

— E você, Zayne?

— Tô bem. Obrigado — disse ele, encostando-se na parede a poucos metros de mim, com as mãos nos bolsos da calça jeans e os tornozelos cruzados. Parecia não querer se aproximar, e isso não fez eu me sentir mais confortável.

— Foi mal — uma voz profunda interrompeu. — Tive que cuidar de algumas coisas.

Meus olhos se arregalaram quando um cara alto e de cabelos escuros entrou na sala por onde eu supunha ser a cozinha. Ele estava vestido todo de preto — jeans preto e camisa preta. Havia uma boa chance de ele ser ainda mais alto do que Zayne. Definitivamente não tão largo, mas mais alto. Ele estava longe demais para que eu percebesse muito de suas feições.

— Pedregulho, o que tá rolando? — ele perguntou.

Pedregulho?

Olhei para Zayne.

Ele lançou um olhar sombrio para o demônio.

Indiferente com a saudação bastante fria, o cara caminhou atrás do sofá e então parou onde estava quando seu olhar pousou em mim.

Sua cabeça se inclinou quando ele deu um passo mais perto de mim, e então de repente ele estava bem na minha frente, e suas feições ficaram claras. Ele era... ele era incrivelmente atraente, com traços afiados e angulares e olhos dourados, como os de Cayman, luminosos e ligeiramente curvados, dando-lhe uma aparência felina. Seus lábios se abriram em uma inspiração aguda e audível.

— O que você tá fazendo? — Zayne perguntou, empurrando-se para longe da parede.

O cara não respondeu. Ele levantou o braço como se estivesse em transe, com os dedos esticados na minha direção.

— Não me toque. — Eu cambaleei para o lado, esbarrando em Zayne.

Zayne me puxou contra ele, e dentro de um piscar de olhos, eu estava imprensada entre os dois, minhas costas aquecendo com o calor que Zayne emanava, e o mesmo do cara que estava na minha frente.

— Lembra do que eu te disse. Ele não vai te machucar — disse Zayne. — Eu tava dizendo a verdade. Ele só tá sendo mais estranho do que o normal.

— Isto tá ficando bizarro — comentou Cayman do sofá. — E meio gostoso, o que não é remotamente o que eu esperava.

Pisquei.

— O quê? — O cara na minha frente piscou e depois olhou para a mão dele. Um olhar de surpresa cintilou em seu rosto, como se ele tivesse acabado de perceber o que estava fazendo. Sua mão se fechou quando ele abaixou o braço.

— Opa.

— Opa o quê? — Zayne me puxou para que eu ficasse um pouco atrás dele. — O que você tá fazendo?

— Tô indo! — Uma voz feminina soou e ouvi Zayne soltar um palavrão baixinho. — Desculpa...

— Tá tudo bem — o cara novo gritou para ela, dando um passo para longe de nós. — Não entre aqui, Layla. Tô falando sério. Me dá um tempinho.

Meu estômago se revirou enquanto os músculos ao longo das costas de Zayne ficavam tensos.

— Merda.

Isso também não me tranquilizou.

O demônio levantou o queixo.

— Onde você a encontrou? Numa igreja ou algo assim?

Comecei a franzir a testa. Zayne costumava encontrar pessoas em igrejas?

— Não. Não a encontrei numa igreja. Que tipo de pergunta é essa?

— Certo. Bem, onde quer que a tenha encontrado, você precisa devolvê-la, Pedregulho.

— Eu não sou um brinquedo — retorqui, afastando-me de Zayne —, ou um objeto inanimado a ser carregado ou guardado.

Aqueles olhos âmbar ferozes pousaram em mim.

— Ah, eu sei exatamente o que você é.

Meu corpo inteiro travou.

— Como? — Zayne indagou. — Como você sabe o que ela é?

— Eu não sou um demônio qualquer, Pedregulho. — Sua pele pareceu afinar e sombras escuras floresceram por baixo. — Eu sou Astaroth, o Príncipe da Coroa do Inferno. Eu *sei*.

Capítulo 22

Santa mãezinha de Deus, Zayne me trouxe para ver o *Príncipe da Coroa do Inferno*?

Mas que diabos?

Meus dedos coçavam para sentir o peso das minhas adagas, mas pior ainda, eu podia sentir a *graça* acendendo no centro do meu estômago. Eu a controlei, mas ainda estava lá, exigindo ser liberada.

— Você é um príncipe de verdade? — perguntei.

Ele inclinou a cabeça.

— Eu sou *o* Príncipe da Coroa do Inferno.

Meus lábios se separaram quando me virei para Zayne.

— Quando você jogou a bomba de que íamos ver demônios, você esqueceu de mencionar que um deles era o Príncipe da Coroa.

— Foi mal, eu esperava que Roth guardasse esse pequeno fato pra si — rosnou Zayne. — Mas ele é... excepcional desse jeito.

— Sou mesmo — respondeu Roth.

— Excepcionalmente irritante — acrescentou Zayne, e quando meu olhar voltou para Roth, ele fez beicinho. — Ele é o Príncipe da Coroa, mas não é... de todo ruim.

Roth respirou fundo enquanto colocava a mão sobre o coração.

— Pedregulho, você acabou de me elogiar?

Zayne o ignorou.

— Ele não é um cara mau — repetiu.

— Outro elogio? Ah, uau, eu vou ficar encabulado — disse Roth. — Mas isso não muda o fato de que tô muito, muito descontente por você ter trazido *isso* pra dentro da minha casa.

Zayne estava de repente na minha frente, bloqueando-me completamente.

— Vim te pedir ajuda, Roth.

— Você trouxe *isso* pra dentro da minha casa com Layla aqui? — Roth repetiu. — Você enlouqueceu?

— Beleza — disse Cayman de algum lugar atrás deles —, eu tô *tão* curioso pra saber o que tá rolando aqui.

Zayne ignorou Cayman enquanto eu espiava por trás dele.

— Eu sei o que ela é. Ela sabe o que ela é, mas ela não é uma ameaça pra você. Estamos aqui porque precisamos da sua ajuda.

— Certo, não vou mais ficar esperando, porque juro que tô ouvindo a voz de Zayne e isso... — anunciou a mulher que provavelmente estava na cozinha. Roth gritou algo antes de desaparecer bem na nossa frente. Eu arquejei quando ele reapareceu do outro lado do sofá, assim como Zayne endureceu ao meu lado de tal forma que eu pensei que ele tinha se transformado.

Olhei para ele. Era como se um véu tivesse escorregado sobre seu rosto. Se eu achava que ele parecia desprovido de emoção antes, eu estava errada. Agora parecia uma estátua. Meu olhar seguiu o dele até uma garota que agora estava perto do outro lado do sofá.

No momento em que a vi, não consegui desviar o olhar. Ela era... linda de uma forma irreal e etérea, e se eu não soubesse o que eu era e o que ela era, teria pensado que ela era uma Legítima. Com seus longos cabelos loiros-esbranquiçados e grandes olhos azuis claros, ela parecia ter mais sangue de anjo do que eu, mas eu sabia o que ela era.

Era meio demônio, meio Guardiã, e não tinha sangue angélico.

— Zayne — ela falou, um sorriso espalhando-se em seu rosto. — Fico... Fico muito feliz por te ver. Já faz tempo demais.

— Sim. Faz — Sua voz era áspera, de uma forma estranha. — Trinity? Esta é Layla. A gente, hã, cresceu junto.

— O nome dela é *Trinity*? Tipo, de Trindade? — Roth parecia ter se engasgado, e eu ignorei isso enquanto me concentrava em alguém que era tão rara quanto eu.

Layla ainda estava olhando para Zayne, e eu tinha a sensação de que ela ainda nem sequer tinha olhado para mim. Ela me lembrava uma daquelas bonecas de porcelana, do tipo que era bonita, mas também um pouco assustadora e possivelmente assombrada. O meu olhar se voltou para Roth.

O que mais era assustador era a maneira como Roth estava olhando para mim de onde estava, ao lado de Layla. Ele me olhava como... como eu olhava para um prato de batatas fritas com queijo derretido.

Eu estava realmente começando a me sentir super desconfortável.

Layla finalmente arrastou o olhar de Zayne e olhou para mim. Seu sorriso vacilou e seus olhos azuis se arregalaram.

— Cacete — ela sussurrou.

Eu congelei.

— Hã...

— O que você vê? — Roth perguntou, colocando a mão no braço de Layla.

Espera um segundo. Eu podia acreditar que o Príncipe da Coroa do Inferno pudesse sentir o que eu era, mas uma meio Guardiã, meio demônio? Isso não fazia sentido para mim.

— Não sei — disse Layla, contornando Roth, mas ele não a deixou ir muito longe, segurando seu braço. — Nunca vi nada parecido.

Minhas sobrancelhas se ergueram na testa.

— Eu realmente gostaria que alguém me explicasse as coisas — Cayman suspirou. — Tô me sentindo de fora.

— Por que você me trouxe aqui? — perguntei a Zayne.

— Essa é uma pergunta incrivelmente boa que tenho me perguntado também — observou Roth, ainda segurando Layla, e... e agora *ela* estava olhando para mim como se eu fosse batata frita com queijo derretido *e* molho ranch.

— Eles não deviam saber o que eu sou — continuei. — Mas esses dois estão olhando pra mim de uma forma que me deixa muito desconfortável.

— Eles não deveriam ser capazes de saber, mas Roth é... *tão* especial — disse Zayne —, aparentemente.

— Você tá flertando comigo, Pedregulho? — Roth perguntou.

— É, é isso que eu tô fazendo, Roth. — Zayne se virou para mim, seu olhar procurando o meu enquanto falava, a voz baixa. — Eu não acho que Layla saiba o que você é, mas... — ele olhou para ela. — Ela tá vendo sua alma.

— *Como é*? — Minha voz ficou estridente quando olhei para eles. Layla estava agora forçando contra o braço de Roth. — Você tem certeza de que eles são gente boa?

Zayne atirou em Roth com um olhar de advertência quando disse:

— São sim. Pode confiar em mim. E você pode confiar neles.

— Eu não sei, não. — Olhei para eles. — Estão olhando pra mim como se quisessem me devorar.

— Espero que eles parem com isso — aconselhou Zayne —, tipo *agora mesmo*.

— Tô percebendo o olhar — comentou Cayman. — Vejo agora. Layla, talvez você queira, sabe, dar uma maneirada.

— O quê? — Layla piscou e olhou ao redor da sala, com as bochechas coradas ao perceber o quão longe esticara o braço de Roth. — Nossa. Foi mal.

— Tá tudo bem. — Roth a puxou para os seus braços, segurando-a perto, do jeito que eu tinha visto Ty segurar Jada. Eu não entendia isso, a forma como ele a abraçava. Não entendia nada disto. — Tive a mesma reação.

Layla colocou as mãos no braço de Roth. Ela continuava olhando à minha volta, vendo... a minha alma?

— O que você vê, Layla? — Zayne perguntou.

— Eu vejo... — Ela esfregou uma mão sobre o braço de Roth. — Eu vejo branco puro... e preto puro.

Zayne olhou para mim, e eu não tinha ideia do que isso significava, mas ele parecia surpreso.

— O melhor dos dois mundos — murmurou Layla, e eu estremeci. — O que ela é? — ela repetiu, perguntando de uma forma que me lembrava uma criança pedindo um lanche.

— Ela é uma Legítima — respondeu Roth, e senti meu estômago se revirar. Ele realmente sabia o que eu era. — Mais comumente conhecidos como nefilim.

O queixo de Layla caiu.

— Cacete de asa. — Cayman ficou de pé e saltou sobre o sofá. Na verdade, *se arremessou* para o outro lado.

Eu me senti bastante orgulhosa dessa reação, considerando que os outros dois pareciam querer ficar muito, muito próximos.

Zayne sorriu.

— Uau, Cayman, acho que nunca te vi se mexer tão rápido.

— Mas que diabos, Zayne? Eu disse a ela pra se sentar ao meu lado. *Se sentar* ao meu lado. Isso é doentio — disse Cayman, balançando a cabeça. — Nunca vi um Legítimo antes. Jesus. — Ele recuou, olhos arregalados. — Eu não curto esse tipo de vida, não.

— Eu... Eu não vou machucar vocês — eu disse, sentindo-me um misto de valentona e aberração. — Quer dizer, não quero — Olhei para Zayne, inquieta com tudo isto. — Não é mesmo?

Um canto dos seus lábios se levantou.

— Certo.

— Mas você pode — disse Roth, apoiando o queixo sobre a cabeça de Layla. — Há apenas duas coisas neste mundo com as quais nem eu quero ficar cara a cara. Nenhuma delas é um Guardião.

Zayne suspirou.

— E uma delas é um Legítimo — disse Roth.

Eu não consegui me impedir de perguntar:

— Qual é a segunda coisa?

O sorriso de Roth era como fumaça quando ele olhou para mim, fazendo-me estremecer.

— Ela não tem motivo pra atacar vocês — disse Zayne —, então não vamos lhe dar nenhum, porque se vocês sabem alguma coisa sobre os Legítimos, sabem que eu não vou ser capaz de impedi-la se vocês a irritarem.

Os lábios de Roth se afinaram.

— E, ainda assim, você a trouxe aqui, colocando Layla em risco...

— Viemos aqui pra pedir ajuda...

— Eu gosto quando você precisa de mim, Pedregulho — Roth sorriu.

— Deus, eu te odeio — resmungou Zayne.

— Ei! Foi a primeira vez que disse o meu nome.

Zayne revirou os olhos.

— *Enfim*, estamos aqui porque eu confio que vocês podem ver além do fato de que ela é parte anjo, especialmente se ela já tá vendo além do fato de que vocês são demônios. — A voz de Zayne endureceu. — Então, podemos voltar ao assunto?

Ninguém falou, por isso levantei a mão.

— Tenho uma pergunta.

— O que é? — Zayne soltou outro suspiro que me lembrou tanto Misha que fez meu peito doer.

Olhei para Layla.

— Como você vê almas?

Ela olhou para Roth antes de falar.

— Você sabe o que eu sou?

— Parte Guardiã, parte demônio?

— Certo. Você sabe quem era minha mãe? E eu uso a palavra *mãe* só por formalidade.

— Lilith? — disse, lembrando-me do que Misha tinha me dito. Eu pude sentir o sobressalto surpreso de Zayne, mas ignorei. — Sua mãe é Lilith?

— Sim, e os dons da minha mãe se manifestaram de forma diferente em mim por causa do meu sangue de Guardiã — explicou ela, ainda esfregando os braços de Roth com suas duas mãos pequenas. — Consigo ver almas. São como auras pra mim. As almas brancas são as mais puras, Guardiões e anjos e humanos sem pecado têm almas puras. — Ela parou, seu olhar cintilando ao meu redor. — Você tem uma alma pura e...

— E o quê? — Apertei os olhos, desejando poder ver o que ela via.

— Não sei. Eu nunca vi uma alma tão escura — disse ela, e eu pisquei. — Quer dizer, como os demônios não têm alma, então não tem nada pra se ver.

Roth fez beicinho atrás dela.

— E os seres humanos realmente maus, malignos mesmo, têm almas muito escuras, mas preto puro? Preto puro e branco puro? — Um olhar de admiração cruzou seu rosto. — Eu acho que é por causa do que você é, e é por isso que eu nunca vi nada parecido.

— Mas por que também seria preto? — perguntei. — Quer dizer, se quanto mais escura a alma é, mais má a pessoa é...

— Eu posso responder isso por você — disse Roth. — Provavelmente pagando pelos pecados do seu pai. Não acho muito que os anjos deveriam estar por aí se pegando com humanos.

— Não — murmurou Cayman.

— Eles fizeram por um longo tempo — eu apontei. — Costumava haver milhares da minha espécie.

— E isso foi há quantas centenas de anos? As coisas mudaram desde então. A procriação entre anjos e humanos foi proibida — respondeu Roth.

— Como você sabe disso? — Zayne perguntou.

— Sou um demônio. Sou o Príncipe da Coroa. Sei o que é proibido e o que não é — Seu sorriso era presunçoso. — O que me faz pensar por que um anjo quebraria essa regra fundamental, criaria você e te deixaria viver.

Eu levantei uma sobrancelha para a parte do *te deixaria viver.*

— E também levanta a questão de quem é o seu pai — disse Roth.

— Você tem outras habilidades como sua mãe? — perguntei a Layla, ignorando a pergunta de Roth. — Tipo, você pode tomar almas?

— Eu posso, mas não faço isso — disse ela, encontrando meu olhar e obviamente vendo a minha dúvida. — Quer dizer, tento não fazer. Houve alguns percalços no passado... — O olhar dela se voltou para Zayne, e eu soube no fundo da minha alma. Misha estava certo sobre Zayne ter perdido uma parte da alma. E eu sabia que tinha sido Layla quem a tinha tomado. — Mas faço tudo o que estiver ao meu alcance pra não fazer isso.

— E ela é quase sempre bem-sucedida — Roth deu um beijo no topo da cabeça de Layla. — E mesmo quando não é — continuou Roth —, ela ainda é perfeita.

Um sorriso suave puxou os lábios de Layla quando ela inclinou a cabeça para trás. O beijo que Roth deu foi leve e rápido, mas ainda me deixou chocada. Fiquei atordoada com o afeto, pelo amor óbvio entre eles. Estava tão confusa.

Nunca me ensinaram que os demônios... pudessem amar. Sim, eles eram capazes de sentir luxúria, mas amor? Toda lição que eu tive na escola implicava que eles eram incapazes de uma emoção tão humana.

Os anjos, de sangue puro, não podiam amar como os humanos. Diabos, no início, nem os Guardiões conseguiam sentir isso. Eles aprenderam a amar através da interação com os seres humanos. Ao longo de centenas de anos, tornou-se um comportamento aprendido. Teria sido o mesmo para os demônios?

Olhei para Zayne e ele estava quieto e tenso, observando-os através de cílios grossos e baixos.

Um longo momento se passou e o príncipe demônio levou Layla até o sofá e a puxou para baixo, de modo que ela se sentasse ao lado dele.

— Sente-se, Trinity. Aparentemente, precisamos conversar.

Eu não queria me sentar.

Zayne me cutucou suavemente.

— Pode ir.

Resistindo ao impulso de protestar, encaminhei-me para o sofá e me sentei enquanto Cayman parava de parecer que estava tentando desaparecer dentro de uma parede. Em vez disso, parecia curioso novamente.

Roth se inclinou para a frente, seu olhar passando de mim para Zayne.

— Então, Trinity, que pode ou não ser santíssima, como você conheceu o Pedregulho ali? Tô morrendo de vontade de ouvir a história.

— Eu também — murmurou Layla.

Olhei para Zayne. Seu queixo havia abaixado e ele parecia estar a um segundo de arrancar a estante da parede e lançá-la na cabeça de Roth.

— Como nos conhecemos não é muito importante no momento — disse Zayne, com a voz firme e impaciente.

— Na verdade, acho que é importante. Eu quero saber como vocês dois se conheceram. — Layla entrou na conversa, seu olhar voltando-se para o meu.

Respirei fundo.

— Ele... foi para a comunidade onde eu moro.

— Você mora em uma comunidade... uma comunidade de Guardiões? — A surpresa coloriu o tom dela.

— Na sede regional — eu disse, sem mais detalhes, mas Layla parecia saber o que isso significava.

Seus olhos ficaram ainda maiores.

— E há quanto tempo você mora lá?

— Desde que eu era pequena, aos sete ou oito anos — admiti, sem saber o que poderia compartilhar que não fosse considerado traição ao clã que me protegera. — Eu estava... escondida lá. Pouquíssimos sabiam o que eu sou.

— Interessante — murmurou Roth de uma forma que me dizia que ele achava exatamente o oposto. — Mas tô mais interessado em saber por que Zayne precisa da nossa ajuda?

— A comunidade foi atacada ontem à noite e alguém... próximo de Trinity foi levado por um demônio que reconheci. Um de Status Superior que eu vi em DC — explicou Zayne. — Precisamos encontrá-lo, e é muito possível que o demônio tenha voltado pra cá.

Roth se recostou, apoiando um tornozelo no joelho.

— E este alguém que é próximo de Trinity é um Guardião?

— Sim — respondi.

— Por que você acha que este alguém ainda tá vivo? — Roth perguntou, puxando o cabelo de Layla. — Com exceção de meio Guardiãs bonitas, os demônios geralmente não mantêm cativos vivos.

— Eu sei que ele tá vivo — eu disse. — Ele é meu Protetor vinculado. Eu saberia se ele estivesse morto, e ele não tá.

— Protetor vinculado? — Layla murmurou para si mesma.

— Então, isso é verdade? — Roth mexeu o pé. — Os Legítimos eram vinculados aos Guardiões?

Assenti.

— E se ele ainda tá vivo, então provavelmente tem um motivo — falou Cayman, vindo ficar atrás de Roth e Layla. — E um bom motivo não vai ser. Eles vão...

— Usá-lo pra obter informações sobre a comunidade ou pra me atrair, se souberem o que ele é e o que eu sou — interrompi. — Eu sei, mas não sabemos se este demônio sabe o que eu sou.

— Acho que podemos supor com alguma certeza que ele sabe, se entrou em uma comunidade de Guardiões e só levou seu Protetor — disse Cayman.

Roth levantou a mão.

— Já que estamos fazendo a coisa de levantar a mão... — Ele piscou para mim. — Tenho uma pergunta. Como é que um demônio entrou nesta comunidade e conseguiu escapar com vida e com um Guardião, um Guardião Protetor?

Boa pergunta, e Zayne assumiu, explicando o que aconteceu, incluindo o ataque dos demônios Torturadores de antes, os humanos com as máscaras assustadoras e os Rastejadores Noturnos. A única coisa que ficou de fora foi o ataque de Clay contra mim.

Enquanto falava, ainda encostado na parede, com os braços cruzados, percebi que ao mesmo tempo que ele estava na sala, não queria fazer parte deste grupo.

— Se os humanos estavam trabalhando com este demônio, há uma boa chance de que eles estejam possuídos — disse Layla, olhando para Zayne. — Já vimos isso acontecer. Você tem um demônio talentoso em possessão, e eles podem criar um pequeno exército.

Eu não tinha considerado isso, e agora me sentia idiota por não pensar nisso.

— O que mais você sabe? — Roth perguntou.

— Trinity também foi atacada enquanto eu tava na comunidade — respondeu Zayne.

Bem, lá se foi não contar essa parte.

O olhar de Roth se aguçou.

— Pois nos diga, que também pode ser uma informação útil.

— Um Guardião te atacou? — Layla piscou rapidamente.

Assenti.

— E o que aconteceu a este Guardião?

— Ele morreu — eu disse, suprimindo um tremor. — Eu o matei.

— Boa menina — Roth sorriu em aprovação.

Um arrepio dançou sobre minha pele enquanto eu olhava para ele. Rapaz, aquele sorriso era enervante.

— O ataque anterior tem que estar relacionado, porque o Guardião que foi atrás de Trinity tava usando o mesmo tipo de máscara que os humanos usavam durante a invasão — disse Zayne. Houve uma pausa. — Tem outra coisa.

— O que é? — Layla perguntou.

Zayne olhou para mim, e levei um momento para descobrir o que ele estava querendo dizer. A tensão penetrou nos meus músculos.

— Não tem relação com isso — eu disse a ele. — De jeito nenhum.

— O que não tem? — Layla perguntou.

Apertando os lábios, balancei a cabeça. Nunca na minha vida esperei explicar para demônios o que tinha acontecido à minha mãe, mas aqui estava eu.

— Minha mãe foi morta há cerca de um ano por um Guardião em quem confiávamos.

— Meu Deus. — Layla pressionou a mão contra o centro da camisa preta que usava. — Lamento muito ouvir isso.

— Obrigada — murmurei, apertando as mãos sobre os joelhos.

— E por que você tem certeza de que isso não tem relação? — Zayne perguntou calmamente.

— Porque o Guardião que matou minha mãe tentou me matar, porque ele... ele acreditava que eu era uma abominação — disse eu, olhando para os meus dedos. — Que eu era uma ameaça aos Guardiões, mais do que qualquer demônio. Ele nos pegou desprevenidas e a minha mãe... ela foi muito corajosa. Ela ficou entre nós e... é, foi isso.

— Deus — disse Zayne.

— É, então não tem a ver com isso. — Respirando com dificuldade, levantei o olhar para os demônios à minha frente. — Misha é mais do que meu Protetor. É como se fosse meu irmão. Fomos criados juntos e, apesar de enchermos o saco um do outro, não sei o que faria se acontecesse alguma coisa com ele.

Um sorriso triste puxou os lábios de Layla quando ela olhou de mim para Zayne.

— Sei bem como é isso.

Não precisava ser um gênio para descobrir que ela estava falando de Zayne, e estes dois tiveram obviamente uma grande desavença. Era sobre ela ter levado uma parte da alma dele? Isso bastaria. Ou era algo mais? Olhei para Roth. Tinha a ver com ele?

— Entendo — disse Roth, e eu não tinha ideia do que ele entendia. Ele olhou por cima do ombro para Cayman. — Por acaso sabe quem é este demônio?

— Baal — respondeu Zayne.

— Inferno — murmurou Roth enquanto Layla parecia empalidecer. — Ele voltou pra cidade?

— Bem, acho que sim. Ele tava rodando pela cidade por um tempo, e com certeza foi ele quem levou Misha.

— Você conhece Baal? — perguntei.

— Ora, sim. Todos nós, demônios, somos amigos no Facebook — respondeu Roth, e meus olhos se estreitaram. Ele sorriu. — Eu o conheço e não gosto dele.

— O sentimento é mútuo — acrescentou Cayman. — Baal sempre teve ciúmes de Roth.

— Porque meu cabelo é mais bonito — explicou Roth.

Comecei a franzir a testa.

— Na verdade, porque Roth sempre foi o favorito do Chefe — esclareceu Cayman, e eu tinha uma suspeita de que o Chefe era Lúcifer, e eu realmente não tinha ideia do que dizer sobre isso. — Bem, *era* o favorito do Chefe. Já não tanto.

Roth assentiu lentamente.

— Isso é verdade, mas se você tá certa e Baal tá com o seu Protetor, isso é uma má notícia.

— Eu já percebi isso — disse.

O príncipe demônio se inclinou para a frente.

— Não, acho que não, Trinity. Baal não é só um demônio de Status Superior com uma tendência a ciúme mesquinho. Ele só sai pra jogar quando a recompensa é grande. Ele não levaria um Guardião a troco de nada ou de pouca coisa. Ele levou o *seu* Guardião, e se existe alguma dúvida na sua mente de que ele não sabe o que você é, ou o que o seu Guardião é, apague isso agora. Ele o levou pra chegar até você, o que significa que você devia evitar mais prejuízos e ir o mais longe possível daqui.

Eu suguei um suspiro estridente.

— Evitar mais prejuízos? Não posso fazer isso. Não *vou* fazer isso.

Roth inclinou a cabeça.

— O que você acha que vai acontecer se Baal colocar as mãos em você?

— Eu sei exatamente o que vai acontecer — retruquei. — Vou matá-lo.

Sua mandíbula endureceu enquanto ele continuava a olhar para mim, e então se reclinou para trás. Roth olhou por cima do ombro.

— Veja o que você pode descobrir sobre Baal.

— Claro — Cayman se voltou para Zayne e para mim. — É sempre bom te ver — Então olhou para mim. — Você me assusta.

E então Cayman desapareceu em um piscar de olhos. Roth disse:

— Dê-lhe alguns dias...

— Alguns *dias*? — Minha respiração ficou presa enquanto eu me inclinava para a frente. — Misha pode não ter alguns dias.

— Talvez não — disse Roth. — Mas vamos tentar ser positivos aqui. Temos de ser espertos quanto a isso. Demônios como Baal não são idiotas. Se a gente começar a bombardear todos os redutos escuros desta cidade, quem souber de alguma coisa vai rarear.

Apertando os lábios, balancei a cabeça enquanto lutava contra a crescente frustração.

— Vamos descobrir onde está o seu Protetor — disse Roth —, eu sou como o esquadrão de elite.

— É, se por *elite* a gente entender *elite de cretinos* — Zayne comentou, e meus olhos se arregalaram.

— Na real, isso foi bastante engraçado. — Roth riu enquanto se levantava e caminhava até onde a massa de biscoito estava largada. Ele a entregou a Layla e depois se mexeu para ficar em frente ao forte.

Uma grande questão permanecia.

— Por que você tá disposto a me ajudar?

— Porque sempre quis que uma Legítima me devesse um favor — Roth sorriu.

Eu estremeci, pensando que talvez eu não precisasse saber o porquê.

— E porque Zayne trouxe você aqui — acrescentou Layla. — Isso me diz que você é importante pra ele.

Abri a boca para falar, mas não tinha ideia do que dizer sobre isso. Olhando para Zayne, eu não conseguia entender sua expressão.

— Ele tá me ajudando porque eu prometi ajudá-los — eu disse, observando Zayne. Ainda não houve reação.

— Ajudá-los com o quê? — Layla perguntou, partindo um pedaço de massa.

— Você sabe que tem alguma coisa na cidade matando Guardiões e demônios de Status Superior — respondeu Zayne depois de um momento. — Seja o que for, é poderoso, mas duvido que seja tão poderoso quanto uma Legítima.

Uma estranha sensação de decepção tomou conta de mim. Fui eu quem sugerira que Zayne só estava me ajudando por causa do acordo que fizemos, mas... queria que ele negasse isso e dissesse que era porque éramos amigos.

Mas não tinha certeza se éramos amigos.

— Podemos conversar? — Layla perguntou, olhando para Zayne. — Só por um momento?

— Agora não é uma boa hora — ele respondeu rapidamente. — Temos de ir andando.

— Só vai levar uns minutinhos — disse ela. — Só isso.

— Eu realmente não tenho tempo.

Layla se inclinou para a frente e abriu a boca, fechou-a e tentou novamente.

— Não te vejo há meses, Zayne. Meses. Eu liguei e mandei mensagem, e você não me responde, e então você aparece aqui, sem aviso prévio, com *isto*.

Com isto? Os cantos dos meus lábios começaram a virar para baixo. A maneira como ela disse aquilo me fez sentir como se eu fosse uma IST — do tipo que você não consegue se livrar.

— Layla — começou Roth.

— Não — Ela apontou o rolo de massa para Roth.

Ele levantou as mãos em uma rápida rendição.

Layla se levantou abruptamente e, em seguida, virou-se em direção a Zayne.

— Eu vi Dez algumas semanas atrás. Sabia disso?

Zayne não respondeu, mas até eu conseguia ver o músculo contraindo ao longo de sua mandíbula como uma bomba-relógio.

— E você sabe o que Dez me disse? — Layla desabafou, com as bochechas coradas de rosa. — Que você se mudou. Tá morando sozinho! Nenhum membro do clã faz isso e sobrevive... — Ela se interrompeu, respirando fundo, grunhindo de exasperação. — Por que você se mudou?

— Não é da sua conta.

— Não é da minha conta? Você aparece depois de meses de silêncio com um nefilim, depois de eu ficar sabendo que você se mudou, e daí me diz que isso *não é da minha conta*? Quem é você?

— Obviamente não quem você pensava que eu fosse — Zayne retorquiu. — Isso responde à sua pergunta?

Layla enrijeceu, abaixando o rolo de massa de biscoito amanteigado. Uma mistura de mágoa e de raiva passou por seu rosto, e então ela se virou em minha direção com aquela massa de biscoito, e eu sabia que o que quer que estivesse prestes a sair de sua boca não seria legal.

Eu estava tão farta de ficar calada.

— Certo. Não sei o que tá acontecendo aqui e, francamente, não me importo. De verdade. O meu melhor amigo foi levado por um demônio, e deve estar sendo torturado enquanto ficamos aqui sentados gritando uns com os outros sobre telefonemas não atendidos.

Layla fechou a boca.

Eu estava a todo vapor agora, eu não ia parar.

— E além de tudo isso, fui criada pra acreditar que demônios eram malignos, nenhuma área cinzenta, e aqui estou eu com o Príncipe da Coroa do Inferno que constrói fortes de almofadas como se isso fosse normal...

— É normal pra mim — murmurou Roth —, eu gosto de fortes de almofadas.

Ignorei isso.

— E eu tô sentada na frente de uma meia Guardiã que comeu, tipo, dez quilos de massa de biscoito em dez segundos! Entendo que vocês têm suas questões, mas não podem ser mais importantes do que o que pode estar acontecendo com Misha. Preciso encontrá-lo antes que o matem.

— E se você não chegar até ele a tempo? — Roth perguntou, e a sala ficou em silêncio.

— Se ele estiver morto? — O meu coração se partiu e não suportei pensar nisso. — Então eu vou dar um jeito.

— Há coisas piores do que estar morto, Trinity.

Um arrepio dançou sobre a minha pele quando encontrei seu olhar cor de âmbar.

— Eu vou ter que acreditar na sua palavra sobre isso.

— Deveria — Roth cruzou os braços. — Acho que é hora de vocês dois irem embora. A gente se fala. — Ele olhou para Zayne. — E da próxima vez que ligarmos, tente atender o telefone.

Capítulo 23

— Bem, foi divertido, não foi? Mal posso esperar pra fazer isso de novo — disse quando Zayne se colocou atrás do volante do Impala. Esperei até que ele fechasse a porta e então me inclinei, socando-o no braço.

— Ai. — Ele olhou para mim, os olhos arregalados. — Pra que isso?

— Isso foi por não me dizer que íamos ver o maldito Príncipe da Coroa do Inferno. — Dei-lhe outro soco no braço.

Afastando-se de mim, ele esfregou o bíceps.

— E *esse* foi pelo quê?

— Isso foi por ser um idiota com Layla. — Levantei o braço mais uma vez.

A mão de Zayne disparou, agarrando o meu punho.

— Isso não é legal — disse ele. — E eu não fui um idiota com ela.

— Foi, sim. — Tentei libertar a minha mão, mas ele não soltou.

— Olha só pra você. Depois de um único encontro com demônios, agora você tá os defendendo. — Zayne abaixou minha mão para o espaço entre nós.

— Não, não tô. — Eu estava, sim. — O que diabos tava acontecendo entre vocês dois?

Os olhos pálidos de Zayne encontraram os meus.

— Você não vai me bater de novo se eu te soltar? Sou frágil.

Eu bufei.

— Eu não vou bater em você de novo.

Ele soltou e depois girou a chave na ignição. O motor ressoou.

— Então? — perguntei.

Zayne suspirou enquanto colocava o Impala em movimento.

— As coisas com Layla são... complicadas, e é tudo o que posso dizer sobre isso.

— Isso não revela muito mais do que eu já sei.

Quando ele não respondeu, a irritação aumentou e, por baixo dela, uma pequena decepção floresceu no meu peito. Por que é que ele não me contaria o que aconteceu entre eles? Havia uma muralha em torno de Zayne, feita de granito e teimosia.

Ele permaneceu em silêncio enquanto dirigia. O sol tinha se posto, por isso tirei os óculos de sol do topo da minha cabeça e os coloquei no visor do carro.

— Você acha que eles vão ajudar? — perguntei, concentrando-me em coisas importantes que não eram os problemas pessoais de Zayne.

— Sim, acho. — Zayne manteve uma das mãos no volante e descansou o braço direito ao longo da parte de trás do nosso assento. — Se alguém consegue encontrar informações sobre onde Baal se escondeu ou o que ele tá planejando, esse alguém é Cayman.

Pensei no demônio de macaquinho.

— Ele pareceu estar com muito medo de mim.

— Sim. — Zayne riu. — Ele tava mesmo.

Era estranho sorrir por isso, mas sorri.

— Então, ele é um negociador?

Zayne acenou com a cabeça.

— Ele não procura humanos. Eles tendem a encontrar o caminho até ele, querendo ou precisando de algo pelo qual dariam qualquer coisa, incluindo suas almas. A doideira é que a maioria dos humanos quer coisas totalmente irrelevantes. Eles abrem mão de uma parte de suas almas por uma promoção, ou pra ficar com alguém que provavelmente nem sequer os merece.

— Só uma parte? — perguntei. — Eu pensei que eles abriam mão de toda a alma?

— Não, só uma pequena parte.

— E... você acha que tá tudo bem com isso? — perguntei.

— Eu acho que quando os humanos usam seu livre-arbítrio e colocam em risco onde eles vão parar quando morrerem, isso é com eles. Fazemos tudo o que podemos para mantê-los a salvo de demônios que violam as regras, e você sabe que existem regras. Deve haver um equilíbrio entre o bem e o mal. — disse Zayne ao nos aproximarmos da ponte que levava de volta à cidade. — Cayman segue essas regras.

Eu sabia que havia regras e que o equilíbrio entre o bem e o mal decorria do conceito de livre-arbítrio.

— Não sei o que pensar sobre tudo isso — admiti, olhando para o seu perfil sombrio.

Zayne ficou quieto por um longo momento.

— Sabe, eu era muito parecido com você por, bem, toda a minha vida. Via coisas em preto e branco. Sem cinzas… com exceção de Layla. — Ele estava olhando para a frente enquanto falava. — Eu costumava pensar que a parte Guardiã de quem ela era neutralizava a parte dela que era um demônio. Eu até dizia isso a ela, quando era mais nova e vinha falar comigo, preocupada com o que era, chateada porque o clã nunca a aceitaria ou preocupada que havia algo errado com ela. Sempre reforcei pra ela que ela era parte Guardiã e isso era tudo o que importava. Eu tava errado.

Eu mantive minha boca fechada, ouvindo-o enquanto algum sentido instintivo me dizia que isso era algo de que ele não costumava falar muito.

— Eu deveria ter dito a ela pra aceitar a parte que era demônio, e *eu* devia ter aceitado, porque o que ela me mostrou… o que eu tava um pouco atrasado em perceber… foi que o que você é ao nascer não define quem você se torna. — Sua mandíbula se apertou. — Você sabia antes de hoje que os demônios podiam amar?

— Não — sussurrei. — Não sabia.

— Pois é, bem, eu não sabia disso até conhecer Roth. Ele é um dos demônios mais poderosos que você vai encontrar, e ele ainda é mortal quando provocado. Mas o fato de ele ser capaz do tipo de amor que sente por Layla me diz que aquilo que nos foi ensinado não é necessariamente a verdade no fim das contas.

Mexendo com a alça do cinto de segurança, eu ainda não fazia ideia do que dizer. Concordar com aquilo ia contra tudo o que me ensinaram, também, mas ele estava certo sobre Roth amar Layla. Eu tinha visto isso com meus próprios olhos, ouvido na maneira como ele falava com ela.

E se estivéssemos completamente errados sobre alguns demônios? E se fosse esse o caso, como se começaria a decifrar como proceder com eles? Alguns deles estavam por aí, tentando viver suas vidas da melhor forma possível, e os Guardiões deveriam simplesmente ignorá-los? Como é que os Guardiões iriam distinguir?

Zayne pareceu sentir meus pensamentos.

— Poucos demônios são como os que você acabou de conhecer, e é bastante fácil distingui-los.

— Como?

— Você geralmente identifica por um simples fato — Zayne sorriu para mim. — Eles não tentam te matar à primeira vista.

Zayne e eu estávamos patrulhando, e isso envolvia muita… andança. *Muita* andança.

E não era exatamente a coisa mais fácil do mundo com a minha visão. Queria que fosse o anoitecer, que era a melhor hora do dia para eu enxergar. Se fosse, eu seria capaz de ver a cidade de fato. As calçadas eram bem iluminadas o suficiente para eu andar sem tropeçar, mas a minha percepção de profundidade estava péssima e eu tinha dificuldade de não colidir com alguém enquanto tentava decifrar se as pessoas nas calçadas movimentadas estavam todas vivas ou se algumas delas estavam mortas, ou se eram demônios.

Nós tínhamos voltado para o prédio onde Zayne estava hospedado, pegamos um lanche rápido para comer em um restaurante na rua e, em seguida, eu cumpri a minha parte do acordo.

Patrulhei com Zayne, buscando com atenção o ser misterioso que matava igualmente Guardiões e demônios.

Estávamos nisso há pelo menos duas horas, e até agora, tudo o que vimos foi um punhado de Demonetes que haviam disparado na direção oposta no momento em que viram Zayne.

— Isso é normal? — perguntei quando nos aproximávamos de uma entrada de metrô. — Os Demonetes correndo no momento em que te veem?

— Sim. Eles nunca confrontam. — Zayne me guiou para as escadas do metrô. Meu coração disparou. Degraus eram *a pior coisa do universo* com pouca iluminação. Apertei o corrimão, dando os meus passos com cautela. — Eu os deixo em paz. Alguns dos outros Guardiões não deixam, mas como eu disse antes, eles são relativamente inofensivos.

Uma parte de mim ficou aliviada ao ouvir isso, porque muitos dos Demonetes que eu tinha visto esta noite pareciam jovens, tipo adolescentes, e eu não tinha certeza se essa era a verdadeira idade deles ou não.

— Eu tenho outra pergunta — disse enquanto chegava na base da escadaria sem morrer e chegamos à plataforma úmida e bolorenta.

Zayne suspirou.

— Claro que tem.

Eu o enchi de perguntas a noite toda, e sabia que estava no auge de ser irritante, mas agora eu tinha uma pergunta mais séria para ele.

— Então, você se mudar e ser totalmente independente tem a ver com Layla?

Ele caminhou à minha frente.

— Por que você se importa?

— Porque sim. — Eu me apressei para alcançá-lo. — E porque o fato de você morar sozinho é estranho e, ei, se você tivesse respondido a pergunta antes, eu não continuaria a perguntar.

A expiração de Zayne foi alta quando ele parou sob o brilho de uma luz fluorescente.

— Eu só precisava de espaço, Trinity. Depois da morte do meu pai, e depois das coisas com... com Layla, recusei assumir o clã, porque precisava de espaço.

Por um momento, fiquei chocada por ele estar realmente respondendo à pergunta.

— O que aconteceu com Layla?

Ele desviou o olhar.

— É uma história longa e complicada, mas o resumo da ópera é que o clã se voltou contra a Layla. Nem todos, mas o suficiente. Depois de vê-la crescer de uma menina para uma jovem mulher, sabendo do que ela era e do que não era capaz, presumiram o pior sobre ela e quase a mataram. Meu pai liderou a acusação contra ela — disse ele, e senti meu estômago se retorcer. — E a culpa foi minha.

— Como foi sua culpa? O que você...? — Parei, apertando os olhos, e olhei para o espaço atrás de Zayne. — Hã, meus olhos podem estar brincando comigo, mas...

Estávamos a cerca de um metro e meio das escadas, e o espaço escuro entre nós e os degraus estava... cintilando e vibrando. A respiração que eu estava segurando saiu secamente, formando baforadas de pequenas nuvens brancas e enevoadas. Um vento gelado desceu pelo túnel, soprando o meu cabelo para trás.

— Mas que diabos? — murmurei.

Zayne se virou, segurando-me.

— Inferno.

— O quê? — perguntei, olhando ao redor dele, e então o zumbido baixo de aviso explodiu, pressionando na minha nuca.

A sombra tomou forma em questão de segundos. Uma criatura parecida com um homem, com quase dois metros de altura. Os músculos ondulavam sob a pele brilhante, cor de ônix. Dois chifres grossos se projetavam do topo de sua cabeça, curvando-se para dentro. As pontas eram afiadas, e eu não tinha dúvidas de que, se essa criatura batesse com a cabeça em alguém, ele os empalaria.

Pupilas felinas estavam postas entre as íris cor de sangue. Então ele sorriu, exibindo duas presas de aparência afiada.

Um Capeta.

Criado pela dor e pela miséria, estas criaturas não andavam sobre a terra. Eu tinha lido sobre eles em um dos livrões que Misha e eu estudamos.

Eles existiam nas entranhas do Inferno, lá para torturar as almas dos condenados. Eles foram proibidos de estar na superfície, e, ainda assim, este estava em frente aos degraus que levavam ao mundo — onde as pessoas caminhavam despreocupadas.

Mas essa não era a coisa mais perturbadora sobre isso.

— Tá nu. Tipo, completamente nu — eu disse, pegando minhas adagas.

— Eu consigo ver isso.

— Tipo, eu não consigo ignorar, Zayne. Tá super peladão mesmo — eu disse, balançando a cabeça. — Não consigo me concentrar. Meu Deus. O treco tá simplesmente pendurado ali pra todo mundo ver.

— Será que dá pra parar de apontar isso, por favor e obrigado?

— Mas por que ele tá pelado? Não existe roupa no Inferno? — Julguei que era uma pergunta válida.

— Talvez queira te impressionar.

Tive ânsia de vômito.

— Vou vomitar.

— Tente não fazer isso em cima de mim.

Zayne disparou para a frente, transformando-se enquanto corria para o Capeta. Ele estava em sua forma plena de Guardião quando colidiu com a criatura. O demônio rugiu, derrubando-o para o lado. Ele bateu na parede com um grunhido. Pedaços de cimento se soltaram sob o seu impacto.

Eu xinguei, correndo em direção a Zayne enquanto ele se levantava. Aliviada ao ver que ele estava bem, eu me virei para o Capeta.

A adrenalina ativou os meus sentidos quando ele me encarou. Inclinou a cabeça, farejando o ar através das narinas de touro. Ignorando o fato de que ele estava muito, completamente pelado, levantei o braço para trás, preparada para disparar uma das minhas adagas, quando o Capeta simplesmente desapareceu. Um segundo depois, senti a sua respiração no meu pescoço. Girei. Dois buracos sangravam, devido às garras de Zayne perfurarem seu estômago super musculoso.

Eu mirei no demônio com a minha adaga de ferro. Ele desapareceu no ar e reapareceu a alguns passos à minha esquerda. Agachando-me, mirei nas pernas da criatura, encolhendo-me porque, sim, estava pelado. Antes que meu chute pudesse acerta-lo, o Capeta desapareceu novamente.

— Mas que Inferno! — gritei, irritada.

O som de sua risada profunda e gutural me alertou para onde o Capeta estava agora. Ficando de pé em um salto, apontei a lâmina para o abdômen...

Movendo-se perturbadoramente rápido, a criatura agarrou o meu braço e, em seguida, colocou a mão em volta da minha garganta, levantando-me do chão. Seu corpo vibrou, e então um homem ficou diante de mim, quase bonito demais para se encarar. Os chifres ainda estavam lá, assim como as presas, mas ele parecia ter saído de um calendário de gostosões pelados.

Gostosões pelados com chifres.

Ele farejou o ar novamente e rosnou.

— Ele disse que seria fácil te encontrar. Não pensei que seria *tão* fácil.

— Quem? — resfoleguei.

O Capeta de cabelos escuros sorriu, mostrando presas que nem remotamente se assemelhavam as de um humano enquanto me puxava para a frente, em direção à sua boca.

— Aquele que está fazendo o seu Protetor *sangrar*.

A fúria explodiu dentro de mim. Minha *graça* queimou nas veias, mas a suprimi. Mesmo que soubessem o que eu era, eu não precisava divulgar isso para algum outro demônio próximo.

Agarrando os pulsos carnudos, puxei as pernas para cima e usei o peito do Capeta como trampolim. O movimento me libertou do apertou da criatura, e eu rolei para a queda, voltando a ficar em pé.

Zayne correu pela plataforma, saltando sobre o gradil. Ele atingiu o demônio atordoado nas costas, derrubando-o. Ambos caíram no chão de cimento duro e rolaram, chegando perigosamente perto da borda da plataforma e dos trilhos abaixo.

— Não o mate! — gritei. — Ele sabe sobre Misha!

— Sem promessas. — Zayne mirou, socando o Capeta na mandíbula.

Por um momento, fiquei um pouco encantada com a brutalidade gravada no rosto marcante de Zayne enquanto ele se levantava para dar outro soco. Talvez tenha sido porque esta era a primeira vez em que eu estava aqui do lado de fora, lutando assim. Misha e eu tínhamos treinado para este dia, mas fora os demônios Torturadores e o ataque em que ele fora levado, eu nunca tinha vivido isso.

O Capeta desapareceu no ar, e Zayne caiu no chão, se apoiando antes de cair de cara no cimento.

Reaparecendo acima dele, o Capeta o agarrou pela nuca e o ergueu. Arqueando as costas, Zayne balançou as pernas para trás, prendendo-as ao redor da cintura da criatura enquanto usava os dois braços para se libertar das mãos do demônio. Ele se abaixou e colocou as duas mãos no chão sujo. Usando o impulso e o peso do Capeta, ele virou a criatura de cabeça para baixo.

Um hálito gelado dançou ao longo do meu pescoço exposto. Girando, eu me encontrei cara a cara com outro Capeta.

Este tinha pele da cor de brasas vermelhas. Ele cintilou e se transformou em outro homem inumanamente lindo — que também estava peladão.

— Segure-a! — gritou o primeiro Capeta.

— Feito — respondeu o que estava à minha frente, sua voz também profunda e gutural.

— Vocês não têm roupas no Inferno? — Deixando o instinto tomar conta, abaixei-me sob o braço do demônio e envolvi o meu em volta de seu pescoço, apertando enquanto um dos trens do metrô tocava sua buzina ao longe.

O Capeta riu.

— Você gosta do que vê?

— Foi mal — resmunguei —, não tô interessada.

— Ah, mas eu estou. — O Capeta me pegou, jogando-me por cima do ombro.

Eu bati na beirada da plataforma, de costas. A dor explodiu em mim, atordoando-me momentaneamente. Em um instante, a criatura estava acima de mim. Eu rolei, mas não rápido o suficiente. Seu pé acertou bem nas minhas costas e, antes que eu pudesse me segurar, caí da plataforma.

A queda era de apenas um pouco mais de um metro, mas o pouso ainda doeu pra cacete. Não era o terceiro trilho, no entanto, e a buzina estridente do trem que se aproximava rapidamente levou a dor embora. Saltando de pé, ignorei a dor e agarrei a beirada.

— Onde você acha que está indo? — O Capeta estava atrás de mim, puxando-me para longe da plataforma. — Achei que a gente ia se divertir?

Vi de relance Zayne movendo-se atrás do outro Capeta, enfiando o punho com garras para dentro das costas do demônio. Sangue escuro e oleoso jorrava do peito da criatura enquanto um buraco se formava onde o coração — presumi que eles tivessem um — estaria.

O rugido de agonia do Capeta me disse que eu estava certa e, bem, não iria obter qualquer informação daquela criatura.

Zayne soltou o Capeta quando ele explodiu em chamas. Em segundos, nada restava senão cimento queimado e um cheiro de enxofre.

Ele levantou a cabeça e me viu.

— Merda!

Um segundo depois, ele pousou nos trilhos ao meu lado, agachado.

— Largue-a — advertiu.

O Capeta voltou à sua verdadeira forma e riu.

— Afaste-se ou espalharei suas entranhas por este lugar e banquetearei o seu coração, Guardião.

— Eu gostaria de ver você tentar.

— Eu gostaria de ver você morrer — rosnou o Capeta, expondo presas.

A luz os engoliu enquanto o trem contornava a curva a menos de um quilômetro trilhos acima. Meu coração disparou quando o Capeta desapareceu.

— Atrás de você! — Zayne gritou.

Eu me virei e tentei acertá-lo, mas o Capeta pegou meu punho. Inclinou a cabeça para o lado.

— Ou talvez eu só faça *você* reviver a sua pior lembrança repetidas vezes até arrancar a sua própria pele e implorar pela morte. Ah, sim... Mamãe? Quer que eu te lembre de como ela morreu? Como você...?

Raiva, potente e letal, espalhou-se através de mim em ondas venenosas e senti a minha *graça* queimar minha pele.

— Vá se danar.

Parei de pensar. Virando-me, dobrei-me na altura da cintura enquanto o demônio se aproximava e chutei, minha bota acertando a criatura logo abaixo do queixo. Seu pescoço estalou para trás, e eu girei, cravando a lâmina em seu pescoço primeiro, apenas para ouvir seu grito gutural.

— Onde Baal está?

— Me mate agora. — Sangue jorrou de sua boca. — Porque eu nunca vou contar.

Abaixei a adaga e pressionei a arma em seu peito, perfurando-o.

— Me diga agora onde diabos está Baal!

O Capeta abaixou a cabeça, soltou uma risada sangrenta e depois se empurrou totalmente contra a minha adaga. Afiada como era, afundou-se no seu peito.

— Mas que Inferno! — gritei, puxando minha mão para trás. Ele também explodiu em chamas e depois deixou de existir. Comecei a me voltar para Zayne...

Ele se atirou para a frente, pressionando seu corpo contra o meu e segurando-me contra a parede de pedra. Não havia espaço entre nós. Um rugido ensurdecedor encheu meus ouvidos quando o trem passou por nós. O grito agudo das rodas rolando sobre os trilhos me atravessou. Eu podia sentir o corpo de Zayne tenso ao meu redor enquanto meus dedos cavavam em seus braços. Parecia que o trem nunca ia acabar. O vento de sua velocidade batia em nós, chicoteando nossas roupas e cabelos.

Enfim, o último vagão passou, e sem a ameaça de ser atropelada pelo trem, tomei conhecimento de todos os lugares em que as partes do corpo dele tocava no meu. Nenhum de nós se mexeu. Eu não conseguia. Não com o corpo dele tão apertado contra mim.

Não que eu realmente quisesse.

Zayne ainda estava em sua forma de Guardião, sua camisa rasgada pela transformação e o calor de seu corpo queimava através das minhas roupas. A pele de seus braços sob as minhas mãos era dura e lisa, assim como a pele de seu peito pressionada contra o meu rosto. Sua cabeça ainda estava contra a minha, sua mão ainda em volta da parte de trás da minha cabeça. Eu não tinha percebido que ele fizera isso quando saltou na minha direção, mas ele tinha colocado a mão entre a minha cabeça e a parede, protegendo-me de um impacto, já que ele me forçou contra a pedra.

Ele tinha um cheiro... Deus, Zayne tinha um cheiro maravilhoso. Aquele cheiro de menta invernal invadiu cada poro meu e, a cada respiração que tomava, podia senti-lo na ponta da língua.

Meus lábios se abriram quando fechei os olhos, surpresa por ele ainda estar segurando-me e, de repente, profundamente receosa de que se eu me movesse ou fizesse qualquer coisa, ele me soltaria.

Eu não queria isso.

Eu o queria perto. Eu o queria *ainda mais* perto. Meu coração começou a bater descontroladamente quando percebi que o coração dele batia contra a minha bochecha. A mão na parte de trás da minha cabeça se mexeu, os dedos emaranhados no meu cabelo, e um arrepio rolou pela minha coluna.

O hálito quente de Zayne roçou o lado do meu pescoço enquanto ele levantava a cabeça vagarosamente. Eu me forcei a ficar o mais quieta possível enquanto sua respiração agora dançava sobre minha bochecha, e então eu não conseguia mais ficar parada.

Eu movi a cabeça, seguindo seu hálito quente e parando apenas quando o senti nos meus lábios. Meus olhos se abriram, e tudo o que eu podia ver eram aqueles olhos pálidos de lobo, quentes e devoradores. Meu olhar desceu e vi as presas finas quando ele separou seus lábios, mas não tive medo.

Eu estava hipnotizada.

Eu me perguntei como seria beijá-lo em sua verdadeira forma, e algo que eu nunca tinha experimentado antes me varreu. Um desejo potente e paralisante floresceu, deixando-me fora de controle e atordoada e como...

Como se eu tivesse esperado a vida toda por isso — por *ele*.

Zayne de repente quebrou o contato e saltou para a plataforma, deixando-me fria na ausência de seu calor corporal e perguntando-me o que tinha acabado de acontecer.

— Trinity — ele disse, estendendo o braço enquanto se agachava. Ele me puxou para cima, e acabamos deitados de lado, de frente um para o outro.

Rolei sobre as costas doloridas e dobrei os joelhos.

— Meu Deusinho do Céu.

— Sim. — Ele expirou pesadamente. — O demônio te mordeu?

— Não — respondi. A mordida de um Capeta eram extremamente venenosa. Ela mataria um humano em segundos e poderia paralisar um Guardião por dias. — E você?

— Não. Você tá bem?

— Maravilhosa. — Eu estremeci quando me sentei. — Bem, isso foi divertido. Estavam à minha procura. O primeiro deles disse...

— Ouvi o que ele disse. Ele podia estar mentindo. — Ele virou a cabeça e olhou para mim. — Só pra mexer com você.

— Talvez — sussurrei, mas eu era mais inteligente do que isso. Zayne também. — Você viu o que aquele Capeta fez? Ele se empalou na minha adaga.

— Eu vi.

— Ele se matou em vez de nos dizer onde Baal está.

— Não fico nem um pouco surpreso — Zayne afastou uma mecha de cabelo do rosto. — Você sabe o que isso significa, certo?

— O quê? — grunhi, tentando tirar a poeira de cima de mim, sem sorte. Parecia que eu tinha caído em uma montanha de açúcar de confeiteiro.

— Baal sabe que você tá aqui.

Capítulo 24

— Ele sabe que eu tô aqui — eu disse a Jada enquanto estava deitada na cama na manhã seguinte. Como prometido, o meu telefone estava encostado a um travesseiro extra e estávamos fazendo uma chamada de vídeo. Ela parecia ótima, de olhos brilhantes e aconchegada em seu edredom rosa e cinza. Eu, por outro lado, estava meio escondida pelo cobertor de Zayne e extremamente aliviada por não conseguir me ver naquele quadradinho no topo da tela. — Baal enviou dois Capetas atrás de mim.

— Caramba — disse ela.

— Sim. — Segurei o cobertor contra o queixo. — Eu nem os senti até que eles surgiram do nada. Esqueci que podiam fazer isso. Tentamos mantê-los vivos, mas Zayne teve de matar um e o outro se empalou na minha adaga.

— Meu Deus, Trin, isso não é bom pra sua primeira noite aí. — Ela estendeu a mão e ajustou o telefone, aproximando-o do rosto. — Ele deve saber o que você e Misha são.

— Eu sei. — Estremeci. — Quer dizer, acho que isso é uma boa notícia.

Vi o queixo dela cair.

— Por que você acha que isso é uma boa notícia?

— Porque isso significa que ele vai manter Misha vivo. — Fiz uma pausa. — Provavelmente como isca, o que é péssimo, mas ele tá vivo e isso é tudo o que importa.

Jada ficou quieta por um longo momento, e então perguntou:

— É?

Franzi a testa.

— O que você quer dizer?

Seu suspiro foi audível.

— Eu não quero nem pensar sobre isso, e eu sei que você também não, mas só Deus sabe o que eles estão fazendo com Misha e como isso vai afetá-lo. Não tô dizendo que estar morto é melhor, mas... provavelmente vai ser muito difícil depois que você resgatá-lo.

— Eu sei. — As lágrimas me queimaram os olhos. — Eu não... Não consigo pensar nisso. Seja qual for... a condição em que ele estiver, vamos fazê-lo ficar bem de novo.

— Vamos, sim — ela concordou, piscando rapidamente e depois enxugando sob os olhos com a palma da mão. — Certo. Me diz outra coisa. Você já conheceu a cidade?

Agradecendo a mudança de assunto, soltei um suspiro trêmulo.

— Não exatamente. Ficamos em casa e descansamos ontem durante o dia e depois saímos à noite — eu disse a ela, pulando a reunião com Roth e Layla. Eu não achava que Jada entenderia procurar ajuda de demônios quando eu mesma não entendia.

— Você vai arranjar tempo pra ver alguma coisa? — ela perguntou.

— Eu quero, mas parece meio estranho ficar turistando enquanto Misha tá... — eu dei uma sacudidela com a cabeça.

— É, você tem razão. — Um leve sorriso surgiu e sumiu. — Eu adoraria ver os museus. Sempre quis, mas não é como se isso fosse acontecer.

Minha compaixão por ela aumentou enquanto eu a observava. As Guardiãs eram mantidas em jaulas de luxo.

— Talvez Ty seja alocado aqui no próximo ano? Eles obviamente precisam de ajuda.

— Talvez — disse ela, com um suspiro. — Sabe, eu entendo por que não posso simplesmente ir ver você ou te ajudar, mas...

— É um saco — eu disse a ela. — Se eles simplesmente treinassem as mulheres pra lutar, vocês não seriam tão... — Eu deixei a frase solta, tentando pensar na palavra certa.

— Presas — respondeu Jada por mim. — É assim que me sinto. Presa.

Eu não sabia o que dizer.

— Não me entenda errado. Tenho sorte, sabe? Eu amo o Ty e sei que vou ser feliz com ele, mas... saber que os meus amigos estão por aí e precisam de ajuda e eu não posso fazer nada é horrível. — Ela exalou pesadamente. — Isso me deixa possessa, também, porque não precisa ser assim.

— Então mude — eu disse a ela.

— Como?

— Thierry te dá ouvidos. Se alguém pode te ajudar a mudar as coisas, é ele. — Pensando ter ouvido Zayne na sala de estar, mexi-me um pouco e olhei para a porta fechada do quarto. Eu gemi quando a dor se espalhou pelas minhas costas.

— Eu vi isso! — Jada exclamou. — Você tá ferida?

— Não exatamente. Só as costas doem um pouco — eu disse a ela. — O Capeta me arremessou como se eu fosse uma criança desobediente. Ei, deixa eu te ligar depois...

— Espera! Rapidinho, como estão as coisas com Zayne?

Meu olhar se voltou para o meu celular.

— Tranquilo. Acho. Quer dizer, ainda não tentamos nos matar.

— Você o beijou de novo?

— Ah, meu Deus — gemi, pensando na noite passada. — Não, mas obrigada por me lembrar disso. Vou desligar agora.

Ela riu.

— Me liga mais tarde, tá bem?

— Pode deixar. Te amo.

— Te amo mais — disse ela, encerrando a ligação.

Assim que eu rolei sobre as costas doloridas e olhei para a foto na mesa de cabeceira, escorada perto do livro, Zayne chamou do outro lado da porta:

— Trinity? Pode vir aqui?

Gemendo baixinho, levantei-me da cama e saí do quarto, imediatamente sentindo o cheiro de café e... bacon? Meu estômago resmungou quando vi Zayne no fogão. Seu cabelo estava preso na altura da nuca. Eu não tinha percebido até aquele exato momento que curtia um rabo-de-cavalo masculino bem-feito.

Jada iria rir até chorar se ouvisse isso.

— Venha. — Ele olhou para onde eu estava parada, no meio da sala. — Imaginei que você estaria com fome.

Eu não tinha percebido o quão faminta eu estava até aquele momento.

— Tô, sim.

— Então sente-se e deixe que eu te alimente.

Fiz exatamente isso, sentando-me em uma banqueta. Zayne estava desligando o fogão. Já havia dois pratos prontos, ambos cobertos com uma toalha de papel.

— Você bebe café? — ele perguntou, olhando por cima do ombro para mim. Sacudi a cabeça. — Tenho um pouco de suco de laranja.

— Tá ótimo — Comecei a me levantar. — Eu posso pegar se você me disser onde...

— Pode ficar sentada. — Ele foi até um armário e pegou um copo, depois foi até a geladeira. — Imaginei que depois de ver você ser perseguida por demônios Capetas pelados, café da manhã era o mínimo que eu podia fazer.

Estremeci.

— Vou precisar de anos de terapia intensiva pra apagar essa memória.

— Você e eu. — Ele colocou o prato e o copo de suco à minha frente, e eu comi o bacon rapidinho. Estava delicioso, salgado e, ainda assim, doce. Com sabor de bordo, e tive de me impedir de lamber os dedos quando o bacon acabou.

Zayne terminou o seu com uma xícara de café preto enquanto me olhava sobre a borda da sua caneca.

— O que foi? — indaguei, passando o dedo ao longo da beirada do meu prato.

— Você tá indo muito bem.

— Em quê? Comer bacon? Sou extremamente habilidosa nisso.

Ele sorriu.

— Em tudo isso. Você nunca patrulhou antes e, embora tenha lutado contra demônios, não é uma coisa cotidiana pra você, e você se saiu muito bem ontem à noite.

Satisfeita com o elogio, forcei um dar de ombros.

— Foi pra isso que fui treinada, sabe? Talvez não pra lutar contra Capetas nus, mas passei toda a minha vida treinando com... — Eu deixei a frase no ar, meu olhar caindo sobre o meu prato vazio. Gostaria de ter mais bacon e talvez chocolate.

Muito chocolate.

— Misha? — ele disse baixinho.

Assenti.

— A gente treinava desde sempre, pro dia em que seríamos convocados.

— Convocados pra quê?

— Sabe, isso nunca foi realmente especificado — eu disse a ele, escorregando do banquinho e estremecendo quando o movimento forçou as minhas costas. — Só que seríamos convocados pelo meu pai em algum momento, pra lutar.

Zayne baixou a caneca.

— O que foi isso?

— O que foi o quê?

— Você acabou de estremecer. — A compreensão surgiu sobre seu rosto marcante. — Você tá ferida?

— Eu tô bem — disse enquanto levava a minha louça para a pia, e tecnicamente eu *estava* bem.

Ele estava parado e, de repente, estava atrás de mim, movendo-se mais rápido do que eu conseguia acompanhar.

— Eu odeio quando você faz isso! — retruquei.

— Aham — Ele agarrou minha camisa, ignorando meus protestos enquanto a levantava. Soltou um palavrão baixinho, e eu sabia o que estava vendo. Eu olhei no espelho do banheiro quando me levantei esta manhã. — Por que você não disse nada, Trinity?

Tirando a camisa das mãos dele, fui até onde estava o meu suco. Peguei o copo.

— Tá tudo bem.

— Não tá nada bem — ele retorquiu. — As suas costas parecem um saco de pancadas velho.

Franzi a testa.

— Boa descrição.

— Isso aconteceu com os Capetas? Ou tá assim há um tempo já?

— Com os Capetas. Provavelmente quando fui jogada pra fora da plataforma.

— Você devia ter dito alguma coisa.

Tomando um gole, levantei um ombro enquanto ele dava a volta e mim, seus pés descalços sussurrando sobre o cimento.

— Por que você não disse nada? — Ele foi para trás da ilha da cozinha e abriu uma das gavetas, pegando uma pequena jarra.

— Não sei. — Honestamente, eu não queria que ele pensasse que eu estava choramingando.

— Você pode ser essa Legítima poderosa, mas ainda é meio humana. Você se machuca com mais facilidade do que Guardiões, e se fosse totalmente humana, teria sido morta uma dúzia de vezes ontem à noite. — Ele olhou para mim de onde estava, seu olhar penetrante, mesmo que suas feições fossem um borrão a esta distância.

Revirei os olhos.

— Eu só não queria parecer reclamona e isso... não é assim tão sério. São só hematomas e vão desaparecer logo.

— Só hematomas? — Quando ele veio em direção a mim, percebi que tinha algo nas mãos. — Não estou acostumado a... patrulhar com meio humanos, então não conheço os seus limites e preciso conhecer pra que você não se machuque.

— Não estou machucada.

— Discordo. — Ele pegou a minha mão livre na dele. — E esta é a primeira vez que você se envolve com demônios com frequência. Nem *você* sabe quais são os seus limites.

— Você tá exagerando.

— Você viu as suas costas? — ele exclamou, arrastando-me para o quarto e depois para o banheiro, acendendo as luzes fortes.

Eu me encolhi.

— Já vi e não é grande coisa.

Zayne soltou a minha mão.

— Só você discutiria comigo sobre a condição das suas costas. — Ele colocou o frasco no balcão. — Eu preciso que você tire a roupa da cintura pra cima.

— Quê? — Eu o encarei, boquiaberta. — Normalmente um cara me diz que sou bonita antes de exigir que eu tire a camisa.

Ele me lançou um olhar inexpressivo.

— É só o que precisa pra você tirar a camisa? Você é muito bonita, Trinity.

Meus olhos se estreitaram quando coloquei o suco de laranja na pia para não jogá-lo na cara dele.

— Não é só isso que precisa, muito obrigada, e você nem pareceu estar falando de verdade.

— Ah, eu tava falando de verdade.

— Que seja. Por que preciso tirar a camisa?

— Pra que eu possa colocar isto nas suas costas. — Ele pegou o frasco. — Vai fazer com que os hematomas curem mais rápido e, a menos que você tenha braços que torçam pra trás, vai precisar de ajuda pra passar. Preciso ver as suas costas.

Olhei para ele.

Ele segurou o meu olhar.

— Você tá sendo ridícula, Trinity. Não tô tentando te ver seminua. Tô tentando me certificar de que você não tá machucada mais do que aparenta, e também que se cure pra que a gente possa continuar a patrulhar.

Havia uma pequena parte de mim que estava... desapontada por ele não estar tentando me ver nua porque se sentia atraído por mim. Quão doido era isso da minha parte? Não fazia ideia por que isso me desapontava. Não deveria. Zayne era o cavalheiro perpétuo — irritante e espertinho, mas um cavalheiro verdadeiro. No entanto, a estranha pontada de decepção se transformou em algo explosivo.

Não sei exatamente por que fiz o que fiz a seguir, mas havia toda uma lista de razões para perder o controle, então eu poderia culpar qualquer um dos itens dela pelo que fiz.

Segurando seu olhar, eu me estiquei e arranquei minha camisa, depois a deixei cair no chão.

— Feliz agora?

Zayne ficou incrivelmente parado enquanto continuava a segurar meu olhar e ficou assim por tanto tempo que pensei que ele poderia ter dormido de pé com os olhos abertos, mas então seu olhar desceu do meu, e agora eu estava prendendo a respiração. Eu não estava vestindo nada sexy. Só um sutiã normal, um preto liso com bordas onduladas.

Um músculo se contorceu ao longo de sua mandíbula enquanto seu olhar lentamente se elevava para o meu. Sem interromper o contato visual, ele estendeu a mão e me entregou uma toalha.

Eu a peguei dele, mas não me cobri.

— Também preciso tirar o sutiã?

Zayne levantou uma única sobrancelha e um longo momento se passou.

— Deve ser mais fácil.

Por um pequeno segundo, imaginei arrancar o sutiã também, bem na frente dele. Zayne iria morrer ali mesmo. O olhar no seu rosto valeria a pena, mas me acovardei antes mesmo de pensar seriamente no assunto.

— Pode se virar?

Zayne arqueou a sobrancelha e fez um show de se virar em direção ao chuveiro, fora do caminho do espelho.

Girando na cintura, coloquei a toalha na pia e depois soltei o sutiã. Deslizou pelos meus braços até ao chão. Empurrei-o para debaixo da minha camisa caída e, em seguida, peguei a toalha e a segurei sobre o meu peito. Eu podia ver minhas costas no espelho, e parecia um tabuleiro de xadrez rosa e azul.

— Tô mais ou menos decente — eu disse, e vi Zayne se virar atrás de mim.

— Meu Deus — ele grunhiu, e não em resposta à minha quase nudez. — Não tô acreditando que você não disse nada, e não me diga que não tá doendo. Isso tem de doer, Trinity.

Doía.

— Sou mais forte do que pareço.

— Você é, mas eu devia ter cuidado melhor de você.

— A culpa não é sua — eu disse, farejando o ar enquanto ele desenroscava a tampa do frasco. O cheiro me lembrava um analgésico em spray, mas havia outra coisa por baixo disso. — O que é isso?

— Uma pomada que Jasmine fez. É a esposa de Dez. Ela é muito boa neste tipo de coisa. É uma mistura de arnica, açafrão e mentol. Acho que pode até ter um pouco de hamamélis aqui. É um anti-inflamatório e reduz a dor e o inchaço — ele me disse. — É coisa de fazer milagre.

Zayne então colocou os dedos contra minha pele, e eu me sobressaltei com o contato.

— Foi mal — ele murmurou. A pomada estava fria e viscosa, mas foram os seus dedos que causaram a reação. Além de ocasionalmente pegar a minha mão ou me derrubar, Zayne não tinha o hábito de me tocar.

E ele estava realmente tocando em mim agora.

Ele espalhou o bálsamo espesso na minha pele e depois esfregou por toda parte. Seus dedos roçaram a lateral do meu seio, e a minha pele ficou estranhamente quente enquanto eu levantava o meu olhar para o espelho.

Tudo o que eu podia ver era ele de pé atrás de mim, tão incrivelmente alto e largo, sua cabeça dourada curvada enquanto se concentrava no que estava fazendo.

Vê-lo atrás de mim realmente não ajudou a resfriar a minha pele.

— Jasmine, como ela é? — perguntei, tentando não pensar no fato de que eu estava sem roupa da cintura para cima.

Ele soltou uma risadinha.

— Ela e a irmã, Danika, meio que burlam o sistema sempre que podem, mas ela e Dez têm sorte. Eles se amam, tipo amor verdadeiro mesmo, e têm dois filhos. Os dois são virados. A menina deles, Izzy? Ela acabou de aprender a se transformar e a voar. Continua indo direto pro ventilador de teto.

— Ah, nossa — murmurei, meu corpo sobressaltando sozinho, pensando em Minduim quando ele estava perto dos ventiladores. O que me fez rezar para que ele não aparecesse de repente. — Eu sempre gostei de assistir às crianças na comunidade quando eles começam a se transformar. É muito fofo vê-los aprender a andar e a usar as asas.

— Desculpa — ele murmurou quando eu estremeci de novo.

— Tudo bem. — Eu me sentia estranhamente muito quente, o que era bizarro, porque a pomada era muito gelada.

Zayne continuou em silêncio, seus dedos deslizando sob as bordas da toalha e ao longo das minhas costelas, fazendo-me tremer, e eu não tinha certeza se havia hematomas ali ou não. Quando suas mãos deslizaram para longe, eu não tinha certeza se deveria ficar aliviada ou desapontada.

— Você acha que vou conhecer Danika e Jasmine? — perguntei, tentando desesperadamente me distrair.

— Se você quiser, não vejo por que não. — Sua resposta suave também me aqueceu por dentro.

— Eu adoraria.

Seu olhar se voltou para cima, encontrando o meu no espelho por um segundo.

— Então vou garantir que isso aconteça.

Vários segundos se passaram e comecei a pensar em coisas estranhas — qualquer coisa, na verdade — para manter minha mente longe das mãos de Zayne.

— Antes que eu soubesse o que eu era... quer dizer, antes que eu entendesse o que eu era, eu achava que era normal e queria ser mil coisas diferentes quando era criança. Nenhuma delas era isto, mas...

— Quais eram algumas dessas coisas que você queria ser?

— Ah, algumas eram realmente idiotas.

— Duvido.

Eu bufei.

— Depois de assistir a *Jurassic Park*, eu queria ser arqueóloga.

— Eu não acho que isso seja idiota — disse ele, e mesmo que eu não pudesse ver seu sorriso, eu podia senti-lo.

— E eu queria criar lhamas. — A mão de Zayne parou novamente.

— Lhamas?

— Sim. — Soltei uma risadinha. — E nem pergunte por quê. Não faço ideia. Só queria uma fazenda de lhamas. Acho que são os animais mais incríveis do mundo. Você sabia que as crianças podem montá-los? Os adultos não podem. Não seria muito confortável pra você ou pra lhama.

— Não sabia. — Ele soltou uma risadinha. — Essa é provavelmente a coisa mais estranha que já ouvi em algum tempo — Seus dedos hábeis deslizaram sobre a minha coluna. — Você queria ir pra faculdade?

— Queria — Tomei um fôlego para me acalmar e o cheiro frio do mentol chegou até mim. — Mas minha mãe sempre foi contra, sabe, antes que eu entendesse o que eu era — admiti, fechando os olhos. — Eu queria ver o mundo um pouquinho, e é estranho, porque a primeira vez que vi DC, quando fomos à casa de Roth, isso me assustou. Parece bobeira, né?

A mão de Zayne parou.

— Não, não parece. A cidade é coisa demais pra se absorver se você não tá acostumada a ver tanta gente.

Um sorriso torto me puxou os lábios.

— Foi demais. Tantas pessoas. Não sei te dizer quantas vezes fiquei sem saber se uma pessoa estava morta ou viva quando passamos por ela na rua.

— Isso deve ser inconveniente. — Sua mão começou a se mover novamente, e minhas costas arquearam um pouco.

Levei um momento para reorganizar os pensamentos.

— É um pouco.

— Falando em fantasmas, aquele que veio com você?

— Minduim?

— Sim — Houve uma pausa. — Ele. Ele consegue... mover as coisas?

Eu sorri.

— Consegue. Ele mexeu em alguma coisa?

— Os meus sapatos estavam na geladeira hoje de manhã.

Uma risadinha saiu de mim.

— Desculpa. Minduim é muito... muito esquisito, mas é inofensivo. Ele só quer a sua atenção e tem um jeito estranho de pedir.

— Posso ser sincero?

— Sim?

— Tô tentando ignorar o fato de que ele agora tá assombrando o meu apartamento.

— Ele não tá realmente assombrando — eu disse. — Pense nisso como coabitação.

Zayne bufou.

— Tô quase acabando. — Sua mão estava do outro lado, passando a pomada na minha lateral. — Você já deve estar começando a se sentir melhor.

— Estou.

E era verdade, mas quando nós dois ficamos em silêncio, eu não conseguia mais ignorar as mãos de Zayne na minha pele e o que elas estavam fazendo eu sentir. Era como se a eletricidade fluísse de seus dedos por sobre mim, e quando aqueles dedos longos roçaram a lateral sensível perto das costelas, eu puxei o ar com delicadeza.

— Desculpa. — Sua voz soava diferente, mais espessa, até. — Você tá bem?

— Sim. — Limpei a garganta. — Sim. — Tentei encontrar outra distração. — Sabe do que mais tenho inveja quando o assunto é Guardiões?

— Do quê?

— A capacidade que vocês têm de voar. Sou essa Legítima cheia de poderes, mas não tenho asas. Isso é um saco.

Ele soltou uma risadinha.

— Não é engraçado. — Fiz beicinho. — Eu adoraria voar e me aproximar das estrelas. Eu costumava tentar fazer com que Misha me levasse pro céu, mas ele nunca topava, mesmo que vocês provavelmente possam carregar um carro pelo ar. Que cara chato.

Zayne cuidadosamente me virou e então suas mãos me deixaram. Olhei-o nos olhos. Fui imediatamente hipnotizada, sentindo-me quente e tonta, como se estivesse sentada lá fora, tomando sol em uma praia de areia branca, e mesmo que ele não estivesse mais tocando-me, eu ainda podia sentir suas palmas e dedos. Eu não conseguia parar de me perguntar o que aconteceria se eu deixasse a toalha cair.

Cada músculo do meu corpo travou. Soltar a toalha e ficar seminua na frente de Zayne? Meu Deus, ele teria um derrame. No que eu estava pensando?

Mas eu queria, porque eu queria... queria sentir as mãos dele na minha pele outra vez. Queria sentir a boca dele na minha, e desta vez eu queria que ele me beijasse.

Algo mudou em sua expressão.

Aqueles olhos pálidos, geralmente tão frios, estavam cheios de fogo, e aquela mandíbula era uma linha dura e reta. Suas feições eram bonitas e brutais, uma combinação vívida.

— Talvez a gente precise fazer isso de novo — disse ele, e sua voz soou mais profunda e áspera.

Eu estava *muito* ansiosa por isso.

Seus lábios se abriram, como se ele estivesse prestes a dizer outra coisa, mas seu celular tocou na sala. Ele hesitou, seu olhar ainda fixo ao meu, e então ele colocou o frasco no balcão antes de girar sobre o calcanhar e sair.

— Deus — sussurrei, voltando-me para o espelho.

Ainda sentindo-me muito quente, soltei outro suspiro trêmulo. Eu realmente precisava colocar a minha camisa e o meu sutiã de volta. Essa era a coisa apropriada a se fazer, especialmente antes de Zayne voltar, mas eu fiquei ali, olhando para o meu reflexo no espelho.

Não me parecia comigo.

Bem, o coque bagunçado e meio caído era bem eu, mas os olhos vidrados, os lábios entreabertos e a pele corada não se pareciam em nada comigo. Outro arrepio suave dançou sobre a minha pele enquanto o calor se acumulava no meu âmago. Zayne sequer estava no banheiro comigo, mas eu ainda podia sentir suas mãos na pele das minhas costas, nas minhas laterais até onde apenas as pontas de seus dedos roçaram os lados dos meus seios.

Um zumbido agudo atingiu as minhas veias enquanto eu sugava o ar, e um peso quente e agradável se instalou sobre mim.

É normal.

Era o que eu repetia a mim mesma. O que eu estava sentindo era apenas o meu corpo reagindo ao toque de alguém por quem eu me sentia atraída, e eu me sentia atraída por Zayne, mas isso era tudo, apenas uma... uma atração carnal, uma que eu estava certa de que não era recíproca.

Mas e se fosse?

A minha respiração falhou. Isso complicaria as coisas, não é? Mas meu corpo não se importava com isso. Nem aquela parte primitiva do meu cérebro que de repente estava disparando imagens para acompanhar a memória das mãos nuas dele, escorregadias e lisas contra a minha pele, e essas imagens eram tão claras quanto a realidade.

O reflexo de Zayne apareceu no espelho, fazendo-me arfar. Seu olhar encontrou o meu no espelho.

— Achei que você estaria vestida — disse ele.

— Eu... — Eu realmente não tinha ideia do que dizer quando me virei para ele, imaginando que a toalha era mais discreta do que minhas costas nuas. — Eu, hm, ainda tô molhada.

Aqueles olhos pálidos brilharam com um calor invernal enquanto seu olhar se abaixava.

— Sério? — ele disse, e eu jurei que soava como um ronronar contra a minha pele.

Meu rosto queimou quando percebi o que havia dito e como isso poderia ter soado.

— A pomada... A pomada ainda tá molhada e pensei em deixar secar um pouco.

Zayne assentiu lentamente enquanto mordia o lábio inferior. Aqueles cílios grossos baixaram, protegendo seu olhar.

— Quem ligou? — perguntei.

— Roth — respondeu ele, e minha pele imediatamente esfriou. — Ele quer nos encontrar. Hoje à noite.

Capítulo 25

O local onde encontraríamos Roth acabou sendo um restaurante chamado Zeke's. Tivemos de estacionar em uma garagem no final da rua, e foi um pouco estranho andar ao lado de Zayne, pensando se alguma das pessoas pelas quais passávamos na rua tinha ideia do que ele era.

Gostei do restaurante assim que entramos. Suavemente iluminado, o interior era uma mistura de madeira exposta e aço. As mesas pareciam confortáveis com bancos acolchoados e almofadas exuberantes. Tinha uma atmosfera rústica-moderna que me lembrava as montanhas e o Colorado.

O que era estranho, porque eu nunca estivera no Colorado, mas por alguma razão idiota, imaginei que havia muitos lugares como este no Colorado.

A recepcionista pareceu reconhecer Zayne. Com um sorriso genuíno e um olhar prolongado pelo qual eu não podia culpá-la, ela nos sentou em uma mesa surpreendentemente privada perto de uma grande lareira de pedra. O lugar tinha um clima romântico que me deixou excessivamente ciente de Zayne e me fez sentir como se devesse estar vestindo algo... mais bonito do que jeans e uma camiseta.

Tanto faz.

Eu estava confortável e isso era tudo o que importava.

No momento em que a garçonete saiu depois de colocar nossas bebidas na mesa — uma Coca-Cola para mim e uma água para Zayne —, eu perguntei:

— Não tem problema nos encontrarmos aqui?

A luz da vela do centro da mesa tremeluziu sobre seu rosto enquanto ele assentia com a cabeça.

— As pessoas que frequentam o lugar cuidam da própria vida.

— Ah. — Eu brinquei com o guardanapo enquanto olhava em volta. — Eles sabem o que você é?

— Sabem que sou um Guardião, mas não sabem o que Roth é — explicou. — Como estão as suas costas?

— Perfeitas. — E estavam, mesmo. Não doía nem latejava quando eu fazia movimentos bruscos. Puxando as minhas mãos para o colo, observei ao redor do restaurante antes que meu olhar se voltasse mais uma vez para o dele. — Obrigada por fazer aquilo.

Ele abaixou o queixo, fazendo com que uma mecha do cabelo escorregasse sobre seu rosto.

— O prazer foi meu.

Um zumbido de calor percorreu minhas veias.

— Tenho certeza de que tem coisa melhor que você poderia estar fazendo do que esfregar gosma nas minhas costas.

— Tem razão. Eu poderia estar fazendo algo melhor com o meu tempo — respondeu ele.

Ai.

O calor desapareceu.

— Mas isso não significa que eu não tava me divertindo — acrescentou, e meu olhar disparou para o dele. Um meio sorriso brincou em seus lábios.

Antes que eu pudesse formular uma resposta, senti uma pressão repentina aumentando sobre os ombros.

— Acho que ele tá aqui — eu disse. — Ou outro demônio tá aqui.

Um momento depois, Zayne disse:

— Tô sentindo agora. É louco como você consegue sentir isso antes de mim.

Zayne se levantou e se mudou para o meu lado da mesa. Ele se sentou ao meu lado, com a coxa pressionada contra a minha.

— Qual é a sua sensação? — ele perguntou.

— Como uma respiração quente na nuca — eu disse a ele, voz baixa. — E um peso nos ombros. Você também?

Ele assentiu.

Roth chegou, usando uma roupa muito parecida com a que usava quando o vi pela primeira vez. Tudo preto. Ele não estava sozinho. O demônio loiro platinado estava com ele, seu cabelo feito em tranças, o que ficava estranhamento bonito nele.

— Espero que vocês tenham esperado muito — Roth deslizou para o banco acolchoado à nossa frente, seguido por Cayman. — E, sim, eu quis dizer isso do jeito que saiu.

— Acabamos de chegar aqui — respondeu Zayne, esticando o braço ao longo do encosto do banco. — Não esperamos muito.

— Isso é decepcionante — respondeu Roth, seu olhar âmbar brilhante fixo em mim enquanto ele se assentava. — Tão estranho.

— O quê?

Ele se inclinou para a frente.

— Eu ainda quero tocar em você.

Meus olhos se arregalaram.

— Você é um príncipe demônio estranho e assustador.

Roth sorriu.

— Bem, você ainda me dá nos nervos — anunciou Cayman enquanto Roth se inclinava mais em minha direção, uma mão deslizando sobre a mesa.

— Sem tocar — alertou Zayne.

O príncipe demônio fez beicinho enquanto puxava a mão para trás.

— Isso não é divertido.

— Onde está Layla? — perguntei, desviando do assunto sobre não me tocar.

Roth sorriu com rigidez.

— Ela decidiu que seria melhor se ela ficasse de fora desta.

Olhei para Zayne. Não havia nem uma sugestão de emoção em seu rosto.

— Eita que vocês dois parecem fofos e super chameguentos juntos — Cayman nos olhou atentamente.

— É mesmo? — Zayne murmurou.

— Sim — respondeu Roth. — Eu gosto disso. Bastante.

O dedo de Zayne começou a bater no encosto do nosso banco.

— Fico tão feliz em ouvir isso, pois tenho esperado ansiosamente por seus pensamentos e sentimentos.

Roth sorriu.

— Vocês pediram alguma coisa? — Cayman perguntou, examinando o menu. — Tô morrendo de fome.

Não tínhamos, e não tive a oportunidade de redirecionar a conversa para o motivo de estarmos aqui, porque a garçonete apareceu e anotou os pedidos de bebida de Roth e Cayman, juntamente com uma série de aperitivos.

Quando a garçonete se afastou, eu me inclinei para a frente.

— Vocês descobriram alguma coisa?

Foi Cayman quem respondeu:

— Trago notícias não tão boas e uma más notícias.

Eu enrijeci quando meu estômago afundou.

— Então?

— Eu coloquei meu ouvido em todos os lugares possíveis, e ninguém tá falando sobre seu Misha, sobre Baal... ou sobre você — explicou Cayman.

— Eu não sei se essa é a notícia não tão boa ou a má notícia — eu disse, olhando para Zayne.

— É a notícia não tão boa. Isso significa que Baal não quer que ninguém saiba disso, e isso é estranho, porque nós, demônios, somos do tipo que se gaba — disse Cayman com um sorriso. — E não tô falando de se gabar fingidamente como os Guardiões fazem.

Zayne bufou.

— Dois Capetas vieram atrás da gente ontem à noite. Eles foram enviados por Baal.

— Baal tem um maldito exército de Capetas à sua disposição, então você deve continuar a vê-los se ele tá procurando por você.

— E qual é a má notícia? — perguntei, e Zayne tocou a parte de trás do meu ombro, passando os dedos pelo meu cabelo para alcançar os músculos tensos.

Roth encontrou meu olhar e suas feições suavizaram um pouco.

— Ninguém sabe onde ele tá escondido, mas acho que ele é a razão pela qual temos visto um aumento na atividade demoníaca de status inferior. Já que ele tá na superfície, eles vão segui-lo.

Zayne se remexeu ao meu lado, mantendo a mão no meu ombro.

— O que você tá querendo dizer?

— Tô dizendo que quando localizarmos Baal, não vai ser só ele. Ele obviamente tem uma tonelada de Capetas com ele, mas você pode esperar ver muito mais.

— Maravilha — murmurei.

— E Baal não é conhecido por sua hospitalidade — observou Cayman, pegando seu copo de vinho —, nem mesmo quando ele tá tentando ser legal.

Meu olhar disparou para Roth, e ele levantou um ombro, concordando.

— Mas eu sei que você já percebe isso, e você já sabe que ele tá mantendo Misha vivo por uma razão, que é coerente com seu encontro com os Capetas na noite anterior. Ele tá usando Misha pra te atrair e enviando demônios atrás de você.

— Eles não vão pegá-la — disse Zayne.

Lancei-lhe um olhar, estranhamente... acalentada pela certeza no seu tom.

— Mas isso nos leva à parte das notícias estranhas — continuou Roth. — Ninguém tá falando dela. Não há nenhum sussurro sobre uma Legítima na cena.

— Bem, isso não é ruim, certo? — perguntei.

— Também não é bom. — Os dedos de Zayne ainda estavam na parte de trás do meu ombro, leves, mas estranhamente reconfortantes. — Porque não nos diz o que Baal tá tentando realizar aqui, além de querer você.

— Colocar as mãos em você pode ser motivo suficiente pra ele. — Roth deslizou o dedo pela borda do copo. — Você sabe o que demônios fariam a um Legítimo.

Eu suprimi um estremecimento enquanto pegava minha bebida.

— Baal poderia estar por trás do que tá atacando os Guardiões e os outros demônios?

Roth deu de ombros.

— Baal é coisa séria. Ele é poderoso o suficiente, mas...

— Você não acha que é ele, não é? — Zayne perguntou.

O príncipe demônio não respondeu imediatamente.

— Por que seria? O que ele tem a ganhar arriscando se expor? Não, Baal é cheio de si, mas não é idiota.

Uma série de aperitivos chegaram — bolinhos de siri, coquetel de camarão, molho de caranguejo e batatas fritas. A comida parecia incrível e tinha um cheiro maravilhoso, mas eu não toquei em nada.

— Você sabia que vários Regentes Infernais deixaram a cidade ou estão planejando ir embora? — Roth pegou um camarão, olhando para Zayne. — Isso não é... suspeito?

Regentes Infernais eram demônios de Status Superior que controlavam legiões de demônios menores. Eram como executivos, e eu imaginei que isso faria de alguém como Roth um CEO, com seu chefe, Lúcifer, sendo o presidente, mas isso significava que Baal também era como um CEO...?

Minha cabeça doía.

Os dedos de Zayne se esticaram pelo meu ombro.

— Então, o que quer que esteja solto por aí também os assusta?

— Os Guardiões não são os únicos que estão aparecendo mortos de forma brutal — lembrou Roth.

— Isso é algo que eu não entendo — eu disse, olhando para o bolinho de siri que Zayne deslizou na minha direção. — Se é um demônio, por que iria atrás de outros demônios?

Balançando a cabeça, Roth serviu uma colherada de molho em seu prato.

— Quer ser o maior peixe no mar, suponho.

— E vocês dois não estão preocupados? — perguntei, franzindo a testa novamente quando um garfo acabou entre os meus dedos. — Assustados? Vocês dois são... grandes peixes demônios.

Zayne riu baixinho.

— Nunca fui chamado de peixe demônio, mas, sim, gosto de pensar que somos importantes — Cayman colocou uma batata frita na boca.

O sorriso de Roth era lento e perverso.

— Preocupado? Sim. Com medo? Nunca.

— Arrogante — murmurou Zayne enquanto eu cortava meu bolinho de siri e ele pegava um camarão cozido no vapor. — Você deveria ter um pouco de medo, se não por si mesmo, então por Layla.

A diversão preguiçosa desapareceu das feições de Roth quando seu olhar desviou para o Guardião ao meu lado.

— Eu pedi o seu conselho sobre o que me preocupar ou do que ter medo?

— Não, mas com certeza parece que você precisa.

Ocupando-me, dei uma mordida no bolinho e quase gemi de prazer. Estava incrível. Muita carne temperada com Old Bay. Dei outra mordida, quase enfiando a minha cara no bolinho, enquanto Zayne e Roth entravam em uma batalha de olhares.

— Acostume-se, Trinity.

Olhei para Cayman.

— Me acostumar com o quê?

— Eles discutindo e tentando ser mais sarcástico do que o outro — Cayman piscou. — Algumas pessoas acham isso cansativo, mas eu acho extremamente divertido. Tô apenas esperando o momento em que a discussão intensa se transforme em um fazer amor intenso.

Meus lábios se contraíram quando Roth rosnou algo baixinho. Acabei com o delicioso bolinho de siri.

— Eu tava pensando. Baal tem a capacidade de controlar os seres humanos, certo?

— Além do que todos nós normalmente podemos fazer? Sim. Mas no nível que vocês testemunharam durante o ataque à comunidade? Eu ficaria surpreso — disse Roth. — Baal é particularmente hábil em influenciar seres humanos, mas pra dar cabo daquela quantidade de possessões, imagino que alguma outra coisa tava envolvida.

— O quê? — Olhei para o meu prato quando um pouco de molho e batatas fritas apareceram nele. O queijo derretido e o caranguejo pareciam saborosos.

— Um feitiço — respondeu Roth.

— Bruxas — disse Zayne, acenando com a cabeça. — Isso faria sentido.

— Bruxas? — Virei-me para ele, surpreendida. Bruxas, bruxas *de verdade,* eram seres humanos cujos antepassados em algum momento tinham se relacionado com demônios, e aquele sangue demoníaco diluído tinha lhes conferido dons com certas habilidades, geralmente envolvendo os quatro elementos: terra, vento, água e fogo. Eles também tinham um talento especial para feitiços e encantamentos. — Vocês têm *covens* aqui?

— Temos. Alguns bastante ativos. Eles tendem a se esconder de demônios e de Guardiões, e é por isso que conseguiram se manter vivos e fora do radar dos Guardiões em especial — disse Roth, deslizando um olhar na direção de Zayne. — Sabe, Guardiões gostam de matar indiscriminadamente.

Zayne suspirou.

— Os Legítimos gostam de matar indiscriminadamente? — Roth inclinou a cabeça enquanto aquele olhar âmbar deslizava para mim.

— Neste momento? Sim — eu disse, irritada.

Zayne riu baixinho enquanto Roth sorria e se inclinava para a frente.

— Eu gosto de você.

— Isso é ótimo de ouvir — murmurei.

Seu sorriso se alargou.

— Há uma chance de que as bruxas possam ter sido usadas, e enquanto a maioria delas fica longe tanto da minha espécie quanto dos Guardiões, há alguns *covens* que gostam de se sujar com demônios. Conheço um em particular — Roth se recostou. — É claro que Zayne não poderia falar com elas. Não são fãs de Guardiões.

— Mas são seus fãs? — perguntei.

— Todo mundo é meu fã — respondeu ele. — Você poderia se encontrar com elas. Elas não conseguiriam identificar o que você é, e eu posso te levar. Tem um grupo enorme delas que normalmente se reúne aos sábados.

Sábado era tipo daqui uma semana. Sete malditos dias inteiros. A impaciência floresceu, tingida de frustração. Misha sobreviveria mais uma semana?

Zayne endureceu.

— Eu não sei sobre isso.

O olhar do príncipe demônio se voltou para Zayne.

— Pensei que você confiava em mim?

— Eu confio em você, mas não confio pra fazer escolhas de vida sábias — Zayne puxou o braço do encosto do banco acolchoado.

Roth pressionou a mão contra o peito.

— Tô ofendido.

— Eu tô dentro. — Ignorei o olhar que Zayne me enviou. — Se existe qualquer chance de que elas possam nos dar alguma informação, eu topo ir com você e me encontrar com elas.

— Perfeito — ronronou Roth, e Zayne não parecia nem um pouco feliz.

— Ótimo. — Recostei-me no banco. — Você só tem que me prometer que não vai tentar... me comer ou algo assim.

Aquele sorriso diabólico de Roth voltou.

— Bem, isso pode ser pedir demais.

Capítulo 26

— Eu não gosto disto — disse Zayne quando saímos do restaurante. Eu me mantive perto dele, pois a iluminação na calçada era fraca.

— Do quê?

— Você ir com Roth pra ver as bruxas.

— Eu pensei que você confiava em Roth... — A ponta da minha bota bateu no meio-fio que eu não estava vendo e tropecei. — Inferno.

Zayne me segurou pelo braço.

— Você tá bem?

— Sim. — Puxei meu braço enquanto olhava para a calçada que eu não conseguia ver. — Só tropecei. Tô bem.

Um momento se passou.

— Eu confio em Roth, mas não confio nas bruxas. Tudo o que elas fazem, é pra ganhar algo em troca. Você precisa ter muito cuidado.

— Então sem deixa-las pegarem mechas do meu cabelo ou aparos de unhas?

Zayne bufou enquanto nos dirigíamos para a garagem.

— É, tente evitar isso, mas também não faça nenhum acordo com elas pra obter informações. Às vezes elas vão ajudar, mas o preço que você paga nunca é o que você espera.

— Vou pagar qualquer preço.

Zayne parou tão abruptamente que esbarrei nele e cambaleei um passo para trás. A irritação ganhou vida quando ele me encarou.

— Tá vendo, é por isso que tô preocupado.

Eu olhei para ele, capaz de distinguir suas feições na luz branca e dura do estacionamento.

— Não precisa se preocupar.

— Eu não preciso me preocupar? Você estar disposta a fazer qualquer coisa pra obter a menor das informações sobre Misha é perigoso. Especialmente quando você vai encontrar um *coven* de bruxas, que são notórias por usar o desespero das pessoas pra manipulá-las em benefício próprio.

Cruzei os braços.

— Não sou facilmente manipulada.

— Eu não disse que você era, mas também sei que você tá desesperada, e eu entendo...

— Entende mesmo? — eu exigi. — Não sei. Você fica fazendo comentários vagos sobre como sabe o que é ver alguém de quem se gosta em apuros sem poder fazer nada pra ajudar. Se isso é verdade, então você entenderia. Você faria *qualquer*...

— Eu sei que isto é perigoso, porque eu *realmente* entendo — Zayne deu um passo à frente, ficando bem em cima de mim, mas eu me mantive firme. — Estive desesperado o suficiente pra fazer qualquer coisa, e isso nunca acaba bem, Trinity.

O sentimento constante de impotência aumentou e tirou o filtro da minha boca.

— Foi assim que você perdeu uma parte da sua alma?

Zayne recuou como se eu tivesse batido nele. Um véu deslizou sobre seu rosto e suas feições ficaram desprovidas de emoção.

— Quem te disse isso?

Fechei a boca.

— Quem? — Zayne exigiu, erguendo uma mão na minha direção, mas se segurou. — Quem te disse isso?

Desejando ter ficado de boca fechada, descruzei os braços e desviei o olhar.

— Misha me disse. Ele disse... Ele disse que tinha ouvido que você tinha perdido uma parte da alma e que é por isso... é por isso que os seus olhos são diferentes.

— Foi isso que ele disse? — Ele inclinou a cabeça.

Coração disparado, eu acenei com a cabeça.

— É... verdade?

Zayne não respondeu por um longo momento, e então falou:

— Sim, é verdade.

Eu vou morrer.

Encolhida na plataforma do metrô, eu sabia que o belo demônio, com seus olhos dourados e sorriso cruel, iria me matar. Ele deveria me ajudar, mas o lugar estava banhado em sangue e a massa quebrada e amontoada no chão era Zayne.

— Ele não pode te salvar — o demônio rosnou entre dentes afiados. — Ninguém pode.

Um grito subiu em minha garganta enquanto o demônio se aproximava de mim com garras afiadas...

Acordando de súbito, resfoleguei por ar enquanto tentava ter uma noção do meu entorno. Onde é que eu estava? Não reconheci a escuridão do quarto. Não havia estrelas no teto e a cama... era grande demais para ser minha.

Levei um momento para me lembrar de que estava na casa de Zayne, em sua cama, e de que estava vivo e eu estava viva.

Foi apenas um pesadelo.

Gemendo, tirei as mãos de debaixo do edredom e empurrei vários fios de cabelo para fora do rosto.

A porta do quarto se abriu, assustando-me. Prendi a respiração enquanto me esforçava para ver a forma preenchendo a escuridão da porta.

— Você tá bem? — A voz de Zayne estava áspera de sono. — Pensei ter ouvido você gritar.

O calor do embaraço penetrou em meu rosto.

— Foi mal. Não queria te acordar.

— Tudo bem — ele respondeu, e eu não o vi se mover, mas o senti se aproximar. Minha visão ainda não havia se ajustado quando a luminária da mesa de cabeceira se acendeu, fazendo-me estremecer. Seu olhar pairou sobre mim, demorando-se sobre onde eu estava agarrando as bordas do cobertor, os nós dos meus dedos esbranquiçados. — Não consegue dormir?

Balancei a cabeça, surpresa que Zayne estivesse preocupado. Depois de todo o confronto na garagem, as coisas... ficaram estranhas entre nós. Mal tínhamos falado, mesmo quando nos deparamos com um bando de demônios Torturadores no beco dos fundos de um dos principais teatros do centro da cidade. Voltamos à casa dele e nos separamos sem dizer nada um ao outro.

Eu me atrevi a olhá-lo de esguelha.

Um olhar de compreensão cintilou em seu rosto quando ele olhou para a porta pela qual ele acabara de entrar. Então, sem palavras, quando meu coração começou a bater ferozmente, ele gesticulou em direção à cama.

— Posso?

Eu não tinha certeza se isto ajudaria no nosso impasse atual, mas não queria ficar sozinha, então acenei com a cabeça e abri espaço, apertando meu cobertor como se minha vida dependesse disso.

— Pesadelos? — ele perguntou, com a voz baixa enquanto se sentava ao meu lado e se encostava à cabeceira da cama.

Acenei com a cabeça enquanto o observava esticar as longas pernas, cruzando-as nos tornozelos.

Inclinando a cabeça para trás, ele olhou para mim.

— Desculpa.

— Pelo quê?

Ele ficou quieto por um longo momento.

— Por tudo, na verdade. Você tá passando por muita coisa, e isso é emocional e mentalmente cansativo. Sua mente vai deixar as coisas mais difíceis pra você, mesmo quando estiver descansando.

— Não precisa se desculpar. Não é culpa sua — eu disse. — Você realmente tá fazendo tudo o que pode. É só que... não sei. Sinto que não tenho controle sobre nada disto e tô...

— O quê?

Confusa. Ansiosa. Incerta.

— Tô só... com medo. Sei que não devia admitir isso, mas tenho medo de não encontrar Misha a tempo ou, quando encontrar, ser tarde demais, porque ele deve estar passando por coisas que nem consigo imaginar.

Ele cruzou os braços frouxamente sobre o peito.

— Não tem problema sentir medo, Trinity. Não tem problema em se preocupar.

— Eu sei. — Segurei o cobertor com mais força.

— Então pare de ser tão dura consigo mesma.

Eu expirei pesadamente.

— E eu... eu deveria pedir desculpa a você. Não devia ter te perguntado o que perguntei mais cedo. Não era da minha conta e eu tava só... Eu tava sendo uma idiota, e você tava tentando me ajudar.

— Tá tudo bem. Não precisa pedir desculpa. — Ele dobrou uma perna. — Só me pegou desprevenido. Meio que fiquei surpreso que você não tenha dito nada até hoje, considerando todas as perguntas que você faz.

Eu bufei.

— É, também fiquei meio surpresa.

— Eu só... eu quero que você saiba que entendo por que você precisa fazer tudo o que estiver ao seu alcance — disse ele enquanto eu lutava contra o desejo de perguntar o que aconteceu.

Dobrei os joelhos por baixo do cobertor e apoiei o queixo sobre eles. Era mais fácil falar do que fazer.

— Então você tá de boa se eu me encontrar com as bruxas?

— Vou ter que estar.

— Você... não tem o hábito de ficar de fora das coisas, né?

— Não mesmo.

Sorri para isso, sentindo-me um pouco melhor com o que tinha acontecido na garagem.

— Você acha que essas bruxas de que Roth tava falando vão conseguir nos dizer alguma coisa?

— À essa altura, quem diabos sabe? — Ele cutucou meus joelhos com o dele. — Mas se aqueles humanos que atacaram a comunidade junto com Baal estavam sob um feitiço, elas devem saber quem fez isso, ou pelo menos quem é capaz disso, e através delas podemos descobrir onde Baal está e se ele ainda tá com Misha.

— E se essas bruxas que a gente vai encontrar forem as que ajudaram Baal? — perguntei.

— Então as coisas vão se complicar. — Houve uma pausa. — Eu sei que você foi ensinada a não usar a sua *graça*, porque isso te enfraquece e pode atrair outros demônios pra você, mas se você se encontrar em uma situação da qual não pode sair lutando, use-a.

De imediato, eu não sabia como responder.

— Sabe, você é a primeira pessoa que me diz isso. Nem Misha ou Thierry já me disseram isso.

— Sei que é um risco pra você fazer isso, mas prefiro lidar com o risco e as consequências do que com você se ferindo ou coisa pior — ele me disse, e meu peito ficou quentinho. — Se as bruxas tentarem alguma coisa, acabe com elas.

— Você é meio sanguinário.

— Aprendi a ser.

Aprendera, mesmo. Desviando o olhar do dele, olhei para o teto e desejei poder ver estrelas.

— Sinto falta do meu teto.

— Quê? — Zayne riu.

Um leve sorriso puxou meus lábios.

— Em casa, tenho aquelas estrelinhas extremamente bregas que brilham no escuro coladas no meu teto. São brancas. Não verdes. Não sou *tão* brega.

— Nunca — murmurou Zayne. — Lembro de vê-las.

— Enfim, eu gosto de olhar pra elas — Eu levantei um ombro, o que fez minhas costas doerem um pouco. — Meio idiota, eu sei.

— Não é — respondeu ele —, é familiar.

Não pude deixar de me perguntar se voltaria a me deitar debaixo delas.

— Posso te fazer uma pergunta?

Assenti.

— Claro.

— O que aconteceu exatamente com a sua mãe? — ele perguntou. — Eu odeio puxar esse assunto e me senti uma merda por falar disso quando estávamos na casa de Roth e Layla, mas você disse que este Guardião achava que você era...

— Uma abominação? — Eu sugeri para ele, suspirando. Eu não falava muito da minha mãe, porque sempre terminava perguntando-me por que eu nunca vira seu fantasma ou espírito, mas queria falar com Zayne sobre ela. Talvez porque ele não me conhecia quando aconteceu, e isso facilitava eu me abrir? Ou talvez porque, ao contrário de Jada ou Ty, ele sabia o que era perder um dos pais? Não tinha certeza. — Minha mãe era treinada. Sabia disso?

— Não, não sabia.

Um pequeno sorriso puxou meus lábios.

— Ela queria ser treinada para o caso de algo acontecer. Ela era forte assim, não queria que ninguém cuidasse dela enquanto ficava sentava como uma flor frágil.

— Soa muito como a filha dela.

Isso fez meu sorriso aumentar.

— Isso é um elogio.

— Espero que sim. Quem a treinou?

— Thierry e Matthew. Eles... eles a amavam — eu disse, rolando para ficar de lado, de frente para Zayne. — E eu acho... eu acho que eles ainda lamentam a morte dela tanto quanto eu. — Respirei fundo. — Ryker era um Guardião em quem a minha mãe confiava, assim como Matthew e Thierry. Eles eram amigos e... ele sempre foi gentil comigo, mas eu... eu fiz besteira.

— Como você fez besteira?

Fechei os olhos.

— Aconteceu mais ou menos um ano antes da minha mãe morrer. Eu tinha dezesseis anos e tava treinando com Misha. Ele tava ganhando uma luta corpo a corpo. — Fiz uma pausa. — Ele ganhava muito de mim, porque conhecia minhas fraquezas e as explorava pra tentar me fazer melhorar.

— Isso faz sentido.

— Sim, faz. — Pensei na maneira como Misha focava propositalmente nos meus pontos cegos para me treinar a reagir mesmo quando eu não pudesse ver o que estava acontecendo. — Enfim, fiquei brava... e como você já percebeu, posso ser um pouquinho impulsiva.

— Só um pouquinho — disse ele, e pude ouvir a gentileza em sua voz.

— Bem, Misha tava realmente me provocando, apenas brincando, mas eu perdi a paciência. Perdi o controle. Eu deixei a *graça* assumir o controle pra lembrá-lo de que, no final das contas, ele não podia me vencer. Não que ele precisasse ser lembrado, mas eu tava sendo uma pentelha e... e Ryker me viu. Naquele momento, não percebi que ele tinha visto, e nem sequer consigo entender como me viu, porque ele nunca ia às instalações de treinamento, mas... ele descobriu a partir dali o que eu era. Ele me via como uma abominação e uma ameaça pra outros Guardiões. Ele também sabia que eu poderia atrair demônios para a comunidade, por isso era uma ameaça de dois gumes. Ele contou isso pra alguns outros membros do clã, e eles decidiram que eu deveria ser... sacrificada.

— Jesus. — Zayne parecia horrorizado.

— O mais doentio é que ele esperou quase um ano pra ir atrás de mim. Um ano fingindo ser meu amigo, sendo gentil com minha mãe e escondendo o fato de que ele me odiava — Soltei um suspiro trêmulo. — De qualquer forma, eu costumava ir a um médico em Morgantown pra algo que eu não tinha tratamento na comunidade, e Ryker tinha nos acompanhado antes, muitas vezes, na verdade, mas... dessa vez foi diferente. Depois da consulta, a caminho de casa, ele parou no acostamento e disse que havia um problema com o carro. Mamãe e eu saímos, e foi aí que ele agiu. Ele se transformou e veio pra mim, e eu fiquei em choque. Fiquei ali parada feito uma idiota, e minha mãe saltou na minha frente, e foi... foi isso.

Deitei-me de costas enquanto Zayne permanecia em silêncio e, de alguma forma, quando endireitei as pernas, estávamos mais próximos um do outro. Minha perna descansava ao lado da dele.

— Fui ensinada quase toda a minha vida a controlar a minha *graça*. Pra não usa-la até que seja a hora. Mas se eu tivesse usado a minha *graça*, eu podia tê-lo impedido, como fiz com Clay. Eu poderia ter salvado minha mãe...

— Trinity, não vá mais adiante nesse caminho. Mesmo sem te conhecer este tempo todo, sei que você tem se culpado por dois anos. Você não é responsável pela morte da sua mãe.

Engoli em seco, ainda totalmente abalada pelo fato de estar falando deste assunto. Jada ficaria tão chocada que iria querer filmar este momento.

— Não sou? Porque e se aquele fosse o momento em que eu deveria usá-la? E se estivéssemos entendendo toda a coisa do "ser convocada pelo meu pai" muito literalmente? E se...?

— Pare. Você não é responsável. Não foi você quem a machucou. Isso foi o Guardião. Ele. Não você.

Eu sabia que não a tinha machucado com as minhas próprias mãos, mas não podia deixar de pensar que a tinha machucado com as minhas ações. Era difícil ir além do fato de que, no fim das contas, o meu comportamento contribuíra para uma cadeia de acontecimentos que a levaram à morte.

Zayne ficou quieto por um longo momento.

— Eu acho... Às vezes eu acho que meu pai ainda tá aqui.

Olhei para ele, apertando os lábios.

— Quase como se eu pudesse... sentir a presença dele? Eu sei que ele não tá mais aqui, e provavelmente é porque às vezes me esqueço que ele se foi. Eu me pego pensando em dizer alguma coisa pra ele, e depois me lembro. Ele *se foi*.

— Ainda tenho esses dias — admiti. — Acho que nunca deixaremos de ter esses dias.

— É, provavelmente não. — Ele respirou fundo. — As coisas não estavam boas entre nós no final. A gente nem tava se falando direito.

Consegui juntar dois e dois pelo que ele tinha me dito anteriormente.

— Por causa de Layla?

— Sim, por causa dela. — Ele ficou quieto de novo, por tanto tempo que meus olhos começaram a se fechar, e então ele falou: — Mas antes de morrer, ele começou a perceber que como alguém nasceu e o que eles são não ditavam se eram bons ou maus. A vida, mesmo pra criaturas que a gente acha que não têm o livre-arbítrio pra escolher entre o bem e o mal, não é a soma de um DNA. Todo mundo é... muito mais complicado do que isso.

— Vocês tiveram a oportunidade de falar sobre isso antes dele morrer? — perguntei.

— Um pouco. — Zayne ficou em silêncio, e pareceu que uma eternidade se estendeu entre nós antes que ele dissesse: — Tudo bem se eu apagar a luz?

Os meus olhos se abriram.

— Você tá indo embora?

— Se você quiser que eu vá, eu vou.

— Não quero que vá.

— Então eu não vou por enquanto. — Ele fez uma pausa.

O *por enquanto* permaneceu no espaço entre nós enquanto eu olhava para onde a minha mão estava.

— Você pode ficar um pouco?

— Sim. — A cama se moveu um pouco enquanto ele alcançava a luminária. Um momento depois, o quarto mergulhou na escuridão. — A foto? Você se parece com a sua mãe.

Sorri para a escuridão.

— Me pareço.

— Bom material de leitura, a propósito.

— Cala a boca. — Meu sorriso cresceu. Ele devia ter visto o livro antes de apagar as luzes. — Esse era o livro favorito da minha mãe. E o meu.

— Talvez eu tenha que lê-lo.

— Não tenho certeza se os vikings são muito a sua praia.

— Nunca se sabe. — Houve uma pausa. — Acho que meu teto poderia ter algumas estrelas.

Levei um momento para perceber o que ele estava dizendo.

— Você acha mesmo?

— Sim. — Ele riu baixinho. — Parece que não acredita em mim.

— Eu pensei que você acharia isso infantil ou algo assim, e não consigo te imaginar com estrelas por todo o seu teto.

— Sou cheio de surpresas, Trinity.

Os meus dedos do pé se enrolaram com o jeito que ele disse o meu nome.

Não sei quanto tempo se passou depois disso, mas eu ainda estava acordada e... queria saber mais sobre Zayne.

— Tenho perguntas.

Uma risadinha suave irradiou dele e sacudia a cama.

— Não tem nenhum pedacinho de mim que fique surpreso com isso.

O meu sorriso voltou.

— Por que você não tem namorada?

— Quê? — Zayne arquejou baixinho. — Não sei como responder a essa pergunta. — Ele fez uma pausa. — Por que você não tem namorado?

— Isso é fácil de responder — eu disse, querendo enterrar meu rosto no travesseiro. — Sou uma Legítima que vive com Guardiões que acham que sou humana. Não tenho exatamente um monte de opções.

— Tem razão. — Ele se deslocou e senti sua perna movendo-se tenuamente contra a minha. — E você e Misha nunca tiveram nada?

— Não. Sério. Já te disse que tive uma queda por ele por, tipo, cinco segundos. Tive muitas paixonites, mas Misha e eu nunca nos vimos assim. Além disso, os Legítimos não devem se relacionar com seus Protetores — eu disse a ele.

— Por quê? — ele perguntou.

Eu meio que dei de ombros.

— Vai contra as regras e supostamente interfere com o vínculo. Não sei como. Nunca foi realmente explicado. — Fiz uma pausa. — E você não respondeu à minha pergunta.

— Basicamente porque eu realmente não sei como responder.

— Você é bonito. Você é engraçado e encantador quando não tá sendo irritante.

— Valeu. — Houve uma pausa. — Eu acho.

— Você é... um cara legal — eu disse. — Então, só fico surpresa que você seja solteiro.

Zayne pareceu refletir sobre isso.

— Você sabe que os Guardiões devem acasalar. Tenho quase vinte e dois anos. A maioria dos machos da minha idade já tá acasalada e com uma criança a caminho.

— Sim. Então por que você não acasalou e começou a fazer bebês?

Ele se mexeu ao meu lado.

— Se você perguntar aos membros do meu clã, eles dirão que tenho pouco respeito pela tradição, mas ninguém vai me forçar a um compromisso vitalício, mesmo que essa vida não seja tão longa.

O meu coração despencou.

— Você tá planejando morrer em breve?

— Eu acordo todos os dias sabendo que pode ser o último. Não planejo isso. Eu só aceito — ele respondeu. — É o que fui treinado desde que nasci pra fazer.

Eu refleti sobre isso, percebendo que o que ele falou era a verdade. Poucos Guardiões chegavam à idade de se aposentar. Era uma das razões pelas quais eles acasalavam e tinham filhos tão cedo.

— Você já quis fazer alguma outra coisa?

Ele suspirou.

— Você realmente faz muitas perguntas.

— Faço. — Minhas mãos relaxaram sobre a minha barriga. — Eu entendo que você tem este dever enorme e importante, mas já houve um tempo em que você não queria patrulhar? Que queria fazer outra coisa? Ser um guerreiro é o que você quer?

— Uau. Certo. Foram muitas perguntas. Se eu quero sair e patrulhar? Se é isso que eu quero? — Ele repetiu as minhas perguntas e depois soltou uma pequena gargalhada. — Sabe, ninguém nunca me perguntou isso antes. Nem mesmo... — Ele se interrompeu, e eu me perguntei como ele teria terminado essa frase. — É tudo o que sei fazer, Trinity.

Mordi o lábio.

— Isso não responde às minhas perguntas.

— Eu sei — respondeu ele.

A pressão no meu peito aumentou.

— O que... o que você faria se não fosse um Guardião?

— Não consigo responder isso.

— Tenta. — Cutuquei-lhe a perna com o joelho.

— Eu realmente não consigo. — O braço dele saiu do meu alcance. — Nunca pensei nisso. Nunca sequer considerei isso.

Que tipo de vida era essa sem opções, sem sequer ter sonhos impossíveis? Eu já os tinha antes de saber o que eu era. Eu ainda tinha sonhos de fazer mais do que o que nasci para fazer, mesmo que minhas opções fossem seriamente limitadas.

O silêncio caiu entre nós, e depois de um momento, perguntei:

— Me conta... me conta como é crescer aqui, na cidade. — Fiz uma pausa. — Por favor?

Houve aquela risada áspera novamente, e então ele me contou como foi ter crescido como a única criança em uma casa grande com nada além de guerreiros treinados para lhe fazer companhia até Layla aparecer. Mas ele não falou muito dela. Em vez disso, ele falou sobre como passava as tardes acompanhando seu pai, aprendendo sobre todas as ruas e os diferentes edifícios. Não sei quanto tempo conversamos, mas depois de um tempo, comecei a me sentir sonolenta.

Adormeci com um sorriso.

Capítulo 27

Eu estava sentada na cama, de pernas cruzadas, e olhei para a foto com a minha mãe. Tinha acabado de falar com Jada e Ty no celular. Minduim estava na sala de estar, ouvindo uma música que só ele podia ouvir enquanto Zayne falava com alguém ao telefone. Era à tarde, por volta das três, e ainda tínhamos várias horas antes de começarmos a patrulhar.

Nos últimos dias, não vimos nada além de Demonetes. Nada de Capetas. Nada de Torturadores. Nenhuma criatura estranha matando ambos Guardiões e demônios. As noites tinham sido bastante longas e entediantes, mas quando a gente voltava pra casa de Zayne, geralmente perto das três da manhã, era tudo menos entediante. Desde a noite em que o meu pesadelo o despertou, ele entrava no quarto e ficava acordado comigo até eu adormecer. Ele nunca estava lá de manhã e, embora falássemos de tudo nos minutos, às vezes horas, que levava para eu adormecer, quando estávamos acordados e o sol estava no céu, ele não mencionava suas visitas e eu não puxava o assunto.

Eu não sabia o que era, Zayne só estava sendo gentil e mantendo-me distraída ou qualquer coisa assim, mas eu rapidamente me vi ansiosa pelas conversas e pelo fim de cada patrulha.

Eu sentia falta de Misha com cada fibra do meu ser, e havia apenas alguns minutos de cada dia em que eu não pensava nele, mas quando eu o encontrasse, as coisas mudariam entre Zayne e eu. Eu não deixaria a cidade, não até cumprir a minha parte do acordo, mas duvidava que ficaria hospedada com Zayne. Será que Misha e eu iríamos para o complexo? Tinha certeza que voltaria a ver Zayne, mas as coisas... as coisas seriam diferentes.

Deixei esses pensamentos de lado.

Amanhã nos encontraríamos com Roth e as bruxas e, com alguma sorte, descobriríamos algo que nos levaria a Misha.

Colocando o telefone na cama, olhei para a porta aberta. Zayne não estava na cama quando acordei esta manhã, e ele vir até mim no meio da noite parecia um sonho.

Esperava que não fosse.

Levantando-me da cama, caminhei até a janela e abri as persianas apenas o suficiente para ver o lado de fora. O dia estava claro e o tempo parecia quente. Expirando pesadamente, encostei a testa na parede. Fechei os olhos enquanto cruzava os braços na cintura.

Sentia saudade da minha mãe.

Sentia saudade de Misha.

Sentia saudade de Jada e Ty.

Sentia saudade de Thierry e Matthew.

Mamãe tinha morrido e eu sabia que todos os outros estavam a salvo, exceto Misha, e eu... Deus, não podia deixar de pensar no que Jada dissera antes. Em que condição Misha estaria? Fisicamente, suspeitava que muito mal. O mesmo para emocional e mentalmente, mas eu poderia ajudá-lo a melhorar.

Com Jada e o pessoal, podíamos fazê-lo melhorar se ele precisasse. Misha era tão forte, então eu sabia que ele estava fazendo o melhor que podia. Eu sabia que ele não cederia. Ele estava sobrevivendo...

— Trinity?

Abrindo os olhos, virei-me para o som da voz de Zayne. Ele estava na porta do quarto.

— Ei — eu disse, acenando sem jeito.

Ele entrou no cômodo.

— Você tá bem?

— Claro. — Assenti.

— Você tá ocupada? — ele perguntou. — Se encostando na parede?

— Muito ocupada. Tento fazer isso pelo menos uma vez por dia.

— Desculpe interromper. — Ele começou a se virar.

— O que foi? — Afastei-me da parede e me apressei em direção a ele. Julgando mal o quão longe a cama se projetava, minha panturrilha acertou em cheio a quina. — Ai!

— Caramba, eu ouvi isso. — Ele se aproximou de mim, seus olhos azuis claros arregalados. — Você tá bem?

— Sim. — murmurei. — Então, o que foi?

Um olhar de dúvida cruzou seu rosto.

— Nicolai precisa que eu me apresente. Pensei que talvez você quisesse ir junto.

— Mesmo? — Meus olhos se arregalaram.

— Claro — disse ele, e eu estava perto o suficiente para ver seu sorriso fraco. — Você perguntou se iria conhecer Jasmine ou Danika. Agora é a hora perfeita. Não posso garantir que as duas vão estar lá, mas tenho certeza de que uma delas estará.

— Eu não... — Não completei a frase, percebendo naquele momento que eu não tinha acreditado nele quando ele disse que eu poderia conhecê-las. Eu nem sabia por que pensei que ele não estava falando sério.

— Certo. Estou bem-vestida? — Olhei para mim mesma. Leggings pretas e blusa de túnica podiam ser muito casuais. — Eu posso me trocar.

— Você tá bem — Zayne riu. — A gente só vai ao complexo, não à ópera.

Pegando meu telefone, estreitei os olhos para as costas dele enquanto ele saía do quarto.

— Eu só quero causar uma boa impressão. Quer dizer, não quero que olhem pra mim e pensem, quem é essa garota desarrumada?

Zayne riu quando foi até a ilha da cozinha e pegou suas chaves.

— Não é engraçado. — Virei-me, encontrando Minduim envolto sobre o saco de areia. Sacudi a cabeça. — E se elas não gostarem de mim?

Zayne olhou por cima do ombro para mim, com as sobrancelhas unidas.

— Não vejo como elas não gostariam de você, mas por que importaria se não gostassem? Não são seu clã, Trinity. Elas mal são meu clã neste momento.

A viagem para o complexo dos Guardiões foi praticamente silenciosa enquanto eu refletia sobre o que Zayne tinha dito. Eu não estava tão incomodada com ele dizendo que estas pessoas não eram meu clã. Era verdade, e quem diria quando eu voltaria a vê-las? O que me incomodou foi o que ele disse sobre si mesmo. Ele não se sentia parte de seu clã, da sua família? Eu não sabia o que dizer sobre isso enquanto olhava pela janela. De certa forma, eu sabia como ele se sentia, porque eu entendia como era morar com eles e não fazer parte de um clã, mas eu também não era uma Guardiã. Para ele, sentir-se assim era muito significativo.

Eu estava remexendo com a bainha da minha camisa quando nos aproximamos de uma ponte. Ao longe, vi algo alto e branco contra o céu azul. Apertei os olhos.

— Aquilo é o... Monumento de Washington?

— O que foi? Sim. É ele.

— Uau — sussurrei, desejando poder ver mais claramente.

— É a primeira vez que você tá notando isso? — ele perguntou. — Você deveria conseguir vê-lo todas as noites enquanto estávamos patrulhando.

— Acho que não estava prestando atenção — menti, os ombros pesados. — Qualquer dia desses, quando tivermos Misha de volta, eu adoraria ver o Monumento de perto e talvez visitar os museus.

Zayne manteve a mão no volante enquanto olhava para mim.

— Eu diria que acho que seria divertido, mas tenho a sensação de que Misha não vai me querer por perto enquanto você explora DC.

Eu sorri com isso.

— Eu acho que ele vai aprender a gostar de você.

— Mesmo?

— Sim, eu aprendi. — Olhei para ele. — Apesar do fato de que às vezes você é um idiota.

Zayne balançou a cabeça.

— Não sei. Acho que ele ainda teria algum problema comigo.

— Por causa da coisa da alma? — observei, e eu queria que ele não estivesse usando óculos de sol para que eu pudesse ver seus olhos. — Misha vai superar isso. Acho que se dariam bem. Vocês dois gostam de tentar me dar ordens.

— E você não ouve nenhum de nós, então temos isso em comum.

Revirei os olhos.

— Que seja. Então, o que devo dizer se me perguntarem quem eu sou?

— Nicolai já disse a eles que você tá aqui, vinda da sede regional, e que você tá procurando um amigo. É tudo o que precisam de saber.

Levantei as sobrancelhas.

— Essa explicação não é suspeita nem nada.

— Bem, eles podem ficar tão desconfiados quanto quiserem, não importa — Ele virou à direita, entrando em uma área densamente arborizada, e eu finalmente senti que poderia respirar fundo quando a presença constante de demônios diminuiu. — Mas os membros do clã são boas pessoas. Eles poderiam ser confiados com o conhecimento do que você é.

Mamãe e eu pensávamos que Ryker era uma boa pessoa, mas as pessoas boas faziam coisas más.

Aproximamo-nos de um portão que se abriu quando chegamos perto. À frente, vi o enorme edifício de tijolos de vários andares. Lembrou-me tanto da casa de Thierry que meu peito doeu.

Soltei uma expiração áspera enquanto Zayne dirigia pela entrada da garagem e estacionava em frente a degraus largos. O nervosismo me encheu quando soltei o cinto de segurança e olhei para Zayne.

Ele tirou os óculos de sol e os colocou na viseira do carro.

— Você tá com cara de quem vai vomitar.

— É mesmo?

Um canto dos seus lábios se levantou.

— Talvez não vomitar, mas você parece extremamente nervosa.

— Eu estou. — Juntei as mãos. — Eu nem sei o porquê. Quer dizer, você tinha razão antes. Todo mundo lá dentro pode me odiar, mas quem se importa?

— Eles não vão te odiar — ele disse, e eu o vi levantar a mão. Eu congelei enquanto ele estendia a mão, pegando alguns fios do meu cabelo e alisando-os. — Mas você tá usando chinelos. Devia ter te dito pra não fazer isso.

Ah, não.

— Por quê?

— Porque Izzy tá passando por este estágio em que gosta de mordiscar os dedos dos pés das pessoas.

— O quê? — Eu ri, os dedos dos pés enrolados. — Sério?

— Sério. — Ele riu baixinho. — Vamos, vamos entrar.

Decidindo que eu estava agindo esquisito sem motivo algum, abri a porta, saí e imediatamente tropecei no meio-fio. Lançando-me para a frente, segurei-me com as mãos antes de comer cimento. Os meus óculos de sol escorreram pelo nariz.

— Meu Deus, você tá bem? — uma voz feminina perguntou, soando de algum lugar acima de mim.

Soltei um palavrão baixinho. Claro que alguém me viu.

— Eu tô bem — gritei, sentindo minhas bochechas esquentarem.

Zayne de repente estava ao meu lado, segurando meus braços e levantando-me.

— Você tá bem? — ele perguntou, a voz baixa.

— Suave — murmurei, olhando para as palmas das minhas mãos. A pele estava vermelha, mas não machucada. Fiquei ciente de alguém que se juntou a nós na base dos degraus. Olhei para cima, com os olhos arregalados atrás dos meus óculos de sol enquanto via uma bela Guardiã de cabelos escuros que não podia ser mais do que alguns anos mais velha do que eu. — Você é muito bonita — eu deixei escapar.

Ela sorriu ao olhar para Zayne, que ainda estava atrás de mim, ainda segurando meus braços como se temesse que eu caísse novamente.

— Eu gosto dela, Zayne.

— Tenho certeza de que sim — disse ele ironicamente. — Danika, esta é Trinity.

— Olá! — A garota empurrou a mão para a frente. — Tava me perguntando quando eu iria te conhecer.

Zayne me soltou, então, quando fui pegar a mão dela, apertando-a.

— Eu normalmente tento causar uma primeira impressão melhor — disse.

Danika riu enquanto abanava a mão.

— Não se preocupe com isso. — Ela apertou minha mão antes de me soltar. — Lamento muito saber do seu amigo. Espero que o encontre.

— Obrigada — eu disse, com sinceridade.

— Como tem estado? — Zayne perguntou quando deu um passo à minha volta, e eu não tinha certeza de quem foi primeiro, mas eles estavam se abraçando, e foi um abraço verdadeiro, cheio de carinho. Meu coração apertou novamente, porque era o tipo de abraço que Jada e eu trocávamos — o tipo de abraço que Misha e eu partilhávamos.

— Bem. — Danika recuou, apertando os braços de Zayne. — E você?

— Ótimo.

Ela inclinou a cabeça como se sugerisse que não era boba, mas depois se virou para mim.

— Espero que você esteja mantendo Zayne longe de problemas.

— Hã, bem, provavelmente o contrário.

O sorriso de Danika era matreiro quando ela lançou a Zayne um longo olhar que eu não conseguia decifrar. Começamos a subir as escadas.

— Nicolai disse que vocês estavam vindo, e eu fiquei ridiculamente animada.

— Você tá tão entediada assim? — Zayne perguntou enquanto eu os seguia cuidadosamente subindo os degraus, certificando-me de que não caísse de novo.

— Pode apostar que sim. — Ela riu enquanto jogava o cabelo preto brilhante por cima do ombro. — Além disso, Izzy e Drake estão com os dentes nascendo, então tô pronta pra me jogar pela janela.

Bebês gárgulas eram fogo. Bebês gárgulas com dentinhos nascendo deviam ser um pesadelo.

Zayne deu um passo à frente e abriu a porta enquanto Danika olhava por cima do ombro para mim.

— O que tá achando da cidade até agora?

— É legal, pelo que pude ver — eu disse, e então prontamente fiquei sem mais nada para dizer. Normalmente, eu não era tão sem jeito, mas estava esquisita hoje. — Quer dizer, eu gostaria de ver mais coisas.

— Você devia sair com ela, Zayne. — Danika o empurrou enquanto passava por ele. — Você só tá deixando ela presa no seu apartamento?

Levantei uma sobrancelha enquanto entrava no amplo vestíbulo circular. Havia muitas portas.

— Todo dia e noite — ele respondeu.

— Parece uma coisa legal, na verdade? — Ela riu quando ele balançou a cabeça. — Acho que Dez e Nicolai estão...

Um borrão cinzento estava de repente vindo direto para o meu rosto. Arfando, tropecei um passo para trás e levantei meus braços por reflexo enquanto alguém gritava:

— Izzy, não!

Mãos e asas bateram contra o meu rosto, e quando dei por mim eu estava segurando uma pequena gárgula contorcendo-se em minhas mãos. Ela era uma coisinha pequena, mas pesada como um caminhão, enquanto batia com os punhos nos meus braços. Suas feições entraram em foco, e ela estava em sua forma de Guardiã, seu rosto rechonchudo era cinza ardósia e pequenos chifres saíam do meio de uma profusão de cachos vermelhos. Ela jogou os braços em volta de mim e me abraçou com tanta força quanto um amigo há muito perdido faria.

Fiquei chocada, imóvel, enquanto ela murmurava coisas incompreensíveis e se balançava em meus braços, segurando-me como se sua vida dependesse disso. Eu olhei por cima de uma asinha batendo para Danika e Zayne. Ambos estavam boquiabertos para nós enquanto eu desajeitadamente acariciava a menina nas costas, entre as asas.

— Olá — eu disse, apertando os braços em volta da menina enquanto ela jogava a cabeça para trás e soltava uma risada selvagem. Olhei em volta dela para Zayne e Danika. Ambos estavam olhando de boca aberta para nós. — Suponho que está é a Izzy?

Zayne acenou com a cabeça.

— Sim — disse Danika. — Essa seria ela... e esta é minha irmã, Jasmine.

Um momento depois, uma mulher que tinha uma semelhança impressionante com Danika veio correndo na minha direção.

— Meu Deus, sinto muito. Na verdade, ela estava cochilando, e quando dei por mim, ela tinha ido embora e aqui estava. — Jasmine pegou a filha, segurando-a pela cintura, mas Izzy me segurou. — Ah! Desculpa. Izzy, larga.

Izzy não largou, e agora ela tinha punhados do meu cabelo em suas mãozinhas.

— Acho que ela gosta de mim.

— Acho que sim — concordou Jasmine.

Olhei para baixo e notei que havia um menino da mesma idade de Izzy agarrado à parte de trás da perna de Jasmine. Ele estava olhando por trás de sua mãe com grandes olhos azuis.

— Oi.

Ele voltou para trás dela. Um segundo depois, vi um grande olho azul aparecer atrás da perna de Jasmine.

Eu sorri.

— Izzy, se você não soltar essa coitada dessa garota, não vai ganhar pudim para o lanche da tarde.

A menininha se soltou imediatamente, envolvendo os braços no pescoço da mãe.

— Uau, isso funcionou muito rápido.

Jasmine sorriu.

— Esta criança se comporta por um pudim e é só. Mais uma vez, sinto muito mesmo.

— Tudo bem. — Sorri. — Foi uma boa recepção.

— Ainda bem que você pensa assim — Jasmine se virou para onde Danika e Zayne estavam. — Danika, você pode me fazer um grande favor e pegar Drake pra que eu não tropece nele?

— Claro. — Ela se afastou de Zayne e pegou o menininho sem dificuldades, que prontamente enterrou o rosto em seu pescoço. — Drake é um pouco tímido.

— E como você pode ver, Izzy não é. — Jasmine sorriu enquanto recuava. — Estes dois não poderiam ser mais diferentes.

— Os dois estão se transformando agora? — perguntei.

— Izzy consegue se transformar por completo e se manter assim, mas Drake só consegue se transformar parcialmente ainda — respondeu a mãe deles enquanto a menininha se contorcia nos braços dela em minha direção. — Izzy prefere ficar em sua forma de Guardiã.

— Drake só pensa demais na coisa toda, não é mesmo? — Danika bagunçou o cabelo do menino e ele levantou a cabeça, abrindo um sorrisinho antes de afundar o rosto novamente. — Izzy não pensa duas vezes em nada. Ela quer fazer alguma coisa, apenas faz.

— Meu tipo de menina — eu disse, brincando com a mão de Izzy enquanto ela tentava me alcançar de novo.

— Nosso tipo também. — Danika e sua irmã compartilharam um olhar. — Mas ela dá ao pai um ataque cardíaco a cada cinco segundos.

Rindo, olhei para Zayne e vi que ele estava encostado na parede, tornozelos cruzados e mãos enfiadas nos bolsos da calça jeans. Havia um leve sorriso em seu rosto, uma suavidade na linha normalmente dura de sua mandíbula. Fiquei impressionada com o quanto isso me lembrou o dia na casa de Roth e Layla.

Zayne estava aqui, mas não fazia parte disto.

Meu sorriso vacilou quando ele inclinou a cabeça na minha direção.

O som de vozes masculinas veio de uma das salas fechadas e, em seguida, uma porta se abriu. Um Guardião saiu pelo corredor e estava longe demais para eu ver seu rosto, mas reconheci a voz de Dez quando ele falou:

— Isabella atacou alguém de novo?

— Não. — Jasmine riu. — Ela só ficou muito feliz em ver Trinity.

— É mesmo? — Dez gingou pelo corredor e parou para pegar seu filho dos braços de Danika. — Olá — ele me disse enquanto colocava Drake na dobra de um braço.

— Oi — Eu acenei com a mão de Izzy para Dez, e Izzy gargalhou.

— Como estão as coisas? — ele perguntou a Zayne.

— Boas. Nada pra compartilhar além do que já relatei — respondeu Zayne, empurrando-se da parede. — Como estão as coisas aqui?

— Normal, mas temos algumas novidades para você — Dez olhou para mim. — Isto é algo que Trinity vai querer ouvir, então estou feliz por você tê-la trazido. Vamos visitar Nicolai.

Zayne olhou para mim, e eu desembaracei meus dedos dos de Izzy enquanto Danika tirava Drake do pai. Andei para me juntar a eles.

— Lembre a Nicolai de que ele tem trinta minutos — disse Danika —, ou eu vou embora sem ele.

Dez lançou um olhar para sua cunhada, mas ela simplesmente sorriu de volta para ele, e duas coisas me pareceram estranhas. Uma era a coisa de ir embora sem o líder do clã, o que eu nem tinha ouvido um Guardião homem ameaçar fazer, e segundo, ela estava saindo? Tipo, do complexo? Sozinha?

O olhar de Danika encontrou o meu, e o que eu estava pensando devia estar escrito na minha testa.

— Izzy puxou à tia aqui — disse ela, e Jasmine acenou com a cabeça. — Eu faço o que quero.

Os cantos dos meus lábios se curvaram para cima.

— Eu gosto de você.

Danika piscou.

— Venham. — Dez nos indicou com a mão. — Antes que você e Danika comecem a conversar, porque eu sinto que coisas realmente ruins sairiam disso.

— Agora eu realmente quero falar com ela — Danika gritou.

— Não tenho certeza de quem seria a pior influência — comentou Zayne, e eu lhe lancei um olhar enviesado —, você ou Danika.

— Acrescente Layla, e toda a casa vai pegar fogo ao nosso redor — comentou Dez.

— Eu ouvi isso! — Danika gritou do vestíbulo.

Olhei para Zayne, mas ele não demonstrou qualquer reação ao nome de Layla ou ao fato de que um dos membros do clã a mencionara. Eu não sabia os detalhes sobre quem se voltara contra ela ou não.

Dez abriu a porta e imediatamente senti o leve cheiro de tabaco concentrado. Entrei, vendo Nicolai atrás de uma escrivaninha larga e grande. Ele levantou os olhos dos papéis que estava folheando enquanto eu entrava no cômodo. Dez caminhou em frente, sobre um tapete de tecido maravilhosamente bordado.

— Danika queria que eu lhe lembrasse que, se você não estiver pronto em trinta minutos, ela vai embora sem você.

Nicolai suspirou, mas quando ele falou, sua voz estava carregada de carinho.

— Claro que vai. — Ele se sentou para trás na cadeira. — Bem, vamos começar isso aqui pra que eu não precise perseguir Danika pelas ruas de Washington.

Abri a boca para perguntar se ela realmente tinha permissão para andar pela cidade, mas percebi que Zayne não estava conosco. Olhei para trás e vi que ele tinha parado na entrada do escritório. Ele parecia mais pálido do que o normal enquanto olhava lentamente ao redor da sala, parecendo absorver tudo.

Então eu entendi.

Este tinha sido o escritório do pai dele.

Senti muita compaixão por ele, e comecei a me voltar na direção de Zayne, mas então ele finalmente avançou, aqueles olhos pálidos focados em mim. Esperei até que ele estivesse ao meu lado, e depois sussurrei:

— Você tá bem?

— Sempre — ele repetiu, e depois se voltou para Nicolai: — Você tem uma atualização pra gente?

Se Nicolai ou Dez tinham notado sua hesitação, eles não mencionaram, mas então Nicolai jogou a bomba:

— Baal foi avistado ontem à noite.

— O quê? — eu arquejei enquanto Zayne dava um passo à frente. — Quando? Onde?

— Cal o viu em patrulha por volta das oito da noite passada, perto da Praça Franklin — respondeu Nicolai.

O meu coração começou a disparar. Esta era uma notícia e tanto — uma notícia que eu não esperava.

— Cal tem certeza de que viu Baal? Positivo? — Zayne perguntou.

Dez acenou com a cabeça quando se inclinou para trás e pegou algo da mesa.

— Ele conseguiu tirar uma foto com o celular. Imprimimos a imagem — Ele a entregou a Zayne. — Você acha que é ele?

Corri para o lado de Zayne e olhei para a imagem um tanto granulada de um homem alto e de cabelos escuros do lado de fora de um carro preto. Ele estava vestido com um terno cinza e seu cabelo escuro estava penteado para trás. Ele estava olhando para cima, e até eu conseguia ver a estranha luz amarela que refletia dos seus olhos.

— É ele — eu disse, esperança avivando dentro de mim. — Esse é Baal.

— É, sim — Zayne olhou para cima enquanto eu quase arrancava a foto dele. — Sabemos quem tá no carro?

Apertei os olhos. Havia... alguém no banco de trás.

— Ainda não temos certeza, mas falamos com os nossos contatos no departamento de polícia para pesquisarmos as placas. O veículo está registrado numa empresa local de serviços automóveis. Estamos esperando saber quem era o motorista e quem ele estava transportando. Assim que soubermos, avisaremos.

Baal estava na cidade.

— Esta é uma boa notícia — eu disse, olhando para Zayne —, certo? Uma vez que descobrirmos com quem ele está, podemos conseguir localizá-lo.

Ele assentiu.

— Não apenas isso. Agora sabemos por onde começar a patrulhar.

Capítulo 28

— Você tem certeza de que tá segura aqui em cima? — Zayne perguntou, oferecendo-me uma mão quando cheguei ao topo da escada de incêndio do edifício com vista para a Praça Franklin.

Olhando para ele, levantei uma sobrancelha. Ele estava em sua forma de Guardião, uma visão linda e primitiva com seus cabelos loiros separados por seus chifres ferozes. Coloquei minha mão em sua mão quente e firme.

— Você fala como Misha.

— Em outras palavras, falo como se estivesse fazendo perguntas sensatas? — Ele me puxou com um braço e eu nem sei o que aconteceu.

Ou Zayne subestimou o quão forte ele era, ou superestimou quanto esforço era necessário para me levantar, mas acabei voando sobre o parapeito e além. Meus pés longe do telhado de cimento, tombei para a frente, em Zayne. Ele soltou a minha mão e me pegou com os braços em volta da minha cintura.

— Opa — disse ele, rindo enquanto me colocava em pé no chão. — E eu não deveria estar preocupado com você aqui em cima?

— A culpa não foi minha. — Inclinei a cabeça para trás. O luar prateado atravessava seu rosto. — Você é tipo o Incrível Hulk.

— Eu não sei, não.

Eu esperava que Zayne me soltasse e recuasse, mantendo uma distância respeitável como sempre fazia, mas quando ele não o fez, desejei poder ver os olhos dele e gostaria de saber o que ele estava pensando. Não estávamos tão próximos como estivemos no metrô, mas eu conseguia sentir o calor do seu corpo.

Puxei o ar de maneira rápida e superficial enquanto colocava as minhas mãos em seus braços.

— Você não precisa se preocupar comigo aqui em cima. Sério mesmo.

— Não consigo evitar me preocupar com você, não quando estamos a mais de sessenta metros do chão. — Seus braços se afrouxaram e suas mãos deslizaram para a parte inferior das minhas costas. — Você é durona, Trinity, mas eu não acho que você vai ficar bem se escorregar e cair.

— Eu não vou escorregar e cair — disse a ele. — E consigo dar uns saltos bem incríveis. — Eu me afastei, desfazendo o seu aperto agora fraco. — Eu posso te mostrar...

— É, não. — Ele pegou minha mão, puxando-me de volta para ele. — Não preciso de uma demonstração. Estamos aqui patrulhando, não nos exibindo.

— Mas eu quero me exibir — eu disse, puxando minha mão, mas seu aperto ficou mais firme. — Posso pular o beco e ir de telhado em telhado. Provavelmente até mesmo pular a rua, se tiver um bom espaço pra correr antes.

— Eu realmente não sugiro que você tente isso.

— E o que devo fazer se virmos um demônio ou Baal lá em baixo? Enquanto você salta, eu vou devagarinho até a escada de incêndio e desço?

Zayne me puxou para o centro do terraço, com as asas dobradas para trás de si.

— Você pode ir *rapidamente* até a escada de incêndio e descer.

— Isso me faz muito útil se você precisar de ajuda. — Revirei os olhos.

— Prefiro ter você viva do que útil. — Então Zayne soltou a minha mão. — Além disso, tem sido tranquilo nas últimas noites.

Zayne tinha razão quanto a isso.

Mas esta noite era diferente, porque agora sabíamos que Baal estivera aqui.

Enquanto eu me afastava de fininho do centro do edifício, Zayne estava bem atrás de mim, como uma sombra... como Misha. Meu coração apertou enquanto eu estendia a mão, esfregando o centro do meu peito.

Sentia tanta falta de Misha que era uma dor física, e me perguntei como Zayne conseguia estar tão distante de seu clã. Eu me virei para ele.

— Posso te perguntar uma coisa?

— Sabe, eu ia achar que tinha algo errado com você se não tivesse uma pergunta pra me fazer — respondeu ele.

Eu bufei.

— Bem, você vai conseguir saber se eu alguma vez for possuída.

— Verdade — Suas asas se abriram atrás dele, quase bloqueando a lua. — Qual é a sua pergunta?

— Com que frequência você vê seu clã?

Houve um momento de silêncio.

— Por quê?

— Curiosidade.

— Coisa estranha de se ter curiosidade.

— Então? Só responde a pergunta.

— Eu os visito com frequência.

Eu me aproximei dele.

— Com base na forma como Danika e Jasmine agiram, parecia que haviam se passado semanas, se não mais.

— Bem, já fazia um tempo desde que os vi, e às vezes eu falo com Nicolai ou Dez por telefone ou aqui, na cidade.

— Então, há quanto tempo você não vai pra casa? — perguntei, e as asas de Zayne se fecharam para trás, perto dele. Cruzei os braços. — O que foi? É a sua casa, Zayne.

— Não parece que é. Não com o meu pai morto e... — Ele se interrompeu e, em seguida, virou-se, marchando em direção ao parapeito. — Já faz um tempo desde que eu fui lá.

— Você não... Você não sente falta deles? — perguntei. — Quer dizer, eu não tô fora há tanto tempo assim e sinto tanta falta de todo mundo que chega a doer.

— Não é a mesma coisa. Ele subiu no parapeito, empoleirado ali enquanto observava a cidade abaixo. — O meu clã ainda tá aqui, nesta cidade, e posso vê-los sempre que quiser.

— Sim, você pode — eu disse, com as mãos fechando-se em punhos. — Deve ser bom ter esse privilégio.

A cabeça dele se virou para o lado e um longo momento se passou.

— Você não entende. Voltar lá... Só consigo pensar no meu pai e em como não consegui salvá-lo e como não consegui impedir que Layla se machucasse. Aquele lugar guardava boas recordações. Ótimas memórias, mas agora... nem tanto.

Olhei para o contorno dele.

— Eu sei como é, Zayne, ou você se esqueceu disso?

Zayne praguejou baixinho.

— Não, não esqueci. Sinto muito...

— Não se desculpe. Só... só me escute — eu disse. — Você me disse que eu não era responsável pela morte da minha mãe e, sem querer dar uma de babaca arrogante, mas eu sou mais forte do que você. Poderia ter acabado com a vida de Ryker num piscar de olhos, mas não o fiz. Você não podia salvar o seu pai...

— Não é a mesma coisa.

— Como?

Zayne se ergueu fluidamente e se virou.

— Eu estava distraído com besteiras pessoais, Trinity. A minha cabeça não tava no jogo. Se estivesse, eu poderia ter impedido o ataque.

Não sabia se isso era verdade ou não, mas tinha a sensação de que não era assim tão simples.

— Então, você tava só choramingando pelos cantos sem fazer nada quando ele morreu?

— Não. Tava lutando contra um espectro.

Levantei as mãos.

— Olha, talvez você estivesse distraído, mas não era como se você estivesse fazendo nada. A morte dele não foi culpa sua, e não faço ideia do que aconteceu com Layla, mas tenho certeza de que também não foi culpa sua.

— Ah, isso foi completamente minha culpa. — Ele desceu para o terraço. — Quase deixei que ela fosse morta, mas não é só isso. É mais. — Ele suspirou, olhando por cima do ombro para a rua. — Sinto falta deles. Sinto mesmo. Só preciso do meu espaço. Foi por isso que me mudei. Foi por isso que não assumi o clã.

— Por que você sente que falhou com seu pai?

— Porque eu não tenho certeza se eu... se eu consigo fazer isso. — Ele estava na minha frente, com as asas estendidas. — Eu não sei se eu conseguiria liderar o clã quando nem acredito mais que o que eles estão fazendo é correto.

Meus olhos se arregalaram diante daquela confissão.

— Toda a coisa de matar demônios indiscriminadamente?

Ele assentiu.

— Só porque nos dizem que algo é certo, não significa que seja.

Eu não sabia como responder a isso. O fato de Zayne estar questionando a coisa do *todos os demônios são maus* seria suficientemente ruim, mas isto era algo que eu imaginava que os Alfas ficariam muito, muito insatisfeitos de ouvir.

Meu pai também.

Mas depois de conhecer Roth, Layla e, sim, até Cayman, pensei que Zayne tinha razão. Eles estavam ajudando-me quando o meu próprio clã queria que eu apenas... seguisse em frente.

— Isso é admirável — falei por fim.

— O quê?

— Você — eu disse, acenando com a cabeça —, é admirável que você esteja se permitindo ver o que provavelmente menos de um por cento dos Guardiões veem.

Ele inclinou a cabeça.

— E o que pensam os Legítimos?

Levantei os ombros.

— Eu acho... eu acho que tenho muito o que aprender sobre, bem, tudo.

— Sim.

— Mas...

— Chega dessa conversa — disse ele, e abri a boca para falar. — De verdade.

Fechei a boca e depois assenti com a cabeça. Fiquei surpresa por ele ter partilhado tudo aquilo comigo. Sentia-me como se tivesse escalado uma muralha. Enquanto a brisa quente levantava os finos fios de cabelo na minha nuca, pensei no dia em que Zayne e seu clã haviam chegado.

— Eu costumava escalar os edifícios lá na comunidade quando Misha subia em um pra descansar. Era lá que eu tava quando vi vocês chegarem. No telhado do Salão Nobre. Não sei se te disse isso ou não? De qualquer forma, Misha odiava, sempre preocupado que alguém me visse ou eu escorregasse e caísse — disse enquanto caminhava até a borda. — Mas eu adorava. Adorava estar tão alto e tão perto das estrelas. Não posso voar, então isto... Isto é o mais perto que consigo chegar.

Zayne xingou baixinho enquanto eu subia no parapeito, e ele rapidamente pousou ao meu lado, seu grande corpo inclinado para me pegar no caso de eu perder o equilíbrio.

Eu sorri enquanto girava na borda e me afastava dele. A minha visão periférica não passava de sombras e a minha visão noturna era basicamente um lixo, mas o meu equilíbrio era afiado. À frente, eu podia ver onde o edifício terminava. Quando eu estivera no beco antes, a distância entre os prédios parecia ser de cerca de seis metros.

Zayne estava logo atrás de mim.

— Por que você tem esse fascínio todo pelas estrelas?

Mordiscando o lábio inferior, olhei de volta para ele e depois levantei o olhar para o céu.

— Consegue ver as estrelas? Neste momento?

Ele não respondeu de imediato, e imaginei que fosse porque essa não era uma pergunta que ele estivera esperando.

— Consigo. Por quê?

— Porque Deus tem um senso de humor bizarro? — Expirei pesadamente, prestes a falar de algo de que mencionava menos ainda do que da morte da minha mãe. Eu não queria falar a respeito, mas tinha conseguido que Zayne se abrisse um pouco, por isso, talvez... Talvez fosse a minha vez. — Meu pai é um anjo. Um *arcanjo*, Zayne. Um tão poderoso e tão...

assustador para a maioria das pessoas que nem gosto de dizer o nome dele. O sangue dele corre nas minhas veias, o DNA dele, mas o sangue da minha mãe e da família dela também. Acabei descobrindo que eles não têm a melhor genética, e uma parte dessa genética defeituosa passou pra mim.

— O que você quer dizer?

— Eu tenho o que é chamado de retinite pigmentosa, e não, não me peça pra soletrar isso. Nem devo estar pronunciando do jeito certo. É uma... doença ocular degenerativa que geralmente acarreta cegueira parcial ou total — expliquei de forma bastante objetiva. — Geralmente é hereditário, mas às vezes as pessoas simplesmente desenvolvem a condição. Uma bisavó minha tinha isso. E pulou algumas gerações, e acabei por ser a sortuda vencedora da visão de baixa qualidade. Tenho pouca visão periférica. Tipo, se eu olhar pra frente, nem consigo te ver. Você não passa de uma mancha de sombras. É como ter antolhos — eu disse, levantando minhas mãos para os lados da minha cabeça. — E minha percepção de profundidade é bem terrível.

— Espera. É por isso que já te vi vacilar se algo chega perto do seu rosto?

Assenti.

— Sim, se algo chega perto de mim pelos lados, muitas vezes não consigo ver até que esteja, tipo, bem ali, na minha visão central. Os meus olhos não se adaptam bem da luz pra escuridão, e luz muito forte é tão ruim quanto lugares extremamente escuros. Tem... umas manchinhas pretas na minha visão, como moscas, e são fáceis de ignorar a esta altura, mas já tenho catarata. É um efeito colateral desses colírios de esteroides que tive que usar quando era pequena. — Dei de ombros e comecei a caminhar ao longo da beirada novamente. — É por isso que a lua na verdade parece ser duas luas uma em cima da outra até eu fechar o olho direito.

Parando, coloquei as mãos nos quadris e olhei para o parque contra a rua. As árvores eram apenas formas escuras mais espessa contra sombras mais claras, embora o lugar estivesse iluminado.

Zayne tocou meu braço e, quando olhei para ele, vi que ele havia se transformado para sua forma humana.

— O que isso significa, exatamente? Você tá ficando cega?

Levantei um ombro novamente.

— Não sei. Provavelmente? O fato de eu não ser completamente humana embaralha as cartas, e a doença requer um nível de mapeamento genético pra ver qual poderia ser o prognóstico... Presumo que saiba por que é que isso nunca vai acontecer. Mas a doença não é previsível nem mesmo em seres humanos. Alguns da minha idade são completamente cegos. Outros, não desenvolvem sintomas até que estejam na casa dos trinta. Talvez a minha perda de visão diminua por causa do sangue angélico em mim, ou pode parar completamente, mas tem piorado, então não acho que meu lado angélico esteja fazendo muita coisa. Eu simplesmente não sei. Ninguém pode me dar uma resposta. Ninguém pode dar uma resposta sequer pra muitos seres humanos com a doença.

Zayne ficou quieto enquanto ouvia, então eu continuei:

— Quando minha mãe percebeu que eu comecei a esbarrar nas coisas com mais frequência e tinha dificuldade em andar sozinha quando tava muito claro do lado de fora, ela e Thierry me levaram a um oftalmologista, e o homem deu uma olhada nos meus olhos e me encaminhou pra um especialista. Depois de um monte de testes super irritantes, a doença foi confirmada. Foi um choque, pra dizer o mínimo. — Eu ri. — Quer dizer, olha só. Sou uma Legítima. Lutar enquanto tenho estas enormes lacunas na minha visão não é exatamente fácil. Então, como é que isso aconteceu? Mas as coisas são... como são.

— Eu notei algumas coisas, como o vacilar e seus passos parecendo inseguros à noite, mas eu nunca teria adivinhado — disse ele. — Nunca.

— É, eu não acho que a maioria das pessoas note. Sabe? A maioria das pessoas só pensa nos cegos e nos que enxergam, e não tem nenhuma compreensão ou conceito de tudo o que tá entre um e outro. Não escondo que tenho esta doença. — Olhei para ele. — Só acabei aprendendo a compensar por ela, tanto que às vezes até esqueço... mas daí bato numa porta ou numa parede, e logo me lembro.

— E as estrelas?

Um leve sorriso me puxou os lábios quando lembrei do que o oftalmologista de Morgantown me perguntara uma vez.

— Na minha última consulta, há cerca de um ano, o meu oftalmologista perguntou se eu ainda conseguia ver as estrelas à noite. Foi estranho quando ele perguntou, porque eu tive que pensar sobre isso e percebi que não sabia responder a pergunta — admiti. — Eu não tinha olhado pras estrelas em, tipo, muito tempo, e isso meio que me abalou, sabe? Que um dia eu olharia pra cima e não veria uma estrela, e era isso. Nunca mais conseguiria ver algo tão... bonito e simples de novo. Até aquele momento, eu não tinha dado valor a isso. Então, todas as noites, olho pra cima pra ver se ainda consigo enxergas as estrelas.

Zayne não respondeu, mas senti seu olhar intenso em mim. Comecei a torcer o cabelo enquanto levantava um ombro, sem saber o que mais dizer.

— Então, é...

Um momento se passou.

— Você consegue ver as estrelas agora?

Inclinei a cabeça para trás e levantei o olhar. Era uma noite sem nuvens e o céu parecia uma mancha de óleo profunda interrompida por pequenos pontos.

— Eu consigo ver. Estão fracas. — Levantando a mão, apontei para duas estrelas, uma em cima da outra. — Ali. Duas delas — Fechei o olho direito e os dois pequenos borrões de branco se tornaram um borrão só. — Ah, espera. — Eu ri. — Tem só uma estrela lá.

— Sim — Zayne murmurou, e quando o olhei de esguelha, ele estava olhando na direção em que eu apontara. — Tem uma estrela lá. — Ele olhou para mim e os nossos olhares se fixaram um no outro. — Você vê mais?

Sentindo-me um pouco tonta e boba, desviei o olhar com grande esforço. Examinei novamente o céu.

— Vejo algumas. Por quê? Tem muitas estrelas?

Quando ele não respondeu, eu o olhei de esguelha e descobri que, mais uma vez, ele estava me encarando, com a cabeça ligeiramente inclinada, fazendo com que uma mecha de cabelo loiro roçasse seu rosto.

Eu continuei torcendo meu cabelo enquanto o nervosismo crescia como um ninho de pássaros acordando e voando. Desviei o olhar.

— Acho que o céu tá cheio de estrelas?

— Tá, mas as únicas que importam são as que você vê.

Meu olhar voou para o dele.

Ele sorriu para mim.

— Você é... Você é incrivelmente forte.

O comentário me pegou desprevenida.

— O quê?

— Você tá aqui falando sobre perder sua visão como se não fosse nada. Como se não fosse grande coisa, e é muita coisa. Você sabe disso — Estendendo o braço, ele colocou uma mão na minha, pegando-me de surpresa. Gentilmente, ele desembaraçou meus dedos do meu cabelo. — Mas você tá lidando com isso. Vivendo com isso. Se essa não é a definição de força, não sei qual é.

O ninho de pássaros subiu para o meu peito.

— Não acho que seja força.

Ele puxou a minha mão para longe do meu cabelo.

— Trin...

Corando com a primeira vez em que ele falou meu apelido e percebendo que gostei quando me chamou assim, voltei o meu olhar para as duas estrelas que eram na verdade uma.

— O que quero dizer é que não acho que seja ser forte. Não posso mudar o que vai acontecer. Talvez um dia haja uma cura e funcione pra mim, mas até lá, tenho de aceitar isto e não posso contar com a sorte, porque é assustador, é assustador pra cacete pensar que realmente tudo isso vai sumir e eu vou ter que aprender a viver de forma diferente com as expectativas de quem eu sou e do que eu sou, mas eu *preciso* lidar com isso. E o faço impedindo que isso me defina ou consuma todos os momentos da minha vida. Isso não é força. Isso não me torna especial. — Dei de ombros. — Só significa que tô... fazendo o melhor que posso.

Ainda segurando minha mão, ele apertou.

— Como eu disse, a definição de força.

Como se eu não tivesse controle, eu me vi olhando nos olhos dele mais uma vez, pensando que seria péssimo quando eu não pudesse mais ver as estrelas, mas seria uma desgraça quando eu não pudesse ver aqueles olhos de lobo azuis pálidos.

— Eu não acredito que você não tinha me contado isso até agora.

— Não leve pro lado pessoal. Não é algo de que eu fale muito, porque eu só... não sei. Não quero que as pessoas me tratem de forma diferente por causa disso. — Eu me virei para ele. — Não quero que você me trate de forma diferente.

— Eu não faria isso. — Ele se aproximou, atento ao fato de ainda estarmos no parapeito. — Certo. Isso não é exatamente verdade. Eu te admiro pra caramba, mas já te admirava antes. Então agora é mais.

Tentei parar de sorrir, mas não conseguia enquanto olhava para onde ele ainda segurava a minha mão. Com o luar, eu conseguia ver.

— O que você vai fazer se piorar? — ele perguntou.

— Talvez eu providencie uma gárgula-guia.

Zayne riu.

— Eu posso ser isso pra você.

— Hã, não, acho que você ficaria muito entediado com isso.

— Acho que não. — Seus dedos se fecharam em volta do meu queixo, trazendo meu olhar de volta para o dele. A respiração ficou presa na minha garganta. — Eu não acho que... exista um segundo de tédio com você por perto.

— Não acha? — Precisando de um pouco de espaço depois de conversar sobre algo tão pessoal, eu me soltei e recuei. — Que bom. Aposto que não consegue me pegar.

Girando, saí correndo pelo parapeito. Ouvi-o gritar o meu nome, mas o som se perdeu com o vento à medida que eu ganhava velocidade, o vento levantando o meu cabelo dos meus ombros e fazendo-o flutuar atrás de mim. Cheguei à borda do parapeito a uma velocidade vertiginosa e não houve um momento de hesitação ou medo. Eu pulei, cercada por nada além de ar, e naqueles breves segundos, logo antes de começar a cair, fiquei leve e sabia que era assim que seria a sensação de voar.

Acertando o parapeito do edifício do outro lado do beco, eu me dobrei e rolei o resto da distância, erguendo-me com um sorriso selvagem espalhando no meu rosto.

Zayne pousou um segundo atrás de mim, totalmente transformado de novo, e suas asas se ergueram e se espalharam. O telhado estava mais iluminado aqui, então eu conseguia enxergar o olhar atordoado gravado em suas feições.

Jogando a cabeça para trás, eu ri quando Zayne disparou na minha direção.

— Você devia ver a sua cara agora. Meu Deus, parece mesmo que você tá sem palavras. — Girando, afastei-me dele. — Não sabia que isso acontecia mesmo...

Zayne estava em cima de mim em um piscar de olhos.

Eu guinchei quando ele me pegou, erguendo-me do chão enquanto me segurava contra o peito. Ele girou, pressionando-me contra o metal frio da parede de um galpão de manutenção. Como a noite no metrô, não havia espaço entre nós, e eu não sei exatamente quando eu tinha dobrado as minhas pernas em torno de sua cintura esguia, mas eu tinha feito isso e estava gostando.

Muito.

— Você... — Ele olhou para mim, as pontas de suas presas expostas. — Você…

— O quê? — Agarrando-lhe os ombros, fiquei sem fôlego, e não tinha nada a ver com o salto e tudo a ver com o quão perto estávamos um do outro.

— Você é enlouquecedora — disse ele, pressionando-se contra mim, e uma pulsação latejante e profunda causou um arrepio na minha coluna.

Meus olhos se arregalaram quando olhei para ele. Eu nem tinha certeza se ele estava ciente do que estava fazendo. Ele estava furioso. Isso era bastante evidente, mas havia algo mais pesado e mais espesso direcionando aquela raiva.

— Você é insana. — Uma mão deslizou da minha cintura, sobre o meu quadril, até a minha coxa. Sua mão me apertou, as garras afiadas prendendo o tecido fino da calça legging.

Certo. Ele sabia o que estava fazendo.

— Você é totalmente imprudente e completamente impulsiva — continuou ele, e eu inclinei a cabeça para trás contra o galpão, achando difícil puxar o ar para os meus pulmões. — Se você fizer algo assim de novo...

— O quê? — Apertei-lhe os ombros enquanto suas asas se arqueavam e baixavam, fechando-nos em um casulo. Antes, a escuridão total tinha me causado pânico, mas agora, deixou-me ousada, como se eu pudesse fazer qualquer coisa no abrigo que ele criou. — O que você vai fazer?

— Alguma coisa. — Suas palavras eram ardentes contra o meu pescoço, fazendo com que todos os meus músculos ficassem tensos.

Meus dedos tocaram as pontas de seu cabelo.

— Você precisa me dar um pouco mais de detalhes sobre isso — eu disse a ele —, porque eu vou com toda certeza fazer isso de novo.

— Vou precisar colocar uma coleira em você. — Ele se moveu e todo o meu corpo pareceu estremecer contra a rigidez inesperada entre seus quadris. *Meu Deus.*

Meu coração estava disparando enquanto o calor me ensopava.

— Se você colocasse uma coleira em mim, eu te estrangularia com ela.

Sua risada rouca queimou meus lábios.

— Tipo de coisa que você faria.

— *Sim* — eu disse, concordando e dando permissão para algo que ele não havia pedido, mas que eu queria dar a ele. Algo que eu achava que ele queria *me* dar.

Ele ficou completamente imóvel e quieto, e então disse:

— No segundo em que você me beijou na sala de treinamento, eu soube que você seria um problema.

— Foi por isso que você correu de mim?

— Não tô correndo de você agora — disse ele —, parece que tô correndo *atrás* de você agora.

Em seguida, o roçar mais sutil de seus lábios contra os meus fez com que todo o meu corpo se arqueasse. Os meus lábios se separaram, dando-lhe acesso, e senti a ponta perversa de uma presa contra o meu lábio. Eu estremeci contra Zayne, e ele soltou este gemido profundo e gutural que quase foi minha ruína.

— Não deveríamos... — Ele não concluiu a frase, arrastando aquela presa afiada pelo meu lábio inferior. — Não deveríamos estar fazendo isso.

Eu não conseguia pensar em nada que devêssemos estar fazendo agora além disso.

— Por quê?

— Por quê? — Ele riu, baixo e suave contra os meus lábios. — Além do fato de que isso complica as coisas?

— Gosto de complicações.

— Por que isso não me surpreende? — A testa dele se encostou à minha. — Você passou por muita coisa, Trin. Tem muita coisa acontecendo com você, e eu não tô...

Um súbito guincho atravessou o ar, forçando-nos a nos separar. Zayne me desceu até o chão e girou, fechando as asas para que eu não fosse acertada na cabeça por uma delas.

Não os vi no início, não até que as duas criaturas pousaram no terraço. Pareciam morcegos — morcegos ambulantes enormes. O luar fluía através de suas asas finas e quase translúcidas.

— Diabretes — Zayne suspirou.

Soltei as adagas e me preparei. Diabretes não eram conhecidos por sua inteligência, mas compensavam a falta de cérebro com sua tendência violenta.

— Eles normalmente não ficam em cavernas?

— Normalmente. Acho que estão turistando.

— Você acha que estão me procurando?

— Bem, estamos prestes a descobrir.

Um deles guinchou e correu para Zayne. O outro decolou e pousou com agilidade na minha frente. Estava escuro demais para correr o risco de atirar as adagas, então esta luta seria corpo a... asa de morcego?

Soltei uma risadinha.

— Eu quero saber por que você tá rindo aí? — Zayne perguntou, pegando o diabrete pelo pescoço.

Sorrindo, desviei para trás quando o diabrete tentou me golpear. Mergulhei sob os braços estendidos do demônio e me ergui por trás dele, depois girei e enfiei a lâmina de ferro nas costas dele.

A criatura soltou um guincho agudo antes de explodir em chamas. Virei-me a tempo de ver o outro demônio fazer o mesmo. Comecei a correr em direção a ele...

Puxada para trás, eu quase larguei minhas adagas enquanto garras me seguravam pela camisa. Um instante vacilante depois, eu estava sendo levantada do chão. Eu berrei quando o diabrete começou a voar. O tecido da minha camisa começou a se rasgar.

Zayne girou para onde eu estava pendurada a vários metros do telhado.

— *Deus.*

Levantando as minhas adagas, eu as agitei atrás de mim em arcos largos e altos, acertando as patas traseiras do diabrete. As lâminas perversamente afiadas cortaram a pele e os ossos da criatura. Um calor molhado pulverizou o ar. O demônio gritou, um som que me lembrou um bebê zangado — se um bebê zangado também fosse parte-hiena. A coisa me soltou e eu estava caindo.

Para o nada.

Um rugido de vento e ar noturno se ergueu para me arrebatar. Eu não conseguia nem gritar quando o terror explodiu nas minhas entranhas enquanto eu caía.

Meu Deus. Meu Deus. Meu Deus, isto ia doer. Isto ia doer muito...

Braços me pegaram ao redor da cintura, empurrando-me para cima e contra um peito duro. O impacto me tirou o ar dos pulmões, mas eu sabia que era Zayne.

Zayne me pegara.

O ar nos chicoteava enquanto as suas asas se estendiam, retardando a nossa queda, e depois ele pousou agachado, o impacto desnorteando-me até o âmago.

— Cacete — sussurrei enquanto piscava rapidamente. O meu cabelo tinha se libertado do coque e estava colado no meu rosto. Os cabos das minhas adagas pareciam estar embutidos nas palmas das minhas mãos. — Cacete, não deixei minhas adagas caírem.

— Você tá bem? — A voz de Zayne estava mais forte do que o normal quando me soltei, e eu rapidamente me virei em direção a ele. — Trinity?

— Sim — Guardando minhas adagas, verifiquei meus ombros. — A coisa não me arranhou. Acho que tava tentando me levar embora. Obrigada — Olhei para ele. — Você provavelmente acabou de salvar a minha vida.

— Acho que eu com certeza acabei de salvar a sua vida.

— Com certeza — concordei, olhando em volta e percebendo que estávamos no beco perto da escada de incêndio. — Você tá bem?

— O demônio me acertou no peito. — Ele olhou para baixo, praguejando.

Meu estômago se contorceu enquanto me aproximava dele, com a preocupação aumentando.

— Tá muito ruim?

— Não tão ruim assim — disse Zayne, afastando-se de mim. — Mas a gente precisa voltar. Vou precisar limpar isto.

Aflita, concordei sem hesitar e tentei desesperadamente ignorar a súbita explosão ártica que emanava de Zayne.

Capítulo 29

A estreita faixa de luz da porta do banheiro me tirou do meu sono, alertando-me para o fato de que eu tinha adormecido sem Zayne.

Depois de voltarmos para o apartamento, ele se limpou no banheiro e anunciou que ia dormir mais cedo. As luzes da sala tinham se apagado, um sinal claro de que ele queria o seu espaço, e eu tinha ficado no quarto, completamente confusa. Ao contrário de todas as noites anteriores, ele não entrou no meu quarto e levara uma eternidade para eu finalmente adormecer.

Mas ele ou o Minduim estavam no banheiro.

Sentando, escorreguei as pernas para fora do cobertor. O chão de cimento estava frio sob meus pés enquanto eu me aproximava silenciosamente do banheiro. Coloquei as mãos na porta.

— Zayne?

— Desculpa. — Veio a resposta áspera, vários momentos depois. — Eu não queria te acordar. Volta pra cama.

Os cantos dos meus lábios se viraram para baixo. Ele parecia... estranho, sua voz concisa e tensa, mais do que o normal.

— Você tá bem?

— Sim — ele latiu.

Mordi o lábio. Ele estava com dor? Ele estava pálido quando voltamos, mas insistiu que estava bem, e eu fiz essa pergunta uma meia dúzia de vezes. Sabendo que provavelmente não deveria, fui em frente e abri a porta do banheiro.

O que vi foi uma bagunça sangrenta. Zayne estava à frente do espelho, sem camisa, e estava... arrancando algo do peito com... uma pinça? Toalhas ensanguentadas estavam sobre o balcão e havia algo leitoso em um frasco de vidro.

— Deus do Céu — exclamei.

— Droga, Trinity — rosnou Zayne virando-se de costas para mim, voltando a usar meu nome completo. — Será que não sabe ouvir?

Não muito.

— Eu tava preocupada.

— Tô bem.

— Você não parece bem. — Ele estava de uma cor cinza medonha, e seus dedos, escorregadios de sangue, tremiam em torno das pinças de prata. — O que aconteceu?

— Não é nada — ele grunhiu, voltando-se para o espelho.

— Não parece nada. — Eu me aproximei dele, grata pelo fato de que ver sangue não me assustava, mas o que ele estava tentando fazer em seu peito *sim*. — Posso te ajudar?

— Pode. Você pode ajudar voltando pra cama. — Ele me olhou uma segunda vez. — E esse é o rosto de Elmo no seu short?

— Não fale mal do meu short. — Aquilo era um presente de Jada. Um presente de brincadeira, mas eram os shorts mais confortáveis que eu já tivera. — Olha, eu realmente não preciso que você desmaie ou morra por tentar fazer uma cirurgia em si mesmo. Então pare de agir feito um macho alfa idiota e me deixe te ajudar.

Suas costas ficaram tensas, e então ele olhou por cima do ombro para mim.

— Você acabou de me chamar de macho alfa idiota?

— Sim. Chamei.

Um lado de sua boca se levantou enquanto ele abaixava a cabeça, olhando para si mesmo. Vários fios de cabelo caíram para a frente, protegendo seu rosto.

— Aquele maldito diabrete me acertou no peito.

— Eu sei, mas você devia estar se curando...

Pegando a toalha, ele enxugou o sangue que escorria do peito.

— É, bem, uma das garras se partiu em mim. Tirei a maior parte.

Um gelo escorreu nas minhas veias.

— Você... você tem uma garra de diabrete presa dentro de você?

— Sim, daí a pinça.

Eu não tinha certeza de quão útil eu seria com a minha visão, mas eu deveria ser melhor do que ele cavando a própria pele.

— Me dá a pinça. A gente precisa tirar isso de você. Agora.

A cabeça de Zayne girou bruscamente na minha direção e ele olhou para mim como se eu tivesse brotado uma segunda cabeça.

— O que foi? Posso tirar a garra. Melhor eu tentando fazer isso do que você vasculhando a própria pele.

— Tem certeza de que consegue?

Estreitei os olhos.

— Posso ser meio-cega, mas vou, sem dúvida, fazer um trabalho melhor do que o que você tá fazendo neste momento.

Ele olhou para mim por tanto tempo que eu pensei que ele iria só me dizer para voltar para a cama, e se fizesse isso, eu poderia socá-lo, mas então ele grunhiu:

— Que seja. — Voltando-se para a pia, ele ligou a água e mergulhou a pinça sob o fluxo. — A garra tem menos de três centímetros de comprimento. É preta.

Menos de três centímetros? Jesus Cristo. Peguei a pinça dele e, em seguida, encarei abertamente seu peito. A área em que ele estava cavando ficava acima do mamilo direito, e eu estava ao nível dos olhos com aquela garra idiota.

Apertei os olhos, sem ver nada além da carne rasgada.

— Eu vou precisar...

— Eu sei o que você precisa fazer. — Seu hálito quente dançou na minha testa. — Só faça.

Respirando hesitante, coloquei meus dedos em ambos os lados do corte profundo e depois os puxei. Zayne sibilou em um suspiro e minha cabeça se ergueu. Suas pupilas voltaram a ficar verticais.

— Desculpa — eu sussurrei.

— Tudo bem.

Inclinando-me, tentei ignorar o cheiro mentolado que se misturava ao cheiro metálico de sangue enquanto procurava esta garra de menos de três centímetros de comprimento.

— Quanto tempo levou pra você perceber que uma garra tava presa em você?

— Mais ou menos quando me levantei e pensei que ia vomitar. Foi quando percebi que não tava me curando. Então, cerca de uma hora.

— Você tá cavando isto há uma hora?

— Sim.

— Isso é bem terrível. — Quando olhei para ele, vi que sua mandíbula estava tensa. Deslizando minha mão ao longo de sua pele, puxei um pouco mais o corte.

— Desculpa.

— Pare de se desculpar.

— É meio difícil não me desculpar quando tô rasgando a sua parede torácica.

Ele deu uma risada seca.

— Você não tá rasgando minha parede torácica.

Um segundo depois, vi um pequeno pedaço de escuridão preso no meio de carne rosada.

— Então, hm, você ainda tá bravo comigo?

— Bravo com você pelo quê? — ele perguntou.

— Por saltar do edifício? — Firmei a pinça na minha mão.

— Eu tava tentando esquecer isso — disse ele secamente.

O meu olhar se ergueu para ele. Queria perguntar se também estava tentando esquecer o que aconteceu depois. A pergunta queimou na ponta da minha língua, mas a engoli de volta.

— Eu não tô bravo com você, Trin.

Encorajada pelo fato do meu apelido estar sendo usado de novo, respirei fundo. Concentrando-me na garra, alinhei a pinça e fiz uma pequena oração.

— Você não veio pro quarto esta noite pra dizer boa noite... ou qualquer coisa.

Ele ficou quieto por um momento, e então disse:

— Não foi porque eu tava bravo com você. — Zayne respirou fundo enquanto eu deslizava a pinça para dentro da ferida. — Você tem uma mão realmente firme.

— Tenho. — Mordi o lábio. — Então, por que não veio? — Fechei a ponta pontiaguda da pinça ao redor da borda da garra quebrada.

— Não tenho certeza se quero falar sobre isso quando você tá cavando no meu peito.

Independente do que isso poderia significar, suas palavras me fizeram sorrir enquanto eu puxava o pedaço de garra. A pinça escorregou e Zayne se sobressaltou.

— Desculpa.

Ele respirou devagar e longamente.

— Tudo bem.

Tentei de novo, fazendo com que a pinça se agarrasse à garra.

— Tô meio surpresa que um diabrete tenha tido uma vantagem sobre você.

— Obrigado por observar isso.

— Só tô dizendo.

— Eu *estava* um pouco distraído.

— Não é minha culpa. — Eu puxei novamente e senti a garra começar a ceder.

— Vou dizer que foi parcialmente nossa culpa — Zayne ficou tenso.

A maldita garra não se mexia.

— Você tava tão distraído assim?

Zayne hesitou.

— Eu acho que você... sentiu o quão distraído eu tava.

Com as mãos parando, olhei para ele.

— É, eu senti.

O centro de suas bochechas coraram em um leve tom de rosa.

— Bem, aqui tá a resposta que você queria.

Um sorriso lento me puxou os lábios.

— Você tá corando.

Seus olhos se fecharam.

— Sabe, a maioria das pessoas não iria comentar isso.

— Não sou a maioria das pessoas.

— Já reparei. — Um sorriso apareceu. — Ainda não descobri se isso é uma coisa boa ou ruim.

— Uau — murmurei, e então puxei com força. A garra deslizou para fora enquanto Zayne xingava baixinho. — Peguei.

Recuando, levantei a garra enquanto enrugava o nariz.

— Isso é bem nojento.

— Obrigado. — Ele expirou alto e depois ergueu um braço para a toalha, mas fui mais rápida.

Deixando a pinça de lado, peguei a toalha e parei o novo fluxo de sangue que estava vazando dele. A ferida feiosa em seu peito já estava fechando.

Suas mãos caíram para os lados do corpo enquanto eu limpava o sangue. Eu me curava rapidamente, mas era insano a rapidez com que os Guardiões se recuperavam. A cor já estava voltando ao rosto dele.

— Você parece muito melhor.

— Eu me sinto melhor. — Seu olhar capturou e se fixou no meu, e então desceu, e eu senti a intensidade daquilo até a ponta dos meus dedos dos pés, antes que ele arrastasse seu olhar de volta para o meu. Ele fechou a mão em volta do meu pulso. — Você tá com sangue nas mãos.

Eu não disse nada quando ele tirou a toalha de mim, e eu não protestei quando ele a colocou de lado e me levou para a cuba da pia.

— Consigo lavar as minhas próprias mãos — disse-lhe.

— Eu sei. — Ele ligou a água e, em seguida, abriu uma gaveta e puxou um recipiente de sabão líquido para as mãos. — Conseguiu um dormir um pouco?

— Não muito. — Olhei para cima e vi nosso reflexo. A cabeça dele estava inclinada, as sobrancelhas abaixadas em concentração enquanto ele despejava sabão em minhas mãos.

Eu me perdi um pouco encarando o nosso reflexo, ele muito mais alto e largo do que eu, loiro e dourado onde eu era morena. O meu olhar caiu em nossas mãos enquanto ele deslizava as suas sobre as minhas. A água borbulhava rosa e vermelha enquanto girava pelo ralo. Ele lavou minhas mãos até não restar um rastro de sangue, e depois tirou uma toalha limpa de outra gaveta.

Secando as minhas mãos, ele me afastou do espelho.

— Sabe o que me perguntou antes? — Suas mãos deixaram meus pulsos e deslizaram pelos meus antebraços. — Sobre por que eu não vim até você esta noite?

O meu coração acelerou enquanto eu acenava com a cabeça.

— Eu não podia, porque não achava que ia conseguir deitar ao seu lado depois do que aconteceu naquele terraço. — Sua voz era mais profunda, mais espessa, enquanto suas mãos seguravam meus braços. Ele me levantou com facilidade, sentando-me na beira do balcão da pia. — E não te tocar.

O calor de antes voltou, dançando sobre a minha pele.

— E se... e se eu quisesse que você me tocasse?

Seus olhos brilharam um intenso azul pálido.

— E, veja bem, esse é o problema.

— Por quê?

Ele levantou as mãos, enroscando os dedos no meu cabelo enquanto arrastava os fios para longe do meu rosto.

— Porque não deveríamos, Trin. Vai complicar as coisas. Olha só pra esta noite... Não estávamos prestando atenção. O diabrete poderia ter levado você. Você poderia ter se machucado.

— Mas não me machuquei.

— Eu me machuquei, e isso não devia ter acontecido. — Seu olhar procurou o meu. — Eu devia ser melhor do que isso, Trin. Sei o que acontece quando não tenho a cabeça no jogo. Formamos uma boa equipe...

— Realmente — eu o cortei, fechando meus dedos ao longo da extremidade do balcão —, formamos uma equipe e tanto.

— E é por isso que isto seria uma má ideia.

— Acho que é por isso que é uma ótima ideia.

Sua risada estava tensa.

— Claro que acha, mas é mais do que isso.

— Eu não sou seu pai...

— Jesus, eu esperava que não.

Os meus olhos se estreitaram.

— E eu não sou Layla — eu disse, e algo doloroso cintilou em seu rosto, desaparecendo antes que eu soubesse o que era. — Você só precisa aprender a ser multitarefa.

— Só isso? — Ele riu.

Assenti.

— Mesmo que eu aprendesse a fazer isso, você já passou por muita coisa — Uma de suas mãos deslizou para cima no meu pescoço. As pontas dos dedos seguiram a linha do meu maxilar. — Eu sou mais velho que você.

— Ah, calma lá. Você é *um pouco* mais velho que eu.

Cílios grossos abaixaram enquanto ele traçava minha maçã do rosto, arrancando um belo arrepio de mim.

— Você veio aqui pra encontrar Misha, e tá contando comigo pra te manter em segurança enquanto você tá fazendo isso. Isto parece...

— Certo — sugeri, prestativa. — Porque é assim que parece pra mim. Como se eu estivesse... — Minhas bochechas coraram. — Parece certo, Zayne. Vai dizer que parece errado?

— Não. Não tô dizendo isso — Aqueles cílios se levantaram, e havia uma intenção na forma como aqueles olhos pálidos se fixaram nos meus, nas sombras que se formavam ao redor de sua boca. — Você quer me beijar de novo, não quer?

Todos os músculos do meu corpo ficaram tensos.

— Sim. Eu quero...

Zayne me beijou.

Foi um beijo tão suave e bonito no início, seus lábios roçando os meus uma vez, e depois duas vezes, e então aprofundando-se, e não havia nada de hesitante sobre isso. O beijo parecia escaldante, exigente e que ardia a alma, uma combinação crua de necessidade reprimida e desejo explosivo.

Ele me puxou até o limite do balcão enquanto se aproximava, pressionando o corpo entre as minhas pernas, e quando me beijou de novo, ele me deixou sem fôlego e exposta como um fio de eletricidade. Eu enrolei as pernas em torno da parte inferior das costas dele enquanto deslizava uma mão pelo seu peito, consciente da ferida que cicatrizava. A mão dele deslizou debaixo do meu braço, pelas minhas costas, e eu pensei que poderia estar ficando bêbada com seus beijos.

E então ele estava levantando-me da pia, recuando enquanto eu segurava seus ombros e depois agarrava os fios macios do seu cabelo. Ele mordiscou meus lábios quando esbarrou na parede, e eu ri em seu beijo, e ele resmungou de volta para mim. De alguma forma, chegamos ao quarto e então ele estava deitando-me na cama e vindo sobre mim, seu corpo grande e quente enquanto pairava por cima do meu.

Com a luz do quarto para me guiar, estendi a mão e toquei seu rosto. Ele se apoiou no toque, acariciando a palma da minha mão enquanto estremecia. Quando seus olhos se abriram, jurei que brilharam.

Nenhum de nós se mexeu ou disse qualquer coisa por um longo momento, e, juro por Deus, se Minduim decidisse aparecer agora, eu encontraria um jeito de trazê-lo de volta à vida só para matá-lo de novo.

Minduim não apareceu, mas a quietude de Zayne estava começando a me preocupar.

— Zayne?

Sua garganta forçou um engolir em seco.

— Tem uma coisa que eu deveria te dizer.

— O quê? — Meu olhar vasculhou seu rosto enquanto eu deslizava meus dedos sobre a curva da sua bochecha.

Ele virou o queixo, beijando as pontas dos meus dedos.

— Eu... eu nunca fiz isto antes.

Os meus dedos ficaram imóveis. Todo o meu corpo parou enquanto eu processava suas palavras.

— Você quer dizer... você nunca fez isto?

— Bem, eu já fiz *isto*. Já fiz... coisas, mas nunca transei. — Seu olhar encontrou o meu e um sorrisinho apareceu. — Agora *você* parece sem palavras.

Pisquei.

— Perdão. Não é a minha intenção, mas tô chocada. Quer dizer, você é... você é *você*. É bonito e inteligente. Você é gentil e engraçado e...

— E irritante.

— Sim, isso, mas...

— E autoritário.

— E isso, também, mas...

— Mas eu ainda nunca fiz isso — disse ele.

— Por quê? — perguntei, e então imediatamente me senti como uma babaca por perguntar isso. — Perdão. Não devia ter dito isso.

— Tá tudo bem. Eu... eu só não fiz.

Estava em choque, mas também estava... aliviada, de certa forma.

— Eu também não.

Um sorriso lento e de partir o coração puxou seus lábios. Um sorriso genuíno, do tipo que podia partir corações e reconstruí-los.

— Não sei pra onde isto vai — eu disse, delineando a curva do seu ombro —, só sei que gosto de você, Zayne. Gosto muito de você, e isso não tem nada a ver com tudo o que tá rolando. Eu quero você, mas nós... nós não temos que fazer *isso*.

— Não, não temos. — Ele abaixou a cabeça e beijou o canto da minha boca, depois voltou a falar: — Mas existem outras... *coisas* que podemos fazer.

E desta vez, quando Zayne me beijou, ele sorveu os meus lábios, bebeu dos meus gemidos, enquanto deslizava o polegar sobre a minha bochecha, traçando o osso. Seu toque era leve como uma pluma, mas eu me agitava, inquieta. A luxúria picava minha pele enquanto ele movia as pontas dos dedos pela minha garganta, por cima do meu ombro. Um pequeno suspiro me escapou.

Eu não estava mentindo quando disse que gostava dele — que gostava muito dele —, e saber disso, *sentir* isso me assustava um pouco. Ele foi o primeiro cara por quem eu realmente me sentira atraída, mas era muito mais do que isso. Era a sua força e a sua bondade, as suas crenças, mesmo as que me chocaram no início, e a sua perspicácia. Era o seu cuidado natural, e mesmo quando duvidava de si mesmo, de alguma forma isso o tornava... humano para mim.

Algo mais permaneceu à margem dos meus pensamentos, um sentimento de familiaridade com ele, de muitas peças em movimento finalmente encaixando no lugar.

Apenas parecia certo.

Zayne parecia *certo*.

Lentamente, ele moveu a mão pelo centro do meu peito.

— Você não tem ideia de por quanto tempo eu pensei nisso.

Coloquei a minha mão na lateral do corpo dele, movendo-a em direção às suas costas, massageando os tendões dos músculos tensionados. Ele deixou cair a mão para o meu quadril e me puxou ao longo da cama. Então ele se ergueu acima de mim, usando um braço para apoiar seu peso. Usando uma coxa, ele abriu minhas pernas e depois se abaixou. Linhas duras se pressionaram contra outras suaves, e quando ele se moveu contra mim, em um esfregar lento e ondulante, eu arfei e enrijeci pela rajada de prazer que isso enviou através de mim.

— Isto é bom? — ele perguntou.

— É. Sim. Totalmente.

Ele soltou uma risadinha contra a minha boca enquanto balançava os quadris novamente. Acompanhando-o, eu ergui meus quadris enquanto ele virava a cabeça, movendo os lábios sobre a bochecha que ele acariciara momentos antes.

— Você já pensou sobre isto? Nós? Pensou em como seria?

— Sim — sussurrei, abrindo as pernas, embalando seu corpo —, pensei.

Sua mão ociosa deslizou pela lateral do meu quadril, pela minha barriga. Ele parou logo abaixo dos meus seios, o polegar roçando o volume. Prendi a respiração quando seus beijos chegaram ao canto da minha boca de novo. Virei ligeiramente a cabeça. Os nossos lábios roçaram.

— Você não precisa se preocupar com isto indo longe demais — disse ele.

Os meus dedos se fecharam contra a pele.

— Não tô preocupada. Você tá?

— Sempre — ele murmurou, e antes que eu pudesse questionar o que ele quis dizer com isso, ele levou a cabeça para o espaço entre meu pescoço e ombro. Abaixando as mãos para os meus quadris, ele acariciou o meu pescoço com o nariz. Ele deixou sua mão deslizar mais para cima, quase atingindo o topo do meu seio.

Eu não me mexi, não disse qualquer coisa. Só à espera... à espera para ver o que ele faria.

— Você me diz quando parar e eu paro.

— Eu sei. — Minha voz era espessa, crua. — Eu... confio em você.

Zayne parou e depois se afastou. Por um momento, preocupei-me de ter dito a coisa errada de alguma forma, mas depois as mãos dele alcançaram a bainha da minha camisa.

— Eu quero ver você, tocar você... provar você.

Suas palavras enviaram um arrepio sombrio através de mim.

— *Sim.*

Ele levantou a minha camisa e eu me ergui sobre cotovelos trêmulos enquanto ele a puxava por cima da minha cabeça, e então meus shorts se foram em seguida. Sua respiração aguda foi perdida no bater do meu coração. Deitei-me de costas, vestindo somente calcinhas finas, sabendo que, com seus olhos de Guardião, ele conseguia ver tudo, e lutei contra o desejo de cobrir o meu peito.

— Você é linda, Trinity.

Então, ele abaixou a cabeça, passando rapidamente a língua sobre uma parte mais sensível, fazendo-me gemer e agarrar seus ombros. Ele riu contra a pele do meu seio, mas rapidamente se transformou em um grunhido quando as minhas mãos se aventuraram mais para baixo, tocando-lhe sobre a parte inferior da barriga. Eu o sentia como um cetim esticado sobre rocha, e fiquei hipnotizada com a forma com que seus músculos se firmavam sob o meu toque.

Levantei meu olhar enquanto os meus dedos deslizavam por cada ondulação firme.

— *Você* é perfeito.

— Hmmm. — Ele se pressionou, movendo a mão e depois a língua para o meu outro seio. — Você quer que eu pare?

— Não. De jeito nenhum. Não mesmo.

— A melhor coisa que ouvi este ano.

A minha risada terminou em um arfar quando Zayne me rolou sobre ele e se sentou, meus joelhos deslizando de cada lado de seus quadris enquanto ele me puxava para seu colo. Eu arfei quando a parte mais macia de mim se pressionou contra a parte mais dura dele. Ele ainda estava vestindo a calça do pijama e eu ainda estava de calcinha, mas eu conseguia sentir cada centímetro dele.

Seus dedos passaram pelo meu cabelo enquanto a mão se fechava na parte de trás da minha cabeça. Ele puxou minha boca para a dele e me beijou enquanto eu apertava seus ombros, permitindo que eu me acomodasse nele. Seu grunhido em resposta enviou ondas de choque através de mim.

— Isto não é muito Guardião da sua parte — eu sussurrei.

A mão no meu quadril apertou.

— Você ficaria chocada com todas as coisas nada Guardiãs passando pela minha cabeça agora.

Estremeci, sentindo-me tonta, quente e viva.

— Então me mostre.

E ele me mostrou.

A minha cabeça caiu para trás enquanto a minha respiração saía em arfadas curtas. Suas mãos e boca eram gananciosas, e eu *amei* aquilo. A parte inferior do meu corpo começou a se mover em pequenos círculos e, Deus do Céu, achei que podia sentir a pulsação dele através do tecido de suas calças.

Eu não conseguia lembrar de já ter me sentido assim, definitivamente não com Clay e não quando eu me tocava. Isto era... Deus, isto era muito mais intenso; parecia que havia lava derretida correndo pelas minhas veias. O desejo rodopiava dentro de mim, deixando-me fora de controle e atordoada. O meu corpo se curvava contra o dele, ansiando por ele de tal forma que quase me assustava, mas eu confiava em Zayne. Confiava nele com *tudo*.

E quando a boca dele puxou meu seio e sua língua raspou minha pele, parei de pensar. Era tudo uma questão de sentimento e as sensações cruas e requintadas que se espalhavam dentro de mim até meu âmago, aquecendo-me e amortecendo-me.

As minhas mãos escorregaram sobre seu abdômen ondulado. Os meus quadris balançaram contra o corpo dele, e quando ele sussurrou em meu ouvido, sua voz estava grossa, provocadora. Eu estava ofegante contra sua boca, meus dedos tremendo enquanto deslizavam sobre sua pele e se fechavam sobre o elástico da calça dele. Ele também o agarrou, empurrando o tecido para baixo enquanto se levantava apenas o suficiente para levar a calça às coxas, e depois havia nada entre nós.

— Deus — ele rosnou contra a minha boca.

Sua mão apertou meu quadril, implorando-me para eu me mover, para pegar o que eu queria, mas eu não precisava que ele insistisse. O meu corpo se moveu contra o dele e ele se moveu contra mim. O seu calor corporal, o atrito e a umidade, e a maneira como ele mordiscava a minha boca — era tudo demais e não o suficiente. A tensão entre as minhas pernas aumentou rapidamente, roubando-me o fôlego, chocando-me. O impulso se apertou profundamente dentro de mim e os nossos movimentos se tornaram quase frenéticos. Seu rosnado de aprovação queimou a minha pele, acendendo o fogo, e eu regozijei em uma onda ofuscante, músculos contraindo e afrouxando de uma só vez. Eu nunca, nunca sentira algo tão poderoso, tão deliciosamente obliterante.

A vez de Zayne chegou em seguida, o grito rouco e profundo sufocando os meus gritos enquanto a libertação nos abalava, e depois a boca dele estava na minha e nos beijamos, e ele continuou a me beijar como se quisesse não apenas me provar, mas devorar o meu próprio ser, e eu... queria ser devorada.

Eu não sabia que sequer era possível ser beijada assim.

Eu não sei como, mas acabamos deitados de lado, com o rosto a centímetros de distância, as pernas emaranhadas e um braço dele debaixo das minhas costelas, dobrado à minha volta, e o outro à volta da minha cintura. Eu não achei que fosse voltar a respirar normalmente enquanto estávamos lá, meu coração ainda batendo forte.

— Isso foi... — Eu limpei minha garganta. — Eu não sabia que podia ser *assim* sem sequer, sabe, fazer de fato.

Os braços de Zayne se apertaram e ele me puxou para o peito, carne contra carne.

— Eu também não.

Sorri, e quando ele beijou o canto dos meus lábios novamente, o meu sorriso cresceu. Ele guiou a minha cabeça para o espaço abaixo de seu queixo, e eu fiquei cercada pelo seu calor.

Eu não tinha ideia de quanto tempo se passou, mas eu conseguia sentir a atração do sono puxando-me.

— Você... você vai ficar comigo esta noite?

Seus lábios roçaram a minha testa.

— Durma, Trin. Não vou a lugar algum.

Capítulo 30

— Alguma novidade? — Jada perguntou ao telefone enquanto eu procurava entre as roupas que trouxera, em busca de algo apropriado para vestir para se encontrar com bruxas. Eu sentia que precisava de algo sombrio e malvado.

— Baal foi avistado anteontem à noite. — Pressionei o celular contra o ombro. Não tinha dito a Jada que íamos ver as bruxas hoje à noite ou que estávamos trabalhando com demônios. Eu não achava que ela fosse entender, não quando eu mal me entendia. — Estamos esperando algumas informações que vão nos dizer onde encontrá-lo. Espero que sim, pelo menos, porque não consigo imaginar... — eu me ajoelhei, fechando os olhos.

— Eu sei — disse Jada, baixinho. — A boa notícia é que você ainda sente o vínculo, certo?

— Certo.

— Então ele ainda tá vivo e isso é tudo o que importa agora. — Limpei a garganta quando abri os olhos.

— Como está Ty? Thierry e Matthew?

— Ty tá incrível como sempre — ela respondeu depois de uma pausa. — Thierry e Matthew estão bem, mas sentem a sua falta.

— Eu também sinto falta deles. Ty não sente a minha falta?

Jada riu.

— Ty sente sua falta, sua besta.

— É bom que sinta. Ainda sem mais ataques ou algo assim?

— Tem estado tão silencioso quanto um cemitério — ela disse, e eu franzi a testa quando Minduim passou pela parede e pela minha mala, fazendo as roupas se agitarem. — Entediantemente normal por aqui.

Não consegui impedir que o meu sorriso se formasse.

— Isso é péssimo... pra você.

— E pra você, quando voltar — ela me lembrou.

Uma pontada estranha iluminou meu peito quando olhei para a porta do quarto aberta.

— Péssimo pra mim então.

— Como Zayne está?

Mordi o lábio inferior, pensando na noite passada, na forma como ele me tocou e me fez sentir, como ele me abraçou durante a noite. Meu rosto corou com as memórias acaloradas, e eu fiquei aliviada que Jada e eu não estávamos fazendo uma ligação de vídeo.

Zayne tinha ficado comigo a noite toda, e não só isso, ele me beijara esta manhã — me beijou tão docemente que só de pensar nisso agora fazia com que meu peito parecesse que estava inflando feito um balão.

E então ele me fez café da manhã — waffles e bacon —, e eu meio que queria ficar com ele para sempre.

— Trinity?

— Ele tá bem — eu disse, mantendo minha voz baixa porque ele estava no banheiro, tomando banho.

— Aposto que sim.

Eu ri, querendo contar tudo a ela, mas sabendo que agora não era a hora. Além disso, eu sabia que ela teria perguntas que eu não conseguiria responder. Tipo: a noite passada significava que haveria mais noites assim? Isso significava que estávamos juntos? Eu não sabia. Nós de fato não tínhamos tido essa conversa.

— Fica quieta... Espera. — Abaixei o telefone quando vi Minduim indo em direção ao banheiro. — Minduim! Nem pense nisso!

O fantasma ergueu as mãos e se agitou até a cama, jogando-se sobre ela. Ele afundou, desaparecendo.

— O que ele tá fazendo? — Jada perguntou.

— Sendo um tarado.

— Eu não sou um tarado. — A voz abafada de Minduim veio de algum lugar da cama. — Tenho que usar o banheiro.

— Minduim, primeiro que há dois banheiros aqui, mas o mais importante, você tá morto e não usa o banheiro.

— Talvez eu devesse deixar você desligar — disse Jada, e eu suspirei. — Me liga amanhã, tá bem?

— Certo. Falo com você em breve. — Deixei o telefone cair na cama quando a cabeça de Minduim ressurgiu. — Comporte-se.

Ele sorriu para mim, embora fosse realmente apenas uma careta expondo todos os seus dentes.

Balançando a cabeça, voltei para as minhas roupas. Peguei uma camiseta preta. Era uma daquelas no estilos hi-lo, cortada mais curta na frente e mais longa atrás.

— E esta? — perguntei ao fantasma.

Ele inclinou a cabeça para o lado.

— Por que você acha que eu saberia o que vestir pra encontrar com bruxas?

— Não sei — suspirei, caindo sentada pesadamente.

— Não acredito que bruxas são reais. — A cabeça de Minduim ainda era a única coisa visível. — Também não posso acreditar que ainda tô surpreso com alguma coisa.

— Eu também — concordei.

— Também não posso acreditar no que vocês dois estavam fazendo ontem à noite.

Meus olhos se arregalaram enquanto eu abaixava a voz:

— Você estava espionando a gente?

— Não. Qual é. Isso seria nojento. — Ele fez uma pausa. — Mas eu literalmente não tinha pra onde ir neste lugar em que não pudesse ouvir vocês dois.

Meu Deus.

A porta do banheiro se abriu e olhei por cima do ombro bem a tempo de ver sair um Zayne sem camisa, passando uma toalha sobre o cabelo molhado. Ele usava calças de exercício que estavam úmidas em... lugares interessantes, fazendo-me pensar que ele não tinha parado para realmente se secar.

Ele olhou para mim.

— O que você tá fazendo?

— Procurando algo pra usar esta noite. — Levantei a camiseta, lutando para me comportar como se tudo estivesse totalmente normal. — Você acha que esta é uma boa?

Um canto dos seus lábios se levantou.

— Você pode usar o que quiser, Trinity.

— Eu gosto da maneira como ele diz seu nome — comentou Minduim.

Então eu não era a única que achava que ele dizia o meu nome de uma forma interessante.

— Sim, mas não quero me destacar.

— Não acho que você consiga.

Abaixei a camisa, sorrindo como uma idiota. Quando ele se virou para ir até o closet, eu o observava tão avidamente que Minduim riu.

— Seu peito tá bem? — perguntei.

— Sim, eu coloquei um pouco daquela pasta esta manhã só pra prevenir, mas tá tudo bem. — Ele tirou uma camisa preta e a colocou sobre a cabeça.

Rápido assim. Caras escolhendo roupas era tão simples. — Imaginei que a gente poderia ir com calma esta noite, depois de você fazer a visita.

— É mesmo? — Do que consistia *ir com calma*? Olhei para a cama e senti todo o meu corpo corar.

Eu realmente precisava me controlar.

Ele se dirigiu para a porta, com uma calça jeans na mão.

— É, a gente pode comer alguma coisa.

A emoção passou por mim. Eu ia ver bruxas e sair para jantar com Zayne como uma pessoa normal, como se fosse um...

Eu me interrompi antes de deixar esse pensamento se concluir. Abaixando o olhar, dobrei a camisa.

— Eu adoraria, mas se as bruxas nos derem informações, nós...

— Vamos agir imediatamente — ele concordou.

Atrevi-me a sorrir.

— Certo.

— Que bom. — Zayne hesitou na porta. — Você vai ficar pronta logo?

Assenti.

— Estarei esperando — disse ele, fechando a porta atrás de si.

No momento em que ele se fora, deixei-me cair de cara na minha mala.

— Acho que você gosta dele — sussurrou Minduim.

Eu grunhi.

— Eu acho que você realmente gosta dele.

— Cala a boca — eu disse, fechando os olhos.

— Eu acho que você gosta muito dele — Minduim cantou, e eu não podia dizer nada, porque obviamente era verdade.

Eu gostava de Zayne.

Eu gostava muito dele.

A viagem para Bethesda demorou mais do que prevíamos, devido ao trânsito entre as duas cidades. Quando chegamos, a noite tinha caído e Roth estava esperando por nós no estacionamento, vestido todo de preto. Ele não estava sozinho.

Layla estava com ele.

Eu tinha decidido ir com a legging com crânios estampados, que eu tinha pensado que era super adequado para se encontrar com bruxas, e a camiseta preta, mas ver Layla em um vestido azul claro, do tipo florido e solto, fez eu desejar ter escolhido algo... mais bonito.

Suspirei. Agora era tarde demais.

Além disso, não era como se eu pudesse esconder as minhas adagas em um vestido assim.

— O que diabos? — Zayne estava murmurando enquanto desligava o motor. Ele abriu a porta e saiu, assim como eu.

Roth e Layla se aproximaram de nós, suas mãos unidas quando Zayne contornou a frente do Impala.

— Oi — eu disse, acenando desajeitadamente para os demônios.

Roth sorriu para mim enquanto Layla me lançou um sorriso breve e tenso.

— Vou ficar aqui — anunciou Layla, sorrindo inocentemente para Zayne. — Pra te fazer companhia.

Oh-oh.

O maxilar de Zayne estava triturando algo, como se fosse quebrar alguns molares.

— Só pra vocês saberem, Baal foi visto duas noites atrás, na Praça Franklin. Patrulhamos por lá, mas não o vimos.

— Ele tava com alguém, mas não temos certeza de quem ainda — acrescentei. — Estamos esperando pra descobrir.

— Esse é um lugar estranho pra ele — comentou Layla, com as sobrancelhas pálidas franzidas enquanto olhava para Zayne. — Acho que nunca vi demônios ali quando patrulhava.

— Você patrulhava?

Ela assentiu.

— Eu costumava... marcar demônios pra que os Guardiões pudessem encontrá-los facilmente quando caçavam.

Eu a encarei, boquiaberta.

— Tenho tantas perguntas.

— A capacidade de Layla de ver almas também significa que se ela toca num demônio, os ilumina pra nós, Guardiões, vermos. Dá um brilho pra eles — respondeu Zayne, com os braços cruzados. — Eu me pergunto se você seria capaz de ver.

— Não sei.

— Não funciona em demônios como Roth — explicou Layla. — Mas funcionava em muitos dos de status inferior. Eu os marcava e Zayne os caçava mais tarde.

— Ah, os bons velhos tempos — ronronou Roth com um sorriso —, não é mesmo?

Layla estava olhando para Zayne, que por sua vez estava olhando para algum lugar atrás de Roth.

— Você costumava caçar demônios? — perguntei, completamente confusa, porque, bem, enquanto ela era meio Guardiã, ela também era meio demônio.

— Sim. Eu costumava marcar cada um que eu encontrava, sem importar o que eles estavam fazendo — ela explicou. — Continuo patrulhando. Roth e eu juntos, mas só marco demônios que estão sendo ativamente maus.

— Eu não patrulho exatamente, porque eu não poderia me importar menos com o que os demônios estão fazendo — Roth sorriu. — Vou junto só pra garantir que Layla fique bem. De qualquer forma, devíamos botar o bloco na rua.

Ainda não tendo ideia do que estava acontecendo entre Zayne e Layla, mas sentindo que ele não estava nem um pouco feliz por ela estar ali, estendi a mão e toquei o braço de Zayne, chamando sua atenção. Quando falei, mantive a voz baixa:

— Você tá bem?

Ele olhou para mim por um momento e depois acenou concisamente com a cabeça.

— Sempre.

Sem ter certeza de que acreditava nele, olhei para Layla e Roth, descobrindo que ambos estavam observando-nos atentamente. Roth parecia entretido, mas Layla parecia... incerta, e como se quisesse... tirar a minha mão do braço de Zayne.

— Tá tudo bem — disse Zayne.

Meu olhar procurou o dele e então eu acenei com a cabeça.

— Bem, vocês dois se divirtam, eu acho.

As sobrancelhas de Roth se arquearam.

— É melhor acabarmos com isto o mais rápido possível. — Inclinando o corpo em direção a Layla, ele colocou os dedos ao longo da sua mandíbula e inclinou a cabeça dela para trás. Ele a beijou, e, rapaz, que beijo. Senti as minhas bochechas corarem enquanto desviava o olhar, até que Roth disse: — Pronta?

Hesitei, porque parecia que eu deveria dizer alguma coisa a Zayne antes de partir, mas o quê? Eu não fazia ideia, e não era como se eu fosse beijá-lo ou ele me beijaria daquele jeito — embora isso fosse uma boa —, então me virei e comecei a ir para onde Roth estava esperando.

— Trin, espera um segundo — Zayne chamou.

Meu coração estúpido deu uma pequena cambalhota no meu peito enquanto eu rodopiava e o via caminhando em minha direção.

— Sim?

— Você tá com as suas adagas? — Quando acenei com a cabeça, seu olhar percorreu meu rosto. — E o que eu te disse antes?

— Pra usar a *graça* se eu precisar — sussurrei, plenamente consciente de que Layla e Roth ainda deviam poder me ouvir.

— Isso. — Seu peito se ergueu quando ele olhou para Roth e depois de volta para mim. — Queria estar indo lá com você.

— Eu também — murmurei.

Ele abriu a boca como se quisesse dizer mais alguma coisa e depois me deu um sorriso torto antes de voltar a sua atenção para trás de mim.

— Tome conta dela, Roth.

— Eu sei — veio a resposta do príncipe demônio.

— Eu preciso ir agora — eu disse a ele, um pouco decepcionada porque eu não receberia nem um abraço, ao mesmo tempo que estava plenamente consciente de que tínhamos espectadores. — Volto logo.

Zayne deixou eu me afastar um passo e depois pegou a minha mão e me puxou para trás. Perdi o fôlego. Antes que eu pudesse prever o que ele estava fazendo, ele baixou a cabeça e sussurrou:

— Fique segura.

Então senti seus lábios em minha têmpora e meus olhos se fecharam brevemente. Foi um beijo doce e rápido, mas significou algo para mim. Quando abri os olhos e recuei, vi o calor nos seus olhos pálidos. Pensei que talvez pudesse significar algo para ele também.

Sentindo-me ridiculamente eufórica, acenei com a cabeça e depois girei, correndo para Roth.

O príncipe demônio ergueu as sobrancelhas para mim e depois girou elegantemente.

— Siga-me, minha santa libertina.

Eu franzi a testa para as costas dele, mas o acompanhei enquanto caminhávamos para fora da garagem. As ruas estavam iluminadas por lâmpadas brilhantes.

— Então, vamos a um clube? — perguntei, percebendo que estávamos atravessando a rua, em direção a um hotel.

— Mais como um restaurante. É particular. — Ele alcançou a porta diante de mim, segurando-a aberta. — Provavelmente não é o que você tá esperando.

Já não era.

Entrando no saguão do hotel, olhei para as luminárias de teto prateadas que lançavam um fulgor nos pisos de mármore preto que me lembravam o luar. Roth me levou até um elevador, que abriu antes de chegarmos a ele. Olhei para o demônio.

— Assustador — disse ele com um sorriso.

Meus olhos se estreitaram e ele riu quando entramos no elevador e logo apertou o botão para o décimo terceiro andar, o que me fez piscar. Eu me virei para ele.

— Pensei que hotéis não tinham um décimo terceiro andar?

— Este tem.

Certo. Isso era assustador, mas quando as portas se fecharam, olhei para onde Roth havia se recuado no canto.

— Posso te perguntar uma coisa?

— Claro.

— O que há entre Zayne e Layla?

Ele ergueu as sobrancelhas.

— O que faz você pensar que há algo entre eles?

— Além do encontro obviamente incômodo pra caramba na sua casa e o que acabou de acontecer lá fora? Zayne parecia preferir acasalar com um porco-espinho a esperar com ela.

Roth piscou.

— Bela imagem. — Balançando a cabeça, ele cruzou os braços, e foi então que eu notei uma tatuagem em seu bíceps. Apertei os olhos. Parecia um... *gatinho* enrolado em si? Não podia estar certo. Demônios com tatuagens de gatinhos? Os meus olhos estavam piorando. — O que você sabe sobre eles? — ele perguntou.

Uma grande sensação de mal-estar floresceu no meu estômago.

— Eu sei que eles cresceram juntos e que ele... ele se sente mal por nunca ter aceitado o lado demônio dela.

— Ele te disse isso?

Assenti.

— E ele me contou o que aconteceu com ela, o que o clã deles fez e que a culpa foi dele.

Um músculo se contraiu em sua mandíbula.

— Ele contou o que aconteceu que causou isso?

Balancei a cabeça.

— Só que ele se sente responsável.

— Claro que não — murmurou, e o elevador parou e as portas se abriram. — Devemos terminar esta conversa depois.

— Mas...

— Depois — repetiu, saindo para o corredor. — Vamos, Trinity. Temos de nos concentrar e, se tivermos esta conversa agora, a sua cabeça não vai conseguir focar.

Eu queria insistir, mas ele estava certo, por isso deixei para lá por agora. O corredor que percorremos era longo e estreito e, quando curvou para a direita, vi o que parecia ser um restaurante repleto de formas humanas.

Roth me lançou um sorriso rápido.

— Te disse que não era o que esperava.

— Você tinha toda razão — murmurei, voltando minha atenção para uma jovem que estava no balcão da recepção.

Ela mal olhou para mim enquanto se concentrava em Roth, seus lábios já finos tornando-se inexistentes.

— Você de novo.

— Rowena, sentiu minha falta? — Roth sorriu enquanto descansava os antebraços no balcão. — Senti sua falta.

— Não — disse ela, dando um passo para trás —, eu não senti sua falta. Está aqui para ver Faye?

Roth acenou com a cabeça enquanto se endireitava.

A mulher suspirou tão alto que havia uma chance de ela ter quebrado uma costela no processo.

— Sigam-me.

Rowena nos conduziu através do labirinto de mesas, passando por pessoas que pareciam, bem, pessoas normais. Todos olharam para Roth como se soubessem exatamente o que ele era e nenhum deles parecia excessivamente emocionado com isso enquanto afastavam suas cadeiras para passarmos, dando-lhe amplo espaço.

Eu não sabia exatamente o que esperava. Tudo bem. Esperava mulheres com longos vestidos pretos e homens com mantos, entoando palavras místicas e fogueiras — muitas fogueiras. Eu não esperava pessoas de jeans e vestidos leves de verão comendo lula frita.

Fiquei um pouco desapontada.

Chegamos a uma cabine redonda que era ocupada por uma jovem bonita com cabelos escuros curtos. Ela olhou para cima enquanto Rowena nos depositava lá, surpresa passando em seu rosto, rapidamente seguida por cautela.

— Olá, Faye — disse Roth.

— Roth. — A mulher começou a se levantar. — Isto é uma surpresa... Ah!

Uma coisa aconteceu.

Uma coisa *muito esquisita* aconteceu.

Uma... sombra saiu do corpo dela, dividindo-se em um milhão de pontinhos pretos. Eles caíram no chão e rodopiaram juntos, girando e subindo de volta, juntos formando uma...

— Cacete. — Eu pulei para trás, pressionando minha mão contra meu peito quando minha *graça* despertou dentro de mim e uma enorme cobra, com pelo menos três metros de comprimento e tão larga quanto eu, apareceu a não mais do que meio metro de distância.

A cobra se atirou a Roth, o seu corpo espesso tecendo e remexendo enquanto apoiava a cabeça em forma de diamante no ombro de Roth, sua língua vermelha aparecendo e desaparecendo da boca, sacudindo.

Não estava tentando me matar.

Não estava tentando matar Roth.

O meu queixo caiu. Aquilo me lembrava de um cão feliz — se um cão feliz fosse uma cobra gigante —, mas estava contorcendo-se, sua cauda batendo no chão. Espera. As cobras tinham caudas? Eu não fazia ideia, mas sentia que precisava me sentar.

— Oi, menina, sentiu minha falta? — Roth coçou a cabeça da cobra gigante. — Eu sei. Faz muito tempo.

Eu pisquei lentamente.

— Isso é... isso é uma cobra gigante.

— É, sim. — Roth lhe beijou o nariz. — Esta é Bambi.

— O nome da cobra é *Bambi*? — eu me esganicei.

— Eu gosto das coisas da Disney — respondeu ele, e achei isso ainda mais perturbador. — Ela é uma dos meus familiares, mas tá atualmente emprestada a esta bruxa...

— Esse não era o acordo — disse Faye, e depois calou a boca quando Roth lhe enviou um olhar que eu não conseguia ver.

Um familiar? Pai do Céu, eu tinha lido sobre eles, mas é claro que nunca tinha visto um. Se pareciam com tatuagens quando descansavam, mas saíam da pele e estavam vivos após a convocação. Só os mais poderosos dos demônios de Status Superior os tinham.

Meu olhar disparou para o seu braço. A tatuagem do gatinho ainda estava lá. Ele também era um familiar? Um *gatinho*?

— Bambi, esta é a Trinity. Ela é uma *amiga* — ele continuou enquanto a cobra serpenteava e depois torcia seu corpo longo e grosso em minha direção.

Meus olhos se arregalaram.

— E o que fazemos com os amigos? — Roth disse. — Nós não os comemos, Bambi.

— Ela... ela come pessoas? — perguntei.

— Ela come todo o tipo de coisa. Às vezes demônios, às vezes pessoas. Ela nunca comeu um anjo. Ainda. Tambor, por outro lado, fritou um Alfa — respondeu Roth.

— Tambor?

Sorrindo, Roth puxou o lado de sua camisa para cima e ao longo de toda a sua cintura esguia havia um azul vibrante e dourado...

— Ah, meu Deus, isso é um *dragão*? — sussurrei.

Ele piscou.

— Pois então. — Ele largou a camisa. — Sente-se, Trinity.

Mantendo uma ampla distância de Bambi, sentei-me na cabine em frente a Faye, e Roth se sentou ao meu lado. Um segundo depois, Bambi caiu no colo de Roth, e eu me arrastei para o mais longe que pude quando a cobra olhou para mim com olhos vermelhos profanos.

— Em que posso ajudá-lo, Roth? — Faye perguntou, olhando para mim com curiosidade.

— Estamos precisando de informações — respondeu ele enquanto esfregava o topo da cabeça de Bambi.

— Isso eu imaginei. — Ela ajustou uma curta mecha de cabelo para trás da orelha. — Perdão. Não quero parecer rude, mas quem é você?

— Uma amiga de Roth — eu disse, pensando que era uma frase que eu nunca pensara que diria na vida, e com base na maneira como o demônio estava sorrindo desdenhoso, ele gostou muito dessa afirmação. — Tô à procura de um amigo. Um Guardião que foi levado por um demônio.

— Um demônio que de repente se tornou muito ativo na cidade — acrescentou Roth. — O nome dele é Baal.

— Você sabe que raramente... nos associamos a demônios. — Ela pegou seu copo de vinho tinto, com a mão ligeiramente vacilante.

Faye estava nervosa.

— Eu sei que vocês se associam a demônios e a todos os tipos de coisas quando isso beneficia o *coven* — respondeu ele sem problemas. — Então, vamos cortar a baboseira política do abençoado-seja sobre como vocês são boas bruxas que adoram a árvores e dão as mãos cantando "Kumbaya".

As minhas sobrancelhas arquearam.

— Você e eu sabemos que não é assim — disse ele, o sorriso provocador sumindo de seus lábios. — Um grande grupo de humanos atacou um assentamento de Guardiões. Estavam trabalhando com Baal, e não há como ele ter possuído todos eles.

— O que levanta a questão de como um demônio poderia reunir um pequeno exército de humanos dispostos a morrer por ele — acrescentei. — Acho que sei a resposta.

Faye endureceu.

— Assim como eu — Roth se inclinou para a frente. — Será que o seu *coven*, talvez, tenha ajudado um certo demônio com um feitiço de encantamento? Possivelmente um que lhe permitisse controlar seres humanos? E não vamos fingir que tal feitiço não existe.

Os lábios da bruxa se franziram.

— Existe tal... encantamento... Um feitiço. Um pouco utilizado e normalmente proibido.

Fiquei momentaneamente distraída com o som de um pequeno motor ligado ao meu lado. Olhei para Bambi. Aquela cobra estava... ronronando?

Bambi olhou para mim, mostrando sua língua bifurcada. Belezinha, então.

— Mas vocês gostam de fazer o que é proibido — Roth retorquiu. — Vocês ajudaram Baal com tal feitiço?

Tomando um gole de vinho, ela balançou a cabeça enquanto engolia com força.

— Você não é uma Guardiã — ela me disse.

— Não, não sou.

— Então por que você se importaria com um ataque a um assentamento de Guardiões? — ela perguntou a Roth.

— Eu disse que me importo?

Lancei-lhe um olhar fulminante.

— O seu *coven* ajudou Baal com este encantamento? — ele perguntou.

— Se o fizemos, e isso é um grande se, não somos responsáveis pelo que ele fez com o feitiço — disse ela.

As minhas sobrancelhas se uniram no meio da testa.

— Não são responsáveis? É como atear fogo a um arbusto e ir embora e depois esse fogo se espalha para um condomínio e acaba com tudo. Não pretendia que isso acontecesse, mas continua a ser responsável. O que você achava que ele ia fazer com o tal encantamento? Usá-lo para convencer um grupo de humanos a fazer trabalhos de caridade?

Roth bufou.

O aperto da bruxa ficou mais forte no copo de vinho.

— Tô ficando entediado desta conversa, Faye — Roth se recostou. — O seu *coven* teve contato com Baal?

Ela ficou quieta por um longo momento.

— Você percebe o quanto isto poderia explodir na nossa cara se ficassem sabendo que estávamos divulgando... as atividades dos outros?

Roth continuou acariciando a cabeça de Bambi enquanto olhava para mim e sorria.

— E você percebe que eu não dou a mínima para o que explode na cara de vocês? Você deveria estar mais preocupada em não me desagradar.

— Bem, é claro, mas...

— Mas o que você não percebe é que você realmente não quer *desagradá-la* — continuou ele, e eu levantei a mão, balançando os dedos. — Responda à maldita pergunta.

Faye me olhou por um longo momento e então ela estremeceu.

— Só para você saber, eu aconselhei o *coven* a não ajudar alguém com tal feitiço, mas fui derrotada na votação. Não foi um demônio que nos procurou dois meses atrás.

A esperança se acendeu e depois morreu no meu peito.

— Não era um demônio?

Ela assentiu com a cabeça.

— Foi um humano que veio e pediu por esse feitiço.

Olhei para Roth, perguntando-me se ela estava dizendo a verdade ou não.

— Quem era o humano?

Faye apertou os lábios enquanto balançava a cabeça.

— Era... o nome dele é Josh Fisher.

Esse nome significava nada para mim.

— Josh Fisher? — Roth repetiu. — Você quer dizer o senador Josh Fisher, o líder da maioria no Senado? *Esse* Josh Fisher?

Senti meu coração cambalear enquanto Faye acenava com a cabeça.

— Ele mesmo.

— Por que diabos um senador iria querer esse tipo de encantamento? — perguntei, estupefata. — E não o usaria pra, sei lá, influenciar votos ou algo assim?

— Eu não sei por que ele precisava...

— Você recebe muita gente procurando por esse encantamento? — Roth exigiu.

Faye endureceu.

— Bem, não. Este foi o primeiro...

— Portanto, podemos presumir com segurança que este encantamento foi usado pra basicamente transformar humanos em bucha de canhão.

— Baal foi visto com alguém duas noites atrás. Não sabemos quem era ou se a pessoa era humana ou não — eu disse a Roth —, mas o senador teria que conhecer demônios pra saber que as bruxas poderiam fazer algo assim, certo?

— Certo. — Roth olhou para Faye. — A menos que ele fosse uma bruxa, mas eu vou chutar aqui e dizer que ele não era, certo?

— Certo — murmurou Faye.

Inclinei-me para a frente, apoiando os braços sobre a mesa.

— Você sabe por que ele queria o feitiço?

— Não perguntamos. — Ela terminou o vinho. — É melhor não saber de certas coisas. Ele ofereceu uma quantia bastante grande de dinheiro.

— Que conveniente — murmurou Roth. — Você não pode me dizer que nenhum de vocês tava nem um pouquinho preocupado com o que um maldito senador faria com tal feitiço? O dinheiro era tão desesperadamente necessário assim?

— Dinheiro não foi a única coisa que ele ofereceu — disse ela, cruzando os braços. — Ele ofereceu outra coisa que é altamente cobiçada, algo que nenhum de nós tem.

— E isso seria?

— Um nefilim — ela sussurrou.

Eu congelei enquanto olhava para a bruxa.

— E por que vocês iriam querer um nefilim? — perguntei, embora houvesse uma parte de mim que já sabia.

— Há muitos feitiços que precisam de... partes de um nefilim — respondeu ela. — Ossos. Pele. Cabelo.

A raiva explodiu enquanto eu olhava para a mulher que estava falando das *minhas* partes como se fossem temperos para uma torta.

— E por que você acha que um senador teria acesso a uma criatura que foi exterminada há um milênio? — Roth perguntou.

A criatura em questão estava sendo cutucada na coxa por uma cobra gigante. Olhei para baixo e Bambi olhou para mim com grandes e esperançosos olhos vermelhos.

Faye olhou em volta antes de falar:

— Porque ele disse que sabia que um estava vivo e que sabia como obtê-lo.

— Como? — perguntei.

— Ele disse que tinha o *Protetor* do nefilim.

Minha pele queimou com a necessidade de me esticar sobre a mesa e dar um soco na cara da bruxa.

— Por acaso ele disse onde mantinha este... *Protetor*?

Ela sacudiu com a cabeça.

— A única coisa que ele nos disse é que ele esperava ter este nefilim até o final do solstício.

— O solstício é daqui a alguns dias — eu disse enquanto Bambi me cutucava novamente.

— Sim — disse ela com um encolher de ombros. — Então vamos descobrir em breve se ele será capaz de manter sua parte no acordo.

— Ele não será capaz. — Eu abaixei uma mão, mal tocando o topo da cabeça de Bambi. As escamas eram ásperas e frias ao toque. — Com isso vocês podem contar, então espero que o dinheiro tenha valido a vida daqueles humanos inocentes.

Um músculo se flexionou na mandíbula dela.

— Você só interagiu com esse senador? — ele perguntou. — Não Baal?

Ela sacudiu com a cabeça.

— Correto.

— Você pode descobrir onde eles mantêm este Protetor, não é? — perguntei. — As bruxas conseguem fazer... feitiços de perscrutação?

— Não em Guardiões ou demônios — respondeu ela —, só funciona em humanos.

— Não precisamos disso para encontrar o senador — aconselhou Roth.

Bambi se pressionou contra a palma da minha mão, obviamente não satisfeita com a minha falta de esforço. Fiz uma careta enquanto pressionava um pouco a cabeça da cobra. Ela cantarolou em resposta.

— Há mais alguma coisa que possa nos dizer? — Roth perguntou.

Faye colocou seu copo vazio na mesa.

— Eu sei que ele não estava trabalhando sozinho. Quando ele veio até nós, estava ao telefone constantemente com alguém que parecia estar lhe dando as ordens — explicou ela. — É tudo o que sei.

Isso era uma notícia e não uma boa notícia. Lidar com um demônio de Status Superior era ruim o suficiente, e se houvesse uma possibilidade de mais?

Afundei-me contra o banco acolchoado da cabine.

— Obrigado por ser tão útil — disse Roth com uma pitada de sarcasmo. — Acho que é hora de irmos. — Tamborilando na cobra, ele se inclinou para trás enquanto levantava a cabeça dela da minha perna e se retirava da cabine, permitindo que ambos ficássemos de pé.

— Até breve. — Roth deu um tapinha na cabeça de Bambi e depois apontou para Faye com o queixo. — Volte para ela.

A familiar se remexeu e soltou um suspiro bastante humano antes de se espalhar nos pontinhos pretos que formavam uma sombra espessa. A massa voltou para Faye, tatuando-se no braço da bruxa.

— Roth — chamou Faye quando nos afastamos da cabine. — Vamos partir em breve. Devia fazer o mesmo.

Um arrepio varreu minha espinha quando o príncipe se voltou para ela.

— Todo o *coven* está indo embora — continuou ela.

Os pelos na minha nuca se eriçaram.

— Por quê?

— *Alguma coisa* está aqui e não queremos parte nisso. — Seu olhar escuro deslizou para mim. — Mas tenho a sensação de que você descobrirá o que é essa coisa mais cedo do que imagina.

— Bem, isso é assustador e nem um pouquinho útil, mas obrigada — eu disse, balançando a cabeça quando me virei. Roth me seguiu até ao corredor. — Você acha que ela estava falando sobre este demônio que tá matando Guardiões e outros demônios?

Roth levantou um ombro.

— Não acho que seja um demônio.

— Então, o que poderia ser?

Ele olhou para mim com curiosidade.

— Eu simplesmente não entendo. — Parei no centro do corredor. — Por que um senador estaria envolvido nisto? O que ele acha que pode ganhar? Não pode ser dinheiro. E se este senador já permutou a maior parte de mim, então o que é que Baal planeja fazer comigo? Só me matar?

— Bem, ele é um demônio. Demônios gostam de matar coisas, especialmente... — Ele se inclinou e sussurrou: — coisas angelicais.

Revirei os olhos.

— Não pode ser isso. Não pode ser assim tão simples e idiota.

— Alguns demônios são bem simples e idiotas. Assim como muitos humanos — continuou. — Às vezes, a resposta mais óbvia é a mais idiota.

Olhei para ele por um momento. Aquilo era tão útil quanto a bruxa.

— Mas esta é uma boa notícia. Se descobrirmos onde o senador tá, a gente deve conseguir descobrir onde Baal tá, certo?

— Deve — respondeu Roth —, isso se Baal deixou o senador saber onde ele tá. O senador pode estar possuído.

— Não seja um estraga prazeres — eu disse.

— Só estou pensando em todas as vias possíveis — ele respondeu. — Pode haver muitos becos sem saída, Trinity. Se Baal tá usando este senador pra fazer o seu trabalho sujo, há uma boa chance de ele ter sido suficientemente inteligente pra proteger seus pontos fracos. Isto pode não ser tão simples quanto ir à casa deste senador e obter todas as respostas que você quer.

— Eu sei.

Ele inclinou a cabeça.

— Sabe?

Eu sabia, mas tinha esperança de que fosse assim tão fácil. Virei-me e fui para o elevador, refletindo sobre o que a bruxa dissera e o aviso assustador que eu tinha a sensação de que era sobre o que quer que estivesse matando Guardiões e demônios. Aquela reunião podia não ter me dado todas as respostas que eu queria, mas não foi uma completa perda de tempo. Tínhamos outra via, e poderia ser um beco sem saída como Roth sugeriu, mas eu iria descobrir. Apertei o botão para chamar o elevador.

Então Roth falou, três palavrinhas que abalaram a terra:

— Zayne ama Layla.

Capítulo 31

Cada músculo do meu corpo travou.

— O quê?

— Ele é apaixonado por ela desde que eram crianças — ele disse. — E Layla o ama. Ela o ama desde pequena. Eles até ficaram juntos por um tempo.

Lentamente, virei-me para o príncipe demônio. Estávamos perto o suficiente para que eu pudesse enxergar sua expressão. Não havia nenhum sorriso ou risada nos seus lábios, nenhuma animosidade nos olhos âmbar, nenhuma intenção maliciosa.

— Layla só me ama mais — ele continuou. — E eu sei, se Layla e eu nunca tivéssemos nos conhecido, ela e Zayne estariam juntos. Caramba, às vezes eu fico surpreso que ela não o tenha escolhido em vez de mim. — Ele suspirou. — Ele é um homem muito melhor do que eu jamais poderia esperar ser.

Tão desconcertada pelo que ele estava dizendo, fiquei sem palavras. Tudo o que eu pude dizer quando consegui fazer minha boca se mexer foi:

— Ele a ama?

Roth se encostou na parede.

— Sim. Quer dizer, seis meses atrás, sim. Não consigo imaginar que esse tipo de amor, sabe, amar alguém por anos e anos e anos, tenha desaparecido *tão* rapidamente.

Uma pequena fissura se abriu no meu peito, uma prova do quanto eu gostava de Zayne — o quanto eu gostava dele, mesmo sem perceber.

Por que isso deveria ser tão surpreendente?

Foi por isso que confiei tanto nele ontem à noite. Era por isso que eu não conseguia tirar os olhos dele quando estava por perto. Foi por isso que lhe confidenciei sobre a minha visão e falei com ele sobre a minha mãe.

Talvez não fosse amor, mas era definitivamente algo potente e poderoso e que poderia ser machucado, porque, o que quer que fosse, estava doendo agora.

Inclinando a cabeça contra a parede, Roth soltou um suspiro.

— Você gosta dele, não é?

Minha mandíbula se trincou do quanto eu estava apertando minha boca.

— Ele provavelmente também gosta de você. Ele gostava de Stacey.

Pisquei.

— Quem é Stacey?

— A melhor amiga de Layla. — Ele inclinou a cabeça para mim. — Ela e Zayne ficaram bem próximos depois de, bem, tudo o que aconteceu entre ele e Layla. Não estavam juntos. Bem, quer dizer, eu tento não me envolver em seus assuntos pessoais, mas acho que eles estavam apenas... distraindo um ao outro.

— De quê?

— Da dor deles — ele respondeu. — Tem muita coisa que você não sabe, Trinity. Como, por exemplo, o fato de que a razão pela qual o clã de Layla a atacou e quase a matou foi porque Zayne a beijou e ela lhe tomou um pedaço da alma.

Eu prendi uma respiração hesitante.

— E você não sabe que ele se pune por causa disso todos os dias — continuou Roth. — Por que mais ele foi morar sozinho? Por que mais ele se recusou a tomar o lugar de líder do pai?

— Ele me disse que era porque precisava de espaço e que não concordava com o que o clã tava fazendo — tentei argumentar.

— E tenho certeza de que ele tava dizendo a verdade. Ele só não tava contando toda a verdade. — O rosto de Roth suavizou. — Tô surpreso que o clã dele não tenha protestado quando você se envolveu e foi ficar com ele.

— Por que fariam isso? Duvido que falem das suas... relações passadas com estranhos.

— Sim, mas você é uma Legítima e deve ser protegida a todo custo, certo? — Não havia zombaria em seu tom. — E ele pisaria em cima de você e daria a vida por ela neste exato segundo.

Eu suguei o ar em torno da pontada que aquelas palavras causavam. Desviando o olhar de Roth, meu peito subiu e desceu pesadamente enquanto eu tentava me livrar do que ele estava dizendo — tentando me convencer de que Roth era um demônio e estava apenas brincando comigo, mas... por que ele faria isso?

E eu tinha visto a maneira como Zayne agia perto de Layla, eu tinha ouvido a maneira como ele falava e como ele evitava falar sobre ela a todo custo.

Roth não estava mentindo.

Fechei os olhos.

— É, você gosta dele. Vocês transaram?

Minha cabeça estalou em sua direção.

— Como é?

— Só tô perguntando, porque sei que ele não fez isso com Stacey. Eles deram uns amassos, mas não foram pro próximo nível.

— Como diabos você sabe disso?

— Infelizmente, ouvi muitas conversas entre ela e Layla — ele respondeu secamente. — Elas compartilham tudo. Então, ele foi? Sabe, pro próximo nível? Porque se foi, então tô aqui falando baboseira e tô prestes a dar uma festa, porque, acredite em mim, ninguém quer ver Zayne seguir em frente mais do que eu.

Apertando os lábios, balancei a cabeça.

— Nenhuma festa.

— Droga — Roth suspirou. — Olha, como acabei de dizer, ninguém quer vê-lo com outra pessoa mais do que eu. Vê-lo de fato *com* alguém, seguindo em frente e vivendo da melhor forma possível, mas você tá rezando pro santo errado. — Ele se empurrou da parede e foi até onde eu estava. Inclinando-se perto de mim, ele apertou o botão do elevador. — Então, é isso que tá rolando com Zayne e Layla. Dez anos amando o que você nunca pode ter e, em seguida, perde-lo justo quando percebeu que sempre esteve ao seu alcance.

O elevador apitou, sinalizando a sua chegada.

Roth e eu ficamos quietos enquanto descíamos no elevador e saíamos para o ar úmido da noite. Estava entorpecida com o que Roth havia dito, mas uma parte de mim percebeu que eu não deveria estar tão surpresa. Os sinais estavam lá, mas eu simplesmente não conhecia Zayne o suficiente para lê-los.

Um rasgo agudo de dor iluminou meu peito com essa percepção. Pensei que o tinha conhecido bem, especialmente depois de todas as noites em que falamos sobre tudo e qualquer coisa, mas, na verdade, tinham sido sobretudo superficialidades que ele tinha partilhado.

Nenhum de nós falou quando entramos no estacionamento, e meu coração estava batendo forte quando contornamos um pilar e eu vi Zayne e Layla, em pé na frente do carro dele. Havia alguns metros separando-os, e suas cabeças estavam inclinadas como se estivessem discutindo algo muito importante. Meu estômago começou a dar cambalhotas quando os dois olharam para nós.

— Bem, Trinity, esta deve ser uma noite divertida pra nós dois. — Ele desviou em direção a Layla, em direção à garota por quem Zayne estava apaixonado. — Oi, Baixinha.

Meus passos ficaram mais lentos e, à medida que me aproximava, pude ler a expressão de Zayne enquanto ele olhava para o chão. Ele não parecia bravo ou tão irritado como quando o deixei. Ele só parecia... triste.

Uma pressão me apertou o peito, e eu não sabia se era por mim, ou por ele, ou por toda esta situação.

Ele levantou o queixo e o que quer que estivesse sentindo foi escondido quando seu olhar encontrou o meu. Então eu vi. Um véu escorrendo sobre seu rosto, ocultando tudo o que ele estava sentindo. Nenhuma emoção, nada mais profundo do que a superfície.

— O que vocês descobriram? — Layla perguntou, sua voz soando mais rouca do que eu me lembrava, como se ela precisasse limpar a garganta.

— Descobrimos que foi um senador que procurou as bruxas para obter o encantamento — explicou Roth enquanto eu só ficava ali parada, tentando colocar meus pensamentos de volta nos trilhos. — Josh Fisher, o líder da maioria no Senado, de todas as possibilidades. Pelo encantamento, ele ofereceu um Legítimo, basicamente em pedaços, alegando que ele tinha o Protetor dela.

— O que diabos? — Zayne exclamou, se voltando para mim.

— Basicamente — Roth colocou um braço em volta dos ombros de Layla. — Então, sabemos que Baal tá trabalhando com o senador.

— Encontrando o senador Fisher, talvez encontremos Baal. — Zayne ainda estava olhando para mim. — Esta é uma boa notícia.

Eu assenti devagar, finalmente encontrando minha voz.

— Vou fazer algumas ligações. Gideon, um dos membros do nosso clã e praticamente um gênio da tecnologia, vai conseguir descobrir o endereço do senador — disse Zayne, e essa era uma boa notícia. Ele já estava enfiando a mão no bolso e fez uma chamada rápida. — Devemos ter algo em algumas horas.

— Vocês vão à casa dele depois de receberem a informação? — Layla perguntou.

— Sim — eu disse, ignorando a súbita agudeza no rosto de Zayne. — Devemos...

— Esperem até amanhã à noite — Roth sugeriu —, Layla e eu temos algumas coisas pra cuidar hoje à noite, mas seremos seu reforço se vocês receberem as informações dele e decidirem ir atrás.

Abri a boca, mas Zayne falou antes de mim:

— Não acho que isso será necessário.

— Não acho que me importo — respondeu Roth.

Layla se afastou e deu um tapa no peito do demônio, e então se concentrou em nós — em Zayne.

— Você não tem ideia do que vai enfrentar. Pode ser só o senador. Ou pode haver seguranças humanos, e se for esse o caso, você precisa da gente...

— Porque eu vou cuidar dos humanos e não me sentir nem um pouco mal com isso — Roth explicou. — Sabe, se os humanos representarem um problema pra gente.

Fechei a boca.

— Não só por causa disso. — Layla lançou um olhar para o namorado, e ele simplesmente sorriu. — Mas tenho a impressão de que o clã não tá realmente ajudando com isso, não ativamente, e você precisa de reforços no caso de as coisas irem mal.

— Ela tem razão. Eles têm razão — eu disse, cruzando os braços. — Seria tolice fazermos isso sem ajuda.

Zayne expirou e depois acenou com a cabeça.

— Assim que receber uma resposta de Gideon, mando uma mensagem pra vocês e estaremos prontos amanhã. Às oito, pode ser?

— Pode ser — Roth pegou a mão de Layla. — Então a gente se vê. — Ele começou a se virar e depois parou, olhando para mim. — Lamento que não tenha conseguido todas as respostas que tava procurando.

Respirando com força, eu sabia que ele não estava falando apenas de Baal ou de Misha. Ele estava falando de Zayne. Eu assenti com a cabeça e depois me virei, indo para o lado do passageiro do Impala.

Zayne seguiu, abrindo a porta para mim.

Tão educado.

Sempre o cavalheiro.

— Gideon vai conseguir as informações de que precisamos — ele disse, e havia uma sugestão de afastamento em seu tom.

— Eu sei.

Encostando-se na porta do passageiro, Zayne passou a mão no cabelo.

— Temos alguma direção, mas com Baal envolvido com um senador, isso também pode significar más notícias a longo prazo.

— Sim. — Eu suspirei, muito mais do que só frustrada e emocional e mentalmente exausta demais quando olhei para Zayne. — Estamos mais perto de encontrar Misha, no entanto. Pelo menos isso.

Zayne ficou quieto quando virou a cabeça, olhando na direção em que Layla e Roth haviam desaparecido.

— Eu sinto que... tem alguma coisa faltando. Que tá bem na nossa cara e não estamos vendo.

— É, bem, Roth acha que é porque Baal só me quer morta. Como se ele tivesse descoberto que eu existia e, tipo, vamos tomar todas essas medidas elaboradas pra matá-la.

As sobrancelhas de Zayne se levantaram.

— Mas isso não faz sentido, pois por que manter Misha vivo? Com o vínculo, sou mais forte. Ele é mais forte. E se eles sabem o suficiente sobre Misha e o que ele é, então por que não o mataram?

— Não sei — Zayne recuou. — Mas não vamos encontrar as respostas aqui.

Não, não encontraríamos.

Eu coloquei o cinto enquanto Zayne fechava a minha porta e corria pela frente do carro antes de sentar ao volante. Embora eu soubesse que deveria me concentrar no que a bruxa havia dito, tudo o que eu conseguia pensar enquanto ele saía do estacionamento era no que Roth me contara.

O meu coração começou a disparar de novo quando olhei para Zayne, seus traços cobertos por sombras. Olhei pela janela, tentando pensar em uma forma de trazer o assunto à tona, porque precisávamos falar sobre isso. Talvez se a noite passada não tivesse acontecido, não precisaríamos, porque não teria sido da minha conta, mas agora era.

— Você tá bem? — perguntei, minhas mãos surpreendentemente úmidas enquanto eu as esfregava ao longo dos joelhos.

— Sim. — Ele olhou para mim. — Por quê?

Por quê? Eu pisquei lentamente.

— Você tá muito quieto.

— Estou?

— Tá, sim — confirmei, perguntando-me se o distanciamento em seu tom estava realmente lá ou se era a minha imaginação. — Como... como foram as coisas com Layla?

— Bem.

Levantei uma sobrancelha.

— Bem?

— Sim, foi tudo bem.

— Não parece.

Ele me lançou outro olhar rápido, mas não respondeu.

A frustração cresceu, mas o mesmo aconteceu com o súbito sentimento nauseante que tinha gosto de amargura e pavor no fundo da minha garganta. Levantei as mãos. Eu não planejei deixar escapar, mas aconteceu.

— Roth me contou.

Zayne não respondeu imediatamente, então eu me virei no assento em direção a ele. Ele estava focado na estrada, sua mandíbula uma linha dura.

— Te contou o que, Trinity?

— Sobre... sobre você e Layla.

Sem resposta. Nenhuma. Nem mesmo um olhar de relance ou um lampejo de emoção que eu pudesse ver.

— Ele me disse que você é apaixonado por ela.

Isso teve uma reação, não a que eu esperava, mas era algo. Seus lábios se contorceram em um sorriso irônico enquanto ele balançava lentamente a cabeça.

— Ele te disse isso?

— Sim — sussurrei, e esperei que ele dissesse algo, qualquer coisa, mas nada. — Você é? — perguntei. — Você é apaixonado por ela?

Ele expirou enquanto mantinha uma das mãos no volante. Um momento se passou, tão longo que eu já tinha a minha resposta.

A mesma resposta que eu tinha antes mesmo de fazer a pergunta.

Ficando tensa, concentrei-me no borrão escuro do lado de fora da janela. Abri a boca e depois a fechei, porque havia tantas coisas que eu queria dizer que nem sabia por onde começar.

— Eu sempre... vou me importar com ela — Zayne disse, a voz baixa. — Sempre.

Eu me encolhi quando a respiração ficou presa na minha garganta.

— Você não precisa responder a minha pergunta. Eu já sei. Nem sei por que perguntei.

— O que é que ele te disse? — Zayne perguntou.

— O suficiente pra... eu não sei. Alinhar meus pensamentos, eu acho — murmurei. — O que aconteceu ontem à noite?

Meu Deus.

No momento em que essa pergunta saiu da minha boca, eu quis pegá-la e enfiá-la de volta na minha garganta, mas já era tarde demais.

— O que é que ele te disse, Trinity? — ele repetiu.

— Ele me disse que... que você tá apaixonado por Layla, e que você é apaixonado por ela há anos. Ele disse que vocês ficaram juntos e que ela tomou parte da sua alma. — Uma vez que comecei a falar, eu realmente não conseguia mais me segurar. — Ele até me contou sobre uma garota chamada Stacey e que... — Eu me interrompi antes de dizer mais. — Ele me disse o suficiente.

— Jesus — murmurou Zayne. — Por que me perguntar o que eu sinto ou penso quando ele parece já ter exposto toda a minha vida pra você?

— Ah, sim, como se você tivesse sido totalmente aberto sempre que eu perguntava sobre Layla — retorqui, a raiva substituindo a pontada de dor. Eu me agarrei a ela. A raiva era melhor, mais fácil de lidar. — Você não mencionou ontem à noite, quando listava todas as razões pelas quais não deveríamos fazer o que fizemos, que a mais importante era que você ainda tava apaixonado por alguém que não podia ter.

— Eu não sabia que a gente tava indo tão fundo — ele rebateu, e minha cabeça girou em sua direção.

Os meus lábios se separaram em uma inspiração aguda que não deu em nada quando aquela pontada ardente voltou, mais afiada do que antes. O nó na minha garganta estava de volta, e de repente eu estava tão desconfortável naquele banco, na minha pele, que eu queria estar longe daqui. Em qualquer lugar. Na rua. Junto ao rio. Em um covil de demônios famintos. *Em qualquer lugar.* Meus ombros ficaram tensos enquanto eu lentamente afastava meu olhar dele.

— Merda — ele sibilou. — Trin, não foi isso que eu quis dizer. Eu não...

— Será que a gente pode simplesmente não falar nada agora? — eu o interrompi.

— Não, a gente precisa conversar. Eu tô... numa situação estranha agora. Não esperava que ela estivesse aqui hoje à noite e... e toda a merda que vem com ela. Não esperava que Roth fofocasse feito uma senhorinha. Eu não esperava que ontem à noite...

— Sim, bem, nem eu, Zayne. Eu não esperava gostar de alguém que tá apaixonado por outra pessoa. — Os meus dedos se cravaram nos meus joelhos. — E eu *realmente* não quero falar mais sobre isto.

— Você não entende.

— Tem razão — eu disse, segurando as lágrimas idiotas, lágrimas que eu me recusava a deixar cair. Eu não era assim tão fraca. Eu era uma lutadora treinada. Eu não choraria. — Nunca me apaixonei por alguém. Então, realmente, eu não entendo.

— Trin...

— *Eu não quero falar sobre isto.* Que parte disso você não entendeu? Só não quero. Tá bom? Tô cansada e quero ir pra casa... Quer dizer, pra sua casa.

Houve um momento de silêncio.

— Pensei que você tava animada pra passar em algum lugar pra comer. Não mais.

— Não tô com fome. Só quero voltar.

— Certo. Podemos fazer isso.

E fizemos isso, em perfeito silêncio — silêncio que nos seguiu até o elevador e terminou quando eu entrei no apartamento dele, marchando em direção à porta do seu quarto.

— Tem comida na geladeira se você mudar de ideia — ele disse.

Lentamente, eu me virei para ele.

— Você vai a algum lugar?

— Sim. Sair.

Dei um passo em direção a ele, percebendo que eu não queria que ele fosse embora... e não queria que ele ficasse. Queria que ele forçasse a conversa e também não queria falar sobre isso, e fiquei completamente confusa com essas emoções conflitantes e voláteis.

— Pra onde? — Deixei escapar.

— Não sei.

Ele foi em direção ao elevador e depois parou e me encarou. Por um momento, aquela muralha tinha desaparecido e pude ver tudo. Tristeza. Raiva. Decepção. Acima de tudo, um sentimento que eu reconheceria em qualquer lugar — *anseio*. Então ele se virou.

— Sinto muito, Trinity. Só preciso... sinto muito.

E então ele foi embora.

Eu sabia por que ele tinha saído e sabia por que ele tinha ficado tão quieto na viagem de volta para cá. E agora eu sabia por que ele nunca tinha transado antes e por que não tinha insistido em transar comigo.

Era porque ele estava apaixonado por Layla desde que era um menino e ainda estava tão obviamente apaixonado por ela agora.

Respirei fundo e o ar ficou preso em um nó súbito na minha garganta. Olhei para as minhas mãos, observando-as se fecharem em punhos frouxos. Meu peito... doía como se eu tivesse sido socada no centro do meu ser, e eu não sabia por que me sentia tão idiota e boba, mas era assim que eu me sentia enquanto olhava para aquelas portas, porque tudo o que eu conseguia pensar era que ele tinha feito aquelas coisas comigo ontem à noite. Ele me tocara daquele jeito, ele me abraçara daquele jeito, o tempo todo ainda apaixonado por Layla — apaixonado por uma meia Guardiã e meio demônio que estava apaixonada pelo Príncipe da Coroa do Inferno.

Ele sequer estava enxergando a mim ontem à noite? Sentindo a mim? Ou estava vendo Layla em vez disso, fingindo que eu era…

Uma risada estrangulada escapou dos meus lábios.

— Céus.

Eu não fazia ideia de quanto tempo fiquei no meio do apartamento dele, olhando para as portas fechadas do elevador. Poderia ter sido minutos ou horas antes que eu caminhasse até o sofá e me sentasse, entorpecida até o âmago.

Minduim veio até mim, de onde eu não fazia ideia.

— Trinnie?

Eu balancei a cabeça, não confiando na minha própria voz.

— Você tá bem? — ele perguntou. — Cadê Zayne?

Abri a boca, mas o que poderia dizer? Eu não fazia ideia de onde ele estava.

— Tá tudo...

A porta do elevador apitou e a voz de Zayne de repente encheu o apartamento silencioso.

— Sabe de uma coisa, Trin. Que se dane. Precisamos conversar sobre isto.

— Bem, ali está ele — anunciou Minduim.

Com os olhos arregalados, eu me levantei de supetão e me virei, e, sim, lá estava ele, atravessando a sala de estar. Ele jogou as chaves na ilha da cozinha.

— Roth não tinha nada que te contar o que contou — ele disse, dando a volta no sofá. — Não era da conta dele. Ele pode pensar que sabe tudo sobre mim, mas ele não sabe de porra nenhuma...

— Temos companhia — eu disse.

Zayne fechou a boca, olhando em volta enquanto Minduim acenava para ele, sem ser visto.

— O fantasma?

— O fantasma tem um nome — lembrei-lhe. — Minduim.

— Minduim. Certo. — Zayne enfiou a mão no cabelo e os fios imediatamente escorregaram sobre o seu rosto. — Minduim, você pode nos dar licença?

Minduim abaixou as mãos enquanto olhava para mim.

— Ele... ele tá falando comigo.

— Sim. Ele tá falando com você.

— De verdade? — Uma expressão espantada encheu o rosto do fantasma. — Ninguém fala comigo, só você, mesmo quando eles sabem que tô aqui.

— Bem, ele tá falando com você agora, Minduim — Olhei para Zayne. — Não é verdade?

Zayne acenou com a cabeça.

— Sim, Minduim, tô falando com você. Pode nos dar um tempo a sós?

Virei-me para Minduim.

— Normalmente eu adoraria estar aqui para o que tenho certeza de que será uma conversa super desconfortável, mas já que ele tá pedindo, eu vou dar licença — disse ele, e eu achei meio problemático ele estar fazendo isso porque Zayne pediu, mas nunca fazia isso por mim. — Vou dar um tempo e ver o que Gena tá fazendo.

— Certo. Ele tá indo embora... Espera aí. Quem é Gena? — perguntei.

— Ela é essa garota super legal no quarto andar que consegue me ver. Ela tá maratonando *Stranger Things* comigo — ele disse, e eu pisquei. — Até mais, pessoal!

— Espera! — Tentei segurá-lo, mas Minduim desapareceu no ar. Virei-me para a porta. — Ai, Deus, ele tá passando tempo com uma menina no quarto andar que consegue vê-lo. Eu não sei se isso é uma coisa boa ou não, mas isso com certeza explica por que ele não tem estado muito por aqui.

— Talvez seja uma parente distante sua — comentou Zayne ironicamente.

Eu lancei para ele um olhar sombrio enquanto empurrava meu cabelo para longe do meu rosto.

— Vou ter que descobrir o que fazer sobre isso depois. — Eu inspirei profundamente quando levantei meu olhar para o dele e aqueles olhos azuis pálidos hipnotizaram os meus. De repente exausta até os ossos, soltei uma respiração irregular. — O que você queria me dizer?

Seus olhos analisaram os meus.

— Roth devia ter ficado de bico fechado.

— Por quê? Pra que a gente continuasse o que quer que estávamos fazendo e eu não tivesse ideia de que você quer outra pessoa? — Ouvi as suas palavras de antes. *Eu não sabia que a gente estava indo tão fundo.* Um corte afiado de desconforto atravessou meu peito quando dei um passo para trás e depois me sentei na beira do sofá. — Isso é horrível.

— Não, não é por isso. Ele não devia ter se envolvido, porque não é da conta dele...

— Eu perguntei a ele. Ele não puxou o assunto. Perguntei o que tava rolando entre vocês dois. Ele respondeu.

— Ainda assim não era da conta dele.

Eu o encarei, e talvez Zayne tivesse razão. Talvez não fosse da conta de Roth, mas não mudava o que foi dito ou o fato de eu saber a verdade. Engolindo com força, desviei o olhar.

— Ele não deveria ter contado porque eu não queria que isto acontecesse. Com tudo o que tá acontecendo, a última coisa que eu queria era que você se magoasse.

Deus.

Por que aquelas palavras fizeram eu me sentir pior?

— Não tô magoada. — Isso era mentira. Parecia que havia uma garra de diabrete presa no meu peito. — Eu... Eu não sei o que eu tava pensando ontem à noite — disse, fechando as mãos em volta dos joelhos enquanto meu olhar caía para a TV desligada. — Não é como se eu achasse que você tava loucamente apaixonado por mim ou algo assim. Quer dizer, acho que te irrito demais pra isso, mas não sabia que tinha outra pessoa.

— Não tem outra pessoa.

— Não tem? Você pode não estar com Layla, mas você tá apaixonado por ela, e isso significa que tem outra pessoa com quem você preferiria estar e isso significa que eu sou... a segunda melhor opção. Eu sou...

— Você *não* é a segunda melhor opção, Trin — Zayne suspirou e meu coração apertou. — Eu sei que isto tá te machucando. Merda. Te ouvir dizer isto tá me matando.

— Mesmo? — Inclinei a cabeça. — Como exatamente isso tá te matando, Zayne?

— Porque eu me importo mesmo com você. Porque ontem à noite foi...

— Um erro?

— Não. Não foi um erro pra mim. Foi pra você?

Uma grande parte de mim queria dizer que sim, para atacar, mas tudo o que eu pude fazer foi balançar a cabeça enquanto olhava para as minhas mãos, imaginando como cheguei aqui.

— Você...?

— O quê?

Eu balancei a cabeça novamente, o coração batendo forte e a minha garganta embargando enquanto eu olhava para ele.

— Você queria fazer aquilo comigo ontem à noite ou tava pensando nela?

Seus olhos se arregalaram.

— Deus, isso é uma pergunta séria?

— A primeira vez que te beijei, você se jogou pra longe de mim como um foguete, e todas as outras vezes em que chegamos perto um do outro, você se afastou. Não foi como se você tivesse pulado em cima de mim ontem. Eu tive que... eu tive que te convencer — sussurrei, meu estômago retorcendo-se quando percebi que era verdade e eu não conseguia olhar para ele. — Você listou todas aquelas razões e eu...

— Você não teve que me convencer. O que sinto por Layla... O que senti por ela não teve nada a ver com a noite passada. Nem um pouco. O que a gente teve ontem foi praticamente perfeito — continuou ele, e senti o sofá se mexer quando ele se sentou ao meu lado. Eu me sobressaltei quando senti seus dedos sob meu queixo. — Desculpa — ele murmurou, virando o meu olhar para o dele. — Não existe um momento sequer da noite passada de que eu me arrependa.

Pisquei.

Ele segurou meu olhar por mais um momento e depois desviou.

— Conheço Layla pelo que parece ser metade da minha vida. Mais tempo, na verdade. Ela era... ela era só esta garotinha no início, me seguindo por aí e sendo... bem, um incômodo. Imagino que fosse muito parecido com você e Misha.

Fechando os olhos, respirei com dificuldade. Queria que ele se calasse. Queria que ele continuasse a falar. Eu queria...

Não sabia o que eu queria.

Mas Zayne continuou a falar:

— À medida que ela crescia e eu também, eu sabia que ela tinha uma queda por mim, e foi fácil ignorar no início, porque ela era mais nova, mas depois ela não era mais tão nova e tava frequentando escola pública, algo que ela implorou e suplicou pra que meu pai permitisse, e eu esperava que ela voltasse pra casa todos os dias e me contasse sobre seu dia. Eu sabia que ela gostava de mim, mas não era algo que nenhum de nós colocasse em ação.

— Por que ela não era uma Guardiã de sangue puro? — Abri os olhos.

Ele ainda estava olhando para as mãos quando soltou uma risada áspera.

— Não. Porque as habilidades da mãe dela se manifestaram de maneira diferente nela. Você conhece algumas dessas habilidades, mas ela não pode beijar nada com alma. Ela se alimentaria dela.

Meus olhos se arregalaram.

— Isso tornaria um relacionamento... difícil, mas eu confiava nela. Nunca tive medo de que ela me fizesse mal. Ela simplesmente não confiava em si mesma — disse ele, inclinando a cabeça para trás. Sua garganta forçou um engolir em seco. — Não sei exatamente quando percebi que o que sentia por ela não era nada... fraternal. Foi antes de Roth aparecer. Isso eu sei, e eu namorei, mas eu simplesmente não gostava de ninguém por causa dela. Eu flertava com ela, mas ela nunca pensou que eu a visse desse jeito. Não importava quantas vezes eu flertasse ou desse dicas de que eu tava... tava a fim dela, sentindo o mesmo, ela simplesmente não via. Depois veio Roth.

— Eu... Roth disse que vocês dois ficaram juntos em algum momento?

Ele abaixou o queixo e acenou com a cabeça.

— Ficamos. Tentamos. É uma longa história, mas Roth se afastou dela porque meu pai o ameaçou pra ele fazer isso. Roth obedeceu por temer pelo bem-estar dela, e foi a minha oportunidade... Foi a nossa oportunidade de tentar fazer um relacionamento funcionar. Nós dois vimos isso e tentamos, mas não durou.

— Por que você tentou beijá-la? — perguntei, pensando que não ser capaz de beijar seria uma porcaria, mas havia todos os tipos de coisas que se podia fazer que não envolviam boca a boca.

— Na verdade, a gente conseguia se beijar. Pensamos que era porque ela era capaz de controlar as habilidades, mas ela tinha o familiar de Roth na época, e isso alterou suas habilidades...

— Bambi? — perguntei. — Ou outro?

— Bambi. — Ele olhou para mim. — Como você sabe?

— Eu a conheci hoje. Ela tava naquela bruxa.

— Eu meio que me afeiçoei àquela maldita cobra. — Um leve sorriso apareceu e depois desapareceu. — Quando Layla foi ferida pelo meu clã, ela tava morrendo. As bruxas tinham uma cura e Roth fez uma troca. Elas queriam Bambi, e ele a entregou. Ouvi dizer que perder um familiar é como perder uma parte de si, mas esse é o quanto ele ama a Layla.

— Ah — murmurei.

— Enfim, na última vez em que a beijei, Bambi não tava lá, e ela acidentalmente se alimentou de mim — disse ele. — Levou apenas um pedacinho da minha alma, mas não foi isso que acabou com a gente. Ela escolheu Roth, e o tempo todo que esteve comigo, ela realmente só queria estar com ele. Ela me amava. Ela ainda me ama, mas ama Roth muito mais.

Eu me encolhi. Foi a mesma coisa que Roth dissera.

— Depois disso, fiquei furioso. Sentia como se tivesse sido usado e depois descartado — Um músculo se flexionou ao longo de sua mandíbula. — Fiquei com raiva dela por um longo tempo.

— Você parece que ainda tá com raiva dela.

Zayne olhou para mim.

— Não tô.

— Mesmo?

— Não. Se sinto algo, é raiva da situação, porque não perdi só um relacionamento com ela, perdi alguém que era basicamente minha amiga mais próxima. As coisas mudaram. Mudaram pra ela. Mudaram pra mim — ele disse. — E eu sei que pareci zangado com ela, e estive, mas não porque ela terminou comigo. É porque ela ainda tenta me tratar como se nada tivesse mudado. Como se ela pudesse exigir saber o que tá rolando na minha vida e com quem estou. Eu tava saindo com alguém e Layla se meteu no meio disso.

— Stacey?

— Deus do Céu, teve alguma coisa que Roth não te contou?

— Foi mal — murmurei. — Ele fez parecer que Stacey tinha perdido alguém?

— Perdeu. O namorado. Ele também era amigo de Layla — Ele esfregou a mão pelo cabelo. — Stacey e eu somos amigos. Nós... ficamos algumas vezes. As coisas ficaram meio estranhas depois, porque nós dois erámos próximos de Layla. Não a vejo há um bom tempo. — Ele levantou um ombro. — De qualquer forma, Layla acha que eu devo a ela... não sei o que. Aceitação? Já aceitei que ela tá com Roth. Perdão? Demorei um pouco pra chegar lá, mas cheguei. Pra voltar à forma como as coisas eram antes, como se nada disto tivesse acontecido? Não tenho certeza se isso é possível, e é meio confuso que ela espere isso de mim.

— Meio? — repeti. — Eu meio que acho que é super problemático, pra ser sincera. Quer dizer, isso não foi há muito tempo, certo?

— Em dezembro — disse. — Não há muito tempo, mas também não foi ontem.

— Não. — Estudei o perfil dele, sem saber como me sentir depois de ouvir tudo isto. Isso foi há sete meses, não seis, e eu não sabia quanto tempo se levava para superar um coração partido. — Não sei o que dizer agora.

Isso era verdade, porque saber disto me ajudou a entender, mas não aliviou a dor no meu peito. Ou o fogo brando do ciúme nas minhas vísceras, porque eu queria... o que Zayne sentia por Layla, que ele sentisse isso por mim.

Como Layla poderia não ter escolhido Zayne?

Ele era leal e gentil. Era inteligente e engraçado. Era forte e protetor. Ele era o bom rapaz com um lado muito safado, se a noite passada fosse qualquer indicativo.

Zayne não era perfeito, mas, caramba, estava perto disso.

— Roth devia ter ficado de boca fechada, porque como diabos ele vai saber como eu me sinto ou saber o que eu quero quando nem eu sei?

Apertei os joelhos.

— O que você quer dizer?

Zayne balançou a cabeça.

— Eu pensei... eu pensei que sabia. Inferno. Pelos últimos sete meses, pensei que só iria querer realmente uma pessoa. Tipo, querer ficar com ela de verdade, e foi assim que me senti até que você me derrubou na sala de treinamento. Naquele momento, eu queria *você*. Ali mesmo, em cima do tatame. Você não tem ideia de quanta força de vontade eu tive que usar pra não... — Sua mão se fechou sobre seu colo, os nós dos dedos ficando brancos. — Acho que nunca desejei *Layla* daquele jeito. Foi como um maldito soco no estômago.

Meus lábios se separaram.

— Aquilo me deixou em choque. Foi por isso que me afastei de você. Nunca tinha sentido uma... reação tão crua a alguém. Eu... eu não sei o que tô fazendo quando o assunto é você. Quando tô com você, não penso nela, e com certeza não a vejo. Só vejo você. Só não sei o que isso significa. Tudo o que sei é que nunca quis te magoar.

Acreditei nele.

Lágrimas encheram o fundo da minha garganta enquanto eu assentia com a cabeça. Eu acreditava nele, e de alguma forma isso fez eu querer me soltar e chorar. Desviei o olhar, não tendo ideia de onde isso me deixava — nos deixava.

Não, isso era mentira.

Eu sabia.

— Gosto de você, Trin, e me importo com você. Me importo mesmo, e sei que isso significa alguma coisa — ele disse, e quando não olhei em sua direção, senti os dedos dele se enrolarem em volta da minha mandíbula, inclinando a minha cabeça para trás até eu encontrar o seu olhar. — E eu quero você. Inferno, tô assustado por querer você, e sinto que sou... como se estivesse magnetizado por você. É a coisa mais doida. Tipo, eu sei onde você tá na sala sem olhar. Quando disse no complexo de Potomac que sentia que te conhecia, não tava dando uma cantada barata. É exatamente assim que me sinto, e eu não... não consigo explicar isso.

Mas.

Havia um *mas* permanecendo entre nós.

Zayne gostava de mim. Ele se importava comigo. Ele me desejava. Mas fora machucado. Muito. Havia uma fortaleza ao seu redor que não tinha apenas a ver com Layla, mas também com seu pai e com seu próprio acerto de contas com as responsabilidades de seu clã. Ele não sabia do que realmente precisava.

Eu poderia não saber o que era estar apaixonada ou amar alguém como ele sabia, mas eu achava... achava que as pessoas sabem se realmente gostam de alguém, que se houvesse um potencial para isso, mesmo que você não conhecesse a pessoa por semanas, meses ou anos, você simplesmente *sabia*. E se soubesse que realmente gostava de alguém, a pessoa tentaria agarrar essa oportunidade. Ela iria atrás.

E eu sabia que realmente gostava dele, e sabia que, mesmo que as coisas estivessem confusas agora, se ele se sentisse da mesma forma, eu tentaria e agarraria essa oportunidade. Eu iria atrás.

Mas eu tinha quase certeza de que, mesmo com tudo o que ele dissera, ele não iria trilhar por esse caminho comigo. Ele não estava agarrando ou indo atrás de qualquer coisa. Ele não estava pronto.

— Tudo bem — eu disse, e forcei um sorriso, embora isto não estivesse nada bem.

Era horrível.

Os dedos de Zayne se estenderam pela minha bochecha e os meus olhos se fecharam.

— Trin...

O meu sorriso começou a vacilar, e eu sabia que era hora de ficar sozinha. Tudo tinha de ficar bem. Eu precisava da ajuda dele. Ele ia precisar da minha, e eu cair no choro não deixaria as coisas bem ou menos constrangedoras.

Seu polegar deslizou sobre o meu queixo, logo abaixo do meu lábio, fazendo-me prender uma respiração oscilante. Senti aquele toque suave até as pontas dos dedos dos pés.

— Tá tudo bem mesmo?

Assenti com a cabeça, abrindo os olhos.

— Sim, eu entendo.

A dúvida obscureceu aqueles belos olhos dele, mas ele sorriu enquanto abaixava o rosto, pressionando os lábios no centro da minha testa. O beijo foi como o anterior na garagem, doce e gentil, e completamente devastador.

Afastando-me, me libertei do seu toque e me levantei em pernas instáveis.

— Acho que... tô cansada. Quer dizer, tô cansada. Vou pra cama — Não eram nem onze da noite ainda. — Obrigada por falar comigo.

Ele abriu a boca, mas parecia não saber o que dizer. Finalmente, ele conseguiu falar com a voz rouca:

— Por favor, não me agradeça agora.

Meu peito se apertou enquanto eu acenava com a cabeça. Virei-me antes que pudesse fazer alguma coisa... impulsiva e imprudente, como mandar à merda a desilusão iminente e dolorosa que com certeza aconteceria e correr para os seus braços, porque imaginei que ele me deixaria fazer exatamente isso.

Que ele gostaria disso.

Eu não poderia fazer isso... porque já tinha começado a me apaixonar por ele, e eu não podia deixar que isso acontecesse.

Eu tinha de ser mais inteligente do que isso.

Eu *seria* seja mais inteligente do que isso.

Porque eu finalmente encontrara alguém que eu desejava, por quem eu *ansiava,* e eu não ia jogar na reserva para um passado que ele ainda estava superando.

Apressando-me ao redor do sofá, fui direto para o quarto, parando na entrada.

— Boa noite, Zayne.

Ele permaneceu no sofá e, quando comecei a fechar a porta, ele disse:

— Boa noite.

Fechei a porta.

E a tranquei.

Capítulo 32

Eu não chorei.

Eu queria, mas as lágrimas se formavam e não iam a lugar nenhum enquanto eu permanecia deitada de costas, desejando estar olhando para estrelas.

Eu não lembrava da última vez em que me permitira chorar. Quando mamãe morreu? Não. Caramba, mesmo naquela época, eu tinha me segurado. Claro, eu tinha sentido a queimação das lágrimas na garganta e nos olhos, mas nunca as deixei cair.

Eu não poderia deixa-las cair agora.

Não dormi muito. Toda vez que adormecia, acordava o que parecia ser minutos depois, arrancando-me de pesadelos sobre um Misha sangrando, morrendo ou de sonhos em que eu estava seguindo Zayne, mas nunca conseguia alcançá-lo, não importava o quão rápido eu corresse ou quantas vezes eu chamasse seu nome. Isso aconteceu a noite toda, por isso, quando finalmente acordei de manhã cedo e consegui ver a fraca luz do amanhecer a deslizar sob as pesadas cortinas, desisti de dormir.

Eu rolei para o outro lado e peguei o livro gasto na mesa de cabeceira. Fechando os dedos ao redor da encadernação frágil, puxei-o para perto do peito e segurei ali enquanto fechava os olhos.

Precisava arrumar a minha vida.

Foi o que percebi naquelas primeiras horas da manhã, enquanto estava deitada na cama de Zayne, segurando o livro da minha mãe contra o peito. Pensei no que tinha acontecido ontem à noite entre mim e Zayne. Pensei no que a bruxa tinha dito, e pensei no que poderia estar acontecendo com Misha neste exato momento.

Nem por um segundo acreditei que Baal só queria me capturar, matar e depois me vender em pedaços ao *coven*. Tinha de haver mais por trás disso, e era nisso em que eu precisava me concentrar. Não no que tinha acontecido entre mim e Zayne.

Eu encontraria Misha, e então ajudaria Zayne e o seu clã a encontrar aquela coisa que os estava matando, e depois Misha e eu iríamos para casa. Zayne... ele seria apenas uma memória. Com alguma sorte, quando eu tivesse me distanciado o suficiente, seria uma boa memória, mas mesmo que ainda fosse triste, não importaria, porque eu teria Misha e Jada. Eu teria o meu dever — Misha e eu teríamos o nosso dever.

Mas e se esta noite não desse em nada?

O demônio levou Misha para chegar até mim. Ele já tinha enviado Capetas e diabretes atrás de mim. E se a única maneira de encontrar Misha fosse dar a Baal o que ele queria?

Eu.

Apertei o livro contra o peito enquanto meu estômago caía e se retorcia. Isso parecia... insano e imprudente, mas eu estaria disposta a fazê-lo. Se não conseguíssemos respostas hoje...

Devo ter cochilado de novo, porque acordei e encontrei Minduim sentado na beira da cama e o livro da minha mãe enfiado debaixo do meu peito.

— Bom dia — disse Minduim, balançando as pernas transparentes. — Bem, é quase boa tarde. Você devia se levantar e, não sei, fazer algo produtivo.

Franzi a testa para ele.

— E você vai querer se levantar logo, porque eu acho que o sr. Gárgula Imaturo e Melancolicamente Gostoso tá fazendo bacon.

Bacon?

Eu me levantaria e encararia Zayne completamente nua por um pouco de bacon.

Eu me virei de costas, puxando o livro e colocando-o na mesa de cabeceira.

— Que horas são?

— É hora de você acertar sua vida.

Revirei os olhos.

— É quase meio-dia — ele respondeu. — Tá tudo bem com você e Zayne? Quando voltei vocês não estavam aconchegados como bichinhos de pelúcia um no outro.

Eu não queria nem pensar no fato de ele ter nos visto juntos, e também não queria admitir a forma como o meu peito se apertou.

— As coisas estão bem — eu disse finalmente.

— Não parecia nem um pouco bem ontem à noite.

— Falando de ontem à noite... — Sentei-me e empurrei o meu cabelo para longe do rosto. — Quem é esta garota com quem você tá falando?

— Gena? Ah, ela é fantástica. Ela me viu uns dias atrás, quando eu tava dando uma olhada no lobby. Ela me apresentou a *Stranger Things* e eu a apresentei a *Star Wars*. Sabe, os três originais, que são os únicos que contam.

Eu não sabia como me sentia em relação a outra pessoa podendo ver Minduim.

— Quantos anos ela tem?

— Catorze? Eu acho? Ela é legal. Você ia gostar dela. Eu devia apresentar vocês duas.

O meu estômago se revirou.

— Você não disse nada sobre mim... Sobre o que eu sou?

Ele revirou os olhos.

— Dã. Não. Não sou idiota. Mas se ela me vê, não significa que ela é como você?

— Não exatamente. — Eu me levantei. — Ela provavelmente tem um ancestral angelical em algum lugar da linhagem familiar, mas não é a mesma coisa. Eu sou...

— Um floco de neve especial?

Lancei-lhe um olhar enviesado.

— Não. Sou da primeira geração. Gostaria de conhecê-la em algum momento, mas agora vou tomar banho e começar a acertar a minha vida.

— Já era tempo.

Ignorando isso, fui ao banheiro e tomei um banho rápido, deixando a água quente lavar o que parecia uma camada de sujeira. Quando terminei, penteei os nós do meu cabelo e vesti um par de leggings e uma camisa leve e confortável com o desenho de um rosto feliz no meio do peito.

Minduim desaparecera do quarto. Parei na porta e respirei fundo, tranquilizando-me.

Eu posso fazer isto.

Podia sair do quarto, ver Zayne e agir... agir feito gente. Eu ia conseguir. Tinha de conseguir.

Então eu fiz isso.

Quando abri a porta, meu estômago resmungou com o cheiro de bacon. Zayne estava na ilha da cozinha, pegando as tiras crocantes da frigideira. Meus passos diminuíram quando ele levantou a cabeça e olhou para mim. Mesmo que eu não pudesse ver seus olhos de onde eu estava, podia sentir a intensidade em seu olhar.

Uma onda de consciência brilhou sobre a minha pele enquanto eu me forçava a continuar caminhando em direção à cozinha.

— Bom dia — murmurei. — Ou boa tarde.

Zayne colocou algumas tiras de bacon em um prato e, quando me aproximei, vi o leve sorriso em seus lábios enquanto colocava o cabelo atrás da orelha.

— Eu já ia ver se você tava acordada.

— Tô — eu disse, e então percebi o quão idiota isso soava. Fui até a geladeira e tirei a garrafa de suco. — Você dormiu bem noite passada?

— Sim. — Ele se virou, colocou o pegador de comida na panela e deixou cair as mãos na ilha. — Na verdade, isso é mentira. Dormi muito mal.

Meu olhar se moveu para o dele, e eu suguei uma respiração instável.

— Também não dormi muito bem.

— Desculpa — ele murmurou, abaixando o olhar. — Espero que o bacon e as notícias que tenho pra você compensem isso.

— Bacon já compensa praticamente tudo. — Sentei-me na banqueta, enfiando os pés descalços no apoio para pés. — Que notícia você tem?

— Gideon ligou esta manhã — ele disse, falando do Guardião do seu clã. — Ele conseguiu o endereço do tal senador. O seu endereço principal é no Tennessee, mas tem uma casa do outro lado do rio, perto do restaurante onde encontramos com Roth.

— Isso é bom. Então, vamos verificar esta noite? — Eu podia sentir o olhar de Zayne em mim enquanto eu mastigava o bacon.

— Sim, mas também recebi mais notícias. — Ele esperou até eu olhar para ele. — Gideon conseguiu localizar o carro em que Baal foi visto. O carro tá relacionado a um serviço de veículos que lida apenas com funcionários do governo e diplomatas. Ele contatou o motorista e, depois de insistir um pouco, conseguiu obter uma lista de quem estava sendo conduzido naquele dia. Era só uma pessoa.

— Deixa adivinhar. Senador Josh Fisher?

— Sim. — Pegando uma tira de bacon, ele apontou para mim. — Então, tínhamos nossas suspeitas antes, mas agora sabemos definitivamente que o senador Fisher e Baal estão conectados.

A esperança despertou em mim.

— Deus. Eu sei que não deveria estar feliz em ouvir isso, mas é...

— É uma pista clara. Uma conexão.

Acenei com a cabeça, soltando um suspiro trêmulo.

— Esta noite pode ser... — Eu me interrompi antes de me deixar levar pela esperança.

Mas Zayne entendeu.

— Você pode encontrar Misha esta noite. Ou talvez encontremos informações sobre onde Misha está. — Ele se afastou do balcão. — Não tem problema em ter esperança.

— É mesmo? — Eu limpei minhas mãos na toalha de papel que tinha magicamente brotado na minha frente. — E se não encontrarmos nada?

— É possível. — Ele deu a volta na ilha, e fiquei tensa quando parou ao meu lado, inclinando seu corpo entre mim e a outra banqueta. Ele estava tão perto que eu podia sentir o calor emanando dele. — Mas não faz mal ter esperança de que dê certo no final.

Pensei que talvez muita esperança não levasse a nada além de decepção, mas guardei isso para mim mesma enquanto abaixava o olhar. Acabei encarando o peito dele. Ele estava vestindo uma camisa de algodão cinza que não tinha um único respingo de óleo. Eu tinha que imaginar que isso exigia muita habilidade em fritar bacon.

Respirei fundo e lentamente e senti o leve cheiro de menta invernal. Engoli em seco.

— Obrigada pelo café da manhã. Eu... diria que um dia retribuiria o favor, mas acho que você não iria gostar disso.

— Por quê?

— Não consigo fazer nem um ovo cozido.

Ele soltou uma risadinha.

— Tenho certeza de que não é tão ruim assim.

— Ah, não, é sim. Uma vez tentei fazer um sanduíche de queijo grelhado e deixei o pão e o queijo grudados na frigideira — disse-lhe, mexendo no guardanapo. — E aí eu quase queimei a casa de Thierry, porque tava convencida de que podia fazer frango frito. Sou um desastre na cozinha.

— Eu posso te ensinar a fazer queijo grelhado — disse ele, e meu olhar passou rapidamente sobre o dele. Havia um fervor em seus olhos que me fazia querer mergulhar neles. — Que tal a gente tentar isso amanhã para o almoço?

O meu coração idiota deu uma cambalhota feliz, e se ele estivesse bem na minha frente, eu teria dado um murro nele. Olhei para as minhas mãos.

— Não sei.

Zayne pegou uma mecha do meu cabelo e puxou suavemente.

— Aprender a fazer queijo grelhado vai mudar a sua vida.

Contra a minha vontade e juízo, o meu olhar se ergueu para o dele.

— Apenas diga sim, Trin.

Eu deveria dizer não, mas porque eu era uma ótima sadomasoquista, acenei com a cabeça.

Zayne sorriu então, e parecia uma recompensa, o que me fez querer dar um soco nele naquele momento. Aquele sorriso desapareceu, no entanto, quando ele passou os dedos pelo comprimento do meu cabelo úmido.

— Você trancou a porta ontem.

Congelei.

Zayne soltou meu cabelo.

— Eu... não queria que você tivesse feito isso.

O ar ficou entalado na minha garganta.

— Mas provavelmente foi uma boa ideia.

Zayne tentou entrar no quarto ontem à noite. Ou porque não conseguia dormir, ou porque talvez tivesse me ouvido acordar várias vezes.

Mas ele ainda havia tentado ir até mim depois de tudo, e eu não sabia o que pensar sobre isso, exceto que Zayne devia ter razão.

Provavelmente foi uma boa ideia eu ter trancado aquela porta.

Expirando vagarosamente, desviei o olhar do pesado matagal de olmos. O anoitecer tinha caído e estávamos a caminho da casa do senador Fisher, nos arredores de Bethesda.

Já tínhamos passado por várias casas, tão grandes que até eu conseguia vê-las, mas no último quilômetro e meio tudo o que eu tinha visto eram árvores.

O celular de Zayne tocou e ele o pegou de onde estava, apoiado em sua coxa.

— É Roth — ele me disse, e depois atendeu. — O que foi?

Eu o observei e vi que um músculo se flexionou ao longo da sua mandíbula, provavelmente em resposta a algo que Roth disse.

— Beleza. Nos vemos em alguns minutos. — Desligando, ele colocou o celular no compartimento ao longo da porta. — Vamos encostar aqui e andar o resto do caminho. Roth e Layla estão quase aqui.

Assenti.

— Bom plano.

Zayne estacionou pouco depois da estrada velha de cascalho. As árvores escondiam o carro de qualquer pessoa na estrada e, quando saí, fiquei imediatamente grata por minha camisa ser solta enquanto a umidade me dava um tapa na cara.

Zayne deu a volta à frente do Impala, juntando-se a mim.

— Gideon me disse para irmos sentido oeste, pela floresta, e devemos chegar a um portão. Roth e Layla vão nos encontrar lá.

Acenei com a cabeça, sentindo o peso das adagas presas aos meus quadris quando saí do cascalho e derrapei pelo pequeno aterro. Examinei as árvores. Com o anoitecer rapidamente transformando-se em noite, isto não seria exatamente divertido.

— Você tá de boa? — Zayne perguntou, alguns passos à minha frente.

Comecei a dizer que sim, porque não queria ser um estorvo, mas não conseguia ver porcaria nenhuma à minha frente e o terreno era completamente desconhecido.

— Eu... Eu não... Eu não consigo enxergar muito bem.

À frente, Zayne parou e se virou para mim. Um segundo depois, ele estava ao meu lado. Sem dizer uma palavra, ele pegou minha mão e eu corei.

— É, tipo, rochoso. O chão. E também tem um monte de árvores e galhos caídos.

— Certo — sussurrei, um pouco envergonhada, mas também um pouco grata. — Normalmente não é tão difícil. Em casa, consigo correr pela floresta tranquilamente, porque tô acostumada com o cenário. Sinto muito...

— Não se desculpe — Ele apertou a minha mão. — Não é nada demais.

— Você precisa segurar a minha mão — apontei enquanto ele me conduzia em torno de algo grande no chão, uma pedra ou galho.

— Não preciso. Eu quero. — Ele pegou um galho baixo, segurando-o para fora do caminho enquanto nos abaixávamos sob ele. — E não se esqueça que eu disse que seria a sua gárgula-guia sempre que precisasse de mim.

Balançando a cabeça, eu ri.

— Bem, você tá fazendo um trabalho muito bom agora.

— Ah, eu pretendo ser excelente nisso.

Eu apertei os lábios, sem saber como entender seu tom leve e provocante. Decidi que poderia me preocupar com isso mais tarde, porque os passos de Zayne diminuíram.

Estávamos na cerca.

Soltando minha mão, olhei para os pilares de cimento acesos e para o portão fechado. Respirei fundo, sentindo o ar puro que se misturava com a menta fresca invernal de Zayne, e...

— É estranho — eu disse.

— O quê? — Zayne inclinou seu corpo em direção ao meu.

— Não sinto nenhum demônio. A única vez que não senti a presença de demônios foi quando estivemos no complexo do seu clã... e aqui — Olhei para o portão. — Acho que esperava senti-los aqui.

— Isso deve ser complicado de se lidar em uma cidade como DC, constantemente sentindo a presença deles.

— Tô me acostumando com os vários graus. — Levantando a mão, passei a palma sobre a testa. — Mas se o senador estiver ligado a Baal, não deveria ter demônios aqui?

— Isso não significa nada, na verdade — respondeu ele, e eu o encarei. Um longo momento se passou enquanto tudo ao nosso redor foi engolido em sombras.

— Trin, eu...

Então eu os senti.

Zayne também.

Uma respiração quente ao longo da minha nuca e um súbito peso no ar à nossa volta. Nós dois nos viramos para o portão assim que uma silhueta apareceu das sombras, do outro lado do portão.

— Roth — disse Zayne, dando um passo à frente.

O príncipe demônio parou, e eu apertei os olhos, vendo outra pessoa atrás dele. Imaginei que fosse Layla.

— Nós examinamos a casa primeiro. Parece que não tem ninguém.

— Mas que Inferno — murmurei.

— Não é uma notícia ruim — falou Layla. — Podemos entrar e dar uma olhada, ver se encontramos alguma coisa.

Ela tinha razão.

— E o senador provavelmente estará em casa em algum momento esta noite — disse Zayne, e eu assenti. — Bem, vamos começar os arrombamentos. — Colocando as mãos no centro do portão, ele torceu. O metal foi esmagado e depois cedeu. O portão se partiu, abrindo. Ele se afastou. — Depois de você.

— Exibido — murmurei.

Ele soltou uma risadinha.

— O que foi? Não consegue fazer isso?

— Sou forte. — Eu acenei com a cabeça na direção de Roth e Layla —, mas não tão forte.

— Tinha um alarme na casa, mas nós o desarmamos antes de virmos pra cá — disse Layla, e eu me perguntei como isso foi feito sem alertar a empresa de segurança. Pensei que era por causa de Roth. — Ainda não entramos.

— Certo — eu disse enquanto subíamos a superfície felizmente plana da entrada dos carros.

Zayne ficou ao meu lado enquanto Layla dizia:

— Vocês deram uma investigada neste senador? Olhamos hoje, e ele é provavelmente a última pessoa que você pensaria estar envolvida em qualquer coisa demoníaca.

— Ou a primeira pessoa, se você me perguntar — disse Roth. — O ilustre senador tá envolvido com muitas instituições de caridade que beneficiam jovens em situação de risco. Vai à igreja todos os domingos. Vem de uma longa linhagem de pastores batistas. Casado uma vez, com sua namorada do ensino médio, que morreu de câncer de mama há dois anos. Desde então, tem se envolvido também na reforma do sistema público de saúde e no atendimento às mulheres.

Os cantos dos meus lábios se viraram para baixo.

— Por que você acha que ele seria a primeira pessoa?

— Porque são sempre os últimos que você suspeita, na minha experiência. Aqueles que escondem as suas almas sombrias em vez de mostrarem ao mundo que são um monte de merda — respondeu ele, e eu balancei a cabeça. — E o fato de que, embora ele esteja envolvido em todas essas boas ações, ele votou contra todas as reformas ou projetos de lei que realmente teriam ajudado as pessoas mais vulneráveis.

— Ah. — Bem, essa última parte meio que encerrava o caso.

— Se não encontrarmos com o senador esta noite, Layla vai tentar encontrá-lo para que possamos dar uma olhada na alma dele, mas tenho a sensação de que sabemos como vai ser.

Nosso ritmo aumentou quando a extensa casa de fazenda de um único andar apareceu. Os holofotes acenderam e eu estremeci com o brilho repentino e severo. Roth e Layla se dirigiram ao redor da casa, em direção aos fundos.

Meu coração estava disparado enquanto caminhávamos sob um corredor aberto e Roth se aproximou da porta dos fundos. Ele girou a maçaneta, quebrando a fechadura em dois.

— Agora quem é o exibido? — Layla disse.

— Eu — brincou Roth. — Sempre eu.

Olhando para Zayne, respirei fundo. O nervosismo me encheu enquanto eu seguia Roth e Layla para dentro da casa mal iluminada.

Zayne estava atrás de mim.

— Ainda não vi nenhuma câmera, mas fiquem de olho.

— Pode deixar, chefe — respondeu Roth.

Começamos a abrir porta atrás de porta, revelando quarto vazio atrás de quarto vazio, e com cada quarto vago e de aparência normal, mais decepção brotava dentro de mim. Quando terminamos de verificar todos os quartos, a sala de estar, uma cozinha e um subsolo, eu sabia que Misha não estava aqui.

Eu não achava que Misha alguma vez estivera aqui, e se tivesse sido honesta comigo mesma desde o momento em que tomamos conhecimento do senador, no fundo eu sabia que ele não estaria aqui. Teria sido fácil demais.

— Aqui tem um escritório — Layla chamou da outra ala da casa enquanto eu estava no meio de uma grande sala de estar a um nível mais baixo da casa.

Havia fotos emolduradas nas paredes e, quando me aproximei delas, pude ver que eram de uma família. Seus rostos não passavam de borrões, mas imagino que a sala de estar do senador não fosse diferente de milhões de outras. Estendi a mão, tocando a moldura preta e fosca de uma foto. Poeira cobriu a ponta do meu dedo.

— Trin? — Zayne chamou atrás de mim.

Eu me virei, com os braços frouxos nas laterais do meu corpo. Quando abri a boca, fechei-a e tentei novamente encontrar as palavras.

— Ele não tá aqui. Nem Misha. Nem o senador. Nada. Acho que não tem ninguém aqui há um bom tempo.

— Trin. — A voz de Zayne era suave quando ele se aproximou de mim. — Eu sin...

— Não fale isso — Levantei a mão. — Por favor, não se desculpe agora. Este é só outro beco sem saída, e Misha tá por aí, em algum lugar, provavelmente sendo torturado até a morte, e o que estamos fazendo?

— Estamos tentando encontrá-lo.

— E se nunca o encontrarmos? E se não o encontrarmos a tempo? — Meu coração estava pulsando rápido demais quando me afastei. Não fui muito longe.

Zayne passou um braço em volta da minha cintura, puxando-me em direção a ele. Protestei, mas ele dobrou os braços ao meu redor, com uma mão fechando-se ao longo da minha nuca. Estremeci com o contato e, quando senti a respiração dele ao longo da minha testa, fechei os olhos.

— Vamos encontrá-lo — disse ele. — Vamos, sim.

Descansando minha bochecha contra o peito dele, não dei voz ao que estava começando a entender. Que a única maneira de chegar a Misha era usando-me como isca.

— Ei. — A voz de Roth se intrometeu. — Layla encontrou algo que eu acho que vocês vão querer ver.

Zayne demorou para se afastar, mas não me largou. Sua mão ainda estava dobrada na minha nuca.

— Vamos encontrá-lo, Trin.

Engolindo com força, acenei com a cabeça.

— O que você encontrou? — Zayne perguntou, deslizando a mão para longe de mim.

— Sigam-me.

Comecei a dar um passo depois do outro, ignorando o olhar curioso que Roth me lançou. Nós o seguimos até um escritório iluminado por uma luminária de mesa. Havia paredes cobertas de livros. Um globo enorme em um tripé. Mais fotos do que eu pensava ser a família do senador. Layla estava atrás da mesa, seu cabelo quase branco no brilho da lâmpada. Ela estava encarando o que pareciam ser papéis largos que cobriam quase o comprimento da mesa. Roth caminhou até o globo e começou a girá-lo enquanto Zayne se juntou a Layla.

Houve uma pontada estranha no meu peito, vendo-os juntos, e a ignorei, porque essa pontada era tão, tão errada. Cruzando os braços, caminhei até a mesa.

— O que é? — perguntei, já que não conseguia enxergar nada.

— Parece... — Zayne virou um papel. — Parecem plantas pra uma escola?

Layla olhou sobre o braço dele.

— Sim. — Ela apontou várias marcas. — Estas são salas de aula... e ali tem dormitórios. O que é...?

Zayne se inclinou.

— Berçário?

O globo parou de girar.

— Que tipo de escola tem um berçário? — Roth perguntou.

Um mal-estar deslizou pela minha pele.

— Essa é uma boa pergunta.

Zayne balançou a cabeça enquanto levantava um papel fino.

— Tem um nome de empresa aqui. Indústrias Cimerianas. Já ouviu falar deles?

— Não. Mas a palavra *cimeriana*... — A cabeça de Roth se empertigou para o lado, e eu senti.

A pressão se instalou entre as minhas omoplatas, e a minha cabeça se ergueu quando Roth levantou o queixo, suas narinas dilatando.

— Demônios? — perguntei, pegando minhas adagas.

— Você consegue senti-los? — ele perguntou enquanto Zayne e Layla pararam de vasculhar os papéis. — E sabe que não somos nós que você tá sentindo?

Assenti.

— Eu sinto vocês dois, mas isto é mais... intenso.

Roth inclinou a cabeça para mim, e eu juro que ele fez beicinho.

— Não sou intenso?

— Uau, Roth. Sensível você, não é? — Zayne colocou a mão na mesa e pulou por cima dela, pousando agachado. Quando ele se levantou, estava transformando-se.

A camisa cinza se rasgou no centro e nas costas quando sua pele passou de dourada para cinza profundo e as asas se desdobraram atrás dele.

Era uma vista bastante impressionante de se olhar.

Arrastei o olhar dele para Roth.

— O que eu quis dizer é que consigo sentir você e Layla, mas consigo sentir a presença de… *algo mais*.

Roth pareceu apaziguado por essa resposta.

— Layla, você tá com seu celular? — Zayne perguntou, caminhando em direção à onde eu estava.

— Sim — respondeu ela.

— Você pode tirar fotos de tudo isso bem rápido? — ele perguntou. — E me enviar?

Layla tirou o telefone do bolso.

— É pra já.

Meus dedos se fecharam em torno dos cabos das adagas enquanto eu caminhava em direção às janelas. Eu não podia ver nada além delas. Eu destravei as lâminas.

— Você acha que o senador e talvez Baal estejam voltando? — perguntei, embora isso não fizesse muito sentido para mim. Não havia faróis de carro lá fora. Nenhum carro vindo pela entrada. — Ou outra coisa.

— Se for Baal, ele tá prestes a ter a maior surpresa da sua vida — rosnou Zayne. — Olha pra isto. Consegue ver? — ele perguntou, voltando-se para mim.

Apertei os olhos ao ver o que parecia ser... uma névoa deslizando sobre a entrada dos carros e o jardim da frente, tão espessa que era como uma onda de nuvens de tempestade no chão.

— Consigo ver.

— Isto não pode ser bom — As asas de Zayne se dobraram para trás.

— Tirei as fotos. — Layla deu a volta na mesa, colocando o celular no bolso. — Não tô vendo um carro chegando e não vi uma única câmara em lugar nenhum.

— Bem, o que tá vindo em nossa direção é uma tonelada de demônios — disse Roth, a voz baixa. — E não acredito em coincidências.

— A bruxa que te falou sobre o senador — disse Zayne —, existe alguma chance de ela ter avisado o senador ou Baal? Ter nos entregado na bandeja pro demônio?

— Se ela fez isso, não é apenas uma bruxa idiota, será também uma bruxa morta — rosnou Roth, e eu o vi se transformar. Sua pele afinou enquanto uma escuridão oleosa se espalhava, transformando sua tez morena em obsidiana. Suas asas eram quase tão largas quanto as de Zayne, mas ele não tinha chifres.

— Merda — sussurrou Layla. — Quantos são?

Meu coração palpitou enquanto eu me esforçava para ver qualquer coisa no nevoeiro lá fora.

— Eu não tô vendo nada... — Deixei a frase incompleta quando várias silhuetas começarem a tomar forma na névoa espessa. — Ah, porcaria.

Havia... *dezenas*, alguns altos e outros pequenos. Alguns caminhavam. Outros rastejavam. Havia até alguns no ar. Eu nunca tinha visto tantos demônios em um só lugar.

Virei-me para Zayne.

— Pensei que você disse que não tinha muitos demônios por perto?

— É — disse ele. — Não tinha.

— Acho que estão todos aqui agora — disse Roth enquanto olhava para Layla. — Se as coisas correrem mal, quero você fora daqui. Vá pra casa com Cayman...

— Você tá chapado? — Layla exigiu. — Se as coisas derem errado, vou acertar uns chutes nos sacos.

— Layla...

Ela levantou a mão.

— Não se esqueça, eu sou durona.

— Tem, tipo, mais de quarenta demônios lá fora.

Mais de quarenta? Deus.

Zayne se ergueu sobre mim enquanto falava.

— Se você precisar usar a sua *graça*, use-a. Entendeu? Se ficar cansada depois, vou me certificar de que não tenha nada entre mim e você.

Coração disparado, eu acenei com a cabeça.

— Entendido.

— Se você for ficar, melhor se preparar, Layla — Zayne aconselhou enquanto as criaturas no nevoeiro paravam a cerca de três metros da casa.

Layla então se transformou, chamando minha atenção, e eu não entendi o que via. Sua aparência era como de costume, exceto que ela tinha asas — pretas e emplumadas.

— Penas. Você tem asas com penas — eu disse estupidamente.

— Tenho. — A asa esquerda de Layla se contraiu quando ela sorriu para mim. — É uma longa história, mas o resumo é que eu quase morri e, bem, isso é o que acontece agora quando eu me transformo.

Eu a encarei.

— Você parece um... um anjo. Se anjos tivessem asas pretas.

— Não sou um anjo. — Ela levantou um ombro. — Sou apenas... única.

— Isso você é, querida — Roth respondeu, estendendo a mão para ela. Ela pegou, e eles ficaram lado a lado na frente da janela. Ele se inclinou e sussurrou para ela: — Eu sei que você é durona. *Nunca* vou esquecer disso.

Desviei meu olhar deles bem a tempo de ver uma das formas altas vindo em direção à janela. Parou longe demais para eu conseguir distinguir seus detalhes.

— É um demônio de Status Superior — Zayne explicou, sabendo que o semblante da criatura não passava de um borrão para mim. — Não é Baal. Nunca vi este antes. E você, Roth?

— Como eu disse antes, não sou amigo de todos os demônios.

Zayne bufou.

— Olá? — o demônio do lado de fora da casa gritou, soando como se estivesse ali para vender biscoitos de escoteiras ou algo assim. — Sabemos que vocês estão aí. — Ele levantou um braço e acenou. — Oizinho! O que temos aqui? Uma... filha mestiça de Lilith. Um príncipe demônio que tem sido muito, muito malvado. Um Guardião que faz amizades estranhas, e uma verdadeira... Legítima em carne e osso?

— Bem — eu disse, levantando as sobrancelhas — existe uma raça de demônios que têm visão de raio-X?

— Não que eu saiba — murmurou Roth.

— Você tá se perguntando como sabemos? — o demônio gritou e eu revirei os olhos. — Eu ficaria feliz em contar pra vocês, e espero que possamos fazer desta uma experiência agradável pra todos os envolvidos. Vamos começar por me apresentar. Sou Aim, mas alguns me conhecem como Haborym. Sou um diabinho bem bonito, mas não deixem que a minha cara bonita e a minha disposição encantadora te enganem. Sou um Grão-Duque do Inferno, governando mais de vinte e seis legiões de demônios, e metade delas está aqui comigo esta noite — ronronou. — Já queimei castelos e cidades inteiras, deixando nada além de cinzas e morte em meu rastro quando não consigo o que quero. Só, sabe, um aviso.

Roth bocejou.

— Ah, e vocês podem me considerar... o assistente pessoal de Baal — continuou Aim. — Então, agora que sabemos quem eu sou, vocês têm alguma pergunta?

— Sim — gritou Zayne. — Por que acabamos ficando com demônio tão falador? Isto só faz te matar demorar ainda mais.

— Pela primeira vez, Pedregulho, você e eu realmente concordamos em algo — Roth riu.

Houve uma risada profunda e estrondosa que sacudiu as janelas, fazendo com que meus olhos se arregalassem.

— O Guardião fala primeiro. Interessante. Não querem conversar? Tranquilo. Estamos aqui pela Legítima.

— Não me diga — murmurou Roth.

— Nos entregue a Legítima e vamos deixar todos vocês seguirem suas vidinhas. — Aim fez uma pausa. — Promessa de mindinho.

— Não vai acontecer — respondeu Zayne. — É melhor passar para a opção B.

— Bem, a opção B é que todos morrem. A começar por você, Guardião. Vou te queimar vivo.

Meu estômago se retorceu bruscamente enquanto Zayne não parecia nem um pouco afetado. Eu dei um passo à frente, e gritei:

— O que você quer de mim? Me cortar em pedacinhos e dar às bruxas?

— Eca — murmurou Layla.

— De modo algum, minha querida nefilim — sussurrou Aim, e eu enrijeci. — Só queremos te amar e te abraçar e nos tornarmos os melhores amigos do mundo.

— Nossa — eu disse, apertando as mãos na adaga enquanto Layla e Roth trocavam um olhar. — Onde está Misha?

— Seu Protetor? — ele perguntou. — Ora, ele está bem aqui, esperando por você.

O meu coração parecia ter parado no meu peito. Parecia uma eternidade que eu estava congelada, e então reagi sem pensar ou hesitar.

Capítulo 33

Tudo aconteceu tão depressa.

Zayne girou e eu o ouvi gritar enquanto se lançava contra mim. Roth e Layla se viraram, mas nenhum deles foi tão rápido quanto eu. Não quando eu não queria ser parada.

Eu estava na porta que levava para fora antes que qualquer um deles pudesse me alcançar. Não havia nenhuma noção de autopreservação quando agarrei a maçaneta e girei, quebrando a fechadura em pedaços enquanto arrancava a porta.

O ar úmido da noite tomou conta de mim enquanto eu voava para fora, examinando a linha de demônios. Eu não via Misha; contudo, eu não teria sido capaz de vê-lo em primeiro lugar dentro de um nevoeiro que nem mesmo a lua cheia conseguia penetrar.

— Onde ele está? — gritei, girando em direção a Aim.

O demônio estava subitamente à minha frente, e era bonito. Alto e loiro, impecavelmente arrumado.

— Ele disse que você era impulsiva — disse o demônio, e minha respiração ficou presa. — Gloriosamente impulsiva.

Ele estendeu a mão para mim assim que algo grande bateu nele, derrubando-o de volta no nevoeiro.

Zayne.

Uma tremenda mudança no ar ocorreu à medida que a névoa se espalhava. A colônia de demônios atacou, tantos e tão depressa que por um momento fiquei atordoada.

Rastejadores Noturnos.

Capetas.

Diabretes.

Torturadores.

Era uma maldita festa de demônios.

Roth disparou para a frente, passando por mim, acertando o que parecia ser um Capeta. Ele voou pelo ar com a criatura, jogando-a para o lado da casa. Layla saltou ao lado de um Torturador, pegando-o pelos ombros enquanto levava o joelho até o queixo da criatura, estalando o pescoço para trás, quebrando-o. Um Rastejador Noturno atacou Layla. Ela girou, mas ele foi rápido.

Mas eu era mais.

Eu soltei a adaga e ela atingiu o Rastejador no rosto, derrubando-a para trás. Não passava de cinzas quando atingiu o solo.

Layla girou em minha direção.

— Cacete, valeu.

Correndo para a frente, eu não conseguia ver a adaga na grama. Estava muito escuro e não havia tempo para procurar.

— Misha! — gritei, correndo pelo gramado, direto em direção a um Capeta. A criatura veio me agarrar, mas mergulhei debaixo do braço e girei, enfiando a adaga nas costas. Um jato quente de sangue me atingiu enquanto eu girava.

Gavinhas grossas de névoa se espalharam enquanto Zayne voava para trás, atingindo o chão com impacto suficiente que me fez tropeçar. Virei-me para ele enquanto ele se levantava.

Ele me lançou um olhar rápido.

— Este demônio é tão irritante quanto eu pensava. Encontre Misha e saia daqui.

— Não sem você.

Zayne agarrou meu ombro, puxando-me em direção a ele enquanto abaixava a cabeça, de modo que eu estava ao nível dos olhos com pupilas azuis claras e ferozes.

— Encontre Misha e saia daqui. Eu te encontro. Aonde quer que você vá, eu vou te encontrar.

Eu soltei uma respiração irregular enquanto nossos olhares se conectavam. Surgiram muitas palavras não ditas. Muita coisa que eu precisa dizer a ele, e não havia tempo.

Suas garras ficaram presas na minha camisa e então ele me soltou, empurrando-me para trás enquanto voava para frente, atingindo um Aim totalmente transformado com o punho fechado no estômago, fazendo o demônio se dobrar ao meio.

O demônio... tinha duas cabeças.

Girando, acertei um Torturador no joelho. Ele tentou me atingir, a boca aberta e os dentes estalando quando eu pulei para trás. Desviei para a direita e depois rodopiei, enfiando a adaga no peito sem pelos.

Puxando a lâmina de volta, eu me virei quando um Rastejador ia para Roth. Outro correu na minha frente, disparando para o príncipe demônio. Um Rastejador saltou sobre mim, correndo em direção a Layla. Ela se levantou, as asas erguendo-a alto...

As garras do demônio a acertaram no abdômen. Ele girou, jogando-a de lado. Ela gritou quando caiu para trás, pousando em uma das asas com um som de algo quebrando que me deu náuseas.

Não.

Um rugido de raiva sacudiu o chão quando Roth se lançou no ar. Virei-me enquanto Zayne girava. Vi o momento em que ele percebeu que Layla fora abatida. Sua mandíbula endureceu e então ele se voltou para Aim enquanto Roth pousava atrás do Rastejador Noturno. Roth era como uma cobra dando o bote. Sua mão disparou, cortando as costas do demônio. Ele empurrou o braço para trás, e o Rastejador se dobrou, amassando-se como uma bola de papel.

Diabretes guincharam enquanto mergulhavam para o chão, mirando em Zayne. Gritei o nome dele, e ele girou, jogando Aim por cima do ombro enquanto disparava para o ar, pegando um diabrete pelo pescoço.

No chão, demônios Torturadores passaram por mim, suas garras cavando no solo, chutando terra para o ar enquanto iam para Roth e Layla. Diabretes circulavam como urubus.

Eram muitos.

Eles cercaram Roth e Layla, um enxame enquanto Roth lutava para colocar Layla de pé. Um dos diabretes agarrou a asa de Roth. Ele os sacudiu, mas eles continuavam vindo. Dois seguraram suas asas novamente e começaram a puxar. O príncipe demônio uivou enquanto Layla tentava se firmar.

Eu tinha de fazer alguma coisa.

Layla e Roth eram demônios, mas eu não poderia deixar que isto acontecesse. Eu não conseguiria. Se os diabretes rasgassem as asas de Roth, ele estaria fora de jogo, e Layla, Deus, ela já estava fora. Os braços dela estavam riscados de escuridão e suas asas desapareceram. Ela voltou à sua forma humana e agora estava tão vulnerável quanto um gatinho recém-nascido.

Recuando, levantei a minha mão esquerda e peguei minha adaga, arrastando-a pelo centro da palma da mão. Eu sibilei entre os dentes enquanto minha pele se abriria. Sangue jorrou. Eu apertei a minha mão enquanto meu coração batia ferozmente.

Eu soube o momento em que cheiraram o meu sangue no ar.

Os diabretes ficaram imóveis. Os Capetas pararam e lentamente se viraram. Os Rastejadores Noturnos jogaram a cabeça para trás e farejaram o ar. O meu sangue teve o efeito que eu precisava que ele tivesse. Os demônios estavam agora focados em mim, e não em Roth e Layla.

Eu sorri.

— Hora da janta.

Aim girou, voltando à sua forma humana, com a boca aberta e alongada, esticando-se distorcida enquanto soltava um ganido que eriçou todos os pelos do meu corpo.

— Não! — ele gritou. Ou talvez fosse Zayne. Eu não tinha certeza, mas foi definitivamente o demônio que gritou:

— Ela deve ser levada viva!

Abaixando minha mão ensanguentada, eu sabia que os demônios de status inferior estavam além da ordem de Aim. Os diabretes soltaram as asas de Roth e voaram para mim. Eu estava preparada, apertando a adaga enquanto corria em direção ao primeiro, pulando e rodopiando, enfiando a adaga profundamente no peito da criatura. Ela gritou, e nós dois caímos em um emaranhado de braços e asas de demônio.

Eu rolei, atirando o demônio para longe de mim, e então me levantei.

— Tire a Layla daqui, Roth! — gritei para ele enquanto abaixava e evitava por pouco os pés com garras de um diabrete. — Tire-a daqui agora! — Roth não hesitou.

Pegando Layla, ele se agachou e depois decolou como um míssil, desaparecendo no céu enquanto eu girava para enfrentar o que soava como um rebanho.

Todos os demônios estavam vindo atrás de mim.

Guardando a adaga, cedi à adrenalina que bombeava em minhas veias enquanto a *graça* me esticava até o limite, exigindo que eu a soltasse... e a deixei tomar conta.

A luz me preencheu, zumbindo em minhas veias enquanto os cantos da minha visão queimavam em branco. Meus músculos ficaram tensos quando uma luz pálida e dourada entrou em erupção no meu braço, formando a espada. No momento em que o cabo se formou contra a palma da minha mão, gritei e brandi a espada para o alto, acertando o Capeta mais próximo na cintura, dividindo-o em dois. Girei, enfiando a espada no peito de outro demônio. Puxando a espada para trás, girei mais uma vez e peguei um Rastejador ao longo das coxas, cortando *a perna* em dois.

Um ciclone de violência e sangue me cercou enquanto o mundo se restringia a cada golpe que eu desferia, a cada golpe que eu acertava enquanto os demônios tentavam chegar até mim. Corpos se amontoavam ao meu redor, morrendo uns sobre os outros antes que pudessem explodir em nada além de cinzas e fogo. Eu sentia nada além de raiva justificada enquanto cortava demônio após demônio, sangue misturado com suor...

Dor explodiu ao longo da minha lateral e eu tropecei para a frente, a espada tremeluzindo e desaparecendo quando perdi meu controle sobre a *graça*. Eu girei em direção ao demônio responsável pela dor ardente.

O demônio estava vestido com couro sintético vermelho da cabeça aos pés. O longo cabelo loiro dela estava preso em um rabo de cavalo alto. Quando nossos olhos se encontraram, a boca do demônio se abriu e se esticou de forma grotesca. O gemido bizarro enviou um arrepio na minha espinha. Mas, mais do que tudo, a visão de um demônio feminino me pegou desprevenida. Ela era um demônio de Status Superior, obviamente atraída pelo meu sangue.

Ela me golpeou, sua mão acertando-me no estômago com uma rapidez chocante, arrancando o ar dos meus pulmões.

Muito bem, então. Se ela queria brigar, era o que ia ter.

— Você realmente não quer fazer isso, querida.

Ela inclinou a cabeça para o lado enquanto me rodeava.

— Vou te comer viva, sua cadela.

— Por mais encantador que isso seja, você não faz o meu tipo — Eu me atirei para a frente, mergulhando sob o braço estendido do demônio, e a esmurrei na mandíbula.

Tropeçando alguns metros para trás, o demônio cuspiu um bocado de sangue escuro.

— Isso não foi muito gentil.

O demônio se moveu com agilidade, socando-me no peito e derrubando-me no chão. As minhas costas latejavam, mas era um grãozinho de dor considerando o contexto todo. Ficando em pé, girei e plantei meu pé na barriga dela. Trocamos e nos esquivamos de golpes. A mulher era feroz, desconexa e, portanto, não parava de puxar o cabelo.

Ela agarrou bem o meu cabelo e me atirou ao chão. Agora muito irritada, eu me levantei e retribui o favor enquanto o sangue escorria do meu nariz. Agarrando o rabo de cavalo loiro, puxei a cabeça dela para a frente enquanto levantava o joelho. O esmigalhar doentio resultante do nariz do demônio sendo quebrado me encheu de uma alegria imensurável.

— Como eu te disse — falei, batendo o rosto da mulher contra o meu joelho novamente —, você não quer nada disso.

— Vá pro Inferno — cuspiu ela.

Cansada de brincar, eu a soltei e saquei minha adaga, desferindo o golpe final com um impulso profundo no peito dela. Puxei a adaga de volta, respirando pesadamente enquanto ela afundava sobre si mesma.

— Trinity! — Zayne gritou, e um momento depois ele estava ao meu lado, passando um braço em volta da minha cintura e puxando-me para cima quando um muro de chamas subiu não mais do que a alguns metros à minha frente.

Ofegante, agarrei-lhe o braço com uma das mãos enquanto ele me girava, levando-me ao chão enquanto as chamas rugiam sobre as nossas cabeças. Suas asas batiam ao meu redor, acertando o chão.

— É Aim — ele rosnou —, ele tá matando os outros demônios.

Embora isso fosse surpreendentemente útil, não era por benevolência. Aim precisava de mim viva e estava disposto a matar a sua própria espécie para garantir isso.

Assim que as chamas se retraíram, Zayne se levantou, fazendo-me ficar de pé. O cheiro de terra queimada e ozônio agrediu os meus sentidos enquanto a minha visão se focava no demônio loiro.

— Vocês dois não têm ideia do que está prestes a acontecer — provocou Aim, com chamas saindo de seus dedos enquanto ele avançava. Faíscas atingiram as árvores. Elas pegaram fogo como se não passassem de galhos secos. — Mas estão prestes a descobrir.

Zayne reagiu, e já que ele estava de pé ao meu lado, eu não o vi até que fosse tarde demais. Seu braço balançou para trás, pegando-me na cintura e empurrando-me enquanto o demônio nos atacava.

Eu derrapei para trás sobre o quintal e me segurei na parede da casa enquanto Zayne voava, colidindo contra o demônio enquanto as chamas explodiam dele.

— Inferno — gritei, empurrando-me para longe da parede. Peguei a adaga, mas enquanto os dois se engalfinhavam, não havia como conseguir um tiro certeiro em Aim sem ferir Zayne.

Eram como dois titãs lutando, indo de igual para igual, soco por soco. O demônio também havia se transformado, sua pele agora era um castanho-avermelhado profundo e, a cada soco que ele acertava, as chamas explodiam e o cheiro de carne carbonizada atingia o ar.

O fogo... o fogo estava queimando Zayne.

— Não — sussurrei, coração despencando. Eu disparei para ele, mas freei quando uma muralha de chamas subiu na minha frente, queimando intensamente e forçando-me a retroceder até que apagasse, deixando o chão carbonizado.

Eles eram um borrão de corpos tortuosos e furiosos, e então, de repente, Zayne estava voando para trás e batendo na casa. Então girei, lançando a adaga no demônio. Eu o acertei no ombro e ele cambaleou para trás enquanto Zayne se levantava. Lancei-lhe um olhar rápido. Uma de suas asas estava completamente preta, e metade de seu corpo...

Meu Deus, não. *Não.*

Eu tinha de tirá-lo daqui. Eu tinha de...

Aim se lançou no ar, vindo diretamente para mim. A *graça* se agitou dentro de mim mais uma vez enquanto eu ficava ali, mais do que pronta para acabar com este idiota filho da...

Zayne pegou o demônio e eles caíram atrás de mim, deslizando pelo chão e atingindo a parede. Eu rodopiei, e foi então que vi o olhar chocado gravado no rosto do demônio e Zayne puxando a cabeça dele para trás, seus chifres e garras pingando entranhas.

— Droga — ofegou Aim, e um segundo depois Zayne rasgou seu pescoço. A cabeça foi em uma direção e o corpo na outra. Ambos explodiram em chamas antes de atingirem o solo.

E isso foi... Isso foi impressionante.

Repugnante.

Mas impressionante.

Zayne estava apoiado em um joelho e percebi que estava tentando ficar de pé. Suas asas se dobraram em suas costas, desaparecendo nas fendas acima das omoplatas e fechando-se sobre a pele que de repente estava rosada em algumas áreas e... e preto-avermelhado em outras.

Meu Deus.

Avançando, não alcancei Zayne a tempo. Ele caiu para o lado, contra a parede, completamente em sua forma humana.

— Zayne! — gritei, jogando-me ao lado dele. O horror tomou conta de mim quando o vi. Levantei-lhe a mão. — Zayne!

— Eu acho... Eu acho que tô um pouco queimado de sol.

Engasguei-me com uma risada cheia de lágrimas.

— Um pouco. Meu Deus, no que você tava pensando? Eu poderia ter...

— O fogo dele... teria marcado você... teria matado você.

Teria, mesmo. A pele de Guardião o protegia, mas apenas até certo ponto, porque as manchas brancas entre a pele carbonizada me diziam que ele tinha queimaduras de terceiro grau. O horror explodiu nas minhas entranhas.

— Zayne...

— Tá... tudo bem. — Ele estremeceu, os olhos apertados. — Vai ficar... tudo bem.

Não tinha como isto ficar bem. Não tinha como. Não. Era horrível e o pânico tomou conta de mim quando a exaustão inundou todos os meus poros. Ele estava gravemente ferido.

— Vou te tirar daqui. Vou ligar pra Nicolai ou Dez, e vou conseguir...

— Misha — gemeu Zayne.

Eu balancei a cabeça, o coração batendo forte.

— Vamos encontrá-lo depois, mas você é a prioridade agora. Você...

— Não — disse ele, os olhos fechando e abrindo, o olhar concentrando-se além de mim —, *Misha*.

— Tá com cheiro de churrasco aqui... Um churrasco de Guardião.

Parei.

O meu coração parou.

Tudo parou.

Quase como se estivesse movendo-me em um sonho, virei-me para o som da voz familiar, uma voz que não fazia sentido. Examinei o quintal e quem vi não poderia estar lá. Não havia como.

Porque eu via Misha de pé sob a luz da lua.

— Eu sabia que sempre poderíamos contar com a sua impulsividade.

Capítulo 34

Era Misha. Seu cabelo encaracolado castanho-avermelhado escuro ao luar, seu rosto bonito como sempre e sua postura familiar, de pernas abertas e ombros jogados para trás como se pudesse desafiar alguém só com a forma que se portava.

Misha.

Pelo que pareceu uma eternidade, eu estava congelada, incapaz de me mover enquanto o observava dar um passo à frente, e então a euforia se apossou de mim tão ferozmente que gritei quando comecei a me levantar...

A mão de Zayne apertou a minha.

— Não — ele gemeu, voz rouca e baixa. — Tem... alguma coisa errada.

Voltei-me para ele, confusa.

— É Misha — eu disse. — É...

— Você devia ouvir o que ele tá dizendo, Trin — disse Misha. — Especialmente porque não parece que ele tem muito tempo.

O ar frio percorreu minha coluna enquanto eu me voltava para Misha.

— O quê?

— Você parece tão surpresa. — Parando a poucos metros de mim, ele abaixou a cabeça. As árvores em chamas lançavam um brilho avermelhado em seu rosto. Ele estava... sorrindo. — Queria que você pudesse ver a sua cara agora.

— Eu... Eu não entendo. — Permaneci ajoelhada ao lado de Zayne enquanto levantava a outra mão, pressionando a palma contra o meu peito, lutando contra o desejo de correr para Misha, de me atirar nele e tocá-lo, segurá-lo, porque eu... Eu não entendia o que estava acontecendo. — Como você fugiu...

— Fugi? — Ele tocou as cinzas de Aim com a bota, sorrindo. — E foi isso que ele disse que você ia achar.

— Quem? Aim? — Olhando para Zayne, vi que seus olhos estavam abertos. Ele estava em silêncio, com o aperto mais frouxo na minha mão, mas eu sabia que ele estava ciente do que estava acontecendo. Apertei-lhe a mão e a soltei, erguendo-me sobre pernas trêmulas.

Misha riu.

— Não aquele idiota. Deus, quem quer que tenha nos dito que os demônios são inteligentes e ardilosos obviamente nunca conhecera metade deles.

Um mal-estar se espalhou enquanto eu puxava minha mão livre da de Zayne.

— O que tá acontecendo, Misha? Você fugiu? — Mas se esse fosse caso, por que é que ele não nos ajudou? — O que...?

— O que estou fazendo aqui? — ele perguntou, abrindo as mãos. — Tenho uma pergunta melhor a fazer. Você realmente achou que era a única especial?

— O quê?

— *O quê?* — ele zombou, inclinando a cabeça. — Você achou, não é mesmo? Por todo este tempo, sempre acreditou que era essa escolhida, a Legítima que um dia seria convocada, e eu era o Protetor, a porra da sua *sombra* fiel, correndo atrás de você.

Atordoada, andei em direção a ele, mas parei quando me aproximei o suficiente para ver o ódio distorcendo suas feições.

Eu me encolhi, meu estômago revirando-se.

— Do que você tá falando? O que é que ele fez com você?

— Ele me escolheu — disse Misha. — Foi isso que ele fez. Ele *me* escolheu.

— Quem? Baal? Quem é...?

— Deus, você devia ser mais inteligente do que isso — disse ele. — Eu sei que você é.

Eu olhei para ele, coração batendo forte.

— Certo. Não tenho ideia do que diabos tá acontecendo com você, mas podemos resolver isto. Juntos. Obviamente, o demônio fez alguma coisa com...

Misha se atirou para a frente e sua mão serpenteou, pousando no meu rosto com um golpe pungente que me fez cambalear um passo para trás.

— Ele não fez nada comigo! Baal é apenas uma ferramenta pra chegar a este momento. Tudo o que eu precisava era que ele criasse uma distração. Entrar, pegar a mim e a você, mas ele estragou tudo. Assim como Aim estragou tudo hoje.

Sentindo o gosto de sangue na minha boca, eu virei lentamente minha cabeça de volta para ele.

— Você realmente acabou de me dar um tapa?

— Vou fazer muito pior.

Respirei *muito* fundo quando encontrei seu olhar. Algo... algo terrível acontecera com ele. Ele estava possuído? Seus olhos pareciam normais, um azul vibrante. Ele se parecia com o Misha que eu conhecia, o Misha que eu amava, mas não falava nada como ele.

— Você sabia que um vínculo de Protetor pode ser quebrado sem a morte do Legítimo? — Misha perguntou, rindo quando viu meus olhos se arregalarem. — Não sabia, né? Ninguém nos ensinou isso. Mas é isso, o seu pai nunca nos ensinou nada.

O instinto tomou conta, e eu recuei, mantendo espaço suficiente entre nós para que ele não ficasse nos meus pontos cegos.

— Tudo o que é preciso para quebrar o vínculo é um Protetor matar um inocente — disse Misha. — Eu não vou te matar, Trinity. Não agora. Mas eventualmente eu vou ter que quebrar este vínculo, porque você *vai* morrer.

O gelo encharcou as minhas veias enquanto o horror me preenchia.

— Misha, você não é assim. Você não fala em matar pessoas inocentes... Em matar alguém como se fosse nada. *Você não é assim*.

— Não acho que seja nada — ele admitiu, um músculo contraindo-se. — Mas eu tenho de fazer isso. Ele me mostrou o caminho. Ele me ensinou tudo quando me escolheu. Ele me mostrou como manter escondido, e funcionou. Tenho planejado isto por anos.

Anos?

Balancei a cabeça, atordoada com o que ele estava dizendo e aterrorizada que fosse verdade, e este fosse ele, e que ele estava certo — eu nunca tinha notado. Porque se fosse esse o caso, eu não poderia consertar isso — consertá-lo.

— Quem você acha que estava por trás de Ryker? Ele nunca foi na sala de treinamento antes, mas foi na única vez em que você decidiu mostrar a sua *graça*? — Ele riu ao ver o horror surgindo em meu rosto. — Quem você acha que o incitou em seu medo e raiva? Quem acha que mexeu esses pauzinhos?

Com o coração acelerando, balancei a cabeça.

— Não.

— *Sim.*

— Não — sussurrei. — *Não.* Você não pode ter feito isso. Ele matou a minha mãe. Ele a *matou*...

— Ela tinha de ser eliminada — cuspiu, e enrijeci com a aversão que pingava de cada palavra que ele falava. — Ela estava descobrindo que Thierry havia cometido um erro. Você nunca percebeu, mas, novamente, não estou surpreso. Sempre foi sobre você... Sobre a vida que você não tinha, sobre como você estava entediada ou como você estava sozinha e como você nunca encontraria alguém se você ficasse na comunidade. Era sempre sobre garantir que você estivesse segura e protegida. Foi sempre sobre o quão importante você era e o que você queria e precisava, e *nunca sobre mim* — ele rugiu, fazendo o chão tremer.

Estremeci diante da veracidade das suas palavras, porque aquilo era eu. Ah, Deus, eu era exatamente assim.

— Nunca foi sobre mim até que *ele* me escolheu e me mostrou o caminho. E ele sabe que vou ter sucesso porque você... você não vai me matar. Você não consegue — Seu peito se encheu com uma respiração profunda. — Então, pela primeira vez na sua vida, você vai me ouvir, e você vai vir comigo. Se não obedecer, vou te obrigar, e você não vai gostar nadinha.

Um som estrangulado fechava a minha garganta.

— E Clay?

— Ah, eu não tive nada a ver com isso. Ele era só um idiota que obviamente tinha um problema com você — disse. — Eu não acho que ele pretendia te matar. Acho que só queria te assustar. Aquela máscara foi um toque interessante. Eu o imitei.

Meu estômago se retorceu ainda mais.

— Misha, por favor... Você não pode estar por trás disto. Alguém te transformou. Alguém te...

— Mostrou o quão importante eu sou, pela primeira vez! — ele gritou, e eu me sobressaltei.

Estremeci.

— Quem é "ele"?

— O Augúrio — disse Misha, e sorriu. — Ele já esteve aqui. Ele é o que os Guardiões estão caçando e nunca vão encontrar. Ele me mostrou o que está por vir, Trinity — Misha balançou a cabeça. — Você vai fazer parte disso.

— Como? — eu exigi, puxando o ar com dificuldade. — Como vou fazer parte disso, e depois? Você rompe o vínculo e me mata em seguida? O que acontece com você, Misha? Vai conseguir viver consigo mesmo depois de tudo isto? Eu confiei em você. Eu te amo, e você consegue fazer isso? Pra mim? Pra nós?

— Eu consigo e eu vou — disse Misha, levantando o queixo. — E, Trin, nunca houve um "nós". Sempre foi só você.

Isso foi pior do que um tapa na cara. Foi uma facada no coração.

— É hora de uma nova era.

— Uma nova era? — Sacudi a cabeça. — Você perdeu a cabeça?

Misha saltou na minha direção, sem me dar espaço para duvidar de que ele pretendia cumprir com a ameaça. E talvez tenha sido o choque. Talvez fosse o fato de eu não conseguir acreditar no que estava bem na minha frente, mas de qualquer forma, não me mexi.

O primeiro golpe fez eu cair de bunda, atordoando-me. O segundo golpe, um pontapé nas costas, fez eu acordar de vez. Levantei-me, e o terceiro golpe nunca chegou a me atingir quando saltei para longe do seu alcance, ofegante.

— Você tá exausta. Você usou a sua *graça*. Você deveria ter ficado quieta — disse ele.

— E você deveria ser mais inteligente.

Os lábios de Misha recuaram em escárnio.

— Que seja.

Então ele se transformou, rasgando a camisa e enrijecendo a pele em pedra. Ele me atacou com força e rapidez, atordoando-me com a sua brutalidade.

Lutar contra Misha era como lutar contra mim mesma — se eu fosse um Guardião entrando em uma espiral incontrolável de raiva. Ele desviou de quase todos os golpes que eu tentei acertar, e os punhos de Misha me atingiram em mais partes e mais vezes do que eu poderia contar. Era selvagem e primitivo, e eu sentia todo o ódio que Misha tinha dentro dele e mantivera escondido até agora em cada soco e chute, o último golpe deixando-me de joelhos.

Sangue jorrava do meu nariz e da boca. Parecia que tinha algo errado com meu lábio. Estava partido. Cuspi um monte de sangue, com os braços tremendo enquanto me esforçava para levantar. Eu me recusei a olhar para o corpo destruído de Zayne, sabendo que não podia me dar ao luxo de me distrair, e enfrentei Misha mais uma vez.

Ele deu um golpe de raiva em mim, quase enterrando suas garras na minha barriga. Misha era rápido em seu ataque, cortando e golpeando até que me colocou contra a parede da casa.

Durante tudo isso, as próprias palavras dele vinham à minha mente, palavras que ele me dissera diversas vezes durante os nossos anos de treinamento.

Lutar era *simplesmente antecipar o próximo ataque*. Encontrar o tremor muscular. Ver para onde Misha olha... onde ele posiciona seu corpo... *Ele vai te dizer onde atacará em seguida sem usar palavras.*

Mas não era suficiente.

Misha tinha a minha força e conhecia todos os meus movimentos, todas as minhas fraquezas. Eu sabia que ele poderia me derrotar.

O chute giratório de Misha me acertou na mandíbula, estalando a minha cabeça para trás e levando-me ao chão mais uma vez. Eu rolei até ficar deitada de lado, gemendo enquanto piscava os olhos embaçados. Tentei me sentar, mas a dor me derrubou de volta sobre a relva queimada. Ofegante, eu sibilava enquanto tentava fazer meus pulmões se expandirem. A dor me atravessava o peito. Algo... algo parecia quebrado. Uma costela? Várias costelas? Não tinha certeza. Os meus olhos se fecharam.

— Fique aí. — Misha passou por cima das minhas pernas. — Vou acabar com o sofrimento deste infeliz.

Não.

— Não vai rolar — rosnou Zayne, e abri os olhos para vê-lo avançar enquanto lutava para se levantar. Levantei-me no cotovelo, ofegante. — Vou arrancar sua garganta.

— Mesmo? — Misha riu quando se ajoelhou ao lado de Zayne. — Era pra ter sido você.

Eu não fazia ideia do que Misha estava falando, mas isso não importava. Precisava me levantar. Precisava parar Misha, porque ele ia matar Zayne.

E eu não poderia, não *deixaria* isso acontecer.

Eu forcei a ficar de pé, oscilando enquanto a minha *graça* despertava dentro de mim mais uma vez, queimando minhas veias e músculos, ossos e tecidos, iluminando todas as minhas células. O fogo me atravessou quando invoquei a espada e a senti responder, quente e pesada ao meu alcance.

Eu não era nada além do que tempestade e fúria quando dei um passo à frente e Misha olhou para mim. Ele se levantou.

— Eu te amo — eu disse, e os olhos de Misha se arregalaram. Houve um lampejo de surpresa, quase como se ele não pudesse acreditar no que eu estava prestes a fazer, e por um breve segundo eu não soube o que ele queria de mim, o que ele esperava. Ele não me conhecia? Ele não sabia que eu não o deixaria matar Zayne?

Que o deixaria me levar?

Por que ele não percebia isso?

Misha ergueu um braço na minha direção.

Mas brandi a espada para o alto enquanto ela cuspia fogo branco.

Gritos encheram meus ouvidos, abafando tudo ao meu redor e por dentro, e uma parte distante de mim percebeu que era eu fazendo aqueles sons, era eu lamuriando-me enquanto brandia a espada sobre Misha.

As chamas brancas arderam, intensas, e pensei que houve um momento em que os nossos olhares se cruzaram, um momento em que eu vi o menino com quem cresci olhando para mim através dos seus belos e familiares olhos azuis, mas então as chamas engoliram Misha, e dentro de um segundo hesitante, ele se fora. Não sobrou nada dele a não ser cinzas...

Uma sensação repentina de gelo se derramou no meu peito, tirando o ar dos meus pulmões. Dei um passo, mas as minhas pernas desabaram e caí de joelhos, sem nem sentir a dor.

Meu Deus.

Um arrepio me atormentou dos ossos até os músculos, e quando retrocedeu, levando o gelo consigo, eu não conseguia...

Eu não conseguia *senti-lo*.

Levantei uma mão trêmula e a pressionei no centro do meu peito, logo abaixo dos seios. Eu não podia senti-*lo* — o vínculo.

Ele se fora — rompido, e isso significava que Misha estava... Ele realmente se fora.

Capítulo 35

A *graça* recuou profundamente dentro de mim, retraindo-se. A espada se desfez em si mesma e os cantos da minha visão escureceram enquanto eu olhava para o local onde Misha estivera. Abri a boca, mas não consegui emitir nenhum som, como se a minha garganta tivesse se fechado. Havia um imenso vazio dentro de mim, um buraco…

Misha estava morto.

Curvando-me na cintura, puxei o ar com dificuldade, e doía. O ar não foi para lugar algum, ficando preso na minha garganta ardente. As minhas mãos tremiam. Todo o meu corpo tremia enquanto uma dor primitiva e insuportável me engolia e perguntas me atormentavam. Como é que isto aconteceu? Como Misha pôde fazer isto? Como é que ele pôde se perder deste jeito, e eu nunca percebi? Ergui as mãos e olhei para elas. Os meus dedos tremiam. As minhas pernas também. Todo o meu corpo se sacudia.

Eu tinha matado Misha. Precisei matá-lo, mas o matei e...

Zayne.

Voltando da beira daquele precipício, eu me levantei e cambaleei em direção a ele. Cada parte do meu ser se concentrava nele. Zayne estava aqui. Ele tinha sido ferido. Muito. Eu precisava ajudar. Ele era a prioridade. Não Misha. Nem eu. Zayne era. Eu caí de joelhos ao lado dele. Ergui um braço, mas parei, sem saber onde poderia tocá-lo.

— Ah, Zayne — sussurrei. Por um momento de parar o coração, eu não sabia o que fazer. Seus olhos estavam fechados e um medo horrível surgiu. Foi tão intenso que um pânico selvagem se aprofundou, e diminuiu apenas um pouco quando vi o peito dele finalmente se mover.

Ele não estava em sua forma de Guardião, parecendo ter perdido a força para se transformar. Metade do seu corpo estava... carbonizado, avermelhado e preto. Havia um corte terrível em seu peito, profundo o suficiente para expor os músculos sob a pele. Quaisquer ferimentos que eu tivesse, que pareciam muitos, não eram nada em comparação com o que tinha sido feito a Zayne.

O que ele tinha feito a si próprio para me proteger.

— Preciso conseguir ajuda pra gente — eu disse, tocando sua bochecha esquerda, onde não estava queimado. A respiração que tomei estava trêmula. — Você acha...?

— Sinto muito — Sua voz estava rouca quando ele falou. — Sinto muito mesmo.

Balancei a cabeça, querendo tocá-lo mais, mas com medo de machucá-lo.

— Pelo quê? Você...

— Misha — ele grunhiu, seus olhos abrindo-se em fendas finas. — Sinto tanto.

Se eu achava que meu coração era incapaz de se partir ainda mais, eu estava errada. Ele se despedaçou enquanto eu lutava contra as lágrimas.

— Pare — sussurrei, gentilmente afastando o cabelo para longe do seu rosto —, não lamente por ele.

— Eu sei... — Sua respiração vacilou quando seu rosto ficou tenso. — Eu sei o quanto ele... significa pra você, e você... você não devia ter que fazer aquilo.

O rosto dele ficou embaçado enquanto eu lutava contra as lágrimas.

— Obrigada... — Minha voz falhou.

— Ele... ele te machucou — Zayne estremeceu.

— Vou ficar bem... — Eu ficaria, mas Zayne... — Acha que consegue se levantar? Ou acha que pode pelo menos se transformar?

— Eu... acho que não — disse ele, e isso era ruim. Se ele pudesse se transformar, isso iria desencadear suas habilidades de cura, e se permanecesse em sua forma humana, ele continuaria piorando até...

Cortei esse pensamento.

— Não vou deixar você morrer, Zayne. Você me irrita demais pra eu te deixar morrer.

Uma risada bufante e dolorosa saiu dele.

— Isso... não faz nenhum sentido.

— Faz todo o sentido — eu disse. — Você precisa se transformar.

— Você... você precisa ir antes que mais... demônios apareçam — ele disse, com o peito subindo e descendo. — Você tá sangrando por toda parte. Sinto o cheiro. Sorvete.

— Eu não vou deixar você, Zayne. Preciso que se concentre e se transforme. Se não, você... você vai morrer virgem, Zayne. Você quer morrer virgem?

Ele riu, e a risada terminou em um som sufocante que fez meu coração despencar.

— Não acredito que você acabou de dizer isso.

— Eu também não, mas vamos lá, Zayne. Por favor. Deus. Por favor, não faz isso. Eu… — *Eu gosto muito de você.* Poderia até ser mais profundo do que isso. Eu poderia até estar... apaixonando-me por ele, e não podia perdê-lo. Não agora. Nem nunca. — Eu gosto muito de você, Zayne.

— Acho que... isso ficou bastante claro algumas noites atrás.

Apesar de tudo o que tinha acontecido e de tudo o que ainda poderia acontecer, corei enquanto levantei sua mão e senti aquele choque que sempre vinha com o contato contra a pele dele.

— Eu preciso de você, Zayne. Então não vou deixar você morrer. Você vai se transformar e daí vamos sair...

Então eu senti, o hálito quente ao longo da nuca. Todos os músculos do meu corpo ficaram tensos enquanto eu me virava, preparada para destruir qualquer um ou qualquer coisa...

Uma silhueta saiu da fumaça e do fogo, tomando forma. Não foi até que ele estivesse a poucos metros de mim que eu percebi que era Roth.

Relaxei.

Um pouco.

— Cacete — murmurou Roth, indo direto para Zayne. Ele caiu de joelhos ao lado do Guardião, estendeu a mão para ele, mas parou, com as mãos fechando em torno do ar. — Voltei assim que pude. Eu…

— Ele tá ferido. Muito ferido. Precisamos tirá-lo daqui e conseguir ajuda — eu disse.

Roth se virou para mim, então, seus olhos âmbar luminosos, e o olhar que ele me deu roubou o ar dos meus pulmões. Tudo o que ele não se atrevia a falar estava na sua... na sua expressão de dor. Tudo o que eu temia residia ali.

Tarde demais.

Era esse o olhar que Roth me lançou.

Era tarde demais.

— Não — sussurrei, tremendo.

Roth abriu a boca para falar.

— Eu...

Algo aconteceu naquele momento.

Começou com um reluzir que parecia que vaga-lumes haviam invadido o quintal. Os pelos se eriçaram por todo o meu corpo enquanto Zayne afastava a cabeça da parede. Olhei em volta, vendo milhares de luzes cintilantes, como se as estrelas tivessem descido dos céus. O incêndio à nossa volta oscilou e depois se apagou.

O medo explodiu nas minhas entranhas. Não por mim. Não por Zayne. Mas pelo príncipe demônio que era muito diferente de um demônio, que amava Layla e se importava o suficiente com Zayne para voltar aqui.

Minha cabeça girou em direção a Roth, agachado ao lado de Zayne, cujos olhos estavam fechados novamente.

— Você precisa ir — eu disse a ele. — Agora.

Roth estava olhando para as luzes agora, com os olhos arregalados.

— Isso é...?

— Sim — A minha boca secou. — Se você ficar, ele vai te matar. Sabe disso, certo? Você não pode com ele. Ninguém pode. Precisa ir embora. Ficaremos bem — Pelo menos esperava que sim. — Mas você não.

Por um momento, pensei que Roth discutiria e diria algo arrogante, mas o bom senso prevaleceu. Ele parecia saber que este não era um Alfa que seu familiar pudesse engolir de uma vez. O que estava por vir era a morte para ele. Ele olhou para mim, acenou com a cabeça e depois se virou para Zayne:

— Não morra — ele rosnou —, Layla ficaria chateada.

E então Roth se foi, movendo-se rápido demais para eu vê-lo. Soltando um suspiro trêmulo, concentrei-me nas luzes cintilantes.

— Estou... estou vendo isso? — Zayne perguntou, e eu nem tinha certeza se ele percebeu que Roth estivera aqui.

— Sim. — Engoli em seco.

Meu aperto em sua mão se intensificou quando uma luz branca ofuscante entrou no quintal, pingando das árvores queimadas e escorrendo pelas paredes da casa. Era tão brilhante que os meus olhos ardiam e tive de desviar o olhar.

Eu sabia quem era.

Eu sabia quem vinha.

Zayne se esforçou para se sentar, jogando um braço para trás contra mim enquanto deslocava seu grande corpo de modo que eu ficasse parcialmente bloqueada. Mesmo terrivelmente ferido, ele estava tentando me proteger, e eu tentei dizer a Zayne que estava tudo bem, mas então as trombetas soaram, sacudindo as paredes e nossos tímpanos. Estremeci, colocando as mãos sobre as orelhas enquanto as trombetas tocavam mais uma vez. Quando pararam e a luz diminuiu, Zayne estava olhando para o meio do quintal, com a coluna rígida.

— Santo... — Ele não terminou a frase.

Erguendo a cabeça, abaixei as mãos e olhei para onde Zayne estava olhando.

Ele estava no centro do caminho dos carros, suas pernas longas e largas envoltas em couro e seu torso e peito protegidos por uma armadura de batalha dourada. Seus braços estavam nus e sua pele emanava um fulgor luminoso que tornava difícil dizer exatamente qual era seu tom de pele. Seu cabelo era claro, tocando os ombros e, pelo que podia perceber de suas feições, ele não parecia mais velho do que Nicolai, embora eu soubesse que ele não tinha idade.

O ar se agitou quando suas asas se levantaram atrás dele, brancas e emplumadas, estendendo-se pelo menos três metros de cada lado dele.

Miguel, meu pai, gostava mesmo de fazer entradas triunfais.

— Que desperdício — disse o arcanjo enquanto olhava para o que restava de Misha.

Eu me encolhi diante de suas palavras.

Ele caminhou em nossa direção, o chão tremendo sob seu peso, e percebi imediatamente por que ele estava aqui.

Horror perfurou as minhas entranhas enquanto eu afundava sob o braço de Zayne, colocando-me entre ele e meu pai.

— Não — eu disse, olhando para o meu pai. — Por favor, não force isto a ele.

Ele parou.

Eu engoli em seco diante do olhar em seu rosto, que dizia que ele estava chocado por eu ousar questioná-lo ou detê-lo.

— Você viu o que aconteceu quando forçou este vínculo. Por favor, não faça isso com Zayne. — A minha voz tremeu. — Por favor, não o obrigue a aceitar este vínculo.

— O quê? — Zayne disse, apoiado de lado.

— Ele vai te forçar a se tornar meu Protetor, como fez com Misha — eu disse, agachada na frente de Zayne. — Não vou permitir. Eu não vou permitir que você...

— Você não vai permitir nada — Meu pai me cortou, seus olhos brancos pulsando. — E você pressupõe demais.

Levantei o queixo.

— Eu não pressuponho...

— Você pressupõe demais apenas por estar falando. — Ele me interrompeu outra vez, concentrando-se em Zayne. O lábio superior do meu pai estava repuxado. — Você não me impressiona.

— É bom saber — Zayne gemeu ao se forçar a sentar. Eu me precipitei para trás, apoiando seu peso enquanto ele encontrava o olhar intenso do meu pai.

Meu pai continuou a encará-lo com escárnio.

— Sua fé nos demônios me perturba imensamente.

— Eu... imagino que sim — respondeu Zayne. — Considerando todo o resto...

O escárnio desapareceu.

— Mas aqui estamos nós, como já devíamos ter estado. O erro foi cometido há dez anos. Não será cometido novamente.

— Erro? — Eu lembrei imediatamente do que Thierry e Matthew tinham dito, do que Minduim escutara. Eles falando sobre um erro. A mesma coisa que Misha disse que a minha mãe estava prestes a descobrir. — Que erro?

Eu não achava que meu pai responderia, mas então ele disse:

— Os Protetores são predestinados ao nascerem, vinculados às suas obrigações antes mesmo de se conhecerem. Pensaram que era Misha, com base na rapidez com que você se apegou a ele quando se conheceram. Eles estavam errados.

— Eles?

— Aqueles que cuidaram de você. Thierry. Matthew. — Seus olhos brancos se voltaram para Zayne: — Seu pai.

— *Meu* pai? — Zayne repetiu.

— Seu pai deveria ter buscado *ela* — ele disse, inclinando o queixo para mim —, não a meio-demônio.

O meu queixo caiu.

Zayne balançou a cabeça, gemendo com o movimento.

— Eu não... eu não tô entendendo.

— Eu também não. Quer dizer, entendi. Você tá dizendo que eu nunca deveria ter me ligado a Misha, então por que me vinculou a ele? — Meus pensamentos disparavam a todo vapor. — Por que você não interveio? Por quê...? Você deveria ter...

— Não era meu trabalho intervir, nem é seu lugar questionar o que eu deveria ou não deveria ter feito — disse ele, com os olhos brilhando em uma luz branca. — Eu não sabia que o erro fora cometido até depois de vocês estarem vinculados. Decidi ver o que aconteceria.

Fiquei estupefata.

— Você... você decidiu ver o que aconteceria?

— Afinal, deve ter sido parte do grande plano — ele respondeu, e então deu de ombros, como se não fosse grande coisa, e tudo o que eu podia fazer era encará-lo enquanto um arrepio se espalhava através de mim.

Ele nem se importava.

Ele não se importava que Misha nunca deveria ter sido vinculado a mim, ou que estava morto agora. Ele simplesmente não se importava.

E por que isso me surpreendia? Anjos não tinham emoções. Eles nem sequer tinham uma alma, ao contrário dos humanos.

Os ombros do meu pai se endireitaram.

— Você, Guardião, aceita este vínculo, renunciando a todos os outros e a todos os deveres, para se tornar Protetor dela até que a morte rompa este laço?

Perdi o fôlego.

— Sim. — Zayne grunhiu. — Sim, vou me tornar Protetor dela.

O pânico floresceu em mim. Isto estava acontecendo rápido demais.

— Zayne...

— Então assim seja. — Meu pai colocou uma mão no lado do rosto arruinado de Zayne, fazendo-o ofegar de dor. Ele colocou a outra mão no meu rosto, e então eu o senti.

O calor atravessou a palma da sua mão, entrando e saindo de mim, fluindo através do arcanjo e passando para Zayne. Seu corpo se curvou e a *graça* o preencheu, ligando-o irrevogavelmente a mim. Zayne estava inundado de luz celestial, completamente indistinguível. Eu mal conseguia respirar enquanto sentia o calor derramando-se no meu peito, substituindo o laço outrora mantido por Misha, apagando o vazio oco deixado para trás.

A dor — meu Deus, a dor da traição de Misha ainda estava lá, mas... Mas Zayne estava *ali*. Eu o senti no fundo de mim, criando raízes, a sua essência tornando-se parte da minha.

Depois senti ainda mais.

Dois batimentos cardíacos em vez de um. Meu. Dele. Juntos. E isso... isso era algo que eu nunca sentira com Misha.

Quando a luz diminuiu, Zayne estava caído para frente, as mãos plantadas contra o chão, a pele e o peito queimados e rasgados cicatrizados.

Vendo isso, sabendo que ele ficaria bem, era quase demais para aguentar. Comecei a tremer.

Meu pai se inclinou, sussurrando no ouvido de Zayne. Eu não consegui ouvir o que foi dito, mas o que quer que fosse fez com que os olhos de Zayne se arregalassem e seu olhar se voltasse na minha direção. Um olhar de compreensão gradual se espalhava pelo seu rosto. Não tive a oportunidade de questionar o que lhe foi dito.

— Levante-se. — Miguel afastou as mãos de nós. — Pois o que principiou há um milênio agora se aproxima. O Augúrio é chegado. — Sua voz se aprofundou, ecoando como um trovão, e as palavras que falou enviaram um frio gélido direto ao meu âmago. — O fim está sobre nós. Impeça-o, ou toda a humanidade será perdida.

Capítulo 36

— Trin.

O suave roçar de pontas dos dedos contra minha bochecha me despertou. Pisquei os olhos e me vi encarando os olhos azuis claros de Zayne, emoldurados em cílios grossos e castanhos. Sua pele dourada não estava avermelhada — nem mesmo o menor indício de rosa permanecia onde ele havia sido queimado. Era quase como se ele nunca tivesse sido ferido. Quase como se a noite passada não tivesse acontecido. Que não fomos à casa daquele senador e acabamos rodeados por demônios. Quase como se Misha não tivesse aparecido, e eu... não tivesse tido de matá-lo. Tudo isso parecia um pesadelo, um pesadelo muito ruim que te assombrava ao longo do dia, entrando e saindo de sua consciência quando você menos esperava.

Mas havia um calor no meu peito, uma bola de luz ao lado do meu coração que batia em sintonia com o de Zayne.

A noite passada *tinha* acontecido, e Zayne agora era... Ele era o meu Protetor.

Dos dez anos em que estive vinculada a Misha, nunca tinha sentido o que eu sentia agora. Com Misha, tinha sido uma conexão, mas com Zayne, era como se um pedaço dele existisse dentro de mim.

E era esquisito.

Respirando fundo, sentei-me e puxei as pernas para fora de uma colcha cor de arco-íris com a qual não tinha adormecido. O cabelo caía no meu rosto enquanto eu arrastava meu olhar de Zayne e observava ao redor do cômodo desconhecido. Era uma sala pequena e oval e havia tapetes de criança do outro lado do sofá em que eu estivera cochilando. Eu estava no complexo de DC. Viemos aqui ontem à noite depois de... tudo, e enquanto Zayne se reunia com Nicolai e o resto do seu clã, eu tinha me afastado para ligar para Thierry e Jada, e de alguma forma eu tinha vagado até esta saleta enquanto Zayne contava ao seu clã o que tinha acontecido — o que Misha tinha feito, o que ele tinha insinuado e o que o meu pai tinha advertido.

Eu não queria estar lá para o passo-a-passo do que eu já tinha vivido, e havia assuntos mais urgentes. Eu precisava ligar para casa.

Contar a Jada, Thierry e Matthew foi uma das coisas mais difíceis que eu já tinha feito na vida. Houve lágrimas de Jada e Matthew, e um silêncio sepulcral de Thierry — silêncio que eu sabia que vinha de um sentimento de grande choque e culpa, porque, como eu, ele não conseguia acreditar e não conseguia entender como não tinha percebido antes. A chamada terminou com Matthew saindo para vir aqui, e eu prometi voltar para casa para ver Jada o mais rápido possível.

Eu não fazia ideia de como eu tinha cochilado, mas depois de usar a *graça* duas vezes, eu não deveria estar surpresa, apesar de meus ferimentos terem sido curados quando meu pai havia restaurado Zayne.

— Você tá bem? — Zayne perguntou enquanto fazia questão de levantar a mão. As pontas dos seus dedos roçaram minha bochecha enquanto ele afastava meu cabelo para trás, para longe do meu rosto. — Você tá dormindo há várias horas. Vim dar uma olhada em você algumas vezes.

Isso explicava a colcha colocada sobre mim. Coloquei as mãos nas almofadas ao meu lado. Assenti com a cabeça, embora não tivesse certeza do que eu sentia.

— Você falou com Roth ou Layla? — perguntei.

Ele assentiu.

— Ambos estão bem. Roth disse que você se certificou de que ele fosse embora antes que o seu... o seu pai aparecesse.

— É.

Um momento de silêncio, e depois:

— Layla tá bem. Descansando. Por sua causa. Você provavelmente salvou a vida dela.

— Não sei se é pra tanto.

A cabeça dele se inclinou para o lado.

— Trin, ela disse que se você não tivesse...

— Tô feliz que ela esteja bem — eu disse, cortando-o, e então senti. Uma explosão de frustração que tinha gosto de pimenta no fundo da minha garganta. Não era eu. Era Zayne. — Você tá frustrado.

— Bem, sim. Tô um monte de coisas agora. Frustrado é uma delas...

— Eu posso sentir. Eu consigo sentir que você tá frustrado — eu disse a ele. — Você me sente? Sente alguma coisa que tô sentindo?

Zayne se sentou ao meu lado, e quando eu olhei para ele, seu cabelo loiro era uma bagunça de ondas emaranhadas. Seu olhar abaixou, e então, sem palavras, ele pegou a minha mão que estava mais próxima dele. Levou-a ao peito, ao coração. A respiração ficou presa na minha garganta. Ele sabia o que eu estava perguntando.

— Eu sinto — ele disse, mantendo a minha mão no peito. — Eu sinto *você*, mas senti algo desde a primeira vez que te conheci. Como se te conhecesse desde sempre. Falamos sobre isso, mas pensei... pensei que era só algo esquisito. Talvez as nossas imaginações indo além da conta, mas também havia esse... choque que eu sentia sempre que nos tocávamos.

— Eu também sentia isso. — Inclinei-me para ele. — Com Misha, não era assim. Quer dizer, eu podia senti-lo. Tipo, eu sabia que estávamos ligados, mas era mais uma coisa mental. Não física. Não assim.

Zayne abaixou nossas mãos unidas para o espaço entre nós.

— Talvez seja porque... isto era pra ser.

Fechei os olhos. Era para ser. Ele. Eu. Protetor. Legítima.

— Céus. — Ele soltou uma risada curta. — Se o que o seu pai disse é verdade, e já que ele é *o* maldito Miguel presumo que seja, então *era* pra ter sido você. Meu pai deveria ter trazido você pra cá e não...

E não Layla.

Engolindo, assenti rapidamente com a cabeça enquanto abria os olhos.

— Eu simplesmente não entendo. Não entendo como é que tudo isso pode ter acontecido ou por quê.

— Bem, talvez tenhamos algumas respostas em breve — disse ele. — Eu vim pra te acordar. Matthew tá aqui. Ele tá com Nicolai. Pronta pra vê-lo?

Na verdade, não, mas acenei com a cabeça, e quando Zayne se levantou, ele me levou com ele.

No momento em que vi Matthew, era como se eu tivesse dez anos de idade de novo, e a única coisa que faria eu me sentir melhor era um dos seus abraços.

Soltei a mão de Zayne e não me importei com quem estava na sala. Corri em direção a ele como se ele estivesse segurando um prato de cupcakes. Eu me atirei em Matthew, e ele me agarrou, abraçando-me, e quando respirei fundo, ele cheirava a... cheirava à *minha casa*.

— Menina — disse ele, tirando-me do chão por um breve segundo. — Eu sinto tanto.

Enfiei meus dedos na parte de trás de sua camisa, segurando-o como se minha vida dependesse disso, porque Matthew... ele representava o *antes* para mim. Antes de vir pra cá com Zayne. Antes de Misha... fazer o que fez. Eu não queria me soltar, então não o fiz, pelo que pareceu uma eternidade.

Matthew teve que desembaraçar meus braços dele como se eu fosse um polvo. Quando me levou a uma cadeira, vi que Nicolai estava no escritório, atrás da mesa, e Zayne... ele estava bem ao meu lado, parado ali como uma sentinela.

Como se sempre tivesse estado ali.

Matthew se sentou na cadeira em frente a mim, e eu olhei para ele, realmente olhei para ele. Havia manchas sob seus olhos inchados e linhas tensas nos cantos de sua boca. Ele começou a falar.

— Foi um erro — eu disse, colocando as mãos nos joelhos. — Foi o que meu pai disse. Que eu devia ter sido vinculada a Zayne o tempo todo?

— A gente não sabia, Trin. Achamos que estávamos fazendo a coisa certa. — Ele olhou para Nicolai e depois para Zayne. Um longo momento se passou. — Sua mãe deveria ter trazido você até Abbot. Foi o que ela nos disse e, até hoje, Thierry e eu não temos ideia do porquê de ela não ter feito isso. Talvez ela apenas se sentisse segura com Thierry, comigo, e você se afeiçoou tanto a... — ele se recostou na cadeira, respirando com dificuldade. — Você se afeiçoou tanto a Misha. Achamos que era ele. Começamos a treinar vocês juntos, e vocês foram vinculados. Não achamos nada demais nisso até... ele chegar.

Olhei para Zayne, e enquanto seu rosto estava impressionantemente estoico, pude sentir sua confusão misturando-se com a minha.

— Vocês dois pareceram se encontrar imediatamente — continuou Matthew. — Como você estava lá para vê-lo chegar, e ele... ele sabia que você estava no Salão Nobre quando nenhum de nós sabia que você estava lá. Ele te encontrou naquela noite em que você foi atacada. Ele sabia, e Misha não.

— É verdade — disse Nicolai, atraindo os nossos olhares. Ele estava focado em Zayne. — Estávamos todos sentados e, de repente, você ficou impaciente. Disse que precisava de ar fresco. Não estávamos lá fora há mais do que alguns minutos antes de a encontrarmos.

Zayne assentiu lentamente e então olhou para mim.

— Eu não sabia que ela tava ferida. Só precisava sair e continuar andando.

— Os Protetores são escolhidos no nascimento. É o que nos dizem, e parece ser verdade. Porque, mesmo que vocês nunca tivessem sido vinculados, você podia senti-la. — Um leve sorriso se formou e desapareceu enquanto Matthew passava a mão sobre o rosto. — Foi quando percebemos que era você. Nós só não sabíamos o que fazer, e seu pai...

— Ele não esclareceu nada. Ele só deixou tudo isso acontecer. — Eu prendi a respiração. — Misha não era uma pessoa má. Sei que não era. Você precisa saber disso, Matthew. Ele era bom e normal e...

— E ele nunca deveria ter sido seu Protetor. Cometemos um erro, Trinity, e erros... — Ele balançou a cabeça. — Ainda não sei como ele chegou a este ponto. Acho que... talvez o vínculo o tenha corrompido, tornando-o suscetível à influência de Baal, feito-o sentir e pensar daquele jeito. — Matthew abaixou a cabeça. — É a única coisa que faz sentido.

Talvez fizesse.

Talvez Matthew estivesse certo de que esse vínculo, imposto ao Guardião errado, o havia envenenado lentamente, mas eu não tinha tanta certeza. As coisas que ele dissera — ele dissera que o Augúrio estava aqui, a mesma coisa que o meu pai tinha dito.

Matthew sabia disso. Assim como Nicolai. Contei a Matthew e Thierry ao telefone. Zayne repetiu tudo ao seu clã. Era mais fácil pensar que foi o vínculo que causara isso. Eu queria pensar que era esse o caso, porque, se tivesse sido Misha — se tivesse sido ele o tempo todo —, eu não tinha certeza de como deveria processar isso.

Como eu deveria seguir em frente?

Caminhei pela floresta desconhecida ao anoitecer, seguindo o caminho desgastado ao longo do terreno. Eu não fazia ideia de para onde ia, mas imaginei que Zayne me encontraria quando sua reunião fosse concluída dentro do complexo.

Matthew ainda estava lá, e eles estavam conversando sobre o que foi encontrado na casa do senador — uma casa que acabávamos de saber naquela manhã que havia sido destruída. Estava em todos os noticiários, e as pessoas falavam da sorte que o senador teve de estar no seu estado natal, o Tennessee, durante o que acreditavam ser um incêndio elétrico estranho.

Claro, o senador era um cara mau e precisávamos descobrir exatamente como ele estava ligado a Baal e o que ele planejava fazer com aquela escola.

Eu deveria estar lá com eles, mas já não conseguia ficar mais parada. Eu precisava de espaço, porque eu...

Ainda não tinha chorado.

Nem uma lágrima.

Eu não sabia por quê. Senti que havia algo de errado comigo, porque não era como se eu estivesse tentando evitar os sentimentos sobre o que tinha acontecido. Eu estava sentindo. Estava pensando nisso. Eu estava ansiosa sobre o assunto, repetindo quase todos os dias da vida que Misha e eu tínhamos compartilhado, percebendo que havia sinais de sua infelicidade — mas isto? Seu descontentamento o abriu à influência, porque ele *precisava* ter sido manipulado.

Misha era a minha vida, e eu nem sequer o conhecera. Não de verdade, e isso era tão difícil de engolir quanto a sua traição. Mas eu ainda não tinha chorado e eu não entendia isso...

Tropecei em um tronco no chão, segurando-me antes de cair.

Suspirando, endireitei-me e continuei a andar à medida que a floresta se tornava mais espessa e mais vaga-lumes apareciam, piscando suavemente. Misha os chamava de insetos iluminados. Quando éramos pequenos, a gente os apanhava com as mãos e corria um atrás do outro com eles.

O meu peito doía quando dei a volta em uma árvore grossa e me deparei... com uma casa na árvore?

Sim. Era isso mesmo.

Uma casa na árvore com o que parecia ser uma enorme plataforma de observação. Olhei por cima do ombro na direção da casa principal. Eu ainda estava na propriedade deles, por isso apostei que isso tinha sido para Zayne no passado. Para Zayne e Layla.

Agora meu peito doía ainda mais, porque eu realmente gostava de Zayne, e se as coisas tinham sido complicadas antes, agora estavam uma bagunça absoluta, porque Protetores e Legítimos...

Era um grande Não.

E então eu senti, uma queimação no fundo da minha garganta e atrás dos meus olhos. Bati com as mãos no rosto e respirei fundo várias vezes, mas essas inspirações pareciam alimentar a feia e primitiva confusão de emoções que se expandia no meu peito e se amontoava ainda mais até que eu não consegui me conter. Eu não conseguia engoli-las ou empurrá-las para longe. Eu não podia empurrá-las para o fundo dos meus pensamentos. Elas estavam rasgando e arrebentando e arranhando.

As pontas dos meus dedos umedeceram, as minhas bochechas ficaram molhadas e quando abri a boca o grito que se soltou estava cheio de raiva, tristeza e ódio. Ele fez os pássaros nas árvores ao meu redor voarem e só terminou quando minha voz fraquejou e minha garganta ficou arranhada. Dei um passo e não pude dar mais nem um outro. Eu me deitei na grama macia sob o deque, minhas mãos ainda cobrindo meu rosto. Balancei-me de costas e me enrolei de lado, puxando as pernas para cima o mais próximo possível de mim.

Eu queria a minha mãe — eu queria um dos seus abraços, naquele momento, mais do que alguma vez quis qualquer coisa na minha vida, e eu queria Misha. Deus, eu queria Misha — o Misha que eu conhecia e amava, e não aquele que me odiava. Não o Misha que eu tive de *sacrificar*.

Aquele não.

Eu queria voltar e provar a ele repetidamente que ele era especial e que importava, e eu... eu odiava isso. Odiava isso, porque eu não tinha feito isto. Não o fiz ficar assim. Não o transformei no que ele se tornou. A culpa não era minha.

Mas parecia que era, e eu gritei de novo, mas não fez nenhum som enquanto ainda rasgava minha garganta, porque eu não estava apenas chorando por Misha.

Eu finalmente estava chorando pela minha mãe — cedendo ao luto que vinha aumentando há mais de um ano, a dor e a raiva de sua perda, agravado pelo fato de que tinha sido Misha quem causara a morte dela. Sempre foi ele, e eu queria odiá-lo. Eu odiava, mas queria odiá-lo mais, porque, talvez, se o fizesse, não doeria tanto.

Não senti o vínculo no meu peito se aquecer. Eu estava tão envolvida no turbilhão de emoções que não senti Zayne aproximando-se. Eu só o senti quando ele se agachou ao meu lado, pegou-me e me colocou em seu colo, com seus braços fortes em volta dos meus ombros.

O luto e a dor se derramaram de mim em soluços grandes e feios, e doeu — tudo doía, e pensei que aquilo nunca iria parar. Mas, durante tudo isso, Zayne me abraçou forte, tão perto que, mesmo se não houvesse este estranho novo vínculo alimentando-o com o que eu estava sentindo, ele saberia.

Ele apenas me abraçou, um braço dobrado sobre mim e o outro movendo-se para cima e para baixo ao longo das minhas costas, lento e apaziguador, e finalmente, *finalmente* os tremores diminuíram e as lágrimas secaram.

Eu não sabia quanto tempo tinha se passado, mas quando tudo acabou, a parte de trás da minha cabeça doía e minha garganta estava arranhada. E eu não tinha apenas rasgado a frente da camisa de Zayne puxando-a, eu a tinha encharcado.

Constrangedor.

Soltando meus dedos do tecido, eu me afastei. Zayne não me deixou ir muito longe.

— Desculpa. — Estremecendo, limpei a garganta.

— Não se desculpe — disse ele, e fiquei grata por estar escuro demais agora para eu ver seu rosto, mas senti sua mão no meu pescoço. Ele se moveu lentamente enquanto erguia a mão na minha bochecha e pegava a bagunça emaranhada de cabelo ali, juntando-a e puxando os fios para longe do meu rosto. — Você se sente melhor? — ele perguntou, sua voz suave.

— Não — murmurei. — Sim.

— Qual das opções?

— Não sei. — Respirei algumas vezes. — Eu me sinto melhor. Essa é a resposta certa.

— Eu não me importo com a resposta certa, Trin. Só quero a verdade.

Abri as mãos contra o peito dele.

— Eu... me sentia como se estivesse sufocando, e... não me sinto mais assim.

— Então é um começo. — Ele afastou o cabelo do outro lado do meu rosto.

Alguns minutos se passaram enquanto Zayne continuava a me abraçar, sua mão curvada ao redor da minha cabeça, seu polegar deslizando para cima e para baixo na linha da minha maçã do rosto.

— Eu fui egoísta. Ele tinha razão sobre tanta coisa. Sempre foi sobre mim. Tava sempre pensando em mim e...

— Você não foi egoísta. Ele foi. Egoísta e possivelmente delirante — disse Zayne. — O que ele fez é responsabilidade dele, e de mais ninguém.

— Eu quero odiá-lo, Zayne. Uma parte de mim quer, mas eu...

— Eu sei. Eu entendo. Juro. — Houve um momento, e então senti seus lábios quentes contra a minha testa, e o toque durou muito tempo, mais do que deveria. — Você vai ficar bem.

Eu iria.

Eu sabia disso.

Eu ficaria bem.

Isto iria doer, e iria me assombrar como um fantasma, mas eu ficaria... ficaria bem.

E eu precisava colocar alguma distância entre mim e Zayne antes que eu fizesse algo impulsivo e que certamente teria consequências.

Equilibrando-me, eu me desloquei do colo dele para a relva ao seu lado. As nossas coxas se tocavam, assim como os nossos braços. Não me afastei mais. Era como se... como se eu tivesse de estar perto o suficiente para tocá-lo, e não fazia ideia se isso era o vínculo ou se era eu.

Zayne limpou a garganta.

— Eu saí quando eu...

Encolhi os ombros.

— Quando você me sentiu?

— Sim.
— Esta coisa de vínculo vai ser realmente... inconveniente.
— Não neste momento — ele respondeu. — Você precisava de mim e eu precisava estar aqui.

Suas palavras serpentearam para dentro do meu coração, embora eu soubesse que deveria ser mais esperta do que isso — porque estas palavras vieram do vínculo e não do seu coração. Eu sabia disso, e ainda assim elas estavam tatuando-se no meu músculo e na minha pele.

— O que eles disseram? — perguntei, concentrando-me nas coisas importantes. Conversações inteiras que eu tinha evitado. — Sobre o Augúrio?

Zayne se recostou no tronco da árvore.

— Estão preocupados. Seja o que for, tem trabalhado nisto há algum tempo, e, se Misha tava envolvido, o Augúrio te quer, e ainda tá por aí.

Estremeci enquanto descansava contra o tronco.

— Não acho que seja um demônio.

— Nem eu — disse ele, e senti sua cabeça se virar para a minha. — Nicolai também não.

E isso deixava a grande questão. O que poderia ser?

— Sabe — eu disse, sentindo-me cansada enquanto deixava meus olhos se fecharem. — Meu pai poderia ter nos contado. Nos dado alguma orientação. Talvez um *spoiler*. Alguma coisa.

Zayne ficou em silêncio por um momento e lembrei de ter visto meu pai sussurrar em seu ouvido. Virei a cabeça para ele e percebi que nossas bocas estavam a centímetros de distância.

— Ele te disse alguma coisa?

— Nada sobre o Augúrio. — Sua respiração resvalava sobre os meus lábios enquanto ele falava. — A gente consegue, Trin. Só temos de impedir o fim do mundo com pouca ou nenhuma instrução.

— Nada demais.

Ele riu, e meus lábios se curvaram para cima ao som e à sensação.

— Nadinha mesmo.

Nós dois ficamos em silêncio, embora houvesse muito por dizer entre nós, mas eu sentia o que não fora dito através do vínculo. O que ardia no meu âmago também ardia dentro dele. Estava *ali*. Desejo, necessidade e... anseio.

Havia um anseio por algo mais. Estava lá mesmo que eu não tivesse certeza do que isso significava, mesmo que seu coração ainda pertencesse a outra pessoa, e estava lá mesmo que ele fosse agora o meu Protetor.

Ainda estava lá.

— Trin?

— Sim?

— Eu sei que temos um apocalipse e tudo o mais pra impedir, mas eu estive pensando em algo que você disse.

— Só Deus sabe o que foi que eu disse.

Ele riu mais uma vez, e eu sorri, sabendo que ele provavelmente conseguia me ver.

— Você disse que gostava de estar nos telhados dos edifícios porque ficava perto das estrelas, e era o mais próximo que você poderia chegar de voar. Você também disse que voar era a única coisa de que tinha inveja.

— Eu disse isso.

— Você quer voar?

Afastando-me da árvore, virei-me em direção a ele, embora não pudesse vê-lo. Minhas mãos pousaram em seus joelhos.

— Você tá sugerindo o que eu acho que você tá sugerindo?

— Você quer ver as estrelas? — Zayne perguntou, e eu acenei com a cabeça enfaticamente, sabendo o que ele queria dizer, e, quando ele pegou a minha mão, eu fechei meus dedos sobre os seus como eu tinha feito no dia em que eu tinha deixado a comunidade. Eu o senti começar a se transformar, a sua pele a endurecer debaixo da minha.

— Então segure-se firme, Trin. Vou subir o máximo que conseguir.

Agradecimentos

Escrever *Tempestade e Fúria* foi excepcionalmente difícil para mim. Não foi porque era um *spin-off* de uma série que eu não visitava há um tempo, embora isso nunca seja fácil. Não era porque eu estava expandindo este universo, reescrevendo-o de certa forma. Era porque Trinity partilhava da mesma doença ocular progressiva que eu. A retinite pigmentosa é um grupo de doenças genéticas bastante raras que envolvem a degradação e eventual morte das células da retina. Menos de 200.000 pessoas sofrem com isso. É uma doença progressiva, geralmente resultando em constrição significativa da visão (visão de túnel) ou cegueira. Neste momento, não há cura ou tratamento. Se você é diagnosticado com RP, você vai ouvir isso. A conversa sobre o-que-esperar-no-futuro. Vão lhe dizer que a sua visão continuará a encolher até que não reste nada além de uma pequena alfinetada de visão ou nada. Você não saberá quando isso vai acontecer. Quanto tempo vai demorar ou quando você vai ficar cega, mas você sabe que está chegando. É assustador. Não vou mentir. Quando fui diagnosticada aos trinta e poucos anos, quase não acreditei. A princípio, ignorei. Bem, ignorei durante anos até que o meu médico do Wilmer Eye Institute me perguntou: "Você ainda consegue ver as estrelas à noite?" E quer saber? Não consegui responder a pergunta. Não consegui lembrar da última vez que parei para olhar as estrelas, e isso foi um alerta para mim. Porque um dia, quando eu olhasse para o céu noturno, tudo o que eu veria seria escuridão, e eu nem saberia a última vez em que tinha visto as estrelas. Não queria que isso acontecesse. A negação é tão ruim quanto ficar se lamentando. Tive de encarar que estava ficando cega, que estava acontecendo, e que precisava fazer ajustes, e queria que as pessoas aprendessem sobre RP.

Como Trinity, RP não define quem eu sou. É apenas uma parte de mim, e, através da personagem, eu queria educar as pessoas sobre doenças como RP. Aquelas silenciosas, nem sempre visíveis. Quando as pessoas olham para mim e interagem comigo, muitas vezes não conseguem perceber que mal consigo vê-las. Quando peço ajuda a estranhos, geralmente sou ignorada, porque nada parece "errado" comigo. Espero que, depois de aprender sobre RP, isso torne as pessoas mais empáticas com tudo que existe entre os cegos e os videntes. E talvez, com alguma sorte, um dia haja uma cura.

Quero agradecer ao meu agente, Kevan Lyon; ao meu agente de direitos, Taryn Fagerness; Tashya Wilson e à toda a equipe da Inkyard Press; à minha publicista, Kristin Dwyer; Margo Lipschultz; à minha assistente e amiga, Stephanie Brown; Stacey Morgan (que me disse que a primeira versão deste livro estava péssima e era verdade); Andrea Joan; Vilma Gonzalez; Jen Fisher; Lesa e Andrew Leighty. As seguintes pessoas são sempre uma inspiração em muitas frentes diferentes: Sarah J. Maas, Jay Crownover, Cora Carmack, KA Tucker, Kristen Ashley, JR Ward e muitos mais.

Obrigada a Liz Berry e Jillian Stein, por sempre se certificarem de que vou ver as estrelas.

Um agradecimento especial a todos os meus JLAnders e revisores, e a você que lê este livro. Esta história não seria possível sem vocês. Devo-lhes tudo.